孺子帝

卷五

雙面的大臣

冰臨神下——著

目錄

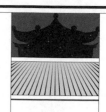

雙面的大臣

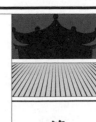

第二百七十章　宰相臨終

宰相府內一片壓抑著的悲傷情緒，人人小心翼翼，踮著腳小步快跑，連呼吸都要加以控制，好像生怕自己的氣息會傷到別人。

大楚宰相殷無害奄奄一息，再高超的神醫、再貴重的補藥，也沒辦法讓這具衰朽的軀體重煥生機。

妻妾垂淚、兒孫嚎啕，殷無害聽在耳中，覺得十分聒噪，於是輕輕晃動手指，將長子殷措喚來，輕聲說了一句話。

殷措沒聽清楚，急忙向屋子裡的家人擺手，讓他們收住哭泣，然後貼到父親嘴邊，仔細傾聽。

「紅綃兒……」殷無害費力地說出一個名字。

殷措扭頭看去，名叫紅綃兒的年輕女子哭得最傷心，兩隻眼睛腫得像桃子一樣，「父親請放心，我們自會奉養小姨娘，當成自己的母親一樣對待。」

紅綃兒比殷無害的一個孫女還要小些，聽到這句話，放聲大哭，在其他人的嚴厲注視下，以手掩嘴，止住哭泣，臉憋得通紅。

「回、回家……」殷無害又吐出幾個字。

殷措微微一愣，以為父親糊塗了，「父親，這就是咱們的家。」

殷無害緩緩搖頭。

殷措還是沒想明白，一名老僕輕聲猜道：「大人說的是江南老家吧？」

殷無害眨眼，表示就是這個意思，這讓殷措更糊塗了，「父親為官一生，為朝廷操勞多年，子孫皆在京城出生、長大……」

殷無害劇烈地咳嗽起來，目光越顯憤怒，殷措不敢再做辯解，急忙道：「回家，殷氏子孫全都回家，京城的房地通通賣掉。」

殷無害怒氣消散，咳嗽也停止了，只是呼吸仍顯沉重，他很想仔細解釋一下殷家為何必須離京返鄉，可是說話太難，眾多兒孫當中，也未必有人真能理解他的話中之意，與其浪費時間，不如直接下令。

老宰相用枯瘦如柴的手掌緊緊扣住長子的一條手臂，殷措吃痛不過，料不到垂死的老人還有這麼大的力氣，發誓道：「殷家子孫若有留京者，必被逐出本族，永世不得再入家門。」

殷無害滿意了，鬆開手掌，仰面喘息，好像忘了屋子裡還有一群人，良久，他突然聲音清晰地問道：「為什麼還沒人來？」

「我們都在，父親想找誰？」殷措納悶地問。

「宮裡。」

「還、還沒有，大概是不知道父親病得這麼重。」殷措撒了謊，其實是覺得宮裡不可能派人來探視。

「大臣呢？」殷無害又問道。

殷家人相互對看，殷措欲言又止，猶豫半晌才道：「父親，朝中發生那麼大的事情，誰……誰還肯來啊？」

「一個也沒有？」

殷措更加尷尬了，宰相將死終歸是件大事，若在平時，上門慰問的大臣能在巷子裡排成長隊，如今卻是門庭冷落。因為宮裡又換了皇帝，人人都知道，這位皇帝不是特別欣賞老宰相，即使殷無害身體健康，也很可能遭到撤換。

「倒是有兩位，都是中書省的小官，我給打發走了。」按殷府一貫標準，只有三品以上的官員才值得通報一聲，那兩人都是中書舍人，六品小吏沒資格見宰相，殷措對他們也不熟，不記得他們與自家有過交往。

「請進來。」

「他們已經……回家啦。」

「你親自去請。」

殷措覺得父親越來越不正常，忍不住提醒道：「父親，您要見的是中書監或者中書令吧，我說的是中書舍人南直勁和趙若素……」

「就是他們，去請，立刻就去……」殷無害劇烈地咳嗽起來。

殷措無法，只得讓家人好好照顧父親，他親自去請那兩位中書舍人。路上遇到一位熟人，聽說了一些事情，心驚不已，忍不住想，父親若是這兩天病故，倒是恰逢其時，再晚個四五天，可能會惹來大麻煩。

殷無害躺在床上，周圍的抽泣聲又一點一點地冒出來，像是在試探獵物生死的兀鷲。殷無害越發煩躁，揮手讓所有人都出去，只留下侍妾紅綃兒，讓她摩挲自己的胸膛，以為能從這具年輕的身體吸取一點活力，可他還是感到厭煩，於是將侍妾也攆走，一個人靜靜地躺著。

他思考著自己的一生、大楚的江山、朝廷的動向，最後想到了皇帝，喃喃道：「會來的，宮裡會來人的。」

中書省負責草擬聖旨，最高長官中書監也只是正四品，中書舍人員額不定，通常有十人，品級更低，只有正六品。如果能得到皇帝信任，這些人尚可說是位卑而權重，可這種信任自從武帝中年以來，中書省就沒有得到過，省中的官吏不過是一群執筆者。

南直勁五十歲，趙若素三十來歲，一老一少，都在中書省任職多年，一直默默無聞，很少出現在皇帝面前。雖從未得到升遷，卻也沒有犯過錯誤。

宰相殷無害垂亡之際，想見的人不是同朝大員，不是宰相府下屬，偏偏是這兩人。難怪長子殷措會覺得奇怪，事實上，南直勁和趙若素敢在群臣最為沉默時登門拜訪，就已經是一件怪事，殷措當時卻沒有重視。

兩人一請就到，更讓殷措吃驚的事情發生了，僕人送上茶水後，父親居然連他也攆出房去，要與兩位中書舍人密談。

殷無害倚在被垛上，客氣地請客人喝茶，先為長子之前的怠慢道歉，然後問道：「陛下打算何時登基？」

兩位中書舍人互視一眼，雖然職務、品級都一樣，南直勁的資歷卻更老一些，在宰相面前自然由他說話，先是站起身，在宰相的示意下又坐回椅子上，屁股只搭邊角，恭敬地回道：「陛下不打算登基。」

「嗯，也對，陛下這是恢復帝位，不用再度登基，但是要在太廟告祖吧？」

「三天之後，太后與群臣都要去太廟。」

「唉，可惜我動不了……外面的事情怎麼樣了？」

「上官盛在函谷關遭大將軍攔截，很可能要打一仗，陛下卻沒有派兵追趕。朝廷基本穩定，陛下寬赦了所有人，崔太傅仍然掌管南軍，東海王甚至受邀進宮住了一晚。宮裡死傷數百人，職務多有調整，楊奉重任中常侍，另一名太監劉介獲釋，擔任中掌璽。」

「劉介……我記得，他曾在勤政殿向陛下獻璽，在監獄熬了這麼久，也該出來了，可他有璽可掌嗎？」

南直勁搖搖頭，「寶璽尚無下落，陛下好像不是很著急，沒有派人尋找。」

「遇事不急，能對敵人寬赦……嗯，陛下二度稱帝，確實與第一次不一樣。」

話題從這時起變得敏感，兩名中書舍人又互視一眼，這回是年輕的趙若素開口，「只怕這是一時之忍，陛下當初退位時，朝中無人反對，陛下此番重返至尊，依靠的也不是群臣。」

「你們擔心陛下會秋後算帳？」

「觀陛下行事手段，確有此種可能。前天上午，是一片北軍旗幟驚退了宿衛軍，並且迫使崔太傅俯首稱臣，可事實上，那只是一片旗幟，兵力不過數千，人人一旗，真正的大軍直到今天才陸續趕到京城。」

「哈哈……」殷無害又咳嗽了幾聲，隨後嚴肅地說：「武帝後繼有人。」

「只怕大楚暫時承受不住一位新武帝。」

殷無害看向兩名中書舍人，極少有人瞭解這兩位小官的重要性，更沒人瞭解宰相與這兩人之間的密切關係，他們可以無話不說。

「伴君如伴虎。」殷無害感嘆道，「皇帝不只是『虎』，更是孩童，他有爪牙，輕易就能傷人；心思卻極為單純，就是要站在最高處，讓眾人敬仰他、效忠他、服從他、討好他，最關鍵的是，所有孩童都需要父母、僕人替他安排一切。皇帝也一樣，最勤勉的皇帝也做不到日理萬機，一開始，他想抓住一切，聰明人會給他一切，不要爭，更不要反對。等他發現自己抓不住一切，而且感到無趣且疲倦的時候，自會鬆手，到時候有人能接住就行了。」

「大人或有萬一，該由誰接住這一切呢？」南直勁問道，這才是他與趙若素前來拜訪宰相最重要的目的。

殷無害已經想了很久，這時又陷入沉思，好一會才開口道：「我死之後，第一位宰相必然是陛下不得已選中的人，堅持不了多久；第二位必然是陛下真心欣賞之人，也當不了多久，少則半年，多則一年。大楚會有第三、第四位宰相，有能力為陛下分憂者必在其中，實際上是哪一位，就要由你們自己判斷了。」

兩位中書舍人同時起身，拱手禮拜，趙若素還不滿意，問道：「無論如何，陛下會在朝中選相，殷大人最看好哪一位？」

殷無害臉上浮現一絲微笑，「我若說出此人的名字，會害了他，也會害了你們，哄孩子的第一要訣，就是要讓孩子以為一切都是他自己的主意。不可說，不可說啊。」

殷無害閉上雙眼，他已經交待完後事，對大楚，他再沒有虧欠；至於皇帝，他從來不認為自己虧欠過任何一位。

兩位中書舍人準備告辭，趙若素心裡不踏實，又提了一個問題：「陛下似乎真的相信以後會有強敵侵犯大楚，不僅要向西域派遣將軍，還要與匈奴和談。」

殷無害沒有睜眼，「陛下由軍中復興，必然重武輕文。所謂強敵，不過是提升武將的一個藉口——由他去吧，但是一定要讓陛下明白此舉困難重重、危險重重……」

殷無害似乎還有話要說，卻沒有再開口，兩位中書舍人悄悄退出，離開宰相府。他們的職務太低，此番拜訪沒有受到任何人的關注，連宰相長子殷措也很快就將他們遺忘。

此時的韓孺子，甚至沒有聽說過這兩人的名字。

次日下午，中常侍楊奉代表皇帝前來探望宰相，兩人聊了一會，老宰相的氣色看上去不錯，說了許多懺悔與感激的話，前後矛盾，自己卻沒有注意到。

當天夜裡，宰相殷無害咽下最後一口氣。

韓孺子重登寶座後，面臨的第一件難題，就是在一群他不信任的大臣之中，選擇一位新宰相。

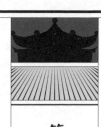

第二百七十一章 當務之急

重新回到皇宮，不再是任何人的傀儡，韓孺子最大的感受不是手握大權的酣暢得意，而是危機四伏的如履薄冰。

他必須盡快建立起十步之內的安全。

部曲士兵被調進皇宮擔任侍衛，由蔡興海和晁化共管，原有的侍衛則一律留在外圍待命，接受中常侍楊奉的指揮——部分侍衛包括孟娥的兄長孟徹失蹤不見，在他們現身之前，侍衛得不到皇帝的信任。

部分北軍與南軍負責守衛皇宮與京城各門，宿衛軍則在城西建營，赦免並召集流散各處的將士回營。表面上這是臨時安排，韓孺子對何時招回這支軍隊，其實沒有任何安排。

這些事情進行得都很順利，朝野上下都認為皇帝有權力這麼做，各部司全力配合，即使「聖旨」上沒有寶璽，也得到了承認。

逃亡的宮人全都回來了，由於不少內官死於宿衛軍之手，韓孺子得以順利提拔他所信任的人：太監劉介獲釋，繼續擔任中掌璽，韓孺子甚至想封他為中司監，但是覺得不宜操之過急，因此先官復原職，一大批身份低賤的「苦命人」得到重用，填補內官空缺。

這項安排也沒有遇到任何阻力，皇帝再度入宮，任用親信本是常有之理，只能說劉介和那些「苦命人」當初眼光獨到，選對了主人。

至於更大範圍的調整，韓孺子並不著急。

重返皇宮的第五天，韓孺子得到宰相殷無害的死訊，對他來說，這是好事也是壞事，好處是他可立刻選擇一位新宰相，壞處是他還沒有特別合適的人選，而這件事必須盡快解決，因為後天上午，太后與百官將去太廟告祖，正式迎回皇帝，屆時，百官需要一位領頭人。

告祖之前，同玄殿和勤政殿都不適合作為議政之所，韓孺子暫時也不想跟大臣們商量事情，他選擇當初讀書時所用的凌雲閣，在那裡與柴悅、房大業等人商議軍情，或單獨召見一名名支持者，不用多說話，褒揚幾句就行，雙方心照不宣：皇帝自會獎賞忠臣，只是時機未到。

他不用在閣內席地而坐了，這裡擺上了全套桌椅，更像是一間書房。

這天下午，韓孺子要見的人只有一個。

楊奉也很忙，人還沒到，韓孺子的目光從地圖上抬起，對站在門口的張有才說：「你真不想當官嗎？」

張有才被關在南軍營中，崔太傅投降後，他立刻被放出來重回皇帝身邊，卻幾次拒絕擔任內官，這時仍然搖頭，「我不想當官，能服侍陛下，我就很開心了。」

韓孺子笑了笑，張有才很忠誠，但是年紀小、沒有學識，的確不適合掌管一方。

「別只是服侍，也幫我參謀一下……」

張有才欲言又止，韓孺子笑道：「又沒說『朕』？」

張有才點頭。

「別急，沒有寶璽不也頒布聖旨了？不說『朕』我也一樣是皇帝。」韓孺子無意時時刻刻保持皇帝的威嚴，他寧願慢慢來，「現任中司監向我請罪，要為宮裡發生的種種事情負責，我不認為這是他的責任，但他的確不適合掌管宮內事務，我想換一個人，你在宮裡待的時間比我更長，可有推薦？」

向皇帝推薦人選，是極大的權力，張有才卻沒注意到，皇帝讓他想，他就認真地想了一會，「楊奉啊。」

韓孺子搖頭，「楊奉並非宮中舊人，對管理皇宮也不感興趣。」

「嗯，也對，楊奉連倦侯府那麼點人都管不好……劉介呢，他是宮中老人，中掌璽離中司監只差一級。」

韓孺子笑著搖頭，張有才推薦的人都是皇帝的親信，在意的顯然不是誰能管理好皇宮，而是誰值得皇帝信任，「劉介當中掌璽就很好……」

樓下的太監上來通報說楊奉到了，主僕二人之間的「商議」到此結束，韓孺子與楊奉商量的才是正事。

張有才識趣地退下。

楊奉進來磕頭，得到允許後，坐在斜對面的椅子上，他輔佐的第二個學生成為真正的皇帝，臉上卻沒有喜色，更沒有諂媚，仍像嚴厲的教師一樣，帶著一絲審視。

楊奉先開口，他有許多事情要向皇帝報告。

「寶璽仍在孟娥手中，那晚出城之後，很有可能遭到了追殺，我得到的消息是，她一路向東，在函谷關附近消失。」

「她為什麼不來找我？」

楊奉搖頭，是他將寶璽委託給佟青娥送出皇宮的，沒想到中間會發生意外。

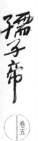

「追殺孟娥的人是誰？她哥哥？」

「看來是這樣，孟徹帶走了十四名皇宮侍衛，行進路線與孟娥相同，而且都在函谷關失蹤。」

韓孺子眉頭微皺，「孟徹究竟為誰做事？」

「還不清楚，但肯定不是太后或者上官盛。」

韓孺子越發不解，「那他拿到寶璽也沒用。」

楊奉解釋不了，沉默片刻，見皇帝沒有再問，他繼續道：「大將軍韓星今日與上官盛交戰，最遲明日午時就能傳來消息。」

「嗯。」韓孺子對這件事倒不是特別在意，上官盛麾下只有數千名宿衛軍，沒有糧草、沒有目標，更沒有支援，韓星鎮守函谷關、兵將數萬，沒有理由打不贏這一仗。

「京城的江湖人大都逃亡，許多本地豪傑也以探親訪友的名義離京，不再是威脅。」

「不是威脅？譚家隨時能將他們招回來，雲夢澤仍是他們的老巢，花繽也還是他們的首領。」

「不是目前最大的威脅。」楊奉改變說法，「這幾次的事件都表明，江湖人不堪大用，讓他們分散，然後由各地方官府剿滅就好，至於譚、花兩家，也不值得陛下親自出手。」

「總不能讓他們逍遙法外吧？」

「交給刑部和京兆尹府處理。」

「那些刑吏和譚家……」韓孺子剛想說他們是「一丘之貉」，突然醒悟過來，「眾刑吏人心惶惶，擔心遭到我的報復，正好讓他們去調查譚家，給他們一次表露忠心的機會，若是查出事來，可以消除譚、花兩家的後患；若是查不出來，日後也能將他們一網打盡。」

「肯定能查出來，江湖情義沒有那麼牢固。」楊奉平淡地說，對結局不做它想。

韓孺子恢復帝位後，第一道命令就是寬赦所有人。只有上官盛不肯投降，乃是自尋死路，至於譚家和花繽，之前的事情可以得到饒恕，以後卻不能，有一群急於立功的刑吏天天盯著，兩家早晚會落網。

談起江湖人，韓孺子想到了幾位舊相識，「杜氏爺孫和不要命呢？我一直想召他們進宮，卻找不到人。」

「他們也走了。杜摸天委託我給陛下說一聲，危急時刻他和杜穿雲沒出上力，很抱歉。」

「可我不在乎……他們之前為我做的事情已經夠多了。」

楊奉微微一笑，他能感受到「新」皇帝的那股急切心情，與初登基的思帝幾乎一模一樣，「他們是江湖人，就讓他們留在江湖吧。」

「不要命呢？還要繼續當廚子？」

「嗯，但是不在京城。」

「我真是不明白，我無權無勢的時候，他們便拚命保我，如今大事已成，他們卻離我遠去，這就是所謂的江湖規矩？」

「再等幾年，如果他們還是不肯來見陛下，陛下頒布旨意表揚他們幾句，恩情就算兩清了。」

「又是名聲？」

「江湖中還有人在乎名聲，陛下應該感到高興，否則的話，世上將只剩下逐利之徒。」

江湖畢竟不是韓孺子在意的領域，他點了下頭，將這件事放下，問道：「望氣者呢？有消息嗎？」

帝位之爭，江湖人並未創造奇蹟，過於依賴他們的東海王一敗塗地，連帶著望氣者的力量也顯得渺小了許多，除了楊奉，沒人特別在意那群江湖術士。

京城之亂那晚，楊奉選擇幫助韓孺子奪回帝位，這讓他失去了一次將望氣者一網打盡的機會。

「林坤山在上官盛手裡，其他人……還會露頭的，遲早而已。」

楊奉認準的事誰也改變不了，韓孺子順其自然，開始商議最重要的事，「關於宰相人選，殷無害怎麼說？」

昨天楊奉探視了病重的宰相，按照慣例，詢問殷無害對繼任者的意見，如今宰相已亡，這個問題變得迫在眉睫，「殷宰相一開始說相信陛下的選擇，經我一再詢問，他推薦了一個人。」

「誰？」

「瞿子晰。」

韓孺子一愣，「瞿子晰只是國子監博士，而且人在關東……殷無害這是什麼意思？」

「陛下的確看好瞿子晰吧？」

「嗯，但我沒想過要讓他現在就當宰相，總得慢慢觀察一段時間，逐級給他升官。」

「我猜殷無害是想提醒陛下，選擇宰相並不容易，即使是陛下最看重的人，也不能一步登天。」

「所以他推薦瞿子晰，其實是告訴我不能任用此人？真是一隻老狐狸。」韓孺子想了一會，問道：「我真的不能立刻將瞿子晰任命為宰相嗎？」

「能，但那會是一件大錯。」

「真正的皇帝也不能這麼做？」

「真正的皇帝尤其不能。」楊奉站起身，拱手行禮，然後道：「人的一生大致有兩次成熟，第一次成熟知道能做什麼，想的是快意恩仇、為所欲為；第二次成熟知道自己不能做什麼，要的是舉重若輕、無跡可尋。陛下想當真正的皇帝，務必先弄清楚自己不能做什麼。」

韓孺子生出一股惱怒，但他沒有發作，而是說：「好吧，就讓我看看自己不能做什麼。」

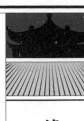

第二百七十二章　意外消息

韓孺子睜開眼睛，看著熟悉的崔小君，朦朧中，那是一道微微起伏的側影，只有鼻尖稍顯清晰。韓孺子伸出手臂，想要輕輕觸碰一下，臨到最後，他卻笑了笑悄悄下床，準備進行這天的工作。

他有許多事情要做。

朝廷積累了大量奏章，必須一一批覆，像是一座山，等著皇帝一個人鏟平。由於還沒有正式恢復帝位，手裡也沒有寶璽，韓孺子還不能正式批覆奏章，但是可以提前審閱。

凌雲閣幾乎成了倉庫，堆滿了一箱箱、一落落的紙張，每一張都在相應的部司衙門裡存留副本，有據可查。萬一皇帝想偷懶藏起幾張的話，很快就會被發現。

宰相府、勤政殿的職責之一，就是幫助皇帝處理奏章，韓孺子希望能在朝廷恢復運轉之前瞭解一下各地情況，因此一直沒有恢復勤政殿議政，至於宰相府更是癱瘓已久，起不到應有的作用。

韓孺子並非漫無目的地亂看，他命令中書省將有關各地災情的奏章集中在一起，要優先查閱。

情況不是太好，韓孺子越看眉頭皺得越緊。

外面天亮了，張有才熄滅蠟燭，等到皇帝放下一份奏章後，輕聲道：「陛下，該用早膳了。」

韓孺子點點頭，表示就在凌雲閣裡用餐，抬眼望向窗外，花園裡已有幾分春意。他不由得想起自己被迫讀書時的場景，臉上露出一絲微笑，隨後向張有才說：「杜氏爺孫離開京城了，你聽說了嗎？」

「嗯，杜穿雲請蔡大哥送給我一封信，說……說什麼時候在宮裡待得無聊，就去找他玩，只要在江湖中提起『杜穿雲』三個字，沒人不知道，肯定能找到他。」

韓孺子大笑，這一聽就是杜穿雲的狂妄口吻，「可惜他們不肯留下，我正想重用他們呢。」

食物早已準備好，韓孺子去隔壁房間用膳，等他吃得差不多，張有才接著剛才的話說：「杜氏爺孫，尤其是杜穿雲，還真重用不得。」

韓孺子的思緒已經轉到別的事情上，聽到這句話微微一怔，「為什麼？」

「他們爺倆都不守規矩，一次兩次行，次次這樣，陛下可就為難了，放過他們，其他人也不守規矩了，不放過他們……所以他們還是行走江湖更好。」

韓孺子悵然若失，這世上真有他想用而不能用的人，或許楊奉說得沒錯，皇帝必須瞭解哪些事情是自己不能做的，但不是就此放棄，而是繞過「不能」，用「能」來實現自己的目的。

一名太監匆匆跑上來，跪在地上，雙手呈上一份文書，打斷了皇帝的思緒，「兵部加急。」

文書已被拆開，兵部顯然已經看過，覺得十萬火急，於是加蓋印章，直接送到皇宮，而不是按照正常程序逐級上交。

韓孺子看了一眼，臉色驟變，「去勤政殿。」

皇帝雖然不來，勤政殿的議政大臣們卻不能曠工，每天上午都要過來打聲招呼，彼此說幾句客氣話，然後再回本衙辦公。

殷無害一直病重，韓星和崔宏在外，勤政殿因此變得冷清，只剩下右巡御史申明志、吏部尚書馮舉和禮部尚書元九鼎三人。元九鼎尤其尷尬，他是太后選入勤政殿的，如今太后失勢，他的位置變得非常危險，不能不來勤政殿，又不敢表現得理所應當，每次都像被罰站一樣守在門口，隨便什麼人一口氣就能將他吹出去。

韓孺子在路上下達了幾道命令，召集兵部尚書蔣巨英、南軍大司馬崔宏、北軍將領柴悅和劉昆升一同前來勤政殿。

南、北軍大營都在城外，將領們來得慢一些，兵部尚書離得近，比皇帝到得還早。

消息已經傳開，大將軍韓星兵敗，函谷關已被上官盛奪去。

韓孺子想不明白這種事怎麼會發生，韓星擁兵數萬，又有城池之堅、地勢之利，面對只有殘兵數千人的上官盛，斷無大敗之理。

他一走進勤政殿，在場的四位大臣和中書省數名吏員立刻跪下，韓孺子揮手示意他們起身，大步前行，沒有坐在一邊的寶座上，而是站在桌前，向蔣巨英道：「給我一個解釋。」

四位大臣面面相覷，皇帝所處的位置平時是屬於宰相的，他站在那裡可有點不同尋常，但是沒人敢作聲，兵部尚書蔣巨英尤其不敢，他曾經受冠軍侯指使，公開與當時的倦侯對抗，收穫了一場慘敗。

冠軍侯最後起事的時候，蔣巨英沒有跟隨，可身上畢竟有過污點，十分害怕，一聽到皇帝的質問，立刻跪下，「臣……」

「起來說話。」韓孺子道。

蔣巨英起身，什麼都沒做，已是滿頭大汗，偷瞥了一眼右巡御史申明志，心中稍安，「前線混亂，第一封信是商縣送來的，有可能是失誤，再等一等，才有更準確的消息……」

「嗯，可以等，但不能乾等，不管什麼原因，假設大將軍兵敗、函谷關失守，朝廷該如何應對？」

幾名大臣你瞧我我瞧你，都希望對方先開口。

楊奉走進來，站在皇帝身後，他不是議政大臣，用不著通報。

蔣巨英是兵部尚書，只能先開口，「依臣愚見，即使上官盛獲勝，也是僥倖，無需朝廷大動干戈，稍假時日，大將軍定能反敗為勝。」

申明志、馮舉都支持兵部尚書的看法，禮部尚書元九鼎嗯嗯了幾聲，甚至不敢確定自己有資格站在這裡，直到皇帝的目光看來，他才說：「大將軍……必能……反敗為勝。」

韓孺子聽得不太認真，他知道這些大臣的才智不在戰事上，肯定拿不出好主意，他只是利用四人說話的工夫，回想自己看過的奏章。

北軍軍正柴悅和北軍都尉劉昆升趕到，路上已經聽聞函谷關兵敗的消息，參拜之後，柴悅立刻道：「函谷關必有異常，要麼是消息有假，要麼是大將軍本人出了問題。」

在大臣們聽來，「出了問題」另有含義，吏部尚書馮舉吃驚地說：「不至於吧，大將軍乃宗室重臣，對朝廷向來忠心耿耿……」

柴悅解釋道：「我是說大將軍有可能意外亡故，給了上官盛可趁之機。」

韓星年紀不小，的確有突然病故的可能，只是時機太巧了些。

柴悅繼續道：「事不宜遲，朝廷應立刻派大將東行，還有機會招聚敗兵，奪回函谷關。」

韓孺子早有選擇，就是柴悅本人。正要開口，身後的楊奉輕輕踢了一下皇帝的腳後跟。

韓孺子馬上明白了楊奉的用意，柴悅只是皇帝心目中的「大將」，對於天下人來說，柴悅的職務、名聲與威望都不夠高，由他東行很難聚集起韓星的舊部。

他收回嘴邊的任命，說道：「如果上官盛真的奪取函谷關並固守，問題反而不大，再奪回來就是，朕只擔心一件事，關東災情嚴重，放糧賑災太晚、執行又不得力，入春以來，流民必然增多，上官盛若與各地盜賊同流合污，才是大麻煩。」

韓孺子曾經想方設法讓各地開倉放糧，可是這幾天看到的奏章，表明他的努力只成功了一部分。沒有聖旨終究是個死結，各地官員對開倉態度不一，災情越嚴重的地方，官員反而越不願意開倉，害怕糧食不夠，最終引發更大的混亂。

韓孺子早就想補發聖旨，可是沒有寶璽的「聖旨」能讓京城官吏承認，送到京外，效力就會減弱，信與不信又變成地方官員自行選擇了。

申明志建議將戶部尚書、左察御史蕭聲也都叫來。

兩人很快趕到，尤其是蕭聲，好像就等在大門外面，一叫就到，態度也比其他人積極得多。

事實表明，大臣都不笨，當他們努力思考的時候，還是能想出好主意的，「當務之急是昭告天下：大楚撥亂反正，陛下重返至尊，朝廷穩定，軍民同心。上官盛大逆不道、劫持宗室子弟，人人得而誅之，他無路可逃，必然兵散人亡。」

戶部尚書到得稍晚一些，沒提出什麼意見，倒是佐證了皇帝的猜測，關東的形勢不容樂觀，流民數量的確減少中，卻極不穩定。這些人無地可種，一旦過了春耕季節，發現今年還是難有收成，很可能再度轉為流民。

崔太傅來得最晚，路上幾次改變主意，最終還是來了。心裡打定主意，如果皇帝又要派自己去平亂，無論如何也要拒絕。除非女兒崔小君生下一位太子，崔宏是不會感到安全的。崔宏連理由都想好了，不過皇帝卻沒有派他出兵。

將近午時，崔太傅剛到不久，函谷關的消息接二連三地傳來，直接送到勤政殿，兵部尚書拆封，當著皇帝的面讀出來。

柴悅猜對了，大將軍韓星的確發生了意外，卻不是病故。他的身體一直不錯，無病無災。

韓星是遭到了暗殺。

時機恰到好處，正是兩軍即將開戰的時候，楚軍無主，因而大亂，給了上官盛以少勝多的機會，如今他已佔據函谷關，下一步動向不明。

韓孺子忍不住轉身看了一眼楊奉。

楊奉昨天剛得到消息，孟氏兄妹和十幾名侍衛一路東奔，在函谷關附近消失不見。

第二百七十三章 無人可用？

韓星之死與函谷關失守，令剛剛穩定下來的局勢一下子又變得緊張起來，韓孺子能夠明顯感覺到，宮廷與朝廷都不像前幾天那麼雷厲風行了，他發出的命令倒是無人違背或是反駁，但是得到的反饋明顯變少、變慢，彷彿水下的誘餌被聰明的小魚一點一點吃掉，岸上的垂釣者卻一無所覺。

韓孺子與大臣們商議了一整天，參與者逐漸增多，最後達到了三十多人，大家的意見倒是一致，都認為必須盡快消滅上官盛的勢力，而且這一戰並不難打，可是派誰去卻成為糾纏不休的難題。

大臣們在一些細枝末節上爭執不休，一位大臣推薦的人選，必然遭到至少兩位大臣的反對，理由總是非常充分，或是威望不高，或是能力不足，或者身體不適……

一開始韓孺子還參與爭論，後來乾脆冷眼旁觀，他明白，並非大臣們能力不足，也不是膽小怕事。恰恰相反，這些人經驗豐富，一嗅到帝位變動的氣息，立刻想方設法置身事外、互相幫助，既不能顯得太消極，也絕不能顯得太賣力，以免留下口實。

韓孺子心裡非常氣憤，他對大臣的印象向來不好，如今變得更加惡劣。

明天是太廟告祖之日，無論如何，韓孺子必須先正式恢復帝位，天黑之前議政結束，做出唯一的決定就是各軍加強防備，等函谷關傳來更詳細的消息之後，再做決定。

皇帝可以乘轎回宮，但韓孺子將乘輿打發走，與楊奉一塊步行。身前身後都是部曲士兵保護，這些人還沒有明確的身份，既非侍衛也非宿衛，但是最受皇帝信任。
「真想將他們全都換掉。」韓孺子憤意難平，「你也看到了，唯一肯出主意的人只有蕭聲！」
不等楊奉回答，韓孺子補充道：「我明白，蕭聲也不是真心出力，他是害怕遭到報復……我是不是太早寬赦大臣了？應該給他們留下一點壓力。」
楊奉一反常態，只是嗯嗯，一句回應也沒有，跟勤政殿群臣倒是非常相似，韓孺子止步，「楊公不認為大臣們有些過分嗎？」
天色剛黑，前後燈籠離得都有點遠，站在餘光裡的楊奉顯得有些蒼老，但待到他開口時，聲音裡卻沒有半點疲態，「如果是陛下，會怎麼做？」
「我……如果我是大臣的話？」
楊奉又嗯了一聲。
「我會……」韓孺子想了一會，不由得嘆息一聲。他在心裡憤怒了半天，卻沒想過一個問題：大臣的做法其實很正常，武帝晚年以來宮中多事，接連幾位皇帝驟興驟滅，今天的掌權者，只因一時選擇錯誤，明天就可能淪為階下囚，如果他是大臣，也會在局勢不穩的時候明哲保身。
申明志、蕭聲等人就是反面例子，他們因一時貪念參與了帝位之爭，結果頻頻出錯，沒有撈到利益，反而陷入困境。
「一個人不能自私到以為別人不自私。」韓孺子輕笑一聲，發現自己重當皇帝後，比從前「自私」許多。
可是不能過度自私的話，當皇帝又有什麼意義呢？
韓孺子沒向楊奉提出這個問題，他變得心平氣和，不再埋怨大臣，也沒向楊奉討教。他明白，這次他又得自作決定。

連晚膳都沒用，韓孺子直接去見母親，同時也拜見太后。

現下不是他當傀儡的時候了，即使太后不想見皇帝，她身邊的人也不敢謝絕皇帝的到來，更不敢出面阻攔，而是恭恭敬敬地迎入。

太后坐在椅榻上，王美人仍像侍女一樣站在旁邊。

韓孺子入宮的第一天就想將母親接走，王美人卻嚴辭拒絕，在她看來，服侍上官太后不僅是一種義務，還是榮耀。

在韓孺子心中，重新稱帝的第一件大事就是將母親也立為太后，兩宮並立早有過先例。即使皇帝不出聲，大臣也會主動提出來，禮部尚書元九鼎已經暗示過此事。

函谷關失守打亂了計畫，所有事情都得延後。

韓孺子不用再像從前那樣下跪，在躬身行禮、客氣地請安後，他說：「太后想必聽說了吧，大將軍韓星遇刺，上官盛佔據了函谷關。」

太后看上去氣色不錯，只是少了幾分嚴厲，好像很高興交出權力，「怪我管教無方，以至上官家出了這樣的亂臣賊子，令陛下憂心。如果陛下是來問罪，我也沒什麼可說的。」

太后雖然失勢，但她畢竟是個象徵，韓孺子當然不會「問罪」，說道：「太后言重了，上官盛自己作亂，與太后何干？朕來拜見太后，乃是請教平亂治國之道。」

王美人向兒子輕輕點頭，表示贊許。

太后沉默片刻，「陛下真心請教？」

「絕無半點虛假。」

太后又沉默了一會，「給我說說函谷關的詳情。」

韓孺子將事情大致說了一遍，太后提出的問題，也都一一回答。

「刺殺大將軍絕不是上官盛能想出的主意，他的部下也沒有能做這種事的刺客，上官盛要麼得到了他人相助，要麼是遭到了利用。」

太后說起侄子就是像是在議論不相關的外人，沒有半點「母子之情」——她已經替親生兒子報仇，用不著再樹立一個「兒子」。

韓孺子猜想也是如此，但他更關心另一個問題：「上官盛佔據了函谷關，接下來是留是走？」

「肯定會繼續東行。」太后毫不猶豫地說。

「如果他身邊的人不同意呢？比如說那些幫他刺殺大將軍的人。」

「你還是沒瞭解上官盛，他不是走狗，而是一頭猛獸。你可以利用他捕殺獵物，但是不能讓他停下來，就算刺客說得天花亂墜，上官盛還是會一路跑回東海國，他以為那裡是他的家。」太后頓了頓，「是我給他出的主意，他已經認準了這條路。」

韓孺子不想追究這是誰的主意，拱手行禮，又問道：「滿朝文武，誰人可用？」

太后微微一笑，「陛下也撞上那堵軟牆了？」

「撞上了，還差點陷進去。」

「我曾經試過許多辦法，可那堵牆撞不破、拆不掉，也繞不過去。你想過將他們全都撤換一遍嗎？」

「想過。」

「千萬不要這麼做，因為我已經試過了，發現大錯特錯，而且那是一個陷阱。」

「怎麼說？」韓孺子更感興趣了，楊奉反對他這麼做，給出的理由卻很含糊，他需要更直接一些的理由，太后恰好最適合回答這個問題。

「皇帝是孤家寡人，總得依賴別人做事。皇帝可以選擇親信，可天下官吏千萬，你的親信能有多少？」

韓孺子沒有回答，他的親信甚至不夠組建起議政團隊。

「所以你還是得用大臣做事，換掉一批，上來的是另一批，很快也會變成一堵軟牆，而且還不如上一批會做事，奏章送來得不及時、聖旨遲遲沒有送到各地、租賦不足、戶籍出錯……一堆問題都會冒出來，說大不大，說小不小，最後皇帝只能將從前的老臣一個個又請回來。皇帝還會發現，那些老臣原來從未銷聲匿跡，或者被派到皇帝注意不到的地方任職，或者就在家中閒居，準確地算到了自己何時能夠官復原職。」

「問題究竟出在哪？」韓孺子問。

太后笑了笑，沒有回答，她若找出問題在哪，如今站在她面前的皇帝就不是韓孺子了。

「難道滿朝文武就沒有一人可用嗎？」

「有，但是可能不合陛下的心意。」

「為何？」

「恕我直言，陛下此時根基未穩，忠誠可靠者少，能用者多是勢利之徒，陛下心裡若是邁不過『忠誠』這道坎，能用誰呢？」

韓孺子謝過太后，告辭離去。

王美人將皇帝送到寢宮大門口，低聲說道：「別急，帝位越穩，忠於陛下的人越多，肯做事的大臣自然也會多起來。」

「我不急，母親。」韓孺子的確不像一開始那麼急於做事了，由傀儡、廢帝到重新稱帝，他已經邁出一大步，至於掌握真正的權力，那是另一大步，必須穩妥邁出。

「無論如何也要將南軍派出去，崔宏提出任何條件都可以接受。」

「是，母親。」

王美人目光中露出憐愛之情，伸手輕輕撫摸一下兒子的臉頰，「陛下不是最幸運的皇帝，卻是最聰明的。大楚江山是陛下的，以後也會傳給陛下的兒孫。」

韓孺子笑了笑，只有母親會如此無條件地看好他，給予最多的稱讚。

他當然不覺得自己是最聰明的皇帝，但他相信自己絕非最倒霉、最無能的那一個。

用膳之後，韓孺子回到寢宮。他很快就看出皇后的神情有些不自然，似乎有話要說，但又不敢說。

「崔家派人給你送信了吧？」韓孺子笑著猜道，並不在意皇后要為家人說話。

崔小君臉上一紅，「是，父親說……他年紀太大，受不得征戰之苦。」

「可若是讓他交出南軍大司馬之職，他肯定又不覺得年紀大了。」

崔小君臉色更紅，「陛下……陛下真要鏟除崔家嗎？」

韓孺子走到皇后面前，輕聲道：「就算為了妳，我也不會這麼做，我會給妳父親一次機會，讓他主動請戰，妳不用為難，也不用插手，崔太傅會這麼做的。」

次日天一亮，韓孺子在勤政殿召集群臣，宣布自己要御駕親征。

第二百七十四章 八道聖旨

為了太廟告祖、宣布皇帝回歸，禮部和宗正府已經做好充分準備，告祖、祭天、拜地、召見群臣、大赦天下……整套程序要從早持續到晚，韓孺子砍掉一多半環節，只一個時辰就宣告禮畢，他又是大楚皇帝了。

右巡御史申明志被指定為群臣的帶頭人，這意味著他將繼任宰相之職。

可皇帝想御駕親征，卻遇到不少阻力。

在勤政殿裡，數十名大臣輪番上陣，勸說皇帝三思而後行，理由非常充分：朝廷未穩，皇帝此時離京會帶來更大的動蕩，即使順利消滅上官盛，也是得不償失。

大臣似乎非常在意皇帝的安危，有些人甚至痛哭流涕、紛紛請戰，願意代替皇帝去剿滅叛賊。

韓孺子在史書上見過類似的記載，而且不少。每次皇帝想要做點出格的事情，大臣都會全力反對，不只是出征，還有巡狩、修建新宮、改變舊法等等。很難說大臣們的真實想法是什麼，忠誠之餘或許也有算計，因為那既能表露對皇帝的關懷，又能建立名聲，而且成本極低，只要磕頭與痛哭。

只有武帝是個例外，在他中年之後，公開反對的聲音越來越少，直至於無。桓帝登基之後，這種做法又恢復了，無論大臣們對皇帝多不在意，該勸的還是得勸。

這回韓孺子坐在了寶座上，傾聽大臣們講述御駕出征諸多不妥之處。

又花費了一個多時辰，午時已過，大臣的肚子開始咕咕叫，韓孺子宣布：「朕意已決，眾愛卿無需再勸。」勸說又持續了一小會，終於停止，大臣們的行為會被記載在史冊中，後人不能指責他們不忠，這就夠了。

但勸說並非浪費時間，韓孺子傾聽每條反對理由，有些的確是他事先沒想到的，可以及時堵住漏洞。

他不打算再等群臣拿主意，直接下達聖旨，前後只用了不到一刻鐘，群臣猝不及防，不等他們提出反對，「議政」已經結束了。

第一道旨意：以太后的名義發佈懿旨，宣布大楚寶璽暫作改變，由另一枚皇帝印璽代替。但是那枚獨一無二的寶璽還是得找回來，這不僅事關大楚朝廷的顏面，在許多人眼裡還預示著當今皇帝的位置能否長久。

第二道旨意：右巡御史申明志守宰相之職，留衛京城，大事小情都要請示宮中的太后。這是一項臨時任命，也是對申明志的考驗，通過之後，才能由「守」變作「任」。

第三道旨意：中掌璽劉介升任中司監，中常侍楊奉接任中掌璽，但是在職責上做了一點改變，楊奉不僅掌管皇帝印璽，同時兼管太后之印。

不少大臣反應過來，這意味著皇帝離京後，真正掌權的不是守宰相申明志，也非太后，而是一名太監！又有人想要磕頭反對，韓孺子不給他們機會，立刻下達第四道旨意：南、北軍各出五千人，他只帶一萬將士征討上官盛。

大臣們一下子炸了鍋，他們暫時忘記太監掌權之事，再度反對御駕親征，雖說上官盛只有數千人馬，卻擊敗了大將軍韓星的幾萬將士，皇帝只帶一萬人出征，實在過於兒戲。

人聲沸騰，太監不得不敲響小銅鑼，要求眾人閉口。

皇帝不做解釋，繼續發佈第五道旨意：左察御史蕭聲與弘農郡守卓如鶴共任欽差，巡行天下各郡。一位負責監察吏治，一個負責督促賑災，以半年為期。

這也是一項考驗，如果蕭聲做得好，仍有可能繼任宰相；令群臣納悶的是弘農郡守卓如鶴，此人雖是武帝駙馬，可是聲名不顯，連人都不在京城，居然會被皇帝選中，實在是怪事一件。

韓孺子在商縣見過卓如鶴，對駙馬那句「官府似乎有糧又似乎沒糧」記憶深刻，因此決定派他去賑災。讓流民返鄉並非大楚最急迫的麻煩，卻是最根本的問題。韓孺子自己騰不出手，只好選擇一面之緣的卓如鶴代替。

殿中大臣正苦思冥想卓如鶴是怎麼回事的時候，皇帝發佈第六道旨意：任命辟遠侯張印為宿衛中郎將，即刻率領宿衛軍前往邊疆備守，第一站就是碎鐵城。

皇帝多做了一句解釋：「這是輪守，南軍、北軍去年守衛邊疆，今年該輪到宿衛軍了。」

對這道聖旨，大臣們倒是很支持，宿衛軍惹下那麼大的亂子，理應受到懲罰，皇帝既然非要親征，宿衛軍更不能留在京中。

張印本人不在殿中，有幾位大臣明白了皇帝的另一層用意，辟遠侯到了碎鐵城就能釋放自己的孫子張養浩，可是想名正言順地帶孫子返京，非得立一大功不可。

韓孺子不想立刻派張印去西域，他現在更擔心匈奴人入侵。委派張印守衛北疆有點冒險，這位口訥的老將軍雖然立過不少軍功，卻極少有過獨當一面的經歷，韓孺子想趁機試探一下辟遠侯的能力。

又有大臣想勸說皇帝多帶兵馬，並且取消太監楊奉的權力，韓孺子不給他們開口的機會，接連發佈第七、第八道聖旨。

第七道聖旨很簡單：命東海王攜家眷就國，與皇帝一同出發。

大臣們心中稱讚這道聖旨，畢竟皇帝親自征討臣子，實在有失顏面，歷朝歷代都會找一個公開的藉口，比如巡狩、封禪。當今皇帝的藉口更完美些，既能順路剿滅上官盛，又將競爭者東海王送出京城，一舉兩得。

第八道也是最後一道聖旨：准許宗室、勳貴、大臣子侄自願參軍，保護御駕親征的皇帝。

大臣們被皇帝的幾道聖旨弄得不知所措，正琢磨這最後一道聖旨是何含義，皇帝宣布散朝，天黑之前，八道聖旨必須正式頒布，明日準備，後日出征。

守宰相申明志開始忙碌起來，他可不想在得到任命的第一天就惹皇帝不高興，對他來說，盡快去掉「宰相」前面的那個「守」字，比什麼都重要。

韓孺子在凌雲閣用午膳，然後召見幾位真正的親信。

對楊奉他沒什麼可說，反而要問一句：「此次出征，楊公可有提醒？」

「繞遠路、防刺客。」

韓孺子一笑，楊奉果然最瞭解他的心事。此次出征，剿滅上官盛尚在其次，取得南、北兩軍的認可，並且向天下各郡宣示皇帝的到來，才是最重要的目的，所以楊奉建議皇帝繞遠路。

這也是韓孺子為何只帶一萬將士的原因，如今民生凋敝，太多人馬只怕各地供養不起。

蔡興海和晁化留在京城守衛皇宮，一個主內，一個主外，全都接受楊奉的節制。

北軍都尉劉昆升同樣留下，在城外執掌北軍和一部分曾經支持倦侯的南軍，只要不出大錯，足以壓制住崔太傅的南軍。

跟隨皇帝出征的將軍只有柴悅和房大業。

柴悅還接到一項任務，在宿衛軍尋找一位持斧將軍，韓孺子率兵進攻北城門時，差點死在此人斧下。

一切安排妥當已是傍晚，申明志動作迅速，八道聖旨全都正式頒布。與此同時，大量奏章湧入宰相府，透過中書省送到皇宮，一半仍是苦諫皇帝三思，另一半則是請戰隨征。

人人都明白，皇帝說是要大家「自願」參軍，可是不自願者，前途就算毀了。

韓孺子准許了所有申請，在最後一批申請中，看到了崔宏和崔騰父子二人的名字。

崔宏的奏章很長，回顧了崔家對大楚的貢獻，隱諱地反思了他曾經犯過的錯誤，苦勸陛下留在京城，自願前去討伐上官盛，最後，如果皇帝非要御駕親征，崔家父子願做馬前卒。

已經很晚了，韓孺子仍去拜見母親，太后早已休息，王美人卻一直在等皇帝，沒有請他進寢宮，就在大門口屏退眾人，嚴肅地說：「你知道御駕親征有多危險嗎？」

韓孺子點了點頭，他做出決定之前沒跟任何人商量，猜到母親不會特別贊同，「必須如此，在京城牽扯太多，我要將崔太傅等人都帶出京城，以軍法行事，更快、更方便，而且能讓南、北兩軍對我的支持更牢固一點，等我再回京城時，對付大臣也就更容易一些。」

王美人長嘆一聲，兒子說得沒錯，將隱患帶出京城，的確比在京內更好解決，但也更加危險，便說道：「路途艱險……」

「那也比困在原地無路可走強。」韓孺子微笑道，對未來並不是特別擔心。

王美人沉吟片刻，「陛下這是將一切賭注都押在楊奉身上啦。」

皇帝御駕親征，楊奉將成為京城最有權力的人物，韓孺子制定計畫時就是這麼決定的，「總得有幾個可信之人，否則的話我真是孤家寡人了。」

王美人笑了笑，沒再多說什麼。

韓孺子回到自己的寢宮，皇后崔小君也沒睡，一看到皇帝就露出微笑。

「妳的父親和二哥已經主動請戰了，只要他們認真打仗，我保證會帶著他們一塊返京，妳還有什麼可擔心的？」韓孺子一眼就看出皇后仍有心事。

崔小君勉強笑了笑，「父親托人找我三次，我也三次做出保證，我擔心的不是這件事。」

「還有什麼事情？放心吧，頂多一個月我就能打敗上官盛。路上逛逛，三個月之內肯定能回來。」

看到皇帝自信的樣子，崔小君的笑容自然多了，很快收起笑容，指著桌上的一柄劍，「認得嗎？」

韓孺子早就注意到這柄劍，「太祖寶劍？」

「嗯，聽說你要御駕親征，我覺得你應該帶上它，討些好運，可是……」

「太祖連戰連敗，讓妳擔心了嗎？可太祖最後還是勝利了。」韓孺子笑著走到桌前，拿起寶劍，抽出半截看了一眼，臉色驟變。

崔小君道：「有人將太祖寶劍調包了。」

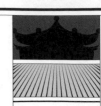

第二百七十五章 皇帝家事

當頭一盆冷水澆下，東海王猛地跳起來，大喊道：「我拚命了！我真拚命了！是舅舅……是崔宏……」眼前的陌生人並非王妃譚氏，東海王警惕而驚訝地問：「你是誰？」隨後左右看了看，這的確是自己的家，頭暈腦脹、腳底虛浮，酒勁還沒過去，外面的天剛剛有一點黑。

「請東海王殿下跟我走一趟。」

「我幹嘛跟你走？你究竟是誰？」

「陛下召你入宮。」

東海王心中一驚，臉色都白了，「明天才出發，今天召我入宮幹嘛？」

陌生人面無表情，「入宮就知道了。」

「詔書呢？旨意呢？你、你是侍衛，不是宮裡的太監……」東海王越想越慌，忍不住就要開口求救，突然又想起，已經沒人能救他了，王府從官吏到奴僕都換了一遍，除了王妃譚氏，他一個都不認識。

陌生的侍衛神情安靜，一點也不著急，他能進府，就已經證明了自己的身份。

東海王也明白這個道理，稍稍平靜一些，「我去跟王妃說一聲。」

「不用，王妃也要奉詔入宮，應該已經上轎了。」

「讓我……洗把臉，換身衣裳。」東海王實在找不出別的理由了。

洗臉、換衣時，東海王心中湧出無數的計謀，沒一條能成功，又出現無數的幻想，以為會有人突然跳出來搭救自己，直到一切準備好，也沒有奇蹟發生。僕人恭恭敬敬，不像隱藏的武功高手，角落、房頂乾乾淨淨，更不像是會有人跳出來。

東海王突然明白，自己真的無依無靠了。

侍衛又催了一次，東海王只好出發，此刻醉意全消，出府時一步一回頭，他在這座王府裡沒住多久，此刻卻留戀不已，真想就此倒下，打死也不出去。

大門外的侍衛更多，停著兩頂轎子，東海王很想去跟譚氏說句話，卻被侍衛客氣地請上轎子。

東海王這一路上心潮起伏，身體一會虛脫、一會緊繃，下轎的時候，幾乎連走路的力氣都沒有了。

他被送到宮中一座獨立的小院裡，下轎時只有他一個人，譚氏不知被送到哪裡去了。

韓孺子又忙了一整天，直到二更天才抽出工夫來見東海王，一見面就問：「你怎麼了？沒吃飯嗎？還是剛練過武功？」

東海王不知哪來的勇氣，騰地站起來，「要殺便殺、要剮……總之我不怕你，你的醜事早晚會暴露於天下，人人皆知……」

勇氣用完了，東海王癱坐在椅子上。

韓孺子笑道：「我的醜事？」隨即搖搖頭，「我要殺你，必然光明正大地進行，絕不會悄悄召你入宮。」

東海王一愣，一想也對，對方已是皇帝，要麼假手他人，要麼栽以死罪，沒必要玩弄其他手段，心中大為放鬆，差點哭出聲來，「你……陛下找我有什麼事？」

「宮裡發生一件怪事，我要找你商量。」

東海王又是一愣，「不是我做的。」

「我還沒說是什麼事。」

「無論什麼事都與我無關，我現在比吃飽的狗還老實，你派去王府的那些人可以作證，除了喝酒、吃飯、睡覺，我什麼都沒做過，外人也不見。真的，願賭服輸，我知道爭位失敗的皇子皇孫該怎麼做——在酒色中度過一生，酒我已經開始了，色……色再等等。」

韓孺子大笑，「現在就沉湎於酒色，你還太年輕了些，為何不幫我平定天下，做一番事業呢？」

東海王左右看了看，屋子裡沒有外人，「有話就明說吧，陛下是皇帝，我是臣子，陛下就算讓我自殺，我也不敢說個不字，用不著好言好語地拉攏我。」

韓孺子坐在另一邊，拿起桌上的涼茶，自斟自飲一杯，「太祖寶劍失蹤了。」

「什麼？」

「太祖寶劍。」

「衣冠室裡的那一柄？」

「嗯。」

「怎麼會……陛下不是懷疑我吧？」

「那晚你曾經帶人衝進皇宮。」

「可我沒去過衣冠室，而且，我要太祖寶劍也沒用啊，就算用來號召群臣，也該當時就亮出來，偷藏起來對我沒有任何意義。」

韓孺子從一開始懷疑的就不是東海王，「譚家人呢？」

「譚家人？這個我可不敢保證，當時特別混亂……哦，所以你把王妃也召進宮，你、你……陛下是皇帝，王妃是陛下的弟媳，你可不能亂來。」

韓孺子苦笑道：「你的腦子裡到底在想什麼？王妃那晚曾經跟皇后一塊去過衣冠室。」

東海王想起來了，王妃跟他說過當晚的經歷，「楊奉，陛下應該問楊奉，他一直被綁在衣冠室外面的柱子上，若是有人進出，他不可能看不到。」

韓孺子早就問過，楊奉什麼也沒看到，韓孺子當然選擇相信，「關鍵是不知道寶劍什麼時候被調包的，肯定不是楊奉被囚禁的那段時間。」

「嘿，皇帝不應該相信任何……算我沒說。」發現自己並無性命之憂，東海王安心許多，能夠認真思考皇帝的問題了，「反過來想，太祖寶劍有什麼用？那不過是老祖宗留下的一件遺物而已。」

「對絕大多數人沒用，對我、對大將軍韓星卻有一點意義。」

「哦，對了，當初你曾讓人帶出太祖寶劍，韓星接劍之後平定宮亂……原來他是這麼被刺殺的。」東海王恍然大悟，忘了稱呼「陛下」。

韓孺子瞭解東海王，知道對方的驚訝是真實的，「原來我以為被利用的是寶璽，現在看來，太祖寶劍更有可能，刺客大概是帶著寶劍去見大將軍，大將軍誤以為那是我派去的人……」

「明天出征，找到韓星的衛兵，就知道他是怎麼死的了。」東海王還是有點緊張，覺得自己出的主意太簡單，皇帝肯定已經想到，想了一會，又說道：「陛下懷疑譚家？」

「刺殺更像是江湖手段，譚家、花家都有可能，楊奉以為是望氣者所為。」

東海王冷笑一聲，「林坤山？他若是有這種本事，我也不至於……」東海王暗暗發誓要管住自己的嘴，「好吧，我可以去跟王妃談一談，如果真有譚家人參與，她應該聽說過。但是我得要一個保證。」

「對譚家，我沒有保證；對王妃，我可再寬赦她一次。」

東海王盯著皇帝看了一會，「好吧，我這就去嗎？」

韓孺子點點頭，他必須盡快查清真相。

東海王邁步向外走去，突然止步轉身，「我母親……」

「崔太妃、鏞太子遺孤、冠軍侯會同時安葬，大概在十天之後。」

韓射——又名韓枬——短暫的皇帝生涯不被承認，在大楚歷史上，他將一直被稱為「鏞太子遺孤」。

東海王忍住心中的悲憤，「聽說，她是被……毒死的？」

「我沒問過。」韓孺子說，這是實話，既然還得尊崇太后，有些事情就不能問得太清楚，不過太后既然將思帝之死全都怪罪於崔太妃，用同樣的方法毒殺仇人乃是必然之事。

東海王沒再說什麼，走出房間，外面自然有人帶他去見王妃。

韓孺子獨自坐在屋子裡，皇宮裡的房間全都出奇地相似，只是大小和擺設不同，偏偏各有獨立的名稱，宮、閣、館、院不計其數，韓孺子根本記不住。

沒多久，東海王回來了，臉色青紅不定，好像被罵了一通。

「王妃說她沒拿寶劍，當時皇后也在，她們救下楊奉之後就離開了，誰也沒進入衣冠室，不可能從裡頭拿走任何東西。」

韓孺子已從崔小君處聽說詳情，對譚氏也無懷疑，「譚家其他人呢？」

東海王囁嚅了幾句，「王妃不知道，她說……她說……」

「說什麼？」

東海王終於壯起膽子，「她說陛下別只忙著平定天下、尋找太祖寶劍，有時間也該管管家事。」

「嗯？」韓孺子一怔，譚氏的膽量的確不小，可是說出來的話卻有點莫名其妙。

「陛下還不知道？皇后沒提起過嗎？」

韓孺子的目光稍一嚴厲，東海王馬上道：「算我多嘴，王妃亂說的，我瞧她現在也有點不正常，說出的話未必可信……」

「明天你就要離開京城了，你這麼喜歡皇宮，就在這裡踏實地住一晚吧。」韓孺子沒有追問，反而勸東海王好好休息。

在東海王聽來，這更像是某種威脅，知道自己終究沒法戲弄皇帝，於是脫口道：「王美人……王太后想要除掉皇后。」

王美人尚未得到太后的稱號，東海王先給她加上了。

韓孺子稍稍瞇眼，東海王更害怕了，「王妃說，那晚她和皇后一塊去太后寢宮求助，守門的是王太后，她拒絕開門，還說有皇后在，陛下以後不好對崔家動手。要不是楊奉及時找來宮中的侍衛，皇后和王妃很可能真的死在宿衛軍手中。聽說拙心院被燒毀了，皇后一直住在那裡，她算是萬幸，逃過一劫。當然，王妃說得也未必準確，我沒親眼看到……」

「夠了。」韓孺子站起身，「明日譚家上下不分男女老幼，都要跟隨大軍上路，跟你一塊遷到東海國。」

東海王一驚，「聖旨不是這麼說的。」

「明日一早會有新的聖旨。」

「可是……怎麼來得及？連點準備時間都沒有。」

「譚家沒什麼好準備的，上路就是。」韓孺子不再解釋，邁步走出去，他絕不會將可疑的人留在京城。

東海王目瞪口呆，雖說在他看來皇帝就該心狠手辣，可是眼看著變狠的人是韓孺子而不是自己，他還是有點接受不了。

韓孺子在侍衛的護送下前往寢宮，心中從未像現在這樣猶豫不決。

他相信譚氏的話，卻不知道該怎麼跟母親和皇后開口。

第二百七十六章 習慣

對於那晚與王美人發生的矛盾，崔小君隻字未提。在她的講述中，離開住處之後，她便立刻去了太祖衣冠室，那裡的太監還認得從前的皇后，為她開門，解開楊奉的繩索一塊逃走。

韓孺子同樣不打算提起此事，他即將離開京城，前去「征服」屬於自己的大楚江山，與其將母親和皇后的矛盾公開，不如繼續隱藏下去。

但也不能就這樣一走了之。

次日天還沒亮，皇帝、皇后早早起床，崔小君親自為皇帝穿衣戴冠，一直保持沉默，最後只說了一句：

「出宮在外，不要睡得太晚。」

韓孺子笑了笑，在皇后額上輕輕吻了一下，走出房間。他已經決定，不讓宮裡的任何人送行。

外面有人等候，張有才、泥鰍將貼身服侍皇帝。泥鰍不想當太監，一直與部曲士兵們住在一起。還有另外十五名太監和三十名侍衛，都是楊奉親自選定的，任務只有一個，保護皇帝十步之內的安全，這些人的頭目是中司監劉介。

韓孺子先去太后寢宮，在大門外向太后和母親告辭，然後直接去往太廟，進行了一次簡單的祭祖儀式，禮畢之後乘轎前往北宮門。

中途，他先後召見了兩個人。

一個是宮女佟青娥，她如今是秋信宮女官，掌管與皇后相關的事務，韓孺子多做了幾句囑咐，要她好好照顧皇后。

另一個是楊奉，兩人該說的事情都已經說過，臨行之前韓孺子再次召見，是希望楊奉能夠維持宮中的穩定，「慈順宮與秋信宮乃重中之重，萬望楊公留意。」

韓孺子只能說這些。

楊奉似乎明白了什麼，想了一會，點頭回道：「是，陛下。」

出了宮門，天色微亮，更多的人等在這裡，包括一百名儀衛、兩百名衛兵、四十多名各部司官員，這些官員大都是侍郎、主事一類的副官，圍繞著皇帝組成一個臨時朝廷，每日都要與京中的衙門保持聯繫，提供最新消息，以備不時之需。

隊伍出行，由北城門出城，再調轉方向去往東方的函谷關。

城外等候的人更多，京中所有五品以上的大臣都來送行，還有一支千人軍隊，一半是以黑色為主的北軍，另一半是大量採用紅色的南軍，皇帝本人的儀衛與衛兵則都是紫、黃色，爭奇鬥艷，頗有氣勢。

祭旗儀式就在城門下舉行，三匹純色白馬成為犧牲品，鮮血染在蚩尤旗上，這面黑紅兩色的兵旗，與皇帝的龍旗一道，成為軍中最重要的標誌。

天已經大亮，皇帝準備出發，就在這時，發生了一件小小的意外。

十幾名大臣跪在護城河的橋上，痛哭流涕地攔駕，希望皇帝再度三思，不要輕易出征，上有太后、下有群臣，皇帝安危繫於萬民……

韓孺子在史書中讀過類似的記載，可他已經在勤政殿裡「說服」了群臣，還以為這種事不會發生在自己面前，而且連兵旗都祭過了，斷無放棄親征的可能，結果仍有大臣鬧這一齣。

隊伍被攔住了，韓孺子招手讓身後的劉介跟上來，低聲問：「怎麼辦？」

劉介在宮中為宦多年，見多識廣，馬上回道：「陛下不用出面，我來處理。」

劉介跳下馬，快步走到橋上，親手扶起三位地位最高的大臣，說了幾句，然後快步走回皇帝馬前，點點頭、躬躬身，一個字也沒說，又跑回橋上，與大臣倒是真的開口交談。

如是反覆三次，大臣們終於讓開，目送皇帝過橋。

韓孺子終於迎上此行隨他親征的大軍，號稱一萬人，加上隨行人員差不多是一萬三千人，由於一路上都由郡縣接待，沒有動用民夫，多出來的三千人都是皇帝身邊的人，以及眾多主動請戰的宗室、勳貴與大臣親屬，還有他們的隨從，數量與皇帝比不了，但是每人至少也有兩名奴僕服侍。

將官數量極多，掛著將軍頭銜的人就有兩百多，有資格在皇帝面前參議軍政的人至少五十名。

還有二十名國子監博士與翰林院學士，都是獲得推薦的顧問。

即使離開了皇宮與京城，韓孺子仍能感到有一張網罩著自己，大臣只是這張網最重要的一部分。

將近午時，韓孺子終於能夠策馬行進。

一萬將士數量不多，可是皇帝親征，仍要分為前後左中右五軍。柴悅親率前軍，天剛亮就出發了，房大業指揮中軍，是皇帝最外的一層保護，另外三軍的將領都由兵部推薦。

太傅崔宏位高權重，留在皇帝身邊，統管五軍。為了突顯地位，加封大將軍頭銜，不過所有人都明白，這是明升實貶，崔家已經失勢，能否再度興起，就要看皇帝的信任程度了。

大軍出發不到兩個時辰就停下，住進早已準備好的營地，這時天還亮著，他們甚至尚未走出京畿地界。

韓孺子召見崔宏，他以為這次會面會有些尷尬，可崔宏不愧是見過世面的三朝老臣，進帳之後神態自若，規規矩矩地行臣子禮，既不以皇帝岳父的身份自傲，也不以曾經與皇帝為敵而驚慌失措。

「大將軍，三日之內能趕到函谷關嗎？」

「回陛下，兵無常勢，以穩為上，函谷關情形不明，待前軍傳回消息之後，或加速、或慢行、或暫停，皆可隨意選擇。」

帳篷裡只有數名侍衛與太監，韓孺子當他們不存在，坐在椅子上稍稍向前傾身，說：「朕以為已經說得很清楚了，三日之內必須趕到函谷關，上官盛若是逃走，要緊追不放，若是據關固守，正好將其剿滅。」

崔宏頻頻點頭，「陛下說得有理，可陛下乃至尊之體，若有閃失，哪怕是一點閃失，臣等即成千古罪人，生，無顏返京，死，難見先帝。」

崔宏撲通跪下，懇切地說：「臣雖愚鈍，好歹帶兵數十年，粗通兵法，縱然臣無能，麾下還有幾十名老將，打過勝仗無數，絕不至於耽誤陛下的大事。」

韓孺子不想一出京就與崔宏發生衝突，「好吧，由大將軍安排，前軍若有消息，隨時通知我，不分早晚。」

「是，陛下。」

崔宏告退，中司監劉介提醒皇帝，出征首日，皇帝得慰問全軍。所謂慰問，不是像從前那樣走出帳篷，而是輪流召見不同人等。

將領、官員、顧問、宗室、勳貴、大臣親屬等等，都要派出兩三名代表來帳中拜見皇帝，感恩戴德，然後將皇帝的慰問「帶給」其他人。

這套程序下來，天就黑了，韓孺子這才明白，第一天為何停下的這麼早。

用過晚膳，韓孺子留下劉介，要跟他聊聊。

「劉公很瞭解朝中的這些事吧？」

劉介曾在勤政殿裡與太后和群臣怒目而視，在皇帝身邊卻總是躬身垂首，與普通太監無異。韓孺子一度以為這會是一位楊奉式的人物，但很快就明白過來，楊奉獨一無二，劉介只是一名忠心耿耿的太監。

「略知一二，我曾經服侍武帝一段時間，見過幾次武帝與大臣打交道。」

韓孺子一下子興趣大增，「原來劉公服侍過武帝，跟我說說他的事情。」

劉介跪下磕了一個頭，嚴肅地說：「陛下不希望身邊的人日後嘴巴不牢、胡說八道吧？」

韓孺子一愣，隨後大笑，劉介的確是名耿直的太監，拒絕談論先帝的行為。

「那就說說大臣，那些人跪在橋上攔駕，到底是什麼意思？為名？為忠？為利？」

「那只是一種習慣，陛下。」劉介起身，對這種問題，他可以沒有忌諱地回答，「習慣是個好東西，用來明哲保身，最好不過。」

「在橋上磕幾個頭、流幾滴淚，就能明哲保身？」

劉介微微一笑，「陛下覺得他們奇怪，覺得他們迂腐，甚至覺得他們虛偽無能，但不會憎恨他們，甚至不會特別討厭吧？」

韓孺子沒作聲，他當然不會憎恨一群向自己下跪的大臣，至於討厭，雖有一點，但不是很強烈。

思忖片刻，他問道：「其他大臣為何不參與攔駕？」

「各有所長，陛下以後會見到各種各樣的『習慣』。」

「我剛剛就已經見到不少。」韓孺子搖搖頭，從崔宏到大臣親屬，都在以「習慣」應對他。

「陛下至尊之體，不可口誤。」劉介認真地提醒道。

韓孺子又是一愣，這才反應過來，他在親信者面前，常常自稱「我」，而不是「朕」，這也是一種習慣。

「朕明白。」韓孺子也認真地回道，他視劉介為第一個忠臣，對此人卻不熟悉，正在互相瞭解的過程中，初步印象是，這名太監是塊不肯隨波逐流的頑石。

「大臣的習慣能改變嗎？」

「習慣是皇帝養成的，只要陛下願意，當然可以改變。可陛下要小心，改變這些習慣要花費很多時間與心血，陛下眼下有這個餘暇嗎？」

韓孺子點頭，劉介說得沒錯，事有輕重緩急，改變朝廷的種種習慣，的確不是當務之急，可也不能就這麼陷在裡面，「既然暫時動不得，總可以繞過去吧？」

劉介沉默了一會，「我若說能，就是佞臣，我若是出主意，就是整個朝廷的公敵，所以我的回答是——不可以繞過去，這些習慣都是歷代先帝一點一點養成的，縱無別的好處，卻十分有利於陛下的安全。」

韓孺子再度大笑，連忠心耿耿的劉介也有「習慣」。

他還是決定繞過去，因為這些「習慣」不是他養成的。

「傳召東海王。」韓孺子要從這裡開始。

第二百七十七章 跑在前面

東海王隨叫隨到，努力想要做出無所謂的樣子，卻怎麼也掩飾不住心中的陰鬱與憤懣。

「王妃又教訓你了？」韓孺子問道。

東海王看了一眼帳篷裡的兩名侍衛和中司監劉介，「陛下也太……雷厲風行了吧，一點準備時間都不給，譚家老少數十口，年紀最大的七八十歲，小的才三四歲，說上路就上路，連早飯都沒吃，要多慘有多慘。」

韓孺子扭頭問劉介：「是這樣嗎？」

劉介躬身道：「譚家共是四十七口，外加十名僕人，年紀最大者六十三歲，最小者八歲，身體康健，並無頭疼腦熱。今早卯時一刻傳旨，辰時一刻出府，前後一個時辰，共攜帶金錠五十塊、銀錠……」

韓孺子抬手表示夠了，「據說譚家人人練武，所言果然不虛，加上譚家的財力，臨時出趟遠門不算難吧？」

東海王臉上青一陣紅一陣，囁嚅道：「都是王妃說的……陛下召我何事？」

韓孺子使個眼色，劉介和兩名侍衛躬身退出。

韓孺子站起身，繞著東海王轉了一圈，說道：「你不服氣吧？」

東海王臉色本來就差，這時更是神情驟變，「你、你……陛下想除掉我就明說，君要臣死，那個……那個……用不著編造罪名，賜死就行，上吊、自戕、悶死……還是給我一點毒藥吧，見血封喉的那種，反正……反正我母親也是這麼死的，我們母子……」

東海王說不下去了，韓孺子笑道：「別急，我沒那麼快下手。」

「謝陛下……嗯？你還是要下手？」

「告訴我，譚家有什麼動向，他們不會就這麼束手待斃吧？」韓孺子端正顏色。

「我、我……陛下是要我出賣譚家嗎？」

「我是要你救他們一命，我可不會再次寬赦譚家。」韓孺子冷冷地說，大赦的時候沒法將譚家單獨挑出來處罰，可他一直關注著「布衣譚」，相信他們不會就此變得老實。

「我、我真不知道，只是聽到一兩句閒談，譚家好像在寫信向什麼人求助。」

「向誰？」

「這個我真不知道，他們也不拿我當譚家人啊。」東海王長嘆一聲，自從爭位失敗後，他在譚家的地位就一落千丈。

韓孺子覺得再問不出什麼了，退回到椅子上，無聲地坐了一會，突然開口：「要不，你逃跑吧。」

東海王嚇得差點跳起來，「你剛才還說不會太快動手，怎麼現在就改了主意？」

「這支軍隊走得實在太慢，我想出營去與柴悅匯合，總得有個合適的藉口，好讓我繞過那些墨守成規的『習慣』。」

「你是皇帝，下旨不就行了嗎？誰敢不聽？」

「每個人都會聽，但事後又會以安全為名，將我的旨意打個折扣。我不想在這個時候浪費時間跟他們爭鬥，所以……」

東海王盯著皇帝，「我怎麼知道陛下不是別有用心，或者假戲真做，真給我一個逃亡的罪名？」

「我若是真那麼做了，你也沒得選擇。」韓孺子笑道，想取得東海王的信任是不可能的，也沒有必要。

「我、我回去準備一下。」

「不能總讓王妃替你拿主意，這件事要避著譚家，你留在這裡，咱們待會就出發。」

東海王怎麼想都覺得危險，卻不敢反對，「既然這樣……好吧，我同意，反正我的命在你手裡，可是有句話我得說在前頭。」

「說。」

「陛下擅自離營，若是有人，比如那個誰……趁機作亂，陛下可不能埋怨我，更不能說是我策劃的，因為主意都是你定的。」

韓孺子知道「那個誰」是誰，「崔宏？沒有你，他就沒了旗幟，以他的謹慎，絕不會在這個時候作亂，恰恰相反，他還會立刻追上來，好表露忠心。」

「陛下真那麼相信崔宏？他是我舅舅，可我一點也不相信他。」

「我有辦法。」韓孺子眨了下眼睛。

東海王一愣，總覺得眼前的人哪裡不太像皇帝，忍不住說道：「這可不是開玩笑，陛下根基不穩，萬一……發生萬一，整個朝廷可沒幾個人想著陛下。」

「這就像打仗，朝廷一方人數眾多、兵甲精良，可是沒有馬匹而行動緩慢，我方人數少得多、兵器也沒那麼好，可是騎著馬，行動迅捷。如果是正面交鋒，我方必敗無疑，這個時候就得騎馬邊打邊跑，離得不能太近，也不能太遠，讓朝廷跟著我，而不是我跟著朝廷。」

東海王呆了一會，「這是匈奴人的打法。」

「誰的打法不重要，重要的是能打贏。」

「事後陛下會為我洗刷罪名吧？」

「你的逃亡只是傳言，最後我不追究，誰會提起？」

東海王認真地想了一會，決定找一位可靠的見證人，「叫上崔騰。」

崔騰一叫就到，他之前在白橋鎮遇上柴悅率領的少量北軍與大量旗幟，對妹夫佩服得五體投地，完全沒想到那只是巧合——柴悅當時來不及率領大軍南下，於是用了這招虛張聲勢，與倦侯不謀而合。

聽說要溜出營地，崔騰二話不說表示同意，恨不得立刻出發。

是夜四更，皇帝突然帶領一千精兵出營，隨身只有三十名侍衛，連貼身服侍的太監都沒帶，寢帳裡留下一堆未處理的奏章和寫到一半的信件……

等到整個軍營反應過來的時候，已是半個時辰之後，傳言四起，都說東海王趁夜逃亡，皇帝親自去追，臨行前留下旨意，讓大將軍崔宏掌管全軍。

崔宏大驚失色，但是在皇帝寢帳中看到了半封信，讓他安心不少，信裡隱約表明皇后已經有孕在身。

崔宏馬上派人去追趕皇帝，隨後整頓全軍，留下後軍與大量勳貴正常出發，他則率領主力軍隊即刻啟程。

韓孺子終於又能不受束縛地疾馳了。

時值初春，積雪正在融化，路面稍稍變軟，正是縱馬馳騁的好時候。

天亮不久，這支千人軍隊到達商縣，城外已經安排好了營地，如果正常行軍，這裡就是皇帝第二天的駐陛之處，離上一處營地只有數十里。

皇帝突然駕到，將營地中的官吏嚇了一大跳，韓孺子也不多說，只問了幾句模稜兩可的話，讓對方誤以為他在追什麼人，然後命令將士就地取食，換下疲弱的馬匹，再度上路，匆忙趕來的縣令等官員，只來得及聽到馬蹄聲響。

這支千人軍仍是一半北軍、一半南軍，都曾經跟隨倦侯參加過北門之戰，對皇帝惟命是從。

老將房大業沒有跟來，他年紀太大，留在中軍也是要用來監督崔宏。

接下來的營地仍是三五十里一處，按這樣的安排，要花十天才能趕到函谷關，崔宏的確是謹慎到了極點。因為是皇帝御駕親征，各地接命後，早早就做好了準備，因此這段路走得很輕鬆，可以快馬加鞭、輕裝前進，只在夜裡休息了三個時辰，駐地官員整夜守在外面，都對皇帝的行為感到困惑，可是位卑職低，沒資格面聖，更沒資格問東問西。

東海王累壞了，隨便選了一頂帳篷，進去倒下就睡，連飯都不吃。

崔騰精力更足一些，與營外的官員們聊了一會，他是皇后的兄長，又是皇帝帶在身邊的親信，雖然沒什麼具體官職，卻極受尊重，回營之後他很開心，對皇帝說：「不錯不錯，這趟出來得太對了。」

韓孺子只睡了兩個多時辰，先是崔宏派出的信使追上來，不只一個，而是接連三位，第一位以大將軍的名義懇請皇帝留在原處等候大軍，後兩封署名的官員越來越多，連房大業都名列其中。

韓孺子知道信中會寫什麼，所以只是粗略掃了一眼，就放到一邊。相反地，他向信使仔細詢問大軍的情況與距離，確認崔宏就率軍跟在身後，他更放心了些。

他在玩一個危險的遊戲，可是只有這樣才能速戰速決。

天還沒亮，前將軍柴悅的信使也到了，看完信之後，韓孺子下令全軍出發。

正如太后所預料，上官盛並未固守函谷關，而是放了一把火，率軍逃跑。

柴悅已經率軍進關，撲滅火焰，召集大將軍韓星的殘部，同時等候皇帝的旨意。

按照最初的計畫，如果上官盛逃亡，柴悅應該在函谷關停留一段時間，直到召集到的士兵達到一萬人之後再做打算。

又是一段馬不停蹄的行程，當天下午，韓孺子到達了函谷關，比他自己計畫得還要快一些。

上官盛逃走得很匆忙，放的火並不充分，很快就被撲滅，柴悅召集到的韓星殘部，加上自己帶的人，已接近一萬。他準備次日一早出發，看到皇帝到來，他也嚇了一跳。

韓孺子還在函谷關得到了壞消息，上官盛果然召聚了一批流民，聲稱要攻佔洛陽，開倉放糧、救濟天下。

「上官盛有高人指點。」韓孺子只能得出這樣的結論。

「肯定不是林坤山，他沒這個本事。」東海王說。

柴悅還找到了韓星的衛兵，他們提供的消息證實了韓孺子之前的猜測，的確有人送來一柄劍，韓星見過之後，立刻召見此人，結果遭到刺殺，事後刺客和劍都消失了。

「洛陽城厚池深，上官盛攻不下，他只需停留三天，大軍就能將他合圍。」柴悅對擊敗上官盛信心十足。

韓孺子卻擔心上官盛的計畫沒那麼簡單，命令柴悅不要再等，立刻率軍出發，能帶多少人就帶多少人，剩下的留在函谷關，由皇帝整頓。

柴悅率領六千人連夜出發。

東海王一直留在皇帝身邊，趁他閒下來的時候，期期艾艾地說：「我說過我不知道，因為我也是才想起來，譚家人好像提起過洛陽，他們的求助對象，或許就在那裡。」

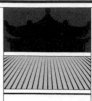

第二百七十八章 高人相助

函谷關歷史悠久，歷朝歷代都有加固，經過種種天災人禍的考驗，屹立至今。上官盛亂軍放的那把火，遠遠算不上最嚴重的傷害，又及時撲滅，只留下一道道焦黑的痕跡，與經久不散的煙味。

韓孺子又一次星夜出發，穿城而過時忍不住想，如此堅固的一座城池，敵人就算擁有百倍的兵力優勢也未必能一舉攻克，何以主帥一亡，就輕易落入敵軍之手？刺客不可能有這種威力，中間肯定還發生了什麼。

他守在城門外觀察了一會，韓星手下的將士雖然不如南、北軍精悍，可也都是從邊疆以及各地調派的正規士兵，絕非一打就散的烏合之眾。

韓孺子已經詢問過，可這些士兵也不明白當初為什麼潰散，在所有人的記憶中，自己都是跟著別人跑的，找不出始作俑者。

由於馬匹嚴重不足，韓孺子只能帶走將近兩千人，加上原有的士兵，共是三千人馬。剩下的都留在城內，指派將官，佈置的任務只有一項，等候大將軍崔宏的到來。

根據後方送來的消息，頂多還有半天，崔宏就能趕到。

韓孺子追上前頭部隊，崔騰坐在馬匹上打晃，東海王哈欠連天，「陛下，這是要跑到什麼時候啊？」

「直到擊敗上官盛。」韓孺子最後悔的一件事就是聽說函谷關失守之後，沒有立刻出兵，整整浪費了三天時間與大臣商議對策、做各種準備，以至於貽誤戰機。

他的敵人已不再是性格暴躁、有勇無謀的上官盛，而是另有其人，此人不僅在京城盜走了太祖寶劍，還為上官盛出謀劃策。

越是隱藏的敵人，越要步步緊逼，好讓對方露出真容，可柴悅的五千人馬遠遠不夠，而且他的威望不足，未必能取得洛陽守軍的支援，韓孺子越想越不安，因此要連夜追趕。

前方突然出現一陣喧嘩，一名騎兵過來，向皇帝道：「陛下，前方有人攔駕，聲稱要見陛下。」

「有名字嗎？」韓孺子很意外，他一路急行的另一個目的就是為了躲避「攔駕」，沒想到在關東、在這樣一個深夜之中，還有人在路邊阻攔。

騎兵想了一會，「曲……瞿什麼？他說話太快，我沒聽清楚。」

韓孺子帶領衛兵讓到路邊，讓大軍繼續前行，然後對送信騎兵說：「帶他過來。」

果然是瞿子晰，風塵僕僕，身邊只帶一名僕人，連馬都沒有，看樣子步行了很長一段路，一看見皇帝就推開押送的士兵，展開雙臂，緩緩彎曲合攏，然後躬身行禮，卻不肯下跪。

「臣國子監博士瞿子晰拜見陛下，吾皇萬歲。」

崔騰看得不高興了，怒道：「平民百姓不知禮節也就算了，國子監博士怎麼也敢見駕不跪？」

瞿子晰樣子雖然有些狼狽，說話時仍不失名士風度，不緊不慢地說道：「陛下星夜行軍，必有非常之事，臣以軍禮相見，正合禮儀。」

崔騰被說得啞口無言，韓孺子跳下馬，迎上前去，笑道：「京城一別多日不見，朕要趕往洛陽平定上官盛之亂，瞿先生連夜趕路，又是為何？」

「正是來告訴陛下先不要關注洛陽，可惜路上坐騎遺失，臣雙腿軟弱，走得不快，還好在這裡遇到陛下，沒有耽誤大事。」

「洛陽怎麼了？」韓孺子吃了一驚，以為洛陽又有意外發生。

「洛陽還能堅持一陣，但陛下此時前去救城，於事無補，反而會助長後患。」

崔騰也跳下馬，不耐煩地說：「你這個人說話好不囉嗦，到底怎麼回事，直接說不就得了？非得讓陛下開口詢問嗎？」

韓孺子揮手將崔騰攆開，「瞿先生莫怪，他就是這麼魯莽。」

瞿子晰看著崔騰的身影走開，似乎有什麼想法，最後卻只是點點頭，開始說正事：「臣從洛陽而來，一路上見到不少流民與盜匪，都是聽說消息之後前去圍攻洛陽，以為能分一杯羹，可上官盛麾下的宿衛軍卻沒有多少。依臣所見，圍攻洛陽乃是惑敵之計，上官盛真正的目標是更往東一些的敖倉。」

與北方的滿倉一樣，敖倉也是一座專門儲糧的城池，地處中央，位置比滿倉更加重要。

韓孺子臉色微變，附近的崔騰忍不住又走過來，「書生只會空談，當兵的都知道，敖倉難守，必須先佔洛陽，方可再據敖倉。上官盛就算真的攻下敖倉，那些糧草一時半會他也運不走，陛下馳援洛陽才是正道。」

瞿子晰搖頭，「非也，上官盛東逃之意不會改變，他佔據敖倉並非搶奪糧草，很可能是要毀掉糧草。」

韓孺子再無猶豫，轉身上馬，命人給瞿子晰主僕送馬，並傳喚軍中將領，一塊在路邊議事。

自己的主意沒被接受，崔騰不太高興，嘀咕道：「辛苦攻佔敖倉，就為毀掉裡面的糧草？我才不信。」

旁邊的東海王騎在馬上冷笑。

「你相信？」崔騰抬頭問道。

「當然。」

崔騰撓撓頭，看了一眼遠處的皇帝，向東海王笑道：「崔家數你最聰明，快告訴我這究竟是怎麼回事？」

東海王從小住在崔府，被當成一家人看待，這時再聽起來卻有幾分刺耳，東海王矜持片刻，說：「這不是明擺著的事情嗎？皇帝最擔心的不是上官盛和幾千名宿衛軍，而是流民，那可是幾十萬甚至上百萬的麻煩，一著不慎，後患無窮。可安置流民就得用糧……」

「不是早就開倉放糧了嗎？」崔騰插口道。

「那只是權宜之計，各地執行不一，上官盛還能招聚大量流民進攻洛陽，就說明放糧放得不夠。」

崔騰再次撓頭，「那上官盛更不應該毀糧了，用敖倉之糧籠絡流民、壯大勢力，豈不是更好？」

「笨蛋。」東海王對崔騰從來不客氣，「你自己也說了，沒有洛陽，單守敖倉很難，上官盛哪有時間放糧收買人心？他就是要毀糧，令大楚一時無糧可用，流民得不到救濟，會越來越多，然後……」

「哦，我明白了，流民多，盜匪就多，盜匪多就得派兵剿滅，天下大亂，上官盛就安全了。」

「上官盛肯定是這麼想的。」東海王瞧了一眼遠處的皇帝，壓低聲音道：「這一招也就對他好用，換成我，才不管什麼流民，直撲上官盛，首惡既除，流民自然老實，剩下幾夥盜匪有什麼可怕的？」

崔騰跳上馬，靠近東海王，低聲笑道：「所以說你當不了皇帝呢！你想的是逆賊，妹夫想的是天下。」

一向魯鈍的崔騰突然冒出這麼一句話，東海王不由得一愣，隨後惱羞成怒，哼哼幾聲，沒敢發作。

韓孺子再度出發，這回稍稍加快了行軍速度。

函谷關離洛陽不是特別遠，韓孺子率兵五千，後半夜出發，清晨時休息一次，隨後馬不停蹄，於當天下午望見洛陽，身後的士兵只剩三千多人。

柴悅已經選好地方紮營，正在打探敵情，準備次日進攻，對皇帝的迅速到來，又一次感到驚訝。

「亂軍大概七八千人，分成三十多營，少則數百，多則上千，環繞宿衛軍營地。」楚軍營地建在一座小山上，柴悅登高指示。

韓孺子能望見雄偉的城牆和牆外大片營地，遠遠看去，好像有四五萬人，但是排列雜亂，毫無章法可言。

「城內現在什麼情況？」韓孺子問，洛陽城似乎還很穩定。

柴悅眉頭微皺，「我派人向城裡發出訊號，一直沒得到回應，不知是什麼原因。」

正是如此，柴悅才沒有急於進攻，他只有五千人，若能得到城內駐軍的幫助，勝算會更大一些。

城外的亂軍倒是發起過一次進攻，被打退之後，沒再過來挑戰。

「亂軍的兵甲、馬匹如何？」韓孺子又問。

「馬匹兩三千，兵甲倒是充足，我得到消息說，亂軍之中真正的流民不多，大部分是各地的盜匪，他們好像早就知道要進攻洛陽，幾天前就趕來了，隱藏在附近的山中。」

「再亂下去，流民和盜匪就更分不清了。」韓孺子越發確信上官盛獲得了高人指點，於是將瞿子晰的猜測告訴柴悅。

「上官盛的確不在洛陽城外。」柴悅回頭看了一眼，瞿子晰沒有跟來，柴悅低聲道：「我聽說過瞿子晰這個人，在讀書人當中名聲很高，為人孤傲，常常自詡為天下無雙的謀士，會不會……就是他在幫助上官盛？」

韓孺子與瞿子晰交往不多，倒是有過一次唇槍舌劍的激烈交鋒，思考之後，搖頭說道：「不會，瞿先生不是這種人。」

柴悅不再多說，「既然如此，陛下有何打算？」

「我的士兵急行一天，沒法再走遠路，待會就由我率軍衝破亂軍營地，為你開路，你率本部五千人馬直趨敖倉，無論如何不能讓上官盛毀糧。如果上官盛布下陷阱——」韓孺子必須考慮到這種可能，「望你能多堅持一會，明天一早，我會率領洛陽守軍，可能還有崔宏的大軍，前去敖倉支援。」

柴悅大吃一驚，「陛下怎可親身犯險？若有萬一，臣等死不足以贖罪，縱然保住敖倉又有何用？」

連柴悅都變得瞻前顧後，韓孺子有點理解大臣們的謹小慎微了，那些「習慣」有可能意味著他們真將寶座上的人當成皇帝看待了。

「等亂軍營地升起炊煙時發起進攻，此戰必勝。」韓孺子信心十足，雖然還不清楚上官盛身邊的高人究竟是誰，但他相信，這位「高人」與望氣者一樣，擅長故弄玄虛，卻不懂得如何打仗。

第二百七十九章 洛陽城外

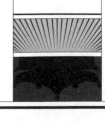

樊撞山早料到會有這一刻，他交出兵器、解下盔甲，跟隨侍衛走進帳篷，跪在地上。

「罪臣樊撞山叩見陛下。」

樊撞山身材極高，彎腰進帳，跪在地上比站著的人矮不了多少，虎背熊腰，一臉茂盛的絡腮鬍鬚，腦袋因此放大了將近一倍，那雙眼睛最為平和的時候也像是在怒目而視。

帳篷裡的四名侍衛小心翼翼地握著刀柄，雙腿微彎，時刻備戰，隱隱覺得人數太少，應該留下至少十人保護皇帝才是。

崔騰一臉驚愕，扭頭對東海王小聲說：「遠遠看去他好像沒這麼高。」

東海王不作聲，他還是無法接受現在的身份，韓孺子找到的任何人才，他覺得都是自己的損失。

「樊撞山，才力勇士，積功累遷至宿衛虎賁營前鋒將軍，你是洛陽人士？」韓孺子心裡也在暗暗驚嘆此人的高大。

「罪臣南陽人士，離洛陽不算太遠。」樊撞山則在納悶皇帝的語氣為何不像生氣。

「你駐守過洛陽？」

「是，罪臣曾任洛陽城門尉。」樊撞山越來越弄不懂皇帝的用意，忍不住抬頭看了一眼。

四名侍衛同時微微一蹲，將刀柄握得更緊，崔騰和東海王則同時往後微微一傾。

韓孺子也被那兩道凶惡的目光嚇了一跳，腳底不由自主地發虛，可他站穩了，沒有變色，也沒有亂動，平淡地問：「你為何自稱『罪臣』？」

樊撞山低下頭，「罪臣曾在京城北門外衝撞陛下，乃待罪之身，因此自稱『罪臣』。」

樊撞山曾在北門之戰中獨騎持斧衝鋒，給韓孺子留下極深的印象，出征的時候特意調來身邊，只是一直沒來得及召見。

「你沒有追隨上官盛東逃，即已獲得寬赦，何罪之有？」東海王雖不情願，還是得幫皇帝說話，開口道：「北門之戰幾萬人衝向陛下，全都獲得寬赦，哪來的『待罪之身』？你沒什麼好害怕的。」

樊撞山臉色微紅，俯首不語。

「平身。」韓孺子道。

樊撞山倒也老實，說起身就起身，差一點就頂到了帳篷，幾個人只能抬頭仰視，韓孺子退後兩步，正色道：「樊撞山，朕任命你為中軍前鋒將軍，兩刻鐘後，率軍一千，衝破敵軍，直抵洛陽城下，向城中守軍宣布朕之旨意：洛陽守軍無論老弱，全體出城迎戰賊軍，後出者抵罪，違逆者斬。」

樊撞山沒料到自己居然會被委以重任，再次跪下，「遵旨。」

韓孺子稍稍緩和語氣，「你的兵甲還在吧？」

樊撞山臉色又是一紅，「在，我這就去穿上。」

「望將軍努力，入城之後，朕親為將軍執酒。」

樊撞山砰砰磕頭，退出帳篷，邁的步子比平時更大。

四名侍衛鬆了口氣。

崔騰嘿嘿笑道：「上官盛肯定後悔死了，他好不容易找來這麼一個大個，結果卻歸陛下所有。讓我做什麼？把宿衛軍營地交給我吧，陛下也不用給我執酒，讓我放開喝一頓就行。」

「你和東海王都留在我身邊。」韓孺子可不會將這麼重要的任務交給崔騰。

夜色初降，賊軍各處營地炊煙裊裊，楚軍營中也有炊煙升起，只生火不做飯，眾將士提前以乾糧裹腹。

韓孺子將自己帶來的三千人馬分為三隊，樊撞山領一千人充當前鋒，另外兩名將軍各領一支，韓孺子本想自己指揮一支，可所有人都反對，這不是京城北門之戰，沒有危急到必須讓皇帝親上戰場的地步。

樊撞山率兵出發，手裡仍然提著標誌性的長斧，跨下的坐騎也比普通馬匹要高大一圈，他可不是那種指揮若定的將軍，向來身先士卒，這回更是下定決心，要在皇帝面前將功贖罪。

第二支千人軍隨之出營，他們的任務是直衝宿衛叛軍營地。

接著是柴悅的五千人馬，表面上也要與宿衛叛軍交戰，其實是要衝過敵營，連夜前往敖倉。如果一切順利，子夜之前就能到達，敖倉若能堅守，當然最好不過，若是已經失守，柴悅則要給上官盛施加壓力，起碼讓對方來不及毀掉太多糧草。

最後是韓孺子的第三支千人軍，其實只有八百多人，他們將在敵軍大亂時衝入戰場，製造更大的混亂。

皇帝身邊留下一百人，柴悅幾次陳情，希望皇帝小心為上，如果洛陽城內不肯出兵，皇帝要立刻調頭撤退，與後方的崔宏軍匯合。

韓孺子同意了，可他覺得十有八九用不著。

賊軍人數雖多，卻很混亂，少量宿衛叛軍都用來控制眾營，沒人統領全局，對趕來支援的楚軍全不在意，該吃飯就吃飯，韓孺子登高觀望時，幾乎看不到斥候的身影。

此戰的另一個關鍵在於，洛陽城內的守軍是否肯奉旨出戰，據柴悅所知，城內至少有三千士兵，若能全軍出城，則楚軍的勝算將大大增加。

樊撞山的前鋒軍已經衝鋒過半，賊軍才做出反應，這是韓孺子看到的最後一幅場景，很快天就完全黑了，他只能看到不分敵我的火把，還有陣陣的叫喊聲。

樊撞山守衛洛陽多年，認得路徑，由他突破敵軍前往洛陽城門再合適不過。

第二支千人軍和柴悅的主力軍出發，他們的進攻路徑比較簡單，對面的宿衛叛軍營地就建在路邊，他們沿著官道一路衝過去就行。

樊撞山的前鋒軍與賊軍交戰，韓孺子看不到，但是能聽到。

叫喊聲越來越響亮，賊軍雖然缺少章法，卻不是一打就散的烏合之眾，敢與官兵對抗。

韓孺子估計柴悅的大軍應該已經衝過宿衛叛軍的營地，於是派出最後一支千人軍。接下來，他就只能靜觀其變，等待洛陽城守軍的配合。

在他身邊，只有三十名侍衛、七十名士兵，再來就是東海王、崔騰和瞿子晰三人。

廝殺聲似乎越來越近，東海王臉上逐漸變色，小聲道：「洛陽城這麼久還沒有反應，陛下要小心了。」

韓孺子嗯了一聲，扭頭向瞿子晰問道：「瞿先生到過洛陽，對河南尹熟悉嗎？」

洛陽是河南郡郡治所在，城內的最高官吏是河南尹韓稠，也是宗室後人，韓孺子對他的瞭解不多。

瞿子晰面不改色，打仗的事情他不懂，也不參與，小心翼翼地抓住轠繩，似乎不太會騎馬，聽到皇帝發問，回道：「河南尹韓稠是原河南王後人，算起來應是陛下的叔父。和帝時分削諸侯，河南王以為河南地處中央，不宜立王，自願交出王位，和帝大悅，改封河南王為淮南王，立其次子為河南尹，並准許其代代相襲。」

韓孺子在國史中看過這段記載，沒怎麼在意，若不是瞿子晰提起，他也想不起來。

「原來如此，齊王叛亂時，韓稠好像還立過功吧？」

「嗯，河南尹配合崔太傅擊敗齊國叛軍，陛下當時進封韓稠為洛陽侯，離河南王只差一步了。」

當時的封賞都由太后做主，韓孺子不記得此事，聽出瞿子晰話中似有深意，但是前方正在交戰，他並未追問詳細，只是將這件事記下。

「韓稠當初肯出兵參與平定齊亂，想必也會出城夾擊賊軍。」瞿子晰未置可否，東海王也不開口，只有崔騰不知深淺，說道：「那可不一定，我聽說河南尹貪財好利，富甲天下，當初為了讓他站在朝廷這邊，可是給了不少錢的，至於洛陽侯的封號，他才不在乎，和帝定下的規矩，他們家永遠不能再封王。」

遠方戰場上的叫喊聲還在繼續，聽不出誰勝誰負，韓孺子正要開口再問幾句，不遠處突然響起哨兵的聲音，「什麼人？報上名來！」

三十名侍衛立刻圍在皇帝身邊。

過了一會，路邊荒地響起一個興奮的聲音，「狗皇帝在這裡！快來啊！殺了狗皇帝，大楚江山就是……」兵器相撞，哨兵與來者打起來了。

東海王馬上道：「陛下，快走！」右手舉起馬鞭，只要皇帝一動，他就跟著跑，絕不落後一步。

崔騰也急了，「皇帝妹夫，你先跑，我斷後。」

韓孺子卻沒有動，聽了一會，下令道：「王赫，帶九人去支援。」

侍衛頭目王赫應了一聲「遵旨」，跳下馬，一揮手，帶屬下九人向交鋒處跑去，十餘步後紛紛拔刀出鞘。

東海王大驚，「陛、陛下，跟一群賊軍較什麼勁啊？」

「那不是賊軍，只是幾個亡命之徒，不用擔心，侍衛對付得了。」韓孺子平靜地說，遙望黑夜中的戰場。

「陛下肯定？」東海王還是擔心。

「咱們看不到賊軍，賊軍自然也看不到咱們，怎麼可能會派兵衝過來？這必然是逃散的盜匪，誤打誤撞跑來這裡。」

「可那人認出你是皇帝了。」東海王連聲音都抬高了。

「那只是召喚同伴的伎倆。」韓孺子身後有十幾面旗幟，周圍沒人點火把，在黑夜中應該看不清楚，一般人更認不出旗幟的內容。

東海王目瞪口呆，慢慢放下馬鞭，他一直就覺得韓孺子膽子大，可從前的韓孺子只是傀儡與廢帝，性命握於他人之手，不得不冒險，現在已經是真正的皇帝，膽子居然還這麼大，東海王感到難以置信。

沒過多久，十名侍衛回來了，一個沒少，王赫回道：「七名盜匪，都已擊殺。」

韓孺子點了下頭，什麼也沒說，仍然望向戰場。

叫喊聲在減弱，更多的是馬蹄聲，地面似乎在微微震動。

一名騎兵快速跑來，興奮地喊道：「賊軍退卻！賊軍退卻！」

等騎兵靠近，韓孺子問道：「城內出兵了嗎？」

騎兵滿臉血污，聞言稍稍一愣，「好像沒有，我沒看見。」

瞿子晰開口道：「陛下準備收服洛陽城吧。」

韓孺子正有此意，即使當了皇帝，權力也不會自動到手，他得「收服」大楚江山，就從洛陽開始。

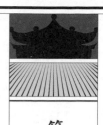

第二百八十章　洛陽皇叔

城牆上的守軍明明認出了從前的城門尉樊撞山，卻拒絕立即出城相助，反而要他拿出證據，「皇帝不可能只帶這麼點人來救洛陽城，樊將軍，聽說你在宿衛軍混得不錯，沒跟著一塊反叛吧？」

樊撞山怒不可遏，「陛下就在城外，你們早該看到！」

城裡看不到，自從被賊軍包圍，他們就沒再派斥候出城，翹首盼望的是朝廷十萬大軍，而不是幾千名來歷不明的士兵。

樊撞山不擅言辭，叫不出救兵，卻不甘心就這麼回去覆命，怒吼一聲，調轉馬頭，看哪裡人多就往哪裡衝，也不管身後的士兵跟上來多少，雙手揮舞斧頭，見人就砍。

宿衛叛軍的營地聚集的人最多，雙方正展開激烈的廝殺，叛軍人數不多，只有數百人，卻能調動幾千名盜匪賊軍聯合自保，柴悅的大軍已經衝過去，剩下的楚軍人數太少，難以取得優勢，逐漸遭到包圍。

樊撞山就是這時候殺到的，實實在在的「殺到」，一柄長斧擋者立斃，馬匹都不能倖免，連楚軍將士也要遠遠避開，以免遭到誤殺。

「擋我者死！」樊撞山越殺越怒，越怒越有力氣。

與之前的京城北門之戰一樣，由於很快就進入混戰，雙方很少使用弓弩，皆以刀槍為主，正是樊撞山這種猛將的用武之地。

很快他就衝進了敵群，被數十名賊軍團團包圍，縱無暗箭，明槍也一樣難防，他砍中不少敵人，跨下的坐騎卻也接連被刺中，哀鳴一聲，歪身倒下。

樊撞山的一條腿被壓住，好在後面的楚軍及時跟上，擊退了賊軍。樊撞山推開死馬，拿起長斧，繼續前衝，速度慢了一些，長斧卻舞得更加用力。

如果說是樊撞山一個人扭轉了戰局，那是誇張的說法，但他起到的作用的確無人可以替代。

賊軍以盜匪為主，最怕這種力大無比、打起來不要命的主兒，偏偏營地裡到處都是起灶留下的火堆，火光晃動，將樊撞山襯托得更加高大，他的吼聲更是傳遍整個戰場，如同發瘋的野獸。

看到營地中間的宿衛叛軍，樊撞山更怒，自己的名聲與前途就是這些人敗壞的，大踏步衝來，賊軍士兵避讓，再無人敢於阻攔。

叛軍都認得樊撞山，遠遠看見他的身影就已膽戰心寒，哪敢與他近身交鋒，有幾人想以弓弩射擊，同伴卻不配合，紛紛調頭向營外逃去。

宿衛叛軍最先潰散，賊軍群龍無首，也開始逃亡，而且速度比叛軍更快、更狠，互相爭奪馬匹，自己先打了起來。

宿衛叛軍逃出營地，努力聚集眾賊軍，仍有回頭再戰的可能，就在這時，洛陽城裡的守軍終於出城了。

楚軍在人數上仍然不佔優勢，但是賊軍士氣低落、逃亡心切，再不肯聽宿衛叛軍的命令。

戰鬥進入了尾聲，楚軍畢竟人少，又是夜晚，無法將敵軍包圍，賊軍中的各股盜匪打仗時互相謙讓，逃跑時卻各顯神通，而且不擇路徑，見山進山，遇河跳河，反倒是那數百名宿衛叛軍，被殺死者不少，只有寥寥幾人成功逃出。

騎兵來向皇帝報信時，正是賊軍開始潰散的那一刻，沒看到洛陽守軍出城，韓孺子來到戰場，卻見到一支軍隊橫衝直撞，搶著收割人頭、奪取賊軍留下的財物。

一隊楚軍簇擁著樊撞山來到皇帝馬前，樊撞山已如血人一般，手裡的長斧不知何時換成了長槍，鬆手扔掉，雙膝跪下，「罪臣無能……」

韓孺子跳下馬，上前扶起樊撞山，大聲道：「此戰第一功，非樊將軍莫屬。」

眾楚軍高聲歡呼，他們都看在眼裡，對此毫無疑問。

樊撞山站起身，呵呵笑了兩聲，疑惑地看向洛陽守軍，「他們什麼時候出來的？」

韓孺子不管洛陽守軍，下令本部將士集合，列隊馳向洛陽城。

城門大開，連守門的士兵都跑出去爭搶戰利品，「嚴格」執行了皇帝的命令：全軍出城參戰，不留一人。

沒人迎接皇帝，樊撞山換乘一匹馬，前頭帶路，直奔河南尹府邸。

與一般地方官不同，河南尹不住在衙門，另有一府宅子，從前是河南王府，如今是洛陽侯府，佔地頗大，門庭比衙門還要宏偉，足以令京城裡的各座王府失色。

東海王抬頭觀賞，不住點頭。

已經有人提前通報，王府門前彩燈懸掛，亮若白晝，大批官員列隊，就是沒有河南尹韓稠本人。

樊撞山跳下馬，凶神惡煞似地往那裡一站，官員當中不少人認識他，這時卻也嚇了一大跳。

「還不跪見陛下？」樊撞山喝道。

有幾個人跪下了，並非自己想跪，而是被這一聲給嚇得雙腿發軟，其他官員陸續跪下，卻都猶猶豫豫著不肯磕頭，反而抬頭看向樊撞山身後的騎馬少年。

韓孺子一身戎裝，身邊只有少數侍衛，沒有最顯眼的儀衛，也沒有人人皆識的朝中重臣，身後的幾十面旗幟對皇帝來說還是太過寒酸。

難怪眾人不太相信這就是皇帝。

崔騰也跳下馬，來到一名官員面前，「老宋，你不認得我了？」

老宋身為郡丞，在洛陽的職位僅低於河南尹，見過崔太傅的二公子，忙道：「認得認得，崔二公子……」

崔騰抬腿踢了一腳，「認得我卻不認得皇帝？你想滿門抄斬嗎？」

踢得不重，宋郡丞全身卻是一哆嗦，急忙叩首，「微臣無知，不識龍顏，伏乞恕罪，伏乞恕罪……」

數十名官員一塊磕頭，可還是有人忍不住抬眼偷瞄。

崔騰正要教訓這些不開眼的傢伙，東海王也下馬走過來，問道：「洛陽沒接到聖旨嗎？」

宋郡丞連磕數頭，回道：「洛陽幾個月沒接到聖旨了，剛剛聽聞朝廷更新，就被賊軍所圍，因此……因此不知陛下駕臨。」

東海王轉身道：「倒也不怨他們無禮，原來真是不知情。」

韓孺子點了下頭，知道東海王這是在給雙方找台階下，洛陽是大城，離京城不算太遠，函谷關也不是唯一的通道，此地官員沒理由對朝中大事一無所知。

但他不想點破。

東海王道：「河南尹韓稠呢？還不讓他快出來接駕？」

「是是。」宋郡丞膝行後退，幾步之後站起身，倉皇向府裡跑去。

沒多久，府裡出來一群人，大部分人一出門就跪下，一個大胖子卻衝到皇帝馬前，趴在地上嚎啕大哭，「真是陛下！真是陛下！大楚又有希望了，蒼天有眼、祖宗有靈、百姓有福、宗室有救了……」

這就是河南尹韓稠，韓孺子與東海王的族叔。

韓孺子還是經驗不足，沒料到會有這樣的場景，翻身下馬，說道：「朕之皇叔，可不必拘禮，平身。」

韓稠扭動肥胖的身軀，像一隻巨大的蟲子爬到皇帝腳邊，砰砰磕頭，「見駕不迎，臣之死罪，臣不敢求饒，請陛下賜罪。」

韓孺子只好彎腰攙扶，韓稠太胖，他一個人扶不起來，三名侍衛上前，一塊用力，才讓河南尹站起來。

韓稠個子中等，就是胖，臉頰紅通通的，眼眶裡噙滿了淚水，伸出雙手想要觸碰皇帝，卻又不敢，半途收回，用充滿崇敬與畏懼的語氣說：「陛下與武帝簡直一模一樣！」

朝中大臣都見過武帝，從來沒人說過這種話。

可韓孺子不能反駁，只好回以微笑。

韓稠終於抑制不住衝動，抓住皇帝的一隻手，捧在懷裡，好像那是一件脆弱的無價之寶，「陛下登基時我曾去朝拜，沒想到這一別就是幾年。」

韓稠轉向東海王，笑中帶淚，「東海王，你說說，陛下是不是與武帝一模一樣？」

東海王笑著嗯了一聲。

韓孺子不能再讓皇叔胡言亂語了，「洛陽守軍還在城外……」

「那是一群廢物！」韓稠氣憤異常，「只知道吃軍餉，到了用人之際，一個個全都指望不上。如今陛下駕臨，還要他們有何用？殺掉，通通殺掉。」

「那倒不必，朕要徵用這支軍隊。」

「是是，陛下允許他們戴罪立功，真是太仁慈了。他們是陛下的軍隊，整個洛陽都是陛下的，連我也不例外，我雖不會舞刀弄槍，可是能扛幾袋糧食，實在不行也能給陛下當上馬凳。」

韓稠說來就來，做勢要跪下，讓皇帝試試他這只上馬凳合不合腳。

侍衛上前將他扶住。

韓孺子正要開口，韓稠轉向眾官員，大喝道：「還跪著幹嘛？擺酒宴，為陛下接風洗塵，洛陽雖非京城，總有幾樣東西能拿得出手吧？」

眾官慌忙行動，一部分去佈置酒宴，一部分按級別簇擁在皇帝左右，亦步亦趨。

韓孺子還沒明白怎麼回事，已經被眾人請進府內。

洛陽出兵緩慢，上菜卻快，時值半夜，熱騰騰的美酒佳餚仍如旋風般送上來。

韓稠的激動興奮難以遏制，幾乎不給皇帝喘息的機會，很快叫出成群的子孫拜見皇帝，最後連妻妾、女兒、兒媳等女眷也都叫出來，一個個介紹，一點也不當皇帝是外人。

韓稠親自勸酒，每次都要跪在地上，雙手捧杯高過頭頂。

幾杯酒下肚，看著躍躍欲試、排列等著獻酒的眾多洛陽官員，韓孺子知道自己不能再等了，以解手為藉口，示意東海王和崔騰一塊出去。

在廳外，韓孺子對崔騰說：「你想立功是吧？」

「當然，要派我去敖倉嗎？」崔騰十分高興。

「不，我讓你回去，把韓稠灌醉，讓他暫時別來妨礙我。」

「就這個？」崔騰大為失望。

「此事若成，你的功勞只比樊將軍低一等。」

「沒問題，洛陽官員若是還有一人能站起身，就算我敗。」崔騰鬥志昂揚地返回廳內。

韓孺子對東海王說：「跟我走。」

東海王向廳裡望了一眼，戀戀不捨地說：「讓我過這樣的生活就行啊。」

「別急，等天下太平的時候吧。」韓孺子找來瞿子晰，讓他看住崔騰，自己帶著東海王、侍衛出府，對他來說，戰鬥尚未結束。

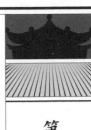

第二百八十一章 懶散之軍

洛陽地處中央，八方輻輳，商旅雲集，是一座用金錢堆出來的城市。河南尹好利成性，手下的官吏乃至普通士兵，自然樂於上行下效，連掩飾都不用。

城內數千守軍已經「得勝」回營，正興高采烈地上繳頭顱，炫耀彼此手中的戰利品。那些賊軍是來搶奪財物的，沒想到偷雞不成蝕把米，連帶在身上的金銀財寶都給丟了。

韓孺子帶領本部兩千多人來到洛陽軍營時，看到就是這樣一幕，他甚至找不到負責的將領，只有數名文吏在悶頭記錄軍功，許多士兵就在他們眼前爭搶頭顱。反正是揀來的功勞，最後一刻在誰手裡就算誰的。

城外的戰鬥頗為激烈，其實因此喪命的人並不多，大多數賊軍一看勢頭不對，立刻就逃走了，這也導致洛陽守軍爭奪頭顱時十分激烈，甚至大打出手。

皇帝身邊的楚軍個個義憤填膺，卻都保持著沉默。

韓孺子下令，讓麾下將士在營外排成數行，讓每個人都能看到營中的醜態。

軍營裡的士兵發現了外面的軍隊，可是沒有將領出面彈壓，他們又不認識皇帝，還以為這是來借宿的友軍，除了打量幾眼，誰也沒有特別在意，仍在爭鬧不休。

韓孺子轉向自己的士兵，這裡有他從京城帶來的一千精兵，還有函谷關召集到的不到兩千人，經過這一戰，他們對皇帝的信任與忠誠全都大幅增加。

「看著，一支散漫的軍隊將是多麼的不堪一擊！」韓孺子大聲說。

眾將士在看，看著軍營中醜陋的一幕，也看著皇帝本人。

韓孺子向身邊的侍衛與衛兵招手，只帶一百人衝進軍營。

東海王沒有跟進去，留在營外，感到一陣莫名其妙的放鬆，好像有一條無形的繩索突然被解開了。

他扭頭看了一眼，不遠處血跡未乾的樊撞山正在粗重地喘息，手中握著找回來的長斧，與眾多士兵一樣，緊緊盯著闖入軍營的皇帝。

東海王在心裡嘆息一聲，繩索沒了，身邊卻多出一張網。看似寬鬆，實際上更加嚴密，他已無路可逃，只能也向軍營裡看去，望著皇帝的旗幟，心想，用不了多久，整個天下都沒有自己的立足之地了。

皇帝的旗幟比較多，又都是騎兵，營內的士兵多少有些忌憚，可是早已聽說皇帝在府裡與河南尹把酒言歡，按照慣例，沒四五個時辰結束不了，因此誰也想不到皇帝會親自駕臨，只是讓開通道，馬上又開始爭搶。

很快地，皇帝和他的衛兵原路馳回，身後跟著一個人，雙手背負，脖子上套著繩索，由前面的騎兵牽引，一邊在地上跑，一邊怒罵不止，說道：「哪來的混蛋，敢抓老子？知道我是誰嗎？河南尹是我姨夫，就算皇帝也不能動我！」

營裡的士兵這才反應過來，對方是來鬧事的，除了少數人還在爭搶，大多數士兵都放下手中的東西，揀起刀槍，紛紛圍上來，要攔路搶人。

侍衛拔刀，衛兵橫槍，速度絲毫未減，直接回到了營地門口，與外面的同伴匯合。

路不長，被抓者卻已是氣喘吁吁，使勁晃動雙臂，扭頭看了一眼跟上來的手下，心裡有底，大聲道：「無恥之徒，偷襲軍營，你們的將軍是誰？樊撞山，是你嗎？咱們到河南尹大人和皇帝面前說理去！」

樊撞山翻身下馬，手持長斧來到皇帝身邊，冷冷地說：「陛下就在這，黃將軍，有理你就說吧。」

黃將軍大吃一驚，還是不肯相信，打量馬上的少年幾眼，「不可能，皇帝在府裡跟我姨父喝酒呢。」

東海王知道該自己出面了，拍馬上前，來到黃將軍面前，指著皇帝身後的一片旗幟，「普通將士不認得也就算了，連你也不認得陛下的龍旗嗎？」

其實黃將軍沒見過龍旗，但他知道，除了皇帝，沒人有資格擁有這麼多的金黃色旗幟。他猶豫了，隨後感到恐懼，突然說：「你是東海王？我跟姨父進京時見過你。」

「我是東海王。」東海王並不記得這個人。

黃將軍雙膝一軟，終於跪下，連東海王都承認的皇帝，絕對不會有假，一想到自己剛才的表現，不由得汗流浹背，「陛下恕罪，卑職有眼無珠，我是真不知道……」

「你是這些士兵的主將？」韓孺子開口問道。

「是是，卑職忝任河南郡都尉，正要去府裡迎接陛下，因為有事耽擱了一會。」黃將軍不停磕頭，他這個「將軍」只是一個尊稱，並無實際官銜，都尉就是河南郡最高軍事長官，他之所以沒去參加酒宴，是在等手下將士奉獻財物，對他來說這比什麼都重要。

「樊將軍在城外是怎麼傳達朕的旨意的？」

黃將軍只是磕頭，一個字也不敢說。

樊撞山深吸一口氣，隨後將城外叫兵不應的怒氣全吐出來，朗聲道：「洛陽守軍全體出城迎戰賊軍，後出者抵罪，不出者斬！」

「我出城了，我出城了……」黃將軍一個勁地辯解，怎麼也想不到皇帝要來真的。

軍營裡的士兵鴉雀無聲，這才反應過來，他們爭來爭去的不是功勞而是罪過，有人發現自己手裡竟然握著刀槍，急忙扔掉。其他人也都醒悟，嘩啦啦響聲一片，再也沒人爭搶頭顱與財物。

樊撞山從皇帝那裡得到示意，雙手握斧，大步上前。

黃將軍大叫道：「不是我！是河南尹下令不准出城！」

韓孺子抬手，示意樊撞山暫緩動手，然後說道：「洛陽全軍有罪，身為主將，你就是死罪。朕乃大楚皇帝，你是大楚的將軍，寧聽文官之令而不服從聖旨，罪上加罪，不可赦。」

「陛下饒……」

樊撞山再次得到示意，雙手舉斧，狠狠地砍下去，斧子早已捲刃，可在他一身蠻力的操縱下，仍如砍瓜切菜一般銳利，人頭落地，斧頭砸在地上，冒出一串火星。

人頭滾動，營內士兵無不膝行退卻，沒人想要這顆頭顱。

東海王舉起馬鞭，第一個喊出「萬歲」，營外全體士兵立刻響應，連呼三聲「萬歲」，一聲比一聲響亮。

這才是他們想要的皇帝，即使不能及時論功行賞，也絕不會讓他們的功勞被別人搶走。

等到呼聲停歇，韓孺子向營內伏首的眾人說：「次將出列。」

一名將領爬著出來，只顧磕頭，樊撞山兩次命他報上名來，將領卻根本說不出話。

「此人是副都尉郝銘。」樊撞山只好替他回答。

「郝銘，由你暫領河南郡都尉之職，一刻鐘之內，帶領全體洛陽軍出城，前往敖倉助戰，戴罪立功。」

郝銘全沒想到自己還有機會取代河南尹的親戚，嘴裡終於擠出一個「是」字，連滾帶爬地回到軍中，命令所有士兵立刻找馬，一時找不到兵器的就空手上馬。

一刻鐘之內讓三千多人上馬出營，洛陽軍還從來沒這麼迅速過。

韓孺子也沒閒著，隨即命令樊撞山留下一千多名傷弱將士守衛洛陽，尤其是把守正門，「朕回來之前，不准任何人出入。」

樊撞山更想跟隨皇帝一塊去敖倉，可是不敢開口，韓孺子看出他的心事，補充道：「叛軍未滅，戰事未平，洛陽乃天下重鎮，一城失守，關東震動，有勞將軍費心費力，為朕守住此城。」

樊撞山跪下接旨，再無二言。

說是一刻鐘出城，三千洛陽軍在城外又進行了一次整頓，天快亮時出發前往敖倉，皇帝率領一千五百餘人跟隨在後。

洛陽多丘陵，道路起伏，一眼望不到頭，東海王覺得自己的兩條腿都要磨出血了。此時頭腦昏沉、兩眼難睜，再看身邊的韓孺子，說不上是神采奕奕，卻沒有明顯的倦容。

天亮不久，全軍稍事休息，東海王忍不住說：「陛下哪來這麼充沛的精力？只有這些老兵能跟得上。」

韓孺子這支軍隊是臨時拼湊而成，一路行來，展現出來的素質參差不齊：南、北兩軍的將士接連幾天急行軍，休息頗少，中間還打過一仗。可皇帝不下馬，他們也不下馬，體力最強；函谷關士兵加入的晚，大部分留在了洛陽，剩下的一些也能跟得上；反倒是三千多名洛陽守軍，昨晚忙著搶功，沒能來得及休息，突然出城急行，都露出明顯的疲態，在皇帝面前卻不敢流露出來。

「皇帝若懈怠，整個大楚都會懶惰下去。」韓孺子隨口回了一句，他知道自己的精力從何而來，這都要感謝孟娥傳授的內功，他一直勤練不輟，就連騎馬行軍的時候，也經常默默運行各種呼吸之法。

可就是孟娥，竟然帶著寶璽不見了，讓韓孺子百思不得其解。

韓孺子帶領衛兵穿過隊伍，督促洛陽軍再次上路，甚至衝到最前方引領，對這支懶散已久的軍隊，必須時刻加以鞭策。

日上三竿，韓孺子率領將近五千人馬望見了敖倉。

敖倉並未著火，韓孺子稍鬆口氣，可城外的戰鬥正打得如火如荼，遠遠望去，楚軍明顯處於劣勢，上官盛明明只帶走六七千名宿衛叛軍，可戰場上替他作戰的士兵卻遠遠多於此數。

「陛下的好運能持續多久？」東海王真擔心皇帝又要不顧一切地參戰。

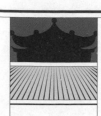

第二百八十二章　不可再退

眼看著戰場上的宿衛叛軍個個如狼似虎，剛剛趕來的洛陽兵盡皆色變。

敖倉依河而建，一邊是碼頭，用來接收關東各地運來的糧食，整座城地勢稍低，楚軍與叛軍在城外激戰，韓孺子帶來的軍隊位置稍高一些，正好能夠俯視整座戰場。

兩軍交戰，都會盡量搶佔高地，敖倉城外的兩支軍隊卻棄高就低，顯然這是一場意外的戰鬥，韓孺子想像得到，柴悅率軍到來後，肯定發現叛軍準備縱火燒城，不得已立刻發起進攻。

「列陣！」韓孺子大聲下令。

洛陽軍開始慌亂地排列陣形，南、北軍與函谷關軍守在後面壓陣。

「陛下，這回我真要勸一句了：將士疲憊，敵軍勢眾，這一仗可不好打，不如再等一等。」東海王必須得勸，皇帝若是參戰，他只能跟上去，而這一仗怎麼看都沒有太多勝算。

上官盛的宿衛叛軍得到了支援，那也是一群盜匪，有數千人，身上的甲衣十分雜亂，頭上卻都纏著一樣的黑巾。與洛陽城外的賊軍不同，這批黑頭盜匪人數稍少一些，作戰卻極有章法，進退有據，而且出手狠辣，擊倒一名楚軍之後，必有數柄刀槍同時劈刺，不留活口。

「若不讓天下流民盡快返鄉，早晚都會變得與黑頭軍一樣難纏。」韓孺子最清楚不過，一支軍隊總是越打越強大，今天的烏合之眾，數戰之後就可能成為一支勇猛大軍。

「先別想流民，咱們被發現啦。」東海王伸出馬鞭，宿衛叛軍佔據上風，竟然還能分出一股力量進攻立足未穩的援軍。

韓孺子扭頭看了一眼，他的軍隊的確過於疲憊了，尤其是那些洛陽兵，因為來的匆忙且兵甲不全，有些人甚至兩手空空，他們的鬥志在行軍路上便消耗得差不多，若不是皇帝親自監督，早就轉身逃跑了。

「下馬！」韓孺子命令道，自己第一個跳到地上。

東海王猶豫片刻，只能照做，低聲提醒：「留條後路。」

韓孺子不理他，監督眾將士下馬列陣，將馬匹攆到後方，士兵居高臨下，等候敵軍到來，軍中弓弩稀少，只有二三百支，韓孺子讓他們隨意射擊。

「你知道這些黑頭軍的來歷？」韓孺子問。

東海王急忙搖頭，「我連聽都沒聽說過。陛下，再不後撤，我就只能抱著你走，事後獲罪我也認了。」

最先衝來的是一支黑頭軍，只有千餘人，顯然是打得興起，對新到的援軍充滿蔑視，想要一舉擊潰。

韓孺子後退到坡頂，身邊侍衛環繞，從這時起，任何人的命令都很難傳遍全軍，是戰是退、是勝是負取決於每一人、每一伍、每一隊單獨的選擇。

洛陽軍哪見過這種陣勢，陣形明顯在後撤，只是被最後一排士兵攔住，沒法退得更多。

當初河南尹是怎麼支援崔太傅打敗齊國叛軍的？韓孺子深感好奇。

東海王用更小的聲音說：「這些傢伙可堅持不了多久。」

「那也得堅持，起碼堅持到崔宏到來。」

東海王回頭望了一眼，道路起伏，哪有楚軍的影子？低低地呻吟一聲，「就算親生兒子在這裡遇險，崔宏也未必來救，何況崔二正在洛陽城裡喝酒快活呢。」

韓孺子不理他，也不回頭張望，只盯著越來越近的黑頭軍，他們都騎著馬，上坡之後速度急劇下降。

經驗豐富的南、北軍士兵喝斥身前的洛陽兵，命令他們豎起長槍。長槍兵與地勢之利或許能夠應對馬軍。

黑頭軍殺到了，與第一線的洛陽軍撞在一起。

楚軍的陣線十分單薄，只有三四排，南、北軍壓陣，這時全都挺槍衝到前方，與洛陽兵並肩作戰。人與馬、刀與槍、吼與喊狠狠地撞擊，比的不是身手敏捷，也不是刀快槍利，而是哪一方的力氣更大、意志更堅。

韓孺子離戰線只有幾十步遠，一切近在眼前。

這是東海王第一次離戰場如此之近，嚇得面無人色，他沒有轉身逃跑已經與皇帝無關，唯一的理由是雙腿發軟、動彈不得。

一些黑頭軍衝破了單薄的楚軍陣線，他們雖不認得皇帝，但是看到招展的旗幟，認定這必是主將，隨即揮舞兵器衝來。

皇帝衛兵的器械比較齊全，立刻彎弓射箭，阻止黑頭軍接近，三十名侍衛緊緊圍住皇帝，組成了最後一道防線。

韓孺子並未拔刀，站在圈子裡，目光掃過，正眼不瞧衝過來的黑頭軍，只盯著糾纏在一起的戰線。洛陽兵雖然膽小，但是在皇帝的監督和南、北軍的挾持之下，暫無後退跡象。

他又向遠方看了一眼，對東海王說：「嗯，柴悅回來了。」

東海王呆若木雞，眼睛死死盯著一名騎馬衝來的黑頭軍，那人像是瘦小一圈的樊撞山，身上同樣沾滿血跡，神情更加凶惡，肩上中了兩箭卻毫不在意，手中舉著大刀，繼續衝來，眼看著就要闖進圈裡。

東海王覺得自己能嗅到此人身上的血腥氣味。

又有一箭射中，那名黑頭軍終於從馬上墜落。

東海王這才茫然地抬眼望去，敖倉城外的一部分楚軍回來救駕了，他們認得皇帝的旗幟。

孤軍深入的黑頭軍被擊散，留下一地屍體，他們錯誤估計了援軍的韌性，以為能以少擊多，結果卻遭到兩方夾擊。

柴悅衝到皇帝面前，他沒有加入戰鬥，但是在離戰場極近的地方指揮作戰，一發現後方異常，立刻帶兵來救，對他來說，皇帝比敖倉重要得多。

「陛下……」柴悅跳下馬，剛說出兩個字，韓孺子抬手示意他不必多言，然後說：「崔宏大軍很快就會到來，請柴將軍就在這裡建立陣線，不可再退。」

「是。」柴悅迅速下令重新排列陣形，步軍一字排開，騎兵守衛兩邊，中間留出一條通道，讓後撤的楚軍通過，給他們回旋的餘地。

所謂兵敗如山倒，正在敖倉城外與叛軍作戰的楚軍，分不清撤退救駕與一敗塗地的區別，發現柴將軍後撤，他們以為大勢已去，開始潰散。

韓孺子上馬，守在路邊，讓衛兵們向狂奔的楚軍高喊「陛下在此」。

潰散止住了，發現皇帝真的到來之後，大部分士兵轉過身，重新聚集，準備再戰。

宿衛叛軍與黑頭軍尾隨而至，楚軍陣線尚未完全成形，雙方再度交戰。

宿衛叛軍在京城殺死不少宮人，早已不抱獲赦的念頭，打起仗來十分勇猛，遠遠看到皇帝的旗幟，不僅不怕，反而更加奮勇，那支黑頭軍打法更是拚命，聽說大楚皇帝就在附近，士氣越發高漲。

「殺死偽帝！」狂妄的喊聲清晰傳來，叛軍與黑頭軍承認的是另一位皇帝。

柴悅騎馬跑來，韓孺子向他揮手，命他回到原來的位置繼續指揮，不要多管閒事。

後撤的楚軍每聚集起一批，韓孺子就將他們投入到戰場上，沒多久，他手中已經無兵可用。

柴悅是名優秀的將軍，可這種時候，除了硬扛，他也沒有別的辦法，只能一遍遍地提醒身邊的將士：陛下就在身後，楚軍主力很快就會趕來支援。

皇帝的確是這支楚軍能夠堅持下去的最大動力。

戰鬥膠著，楚軍畢竟人少，被迫步步後退。

「陛下，再不走，咱們會陷入重圍。」東海王不像一開始那麼害怕，看得卻更清楚，宿衛叛軍主攻兩翼，照這樣打下去，早晚會將皇帝與全體楚軍包圍。

韓孺子心裡也很著急，表面上卻不動聲色，盯著戰線，派出幾名衛兵去後方查看崔宏的大軍還有多遠。

他相信崔宏會來，因為崔宏的信使一直沒有斷過，因此韓孺子能夠得到消息，知道崔宏也在馬不停蹄地追趕皇帝，離得並不遠。

楚軍只需多堅持一會，就能反敗為勝。

上官盛被放縱得太久了，韓孺子希望今天就能將其消滅，以除後患。遍布天下的流民、北方的匈奴、西方可能的強敵、南方的匪亂、無為的大臣、宮裡暗藏的矛盾……他還有太多重要的事情急需解決。

午時已過，崔宏大軍尚無蹤影，兩軍越戰越亂，柴悅三次想來勸說皇帝撤退，都被韓孺子攆了回去，他若一動，前方的楚軍必敗無疑，到時候，他能不能逃出敵手，還很難說。

正面進攻的敵軍突然發生一陣混亂，好像是後方遭到了進攻。

韓孺子已經退下坡頂，看不到另一邊的情形，柴悅派人過來送信「敖倉城內派兵參戰，正在騷擾敵後」。

雙方都在這一仗中拚盡了全力，皇帝手中除了百名侍衛與衛兵，再無一兵一卒，上官盛同樣派出了全部兵力，殺死或者俘虜皇帝，對他來說將是一次足以扭轉乾坤的大勝。

敖倉城這次襲擾恰到好處，城內兵力極少，只有不到一千人。守城尚難，更不用說進攻，可上官盛急於獲勝，忽略了後方，留在身邊的將士沒有多少，敖倉軍看準時機，進攻的目標就是他。

柴悅不停派人送來消息，上官盛沒有皇帝這麼鎮定，一發現遇襲，立刻招回前線士兵，結果引發更廣泛的混亂。叛軍同樣分不清撤退與潰散的區別，卻沒有人能將他們重新集結起來。

更多的人根本沒接到上官盛的後撤命令，仍在堅持戰鬥，不過楚軍的壓力稍微減輕，又能多堅持一會。

東海王早已不關注前線戰鬥，調轉馬頭，一直盯著後方官道，終於興奮地喊道：「援軍！援軍到了！」

東海王喜極而泣，突然又感到一絲惱怒，崔宏救女婿如此積極，對外甥可從來沒這麼在意過。

第二百八十三章 暗中之手

崔宏及時率軍趕到，為了追趕皇帝，也拋下一部分軍隊，只帶四千精銳全速前進，總算趕上了敖倉之戰。

時間已是午後，從柴悅率軍參戰開始，雙方已經鏖戰三個多時辰，楚軍得到兩次增援，終於在人數上超過了叛軍與黑頭軍。

上官盛的軍隊已是強弩之末，加上後方大亂，一望見新到的楚軍旗幟，疲憊至極的賊軍頓感無望，先是黑頭軍，隨後是宿衛叛軍，紛紛轉身逃亡。

柴悅也看到了援軍，來不及與皇帝商量，迅速傳令麾下將士不要追擊，而是讓到兩邊，為崔宏大軍留出通道，由後來者追亡逐北。

歷經長時間的急行軍與戰鬥，楚軍比叛軍更加疲憊，沒有餘力追擊。

韓孺子明白柴悅的用意，馬上派人去向崔宏傳令，讓他不要停止，直接揮師前進，務必要將上官盛叛軍徹底擊敗。

新來的楚軍一隊隊通過，他們也經歷過一段急行軍，但是對於交戰雙方來說，他們就是生力軍。

四千援軍投入戰場，崔宏帶著眾多將領、儀衛、官員、太監和顧問前來拜見皇帝，後面這些人並非行伍出身，拚命跟上隊伍，一路上吃了不少苦頭。一看見皇帝，知道行程結束，從馬上掉下來好幾位，其他人被士兵扶下馬匹，兩腳卻站立不穩，遠遠地就跪下。

韓孺子感到愧疚，但是沒時間講究君臣之禮，迎向崔宏，說道：「上官盛就在敖倉城外，其他人可以放過，首惡絕不可姑息。」

「陛下放心，臣早已下令必要捉拿上官盛。」崔宏見皇帝似乎還不太放心，簡單說了幾句，帶領眾將也投入戰場，親自指揮追擊。

韓孺子稍稍放心，這才對跪了一地的文臣與太監道：「諸位平身，不必拘禮。」

劉介、張有才和泥鰍都沒有跟來，他們按照皇帝的命令留在後方軍中，監視一道同行的譚家人。

與文臣寒暄數句後，韓孺子還是回到將士群中，與柴悅一道安排戰後事宜。

這是一次慘烈的戰鬥，雙方的傷亡都不少，就連最為精銳的南、北軍，基本上也喪失了戰鬥力。

柴悅建議就地紮營，休息一兩天之後再做打算，還能順便保護敖倉。

崔宏的軍隊正在掃蕩戰場，由於沒能形成合圍之勢，叛軍與黑頭軍逃亡者甚多，四千士兵無法一網打盡，只能挑選重點目標追擊，尤其是上官盛，皇帝和大將軍崔宏都已下令，誰能抓到叛軍首領，將是一件了不起的大功。

將近一個時辰後，戰場上已沒有活著的叛軍或黑頭軍，楚軍可以安心紮營了，一部分入住城內，一部分在城外搭建帳篷，一切都由敖倉城提供。

韓孺子召見了敖倉守將。

敖倉雖然重要，守令卻只是一名七品的小官，喬萬夫任職多年，無功無過，在一場戰鬥中被皇帝看中了。

敖倉軍出城攻擊叛軍的時機選擇得極為恰當，喬萬夫稱得上是有勇有謀，柴悅也認為此人頗有才華。

召到近前，韓孺子卻有些失望，喬萬夫名字起得大氣，本人卻是一名五短身材、其貌不揚的中年人。四十多歲，看樣子不像是將士，倒像是一名混跡官場的小吏。可人來了，不能毫無表示，韓孺子泛泛地讚揚了幾句，將喬萬夫交給柴悅，心裡卻已得出結論，敖倉軍的恰逢其時大概是一次偶然。

臨近傍晚，上官盛還是沒有落網，崔宏仍在佈置追捕，韓孺子疲倦至極，終於進城休息，本想小憩一會，結果頭一挨枕就睡了過去，修行內功能讓他堅持得更久，卻不能真正代替睡眠，他得好好補一覺。

再睜眼時，外面的天還是亮的，韓孺子以為自己只睡了一小會，片刻之後猛然警醒，這是清晨，他睡了整整一個晚上。

韓孺子坐起來，只覺得腰酸背痛，全身沒一處舒服，忍不住哼哼了幾聲，外面立刻傳來太監的詢問：「陛下起了？」

韓孺子嗯了一聲，兩名太監推門進來，一人幫助洗漱，一人服侍穿衣。

韓孺子這才有機會觀察自己的居處，房間不大，裝飾也不華麗，桌椅之類都很陳舊，但是極為乾淨。按理說，這應該是敖倉城內最好的房間了，韓孺子由此推測喬萬夫大概是個清貧之官，縱無別的本事，也應該提升一兩級。

韓孺子一邊吃飯，一邊命人召集眾將。

東海王就住在隔壁，過來與皇帝一塊吃飯，一臉倦怠，看樣子還沒睡夠，時不時打量皇帝一眼，等太監不在身邊的時候，他小聲道：「當皇帝就是好啊，從前靠奪靠搶靠計謀，現在什麼都不用說，就有一群人為陛下奮不顧身。」

他還在為舅舅崔宏的及時到來感到嫉妒。

韓孺子笑了幾聲，如果是第一次稱帝，崔宏等人的表現在他眼裡肯定都是忠誠的象徵，現在他卻看得很透，這些行為也是朝廷的「習慣」，真正為他所用的力量還是柴悅等少數人。

敖倉城衙門十分寒酸，大堂就是一間普通的屋子，連皇帝的儀衛都裝不下，韓孺子乾脆命人將椅子搬出來，背對大堂，在庭院裡會集文武群臣。侍衛與太監守在身後，儀衛兩邊列位，衛兵站在大門外，旗幟飄揚，幾乎遮蔽了整個院子，皇帝的氣勢陡然而生，再不會有人懷疑他的身份了。

隨行的文臣與武將排隊進入，跪地磕頭，齊刷刷地說：「臣等叩見陛下。」

韓孺子很驚訝，這一切都不是他安排的，他唯一做出的決定就是將椅子從大堂裡搬出來，整個儀式都是現成的，尤其是大臣們的整齊劃一，很可能經過提前演練。

禮部有官員跟來，這大概是他們的功勞。

可這不是韓孺子現在想要的，整個朝見儀式儘管簡短，還是耗費了將近兩刻鐘，將領們才有機會回事。

崔宏職位最高，自然由他第一個開口。

宿衛叛軍徹底潰散，還沒抓到上官盛，但是一隊楚軍已經找到他的蹤跡，一直在追捕，隨時都可能將其帶回來。

楚軍抓到不少俘虜，連夜審問，終於弄清楚那些黑頭軍的來歷，他們是一股主力來自於雲夢澤的盜匪，招聚了十幾座山寨，共同組建黑頭軍，一個月前就開始分批潛往洛陽城外的山中，三日前決定與宿衛叛軍一塊攻打敖倉。

黑頭軍的大頭目名叫欒半雄，自稱「天授神將」，在雲夢澤一帶名聲響亮，但這次並未親來，派出的是一位「聖軍師」，真實姓名不知，其人兩日前離開，將黑頭軍全都交給了上官盛。

東海王站在皇帝身邊，聽到「聖軍師」三字，兩人互相看了一眼，都想到了望氣者。更讓韓孺子惱怒的是，黑頭軍一個月前就從雲夢澤向北潛入，分明早有準備，就等著京城大亂的時候趁機起事。

楊奉或許高估了望氣者的勢力，但是有一點看得很準，的確有一股力量在暗中興風作浪，對他們來說，大楚越亂越好。

還有一條消息，讓皇帝和群臣都感到不安，英王並未留在上官盛身邊，而是與聖軍師一塊消失，像是用來交換黑頭軍的人質。

英王本人不足為懼，可是落入江湖術士手中，卻很可能惹來大麻煩。

楚軍繼續留在敖倉城修整。

這天下午，柴悅求見皇帝，鄭重地推薦喬萬夫，「此人並非行伍出身，早年習文，中途投筆從戎，一直在軍中擔任文吏。五年前調任敖倉令，每有糧船到來，他都會宴請送糧者，與之詳談關東狀況，對洛陽以東，尤其是齊國，可以說是瞭若指掌。」

韓孺子第二次召見喬萬夫，這回只聽不說。

喬萬夫在皇帝面前有點緊張，不敢抬頭，說話稍顯結巴，語言也有些囉嗦，對關東各地形勢詳細介紹了個遍，最後得出結論：齊王叛亂乃是必然之事，早晚會發生，上官盛雖然沒能率兵逃到東海國，可無論他是生是死，大楚東界仍有一亂。

結論聳人聽聞，韓孺子卻沒太聽明白其中的原因，問了幾句，將喬萬夫打發走，柴悅一直旁聽，這時上前道歉：「喬萬夫太緊張了，沒有說清楚，等我再跟他談談。」

韓孺子笑道：「不急，總之要將東海王送到國中，把喬萬夫帶上，到時候多留一陣，順便去趟齊國。我倒要看看，大楚東邊到底為什麼必有一亂。」

柴悅退下，他得給喬萬夫安排一個官職。

傍晚時分，四處追捕敗兵的楚軍陸續返回，其中一支帶回了上官盛的人頭。

上官盛不肯投降，帶領數十名衛兵背水一戰，被一名楚將射中，另一名楚將割下人頭，兩人立首功。

韓孺子親自查看了頭顱，確認無誤，心中稍感遺憾。

隨即，另一隊楚軍回到城中，抓來一位有名有姓的俘虜，韓孺子立刻下令將此人帶來，他要親自審問。

望氣者林坤山一直跟在上官盛身邊，逃亡的時候卻分開了，與一群黑頭軍進入附近的山中，結果迷路撞上了楚軍，全體落網。

識時務者為俊傑，望氣者就是俊傑中的俊傑，林坤山一見到皇帝就跪下，膝行前進，用極為急迫的語氣說：「陛下還留在這裡？聖軍師和寶璽可都在洛陽城內！」

第二百八十四章 無人瞭解的聖軍師

韓孺子第二次進洛陽城，獲得了盛大歡迎。

城門大開，河南尹出城十里，親自牽馬引路，大小官員率領眾多百姓沿路跪拜，一直到洛陽侯府，萬歲的呼聲就沒有斷過。

街道打掃得一塵不染，灑過水後濕度恰好，不揚灰塵又不顯泥濘，每隔三四里就有一座現搭的彩棚，擺放著大量的酒水果饌，樂人彈奏仙音，美女捧盤獻果，只盼能得君王顧盼一眼。

對韓孺子來說，這都是新花樣。

他沒在任何地方停留，任憑洛陽王牽馬入城，在路上仔細觀察，發現在路邊接駕的人大都不是尋常百姓，很可能是本地商人與他們的奴僕。

在洛陽侯府，河南尹韓稠又要大擺酒宴，這回準備充分，定要讓皇帝大開眼界，至於妻甥黃將軍之死，他根本不打算提起。

韓孺子沒有直接拒絕，但是召進儀衛與衛兵，這些人一進來，大廳立刻變得肅穆，桌椅都被搬走，只給皇帝留一張椅子。

太監、顧問與隨行官員林立兩邊，規模雖然小些，但這已算是正式的朝會。在這種時候，韓孺子對禮部的「習慣」還是很有好感的。

緊接著，韓孺子召見洛陽群官。
從這時起，他要按照自己的想法做事。
韓稠顯得有些尷尬，跪在地上，眼看著自己精心佈置的酒席還沒完全亮相，就被一次嚴肅的朝會所取代。等到洛陽群官魚貫而入，韓稠變了一副面孔，以額觸地，臀部高高抬起，像是在待罪求饒。官員們無不嚇了一跳，跪在河南尹身後，同樣的姿勢，同樣的沉默。
大廳裡鴉雀無聲。
韓孺子等了一會，命眾人平身，說道：「朕此行洛陽，一是平定叛軍，二是體察民情。河南尹，朕問你，河南郡流民多少？何時開倉？放糧多少？餘糧多少？」
韓稠目瞪口呆，他知道自己府裡有多少金銀珠寶，少一兩也能察覺到，出了府他就一無所知了。
「呃……這個……陛下，下官忝任河南尹，主管一方，不敢說造福本地，倒也清廉公正……」韓稠東拉西扯，突然想到了說辭，「河南尹為民父母，管理大略而已，像賑災這種事情，下官當然負主管、監督之責，至於具體數字，應由郡丞掌握。」
韓稠稍微鬆了口氣，臉上已是大汗淋漓。
韓孺子佩服這位皇叔的推卸功夫，「河南丞出來說話。」
「微臣曾親臨糧倉，監督開倉放糧，百姓歡呼雀躍，無不頌揚陛下恩德……」有韓稠開頭，河南丞知道自己該怎麼說，一通歌功頌德，也不管當初放糧的時候誰是皇帝，最後道：「本郡戶口錢糧的具體情況，應由戶科掌握，微臣不敢擾亂聖聽。」
到了戶科主事，官吏小了，勉強有資格進來拜見皇帝，聽說要由自己介紹情況，嚇得面無人色，哆嗦半天，不敢推卸責任也無處可推卸，顫聲給出一串數字，聽上去不錯，整個河南郡似乎已不存在流民問題，無災可賑。

韓孺子卻不滿意，說道：「洛陽與敖倉城外賊軍橫行，雖說有一部分來自外郡，不過本郡加入者也不少，為何說沒有流民？」

「他們、他們都是盜匪，不是流民，應該由兵科……」戶科主事也開始流汗，顧不得同僚之誼，先將責任推出去。

兵科主事憤怒地瞪了同僚一眼，急忙道：「佔山立寨、有名有號的才是強盜，陛下，像這種戰時嘯聚、平時四散的人，就是流民，只不過犯過案，或是搶糧、或是劫商，遭到官府通緝，不敢來領糧……」

「通緝他們的可不是戶科，我只管按戶簿給糧，足額足量，一粒都不少。」

兩名官吏面紅耳赤地吵起來。

中司監劉介在城內與皇帝匯合，這時得到暗示，站出來喝道：「皇帝駕前，不可放肆！」

兩官這才反應過來，全都趴在地上磕頭不止。

韓孺子揮手，「河南郡立刻著手再度開倉，流民回鄉者，准其重新入籍，之前所犯之罪，非殺人、叛逆，皆可原宥。官府不僅要放糧，還要給予糧種、借貸耕牛，勸民歸田，務必保證今秋能有收成。」

這麼一來，酒宴是辦不成了。

韓孺子不想住在侯府裡，早已安排柴悅在城內軍營裡為自己設帳，下達旨意之後，直接動身入住軍營。

不到一個時辰，消息傳遍，洛陽城內一片喧嘩，都明白這位皇帝不簡單，有人為之興奮，有人因此頭疼。

在軍帳裡，韓孺子召見前俊陽侯花繽。

花繽沒能逃出京城，但也得到寬赦，恢復侯位是不可能的，而是以平民的身份，算成譚家人的附庸。

兩人有過一次交談，當時韓孺子是俘虜，花繽手握生殺大權，這回完全顛倒過來。

花繽跪在地上，默不作聲。

軍帳裡擺設簡單，韓孺子站在桌前，打量著這位江湖中赫赫有名的「俊侯」，心中不由得感慨名聲的力量，「平身。」

花繽站起，仍然保持沉默，並未開口謝恩。

帳中還有四名侍衛，將軍柴悅也在，向皇帝搖搖頭，表示自己之前什麼也沒問出來。

韓孺子有點明白太后為何要養那麼多刑吏了，面對一名有罪在身的人，他竟然不知道如何開口。

隨行官員當中有幾名刑吏，卻都不是韓孺子信任之人。

「曾有傳聞說花侯在雲夢澤稱王。」韓孺子說。

花繽微笑搖頭，「陛下相信嗎？」

「江湖人喜歡大名頭，就算稱花侯為玉皇降世，也沒什麼不可信的。」

花繽乾笑兩聲，「陛下對江湖倒是十分瞭解，但這次不一樣，稱王純是謠言。朝廷一統天下，以為朝廷封的『俠侯』也能在江湖上首屈一指。」

「不是這樣嗎？」

「唉，從前我也是這麼以為，在江湖中走了一圈，才明白根本不是這回事。背靠朝廷，我才是『俠侯』；叛離朝廷，我不過是一條喪家之犬，到哪吃的都是嗟來之食，人家的確接待我，卻拿我當成揚名的手段，真有正事的時候，沒幾個人肯出力。」

「花侯手下的奇人異士可不少。」

花繽苦笑，「表面風光，那些奇人異士只是借我使用，我跟他們一樣，都得奉命行事。」

花繽也在推卸責任，手段比洛陽官吏更委婉些。

「奉誰的命？」

花繽不作聲了。

「天授神將欒半雄？還是那位聖軍師？雲夢澤七營十八寨，你屬於哪一方？」韓孺子已經打聽過，對雲夢澤多少有些瞭解。

花繽略顯驚訝，等了一會，開口道：「聖軍師。」

「說說此人。」

「嗯……沒什麼可說的，聖軍師就是聖軍師，要說年紀……五十以上，白鬚白髮、仙風道骨，除此之外就沒了，我不知道聖軍師的來歷。據我所知，沒人知道。」

「可你卻願意為他做事？」

「許多人為聖軍師做事，有人欠他恩情，有人被他說動，比如我。」

「他怎麼勸服你的？」

花繽想了想，「回想起來，那些話也沒甚特別之處，當時我也是昏頭了，才會相信他。」

「無妨，說來聽聽。」

「得到陛下赦免，我才敢說。」

「赦你無罪。」

「聖軍師說，大楚經過這些年的折騰，身首隔絕，表面上看還很完整，其實軀幹與頭顱已經分離，僅有一層皮肉相連，因此頭動而身不動，不管宮裡發生什麼事、換誰……當皇帝，朝廷都不為所動。」

韓孺子與柴悅互視一眼，居然都不能反駁這番話。花繽原是朝中大臣，對此當然深有體會，繼續道：「聖軍師由此推論，大楚軟肋明顯，乃是建功立業的絕佳時機，先為大楚『換頭』，再將頭與身重新連接，或可將大楚救活。」

「救活」大楚的人自然也會因此成為最有權勢的重臣，甚至能夠代替皇帝，花繽就是被這點說服的。

韓孺子並不道破，他現在確信無疑，聖軍師也是一位望氣者，沒準就是楊奉苦尋多年的淳于梟，「這位聖軍師投奔雲夢澤也不久吧？」

「半年多，比我還晚一點。」

韓孺子盯著花續，「聖軍師就在洛陽城內。」

花續稍稍睜大雙眼，說道：「以我現在的狀態，聖軍師不會再用了，不如……去問問譚家，他們才是真正的江湖人。」

關於這一點，用不著花續的提醒，韓孺子揮了下手，柴悅叫進來衛兵，將花續帶走。

東海王正好進來，看著花續出去，「老傢伙什麼都沒說吧？對他得用刑，弄點血出來，他就什麼都招了。」

「譚家怎麼說？」韓孺子問。

對譚家，東海王可不會建議用刑，連忙回道：「每個人我都問過了，單刀直入、旁敲側擊，我敢保證，譚家人對這位聖軍師一無所知，他們與雲夢澤群盜的確有來往，不過那是為了做生意方便。欒半雄是個大人物，其父就是名聞天下的大盜，他子承父業，弄得更大，據說，他手下的嘍囉都曾受過官兵的訓練，所以黑頭軍才那麼厲害。」

「官兵訓練盜匪？」韓孺子對大楚瞭解越多，越覺得麻煩重重。

「我沒細問，應該是犯過重罪、落草為冠的官兵，總之，譚家不認識聖軍師，更不知道他藏在哪裡。」

一邊的柴悅欲言又止，韓孺子道：「柴將軍有什麼想法？」

東海王瞪著柴悅，暗暗警告對方不要說譚家的壞話。

柴悅假裝看不見，說道：「有件事一直沒來得及對陛下說，有人托我為譚家求情。」

韓孺子和東海王都吃了一驚。

東海王驚訝於自己的不知情，韓孺子沒料到第一個求情者會是柴悅，隨後明白過來，委託柴悅求情的這個人，十分瞭解皇帝。

柴悅怕遭到誤解，急忙補充道：「此人非常瞭解洛陽，或許能幫忙找出聖軍師。」

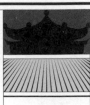

第二百八十五章 放糧之難

韓孺子不是第一個欣賞柴悅的人，身為一名不受寵的庶子，柴悅一直在想方設法向各色人等兜售自己的才華，如大將軍韓星等權貴，都很看好這位年輕將軍的未來，但是都不願意提供幫助，以免被認為是別有用心。在韓孺子之前，只有一個人給予困境中的柴悅一些實際的幫助，或是一些金銀，或是數套衣物，或者是幾句介紹，好讓柴悅能夠體面地周旋於京城權貴之間。

此人卻不是京城土著。

「洛陽大俠王堅火，外祖母是諸侯之女，他卻無心做官，最愛扶危濟困，因為相貌有些特異，人稱『醜王』，經常來往於京城、洛陽之間。」柴悅介紹道。

「『俊侯醜王布衣譚』，嘿。」韓孺子已經見識過另外兩家，印象不是太好。

「我怎麼沒聽說醜王跟譚家關係這麼好？」東海王又有點嫉妒，他聽說譚家要找人求情，卻沒人告訴他會是王堅火。

柴悅尷尬地笑了笑，「兩家都是天下聞名的豪俠，總該有些聯繫吧，我不是特別瞭解。」隨後向皇帝正色道：「柴悅受人恩惠，不得不報，可國家事大，陛下若是……」

「無妨，我可以見見這位醜王，明天上午帶他來。」

柴悅謝恩，東海王笑道：「我見過一次醜王，陛下心裡要有點準備，他可是真醜，醜得能嚇人一跳，以他的家世，卻不肯出來當官，大概就是因為容貌。」
「面醜心善，俊陽侯當初靠的是權勢，譚家人多的是錢財，只有王堅火，以仁心得俠名。」柴悅辯解道。
東海王一撇嘴，「醜王給你的可是錢財衣物。」
「那不一樣……」
柴悅還想再辯，韓孺子抬手表示自己不想再聽，「洛陽城已經封閉了？」
柴悅道：「八門都已封閉，只要聖軍師和寶璽還在城裡，絕對逃不出去。」
韓孺子回來得太晚了，誰也不能保證聖軍師還在洛陽。
東海王道：「沒準林坤山在騙人，為的是讓陛下久駐洛陽。如果那個聖軍師真藏在這裡，河南尹和醜王都脫不了關係。」
韓孺子當然明白這些人之間肯定有著千絲萬縷的聯繫，可是沒有半點證據，皇帝也沒辦法隨便抓人。
他讓柴悅退下，叫來中司監劉介，命他去傳刑部司主事張鏡。
趁著只有侍衛在，東海王道：「陛下，你得相信我，這些天我一直跟在陛下身邊，對譚家的事情一丁點都不知曉，他們也不當我是自家人，對我守口如瓶。」
「譚家真以為有人能說服我？」韓孺子有點納悶，他之所以沒有立刻召見醜王，就是不想讓對方得意，「他們找來找去，只會將自己往死路上推。」
韓孺子說的是實話，他最忌憚的就是譚家人無所不在的關係網，結果他們卻偏偏要顯示出這一點，令皇帝更加忌憚。
若不是有聖軍師的事情干擾，韓孺子甚至想在洛陽就對譚家動手。
楊奉說皇帝有兩次成熟，第一次知道自己能做什麼，第二次知道自己不能做什麼，這話說得有點早了，韓孺子現在想做、能做的事情一大堆，最大的阻礙是時間不夠和人手不足。

「譚家人……都很愚蠢，不識時務。」東海王不知道該怎麼說，突然壓低聲音道：「麻煩的是那些男人，女人……就不用懲罰了吧？」

韓孺子笑了一聲，他很清楚，冠軍侯就是死於譚家女子之手，東海王王妃譚氏更稱得上是女中豪傑。

刑吏張鏡到了，身為刑部的隨行官員，又曾在帝位之爭中有過反覆，張鏡對自己的處境忐忑不安，急於立功自保，因此一得到命令就與洛陽的同僚一道，布下天羅地網，暗中尋查聖軍師和寶璽的下落。

「暫時還沒有線索。」張鏡跪在地上，每次來見皇帝他都十分緊張，即使站在人群中都不敢抬頭，更不用說單獨來見。

「不要太相信洛陽的官吏。」韓孺子提醒道。

「是，微臣只是請洛陽府配合，微臣在這裡認得一些人，能夠幫忙。」

洛陽是天下名城，與京城聯繫緊密，身為刑部官員，張鏡自有一些特殊管道。

「嗯，你對王堅火瞭解多少？」

張鏡一愣，「洛陽醜王？瞭解一些，他是與俊陽侯、譚家齊名的豪俠。」

「王堅火與譚家的關係如何？」

張鏡又是一愣，瞥了一眼東海王。他在這裡說的每一句話，免不了都會傳到譚家耳中，越是如此，他越得實話實說，以顯示自己忠於朝廷而非譚家。

「民間盛傳，醜王與譚家仇怨頗深。」

輪到韓孺子微微一愣，「兩家因何結怨？」

「譚家生意廣泛，洛陽乃天下至中，商旅最多。據微臣聽聞，譚家一直想在洛陽開辦一家客棧，用來周轉人財貨物，可是沒有醜王的允許，客棧辦不起來，兩家因此結怨。」

韓孺子忍不住冷笑一聲，「聽聽，這就是所謂的豪俠。俠名為表，利字居中，無官無職，卻能爭城奪地，勢比一方諸侯。」
東海王和張鏡都不敢作聲。
「下去吧，每日早晚兩次過來報告情況，一有消息，隨時來見。」
張境磕頭退下，心裡輕鬆不少，只要有事可做，就能取得皇帝歡心。
東海王小心翼翼地說：「所謂豪俠也就這麼回事，唯利是圖，一群烏合之眾而已。」
韓孺子笑而不語。
中司監劉介進來，「陛下，國子監博士瞿子晰求見。」
「請進來。」韓孺子有意將這位儒生培養成為未來的宰相，因此比較客氣。
瞿子晰這回行的是臣子之禮，他對什麼場合該行哪種禮儀心裡有數，禮部只是按規矩行事，他卻能說出一套理由來。
獲赦平身之後，瞿子晰道：「聽聞陛下傳旨大赦洛陽流民，再度開倉放糧，臣特來慶賀。」
東海王笑道：「你又不是洛陽人……咦，不對，你是來慶賀陛下的？」
「當然。」
東海王輕哼一聲，知道這些儒生都很驕傲，最愛說怪話，乾脆不開口接話了。
「朕剛剛傳旨開倉，流民尚未得糧返鄉，有何值得慶賀？」韓孺子打起精神，與這些儒生對話，得十分小心，才能不在言辭上落於下風。
「民為水，君為舟，水靜則舟穩，水順則舟速，水亂則舟覆。陛下初返帝位，朝中臣心未穩，陛下卻先想著天下百姓，此乃治水之根本，因此值得慶賀。」
東海王驚訝地看著瞿子晰，以為他在譏諷皇帝不分輕重，心想讀書人真是膽大包天，早知如此，自己也該拉攏一批。

韓孺子卻不在意，笑道：「朕接受慶賀，瞿先生還有何話要說？」

「治水非一日之功，聖旨一下，百姓欣然而至。若無糧可放，或糧食太少，不足以裹腹，不免敗興而歸，如此一來，治水不成，反釀禍患。」

韓孺子眉頭微皺，「洛陽乃關東名城，富甲天下，怎會無糧可放？」

「洛陽富的是民，不是官。洛陽再大，大不過京城，官庫中的存糧自有定數，不比其他郡治之所更多，引來的流民卻數倍於別處，如此一來，存糧必定不夠。」

「河南郡為何不早說明情況？」

「天威震懾，小吏怎敢說難？」

回想在洛陽侯府裡頒旨的情形，韓孺子不得不承認，作為皇帝他當時的確很威風，正因為如此，河南尹以下，沒有一名官吏敢說半個不字。

韓孺子沉吟片刻，「敖倉存糧甚多，總該夠了吧？」

瞿子晰伏地磕頭，再次表示慶賀，然後起身告退。

「這回他可有得吹噓了。」東海王還是不太喜歡儒生，「說起來，他們與豪俠究竟有什麼區別呢？都是沽名釣譽之徒。」

韓孺子沒作聲，他在想，自己身邊缺一位宰相式的人物，這個人能按旨行事，又不至於嚇得官吏們不敢開口說出實情。

在他的親信之中，恰好缺少這樣一個人，柴悅等人是武將，瞿子晰職位太低，而且不太像是好打交道的人，想來想去，還真是殷無害那樣的老滑頭最合適。

韓孺子打量東海王幾眼。

「陛下有什麼吩咐？」

東海王聽明，也足夠圓滑，假以時日，總能成熟起來，可惜太不值得信任，韓孺子搖搖頭，「去告訴劉介，讓他傳戶部侍郎劉擇芹。」

劉侍郎也是隨行官員之一，對開倉放糧曾表現得比別的大臣要熱心一些，韓孺子希望此人能用一陣。

東海王出去傳旨，劉介進來確認了一下，才出帳派人傳喚劉擇芹。

「當務之急是找到聖軍師和寶璽，真不值得為放糧費心，瞿子晰這種人最愛空談，然後甩手一走，將麻煩丟給陛下。」東海王心裡只想著一件事，「莫不如讓譚家幫忙，他們認識的江湖人畢竟比較多。」

「譚家在洛陽的勢力會比王堅火更大？」

「呃……不一樣啊，醜王可以選擇幫忙或者不幫忙，譚家為了贖罪，絕對會盡心盡力。而且我非常懷疑，醜王明天來求情，不是救人，而是要害人：明知陛下不喜歡江湖手段，他卻非要以此觸怒龍顏，自己得名，譚家受害。陛下，一定要小心在意啊。」

「唉，你對譚家才是『盡心盡力』。」

東海王急忙閉嘴，再不敢開口。

隨行官員都住在軍營裡，戶部侍郎劉擇芹很快趕到，證明他的確是一位負責的官員，對洛陽的人口與存糧一一道來，正如瞿子晰所料，糧食的確不夠。

「洛陽之富名聞天下，各地流民蜂擁而至，前些日子走了一些，剩下的仍然不少，具體數字誰也不清楚。」劉擇芹道。

「如果開放敖倉之糧呢？」

劉擇芹抬頭看了一眼皇帝，「這個得問兵部的意見。」

「為何是兵部？」

「天下各大糧城皆歸兵部所有，為的是供養各地楚軍。據臣所知，敖倉對北方馬邑城至關重要……」

「朕明白了。」韓孺子在馬邑城待過，知道邊軍的糧草消耗有多大。

「臣有一策，不知可用否？」劉擇芹道。

「說吧。」

「官倉不足，還有私倉，洛陽富戶甚多，家家皆有存糧，雖然無人計數，但是粗略估計，至少是官倉存糧的五倍以上。」

韓孺子點頭，兜了一圈，他還是得找河南尹等當地官員幫忙。

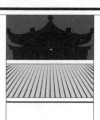

第二百八十六章 曲聲動心

軍帳外傳來曲聲，似琴非琴，縹緲靈動，絲絲入耳。韓孺子聽了一會，感到一陣難以言喻的舒適，於是屏息凝氣，努力捕捉那一聲聲細若游絲的美妙聲音。

張有才和泥鰍正在收拾碗筷，見皇帝抬起一隻手，似乎在示意他們不要發出聲響，於是兩人一個捧著盤子，一個俯身要拿筷子，全都停在那裡一動不動，互相瞥了一眼，莫名其妙。

外面突然響起一陣爭吵，好像突然闖入林中的黑熊，將美麗羞怯的鳥兒嚇得一哄而散，曲聲戛然而止，聽者一聲嘆息，如美夢中斷。

張有才和泥鰍仍是莫名其妙，但是知道自己能動了，繼續收拾桌面。

崔騰闖進帳中，一看就是醉了，滿臉通紅、目光凶狠，卻偏要做出笑嘻嘻的樣子，嘴裡含含糊糊地說：「皇帝是我……妹夫，我們是……家人，嘿嘿，皇妹夫，我就知道你還沒睡。」

中司監劉介跟在身後，拽著崔騰的一條胳膊，對他的無禮舉動相當不滿，可惜這裡是軍營，沒有那麼多的門戶阻止這樣的人。

韓孺子向劉介點了下頭，示意他放手，劉介猶豫一會才遵旨，躬身退下。

崔騰還以為「皇妹夫」是在向自己點頭，連回了幾下後，搖搖晃晃地走來，看著桌上的剩飯剩菜，說道：「陛下就吃這個？」

四樣菜餚，兩葷兩素，一碗湯，一碗米飯，就是皇帝的晚膳。

「你又喝酒了。」韓孺子嚴厲地說。

「嘿嘿。」崔騰毫無必要地壓低聲音，「陛下忘了，我可是……可是奉旨喝酒。」

「那是幾天前的事情。」

「可陛下一直沒有收回旨意，我就得……一直喝下去，對不對？」崔騰得意洋洋，他找到一個漏洞，一直用到現在。

韓孺子氣極而笑，崔騰是極少數死心塌地忠於他的人。就是毛病太多，韓孺子甚至不敢給予正經的官職。張有才和泥鰍都不喜歡崔騰，衝他的背影擠眉弄眼，捧著碗筷走了。

兩名侍衛悄沒聲地進帳，站在門口，顯然是劉介派來的。

崔騰一點也不覺得自己受人討厭，拉來一張凳子，坐在皇帝對面，「我把他們全灌醉了……」

「從現在起，你不准再喝酒，直到得到朕的允許。」韓孺子將話說得清清楚楚。

崔騰仰頭想了一會，發現沒有漏洞，笑道：「那就不喝了，你是皇帝，還是我妹夫，你說的算。」

「你有何事？」韓孺子看出崔騰是有備而來，心裡躍躍欲試，臉上全表現出來了。

崔騰笑得更歡暢了，「陛下真是聰明，怪不得妹妹出嫁前那麼……」崔騰抬手捂住嘴巴。

「說下去。」韓孺子命令道。

崔騰慢慢挪開手掌，「不怪妹妹，那時候大家都以為陛下是……是太后選出來的一個傻子，連話都不會說，就會咬人、打人。」

韓孺子笑著搖頭，「所以你妹妹那時候不願意嫁到宮裡？」

「當然！妹妹跟母親哭、跟老君哭，可是都沒用，父親只想讓家裡出一位皇后，別的事情一概不管。」

崔宏早就見過皇帝，不至於將他當成傻子，大概是不屑於向家中女眷解釋。

想起新婚之夜崔小君的模樣，韓孺子能理解她當時的驚恐不安。

「怎麼說起妹妹了？」崔騰撓撓頭，「反正妹妹後來是真的開心，我拿從前的事情笑話她，她還生氣……算了，不說這個，我給陛下帶來幾樣好東西。」

崔騰做出神神祕祕的表情。

韓孺子還在想小君，半晌方道：「你帶來什麼？」

崔騰醞釀的情緒沒得到回應，一下子意興闌珊，「陛下還真是……我帶來幾樣好東西，但陛下得讓我帶進來，給外面的太監攔住了。」

「不准胡鬧。」

「這怎麼是胡鬧？陛下是皇帝啊，最好的東西如果不送給皇帝，那才叫胡鬧。」崔騰站起身，大步走到門口，掀簾喊道：「可以進來了。」

劉介可不會聽從他的命令，進帳看向皇帝，得到許可之後才退出帳篷，放行崔騰帶來的「好東西」。

四名女子走進來，懷裡各自抱著不同樂器，盈盈跪拜，個個都是貌若天仙的美女，尚未開口，已有欲語還羞的嬌態，目光低垂，卻有顧盼生姿的艷麗。

崔騰幾步跑回皇帝面前，「國色天香，人間絕無僅有，整個洛陽，不，整個天下，也找不出第五個來，陛下真是幸運，她們來自不同地方，湊巧在洛陽相聚……」

韓孺子大怒，在桌上重重一拍，「崔騰，誰給你的膽子？」

崔騰隨即撲通跪下，雙眼正好露在桌面以上，露出愕然至極的神情，喃喃說道：「陛下，沒人……沒人給我膽子啊。」

「皇后是你的親妹妹，朕此行是為了安定天下，你不出力相助也就算了，竟然進獻女色惑亂君心，可對得起皇后、對得起朕對你的信任？」

崔騰張口結舌，身後突然砰的一聲響，原來是捧琵琶的女子被嚇得手足無措，樂器掉在了地上。

崔騰用極低的聲音說：「妹妹不在這，誰也不會亂說。皇帝嘛，不享受怎麼叫皇帝？普通人還有三妻四妾呢，再說人和人不一樣，女人更是各有千秋……」

韓孺子想起來了，崔騰從前是浪蕩子柴韻的好朋友，必然臭味相投，崔騰只是一直沒表現出來。

韓孺子露出微笑，「河南尹讓你送來的？」

看到皇帝在笑，崔騰又得意起來，仍然跪在那，露出一雙眼睛，「韓稠哪有這種眼力？他找了一堆庸脂俗粉，連我都看不上眼，怎麼能夠送給陛下？於是我讓他找來更多美人，由我精挑細選。對這四美的大名我早有耳聞，沒想到竟然都在洛陽，要不是我，韓稠就將她們全都藏起來啦……咦，你們幹嘛？陛下……聽我說啊……」

兩名侍衛架著崔騰，不客氣地將他拖出帳篷。

四名女子趴在地上瑟瑟發抖，再也沒有欲語還羞的嬌態，和顧盼生姿的艷麗。

劉介和幾名太監進來，命令四女出去，四女膝行後退，連掉在地上的樂器都不要了。

「等等。」韓孺子叫住四人，「剛才是誰在外面彈曲？」

有一名女子似乎做出回答，但聲音太小，韓孺子聽不清楚，劉介俯身聽了一會，起身道：「是此女的師父，在外面調試琴弦的時候撥了幾下，不想驚擾聖聽。」

韓孺子沒覺得驚擾，只是很遺憾如此清幽脫俗的曲子，居然出自風塵女子之手，正要揮手，卻不死心，一時間猶豫不決。

張有才彎腰，小聲問了幾句，抬頭笑道：「陛下，此人的師父是一名琴師，名叫張煮鶴，今年四十有七。」

還是張有才瞭解皇帝的心事。

韓孺子點點頭，揮手讓太監帶四女退下。

河南尹韓稠急於討好皇帝，這或許是一個鼓動洛陽富商參與開倉放糧的契機，韓孺子打算明天再次召見洛陽群官。

曲聲又傳來了，這回是奉旨而彈，越發優揚動聽，卻少了幾分靈氣。韓孺子對音律瞭解不多，聽了一會，只覺索然無味，不由得暗自感嘆，有些東西只能偶然得之，越是索求，反而離得越遠。

皇帝準備休息，曲聲停止。

張有才等人全都退出，韓孺子躺在床上，默默運行孟娥教給他的內功，慢慢進入半睡半醒的狀態。

不知從什麼時候起，曲聲再度傳來，好像是兩個人、兩張琴，音調截然不同，正用特殊的方式彼此應答。

韓孺子受到了感染，只覺似有兩人扶著自己的手臂，送他直上雲霄，在虛無縹緲的雲層中自由飛翔……

一覺醒來，韓孺子感到前所未有的精力充沛，連日來的疲憊一掃而空，神采奕奕，進來服侍皇帝的張有才和泥鰍都看出來了，驚訝不已。

韓孺子收拾妥當，問道：「那個叫張煮鶴的琴師還在嗎？」

「昨晚送走了，陛下若是喜歡，隨時可以再召回來。」張有才回道。

「不急，得先打聽一下此人的底細，讓誰去……」

「我去！」泥鰍立刻站出來，從漁村少年變為皇帝親隨，他可悶壞了，正想出去走走。

「你在洛陽人生地不熟，怎麼打聽？」

「有錢就行，去各處聽曲，向別的琴師打聽，如果大家都聽說過張煮鶴，那就成了，沒聽說過，說明此人必有問題，再讓刑部的人去查。」

韓孺子驚訝地看著泥鰍，「去吧，看你能打聽出來什麼。」

「把衣服換了，我的包袱裡有銀子……」張有才叮囑道，泥鰍大步往外走，頭也不回地擺手，表示這些他都知道。

起床之後的第一件工作還是會見隨行大臣，京城送來許多奏章，都已得到批覆，送來的是副本，好讓皇帝得知朝廷運轉正常。

戶部侍郎劉擇芹上奏，他已詳細詢問過河南郡官府，果然不出他所料，官倉存糧遠遠滿足不了洛陽附近的流民。兵部也給出詳細數字，除非北邊無事，不再增加守軍，否則的話敖倉沒有多少餘糧能放給流民。

朝會後，韓孺子本想立刻召見河南尹，柴悅過來提醒他，上午還要見一個人。

洛陽醜王王堅火一早就來了，已在營外等候多時，先是接受全身檢查，然後由禮部官員簡單介紹禮儀，要求他演練無誤之後，才能去見皇帝。

王堅火一律照做，對周圍人的悄聲議論全不在意，進帳之後，他卻沒有下跪，而是抱拳拱手，說：「陛下心中有三件難事，草民自薦，或可助陛下解憂。」

最讓韓孺子驚訝的，還是王堅火的醜容。

第二百八十七章 醜王賭約

雖然韓孺子早有準備，還是被王堅火的醜嚇了一跳。

醜王個子很高，肩膀寬厚，兩條長長的手臂，幾乎沒有脖子，直接頂著一顆碩大的頭顱，那張臉尤其令人驚駭，半邊正常，說不上醜，也說不上英俊，反正不會有人注意，另半邊臉長著一大塊贅疣，下墜到肩膀上，半張臉因此傾斜，好像正在融化。

韓孺子曾經見過不少長相凶惡的人，但面前的王堅火，乾脆醜到不像人，活像是從粗製濫造的畫冊中跳出來的鬼怪。

王堅火對這種目光習以為常，拱手又說了一遍，「陛下心中有三件難事，可有解決之道？」

中司監劉介和跟進來的禮部官員不停咳嗽，示意醜王跪下，王堅火卻站得更加筆直。

韓孺子回過神來，沒有強迫王堅火下跪，說：「那就請足下再猜猜朕心中有哪三件難事？」

「第一件，陛下貴為天子，美中不足的是寶璽下落不明，若落入奸人手中，怕是會惹來不小的麻煩。」

「嗯。」韓孺子不覺得奇怪，寶璽失蹤一事早已傳遍，就算是尋常百姓也能猜出這是一件「難事」。

「第二件，流民遍布天下，今春將逝，若不能及時勸民返耕，則今秋收成不足，流民又將成倍增加，終成大患。」

這第二件「難事」也不難猜，韓孺子點了下頭。

「第三件，數十萬匈奴人在北邊虎視眈眈，隨時都可能大舉入侵。」

韓孺子重奪帝位之後很快就將辟遠侯張印派往碎鐵城，王堅火由此猜到皇帝憂心北疆，也在情理之中。

韓孺子心中的「難事」不只這三件，不過王堅火的確猜到了最大的三件。

醜王是來為譚家求情的，說來說去卻沒有提起譚家半個字，韓孺子也不提，順著對方的話說道：「這三件難事，足下已有解決之道？」

王堅火也不客氣，點點頭，展開雙臂，像是一隻做出威脅姿態的巨猿，帳篷裡的侍衛都將手伸向了刀柄。

「倒也不難。」王堅火慢慢垂下雙臂，他只是用來加重語氣，表示一下驕傲。

韓孺子不作聲，見慣了望氣者的各種故弄玄虛和儒生的恃才傲物，王堅火這點本事打動不了他。

「第一件，如果傳言沒錯，寶璽落入江湖人手中，而且就在洛陽城內。獅虎雖猛，卻捕不得空中飛鳥；鷹隼雖利，卻抓不住地底之鼠。陛下坐擁天下，仍有力所不及之處，草民不才，算得上『地鼠』中的佼佼者，只需陛下一句話，三日之內，我能將寶璽親手捧送到陛下面前。」

話中的狂傲遠多於謙遜，帳中諸人這時已不再關注他的醜，而是覺得此人膽子太大，連命都不要了。

韓孺子仍沒有生氣，他知道，「龍顏一怒」正中這些豪俠的下懷，於是端起茶杯，抿了一小口，表現得對寶璽毫不在意，「接著說。」

「第二件，流民遍布天下，只靠官倉中的糧食，遠遠不足以賑濟，草民的朋友比較多，願意號召眾友開私倉放糧，以補官府之缺。」

韓孺子在心裡嘿了一聲，如果連開放私倉這種事都要江湖豪俠幫忙，那他這個皇帝與從前的傀儡也就沒兩樣了。

「繼續。」韓孺子依然隱忍不發。

「第三件，匈奴人虎視北邊，解決起來更簡單，陛下只需出十萬大軍，草民推薦十位將軍，保證百戰百勝，趁著匈奴人尚且猶豫不決，先將其擊退千里，令其三五年內不敢窺邊。」

大楚的將軍，卻要一位草民推薦，這不只狂妄，還在公開嘲諷朝廷不知人、不會用人。柴悅作為居中介紹者，也跟了進來，一直站在門口垂頭不語，偶爾看一眼王堅火，顯得非常驚訝。

「嘿。」韓孺子忍不住冷笑出聲。

王堅火再次拱手，「陛下若是不信，可願與草民打一個賭？」

「怎麼賭？賭什麼？」

「就賭三日之內誰能找回寶璽，陛下若是先找到，或者誰都沒找到，都算草民輸，草民願賭上賤命一條、院落三座、家人三十一口，或殺或流，任憑陛下發配。」

「如果你贏了呢？」

王堅火突然跪下，恭恭敬敬地磕頭，「草民若是僥倖贏了，只有一願，望陛下給譚家一條活路。」

終於說到這了，韓孺子冷冷地說：「譚家已獲寬赦，可他們是東海王的戚屬，自然要隨東海王就國，大楚不殺無罪之民，譚家若能安分守己，沒人能殺他們。」

這既是實話，也是謊言。譚家的人脈越廣泛，韓孺子越要將其斬草除根，就連王堅火也已被列為必除之人，缺的只是一個罪名而已。

韓孺子相信，這些豪俠不會忍耐太久，很快就會再次觸犯律法。

王堅火又磕了一個頭，起身道：「既然如此，請恕草民魯莽，草民告退，隨時候詔。」

劉介與禮部官員送醜王出去的時候都很惱怒，不停地斥責、數落，進帳之前明明很聽話的一個人，怎麼到了皇帝面前就變了一副模樣呢？早知如此，無論如何也不能讓他面聖。

柴悅更是羞慚不已，醜王是他介紹給皇帝的，必須為此負責，王堅火一走，柴悅就前行幾步，跪在地上道歉：「臣伏乞陛下恕罪，王堅火……」

「他平時不是這種人。」韓孺子替柴悅說下去，然後示意他起身。

柴悅站起，神情更加驚訝，「陛下打聽過醜王的為人？」

韓孺子搖搖頭，除了柴悅，他身邊的人都不太瞭解這位洛陽醜王，「朕只是猜測，王堅火容貌特異，富不過譚家、貴不過俊陽侯，能得眾心，必不以狂傲為資。他在這裡的所作所為，無非是在使激將法。」

柴悅呆了一會，「陛下聖明，非臣所及，醜王的激將法終是無用。」

韓孺子笑了一下，連柴悅也會奉承了，倒也不奇怪，為了出人頭地，柴悅在權貴圈裡遊走多年，對這種事情駕輕就熟。韓孺子只是遺憾，照這樣下去，大概只有楊奉還敢在他面前無所顧忌地說真話。

「無用？你沒聽到他與朕打賭嗎？」

柴悅又是一呆，「可陛下……沒有接受。」

「君與民當然不能直接打賭。」韓孺子接見王堅火就已經是給他很大的面子，若是當場接受打賭，洛陽醜王的名聲就更大了。

「三天之內，必須找回寶璽。」韓孺子揮手讓柴悅退下。

柴悅茫然離去，在此之前，他忠於皇帝是因為只有皇帝賞識他，這更像是一種賭博，他賭贏了，前途無量。若是論到才華，柴悅內心裡還是有一點驕傲的，可皇帝與醜王這次「打賭」，卻讓他完全摸不著頭腦，隨之生出一股真正的敬佩。

韓孺子接連召見數人，尤其是刑吏張鏡，佈置尋找寶璽之事，「寶璽肯定在洛陽城內，不用再調查有無了。給你兩天時間，後天午時前將寶璽送到朕的面前，加官晉爵，你張鏡就是大楚第一刑吏；若是找不回來，閣下枉稱『廣華群虎』之一，回鄉種田去吧。」

江湖講道義，朝廷有官爵，張鏡磕頭不止，退出帳篷時既興奮又緊張，「大楚第一刑吏」意味著太多，可能比他當初參與爭位帶來的好處還要更多。

離午時還有一會，韓孺子召見早已等候多時的河南郡官員，說起讓洛陽富戶開放私倉，韓稠等人立刻應承，都說不是問題，好像早就商量好了，一句多餘的廢話也沒有。

如此一來，韓孺子反而不安，地方官員的承諾太不可信，可是總不能因為他們答應得太快而發怒，只好讓他們定下期限，並保證所有流民都能得到救濟。

午飯之後，韓孺子叫來戶部侍郎劉擇芹，想聽聽他的意見，結果得到的卻是含糊其辭，劉侍郎唯一的意見就是觀察，以為在皇帝親自監督之下，河南郡不敢敷衍，很可能圓滿完成任務，但是……

韓孺子將劉擇芹打發走，他已經是皇帝了，卻無法保證自己的旨意能夠得到充分執行。

他又召見瞿子晰和十名顧問，書生雖然有些固執，畢竟敢說幾句真話。

「洛陽之官，驕奢已成習慣，和帝允許河南尹之位世襲，本是為了安撫謙讓王位的河南王，也是想用宗室穩定關東，結果釀成今日之患。陛下若想清除洛陽弊政，需用重典。」

瞿子晰倒是坦誠，不為官員說話，看得也清楚，可是提出的建議太激烈。在韓孺子最急於解決的諸多問題當中，洛陽排不到前列，韓孺子只想盡快找回寶璽，並安置好流民，一旦要在洛陽用「重典」，他在這裡耽誤的就不是三天、五天，而是至少三五個月了。

難道只能暫時忍耐？韓孺子不甘心。

出去打探琴師消息的泥鰍回來了，一直等到傍晚服侍皇帝用膳時，他才得到機會報告情況。

「張煮鶴還真是洛陽有名的琴師，祖居此地，也曾行走江湖四處賣藝，三年前返鄉，就沒再離開過，如今在河陽侯府裡任職，教出不少有名的弟子，據說他的琴聲能治病。」

「有這麼厲害？」張有才不信。

「大家都這麼說，我問過不同店裡的四位琴師，一提起張煮鶴，全都讚不絕口，只是可惜，他現在極少出侯府給人撥琴了。」

經過一整天的忙碌，韓孺子對琴聲的興趣已經淡了許多，嗯了一聲沒再追問。

泥鰍好不容易出趟門，很興奮，問道：「聽說陛下要跟洛陽醜王打賭，是真的嗎？」

韓孺子眉毛一揚，果然不出他所料，王堅火也認為他們之間有一場「賭局」，「我沒接受。坊間怎麼說？」

「沒接受啊。」泥鰍大失所望，「我還在陛下身上押了十兩銀子呢，明天得要回來。」

「押我十兩銀子？」

「對啊，都說陛下和醜王打賭，大家則賭誰勝誰負，說句實話，洛陽城裡看好醜王的人更多，我押陛下大勝，他們都笑話我。」

韓孺子嘿了一聲，明知這仍是醜王的激將法，還是感到憤怒，「就算寶璽此刻就在醜王手裡，三天之內我也要用自己的辦法奪回來。」

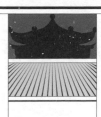

第二百八十八章 匈奴蠢動

皇宮侍衛是個簡稱，他們與宮中的大量儀衛同屬於宿衛八營之一的劍戟營，卻不受宿衛中郎將指揮，所謂的宿衛軍其實只有七營。

侍衛王赫的正式官職是劍戟營左門校尉，正六品，級別不是很高。手下侍衛滿員的時候能達到二百人，直接受命於宮中的權宦，通常是中司監，或者御馬監、中常侍。

與其他侍衛一樣，王赫家世清白，歷經重重考驗才得到保護皇帝的資格，並成為五大侍衛頭目之一。楊奉信任這個人，曾經很認真地向皇帝推薦，韓孺子也對他懷有很大的期望，於是在二更過後，讓張有才將王赫叫來，繞過了中司監劉介。

「寶璽十有八九已經落入王堅火手中，你去將它拿回來，需要多少人就帶多少人，朕給你的期限是後天子夜之前。」韓孺子不能將希望全放在刑吏身上。

「是。」王赫是個沉默寡言的人，跪在地上領命。

「要保密。」

「是。」

「寶璽之前是在一名女侍衛手中，你或許認得，她叫孟娥，如果可能的話，找到她的下落。」韓孺子還是沒想明白孟娥當初為何會攜印潛逃，「要活口。」他補充道。

「是。」王赫退出帳篷，一句話也沒多問，也沒提自己要帶多少人。

張有才服侍皇帝更衣，「這個醜王膽子也太大了吧，拿到寶璽拒不交還，還敢與陛下打賭，就算他贏了，陛下照樣能殺他，對不對？」

「有些人要名不要命，我必須贏過他。」韓孺子重奪帝位不久，正是對皇權最敏感的時候，他不急於殺人立威，只想盡快弄清楚，皇帝「能做」的事情都有哪些。

一夜無話，韓孺子睡得不是特別好，早早起床，看了一會京城送來的奏章副本，楊奉批覆得井井有條，基本上都符合皇帝的心意。

之前那位不幸的傀儡皇帝與崔太妃、冠軍侯一道下葬了，身份是逍遙侯。

開始有官員上奏，提議立皇帝生母為第二位太后，批覆沒有同意，韓孺子知道這也是母親本人的意思。他也不急，等他巡行天下之後，滿朝文武會爭著請立太后，到時會更加實至名歸。

有一份副本楊奉特意用紅筆標注「御覽」，奏章來自禮部，事情不大，匈奴使者滯留已久，幾次要求離京返回草原，禮部覺得可以同意，楊奉的批覆是大部分放回，留下四人送到皇帝營中。

匈奴人又要開戰。

大單于看上去是真心實意要與大楚結盟，可匈奴人多少年來早已習慣欺軟怕硬，一旦大楚顯露出半點衰弱，匈奴騎兵就忍不住想要南下搶掠，醜王說得倒是沒錯，必須擊敗匈奴，保得三五年的邊境太平，才能繼續和談。

韓孺子打算將這當成今早朝會的一項議題，下午再與柴悅等人具體商議。

時間緊迫，要做的事情又如此之多，韓孺子一個人就算不吃不睡也忙不過來，會見隨行官員的時候，他讓戶部侍郎劉擇芹主持每日的早朝，這不是一項任命，也沒有官銜，卻意味著遠大的前程，劉擇芹謝恩時，努力壓制心中的興奮。

韓孺子希望這能讓劉侍郎監督開倉放糧時更積極一些。

可是隨行官員的級別都比較低，不敢對大事發表意見，關於匈奴人的威脅，提不出任何有用的建議。

朝會結束，刑吏張鏡來報告情況，他已經挖到不少線索，信誓旦旦地保證明日午時之前必能找回寶璽。

京城送來的奏章副本太多，韓孺子只得繼續瀏覽，東海王被太監劉介送進來，慢慢走近，等待皇帝騰出空跟他說話。

「怎麼樣？」韓孺子頭也不抬地問，這些奏章太瑣碎了，苑林監想挖一座池塘，禮部認為用處不大，戶部聲稱費用估算有問題，工部表示只挖池塘太浪費，不如趁機疏通一下河道……

各方你來我往，積累的奏章有三十幾道，韓孺子看得頭都大了。

「向醜王求助是譚雕的主意，他寫了一封信，不對，他送了一封信，信裡隻字不寫，托人交給醜王，大概是一切盡在不言中的意思吧。」

韓孺子忍不住抬頭笑了。

「怎麼了？」東海王莫名其妙地問。

「沒什麼，這是我聽說的第二封無字之信了，看來江湖人喜歡這一套。」韓孺子上一次是從楊奉那裡聽說類似的事情，楊父臨終前曾向一位大俠寫無字之信，託付妻子。

「嗯，不管怎樣，譚家向醜王低頭了，而且也不隱瞞，天下皆知。照此看來，醜王還真不能害死譚家。」

東海王盯著皇帝，「整個洛陽城沸沸揚揚，都說陛下與醜王打賭，看誰能夠先找到寶璽，不是真的吧？」

「醜王倒是提議打賭，但我沒有接受。」

東海王仍然盯著皇帝，「可賭局還是存在？」

只有東海王能夠理解皇帝的心事，韓孺子等了一會，說：「換成是你，會拒絕嗎？」

「已經不可能『換成是我』啦。」東海王謹慎地迴避，可心裡的確有些想法，「不過我能提一點建議，陛下一開始就不應該召見醜王，他雖然與宗室沾親，畢竟只是一介草民，一次召見就能將他捧上天，只要他開了口，陛下接受不是，拒絕也不是，左右為難。柴悅可給陛下出了一道難題。」

「左右為難也比一明一暗強。」韓孺子卻不後悔召見醜王，更不會遷怒於柴悅，「那個聖軍師一直躲在暗處，我倒希望他能站出來跟我打賭。」

「陛下精力充沛，遇敵殺敵，無人可及。」東海王的吹捧裡總是有一點酸意，「陛下贏了之後怎麼辦？對醜王一家是殺，還是流放？」

東海王打聽的其實是譚家，醜王的命運即是譚家的下場。

韓孺子對此一清二楚，笑道：「江湖豪俠以名為生，不去其名只殺其人，解決不了多少問題，武帝殺了那麼多豪俠，結果卻是人人以俠為尚、前仆後繼，這才幾年工夫，豪俠又已遍布天下。」

「這倒也是，想當初，譚家還只是牧馬、經商的大戶，醜王除了醜得嚇人，也沒有多少俠名，結果武帝發威鏟除了舊豪俠，他們卻冒了出來。」

「譚家最初的俠名不就是來自於照顧被誅豪俠的眷屬嗎？醜王大概也是一樣。」

東海王點點頭，「可惜這些人太迷戀俠名，又或者是太蠢，不肯聽我的勸，非要求助於另一方豪俠，唉，譚家人真是……不過王妃很看得開，她說願賭服輸，譚家和我輸了就是輸了，從此就該謹守臣民的本分……」

東海王想救的不是譚家，只是王妃一個人。

韓孺子不接話，突然道：「你喜歡東海國嗎？」

東海王神情一變，「陛下……」

「別害怕，我在想要不要將你遷到邊疆去，匈奴人又在蠢蠢欲動，如今守邊的是燕、趙、代三國，兩王老邁，一王年幼，都不足恃，或許你行。」

東海王目瞪口呆，腦子飛轉，尋思這件事對自己的影響，「能得到陛下的信任，這是天大的榮幸，我當然沒有意見，去哪都行，就怕我能力不足，有辱聖意。」

韓孺子只是隨口一說，他還沒有做出決定，邊疆重鎮，交給東海王他也不放心，嘆了口氣，「北方匈奴，南方群盜，再加上流民遍地，每一件都不難解決，撞在一起卻是大麻煩。」

「南方群盜？陛下要鏟除雲夢澤？」

「雲夢澤已經成為豪俠的避難之所，朝廷看得鬆，豪俠侵佔閭巷，朝廷抓得緊，豪俠入澤為盜，非得斷其後路，才能抑制豪俠。」

東海王嘿嘿笑了兩聲，「陛下真有雄心壯志，我可聽說，當初武帝好幾次發兵清剿雲夢澤，都因為地勢險惡而沒有成功。」

韓孺子長嘆一聲，「手中無將，東海王，我沒想到當了真正的皇帝之後，滿朝文武還是沒有多少可用之人，是我看人不準？還是我不會用人？」

東海王只剩下乾笑，皇帝的話題太敏感，他不敢回答。

韓孺子也不指望能得到回答，說道，「首先得用人，然後才能挑人，解決這三大麻煩之後，總會有一些人才展露頭角吧。」

「妙計。」東海王讚道，心裡卻在琢磨，皇帝對自己透露這些話到底有何用意。

午時過後不久，韓孺子召集崔宏、柴悅、房大業等十餘名武將，共議抵抗匈奴之事。

崔宏知道自己還沒有完全得到信任，因此很少開口，房大業的脾氣更是少說多做，甚至做時再說，只有柴悅侃侃而談，「去年的碎鐵城之戰，匈奴人輸得並不服氣，的確需要再打一仗。可南、北軍征戰已久，不宜再動。陛下早就下令各地收編流民入伍，不如再多收一些，送往邊疆與匈奴一戰。」

「都是平民，能這麼快作戰嗎？」韓孺子很清楚，數量再多的烏合之眾，也不如少數的精銳之師。

「若是深入草原追擊匈奴，這些人不行，若是守城待戰，只需以老兵帶新兵，還是可以一戰的。」柴悅早有計畫，對邊疆各城原有多少駐兵，能吸納多少新兵，計算得清清楚楚。

其他人只能邊聽邊點頭。

中司監劉介突然闖了進來，韓孺子早就吩咐過，非要事不得打擾，抬頭看向劉介，希望他帶來的不是京城苑林挖池塘這類瑣事。

劉介快步走到桌前，將一封加急文書送給皇帝，神情嚴肅，顯然是真有要緊事。

韓孺子打開文書看了一眼，騰地站起來，看著迷惑的眾將，「英王在東海國稱帝，上官盛自稱大將軍，正向齊國進軍。」

眾人無不大吃一驚，上官盛明明已經死了，他們都看到了頭顱，怎麼會在東海國又突然出現一個？

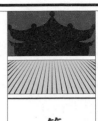

第二百八十九章 遙望齊魯

東海國來的消息震動了整個洛陽城。

隨著越來越多消息的到來，真相終於稍稍清晰了一些，英王很早之前就被送走，當時的傳言說他與聖軍師一塊消失，大家都以為他被藏在洛陽的某處，就算去了東海國，沒有上官盛的輔助，他一個小孩子也掀不起多大的風浪，因此追查得不是很緊。

可上官盛居然還活著！

崔宏大怒，當初負責追捕叛軍的人是他，立刻叫來那兩名射殺與割頭的將領。兩人完全糊塗了，跪在地上指天發誓，聲稱自己當時的確殺死了上官盛，他們還抓回來上官盛的數名衛兵，可以作證。

崔宏親自審問，包括當時親見上官盛被殺的士兵與俘虜，每個人都是單獨受訊，整整兩個時辰之後，他來向皇帝報告情況。

「東海國的上官盛肯定是假冒的，英王或許是真的。」崔宏非常有把握。

「先不管上官盛和英王的真假，東海國的叛軍是哪來的？」韓孺子最關注的是這件事。

消息稱東海國叛軍正要進攻臨近的齊國，必定糾集了一支軍隊，可宿衛叛軍和黑頭軍都已經在敖倉城外被擊潰，不是死傷就是被俘，逃走者寥寥無幾，在這幾天時間裡，他們馬不停蹄才能趕到東海國，想重新組建軍隊，根本不可能。

東海國必有一支已然成型的軍隊等在那裡。

「齊國的軍隊早已被打敗，俘虜都被發配到邊疆，周邊各國以及郡縣駐軍極少，加在一起也不過數千人，怎麼會……怎麼會……」崔宏更是百思不得其解，當初是他帶兵平定齊亂，為了防止再有後患，特意奉太后的命令，調走了關東地區的大部分兵力。

「陛下，事不宜遲，請允許我即刻帶兵去往東海國和齊國查看情況，兵馬無需太多，五千足矣。」崔宏仍不相信東部會有大量叛軍。

自從知道東海國叛亂的消息之後，韓孺子就一直忙碌，但他沒有召集群臣議事，他很清楚，在目前這種情況下，官員們只會想辦法推託責任，爭來爭去，最後還是得他一個人自作主張。

「朕已經派柴悅率兵出發了。」

崔宏俯伏在地，在這位少年皇帝面前，他從來沒有感到輕鬆過，唯有想到很可能已經懷孕的女兒，他才會稍稍踏實一些。

「陛下已經派兵了？」

「嗯，但是還不夠，待會有勞大將軍會議群臣，多派兵馬前去支援柴將軍，東海國此叛必然早有準備，萬不可輕敵。」

「遵旨。容臣問一句，陛下還要親征東海國嗎？」

「當然，朕的建議是兵分三路，柴悅為中軍，直撲叛軍，視情況選擇戰或不戰；房將軍為右軍，前往齊南，他曾在齊國任職，熟悉那裡的情況；大將軍與朕共率左軍，由北方進發。」

崔宏大吃一驚，之前離開京城追擊宿衛叛軍時，皇帝只發兵一萬，所有人都覺得少，如今東海國只是興起一股來歷不明的叛軍，皇帝卻如臨大敵，竟然要兵分三路前去攻打。

崔宏帶兵多年，雖說並非百戰百勝的名將，多少還是有些本事的，提醒道：「陛下是不是應該先召集群臣商議一下？」

「大臣都在京城，隨行官員不過通報消息而已，沒什麼可商議的。請大將軍這就去安排吧，各路將士多多益善。」

崔宏不能直接反駁皇帝的旨意，磕頭退下。

天已經黑了，刑吏張鏡前來求見，他已經聽說東海國叛亂的消息，因此來見皇帝時加倍地小心謹慎，「微臣已將範圍縮小到四坊二十六巷，今晚子夜開始逐屋逐戶檢搜，明日午時之前，必能找回寶璽。」

「嗯。」韓孺子冷淡地回應一聲，揮手命張鏡退下，沒有告訴他還有侍衛也在暗中尋找寶璽。

他一個人在帳中坐了一會，沒有大臣和將軍，也沒有太監與侍衛，天下大勢越是危急，他越是喜歡這種孤獨的狀態。

「朕，乃孤家寡人……」他在昏暗的燈光中喃喃自語，努力回憶那段模糊不清的場景：老年的武帝獨自坐在寶座之上，一遍又一遍重覆同一句話，臉上的神情卻是變幻不定，一會是難以言喻的寂寞，一會是高高在上的驕傲，一會又是勘破世情的坦然……

中司監劉介進帳，輕聲道：「陛下，人到了。」

韓孺子點點頭，表示可以帶此人進來，無論怎樣，皇帝不是真正的孤家寡人，就算整個朝廷都不願意為他做事，皇帝仍是這世上能夠獲得最多幫助的人，起碼是之一。

敖倉小吏喬萬夫進帳，發現帳篷裡只有皇帝一人，連名服侍的太監都沒有，不由得大驚，在門口跪下，本來就有點緊張，現在更是全身發抖。

「近前說話。」韓孺子微笑道，喬萬夫是名小吏，不屬於朝廷大臣的一部分，正常情況下，一輩子也沒機會面聖，令他害怕與緊張的是「皇帝」，而不是少年本人。

喬萬夫起身前趨幾步，立刻又跪下，離皇帝七八步的距離，不敢再近了。

韓孺子盯著喬萬夫，心想王堅火那樣的人能成為天下聞名的豪俠，或許其貌不揚的小吏當中也有能人。

「你說過，無論上官盛是生是死，大楚東界仍有一亂。」

「是，微臣說過。」喬萬夫的聲音有些發顫，有時預言太準也是罪過，「可微臣沒想到會發生得這麼早。」

「再跟我說說你為什麼認為會有此亂。」

「如微臣之前所說，齊國物產豐富……」

「不不，簡單一點，別超過三句話。」韓孺子領教過此人的囉嗦，不想聽他從頭說起。

「呃……」喬萬夫發了一會呆，反覆斟酌，終於道：「從齊魯來的舟船貨物多到船舷壓水，返回的時候卻大都空空蕩蕩，微臣因此說必有一亂。」

「嗯，可以再多說幾句。」

「微臣在敖倉任職多年，親眼所見，再加上查閱之前的歷年記載，發現由東往西運送的糧食與奇珍異寶極多，返航時卻沒有多少可運之物，因此得出結論：京城需要東部諸國，東部諸國卻不那麼需要京城，諸國之中又以齊國為最。」

「可大楚定鼎一百二十多年，齊國只叛亂過一次。」

「陛下如果回憶一下國史，會發現諸侯之中屬齊王更換最為頻繁，極少能延續兩代以上，新帝登基，只要來得及，都會換上親近的弟弟或者皇子當齊王，最不濟，也要在齊國附近安插一位諸侯。」

「比如東海王。」韓孺子恍然，父親桓帝也是這麼做的，封幼子為東海王，其實是想借助崔家的勢力抗衡齊王，卻沒來得及讓東海王就國，「從來沒人告訴朕應該這麼做。」

「微臣不敢妄猜，只是覺得如果再等一陣，等陛下有了皇子，應該封王時，總會有大臣提議封在東部。」

韓孺子大致明白了，東部諸國相對獨立，一旦與朝廷關係冷淡，就有可能反叛，「這次叛亂發生在東海國，而且有一支軍隊，你能猜出這支軍隊的來歷嗎？」

喬萬夫回道：「叛軍的來源可能有多個，微臣只能猜到一個。自從去年朝廷……停頓以來，從東邊來的船隻就很少了，十幾萬船工大半年無事可做，只怕很容易受到蠱惑。」

韓孺子吃了一驚，「這件事朕也有責任，是朕下令，要求各地開倉放糧賑濟流民，京城受災不重，暫時無需運來更多糧食。」

喬萬夫磕頭，「微臣口不擇言，罪該萬死。」

「你沒有錯，朕要聽的就是真話。」韓孺子切切實實地感受到，治理天下如此之難，明明是出於好意做的事情，卻可能帶來一連串的惡果。

「最重要的原因還是有人意欲作亂，利用陛下的善政，挑起叛亂。」

「平身。」韓孺子說道，對喬萬夫的印象變得大好。

喬萬夫磕頭謝恩，起身之後也不那麼緊張了，甚至主動道：「齊國、東海國雖有叛亂之便利，卻無叛亂之實力，陛下無需過於憂心。」

「嗯，你再說說。」

「齊國富饒，其民易自滿。依臣所見，齊國人大都不願西遷，乘船西上，個個面帶戚容；順流東下，人人喜不自勝。微臣是以知道齊國雖有叛亂之心，卻無雄心壯志，將士戀鄉，不足為懼。」

韓孺子大笑，「聽君一席話，勝讀十年書。」

喬萬夫又跪下了，連稱「惶恐」。

韓孺子叫人送走喬萬夫，隨後去附近的帳篷裡參加群臣議事，喬萬夫的分析都是「遠水」，想救「近火」，還得依靠軍隊，可是聽他一席話之後，韓孺子的確更加自信，這就夠了。

大將軍崔宏難得一次雷厲風行，就這麼一會工夫，已經制定了一個粗略計畫。武將領兵，文官安排糧草供應，最遲明天一早就能派出一支軍隊前去支援柴悅，午時左右南路的房大業也能出發，只有北路大軍需要皇帝做決定。

「兩日之後，一早出發。」韓孺子說，後天中午是他與醜王的「賭局」見分曉之時，再解決一些事情，他就能離開洛陽了。

他得向眾臣解釋一下為什麼非要兵分三路，「朕不相信世上有那麼多湊巧的事情，剛剛傳來消息說北方匈奴有南下之意，東海國就發生了叛亂，兩者之間或有關聯。中路之軍誘敵，南路之軍主攻，北路之軍，防備的是匈奴。」

有一個理由皇帝沒有說，他越來越相信楊奉的猜測：朝廷或許真有一個強大的敵人，一直躲在陰影裡，偶露崢嶸卻都被忽略，這一次，它似乎露出了一整顆頭顱。

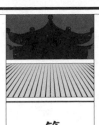

第二百九十章 寶璽現身

刑吏張鏡將洛陽四坊翻了個底朝天，結果還是一無所獲，雜七雜八的印章搜到一大堆，沒一個與寶璽有丁點相似。

天已經亮了，離午時還差兩個多時辰，雖然皇帝與醜王的賭約是三天，張鏡卻只有兩天，看著一群無奈的公差，張鏡越想越怒，「洛陽公差真是厲害，在自己家裡竟然還有找不到的東西。行，你們真行，我張鏡算什麼？刑部的一名小吏而已，拜諸位所賜，過了今天午時，我連小吏也不是了，平民百姓一個。我沒有別的本事，今生今世大概只有一次機會面見陛下，負荊請罪，我沒怨言，但是諸位，別指望我給你們、給洛陽說一句好話！」

張鏡真是氣極了，洛陽公差當中有不少他的朋友，平時往來甚密，結果在最緊要的關頭卻得不到幫助，可惜他來不及調遣京城的親信，否則的話，他能將整個洛陽掘地三尺。

刑部官員發怒，洛陽眾人噤若寒蟬，誰也不敢開口辯解。

張鏡已經無計可施，洛陽畢竟不是他的地盤，許多狠辣的手段都用不上，留給他的時間又這麼短，心中不禁也對皇帝生出埋怨：既然讓自己找回寶璽，就應該給予相應的權力，皇帝倒好，隨口一句話，就讓自己大海撈針……

張鏡強行驅逐這些想法，午時之前他還得去面見皇帝，萬一流露出半點不滿，下場就不只是免職了。

張鏡揮手命公差散去，剩下的這點時間，他得想想別的辦法，洛陽豪俠不只醜王一個……

張鏡回頭看到一名老公差跟在身後，臉上似笑非笑，好像有話要說。

「有事？」張鏡生硬地說，叫不出此人的姓名。

老公差笑道：「張大人還想繼續尋找寶璽嗎？」

張鏡心中一動，語氣立刻緩和下來，拱手道：「恕我眼拙，閣下是……」

「洛陽一名公差而已，有幸為大人做事，賤名不值一提，我有一個主意，或許能讓大人安然度過此劫。」

「願聞高見。」

「大人接下來還要找人幫忙吧？」

「當然，時限未到，總不能就這麼放棄。」

「斗膽問一句，大人要找誰？」

「本地的幾位朋友。」張鏡含糊其辭。

「嗯，大人有沒有想過，洛陽豪俠以醜王為首，與其找別人幫忙，不如直接去見醜王本人。」

「和陛下打賭的人就是醜王！」

「沒錯，打賭的人是陛下與醜王，不是張大人。」

張鏡先是一愣，然後豁然開朗，對老公差的態度越發恭敬，「我該怎麼登門？要帶什麼禮物？」

老公差嘿嘿笑道：「大人雖在朝中為官，可是出身譚家，也算半個江湖人物，為何對醜王毫無瞭解？大人什麼都不用帶，空手去，表現得越慘越好。」

張鏡沉吟片刻，「只怕陛下知曉此事之後，會以為我有異心。」

「寶璽重要，還是『異心』重要？陛下對大人的印象可以慢慢改變，沒有寶璽，可就什麼都談不上了。」

張鏡一拱到地，「多謝前輩指引，此恩此德，張某牢記於心。」

半個時辰之後，刑吏張鏡在洛陽東城的一條普通小巷裡，登門拜訪醜王，沒聊太久，很快告辭，神情嚴肅，似乎不太高興。坊間傳言，都說京城官吏想要強迫醜王交出寶璽，卻沒能成功。

軍營裡，韓孺子送走了房大業。老將軍對齊地頗熟，這一戰他並不擔心，心中掛念的仍是北疆，「匈奴人若是繼續進攻碎鐵城，意在報復，守住就行，無需大動干戈，若是進攻馬邑城，必有大舉南侵之志，陛下定要小心應對，不可輕易犯險。」

韓孺子謝過老將軍，回帳之後立刻召見河南尹韓稠等當地官員，後天一早他也要出征，希望能夠在走之前解決放糧一事。

洛陽官員在皇帝面前越發恭敬，即使有令平身，他們也都跪著，韓稠對自己的皇叔身份完全不當回事，跪在眾官之前，報告私倉放糧的情況。

看樣子形勢大好，皇帝親自提出的要求，得到了廣泛的響應，一日之間，洛陽商戶承諾捐出的糧食已與官倉相差無幾，以後還能更多，按韓稠的粗略估計，最終數量起碼是官倉的三倍以上。

「聖恩浩蕩，百姓蒙福，洛陽群商深受感動，都說放糧之事下濟黎民上報朝廷，實在是一件大好事，能為陛下分憂，是他們這輩子最大的榮幸……」

報告數字只用了一小會，歌功頌德花費了幾倍的時間，韓稠最後道：「微臣斗膽做主，給予洛陽群商幾句許諾，讓他們以後入關進京的時候能更方便一些，算是對開倉放糧的一點補償。」

韓孺子已經聽煩了，點點頭，「如此甚好，也不能讓洛陽商戶白白損失，他們有何要求都報給戶部劉侍郎，寫份奏章給朕。」

在韓稠的帶領下，洛陽群官山呼萬歲，然後告退。

離午時還差一會，韓孺子召見隨行的京城官員，任命國子監博士瞿子晰為河南郡御史，專門監督放糧一事。這是一項臨時任命，所謂的河南郡御史連官印都沒有，唯一的特權是能直接給皇帝寫奏章。

事情進行得太順利，韓孺子反而有點擔心，所以要留一個人監督洛陽。

午時剛過一點，韓孺子召見張鏡。

張鏡匍匐在地，兩手空空，顯然沒能找回寶璽，韓孺子並不意外，甚至有一點安心，刑吏畢竟沒有他想像中的無所不能，不過張鏡的刑部司主事算是當到頭了。

「寶璽何在？」韓孺子還是正常發問。

「微臣無能，沒有及時找到寶璽，請陛下降罪。」

「你既然立過軍令狀，沒什麼可說的，退位讓賢吧。」

「微臣不敢戀位，只是努力至今，尋璽已有眉目，望陛下寬限半日，容臣找回寶璽，以報聖恩，從此心中無憾。」

韓孺子盯著張鏡看了一會，「只能延到今晚子時。」

張鏡磕頭謝恩，匆匆退去。

東海王站在皇帝身邊，等張鏡走出帳篷，說道：「他好像胸有成竹啊。」

韓孺子也看出來了，「你能想到嗎？皇帝大半時間竟然要與朝中的大臣鬥智鬥勇。」

東海王嘿嘿乾笑。

「有話就說。」

「那我就說啦，陛下有沒有想過，出錯的是陛下，而不是大臣？」

韓孺子掃了一眼東海王，「看來你真有話要說。」

「嘿嘿，陛下讓我說，我怎敢藏私？母親曾經對我說過……」東海王神情一暗，馬上又恢復正常，「不對，應該是羅煥章說的，他說，皇帝雖是天下至尊，可也有自己不能做的事情，比如皇帝總不能親自去教人種地吧？因此，君有君德，臣有臣責，民有民分，各安其位，方能天下太平，若有一方逾越，難免麻煩不斷。」

這聽上去的確像是儒生的看法，韓孺子道：「你說是我過界了？」

「皇帝嘛，應該有這個權力吧。」東海王不肯把話說死，但他就是這個意思。

「你之前總說自己當皇帝之後如何如何，那不叫逾越？」

東海王神情尷尬，「陛下記得真清楚。容我斗膽說一句，那都不叫逾越：皇帝可以興建宮室，可以廣納美女，可以驕奢無度，可以報仇血恨……只要是滿足自己，就不叫逾越。除此之外，打仗是武將的事，治理天下是文臣的事，陛下卻要樣樣親力親為，文臣武將不知所措，自然顯得有些笨拙。」

「你是讓我做昏君、庸君？」

「我可沒這麼說！」東海王瞪大雙眼，隨即笑道：「我是建議陛下做無為之君、逍遙之皇、至尊之帝。」

韓孺子想了一會，「你說得沒錯。」

「陛下想明白了？」

「就有一點不妥，你的無為、逍遙、至尊，只對太平皇帝有用，如今天下困頓，內憂外患不斷，一官無為，一地之民受害；皇帝無為，則大楚危矣。」

「我就是隨便一說，陛下天生勞碌命，就算天下太平，也未必能悠然自得地待在宮裡。」

「這可不是隨便一說，你的話很有道理，起碼大臣的想法跟你一樣，所以韓稠才會以酒色財物送我。」

韓孺子拒絕參加酒宴，送來的美女也都退回，可韓稠沒有因此放棄討好皇帝，各種奇珍異玩絡繹不絕地送來，幾乎要將侯府搬空，這時都堆在附近的帳篷裡，韓孺子身邊一件也不留。

「連醜王的想法也跟你一樣，他說過，『獅虎抓不住飛鳥、鷹隼捕不了地下的老鼠』，就是在告訴我要遠離江湖。」

「醜王太狂，陛下可以當成私人恩怨解決，這樣的話就不算逾越了。」

「我非要『逾越』過去看看。」

東海王笑而不語，他想當皇帝，卻不想當韓孺子這樣的皇帝。

這天過得飛快，東方傳來消息，東海國果然從無事可做的船工當中招募了大量士兵，但這些人並非主力，「上官盛」另有軍隊相助，具體來源尚無人知曉。

離子夜還有兩刻鐘，張鏡來見皇帝，仍然兩手空空，但是信誓旦旦地說：「子夜之前，寶璽肯定會回到陛下手中。」

張鏡心中忐忑，卻只能硬著頭皮扛下去，寧冒殺頭的危險，也不想回鄉種田。

好在他沒有等太久，大概一刻鐘過後，寶璽真的回來了，送來者卻不是醜王。

侍衛王赫捧著寶璽，呆呆地走進帳篷，比皇帝還要意外。

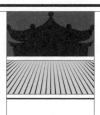

第二百九十一章　醜王奇招

王赫叫上兩名最信任的侍衛當幫手，連續兩個晚上去醜王家中打探情況。

王堅火聲名顯赫卻不富裕，三座宅院有兩座空置，僅祖宅住人。地方頗大，一半已經廢棄，另一半住滿各色人等，有自家男性親屬，有來求助的、慕名結交的，也有什麼都不說只想暫住幾晚的。到了飯點誰都不用客氣，王家有什麼大家就吃什麼，沒有親疏貴賤之分，唯一的區別是某些客人能得到單獨接見。

三名侍衛將王宅搜了個遍，一名侍衛甚至冒充客人住了一晚，結果一無所獲。王宅沒有女眷，自然也沒有所謂的內宅，客人任何地方都能去，有間屋子堆著不少散碎的金銀與銅錢，誰都能拿，也都可以放進去。

令人驚異的是，這裡的錢從來就沒有完全空過，來者都很自覺地取用相應之數，不多不少。

那名假裝客人的侍衛好奇地打聽過，得到幾個含糊不清的故事，據說曾有人心生貪念，拿光屋子裡的金銀，可事情瞞不住，僅僅三天此人便身敗名裂，連自家親人都不屑與他說話，最後是醜王親自出面解圍，此人才獲得原諒，可還是一蹶不振，再不敢出現在江湖中。

另有一種說法，醜王救過不少權貴與豪俠，甚至還有大盜，這些人重新發達之後，向王宅派送僕人與食物，僕人的職責之一就是盯著金銀屋，不讓它變空。

同樣姓王，侍衛王赫對王堅火佩服得五體投地，決定放棄任務，期限一到，就去向皇帝請罪，結果子夜前不久，他去自己帳篷裡收拾物品時，發現寶璽就擺在床上，沒有包裹，沒有遮掩。

王赫立刻捧到皇帝帳中，將前因後果說了一遍，沒有任何隱瞞，連自己曾有放棄任務的打算也都坦白。

韓孺子不知該喜還是該怒，先將中司監劉介叫進來，他擔任中掌璽多年，對寶璽最為熟悉不過，一眼就認出這的確是真的，謹慎起見，雙手捧在手中，遠遠地對著燭光仔仔細細看了一遍，最後道：「是寶璽。」

「朕巡行期間，寶璽仍由你掌管。」韓孺子說。

劉介躬身應是，取出巾帕，將寶璽小心地包裹起來，收入懷中，雙手護著，活像是剛剛得知自己有孕在身的婦人。

一場心照不宣、洛陽皆知的打賭波瀾不驚地結束，皇帝贏了，卻一點也高興不起來，看著跪在前方的侍衛王赫和刑吏張鏡，心中暗暗搖頭。

嚴格來說，寶璽不是張鏡找回來的，可他預言了寶璽重現的時間，無功無過。

「張鏡，你已經見過王堅火了吧？」

「是，微臣上午去過王宅。」

「那裡真像王赫所言，任人出入？」

「是，微臣未經通報，也找不到人通報。直接進府，很容易就見到了醜王，據傳他很少出門，偶爾不在也要留下字條，或者托人傳話，幾時走、幾時回都交待得清清楚楚。」

「嘿。」韓孺子冷笑一聲，如此說來，醜王親自拜見皇帝，算是給了很大的面子，「你覺得王堅火是個怎麼樣的人？」

張鏡茫然片刻，重重地磕了一個頭，俯首道：「不愧洛陽大俠之稱。」

「因為他保住了你的官位。」

張鏡連連磕頭，不敢接話。

韓孺子命刑吏退下，又問侍衛同樣的問題：「你覺得王堅火是個怎麼樣的人？」

王赫也是磕頭，「我不敢輕下斷言。」

「他會武功嗎？」

「以我所見，醜王常與客人講較武藝，自己也練拳，但只是強身健體，絕非高手。」

「你們去王宅查看情況時被發覺了，這說明要麼王宅暗藏高手，要麼是你的手下走漏了消息。」

「我能以性命相保，我們三人絕沒有走漏隻言片語。」

「那就是王堅火身邊有高手了。可寶璽就放在你的帳中，這又是怎麼回事？是他的高手太厲害，連重重衛兵與侍衛都攔不住，還是軍營裡有人被他買通了？」

王赫回答不出來，也不敢回答，只能磕頭請罪。

韓孺子揮手讓侍衛頭目退下，默默地想了一會，對留在身邊的劉介說：「人家能將寶璽送回來，自然也就能拿回去，咱們能怎麼辦？你服侍過武帝，碰到過類似的事情嗎？」

「碰到過。」

聽到這個回答，韓孺子微微一愣，「這件事也要保密嗎？」

劉介搖搖頭，雙手仍然護在肚子上，瞇起雙眼想了一會，說：「那是武帝二十五年的春天，我還是御馬廄的一名小太監，武帝正當壯年，非常喜歡騎馬，天氣好的時候，幾乎每天都要在馬背上待至少一個時辰。當時的皇太后為此沒少指責我們這些太監，以為是我們引誘陛下不務正業，時時有受傷的危險。」

回想往事，劉介露出一絲微笑，很快就端正顏色，「結果越怕什麼越出什麼，武帝那天心情好，召來許多宿衛賽馬，別人都知道讓著、護著武帝，偏偏有一個年輕人不懂規矩，搶在了武帝前頭。武帝不服氣，連跑三圈，一時大意，跌下馬，昏了過去。」

劉介臉色微變，即使過去這麼多年，他還是感到害怕，「在場有一百多人，全都嚇壞了，我們這些太監忙著救護武帝，那些宿衛將不懂規矩的年輕人抓了起來，要將他當場處決。」

「然後呢？」韓孺子聽得有點入迷，甚至忽略了這與寶璽一事沒有多少相同之處。

「好在武帝很快就醒了，要求任何人不得將事情告訴太后，然後下令處死了自己的坐騎。」

「啊？」

「我還記得那匹馬的樣子，全身烏黑，四蹄雪白，武帝賜名『龍驪』，是武帝最寵愛的七匹馬之一，可武帝說此馬虛有其表，將主人摔下來無罪，跑不過普通馬才是死罪。」

「那個不守規矩的年輕人呢？」

「哦，我記得清清楚楚，幾名宿衛壓著那人的頭顱，一大堆人喝斥他，命令他向武帝磕頭請罪，連我也跟著喊，還在他屁股後面踢了一腳，不為別的，他差點將我們全都害死。」

韓孺子忍不住笑了一聲，很難想像耿直的劉介也有混水摸魚洩私憤的時候。

「可這人不服。」劉介不自覺地挺直了身子，好像被那個狂傲的年輕人附體，「他被迫跪下，卻不肯低頭，反而大聲嚷嚷，說自己無罪，說什麼『賽馬就是賽馬，讓來讓去，陛下永遠也挑不出真正的千里馬，騎術更是得不到長進』，陛下聽聽，這算是什麼話？」

「可他說得很有道理啊。」韓孺子站在年輕人這邊。

劉介又像平時一樣躬身，微笑說道：「武帝也是這麼說的，所以赦此人無罪，還封他為將軍，讓他去帶兵打仗。」

「這麼說來他應該是有名的將軍了？」

劉介點頭，「或許是最有名的將軍了，他叫鄧遼，平定匈奴最大的功臣之一，可惜英年早逝，若不是武帝慧眼識珠，鄧大將軍一生都將默默無聞。」

韓孺子呆了半晌，「原來鄧大將軍是這麼被武帝看中的。」

「嗯，武帝看中鄧遼的不是狂傲，而是他堅持做正確的事情，武帝私底下曾說，前線軍情瞬息萬變，敵人詭計不斷，自己人也是各持一端，難得意見一致。常常這個人想的是糧草，那個人想的是軍功，還有人想的是後備兵力的多寡，更有人只在意官爵高低，主帥必須是鄧遼這種人，能夠不為所動，一心只想打勝仗，管你尊卑貴賤，能戰者上、不能戰者退，就算皇帝親自開口干涉，他也不接受。」

「這才是真正的大將軍啊。」韓孺子由衷稱讚，他身邊可沒有這種人，柴悅和房大業堪稱將帥之才，但與鄧遼的這份執著還是相差太遠。

韓孺子悠然神往，過了一會問道：「可是這跟寶璽、跟王堅火有什麼關係？」

劉介捧著懷中的寶璽跪下，先為自己要說的話請罪，然後道：「陛下說得沒錯，能送來寶璽的人，也能再次盜走寶璽，可是換種想法，或許此人還是保護寶璽最佳的選擇。」

韓孺子立刻搖頭，「他是江湖人，不為帝王所用，而且他那一套江湖手段，用不到國家大事上，就連武帝也對豪俠大開殺戒，沒有重用其中任何一人。」

劉介跪在地上不出聲，韓孺子忍不住問道：「劉公認識醜王？」

「素未謀面，更無往來。我只是講一段武帝往事，至少該用何人、如何用人，那是帝王之術，我白在武帝身邊這麼多年，什麼都沒學到。」

「是朕多心了，劉公下去吧，選十名侍衛，專門用來保護劉公與寶璽。」

「遵旨。」劉介起身，慢慢退出帳篷。

韓孺子早對豪俠動了殺心，這時仍未改變，可他明白，武帝的凶殘手段行不通，那只是替新一代豪俠掃清道路。

醜王的確是位奇人，他與皇帝打賭，卻在最後半天悄悄交回寶璽，將勝利拱手相讓，不僅沒救下譚家人，還搭上自己一家子，更讓許多押他獲勝的賭徒血本無歸。

他將所有主動權都交到皇帝手裡，韓孺子反而不好選擇。

還有孟娥，韓孺子最大的困惑，是寶璽怎麼會從孟娥手裡轉到醜王那裡。

天已經晚了，韓孺子把張有才和泥鰍叫進來，讓兩人鋪床，換好睡衣之後，他突然問：「膽大包天的人能做什麼？」

張有才沒明白什麼意思，泥鰍笑道：「那就包天唄。」

韓孺子笑了笑，打算明天一早召見王堅火，將這件事徹底解決。

第二百九十二章　最重的刑罰

跟往常一樣，韓孺子早早起床，瀏覽從京城送來的大量奏章，從中發現一點門道。

東海王說得沒錯，皇帝在某些地方可以隨心所欲，在另一些地方卻是寸步難行。

皇帝根本沒提要求，甚至連暗示都沒有，從宮裡到朝廷已經開始主動滿足他的種種需求，這裡挖一座池塘，那裡建一座消暑離宮，建議冊封皇帝生母為第二位太后的奏章越來越多，宮裡甚至開始為皇帝選妃子，相關部司不僅同意，而且全力配合，沒有半點推諉。

楊奉在選妃奏章上批覆的是「事不宜遲」。

如果韓孺子甘心住在宮裡，醉心於種種享受，那他會過得非常舒服，唯一的問題是，帝位可能不穩。

韓孺子輕嘆一聲，猛然一驚，自己重奪帝位才多久，竟然就已心生倦怠？

他接著閱讀剩下的奏章副本，內容更加無聊，卻能體現朝廷真正的運作方式，多半與官員的任免升降有關，還有大量的封賞，過去一段時間裡發生的事情比較多，的確需要論功行賞。

他越看越怒，反覆無常的兩位御史居然立了第一等功，在奏章裡，他們是支持皇帝復位的首倡者與執行者，以後的史書裡可能也會這麼記載。

與皇帝出生入死的南、北軍將士獲得大量獎賞，以金銀、布帛、土地為主，升遷者卻寥寥無幾，柴悅率軍及時趕到，但是沒有參加戰鬥，只有追捕之功，實授北軍軍正。

柴悅之前的軍正之職名不正言不順，現在得到了正式承認，對於一名軍中履歷不深的年輕將軍來說，這算是一步登天。

至於率領北軍主力返京的劉昆升、房大業等人，功勞更低，甚至不如許多躲在家中兩邊觀望的大臣，奏章裡說他們「一朝聞命群起響應」。

楊奉全都批覆同意，甚至建議給兩位御史再增加一些封賞。

韓孺子真想一把將楊奉從京城揪過來，問問他這究竟是怎麼回事，明明是「論功行賞」，最後怎麼變成了「按官職給賞」？太傅崔宏就因為品級最高，所以禍亂京城的罪過被一筆勾銷，同玄殿前的擁戴之功卻被大書特書，不僅本人被封為大將軍，連兒子崔騰都被封侯。

崔騰立功不小，可還不到封侯的地步，而且這次封侯與他本人無關，完全是承襲父恩，韓孺子不想這麼快就抬舉他。

韓孺子推開奏章，氣憤難平，他明白楊奉的用意，眼下天下未平，不宜多樹強敵，反而要安撫朝中大臣，讓他們心無怨恨與恐懼。

靜坐片刻，韓孺子變得心平氣和，思來想去，楊奉的做法其實是眼下唯一的選擇，既然如此，何必表現得心不甘情不願呢？不如笑臉相迎，還能讓安撫的效果更好一些。

他又拿起剩下的奏章，有一份奏章不是副本，也沒有批閱，來自隨行的戶部侍郎劉擇芹，他的動作倒快，已經制定好如何回報洛陽富商的計畫，皇帝審閱之後就可以照此擬旨頒布了。

這是韓孺子第一次自己批閱奏章，非常在意，正要仔細閱讀，中司監劉介進來通報，王堅火到了。

韓孺子這才發現，快要午時了，自己沒去參加例行朝會，由崔宏與劉擇芹主持的朝會應該已經結束。

張有才、泥鰍和四名侍衛一直守在皇帝身邊，可是整個上午他們都鴉雀無聲，除了偶爾倒杯水，就跟不存在一樣。

時間就這麼過去了，韓孺子看了一堆奏章，發了一會火，然後火又消了，基本上什麼事情都沒做。

韓孺子心中感到一絲驚恐，甚至有點感激醜王的到來，起碼這是他此時此刻就能做成的一件事。

東海王早就等在帳外，聽說皇帝閒下來，立刻溜進帳篷，行禮之後站在皇帝身邊，若有外人看到，還以為他陪了皇帝一上午。

王堅火走進帳篷，恭恭敬敬地跪拜，「草民聽說陛下已經找回寶璽，可喜可賀。」

「只是聽說？」

王堅火不作回答。

「朕倒是聽說，整個洛陽都在傳言你與朕打賭，看誰能夠先找回寶璽，甚至有人開了賭局，而且看好你的人比較多。」

「只是個別的謠傳，不值一提，草民的確曾提出打賭，可陛下沒有接受，無論誰來詢問，這都是草民給他們的回答。」

「如果朕這個時候接受打賭，算不算無賴？」

王堅火正常的半邊臉微微一笑，更顯驚悚可怖，「陛下任何時候接受，都是贏的一方，都不能算是無賴。」

「既然如此，朕贏了，就是你輸了，你不僅失去一切，王家數十口人也都任由朕處置。」

「是殺是放，皆由陛下決定。」王堅火順從得像是一條爪牙鬆動的老狗。

韓孺子看向東海王，「你覺得哪一種懲罰更好？」

「啊？我……我覺得……流放吧，這也不是什麼大罪。」

「不，這是僭越尊卑的大罪，如果洛陽一介草民都能讓朕顏面無存，朕又憑什麼掃蕩宇內呢？」

東海王並不在意醜王的生死，他過來是想聽聽皇帝要如何處置譚家，這時張口結舌，不知該如何回答。

「王堅火，你以豪俠著稱，一諾千金，一呼百應，無論有意還是無意，都在與朝廷爭奪民心，僅此一條就是死罪，你認罪嗎？」

「草民認罪，草民狂妄，身為布衣之士，卻結交四方豪傑，醉心於送往迎來，以俠名自傲，對國家全無益處，罪莫大焉。」

東海王眨眨眼睛，隱約覺得這兩人像是在演戲，他卻不明白用意何在。

「嗯，認罪就好。讓朕想想，流放太輕，死刑太痛快……王堅火，你可有妻兒老小？」

「草民自知容貌醜陋，無意驚擾良家女子，迄今未曾婚配，更沒有子女，父親早亡，尚有同胞兄弟二人、族中兄弟七人……」

「你以後也不打算娶妻生子？」

王堅火搖頭，「沒有這個打算。」

「很好，那朕判你接受腐刑吧。」

王堅火一愣，他想到了諸多可能，就這一條沒想到。

東海王更是大吃一驚，「陛下要讓他當太監？」

「入宮做事的人才叫太監，只是腐刑，不叫太監。」

東海王還是張大了嘴，醜王是天下聞名的豪俠，胯下一刀對他來說乃是奇恥大辱，生不如死。

「那譚家怎麼辦？」東海王小聲問。

「譚家與此事無關，大楚不刑無罪之人，譚家只要老實本分，自然無事，用不著誰來求情，若是觸犯刑律，求情也是無用。」

東海王明白了，皇帝這是將怨氣都轉到了醜王身上，以腐刑羞辱醜王，但是放過譚家，向世人證明，醜王的求情毫無意義。

東海王鬆了口氣，起碼一段時間內譚家是安全的，至於能持續多久，就是另一回事了，想到這，他開始覺得皇帝的這一招夠毒、夠狠、夠聰明，笑道：「對對，與譚家無關，是醜王自不量力，非要挑戰陛下的威嚴。」

韓孺子一直盯著王堅火，那張醜陋至極的臉有過一小會的驚恐，贅疣微微顫動，可是很快就恢復正常，目光平靜如初。

「草民謝陛下大恩大德。」

韓孺子沒有開口，東海王道：「王堅火，陛下要對你用腐刑，你還謝恩？言不由衷吧。」

醜王輕輕搖頭，「陛下用刑之前特意詢問草民是否有意娶妻生子，草民回答『無意』，足見陛下仁愛之心。草民胯下之物既然無用，挨一刀也無所謂，據說洛陽侯府裡有一位小刀劉，手藝精湛，刀口極小，受刑者三日可下床，半月即可行動自如，能領略此人刀功，草民無憾。」

東海王簡直不敢相信自己的耳朵。

韓孺子心裡也暗暗敬佩這位醜王，對帳中的其他人說：「退下，朕要與王堅火單獨交談。」

誰都沒動，王堅火身材高大，兩臂修長有力，就算身手一般，也能輕鬆制伏皇帝，剛剛領到腐刑，更有動手的可能，眾人都不敢將兩人單獨留下。

「退下。」韓孺子重覆道。

張有才上前一步，正要開口，被皇帝的目光逼退，一個字也沒敢說，帶頭退出帳篷，四名侍衛退得最慢，到了帳篷門口還在頻頻回望。

「平身。」韓孺子說。

一直跪在地上的王堅火站起來，平靜地看著皇帝。

「寶璽從何而來？」

「受人所托，卻不知此人是誰，草民只見到寶璽與一張紙條，上面寫著『物歸原主』，草民不是原主，陛下才是。」王堅火頓了一下，「所以陛下一開始就已贏得賭局，草民膽大妄為，拖延數日才歸還寶璽，故意生出事端，罪有應得，甘心受罰。」

孟娥肯定有不得已的原因，才帶著寶璽一路東行，最後在洛陽將寶璽託付給醜王。

韓孺子越發困惑。

「你又是怎麼將寶璽送到侍衛帳篷裡的？」

「草民自知罪重，甘受任何刑罰，唯獨不敢出賣朋友。」

韓孺子笑了一聲，「你的罪的確很重，重到腐刑也不足以贖罪——你想當官嗎？」

王堅火呆住了。

「有一種官，比腐刑更痛苦，比死刑更決絕，那就是打破規則敢做事的官。」韓孺子看著王堅火，心裡沒底，不知道自己做得對不對，「閣下以俠名自詡，無名者託付寶璽，你一定物歸原主；昔日仇人求助，你不惜己命也要出面幫忙。如今天下壞亂，民不聊生，百姓盼望一位有為之官，如同久旱之地乞求及時雨，閣下可敢擔此重任？」

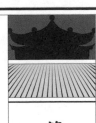

第二百九十三章 心照不宣

年輕的時候，王堅火臉上的贅疣還只是比較明顯，沒有現在這麼大，像是半張粗糙的面具戴在臉上，大家不叫他醜王，而是稱他為「半佛」。

老一代豪俠被武帝殺掉一批，剩下的不是被遷到窮山惡水，就是退隱江湖，從此銷聲匿跡。王堅火就是這時興起的，借助於一點皇親的身份，他救下不少豪俠，更讓他聲名鵲起的是，他傾盡家產救濟許多死去豪俠的親眷，雪中送炭，不求回報。

大多數人無以為報，有一些人卻頗有父兄遺風，非要還這個人情，一位老豪俠的女兒在安頓好母親之後，托人轉告王堅火，她願意嫁給他，為妻為妾都行。

王堅火拒絕，以為這是趁人之危。

數日之後傍晚，老豪俠的女兒親自登門，說自己不能平白接受他人的好處，墮了父親的威名，反正她人已經來了，今晚不走，無論怎樣明早出門都將是身敗名裂，王堅火娶她就是救她。

王堅火動心了，老豪俠的女兒不僅美麗，而且聰明大方，正是他夢寐以求的妻子。可他仍要拒絕，為了讓對方明白自己的心事，他靠近過去，做勢要吻。

她沒有躲避，但是閉上眼睛，輕輕咬著嘴唇，眼眶濕潤，似乎有淚水要流出來。

王堅火後退，說：「妳來之前就已經認定了我王堅火難以娶妻，因此想用以身相許報答恩情，這既是對我的羞辱，也是對妳自己的貶低。報恩的方式有許多，姑娘若是心存此念，就先給我一點尊重，然後慢慢等待時機吧。至於名節，姑娘無需擔心。」

王堅火走了，派人去將老豪俠的遺孀接來，順勢將自己的住處讓給她們，母女二人用不著離開了。

也就是在那之後，王堅火徹底斷絕了娶妻生子的念頭，隨著臉上的贅疣越來越大，這個念頭再也沒有動搖過，他甚至接受外人暗中所起的外號，自稱「醜王」，將它變成自己唯一的稱號。

醜王就是這麼驕傲。

他不怕死，親眼見過諸多老豪俠的悲慘下場之後，他早已將生死置之度外，不做任何逃亡的準備，官府曾經要抓人，他聽說消息之後主動投案，關了幾天又出來了。

他也不怕羞辱，自從八歲時臉上的贅疣變得明顯之後，羞辱就是他的家常便飯，但他成功地將羞辱變成了標誌，從不憚於展示，也從不接受憐憫。

可是有一件事他從來不做，那就是當官。

王堅火僅有過一次逃亡，就是因為洛陽要舉薦他入朝為官，公差和前來慶祝的賓客都撲了個空，醜王逃之夭夭，直到府衙放出話來，聲稱已經舉薦別人，他才悄悄回家，然後親自去向官老爺謝恩。

至於不當官的理由，其實很簡單：既在其位必謀其政，拿了皇家的俸祿，就得當忠臣，吃裡扒外的事情他做不來。

王堅火推辭過至少五次當官的機會，招募者的地位一次比一次高，前宰相殷無害曾經親筆手書一封，勸說醜王進京，結果書信被原樣退回。

如今，讓他當官的人是皇帝。

王堅火再次跪下，「草民寧願受腐刑。」

韓孺子早料到醜王不會馬上同意，「閣下為俠多年，總共幫助過多少人？」

「草民沒有計數。」

「大概估計一下。」

「嗯，千八百吧，大多數人只是從草民這裡拿點銀兩而已。」

韓孺子從桌上揀出一份奏章，「河南郡人口將近兩百萬，自去年秋天以來，失籍為流民者五十餘萬。第一次開倉放糧之後，流民減少，尚有十幾萬，外郡過來乞食者不計其數，天下流民近半在此，河南郡官倉存糧若是賑濟全部流民，大概能堅持十天。」

「洛陽富戶響應號召，也要開私倉。」

「嗯，這樣的話能堅持一個月，而且本郡官員提醒：洛陽本來就吸引了不少流民，一旦大規模放糧，還會引來更多的人，到時候可能連一個月也堅持不了。」

王堅火抬起頭，「草民明白形勢之差，可草民現在沒有解決辦法，當官之後也是一樣。」

「不一樣。」韓孺子又揀出幾份奏章，堆在桌子上，「實話實說，賑濟流民一個月，甚至半個月就夠了，朕會盡快平定東海國之亂與匈奴人的威脅，解決後顧之憂，放敖倉之糧以解燃眉之急。朕擔心的不是時間，而是官私倉中的糧食到底能不能落入百姓手中？」

王堅火驚訝地說：「陛下有什麼懷疑嗎？」

「朕在京城曾經見過一些災民，他們告訴我，官府放糧門道不少，很多時候只是拿少量糧食裝裝樣子，然後將官糧高價轉賣，對於無糧的災民，則給予秋後減免糧租，到時候經手人再以低價買糧以補虧空，上瞞朝廷，下欺百姓，所以越放糧而流民越多。」

「天災之後，總有人禍推動。」王堅火想了一會，「洛陽的習慣未必與京城一樣。」

韓孺子笑了一聲，「或許吧，朕的確沒有拿到任何證據，可是本郡官員答應得太好，事情進行得太順利，洛陽富戶又這麼踴躍，朕反躬自省，覺得還沒有英明到一呼百應的程度，只怕其中有詐。」

「陛下自謙太甚。」

「你是洛陽豪俠，尚且要與朕鬥智鬥勇，河南郡官員都比你老實嗎？」

王堅火磕頭，「草民不敢……」

「洛陽城外有數十萬流民等著你救，朕更希望看到那個為譚家挺身而出的醜王，而不是跪在這裡口稱『不敢』的王堅火。你不想當官，也行，朕只給你一個臨時的官銜，放糧之事一了，官職收回，你仍是『草民』。而且朕不給俸祿，咱們互不相欠，你幫的不是朕、不是朝廷，只是流民。」

王堅火目瞪口呆，他受到過不少拉攏，向來是誘以高官厚祿，到了皇帝這裡，不僅官是暫時的，連俸祿都不給了。

「那腐刑……」

「留著，等放糧完畢咱們再算帳。」

條件越來越苛刻了。

「那譚家？」

「朕在納悶，你這種人怎麼會與譚家結仇？」

「陛下聽到的是哪種說法？」

「譚家想在洛陽建家客棧，你不同意。」

王堅火苦笑一聲，「譚家好友遍及天下，借助任何人開家客棧都是易如反掌，草民即使反對又有何用？不過草民與譚家的確有過恩怨，都是江湖上的小事，不足掛齒。」

醜王顯然不願細說，韓孺子也不追問，「譚家女眷與老幼留在洛陽，男子編入軍中，給他們一次立功贖罪的機會。」

「陛下明天一早出征？」

「是。」

「請給草民一點時間，天黑之前覆命。」

「好。」

「草民告退。」王堅火起身向門口退去，幾步之後抬頭問道：「如果草民不同意當官，還是要受腐刑？」

韓孺子點頭，「而且動手之人未必是你說的那個小刀劉。」

王堅火哈哈一笑，轉身走出帳篷。

東海王等人進來，其他人各回其位，一句也不多問，只有東海王按捺不住好奇，「醜王的樣子可不像是要挨刀，陛下又反悔了？」

韓孺子未置可否地嗯了一聲，低頭繼續看戶部侍郎劉擇芹的奏章，文字有點繞，給予富商的補償似乎不是很多，一是函谷關免除一部分通關稅，並且不再限制每年的通行次數，二是今後若干年內補充官倉時，優先選擇洛陽商戶。

東海王不肯離開，站在桌邊，翻閱皇帝已經看過的奏章，「嘿，楊奉真是慷慨，瞧瞧，膽小的官員得到的封賞多，出生入死、輔佐陛下的南、北軍將士反而只得小賞，他是故意給陛下樹敵吧？」

韓孺子沒接話，總覺得劉擇芹的奏章裡有點問題，他卻找不出問題何在，過了一會他說：「明天出征之前，我會親自擬旨，增加有功者的獎賞，加官晉爵，減少無功者的封賞。」

東海王點點頭，突然大笑起來，「楊奉這個傢伙真是……太聰明了！」

「嗯？」韓孺子皺起眉頭看著東海王，他現在的心事不在京城。

東海王指著那一堆奏章，笑道：「楊奉守衛京城，怕陛下不信任他，所以有意貶低有功的南、北軍，激起兩軍的憤慨，就等著陛下傳詔撥亂反正，到時候感激歸陛下，咒罵歸楊奉，同時還讓陛下知道軍隊與楊奉有隔閡。這是一舉兩得，既鞏固了陛下的軍心，又讓陛下對楊奉沒有疑心。聰明，真是聰明。」

韓孺子微微一愣，無論如何他都要增加南、北軍將士的封賞，對楊奉的用意卻沒想過那麼多，聽東海王一說，這的確像是楊奉能做出來的事情。

「陛下若想讓楊奉安心，就在聖旨裡狠狠責罵他一通。」

「罵他？」

「君臣之道，貴在心照不宣，陛下斥責楊奉卻不奪權，就是最大的信任。」東海王輕嘆一聲，自己從小學了那麼多的帝王之術，竟然只能給韓孺子當顧問。

「心照不宣……」韓孺子覺得這四個字頗值得玩味，「傳戶部侍郎劉擇芹。」

張有才應是，出帳去告訴劉介，東海王問道：「怎麼又想起他了？」

「我想問問他的『心照不宣』是什麼。」

「既然是心照不宣，當然是不能說了。」

「他必須得說。」離出征只剩半天多，韓孺子一定要將放糧之事圓滿解決。

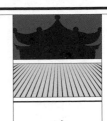

第二百九十四章　舊規難改

東海王將戶部侍郎劉擇芹的奏章仔細看了一遍，沒瞧出門道，「陛下懷疑他與洛陽富商勾結，給予他們太多好處？」

「我不知道，我只是覺得……」韓孺子說不出那種感覺，讓東海王等人先退下，他要單獨接見戶部侍郎。

劉擇芹受命主持每日的朝會，倒是盡職盡責，隨傳隨倒，手裡捧著一落文書，那是朝會的詳細紀錄，能讓缺席的皇帝身臨其境。

韓孺子隨手翻了幾頁，沒有細看，「劉侍郎，朕有句話問你，希望你能有話直說。」

「陛下請問，臣萬萬不敢有所隱瞞。」劉擇芹恭恭敬敬地站在皇帝面前。

韓孺子沉吟片刻，「奏章朕已經看過了，有什麼需要朕做的嗎？」

劉擇芹抬頭看了一眼皇帝，面露驚訝，馬上垂頭，「臣考慮不周，必有遺漏之處，請陛下暫緩一兩個時辰，臣這就去修改，只是……請陛下略指一二……」

劉擇芹還以為皇帝對他的奏章不滿意。

韓孺子搖頭，「劉侍郎誤解了，奏章沒問題，朕覺得有些事情可能不好寫在奏章裡，你可以直接對朕說。」

劉擇芹更驚訝了，說道：「沒有，洛陽官私放糧乃是利國利民的大好之事，一切盡在奏章之中，臣不敢有半點隱瞞。」

劉擇芹是那種真正的朝廷大臣，韓孺子看著他，就像是隔著一堵牆，只聞其聲，不見其人，沒有目光交流，彼此都在對著空氣說話。

「如此甚好。」韓孺子微笑，表示滿意，心裡卻明白，自己的問話方式不對，只能一無所獲。

他接著又召見了國子監博士瞿子晰。

瞿子晰兼任河南郡御史，非常認真，已經去城外跑了一圈，正好也要向皇帝報告一下情況。

「真是難得，洛陽官吏和商戶向來以老奸巨滑聞名，我還以為他們這次又要上瞞下欺，結果卻冤枉了他們，我在城外看到，放糧井然有序，糧棚綿延十幾里，都有專人看管。流民先登記籍貫，憑條領糧，湊夠五十人以上，選任一名甲頭，給付足夠的糧食和官府憑證，准許他們返回原籍。」

瞿子晰很滿意洛陽官民的表現，「陛下親臨，的確事半功倍。」

看過劉擇芹的奏章，瞿子晰不覺得有什麼問題，「這些補償不多，洛陽商戶這回真是令人刮目相看。臣要為之前的言辭道歉，那時臣以為洛陽乃貪滑之地，讓陛下有了先入之見。」

「有勞瞿先生在洛陽多待幾日，善始善終。」

「義不容辭。」

韓孺子從瞿子晰這裡也沒有得到幫助，可他還是不死心，總覺得事情沒這麼簡單。

他又與東海王商量，「把你學過的帝王之術多想想。」

「那算是什麼帝王之術？不過是一些猜測人心的雕蟲小計。」東海王又不承認了，但還是拿起奏章，重新看了一遍，良久方道：「倒是有一個辦法可以用來查找破綻。」

「說來聽聽。」

「就是慣例。」

「慣例？」韓孺子不是很喜歡慣例，很多時候，慣例就是他與大臣之間的那堵牆。

「對，忘了是誰對我說過，實在找不出大臣所提建議中的破綻，就問他慣例如何，當初這麼做總得有個理由，看看這個理由還存不存在、剩下多少，或許能找出一點線索。」

韓孺子茅塞頓開，「沒錯，起碼得弄清楚當初為什麼要對關東商戶徵以重稅並限制入關次數，應該問誰？劉擇芹肯定會推託說他不瞭解。」

「這我就不知道了，陛下本應留在京城，整個朝廷都在身邊，有什麼疑惑就問宰相，宰相就算自己不清楚，也得推薦一位知情者，這是他的職責。如今陛下在洛陽，身邊沒有多少人，尤其是宰相不在，該問誰？」

韓孺子身邊有顧問，十名讀書人隨傳隨到，可他們的強項是引經據典，擬旨重賞有功的南、北軍將士，以及斥責楊奉，他們很快就能做好，字字有力、句句用典，足以令受賞者感激不盡、令犯錯者慚愧不已，可是說到洛陽商戶的事情，誰也不記得當初的規定。

「應該不是什麼大事，否則的話，國史裡肯定會記載。」一名讀書人推測。

十名顧問退下，東海王又出了一個主意，「讀書人不行，陛下應該找那些熟悉文書的老吏。」

韓孺子還真想起來一位，將中司監劉介叫進來，問道：「京城的奏章副本每天都是誰放在桌上的？」

「是我。」劉介回道。

「誰交給你的？」

「中書省官員。」

「在京城也是這個順序？」

「對，中書省整理文書，再由宮裡的某人轉交給皇帝，通常是中司監，陛下也可以指任他人。」

「劉公做這件事就很好，把隨行的中書省官員叫來。」

人很快就到了，「微臣中書舍人趙若素拜見陛下。」這是一名三十來歲的中年人，頗有幾分未老先衰的模樣，一看就是久做文案之人。

中書舍人沒資格參加朝會，韓孺子對趙若素只有模糊的印象，他總是混在一大堆隨從當中，離皇帝很近，中間卻隔著重重障礙，若不是皇帝召見，他永遠也沒機會直接與皇帝交談。

韓孺子有點猶豫，此人不像是直言敢諫的人，自己對他一無所知，想了想，還是問道：「你是中書舍人，能看到從前的公文吧？」

「是，陛下。」

「最早是多久以前？」

「每隔十年，中書省與秘書省會一同抄寫歷年公文的副本，微臣有幸參與過一次，見過太祖定鼎以來的全部公文。」

韓孺子吃了一驚，東海王也不相信，「全部？堆在一起比山還高吧，你能看完？」

「微臣擅於辨識錯訛之字，負責初校，重抄的公文微臣都要過一眼。」

「這不叫看，頂多算掃，你當時連公文上寫的是什麼內容都不知道吧？」

「大部分不知道，有一些還記得。」

東海王冷笑，還是不信。

韓孺子不想在小事上計較，直接問道：「朕問你，對關東商戶徵重稅並限制入關次數是何時規定的，你有印象嗎？」

「有，這兩項都是太祖登基第一年定下的規矩。」

韓孺子與東海王互視一眼，都沒料到這位不起眼的中書舍人居然真記得一百多年前的公文。

「太祖為何定這麼高的稅？」韓孺子問。

趙若素想了一會，回道：「當時的一份奏章裡說，關東民富，人心仍向趙、齊，必須徵以重稅，以斷其造反之資。」

太祖定鼎之初，趙、齊兩國的勢力還沒有完全肅清，而且不限於現在的趙、齊，面積要大得多，因此太祖有意壓制關東。

「大楚已綿延多年，當初的趙、齊兩國早被百姓遺忘，為何重稅未減？」

「微臣不知，微臣所見的公文之中從未提起此事。」

這時候東海王的反應就快了，笑道：「這有什麼難解釋的，關東商戶負擔得起，他們這些年還不是越來越富？至於京城，用慣了這筆收入，突然減少，反而不適應，所以就一直保留，公開的理由就說這是太祖定下的規矩，不能改。」

「太祖定下的規矩真不能改嗎？」韓孺子覺得重稅可以稍減一點。

東海王撇撇嘴沒有回答，趙若素道：「從來沒人說不可以，但禮部可能會提出反對。」

「禮部？」韓孺子不明白這與禮部有何關係。

「每年臘月，禮部要在太廟祭祖，其中的一項儀式是稟告陛下一年來的所作所為，禮部可能會說，改變舊規將惹怒太祖的在天之靈。」

韓孺子驚訝得說不出話來，仔細一想，這又的確像是禮部會做出的事情。

「入關次數的限制呢？有什麼理由？」

「當時的理由很簡單，趙、齊兩國的舊臣仍未死心，曾經試圖刺殺太祖及朝中大將，入關商戶帶的人多、貨多，刺客很容易混跡其中。」

「按禮部的想法，這條舊規也不能改了？」

趙若素又想了一會，「這倒未必，徵稅是大事，太祖當初頒布了聖旨，有據可查，限制入關次數是守關將軍提出的建議，太祖許可，並沒有特意頒旨，因此，在禮部看來，這可能不算是改變太祖舊規。」

「有勞趙舍人解惑，朕已明白，你退下吧。」

趙若素退出帳篷。

「這是位人才。」韓孺子說。

「嘿，記性好一點而已，這種人在各大部司裡一抓一把。」東海王不太在意，「劉擇芹膽子好大啊，他肯定知道減稅之事不可行，卻故意寫在奏章裡，等到禮部駁回，陛下就會大怒，他則伏地請罪，一來一去，就把入關這件事給忘了。」

「洛陽商戶真正想要的只是增加入關次數？他們不會造反，只是想多做生意吧？」

「劉擇芹弄巧成拙，本來事情很簡單，可他非要掩飾，陛下不可不防啊。」

韓孺子沉吟不語，明日一早就要出征，只剩一個晚上的時間，而他除了一些猜測，再無別的證據，真不知道該怎麼辦。

劉介進帳通報，王堅火求見。

醜王也去洛陽城外跑了一圈，所見所聞與瞿子晰一樣，得出的結論卻不同，「依草民所見，城外的許多遊民是假冒的，真正的流民反而得不到救濟。草民願意當官，寧可得罪千人，也要救更多人。」

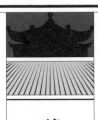

第二百九十五章　深夜私訪

王堅火做事有自己的原則與手段，同意做官之後，他並未下跪，反而昂首站立，打量皇帝，說：「草民敢當官，陛下敢做一回百姓嗎？」

「你以為朕沒做過百姓？」韓孺子剛剛擺脫「倦侯」的身份沒有多久，雖說從前也不是普通人，但對民間疾苦並非一無所知。

「今晚，離開洛陽之前，陛下敢暫時做一回百姓嗎？」王堅火問。

不等皇帝回答，東海王搶先道：「這叫什麼話？先不說陛下，什麼叫草民『敢』當官？難道當大楚的官還有性命之憂不成？」

王堅火只盯著皇帝，「『醜王』幾十年聲望，天亮之後就將毀於一旦，天下人都會以為我等了這麼多年，就是為了當更大的官。」

仍是東海王開口，「你的幾十年聲望，能比得上陛下一時的安全？」

王堅火不作聲。

韓孺子也不作聲。

「陛下不是在考慮吧？」東海王瞪大眼睛，「可能陛下不相信，但我是真心提醒，皇帝的安危不僅屬於自己，還事關整個大楚，尤其是現在這種時候，陛下若有萬一……」

東海王忍不住小小地遐想了一下。

「武帝年輕時經常出宮微服私訪。」韓孺子有點心動，關於武帝私訪的故事，他從小聽過不少，真真假假，但有一點肯定沒錯，武帝不是那種坐在皇宮裡統治天下的皇帝。

「武帝時天下太平，而且……而且武帝身邊可信任的人很多，這位醜王……讓他當官都這麼勉強，只怕不可信吧？」

面對質疑，王堅火不做任何辯解。

「朕的身邊不是有你嗎？」

東海王絕不會說自己不可信，一時間張口結舌，突然反應過來，「陛下要帶我一塊出去私訪？這個……這個……陛下真要同意？還是先找人商量一下吧。」

王堅火說：「眼見為實。陛下一心為民，這是好事，可陛下坐在洛陽城內守衛森嚴的軍營裡，看的是一堆文書、聽的是官員眾口一詞，與其費心猜來猜去，分不清何為真何為假，不如親自去看一眼。」

韓孺子怦然心動，醜王說得沒錯，皇帝向當地官員施加壓力，派駐臨時御史，提拔豪俠為官……說來說去都是因為心存疑慮，既然這樣，何不走進流民中間去體察一回呢？

東海王從皇帝的表情猜出了結果，「陛下，該說的話我都說了，我要求將這些話都記錄下來，萬一……也能留下證據，別讓人以為是我將陛下騙出去的。」

「留什麼證據？朕若有萬一，你還想逃走嗎？」

「不不，當然不是這個意思，我只是覺得……陛下乃是賢明之君，為大楚江山著想，桓帝只有兩個兒子，陛下尚無子嗣……陛下千萬不要誤解，這純粹是為韓氏子孫和大楚江山考慮……張有才，你就傻站著嗎？」

張有才和泥鰍一直守在皇帝身後，有外人在，兩人從不開口，可是心裡絕不同意皇帝去冒險，聽到東海王的話，同時前行幾步，轉身正要跪下勸說，被皇帝瞪了一眼，又都走回原位。

「沒膽子的佞幸小臣。」東海王低聲道，突然有一種滿朝皆奸唯我獨忠的蒼涼之感。

韓孺子扭頭問稍遠些的侍衛，「保護基本安全的話，最少需要多少人？」

侍衛一愣，張著嘴，一個字也不敢說。

「去叫王赫，不准多嘴。」

侍衛小步快跑，出了帳篷，以極快的速度回來，表示自己沒有多嘴多舌的機會。

王赫很快也到了，看了一眼醜王，「微臣王赫拜見陛下。」

「朕要微服私訪，半個時辰之後出發，你去安排一下，出營的時候不要被任何人發現，加上你，最多六名侍衛，東海王隨行，王堅火，你帶幾個人？」

「草民隻身一人。」

「好，王赫，準備去吧。」

王赫撲通跪下，剛要開口，韓孺子臉色微沉，「你是侍衛頭目，朕任用你，要的不是進諫，你覺得自己比東海王更能說會道？」

東海王無奈地眨眨眼。

王赫想好的一番話都被堵住，想了又想，說：「最少十名侍衛，不能再少了。」

「隨你，但是不能洩密，尤其不能告訴劉介，明白嗎？」韓孺子有預感，中司監劉介一旦聽說皇帝要出營，十有八九會抱住皇帝的腿，死也不鬆手。

「明白。」王赫臉色蒼白地退下。

約好見面地點，王堅火也告退，韓孺子讓張有才和泥鰍多拿一套被褥來，假裝要留東海王徹夜長談，然後警告道：「你們兩個更不准多嘴，我不在期間，若有什麼事情，替我遮掩一下。」

張有才急得都要哭了，「陛下……」

「怎麼，從前夜裡能出門，現在不能了？」

一想到主人當倦侯時的冒險經歷，張有才真哭出來了，「從前好歹還有杜家爺孫……」

「現在有十名侍衛。」韓孺子越來越興奮，到洛陽好幾天了，他一直被困在軍營裡，思考過度，頭昏腦脹，王堅火提醒了他「奏章裡的一團團迷霧，在現實中都不存在」。

泥鰍卻不太在意，「陛下出趟門而已，沒那麼危險吧？」

東海王和張有才同時狠狠瞪去，泥鰍急忙將嘴閉嚴，東海王甚至不能出帳，喃喃道：「好歹讓我跟王妃道聲別……陛下，醜王真值得相信嗎？他這人鬼心事可不少，才剛用一場似有似無的打賭令陛下左右為難。」

韓孺子沒有回答，他相信醜王，一半源於自己的感覺，另一半則是因為孟娥。

孟娥將寶璽託付給洛陽醜王，足見在她的心目中，醜王比絕大多數人都值得信任。

如果這是一場環環相扣的騙局……韓孺子覺得不可能，中間有太多的意外，只有未卜先知的神仙才能提前想到。

半個時辰之後，皇帝、東海王與十一名侍衛牽馬悄悄離開軍營，路上沒遇到任何衛兵，他們都被王赫臨時調離，王赫還玩了一個小花招，將自己算在十名侍衛以外，多帶了一個人。

王堅火等在三條街以外，獨自一人，騎著馬，向皇帝點頭，在前面領路。

因為剛經歷過戰鬥，洛陽仍處於宵禁狀態，大街上沒有行人，只有一隊隊巡邏士兵，王堅火自有辦法避開盤查，與皇帝匯合之後，他就更不用擔心了，侍衛王赫帶著軍牌，可以在城中隨意行走，甚至可以深夜出城。

出城數里，軍牌用不上了，一行人摘下帽子，裹緊披風，盡量不顯露官身，王堅火穿著斗篷，用兜帽擋住那張標誌性的臉孔。

時值半夜，城外的官道上閃爍著點點火光，一直延伸到極遠方，路邊布滿了大大小小的窩棚，仍有許多人席地而臥，身下頂多鋪一點乾草。
每隔一段距離，的確建有官私糧棚，夜裡關閉，不許住人，偶爾有看管糧棚的差人未睡，聚在一起喝酒，喧嘩聲分外刺耳。
一行人下馬，幾名侍衛牽著所有馬匹跟在後面，韓孺子、東海王、王堅火、王赫走在前面，其他侍衛分散跟隨，一隻手時刻握著披風裡的刀。
「這一帶都是河南郡的流民，時間短，沒有全到，還有不少在路上。」王堅火小聲介紹。
藉著路邊的火堆，韓孺子能看到一些還沒睡的流民，他們呆呆坐在那裡，個個面黃肌瘦，不知在等什麼、想什麼。
有個不知是男是女的小孩，獨自站在路邊，手裡抓著一團粟飯，大口吞咽，一看到有人走來，轉身就跑。
「沒有這次放糧，這裡的人至少有一半活不到夏天。」王堅火說。
前方突然傳來爭吵聲，韓孺子加快腳步，聽到一個氣憤的聲音說：「不是說領糧回鄉嗎？像現在這樣一頓一頓地放糧，得放到什麼時候？」
另一個聲音勸道：「行啦行啦，官府放糧，你還抱怨，忘了挨餓是怎麼回事了？我聽說這是要給皇帝看的，皇帝離開洛陽之前，總得看一眼吧，大家領完糧都走了，皇帝看什麼？」
「真不自在，還不如……」
「噓，你想死啊，你倒是能自在，家裡的妻兒老小怎麼辦？」
爭吵結束，黑暗中的一小堆人群散去。
王堅火小聲道：「有家有業的還好，願意重歸鄉里，據我所知，家裡老小若是都已餓死，那家的男子十有八九不來領糧，寧願在山裡為盜。」
韓孺子嗯了一聲，放糧已經晚了，不知有多少百姓因此亡故，又有多少人對朝廷徹底失望，鐵了心要當強盜，甚至造反。

光憑目前的所見所聞，韓孺子就覺得這趟私訪值了，坐在城裡，他只知道流民形勢嚴峻，卻感受不到那種關係到生死存亡的緊迫感。

路邊的陰影裡突然躥出一名男子，後方侍衛一擁而上，王堅火向他們擺手，表示沒事。

那不是刺客，只是一名乾瘦的流民，破爛的衣服下面似乎隱藏著什麼，他惡狠狠地看了一眼身穿披風的人，竟然一點都不怕，反而威脅性地向地上啐了一口，加快速度跑了。

小偷小摸是流民之間常有的事情，保住自己的命總是最重要。

走出兩三里後，王堅火示意身後侍衛離得更遠些，帶頭拐入荒野中的一條小路，路邊也住著許多流民。

「這一帶的流民是從外地來的，早就聚在洛陽附近，一召即至。」王堅火介紹道。

這裡的流民大都沒睡，男女老少都圍在篝火旁邊，在聽幾個人講話，講話者穿著破爛，卻不那麼乾瘦，顯然是王堅火所說的假冒者。

「怎麼樣？機會就這一次，再來十家，就能湊成一夥！」一人正唾星飛濺地大聲勸說眾人。

王堅火向最外圍的一名老漢問道：「什麼機會就這一次？」

「有一位大善人，願意出車送我們返鄉，還願意出錢幫我們買種雇牛。」老漢頭也不回地說，黑暗中他也看不清什麼。

「這是好事啊。」

「嗯，就是回鄉之後得拿地契做擔保，秋後還不上帳，地就歸人家啦，想當初，我們背井離鄉都沒賣地，現在有了點糧食，反而……唉。」

韓孺子大怒，終於明白洛陽商戶為何如此踴躍參與放糧，他們是想趁機兼併貧民土地。

王堅火一點也不意外，點了點頭，扭頭對皇帝說：「再往前走，事情還多著呢。」

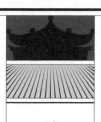

第二百九十六章　輕重緩急

往荒野走得越遠，見到的人越不像真正的流民，如果皇帝前呼後擁從官道行過，肯定看不到這裡的情形。

遠處生起一大堆篝火，周圍的人深夜不眠，大聲嬉笑怒罵，倒像是一群強盜在聚會。

王堅火也變得謹慎，停下腳步，指著黑暗中的小路，輕聲道：「前方魚龍混雜，陛下不可輕進，草民容易被認出來，最好派個人過去查看，咱們在這等著。」

整個晚上，王堅火就這句話討得皇帝身邊眾人的歡心，侍衛頭目王赫立刻招來一名侍衛，小聲交待了幾句，讓他繼續前行。

侍衛點頭，解下披風，裡面不知何時換上了平民的衣裳，看樣子王赫做了許多準備。

韓孺子站在路邊，心中依然氣憤難平，「能將朝廷的賑災變成發財機會，洛陽商人真是不一般啊，河南郡官員配合無間，想必得到不少好處，就連朕的……」

想到連隨行的戶部侍郎劉擇芹都不可信，韓孺子心中更怒。

王堅火道：「朝廷官員可能被收買，也可能只是不知情，被蒙在鼓裡，陛下先不要輕下斷言。」

韓孺子哼了一聲，被他寄予厚望的瞿子晰也沒看出破綻，若不是自己微服私訪，肯定也不會發現這些隱藏的花招。

「除了騙取流民的土地，商人還有什麼發財手段？」韓孺子問道。

「多的是，陳糧、霉糧代替新糧放給流民，洛陽群商減輕不少負擔。佔完土地，還要人口。陛下以後會發現，各地放糧總是不多不少，堅持不到秋天，但是又足夠讓百姓等到地裡的莊稼長出來，百姓捨不得離開，就只好將土地、房屋、妻子兒女都押給外人。」

「入秋之後不能償還嗎？」

「放糧之後各地官倉空虛，肯定要想方設法加以補充，百姓的收成最後所剩無幾，還不上債，只能舉家為奴。到那時，朝廷以為諸事已了，根本不會注意地方上的強取豪奪。」

韓孺子自以為與百姓有過接觸，對民間疾苦已經很瞭解了，現在才知道自己多麼無知。

王堅火又道：「陛下越想盡快安置流民，官府將要付出的代價就越大，隱藏其中的利益也就越多。比如流民返鄉，沿途的一些郡縣不願提供住宿，或者提供不起，但又不能向朝廷明說，只好向商人求助。」

「商人究竟想要什麼？」

「他們要的是通行無阻、倒賣有無，要的是專營之權、獨佔一方，關東各地每年要向朝廷進貢大量財物，布、紙、竹、石等等，任何人只要取得其中一項，都能穩賺一筆，多年無憂。趁著安置流民的機會，商人又都能獲得大量專營之權。」

「各地官員沒有戒備？」

「戒備什麼？商人總是先解決燃眉之急，然後再要回報，至於地方官員，收集貢品本來就是一件麻煩事，交給商人正合其意，至於商人如何從中謀利，誰也不關心。」

韓孺子關心，正想細問，突然反應過來，「白天朕請你當官的時候，你對許多事情還不瞭解，只是出城走了一圈，就發現這麼多問題？」

王堅火輕聲一笑，「任俠者不問出身，上至王公大臣，下至雞鳴狗盜之徒，都是草民的座上之賓，洛陽商戶草民至少認得五成，只要開口打聽，沒什麼問不出來的，所以明天一早洛陽聽說我當官的時候，只怕有一大批人要嚇得幾天睡不著覺，更會有人對草民恨之入骨。」

站在皇帝身後的東海王忍不住「切」了一聲，為了掩飾，接連啐了幾口，好像嘴裡不小心飛進了蚊蟲。

去打探情況的侍衛回來了，「那邊是一群江湖人，不久前才被逐出京城，準備假冒流民再度入關。」

「入關做什麼？」韓孺子馬上警惕起來。

「說是要挽回顏面，讓江湖同道知道，他們仍能隨意入關。」侍衛聽到什麼就說什麼，沒有添油加醋，不過他的意思很明顯，江湖人現在只想入關，入關之後受到蠱惑，做什麼都有可能。

篝火附近的喧鬧聲突然抬高，那些江湖人喝足了酒，非得鬧些事情出來才肯休息。

「走吧，沒什麼可看的了。」王堅火道，與侍衛們簇擁著皇帝向官道走去。

臨走前，東海王向篝火望了一眼，那裡沒準有他認識的江湖豪客，他搖搖頭，仍覺得這些人難成大事。

一行人回到軍營裡，天已經快要亮了，此次私訪無驚無險，王赫與眾侍衛總算鬆了口氣，一直等在帳篷裡的張有才幾乎要癱倒，泥鰍倒是沒那麼多憂慮，躺在皇帝的床上呼呼大睡。

韓孺子全無睡意，解下披風，來回走了幾圈，停在王堅火面前，問道：「朕封你為右巡御史……」

王堅火搖頭，「官太大，職責太多，草民反而不能專心幫助城外的流民。」

韓孺子略一尋思，「那就是河南郡御史，瞿子晰仍然隨朕出征。」

王堅火仍然搖頭，「君子不奪人之美，而且草民不懂官場規矩，需要一些教導，瞿先生是天下聞名的大儒，草民一直想要結交，甘願在他手下當一名副御史。」

「有副御史之職嗎？」韓孺子問。

東海王笑道：「陛下說有就有，臨時官職，什麼名目都可以。」

「好吧，朕會吩咐瞿先生，讓他給你自由，專心查案、救濟流民。」

「查案?查什麼案?」王堅火疑惑地問。

「在城外看到、聽到的那些,都是洛陽官商枉法的線索。」

王堅火抱拳,正色道:「有一句話,草民必須問個清楚。」

「請說。」

「陛下是要查案,還是要救濟流民?」

「兩件事不能一起做嗎?」

「陛下若是留在洛陽親自監督,兩件事或許能夠同時進行,可陛下馬上就要離開……」

「朕可以多留兩天。」韓孺子覺得洛陽的事情更重要。

「嗯,然後呢?順藤摸瓜,將洛陽官商一網打盡?誰來放糧?誰來送行?誰來勸農?陛下可以將洛陽官員全換一遍,那至少也是一個月甚至幾個月的事情,至於商戶,經此一查,必然人心惶惶,陛下以後再提出開放私倉,誰敢響應?」

韓孺子啞口無言,東海王替皇帝說道:「那就這麼放任不管,假裝一切都不存在?」

「事有輕重緩急,眾多流民嗷嗷待哺,今後還將有更多人湧來,放糧之事更急,非得借助官私力量,才能妥善解決。在此期間,不妨讓官商佔些便宜,最大的危機發生在入秋收糧之後,陛下還有時間加以糾正。」

「那些江湖人,總不能讓他們再度入關吧?」又是東海王發問,他擔心那些人會牽連到譚家。

「陛下擔心江湖人會奪取京城嗎?如果不是太擔心,草民建議不要打草驚蛇。」

中司監劉介走進來,看到帳篷裡的人,不由得吃了一驚,尤其是看到醜王也在,更加意外,很快恢復鎮定,上前道:「陛下,大將軍那邊送信,前鋒將士已經出發,陛下隨時可以起駕。」

「召集群臣與洛陽官員,朝會之後起駕。」韓孺子說。

劉介退下,臨出帳篷時,又看了醜王一眼。

「陛下若以流民為重，就請暫忍一時，不要讓洛陽生疑。」王堅火最後一次勸道。

「朕有分寸。」

皇權是天下利器，韓孺子已經操持其柄，能夠簡單地揮舞幾圈，的確威力強大，可是想要發揮全部威力，他還得學習更多樣、更複雜的技巧。

這次朝會規模盛大，參加者達到百餘人，仍由劉擇芹主持，盡量簡短，因為皇帝有話要說。韓孺子主要是對洛陽群官說話，再三強調安置流民的重要，最後才宣布對王堅火的任命。

瞿子晰很意外，不明白皇帝給自己安排一名副手有何用意，尤其這名副手只是一名百姓。

洛陽官員更是迷惑不解，卻沒人敢提出質疑。

朝會散去，韓孺子留下瞿子晰，囑託幾句，瞿子晰看上去很不滿，勉強答應會與醜王配合。

韓孺子還是要按計畫離開洛陽，東邊的叛亂與北方的匈奴畢竟更急迫一些。

已經上馬了，他叫來中司監劉介，「洛陽侯送來不少禮物，你去挑一挑，看看哪些有用，又來得及帶走。」

「是，陛下。」劉介這一早晨都很驚訝，皇帝對這些禮物明明不屑一顧，卻在臨走時動了心，有點古怪。

「對了，侯府曾經送來一位琴師，叫張煮鶴，想了想，朕覺得他的琴聲還是不錯的。」

「是，陛下。」劉介匆匆離開，親自去挑選可用的禮物，同時派人去向洛陽侯府索要琴師。

軍隊由東門陸續出發，皇帝與儀衛以及隨行官員由南門出城，韓孺子又看了一遍放糧情況。

臨時窩棚都被拆除，道路兩旁跪滿了百姓，衣裳破爛一些，卻很整潔，特別乾瘦的飢民、渴望食物的孩子、偷摸搶騙的無賴都不見了，皇帝與官員們看到的只有順民。

劉介臨時受命，出發得稍晚一些，排場卻一點不小，聽說皇帝終於肯接受禮物，韓稠欣喜異常，又加送了幾車，他要為皇帝送行，脫不開身，派府中大總管親自來見中司監，諂媚至極。

劉介覺得差不多了，他只選燈燭、褥墊、帷幔、桌椅等日常可用之物，金銀珠寶一律退回，可是對侯府送來的琴師，他有點糊塗了。

「誰是張煮鶴？」

一名瘦高的老琴師從十名美女身後擠過來，「在下是張煮鶴。」

「陛下只宣召你一人，別人不要。」

侯府總管擠眉弄眼，小聲道：「陛下是不好意思直接要吧？」

劉介怒視，總管急忙退後，老琴師為難地說：「別人不要可以，唯獨我的女兒要帶著，沒有她相助，琴音有缺，只怕不合陛下心意。」

劉介隨著琴師的手指看去，他是太監，也忍不住在心裡暗讚一聲，心想，沒準陛下想要的真是這個女兒。

第二百九十七章 勾魂攝魄

韓孺子半夜醒來，被外面傳來的琴聲迷住了。

琴聲很微弱，如泣如訴，韓孺子並不覺得自己是被驚醒的，只睡了兩個多時辰，也不覺得睏倦，反而精神振奮，似有飄飄飛升之意。

這位琴師確有獨到之處，韓孺子暗自稱讚，慢慢坐起，沒有點燈，坐在床上側耳傾聽。琴聲似乎來自兩個人，一個傾訴，一個勸慰，然後同時進入超凡脫俗的境界……韓孺子對音律瞭解甚少，所以有點奇怪，自己竟然能隱約聽出琴中之意。或許自己的理解全是錯的，他想，於是專心聽琴，任由微妙的曲調帶著他悠哉游哉。

琴聲突然中斷，韓孺子心中生出一股惱怒，好像一場美夢被人干擾，再想重續前夢，卻已無跡可尋。他甚至想即刻傳旨，讓琴師繼續彈奏，可那股怒火很快消失，他想起這是軍營，夜裡聽琴並不合適。

輕嘆一聲，韓孺子打算躺下睡覺，帳外傳來人聲。

「我要進去！讓我進去！」一聽就是崔騰的聲音，勸阻聲則小多了。

崔騰似乎又喝多了，嚷嚷個沒完，韓孺子穿鞋下地，披上外衣走出帳篷。

十幾名太監和衛兵團團圍住崔騰，阻止他前進，有人掩他的嘴，希望能讓他小點聲，看到皇帝現身，所有人都罷手，退到一邊。

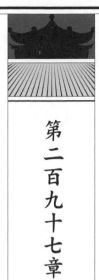

崔騰腳步虛浮，衝著皇帝嘿嘿直樂，「陛下也沒睡吧，我就知道陛下肯定醒著。」

「你又喝醉了。」

「就一點，一小杯，潤潤嗓子……唉，洛陽是個好地方，突然離開，誰心裡都有點惆悵。借酒澆愁，一小杯而已，陛下一聲令下，我現在就能上馬，指哪打哪，哦，對了，陛下以為我不擅長打仗……」

時間已是後半夜，外面的人不是太多，於是韓孺子招手，讓兩名衛兵將崔騰架進帳內，又命一名太監去端來一盆水。

崔騰進帳之後仍在嘮嘮叨叨，抱怨自己懷才不遇、未受皇帝重用。

水到了，兩名衛兵在皇帝的示意下，抓住崔騰的手腕用力後扳，同時按他的脖子，將他的臉強浸入水中。片刻之後，衛兵鬆手後退，奮力掙扎的崔騰猛地直起身子，用力甩頭，水花四濺，左右看了兩眼，怒氣漸漸消失，顯出幾分羞慚，「陛下恕罪，我可能……可能真喝多了，我記得明明是一小杯，哦，不知是誰總把酒倒進來……」

太監搬來凳子讓崔騰坐下，然後與衛兵一同退出帳篷。

「你覺得自己不受重視？」韓孺子坐在床上問道。

「我……」崔騰即使清醒的時候也是一個糊塗人，一咬牙，說道：「對，我不服。」

「你覺得自己能做什麼？」

「打仗啊，給我一支軍隊，衝進東海國、齊國，將叛軍一網打盡，如果柴悅那個小白臉都能當將軍，我就不能嗎？」

「好，你告訴我，東海國與齊國有多少座城池？哪裡是關卡？何處是要地？叛軍大概有多少？你打算先進攻哪個方向？需兵將多少？糧草多少？敵寡我眾怎麼辦？敵眾我寡又當如何？」

崔騰呃呃了幾聲，一個問題也回答不出來，「那我起碼能給陛下當個隨從吧？東海王倒是天天跟在陛下身邊，他可是曾經跟陛下爭過帝位的人，心懷鬼胎。」崔騰突然壓低聲音，「要不要……我可以藉酒鬧事，就當是一時失手……」

「胡說八道！」韓孺子哭笑不得，「東海王是你的表弟，崔太傅曾經支持東海王，要不要一塊『失手』？」

崔騰沮喪地低下頭，過了一會抬頭誠懇地說：「真的，陛下，你可以相信我。」

「我一直很相信你，你究竟是怎麼回事？」

崔騰站起身，走到皇帝面前，認真地問：「陛下為什麼瞞著我私挾美女？」

韓孺子嚴厲地盯著崔騰，就算他私挾美女，也輪不到這個傢伙質問，何況根本沒有這種事，「哪來的美女？你喝了多少酒？還沒醒嗎？」

「陛下就別騙我了，我已經看到了，那才是真正的絕色，絕無僅有的美色，一眼就能讓人骨頭發酥，整夜睡不著覺……韓稠那個老混蛋，居然一直向我隱瞞。陛下，想要美女跟我說啊，為什麼非要瞞著我呢？物色美女是我的拿手本事啊，不信就問……東海王，他能作證。」

韓孺子越聽越糊塗。

睡得正熟的中司監劉介被叫醒，迷迷糊糊地來見皇帝，「是陛下要帶上的啊，琴師張煮鶴父女……」

韓孺子這才明白過來，「朕只想要張煮鶴。」

崔騰站在一邊得意洋洋，呵呵傻笑，完全不信皇帝的話。

劉介臉一紅，沒想到自己也會犯錯，「是是，這裡離洛陽不遠，我馬上就派人把琴師的女兒送回去。」

「等等。」韓孺子回想自己聽過的琴音，的確像是兩人合奏，「帶他們父女來見朕。」

「是。」劉介退下。

韓孺子本來不急著召見琴師，現在卻必須見一見這對父女，好決定是否還要帶著他們行軍。

「陛下要小心，那可是傾城傾國的美色，陛下還要御駕親征，一定得悠著點……」

「我有任務給你。」韓孺子說。

「真的？什麼任務？」崔騰挺起胸膛。

「把嘴閉上，一天不准張開，張嘴即是違旨，以軍法論。」

崔騰雙唇緊閉，打出一連串手勢。

「吃飯飲水可以，說話不可以，喝酒不可以，挨打也不准喊疼。」韓孺子大概明白崔騰在問什麼。

琴師父女來了。

張煮鶴又高又瘦，約莫四十幾歲年紀，頭髮卻很稀疏，挽成一個小髻，一臉的苦相，與悠揚空靈的琴聲全不相稱。

張女一進來，崔騰的眼睛就亮了起來，喉嚨裡發出呵呵的呼聲，強行忍住，才能把嘴閉緊。崔騰將她誇得天上地下絕無僅有，韓孺子多少抱著一點期望，乍見之下，雖說沒有失望，但也沒有崔騰的瘋狂迷戀。

張女二十歲左右，烏雲堆鬢，體態裊娜，低著頭，看不太清楚容貌，但確定無疑是名美女。

父女二人懷裡各抱一張瑤琴，父親的稍大，女兒的稍小，琴身裹著錦衣，只露出琴頭，看上去有些陳舊。

兩人同時跪下，不敢作聲。

「琴師張煮鶴攜女張琴言拜見陛下。」劉介替他們說道。

「張琴師可否單獨為朕奏一曲？」

張煮鶴垂首道：「遵旨，陛下。」

劉介立刻叫太監進來，在帳篷裡收拾出一塊地方，擺上琴桌，張煮鶴放好瑤琴，靜坐不動，其女抱琴跪坐在後面，仍然低頭。

帳篷裡寂靜無聲，大家都在等著聽琴，只有崔騰的眼珠轉來轉去，不住地打量張琴言。

良久，張煮鶴撥弄琴弦，奏出一曲。

曲調婉轉，聽者無不點頭稱讚，連崔騰也覺得不錯，張開嘴想要稱讚幾句，突然想起聖旨在身，急忙閉嘴，發現皇帝沒有注意，鬆了口氣。

半闋曲罷，琴師稍作停頓，韓孺子不懂，以為這就結束了，開口道：「此曲雖妙，卻不是朕方才所聽，那是什麼曲子？」

張煮鶴直身而跪，回道：「空音曲，只是此曲非一人所能撫奏，需小女相助。」

韓孺子點頭，太監們早已備好另一張琴桌，張琴言擺琴，張煮鶴道：「小女天生喑啞，口不能言，若有懈怠，萬望陛下恕罪。」

原來張琴言不會說話，韓孺子道：「無罪。」

旁邊突然響起一聲深沉的嘆息，眾人看去，崔騰雙手緊緊捂住嘴巴。

父女二人同時抬起雙臂，手懸琴上，等了一會，開始撥弄琴弦。

飄飄欲仙的感覺又回來了，因為離得近，琴聲在耳，韓孺子覺得托舉身體的風似乎更強勁些，恍惚間如在雲端，腳下雲翻霧繞，偶爾露出蒼茫大地……

韓孺子真不願停下，可琴曲終有結束之時，韓孺子如夢初醒，卻比美美地睡了一覺更加舒服，抬眼看去，數名太監面無表情，崔騰更是呆呆地盯著張琴言，似乎都沒有被琴曲吸引。

「劉公覺得此曲如何？」韓孺子問道。

劉介是骨鯁之臣，不擅撒謊，想了一會，說：「此曲雖好，稍顯平淡了些。」

其他太監和崔騰都點頭，表示他們的感覺也是如此。

韓孺子笑了一聲，「看來只有朕喜歡此曲了，為什麼朕覺得此曲不像『空音』，倒像是『飛升』呢？」

聽到「飛升」兩字，張琴言抬眼飛快地掃了一下皇帝，就這一眼，韓孺子只覺得心頭一震，一口氣險些喘不上來，終於明白崔騰之前的誇讚並沒有錯，此女確有勾魂攝魄的本事，不過容貌只佔三分，眼神才是另外七分。那是一種穿透生死的目光，好像前世因緣未斷，今世似熟非熟，只需前行一步，就能溝通兩世記憶。

崔騰哼哼了幾聲，只有太監們覺得此女美艷，卻不會動心。

張煮鶴的聲音像是來自天際，韓孺子根本沒注意他在說什麼。

「陛下……陛下！」劉介連喊幾聲，韓孺子才回過神來，心中無比驚訝，說道：「既然已經隨軍，那就都留下吧。」

崔騰撇嘴暗笑。

劉介嗯了一聲，「陛下，將軍柴悅派人送信來了。」

韓孺子臉色微紅，這才看到劉介雙手捧著一封信，也不知他是什麼時候出去又進來了。

韓孺子接過信，打開看了一遍，神情驟變。

「發生什麼事了？叛軍被打敗了？」崔騰急切地問。

「柴悅查出了叛軍的來歷，一部分是無業船工，一部分來自扶餘國，還有一部分是海盜，他們將扶餘國士兵運到東海國。」

「扶餘小國，竟敢參與叛亂，真是猖狂！」崔騰怒道。

韓孺子在意的卻不是扶餘國，柴悅的書信裡寫著，海盜的頭目自稱是齊王陳倫的後人。

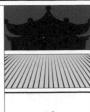

第二百九十八章 平齊之計

一百二十多年前，齊國遭受楚、趙的兩面夾擊，連戰連敗，齊王陳倫拒絕逃亡，在臨淄城內自殺，從死者近千人，最後一批自願殉葬者按照齊王遺詔放了一把火燒掉屍體，以免死後受辱，同時也燒掉了宮室與珍寶。

陳倫要將祖宗留給自己的齊國帶到天上。

一小部分陳氏子孫和臣僕卻另有想法，他們覺得天上雖好，地上也該留一支陳氏血脈，於是數百人護著一名陳氏後人逃出臨淄城，一路東行，始終擺脫不掉身後的敵軍，最後只好乘船入海，留一些人在岸上，保著一位假冒的陳氏子孫與追兵大戰，全部死在沙灘上。

逃亡者在茫茫大海中找到一座荒島，本意只是暫棲此處，結果一住就是一百多年，島被命名為「義士」，齊國遺民在此休養生息，與海外小國、泛海大盜以及孤僻的隱士結交往來，無論外界發生多大的變化，復國的夢想從未在島民心中消失。

扶餘是位於遼東的一個小國，與義士島往來密切，其王甚至娶過島上的一位「公主」，但是沒什麼用處，義士島飢不擇食，想借兵復國，扶餘王卻也只想混水摸魚，等到發現彼此全都沒有這個實力，宏圖偉計只好不了了之。

武帝時期，義士島幾乎絕望，怎麼也沒想到，武帝一死，大楚就陷入混亂，而且是越來越亂。

復國的機會終於來了。

義士島召集眾多海盜，借助他們的船隻，從遼東將數千名扶餘國士兵運到東海國，驅使幾萬名臨時拼湊的流民與船工，組建了一支義士島夢寐以求的大軍。

事實上，義士島經常做海盜的勾當以維持生存，但島民從來不肯承認自己是海盜，在他們看來，搶劫只是權宜之計，與那些只為錢財的亡命之徒不同，他們有著更宏偉的目標。

這個目標就要實現了。

彭城緊臨東海國，是阻止叛軍西進的要害之地，皇帝親自率領的北路楚軍就駐紮在此。

大將軍崔宏證明自己並非無能之輩，短短十幾日，他從各地調來的士兵已經達到兩萬，與此同時，中路的柴悅部擴充到三萬人，南路的房大業增至一萬人，將叛軍包圍在山海之間。

叛軍佔據了整個東海國和大部分齊國，銳氣消去大半，轉攻為守，開始固守城池，準備與三路楚軍一戰。

經過一百多年的等待，義士島的齊國遺民多少磨掉了一點傲氣，他們沒有立刻打出自家的旗號，而是尊東海國上官氏為首、英王為帝，聲稱要恢復武帝正統，然後慢慢傳播陳氏齊王的消息。

柴悅收集到的消息就是這些，完全不知陳齊與孟氏兄妹的關係。

韓孺子知道，所以震驚不已，當時就派人送一封信回京城給楊奉，讓他弄清楚真相。

孟氏兄妹是楊奉介紹給太后當侍衛的，承諾幫助他們攻佔一個化外小國，結果兄妹二人同時東躥、義士島提前發兵，攻佔的目標並非小國，而是齊國故地。

楊奉的回信還沒到，韓孺子沒有乾等，在彭城與將領們商議平亂計畫。

崔宏在行軍路上已經制定了一個計畫，「南路房將軍與叛軍打過兩仗，全都獲勝，據他觀察，叛軍接近於烏合之眾，而且很多人是被迫加入，一擊即潰，只能守城，不敢出城應戰。」

「扶餘國乃蕞爾小邦，據遼東將領所說，扶餘之兵雖然凶悍，但是缺少兵甲，常常裸身而戰，最怕弓弩遠射，如今都在臨淄城內，也不足為懼。」

「麻煩的是那些海盜，不成一軍，分成數十股，避開楚軍，專門襲擾後方的糧道與城鎮。楚軍集中出擊，難尋海盜行蹤；分散駐守，又有叛軍威脅。這大概就是叛軍的策略。」

「依臣之計，莫如抓大放小。中路直撲臨淄，北路突入東海國、佔據海岸、封住扶餘國蠻兵的退路、迫使叛軍南逃，房將軍趁機攔截。至於海盜，待大勢已定，再圖剿滅。」

崔宏的計畫很完整，勝算也很大，韓孺子提不出更多意見，只問道：「楚軍足夠嗎？」

「若是求勝，三路楚軍足夠了，若想一網打盡，中路、南路兩軍還嫌少些，好在各地援兵已在路上，十日之內，中路可達四萬人，南路可達兩萬五千，北路也能稍增數千，可成必勝之勢。」

「匈奴可有動向？」

「尚無消息。」

「北疆守軍不可調動。」

「是，陛下，北疆守軍本就不多，臣此次調動未用北疆一兵。」

韓孺子稍稍放心，十日之後開戰，頂多再有十日，叛軍可滅，大楚可除去一大內患。

他只是很遺憾孟氏兄妹這麼快就與大楚為敵，尤其是孟娥，她與皇帝有過約定，卻一聲不響地背叛，偏偏又將極為重要的寶璽還了回來，令人捉摸不透。

見過武將，韓孺子又召見隨行的文臣，讓他們拿一個平亂之後可以長久穩定齊國的主意出來。

短短三年時間，齊國兩次叛亂，必須加以防範。

大臣們拿出的主意不少：一是分割齊國為若干郡國，二是分封老成持重的宗室子孫為王，三是由朝廷任命官員，四是消滅諸侯的權力，五是徵以更重的賦稅，六是遷徙豪強之家，七是海禁以除盜，八是駐重兵監視幾年，九是取消齊國之號，十是嚴懲亂臣賊子以儆效尤。

定齊十計就這麼出來了，頗有重覆之處，但在大臣們的描述中，這是截然不同的十條計策，哪怕只執行一半，也能保證齊地數十年不亂。

韓孺子接受了這十計，讚揚了群臣，心裡還是不太滿意。

黃昏時分，韓孺子登城東望，只見層巒疊嶂，不見城池與人煙。

「那就是你的東海國。」韓孺子指著群山說。

「普天之下莫非王土。」東海王謙遜地回道，也向群山望去，夕陽西傾，東邊的山只剩模糊一片，「風景倒是不錯。」

崔騰也跟在皇帝身邊，興奮地說道：「陛下和東海王都是在東海國出生的吧？這裡可是龍興之地，陛下還記得什麼嗎？」

韓孺子搖搖頭，他對東海國毫無印象。

東海王更不記得，轉身看了一眼，周圍都是太監與衛兵，並無大臣，於是小聲道：「陛下，齊國是不能留了，必須分割，要我說，東海國也不能留。」

「東海國已經很小……你不在意自己的封地變得更小？」韓孺子有些詫異。

「我寧可不要封地，把東海國變成郡吧，我願意一直隨侍陛下身邊，或者就住在東海郡內，以平民身份了此一生。」

韓孺子笑著搖搖頭，東海王說得可憐，其實是想跟皇帝一塊回京城。

夜色降臨，已經看不到什麼，韓孺子還不想回去，命人找來喬萬夫。

喬萬夫不再是敖倉令，被提升為散騎常侍，能夠追隨皇帝左右，不過其實一點權力也沒有。可這是一個機會，只要被皇帝看中，就有可能一步登天。

喬萬夫個子矮，不太敢說話，在皇帝身後跪了一會才被發現，崔騰笑道：「好一個小臣。」

韓孺子讓喬萬夫起身，問道：「齊魯之船西進滿、東返空，京城真的沒有可供交換之物嗎？」

喬萬夫見過幾次皇帝，知道陛下不喜歡浮言虛詞，簡潔地說：「有。」

韓孺子、東海王，崔騰都看向這位「小臣」，喬萬夫這才明白自己需要解釋，忙道：「京城所在即為官源，齊魯有物，京城有官，正可交換。」

韓孺子眉頭微皺，崔騰根本沒聽懂，東海王笑道：「這可真是一個稀奇大膽的想法，齊地兩次叛亂，難道還要多封齊人為官？」

喬萬夫又跪下了，「微臣胡言亂語，伏乞恕罪。」

韓孺子抬手，示意喬萬夫平身，想了一會，說：「齊魯之民富而好學，朕記得，歷年的進士裡齊人不少。」

「齊人進士不少，卻難獲大官，往往想方設法回鄉閑居，齊人之所以重視科舉，大都是為了免除一家之稅，而不是當官。都說齊魯之地稅重，其實是百姓稅重。」

大臣的主意過於常規，喬萬夫的想法則過於大膽，韓孺子一時難以決定。

城牆另一頭傳來若有若無的琴聲。

韓孺子放下心事側耳傾聽，崔騰對撫琴的人更感興趣，只是不敢走過去，小聲對東海王說：「我真佩服這父女兩人，在哪都能彈曲兒，無論何時何地，都能討得陛下歡心。」

東海王輕輕地嗯了一聲，對琴和人都不感興趣。

琴曲只持續了一小會，突然就結束了，韓孺子猝不及防，心中感到惱怒，正要下令讓張氏父女繼續撫琴，外圍的一名侍衛大喝一聲：「什麼人？當心，有刺客！」

雖說行刺的事情不常有，皇帝的衛兵與侍衛還是早有準備，四名侍衛立刻衝到皇帝身邊，將東海王等人擠開，隨後是大量衛兵，裡三層外三層將皇帝圍住，這回沒有將任何人排除在外。

其他侍衛與衛兵則分散開，尋找刺客的下落。

韓孺子沒有急著下城，而是站在原處，對身邊驚慌的人說道：「天色剛晚，哪有這時行刺之理？只怕是虛驚一場。」

外圍的騷亂很快結束，侍衛頭目王赫匆匆跑來，說：「人抓到了，不是刺客，自稱是陛下的侍衛，姓孟。」

第兩百九十九章 孰是孰非

宮中侍衛六七百人，分屬五隊，雖然都屬於劍戟營，卻是各司其職，相互極少來往，王赫不認識姓孟的侍衛，但是對方能準確說出宮中的一些暗語，令他不得不信。

韓孺子大驚，正要開口詢問，東海王上前搶先道：「是男是女？」

「穿男裝，好像是名女子。」王赫觀察得很仔細。

「是她，叫什麼來著？孟娥，她突然冒出來，陛下可得小心點。」

泥鰍從太監群裡跑到皇帝身邊，「孟娥？不就是她將寶璽拿走的嗎？」

當初孟娥在南城與部曲士兵接頭，在蔡興海的安排下拿走了寶璽，本該直接送給皇帝，結果半路失蹤，耽誤不少事情。蔡興海後悔莫及，部曲士兵也都以為她是叛徒，泥鰍一聽到這個名字就感到憤慨。

東海王不知其中曲折，但是一聽就明白了，「我就說她有問題，大將軍韓星之死跟她也脫不開關係吧？」

韓孺子還真沒辦法替孟娥辯解，暗殺韓星的刺客據說是名男子，但是時間與孟娥逃往函谷關相吻合，而且手持太祖寶劍，十有八九是宮裡的人，沒準是孟娥的兄長孟徹，或者他們帶走的侍衛之一。

「帶她來見朕。」韓孺子還是想聽聽孟娥本人怎麼說。

可他不再是倦侯，而是大楚皇帝，地位至尊，偶爾卻有說話沒人服從的時候，王赫本來只是有點拿不準，聽東海王和泥鰍一說，他也擔心了，站在原處沒動，這與夜訪洛陽城外不同，醜王的可信度比去而復返的侍衛高多了。

韓孺子正要再下令，周圍的人，從侍衛到太監，突然都跪下了，外圍的衛兵也靠得更緊一些，如臨大敵。

「你們這是何意？」韓孺子驚訝地問。

王赫道：「陛下不可涉險，還是讓我去問個清楚。」

「她不會對你說的。」韓孺子道。

「我去。」崔騰自告奮勇，卻根本不知道孟娥是誰，「一名女侍衛而已，呃，陛下，她只是女侍衛吧？如果有別的……嗯嗯，最好先給我一個暗示。」

韓孺子對東海王說：「你去，然後帶她去衙裡見我。」

皇帝自然要住在彭城守衛最森嚴的地方，衙門後宅都已騰空，彭城令遷居他處，房間裡擺放的大都是洛陽侯韓稠贈送的物件，劉介盡一切可能讓皇帝住得更舒適些。

韓孺子沒注意到其中的區別，只覺得院子裡的衛兵大幅增加，劉介親自出門迎接皇帝，從此寸步不離。

「孟娥從前真的是宮裡的侍衛，先是保護太后，後來隨朕出宮，是可以信任的人。」韓孺子覺得周圍人的反應過度了。

「陛下御駕親征，這裡離東海國咫尺之遙，不可不防。」劉介掌管侍衛，深知責任重大，不敢有半點馬虎，「越是熟人越要提防，孟娥很可能瞭解陛下的習慣，半路行刺，不小心敗落，才改口要面見陛下。」

韓孺子笑著搖搖頭，「劉公沒見過她吧？她是……」

「見過。」劉介肯定地說，神情嚴肅，「孟娥、孟徹都是太后從東海國帶來的侍衛，並非宮中選任，我們早覺得來歷可疑，曾暗中做過調查，發現孟氏兄妹乃是故齊王陳倫的後人，可太后仍然相信他們。」

韓孺子又是一驚，沒想到孟娥的來歷早已暴露，「你們？」

「我與前中司監景耀，景公很擅長收集情報。」劉介真正在意的不是這件小事，繼續道：「叛軍已然打出齊王的旗號，孟娥此時來見陛下，必有異心。」

「多派侍衛，朕還是要見她一見，有些事情總得當面問清楚。」

劉介還要再提反對，韓孺子擺擺手，「做好你的份內之事，其他由朕決定。」

劉介再不敢開口，向身邊的太監傳達多道命令。

十名侍衛護在皇帝身邊，另外二十人分散在屋外，大量衛兵封閉了衙門外的整條街。

張有才、泥鰍等人守在皇帝兩邊，隨時準備為皇帝擋刀。

崔騰站得的位置離皇帝最近，既緊張又興奮，「女侍衛可不多見，她很厲害嗎？一個能打幾個？陛下放心，有我在，就算是蒼蠅也休想靠近。陛下，斗膽問一句，女侍衛長得很美嗎？」

韓孺子不理他，低頭看一份京城送來的奏章副本。

東海王很快返回，「的確是孟娥，可她什麼都不肯對我說，陛下要見她嗎？」

韓孺子將奏章交給一邊的張有才，「召孟娥進來。」

傳召之事不歸東海王負責，他站到一邊，看了看屋子裡的陣勢，慢慢向皇帝靠攏，很快擠到了崔騰身邊，使眼色讓崔騰讓出位置。

崔騰拒絕，怒目回視，兩人你瞪我我瞪你，僵持了一會，東海王敗下陣來，只能在心裡輕嘆一聲，一朝失勢，連崔二都敢欺負自己了。

孟娥來了，身前兩名侍衛，身後四名，進門走出幾步，帶路的侍衛停下，隨後讓到兩邊，將孟娥夾在中間，離皇帝十幾步，燈光昏暗，兩人只能勉強看清對方的面目。

果然是孟娥本人，樣貌沒什麼變化，尤其是那股冷漠至極的眼神，身穿男裝，沒有下跪，像男子一樣抱拳，說：「侍衛孟娥，拜見陛下。」

崔騰失望地發出一聲嘆息，原來女侍衛真的只是侍衛，雖說不醜，卻稱不上美女，像他這種採花老手根本沒興趣。

「嗯。」在外人面前韓孺子得保持威嚴，「妳有什麼要解釋的？」

孟娥搖搖頭，「我不是來解釋的，是要提醒陛下不要在彭城浪費時間，即刻北上，或許還來得及。」

「來得及什麼？」

「來得及將匈奴大軍攔在長城之外。」

韓孺子一驚，一下子從軟椅上站起身，「匈奴人？」

孟娥正要說下去，東海王上前一步，面朝皇帝，說：「陛下先別急，大將軍崔宏每天都從北疆得到消息，從未聽說匈奴人有異常舉動，孟娥突然冒出來說這些話，委實不太可信，讓我問她幾句。」

韓孺子點了下頭，重新坐下。

東海王轉身向前走出幾步，笑道：「孟娥，剛才妳不願意回答問題，如今在陛下面前，妳能回答了嗎？」

孟娥也點了下頭。

「這些天來妳一直在什麼地方？」

「我從京城往東行，先到函谷關，又到洛陽，然後在東海國參與起事，前些天到達臨淄城，最後來彭城見陛下。」

「參與起事？妳加入叛軍了？」

「義士島上的人等不及了，要提前起事，我和哥哥去勸說他們放棄計畫。」

「結果呢？」

孟娥稍作沉默，「他們不聽勸，把我哥哥也拉入夥了。」孟娥的目光掠過東海王，看向皇帝，「這都不重要，關鍵是匈奴人……」

「別急，我很快就會問到匈奴人。」東海王又上前兩步，擋住孟娥的目光，「叛軍下一步有什麼計畫？」

「等匈奴人入關，一塊分割大楚。」

東海王臉上的笑容一下子沒了，本來還想多問一點叛軍的動向，這時只能轉到匈奴人，「叛軍與匈奴人勾結？義士島多大一點地方，能讓匈奴人跟你們聯手？」

「居間說合者是扶餘國，扶餘王和義士島保證能夠佔據齊魯之地，吸引十萬以上的楚軍，匈奴人趁機入關，扶餘國也會派兵進攻遼東。」

東海王難以置信，正要開口追問，孟娥大聲道：「陛下想一想，叛軍守城不出，難道是在等死嗎？背後沒有大靠山，義士島和扶餘國怎麼敢在此時起事？」

東海王冷笑一聲，「或許義士島和扶餘國十分肯定大楚又要陷入混亂，孟娥，妳早不回晚不回，偏在楚軍將叛軍團團包圍準備大舉進攻的時候來見陛下，只怕不是巧合吧？」

如果皇帝遇刺，叛軍仍有突破包圍，甚至反敗為勝的可能。

「其中曲折我只對陛下一個人說。」孟娥冷冷地道。

東海王轉身，向皇帝道：「陛下，我建議先將孟娥暫押軍中，然後派人去北疆查看匈奴人動向，這裡的三路楚軍按原計畫行事，怎麼也要先將齊國、東海國平定。而且一直有傳言說匈奴要大舉南下，未必就與叛軍有勾結，叛軍或許是狐假虎威，想將楚軍引開。」

孟娥和東海王各有道理，韓孺子也無法決斷，「你們先退下，孟娥留下，朕……」

話未說完，太監、侍衛又都跪下了，無不覺得這名女侍衛身份特殊，這時出現實在太危險。

孟娥平淡地說：「陛下先將我關押吧，我的話是真是假，爭不出結果，事實自會證明一切。」

「妳先去休息。」韓孺子不能用自己的固執違逆一群人的忠心，又對劉介道：「派人服侍她，這不是關押，明白嗎？」

「是，陛下。」劉介起身，退到門口，示意孟娥跟自己走。

孟娥向皇帝道：「兵荒馬亂，陛下不要再練功了。」

韓孺子一愣，別人都以為孟娥是在勸皇帝注意身體，他卻明白，孟娥是在告訴他停止練習內功。

劉介與孟娥離開，東海王走到皇帝面前，側身說話，正好將崔騰擠開，「陛下，此事太過可疑，孟娥很可能不是單獨一人，有必要在彭城進行一次大搜。」

「嗯，傳大將軍崔宏。」相較於城內大搜，韓孺子更在意北方的匈奴人，至於停止練功，他感到奇怪，卻沒有特別在意。

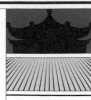

第三百章 不信不疑

夜已深，韓孺子悄悄坐起，側耳傾聽，隱約能聽到外間張有才的呼吸聲和泥鰍輕微的呼嚕聲，他穿上室內便鞋，披上一件外衣，悄悄推開臥室的門，站立片刻，又向正門躡手躡腳地走去。

他輕輕推了一下門，正要用力，外面突然響起一聲咳嗽，韓孺子一驚，隨後無奈地搖搖頭，乾脆不再掩飾，推門而出。

彭城守衛森嚴，廊廡之下站著一圈衛兵，韓孺子在意的不是他們，而是門口的一名太監。

中司監劉介躬身道：「陛下深夜不睡，是被什麼東西驚擾到了嗎？」

劉介經驗豐富，猜到皇帝可能要去探望女侍衛，親自在外面守了大半夜。

「城裡搜出刺客了？」

「沒有，目前來看，只有孟娥一人。」

「孟娥不是刺客。」韓孺子肯定地說。

劉介輕嘆一聲，「孟娥或許不是刺客，但陛下如此信任她，仍然不該。」

「朕不能信任她？」

「陛下不能信任任何人。」

「包括你？」

「包括我。」

韓孺子瞭解劉介的為人，因此沒有生氣，只是覺得奇怪，想了想，說：「請劉公進來說話。」

「天還沒亮，陛下應該多多休息。」

「既然已經醒了，再睡無益。」韓孺子轉身回屋，劉介猶豫一下，邁步跟進去。

劉介親自監督太監們佈置的屋子，對擺設非常熟悉，幾步走到桌前，熟練地點燃一根蠟燭。銅製蠟台是洛陽侯府贈送的禮物，造型是三名仕女舉手托著一個小圓盤，栩栩如生，頗為精緻，蠟燭也是禮物，點燃之後發出一股清香。

這些東西宮裡都有，可皇帝出發得太匆忙，劉介來不及攜帶，只好從洛陽拿一些。

正在睡覺的張有才被燭光晃醒，抬頭看了一眼，立刻坐起來，準備服侍皇帝。

韓孺子擺擺手，讓張有才繼續睡。

泥鰍翻了個身，背對燭光，繼續大睡。

韓孺子坐下，示意劉介也坐，中司監卻嚴守規矩，恭敬地站在一旁。

「皇帝不能相信任何人，豈不真成了孤家寡人？」

「陛下，皇帝不相信任何人，但也不懷疑任何人，不信不疑，有罪即罰、有賞立行，一目瞭然，絕不讓外人猜測。」

韓孺子沉吟半晌，「劉公還有武帝的故事嗎？」

劉介點點頭，「武帝晚年誅殺天下豪俠之事，陛下聽說過吧？」

「天下皆知。」

「事情起於一次泰山封禪，那是一次規模很大的封禪，準備了大半年，當地官府特意重修了登山之路，宿衛軍包圍泰山，搜索了三遍，確保山上沒有閒人與猛獸。武帝清晨步行上山，途中休息九次……」

回想當年盛況，劉介興致盎然，不由得多講了一會，然後才進入正題，「當晚子夜，武帝在泰山之巔將一份拜天祭文送入圓壇之中，接下來本應將入口堵死，以柴火燃燒，外圍再壘以石塊。一切都準備好了，卻發生一件意外，或許是湊巧，或許是天意，或許是武帝眼力太好，竟然看到壇裡已經有了一份祭文。」

「啊？」韓孺子大吃一驚。

「圓壇入口寬不盈尺、高不過六七寸，當時又是半夜，只在遠處有幾根火把，武帝居然能看到裡面的一捲紙……」劉介搖搖頭，「我無法解釋這是為什麼。」

「先放進去的祭文寫了什麼？」

「沒人知道，武帝沒讓任何人看，但他說了一句話，『還有人想在皇帝頭上封壇嗎？』因此我猜那份祭文大概將皇帝比作泰山，而將自己當成泰山之巔的圓壇，自以為比皇帝還要高出一丈。」

「好狂妄的傢伙，是當地豪俠所為？」

「那份祭文顯然沒有落款，因為武帝向天下所有豪俠展開報復，而不是單獨追查某一人。」

韓孺子解開了心中的一個疑惑，但仍然忍不住問道：「劉公有沒有想過，那份先放進去的祭文……其實是武帝安排的？」

劉介微笑，「陛下已經開始不信，但也要學會不疑。如果那份祭文是武帝安排的，就應該留下祭文，交給有司命其嚴查。可武帝憤怒異常，當場撕掉祭文，事後調換了一大批太監與宿衛，挨個調查他們的背景，與豪俠有關者一律處死。所以，我寧願相信的確有一份多出來的祭文，它能被武帝發現，實在是巧得不能再巧。」

韓孺子又沉默了一會，「武帝只因為一點疑心就誅殺天下豪俠，劉公希望朕也這樣？」

劉介深鞠一躬，「武帝常說，論仁義，皇帝比不過聖人；論口才，皇帝比不過說客；論武力，皇帝比不過將軍；論聰明，皇帝比不過文臣，皇帝能夠居於萬民之上，一是靠祖宗功德，二是靠決斷。天下大事皆決於皇帝一人，或是不信不疑，或是當機立斷，決不能模稜兩可，讓天下人猜疑。不管因為什麼，武帝決定誅殺豪俠，就絕不手軟。武帝希望自己不僅繼承祖宗功德，還能為後世子孫奠定萬世基業。」

劉介顯然將武帝當成了皇帝的楷模，崇拜至極，說到最後，聲音都在微微發顫。

「萬世基業。」韓孺子露出微笑，他也敬仰武帝，對如何當皇帝卻另有想法，「大楚像是還有萬世基業的樣子嗎？」

劉介正色道：「大楚是有內憂外患，可陛下一旦登基，麾下有兵有將，倉中有糧，廄中有馬，旨意頒布，天下響應，群臣或許狡猾懦弱，可也恭順服從，沒有給陛下增添麻煩。陛下設想，朝中若是再多幾位愛攬事的大臣，會是什麼樣子？」

韓孺子沒作聲，朝中大臣若是敢想敢做，他或許一開始就會是真正的皇帝，也可能淪為各方鬥爭的犧牲品，最關鍵的是，無論誰當皇帝，都會因為年幼而成為大臣的傀儡。

「武帝留下了一柄利器，可能生了一點鏽跡，陛下只需時時擦拭，它終會露出天子之劍的模樣，橫掃天下，無堅不摧。」

韓孺子怦然心動，臉上卻不動聲色，「萬世基業……當斷則斷……劉公退下吧。」

劉介悄悄退出房間。

韓孺子坐了一會，伸手掐滅蠟燭，四周陡然一暗，伸手不見五指，泥鰍鼾聲不斷，張有才窸窸窣窣地又要起來，韓孺子輕聲道：「你睡吧，我坐一會。」

張有才悄無聲息了。

外面傳來琴聲，其中有激昂慷慨之意，顯然得到了劉介的授意。

韓孺子聽出了幾分琴意，受到的觸動卻不深，遠不如那曲在外人聽來十分平淡的「空音曲」。

沒過多久，天色微亮，琴聲停止，張有才立刻下床，推醒泥鰍，一塊服侍皇帝穿衣洗漱。

韓孺子把劉介叫進來，「京城說要將四名匈奴使者送到軍中，你去問問，到了沒有，如果人已經到了，帶來見朕。」

劉介動作迅速，韓孺子這邊剛剛吃飯，他已經將匈奴使者帶來了，留在外面，等皇帝吃完飯召見。

四名匈奴使者跪在地上，其中一人正是金純忠。

「金純忠，朕聽說你們要回草原？」

四人當中，只有金純忠會說中原話，答道：「是的，陛下，大部分使者都已經踏上返途，我們四人受命來見陛下。」

「大單于不想和談了？」

「大單于給的命令是等到開春，大楚若無和談之意，使者就不必等了。」

「和談並未終止，金純忠，待會朕會派出大楚使者，你們一塊上路，同返草原，繼續商談。」

「陛下，我是大楚臣民，願意留下，不願再回草原。」金純忠早就表達過此意，這時更是堅持。

「和談成功之後，你自有選擇，現在還不是時候。午時之前你們就要出發，快馬加鞭，不可耽誤。」

「是，陛下。」金純忠只能磕頭謝恩

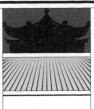

第三百零一章　無言相勸

劉介辛辛苦苦講了一個故事，是希望皇帝能夠當機立斷，除掉不可信的女侍衛，怎麼也沒想到，皇帝做出了最不應該的選擇。

整整一天，劉介跟在皇帝身邊，想方設法說服他改變主意，「武帝從來不會親身犯險，『皇帝富有天下，自然應當盡天下之力，事事親為，非帝王所為。』這是我親耳聽武帝說的。」

韓孺子正看著張有才和泥鰍收拾東西，回道：「武帝的話沒有錯，可大楚如今岌岌可危，不似武帝之時，更像太祖之初，軍民疲弊已久，縱是嚴刑峻法也壓榨不出『天下之力』，皇帝若不親力親為，只怕連江山都保不住了。」

劉介啞然，天亮之前還謙虛求教的皇帝，突然變得如此有主見，只能怪自己將武帝的故事講得太好了。

「陛下毫無必要親自前往北疆，派大將軍或別的將軍去就行了，不如坐鎮彭城，待剿滅齊國叛軍之後再做它圖。」

韓孺子正在檢查寶刀，他這次出征別的東西沒帶齊，寶刀卻有五口，都是皇宮武器庫中的珍藏，武帝早年時期所造，還從來沒上過戰場，韓孺子隨身攜帶一柄，剩下的由張有才、泥鰍保管。

「好刀。」韓孺子每次欣賞這些寶刀時，都會發出由衷的讚嘆，輕輕收回鞘內，對中司監說：「群卿皆不以匈奴為意，唯朕相信匈奴與叛軍勾結，自然要由朕親去督戰。相反，大將軍已經為剿滅叛軍制定了詳細計畫，勝券在握，不可輕動。而且朕親征塞北，或許能嚇阻匈奴人一段時間，等候平亂楚軍北上。」

劉介焦頭爛額，跟著皇帝去檢查馬匹，又想到一段說辭，「陛下不可輕敵，想當初，大楚數次敗於匈奴，直到烈帝登基才扭轉形勢，延至武帝中期方能取得壓倒之勢。」

「當初大楚承前朝之亂，缺兵少將、兵甲器械以及馬匹糧草全都不足，北方長城年久失修、頗多毀損，只能與匈奴騎兵相逐於草原，以己之短攻敵之長，當然難以取勝。如今大楚雖非盛世，長處卻都在，何愁不勝？」

韓孺子輕輕撫摸一匹黑馬的脖子，能清晰地感覺到牠對自己的善意，於是微笑著點點頭，「劉公儘管放心，此去北疆朕不出塞，以守城為務，而且朕會放慢速度，在關內與五萬北軍匯合。」

劉介再次啞口無言，但是仍不死心，繼續跟在皇帝身後。

韓孺子前去檢閱隨自己出征的軍隊，先是猛將樊撞山率領的一千士兵，大都來自南、北兩軍，還有少量的宿衛軍，無一不是優中選優的精兵強將，皇帝這邊一下令，他們半天工夫就準備好了。人數雖然不多，但是列隊卻頗有氣勢，長槍林立、弓弩隨身，個個看上去都能以一敵十。

檢閱之後，樊撞山帶兵出城紮營，明天一早能夠隨時出發。

劉介趁機又道：「陛下對孟氏兄妹瞭解多少？」

「該瞭解的都瞭解了。」韓孺子沒有立刻離開軍營，而是騎馬守在門口，看著將士們列隊出營，之前隱藏不見的大量雜役跑了出來，急急忙忙地收拾帳篷與各種車輛。

「陛下是否知道，孟娥早就以齊國公主的身份被許配給了扶餘國太子？這是他們早就達成的親事，孟氏兄妹入宮給太后當侍衛，耽誤了幾年。」

韓孺子沒聽說過這件事，神情上卻沒有顯露出來，扭頭問道：「孟氏兄妹其實姓陳，劉公知道他們的真實名字嗎？」

劉介搖搖頭，回道：「景公本來想派一名探子上島，可太后下令禁止繼續調查孟氏兄妹與義士島，此事只好不了了之。」

「義士島存在多年，大楚為何沒有派兵將其剿滅？」

「聽說早就派過，當時不知道島上住著陳齊後人，只當是普通海盜，可是每次都找不到人，官兵一出海，島民就全體轉移，島上全是木屋草房，燒掉之後很容易重建。」

「原來如此。」韓孺子下令，接著去儀衛營檢閱。

劉介長嘆一聲，不明白女侍衛是如何取得皇帝信任的，竟然離間不得。

儀衛營裡不只有二百名儀衛，還有大批隨皇帝親征的宗親、勳貴以及大臣親屬，加上各自的隨從，總數遠遠過千。

儀衛營的特點是旗比人多，許多人身後背著兩面旗幟，手裡可能還有一面，眾多權貴子弟也是如此，表面上他們都有各種各樣的將軍、校尉、常侍一類的虛銜，最重要的任務其實是給皇帝壯聲勢。

他們都做到了，人人衣甲鮮明，就連那些十多歲的少年，也都穿著合身的盔甲。

皇帝親征，權貴子弟們當然不能落後，全都「自願」隨征。

儀衛營顯得過於笨重了，韓孺子當場傳旨，每個人只能帶一名隨從，其他隨從都要留在彭城，不准遠遠跟在軍隊後面，如有違令者以逃兵論。

皇帝在的時候沒人敢出聲，皇帝一走，儀衛營裡很快哀聲一片，就連許多純粹的儀衛士兵，帶來的隨從都不只兩名，何況財大氣粗的權貴子弟？曾經跟隨過倦侯的那些勳貴對此卻一點也不意外，甚至得意地炫耀：「早就勸過你們，這次出征，我只帶一名隨從，東西極盡精簡，但是無論如何要弄來一兩匹好馬，誰知道皇帝什麼時候又要連夜行軍？」

劉介沒辦法了，只好用上最後一招，這時已經回到住處，趁著周圍無人，劉介說道：「陛下有多相信大將軍？」

「大將軍是皇后的父親，朕像相信岳父一樣相信他。」

劉介上前一步，神祕兮兮地低聲說：「皇后可沒有懷孕。」

韓孺子曾經寫過半封信，暗示皇后有孕在身，以此穩定崔宏之心，劉介早已知道，而且很清楚這是騙局，

「陛下恕罪，我斗膽給御醫寫過信，得到的回答是皇后並無孕相。」

「你告訴過大將軍？」

「當然沒有，這是祕密。」

「很好，那就讓它繼續是祕密吧。」

「大將軍人脈極廣，早晚會知道真相，沒準現在就已經知道了。」

韓孺子微微一笑，「朕敢打賭，大將軍也會讓這件事成為祕密。」

劉介一愣，隨後明白過來，皇帝與大將軍正保持著微妙的平衡與信任，誰也不想打破，崔宏就算知道女兒沒有懷孕，也不會顯露出來，反而要繼續「受騙」，好讓皇帝信任他。

劉介真的無計可施了，隨行官員除了崔宏，官職都太低，而且不受皇帝信任，勸說效果不會比自己好。

「唉，楊奉誤國啊。」劉介慨嘆道。

「與楊奉有什麼關係？」韓孺子詫異地問。

「我與楊奉共事數年，聽得出來，陛下深受其影響，陛下若有萬一，楊奉就是最大的罪人。」

輪到韓孺子一愣，他可從來沒覺得自己與楊奉有多相似。

劉介看到皇帝的神情變化，以為機會又來了，「想當年，思帝甚至稱楊奉為師，最後連太后都看不下去，一度禁止兩人見面，可思帝已經深受其害……」

劉介閉上嘴，他說得太多了，已經超過界限，違背了自己身為內宦的基本原則。

「思帝怎麼了？」

劉介想了又想，還是現在的皇帝更重要些，於是道：「思帝也曾偷偷出宮，追查什麼神祕組織的下落，不久之後毒發身亡。有人猜測是太后下手，但那不可能，太后表面冷峻，對思帝其實無比寵愛。太后則以為是崔太妃主使，這個有可能，但也只是猜測而已。我與景公沒來得及做太多調查，但是都認為思帝或許是在宮外中毒，只是發作得比較晚。楊奉與下毒者大概沒有關係，但他鼓動思帝冒險，終歸難辭其咎。」

楊奉是太后從東海國帶進宮的太監，一朝貴顯，成為中常侍，劉介、景耀等人則是從小入宮，一步步熬到高位，對楊奉這樣的「半路太監」自然心存不滿。

韓孺子正色道：「劉公護主心切，朕非常清楚，可劉公只在意朕一人之安危，朕在意的是天下，放糧、平亂、戰匈奴，都是天下的頭等大事，一事不成、天下受損。劉公若是真想出力，不如為朕推薦幾名得力的人才。」

劉介面紅耳赤，跪在地上說：「劉某無能，隨侍陛下多日，未能舉薦一人。」

韓孺子笑道：「來日方長。」

劉介再沒有辦法，只得告退，皇帝出行要帶的東西很多，他得開始著手打理了。

「那兩名琴師……」韓孺子叫住劉介。

「琴師怎樣？」

韓孺子猶豫片刻，決定帶上兩人，「以後就留在朕的隔壁，只奏空音曲即可，盡量不要打擾其他人。」

「是，陛下。」劉介退下。

韓孺子獨自坐了一會，想像楊奉與思帝的師徒關係，竟然有一點小小的嫉妒。

可他很快就屏除了這種無用的情緒，再次出門。這回召見隨行官員，讓他們擬定一條行軍路線，北上的時候盡量多走幾個郡縣，一是等候五萬北軍，二是監督各地放糧的情況。尤其是後者，他親自擬定三道聖旨，命令所經各地接待皇帝時必須從簡，將錢糧省下以賑濟流民。

一切忙完，天時已接近二更，韓孺子打算早點休息，明天好早一點出發，回到臥室門前，聽到隔壁傳來的琴聲，正是令他感覺良好的空音曲，站在原地聽了一會，覺得心情舒朗不少，預感今晚會睡個好覺。

提前進屋收拾床鋪的張有才和泥鰍同時發出「咦」的一聲，韓孺子快步進屋，走到裡間，只見燭光之下，他的床上已經坐著一個人。

張琴言在床上擺好了瑤琴，抬頭瞥了一眼皇帝。

第三百零二章 琴音再斷

張琴言顯然是劉介送進來的，韓孺子心生不滿，他可不希望一名太監干涉自己的生活，這讓他想起了從前在宮裡當傀儡的經歷。

他已經準備好要將張琴言攆出去，可那一道目光讓他猶豫不決。

跟從前一樣，張琴言依然低著頭，看向皇帝時只是匆匆一瞥，目光裡充滿了緊張與矜持。她不會說話，只好用這種方式詢問：自己是否做錯了什麼？是否可以留下？是否可以開始撫琴……

韓孺子心軟了，任誰看到這樣的目光都會心軟，無論劉介如何自行其是，她都是無辜的，硬著頭皮坐在皇帝的床上，小心翼翼地一動不動，生怕弄皺了一點被角，這時候將她攆出去，會讓她羞愧難當……

張有才和泥鰍互相看了一眼，又看了張琴言一眼，最後同時瞧向皇帝。

韓孺子坐在窗下的椅子上，說：「空音曲是兩個人合奏的？」

床上的張琴言點點頭，手指在琴弦上輕輕撥動。

張有才和泥鰍退到皇帝身邊，一左一右，張有才稍顯警惕，泥鰍卻是興致勃勃。

屋裡的琴聲比隔壁傳來的琴聲稍大一些，互相應答，好像主人在延請靦腆的客人，客人幾次猶豫，終於接受了邀請。

琴聲至此一變，之前還都比較平淡，韓孺子只是覺得心情舒暢，這時卻有親密之人久別重逢的愉悅與歡暢。

他很納悶，明明還是那首空音曲，為何帶來的感覺如此不同？

床上的女子又飛來一眼，韓孺子心中一動，那是一種比琴聲更直接的邀請，邀請皇帝放下疑惑與思緒，專心接受琴聲的指引。

韓孺子難以覺察地微微點頭，連他自己都沒注意到，右肘支在扶手上，身體稍傾，手指托著鬢角，專心聽曲。

一種思緒放下，更多思緒泛起，韓孺子幾乎立刻想到了皇后崔小君。兩人聚少離多，只在倦侯府裡度過一段安穩日子，那時候她養小雞小鴨，他在京城東遊西逛到處購買小玩意，可惜那時的他不解風情，只滿足於清晨睜眼時的凝視、無意中發生的觸碰、大膽而惶惑的親吻……等他明白男女之情還有更多含義時，卻不得不頻繁踏上征途，在金戈鐵馬中與皇后遙相思念。

空音曲不會讓人產生遺憾，韓孺子知道自己早晚會回到京城，無須南征北戰，與皇后長相廝守，回憶的每一個片段都充滿了溫馨，令他的嘴角不由自主地上翹，露出一絲微笑。

泥鰍也在微笑，或者說是在傻笑，不知是想起了什麼，吸引他的不是琴聲，而是床上女子偶爾的顧盼。

張有才無動於衷，而且越來越警惕，他看到皇帝和泥鰍的舉止都有點失禮。對皇帝他沒辦法，對泥鰍卻不用客氣，左右看了看，從桌上輕輕拿起一根象牙如意，從皇帝身後悄悄伸過去，迅速地在泥鰍的臉頰上戳了一下。

泥鰍一驚，扭頭看向張有才，神情很是不滿，但是接下來不再那麼痴迷了，甚至打起了哈欠，一旦對張琴言不感興趣，他就只是一名貪睡的少年。

韓孺子什麼都沒注意到，他的回憶發生了變化，所見不再是皇后崔小君，莫名其妙地化成了許久未見的金垂朵。與溫婉的皇后截然不同，金垂朵總是一副警惕與惱怒的樣子，可是又顯得楚楚可憐，她的堅強是偽裝出來的，像是堅果的外殼，等著被敲開，顯露裡面甜美的果仁……

韓孺子一驚，覺得自己不該有這種想法。

張琴言又看來一眼，這回與皇帝對視的時間稍長些，目光中已沒有最初的緊張與矜持，而是一種恰到好處的鼓勵，鼓勵皇帝再大膽、再放鬆些。

難道皇帝不能為所欲為嗎？韓孺子知道自己還不能，但是在某個範圍之內，他的確不需接受任何束縛。

可韓孺子還是不能完全放鬆，皇后的形象時不時冒出來，用微笑無聲地發出指責。

琴聲越發婉轉，像是兩名相交多年的好友，用親切的嘲笑勸說皇帝不必如此拘謹。

琴聲差點就成功了，就在這時，屋外突然傳來一陣喧嘩，中間夾雜著砰砰的聲響，不僅打亂了琴音，也讓皇帝如夢初醒。

「去看看。」

泥鰍留下，張有才立刻去屋外查看情況。

床上的女子停止撫琴，隔壁的琴聲也消失了。

張有才很快回來，「是孟娥，不知怎麼了，拚命拍打門戶，說是要見……陛下。」

孟娥被「關」在同一個院裡，因為皇帝親口要求，身上沒有枷鎖一類的刑具，在屋子裡行動自由。

一想起孟娥，韓孺子完全清醒過來，「對了，有些事情我還沒有問清楚。」對張有才道：「將她送回房。」

「是，陛下。」

韓孺子一走出房間就碰到了中司監劉介，指著屋內，「劉公的主意？」

「老琴師說琴音遠近不同，各有功效，所以我……」

韓孺子看向東廂房，那裡聚著一群衛兵，「引路，朕要見孟娥。」

「陛下萬萬不可！」劉介擋在皇帝面前，將女侍衛留在皇帝同一個院子裡，就已經不妥，好在衛兵眾多，不怕她做出什麼事，可皇帝一旦接近她，事情就很難控制了。

「朕在門外與她交談，她不至於隔牆刺駕吧？」

劉介想了一會，勉強點頭，引著皇帝，順廊廡走到東廂的一間屋子門前。

裡面的人還在拍打房門，韓孺子示意衛兵退後，劉介開口道：「孟姑娘，陛下來見妳了。」拍打聲停止，孟娥的聲音問道：「陛下向北疆派兵了？」

「朕要親赴北疆，明天一早就出發。」韓孺子說。

孟娥沉默了。

韓孺子示意劉介和衛兵們全都退下，他不需要保護。

劉介仔細檢查了一遍，確認門鎖緊閉之後，小聲道：「我們都在對面，隨叫隨到。」

韓孺子點點頭，目送劉介等人走向西廂房，正好張有才、泥鰍送張琴言回東廂的另一間房，張琴言懷中抱琴，始終垂頭，腳步悄無聲息。

「陛下操心的事情真不少。」孟娥突然開口。

韓孺子看著張有才、泥鰍走開之後，說：「讓我疑惑的事情更多。」

「我欠陛下一個解釋，可我要先問幾件事。」

「問吧。」

「在我提醒之後，陛下有練過內功嗎？」

「沒有，不過有時候我會不由自主地按內功法門呼吸。」

「只要沒特意修練就好。」

「怎麼了，有危險嗎？」

「陛下的內功已經接近下一個階段，我需要配製一些丹藥以做輔助，目前還缺幾樣重要的材料，在藥成之前，陛下最好不要練功。」

「好。」韓孺子怎麼樣都覺得孟娥是在撒謊，但是沒有追問。

「陛下親征北疆帶了多少兵？」

「兩千多人，還有五萬北軍會在路上與我匯合。」
「太少了，匈奴人會傾巢而出。」
「我現在還不想與匈奴人交戰，只是防備匈奴人入關，如果可能的話，也會繼續與大單于和談，大楚需要至少三年的休養生息。」
孟娥又沉默了一會，然後道：「陛下曾經對我說過，虛張聲勢是帝王之術。」
「是嗎？」
「陛下說過，我記得清清楚楚，大單于就是在虛張聲勢，他根本不想和談，去年之所以退兵，是因為東西匈奴剛剛合併，矛盾重重，需要盡快彌合。經過一個冬天，這已經不是大問題。大單于想要入關，他認為只有依靠大楚的城牆，才能阻擋西方的強敵。」
「妳突然變得這麼瞭解大單于？」
「跟大單于談判的人告訴我這些，義士島願意讓出大楚半壁江山，陛下做不到這一點，無法取悅大單于。」
「讓出自己並不擁有的東西總是很容易，但是也很難實現，我會讓義士島和大單于明白，他們之間的交易只是虛幻，匈奴人若想得到大楚的保護，就老老實實待在塞外。」
孟娥輕嘆一聲，「我的話都說完了，陛下問吧。」
韓孺子一肚子疑惑，真要開口的時候卻發現沒什麼可問的，「寶璽是怎麼回事？」
「很抱歉，那天晚上，我一出城門就被哥哥追上，他讓我交出寶璽，我不同意，可我不是他的對手，只好一路逃亡，不能向西去見陛下，只能向東，本想借助大將軍韓星的保護，可惜晚了一步。」
「孟徹殺死了韓星？」
「不是，我哥哥那些人一直循跡追蹤我的下落，刺殺大將軍的人來自雲夢澤，我在東海國和臨淄城見過他們。」
「聖軍師？」

「沒錯，就是這個人，義士島、扶餘國與匈奴人的聯手也是他一手促成的。」

洛陽城裡沒有找到聖軍師的蹤影，韓孺子就猜測此人很可能逃到了東海國，所謂在洛陽只是虛晃一招。

「如此說來，聖軍師策劃已久。後來呢？妳將寶璽轉送給洛陽醜王？」

「嗯，大將軍遇刺之後，我更不能西行，只能繼續東逃，在洛陽，我實在無路可逃，早聽說醜王有求必應，是位真正的大俠，所以……聽說他利用寶璽跟陛下打過賭？」

「妳看人很準，醜王不負所托，的確配得上一個『俠』字。然後你與孟徹一道回東海國，他沒有逼問寶璽的下落？」

「我對他說已經將寶璽藏起來，如果真能擊敗楚軍，我才會將寶璽交給他。後來寶璽在洛陽出現的消息傳來，我立刻從臨淄城逃走，到處躲了一陣，昨天過來見陛下。」

在外人聽來，孟娥話中漏洞不少，韓孺子卻寧願相信，心中只剩下一個疑問，「妳……為什麼回來？」

「因為我與陛下達成過協議，我保護你的安全，你助我復國，還有效吧？」

韓孺子笑了一聲，沒有回答，轉身走開。雖說皇帝應該不信不疑、當機立斷，可有些事情，他必須仔細想一想。

孟娥知道皇帝走開，再度沉默。

韓孺子剛剛進入臥室，東廂的另一間房裡走出老琴師張煮鶴，幾步來到孟娥門前，低聲道：「井水不犯河水，別礙我們的事。」

孟娥沒有回應，她知道自己的去而復返還沒有完全取得皇帝的信任，所以有些事情她只能暫時隱瞞不說。

張煮鶴在房門上輕輕敲了一下，匆匆走開。

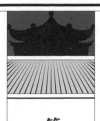

第三百零三章　玩物喪志

時值仲春，白晝漸長，天氣轉暖，一群寬袍大袖的官員拿著鋤頭刨地，身後是另一群官員撒種、覆土，沒一會工夫身上就開始出汗，接著雙腿發軟，手中的農具無比沉重，臉上的汗珠劈里啪啦地往下掉。

可是沒人敢叫苦，更沒人敢怠工，因為皇帝走在前面，與他們幹著同樣的活。

這是他們從彭城出發的第一站，皇帝要親自勸農。儀式都是現成的，先是祈雨、拜神農，然後是皇帝賜給當地一包種子，地方長老獻上枯草包裹的泥土，最後是皇帝與百官下地耕田。

之前的儀式都好說，無非是象徵性地做些動作，還有本地巫覡的怪異舞蹈可供觀賞，耕田卻是實打實地出力，偏偏皇帝是個實心眼，本來只需要扶一下犁、舉鋤刨個三四下就行，他卻親自推犁耕完一整塊田，然後又帶著群臣碎土撒種。

半個時辰就能結束的勸農儀式，一下子從清涼的早晨延長到酷熱的下午，就算是真正的農夫也很少會在太陽底下幹這麼久的活，更不用說是一群四體不勤的文官。

吏部的一位隨行官員終於體力不支，昏倒在田壟裡，被幾名士兵迅速抬走，以免有礙觀瞻。

最後一排官吏全都來自本地，經此一累，他們終於明白皇帝勸農是來真的，縣令畢竟聰明些，向站在田邊看呆了的師爺不停使眼色，直到眼淚嘩嘩地流，師爺終於反應過來，悄悄離開，改變之前做好的安排。

於是，黃昏時分，勞累了一整天的皇帝與百官終於坐下來吃飯的時候，桌子上擺放的不是珍饈美味，而是地裡剛挖出來的野菜、陳年粟米熬成的雜粥、鄉農自釀的豆醬與米酒。

縣令押對了，師爺也充分理解了老爺的用意，皇帝對這頓飯十分滿意，飢腸轆轆的百官吃得也是分外香甜，紛紛稱讚農家風味的美餐。

若不是晚上發生的一件事，韓孺子甚至會給縣令升官。

泥鰍年紀小些，尚不夠穩重，敢在皇帝面前說話，夜裡服侍皇帝就寢時，忍不住炫耀道：「跟著皇帝真是好啊。」

張有才不屑地撇撇嘴，韓孺子則笑道：「有什麼好的？不是出征打仗，就是吃野菜，不比你在拐子湖捕魚更舒服吧？」

「那不一樣，捕魚的泥鰍……總是泥鰍，跟著皇帝，泥鰍變大魚啦，那麼多大官，從前我連見都見不著，現在全都對我客客氣氣的。」

張有才更不屑了，忍不住道：「你得記著，他們是對陛下客氣，不是對你。」

「這個道理我能不明白？客氣是給陛下的，東西總是給我的吧？」泥鰍笑逐顏開。

韓孺子已經換好衣裳，聽到這句話，臉上的笑容消失了：「有人送你東西？」

泥鰍還沒反應過來，得意地從懷裡取出兩枚金簪，簪子的造型極為精美，泥鰍全不在意，掂了兩下，「有好幾兩呢，我找人看過，是真金，那個官說了，這算是提前送給我的新婚賀禮，嘿嘿，等我成親，還有好幾年呢。」

「哪個官？」

「就是本地的朱縣令，他可真是一個好人。」

「他送禮給你，沒提什麼要求？」

「沒有啊，他倒是說希望以後跟我多親近。」泥鰍終於察覺到皇帝的神情不對，他也變得尷尬起來。

泥鰍從前是漁村裡的野孩子，不像張有才那麼熟悉宮裡的規矩，也不像杜穿雲從小在江湖中摸爬滾打，心思比較單純。韓孺子雖怒，卻不忍心對他發火，看著那兩枚簪子，說：「東西你留著吧，等你再長幾歲，我一定為你安排一門好親事。」

泥鰍臉色通紅，默默地將金簪收起來，將要熄燈的時候，突然又拿出金簪，大聲道：「我明白了，朱縣令不懷好意，他是想讓我替他在陛下面前說好話，他是貪官！」

張有才連連擺手，讓泥鰍小點聲。

「貪官的東西我不要！」泥鰍舉起金簪就要往地上扔。

「金子畢竟是金子，拿去救濟窮人也是好的，幹嘛要毀掉呢？」韓孺子勸道。

泥鰍只好又收起金簪，「這些官好陰險啊，說是只想交朋友，別無所求，其實都藏著壞心事，這麼說來……跟著陛下還真是一件累活。」

張有才哼了一聲，韓孺子卻大笑，「你知道這是累活，就是好事。張有才，你沒交幾個大臣朋友？」

張有才嚇了一跳，急忙搖頭，「我可沒有，向來公事公辦，除了傳召，平時連話都不說。」

「可以聊聊……」韓孺子心中一動，對泥鰍說：「交給你一項任務，辦好了，大功一件，到時候讓你挑媳婦。」

泥鰍臉更紅了，「陛下盡拿我開玩笑，陛下給的任務，我還能不做？跟娶媳婦可沒關係……」

「這項任務很簡單，以後再有官送你東西，你照收就是，過後拿給我看一眼，就不算你受賄，那些官說什麼、要什麼，你也都要告訴我。」

「就這麼簡單？」

「嗯。」

泥鰍呆呆地想了一會，「我這算是奉旨受賄嗎？」

「怎麼說話呢？」張有才斥道。

韓孺子笑道：「算是奉旨，但你只要有一件事、一句話隱瞞，就是逆旨不遵，你接受的每一筆賄賂都要加在一起定罪。」

「啊？那我萬一忘了一句，豈不是倒霉了？我明白了，給皇帝辦事，就是看起來容易，其實很難，到處都是陷阱。」

「那你要不要接受任務？」

泥鰍皺眉想了一會，「陛下最後會將這些行賄的貪官都給收拾了吧？」

「當然，這就像是釣魚，你是魚餌。」

「這可不像，我以前總釣魚，一塊魚餌只能釣一條魚，有時候還釣不著，再釣魚就得更換魚餌，我這一塊魚餌，怎麼能釣那麼多官？」

韓孺子無奈地說：「這只是一個比方，不用處處相似。」

「嗯……好，我做，貪官什麼的最可恨了，居然找到我頭上，一定要狠狠收拾他們。」

「心裡恨就行了，可別表露出來。」張有才提醒道。

「放心吧，我明白。」泥鰍真上心了，晚上睡覺時也不打呼嚕了，不停翻身，在夢裡打貪官。

韓孺子不願擾民，所以就住在城外的軍營裡，獨居一頂帳篷，躺在床上，只覺得腰酸背痛，比騎馬打仗還累，不由得想，百姓真是辛苦，為了秋後的收成，要受多少罪。

他還沒睡著，中司監劉介的聲音從外面傳來：「陛下休息了嗎？」

「進來吧。」韓孺子勉強坐起身。

劉介手持燭台走進來，另一隻手小心地護著火苗，「陛下勞累一日，身體必然酸痛，不宜太早入睡，我找人為陛下推拿一下，可以舒筋活血，以免明日顛簸受苦。」

劉介不僅是骨鯁之臣，還是一位極為細心的太監，一下就說中了皇帝的心事，韓孺子揉了揉肩膀，「營裡有懂得推拿的人嗎？」

「有，陛下稍待片刻。」劉介將燭台放在桌子上，同時點燃了另一根蠟燭，帳篷裡一下子明亮不少。

劉介退出，沒多久，推拿者進來了，不是韓孺子以為的太監，而是張琴言。

韓孺子一愣，早已覺得劉介在琴師這件事上舉止有些奇怪，現在這種感覺更強烈了。

「怎麼是你？」

張琴言沒有抱琴，也沒有再用魅惑的目光看皇帝，只是跪在地上，像是在懇請。

「妳懂推拿？」韓孺子還是沒辦法將她攆出去。

張琴言點頭。

「那就……試試吧。」

張琴言起身，細步走到床邊，跪坐在上面，仍然不肯看皇帝，做手勢請皇帝躺下。

韓孺子俯身躺好，感到有手指按在背上，初時力道很弱，一點點加強，順著穴道緩緩移動，先是覺得身體更加酸痛，很快就變成了舒適。

恰好在此時，帳篷外面傳來琴聲，不是空音曲，雖然沒有飄飄欲仙的感覺，與推拿配合，卻讓韓孺子更加放鬆。

「妳是琴師，怎麼也懂推拿？」韓孺子問道，背上的手指停頓片刻，「對了，妳不會說話，真是遺憾。」

手掌的力道固定了，不輕不重，手法繁複，推、拿、按、摩、揉、捏、點、拍樣樣俱全。韓孺子雖然是第一次被人這樣按來按去，憑感覺也能判斷張琴言十分精於此術。

手掌離開後背，張琴言輕輕嗯了一聲，韓孺子轉過身。

張琴言依然低頭，長長的睫毛在眼眶下留下兩片陰影，平添幾分神祕，一手按在自己的腿上，另一隻手很自然地伸入皇帝衣中，在他的胸上推拿。又是另一番感覺，手掌的力道更弱一些，好像也不專在穴道上移動，柔和得如同一杯美酒。

韓孺子猛然警醒，一下子坐起來，張琴言沒有防備，身子一傾，差點摔下床去，輕輕地啊了一聲，一臉的惶恐，仍不敢看向皇帝。

「夠了，去叫劉介進來。」

張琴言向皇帝磕頭，慌張下床，退出帳篷。

劉介立刻進來，「陛下找我？」

「劉介，朕以為你是骨鯁之臣，為何做出此等不恥之事？」

劉介急忙跪下，「陛下恕罪。」

「你以美色進獻，收了河南尹多少好處？」

琴師父女都來自河南尹韓稠府，韓孺子由此推論劉介很可能是受韓稠指使。

「陛下，雖然我擔不起『骨鯁之臣』四字，但也不至於為外臣所用。」

「那你為何三番兩次向朕進獻張琴言？耽於酒色、玩物喪志的道理你不懂嗎？」

劉介不出聲了，似乎有難言之隱。

韓孺子更加惱怒，「劉介，別讓朕後悔帶你出征。」

劉介磕頭，「是陛下的母親……」

韓孺子一愣，「她讓你向朕獻美？」

「她也是一片苦心，希望陛下能夠早生皇子。」

韓孺子呆住了，突然擔心起宮中的皇后崔小君。

第三百零四章 選妃之爭

崔小君仍跟從前一樣，每日早晚兩次去給太后和王美人請安，宮中清寂，這就是最重要的日常活動，她並不覺得辛苦，只是很難與婆婆直視。

自從那晚之後，兩人就沒再有過私下交談，崔小君對皇帝守口如瓶，不打算報復，王美人也好像忘記了一切，每次見面微笑以對，但是極少說話。

因此，這天傍晚請安之後，王美人在庭院中叫住皇后，請她入房一敘，令崔小君非常意外，還有點緊張，她很清楚，這位真正的婆婆比太后還難對付。

在房裡，崔小君再次請安。

王美人坐在椅子上，坦然接受皇后的禮拜，沒有賜坐，抿了口茶水，說：「有件事情，本應是太后負責，可她現在的狀況不是很好，沒有多餘精力，只好有勞皇后了。」

「婆母儘管吩咐。」

「你也知道，皇帝老大不小，今年整十七歲。」

「是。」崔小君沒太明白，十七歲算不上「老大不小」，但是對於一國之君來說，的確不算年幼。

「不孝有三，無後為大，尋常男子尚且如此，何況陛下至尊之體呢？大楚連遭災厄，群臣懸心、萬民仰望，都希望帝位穩定傳承，不要再出任何意外。」

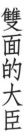

崔小君醒悟，回道：「婆母的意思是……」

「宮中近日頗有傳聞，說皇后有孕在身，為何太醫院沒有通報此事？」

崔小君臉色微紅，「都是謠言，我還沒有……沒有……」

王美人輕嘆一聲，「真是遺憾，如果皇后能產一子，足以穩定乾坤。無論如何，太后與我都希望兩年之內能看到至少一位皇子誕生，皇后是否也有這樣的想法？」

「當然，皇嗣昌盛，利國利民。」崔小君生長在富貴之家，早就受過教育，知道該如何當皇后，頓了一下，主動說道：「皇帝登基三年該當選妃，明天我就向宗正府和禮部傳旨，督促他們揀選有德女子入宮。」

王美人微笑道：「皇后如此大度，實是陛下之幸、大楚之幸，想必妳也明白，嫡長子為大，無論誰先生出皇子，皇后的兒子才是名正言順的太子，太后與我只是希望陛下能夠子嗣眾多，不要再出現桓帝突然駕崩之後的混亂局面。」

崔小君回到寢宮，明知不符合皇后的禮儀，心中還是感到委屈。同時突然充滿了對倦侯府的懷念，懷念那裡的每一個人、每一隻小雞小鴨、每一刻與倦侯相處的時間……

次日一早，給太后請安之後，她還是寫了一份懿旨，一式兩份，以秋信宮的名義送給宗正府和禮部，要求兩部司著手為皇帝選妃。

當天下午，宗正府和禮部還沒回信，崔府便突然傳來消息：老君病重，臨終前希望能看皇后一眼，懇請太后恩准。

這封請求信直接送到了太后面前，單是看到「崔」字，太后就感到厭煩，想都沒想就同意了請求，站在一邊的王美人來不及阻止，也沒辦法阻止，她現在還不是第二位太后。

天黑之前，皇后出宮歸省崔府。

府內氣氛凝重，崔小君下轎之後直奔後宅，將跟隨的宮女與太監都甩在身後。

祖母的臥室內藥味濃郁，一大群婦女站在床前哭哭啼啼，看到皇后到來，全都讓開。

崔小君看到了母親，點了下頭，移步來到床前。

老君躺在床上，呼吸微弱，似已昏迷。

想起祖母對自己的種種寵愛，崔小君悲從中來，坐在床邊，握著祖母乾枯的手，片刻間已是淚流滿面。

宮女跟進來，秋信宮女官立刻下令，只有皇后的母親、兩個姐妹、一個嫂子能留下，其餘通通退出。

房間裡寬鬆了許多。

「太醫怎麼說？」崔小君含淚問道。

「太醫說老君年老體衰，腸胃不好，想必是積食不暢、偶染風寒所致，讓我們準備後事。」小君的母親生性懦弱，多半生都活在婆婆的陰影之下，到了別離之際，卻有幾分真正的傷感。

「啊……」躺在床上的老君突然開口發聲。

「老君。」崔小君急忙擦去眼淚，雙手握著祖母的手，等她睜眼看自己，「我來看你了。」

「是小君嗎？」老君有氣無力地說。

「是我。」

「皇后……回來看我了……那是誰？是我眼花了嗎？屋子裡怎麼有外人？」

「她們是宮裡的人，跟我一塊來的。」

「去，去，都出去，我不要見陌生人，全都出去，妳，妳，還有妳。」老君抬起另一條手臂，挨個指去。

「那不是陌生人，是大姐和三妹。」崔小君提醒道。

「我不認識，出去。」老君臉上泛起兩團潮紅，像是將死之人的激動。

崔小君示意宮女們出去，大姐、三妹也訕訕地離開，大姐平恩侯夫人出嫁多年，很少回府，沒被老君認出來也就算了，三妹卻是嫁給冠軍侯不久又回府的，發現老君竟然不認得自己，不由得大悲，哭個不停。

崔小君唯獨讓母親留下。

崔夫人自覺地退到一邊，盡量不讓婆婆看到自己。

「都走了嗎？」老君顫聲問道。

「走了。」崔小君道，看到祖母神智混亂，心中更加悲痛。

老君突然挺身坐起，崔小君嚇了一跳，險些從床上跌下去，臉色都變了，「老君，妳……」

「我好得很。」老君聲音一點也不發顫，看向崔夫人，命令道：「別光站著，去門口看看，門關緊沒有？外面有沒有人偷聽？」

崔夫人比女兒還要驚愕，可是順從慣了，聞命立刻去做，很快回來，小聲道：「沒人。」

老君嗯了一聲，反手抓住皇后的手，「我的傻孫女，妳這是被人賣了還幫人數錢呢，怎麼讓宗正府和禮部給皇帝選妃了？」

崔小君臉一紅，囁嚅道：「陛下登基已經有三年，年紀也不小了……」

「呸，還是一個小毛孩子而已，先告訴我，皇帝跟妳同床沒有？」

「老君……」

「哎呀呀，這裡一個是妳親娘，一個是我，有什麼不好意思的？快回答我。」

崔小君點點頭。

「懷上沒有？」

崔小君搖搖頭。

「確定？妳年紀小，有些事情可能不懂……」

崔小君堅定地搖搖頭。

老君呆了一會，「我就知道皇帝的信是在騙人，好個奸詐的小子，不過他喜歡妳，這就夠了。」

「老君在說什麼？」崔小君困惑地問。

「別管了，我再問妳，給宗正府和禮部傳旨是妳自己的主意？」

崔小君不想撒謊，也不想說婆婆的不是，一時間無言以對。

「是太后還是王美人？」老君逼問不止，見孫女不答，語重心長地說：「妳是崔家的女兒，就算皇帝喜歡妳，妳也喜歡皇帝，可他在外面打仗，京城之內全是諂諛之徒，排隊討好王美人，現在就把她當成了太后，妳能依靠誰？還不是崔家！」

「是陛下的母親對我說……」

「不就是多生皇子穩定大楚那一套嘛，都是騙人的。我告訴妳吧，母憑子貴，誰生下兒子，誰受皇帝寵愛。到時候多深的恩愛也都漸漸淡了，別說是皇后的位置，到時妳連命都保不住。」

「陛下不會……」

「有什麼不會的？他是男人吧？那就一個樣，看看妳母親，性子懦弱、沒有主見，持不了家、更擔不起大事，為啥能成為『崔夫人』？還不是因為連生了兩個兒子？妳原先有一位大母，很受妳父親的寵愛，可她生的是女兒，還想拚命再生個兒子，結果妳父親天天賴在妳母親房裡，她沒機會，抑鬱而終，給妳母親讓出了位置。」

崔夫人的臉色比女兒還紅，站在角落裡一聲不吱，比粗使丫鬟還要安靜。

「我還是相信陛下。」崔小君低聲道，「而且……而且我也沒辦法拒絕，選妃是早晚的事。」

「等妳生下太子，皇帝就是選一千、一萬個妃子也沒關係，可現在不行。王美人就是要讓皇帝分心，打敗了妳就是打敗了崔家。嘿，王美人與太后早已是一丘之貉，她遲遲不肯接受太后的稱號，就是為了掩天下人的耳目，將一切壞事都推到上官太后頭上。可太后失勢，旨意沒人聽，所以王美人要利用妳的懿旨選妃。」

老君將王美人想得如此陰險狡詐，令崔小君更不敢說出自己曾被婆婆拒之門外的事了，「那怎麼辦？我已經傳旨了。」

「沒關係，好在選妃與一般朝廷事務不同，皇后懿旨也不像聖旨那樣立竿見影，通常要來回溝通幾次，宗正府與禮部才能著手選妃。從今天起，妳就住在崔府，對回文來個不理不睬，能拖就拖。皇帝總不至於一輩子在外面打仗，等他回來……妳能把皇帝留在身邊吧？要不要找人給妳一些點撥？唉，侯門之女就這點不好，有時候放不開……」

「老君，別再亂說了。」崔小君已是面紅耳赤。

「行，我不說，妳們都是大家閨秀，就我出身寒門不懂禮儀，看妳們母女走投無路的時候找誰幫忙。」

「楊奉。」崔小君脫口而出。

「楊奉？那個太監？他憑什麼幫妳？」

「我只是……感覺他會幫我。」

老君死死盯著孫女，過了一會說：「妳不用管了，我會派人去與楊奉接洽，妳就留在府裡，千萬不可回宮，也不要接受宗正府和禮部的回文，明白嗎？」

「明白。」崔小君覺得很不踏實。

老君躺下繼續裝病，小君坐在床邊顏色憔悴，進出送湯送藥的婦人看在眼裡，都說老君、小君祖孫情深。

待到夜色已深，小君回從前的臥室休息，屋裡一切未變，而她已不再是崔家小姐。

正要更衣睡覺，宮女進來通報：「平恩侯夫人求見。」

崔小君想了一下才記起這是自家大姐，「請進來。」

平恩侯夫人一臉戚容，姐妹二人極少見面，她卻表現得情深意切，嘮嘮叨叨地敘舊，最後順理成章地提出要與妹妹同榻夜談。

崔小君同意了，察覺到這位姐姐有備而來。

宮女們退到外間，姐妹躺在一起，平恩侯夫人小聲問：「老君是在裝病吧？」

崔小君沒作聲。

「皇后可以相信我，不知陛下提起過沒有，我們一家在陛下重返至尊之前就已提供支持。」

崔小君聽說過，只是不願在這張網中越陷越深，她加倍懷念倦侯府中的那群小雞小鴨，不知牠們是否又孵出新的幼雛了？

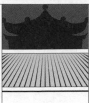

第三百零五章 女人的戰鬥

崔小君陷入窘境，一方是曾將自己拒之門外的婆婆，一方是要維護崔家利益的老君，兩方針鋒相對，卻都要拿她當作較量武器，爭扯不休。而她不想完全投向任何一方，尤其不希望看到有一方受到傷害。

老君猜得沒錯，選妃不是必須要做的朝廷大事，尤其是皇帝不在，宗正府和禮部要來回試探幾次，確認這真是皇后的本意之後，才敢著手進行。

第二天，兩部司的回文追到了崔府，秋信宮女官幾次想要送給皇后過目，都被老君給罵了出去，她現在不只是裝病，還要裝瘋賣傻，沒有外人時她說：「我這張老臉全賣給你們崔家了，小君，妳要是鬥不過王美人，最對不起的人就是我。」

老君派人去與楊奉聯繫，得到的回應令人失望，楊奉倒是十分客氣，但是絕不承認皇后與王美人之間存在矛盾，反而透過聯繫人勸說老君安心養病，盡快放皇后回宮，不要干涉宮裡的事情云云。

老君本來就沒有期望楊奉，這時卻氣得大罵：「好一個不識抬舉的太監，他這是投靠王美人了，好，咱們等著，等小君生下太子，看看誰才是皇宮的女主人。」

老君抓住孫女的手，淚眼婆娑，「就算我等不到，妳也要記住楊奉的所作所為，千萬不能再胡亂相信外人啦，萬一我真入土了，誰保護妳？誰幫助妳？」

崔小君之前還想替楊奉解釋一下，聽到最後幾句，只能跟著抹眼淚。

老君的本事不只是裝病，崔家的勢力也不依靠楊奉一人，雖然幾經挫折，崔家沒有倒，反而在風風雨雨中證明了自家的穩定。崔宏升任為大將軍，次女小君是曾與皇帝共患難的皇后，二兒子崔騰是皇帝留在身邊的親信，相較於那些明哲保身的大臣，崔家付出許多、得到的也更多。

宗正府和禮部受到多重壓力，很快就明白過來，選妃果然不是皇后真實的意圖。這種事情當然不能揭穿，只能一本正經地做些無關緊要的前期準備，整理名冊，在故紙堆中尋找先例，就是不肯進行具體事宜，連送到崔府的回文也要了回去，說是要做些小改動，就此沒了下文。

崔府老君打贏了第一戰。

王美人那邊沒有明顯的反應，她雖然是皇帝的生母，早晚必成太后，卻從來沒有以自己的名義發佈過任何命令，慈順宮裡仍是上官太后做主。

崔小君出宮的第四天，太醫院裡來了一位魏太醫，而且是太后親自指定的人選，年紀不小了，走路時一步三晃，看上去比老君更脆弱，耳聾眼弱，得由人引到病床前，再將他的手指搭在老君的脈上。

「嗯，嗯……」魏太醫診脈的架勢倒是不錯，手不抖、心不慌，看上去胸有成竹，裝病的老君反而有點慌了，哼哼得比平時更慘烈一些。

「我要死啦……這個老頭子是誰？小君，是妳的祖父嗎？他從陰間來接我啦。」

可惜耳聾的魏太醫聽不清楚她說什麼，足足診脈了一刻鐘，旁觀者甚至以為他睡著了，最後他終於挪開手指，向徒弟口授一張藥方，盡是貴重藥材，一般人家難得一見，對崔府來說卻不是問題。

「老夫人此病以靜養為上。」魏太醫留下這麼一句，告辭離去。

別人都以為太醫認可了老夫人的重病，老君自己卻沒這麼樂觀，「太醫肯定會告訴太后我在裝病，皇帝回來之前，必須想別的辦法將小君留在外面。」

「非得如此嗎？不過就是選幾個妃子而已。」崔小君開始厭倦這種生活了，「陛下……我自有辦法讓陛下專寵我一人。」

老君盯著孫女，「妳有什麼辦法？」

「我……這種事情很難說出來，但我相信陛下。」

老君哼了一聲，隨後憐愛地說：「妳以為曾經共患難就能留住男人的心嗎？別傻啦，對男人來說，妻子的忠誠是一項必備的德性，做到了是應該，沒做到反而有罪。對皇帝來說，尤其如此。我早就打聽過了，歸義侯金家的小妖精跟皇帝不清不楚，因此全家人才能平安前往草原，據說皇帝願意跟匈奴和談也是因為她。」

「是二哥和東海王說的吧？他們兩個的話……不值得相信。」

「別管事情是不是真的，多一重保證總是好的。」

平恩侯夫人踅進屋子，老君不再裝作不認識她，瞥了一眼，冷淡地說：「幹嘛？來瞧我離死還有多遠？別急，我還能挺一陣子。」

平恩侯夫人臉紅紅地說：「老君這是說哪的話，我來是有要事相告。」

老君躺下，崔小君起身，客氣地說：「姐姐請說。」

平恩侯夫人往外間看了一眼，確認沒有隔牆之耳後，說：「崔家上當了，咱們在京城提防選妃，其實皇帝在外面已經開始選美了。」

崔小君一愣，老君立刻坐起來，動作太猛了，真的頭昏眼花了一會，管不了那麼多，厲聲道：「怎麼回事？說清楚。」

「我也是聽說的，河南尹韓稠挖空心思想要討好皇帝，蒐羅了不少人間絕色，現在可能已經獻上了。」

老君呆若木雞，好一會才向孫女說：「瞧，這就是妳所相信的如意郎君。」

崔小君莞爾一笑，「是河南尹想要討好皇帝，又不是陛下自己想要的，而且……這能有什麼辦法呢？他是皇帝，立妃納嬪都是早晚的事。」

老君覺得孫女糊塗了，不理她，對平恩侯夫人說：「奇怪，這麼大的事情，大將軍怎麼不寫信回來，反倒是由妳來告訴我？」

平恩侯夫人笑道：「我的兒子、老君的重外孫也隨陛下出征，我給他寫了幾封信，讓他到了洛陽先跟河南尹夫人聯繫，因此消息來得早些，大將軍的信想必一兩天內也就到了。」

「幾封信？只怕是幾百封吧，妳們這群婦人的長舌都嚼到關東去了。」老君想了一會，「比我年輕時還差些，想當年，遼東郡守意外病故，我比皇帝還早幾個時辰得知消息，唉……妳兒子多大了？」

「今年剛好十四，老君曾經見……」

「十四，沒啥用。王美人果然不簡單，怪不得她一點不急。」

「還好大將軍和二弟就在皇帝身邊，找幾名老成的文臣進諫，可讓陛下遠離美色，若不然，等皇帝返京，帶回來一位皇子或者大肚婆，那可就……哼哼。」平恩侯夫人知道老君的脾氣，所以在她面前說話絕不端著。

「妳懂什麼？」老君對這個長孫女一點也不客氣，「王美人才不會讓皇帝隨便帶一個女人和皇子回來，那樣的人她控制不住，她分明是想讓皇帝嚐嚐甜頭，男人嘛，一旦開了葷，就很難只吃素了。」

老君打量自己的孫女，在她眼裡，這就是「素」，崔小君臉紅得不想說話，祖母雖說一直口無遮攔，可這幾天句句不離男女之事，實在有些過分了。

「等皇帝回來，選妃順理成章，崔家皇后的位置也就不那麼穩了，嘿，果然聰明。王美人丫鬟出身，哪來這麼多鬼主意？」

「或許是……上官太后。」平恩侯夫人提醒道。

「死而不僵，她已經殺死我一個女兒，還想怎樣？」老君義憤填膺，憋得臉都紅了，咳嗽了幾下，崔小君急忙為祖母輕輕捶背。

「我沒事，妳去歇著吧，唉，太年輕，不經事，趁我還沒死，一定要為妳打理好。」

「老君，不要爭了，那是陛下的生母，無論結果如何，崔家都是輸，明天我就回宮，跟王美人……她想選妃，那就選妃好了。」崔小君覺得事態快要失控了。

「如果崔家都是妳這種想法，早就完蛋了。」老君不耐煩地揮了揮手，將寵愛的孫女攆走，只留下不受寵的長孫女。

平恩侯夫人讓到一邊，臉上不動聲色，終於，她又回到了崔家。

崔小君說不服祖母，只好回自己的臥室，心情憂鬱，幾次提筆想給皇帝寫信，又都放下，皇帝御駕親征，冒的是生死危險，實在不該用這些事情干擾他的心情。

她叫來女官，問道：「明天我能去一趟倦侯府嗎？」

女官想了想從前的先例，點頭道：「倦侯府如今是龍潛之邸，皇后應該可以看一眼，我這就去安排，但是皇后不能在那裡過夜。」

「嗯，明晚還在這裡過夜，後天一早回宮。」

崔小君下定決心要從這張網裡解脫。

次日下午，崔小君回到倦侯府。從前的帳房何逸如今是府中總管，將一切打理得井井有條、雞鴨成群，比從前多了不少，還真有一些新孵出來的幼雛。

崔小君喜不自勝，暫時忘記心中的煩惱，女官催促了幾次，她才戀戀不捨地上車。

老君大概是放棄了對孫女的灌輸，沒再多說什麼，聽說她明天要回宮，也沒有反對。

崔小君略感詫異，夜裡，她終於明白原因何在。

三妹只比崔小君小一點，同父異母，也很受寵愛。在她嫁給冠軍侯，有機會當皇后時達到頂峰，接著就是一落千丈，不僅成為寡婦，寵愛也少多了。老君一直打算讓她再嫁，卻很難找到合適的人家。

這天夜裡，她來向皇后辭別，雙眼紅腫，臉上卻帶著微笑，「皇后姐姐，我要出門了，一趟遠門，希望妳在宮裡一切安好。」

「兵荒馬亂的，妳要出遠門？」崔小君吃了一驚。

「沒事，有人保護我。聽說從敵人手裡奪來的東西更值得珍惜，這回我要去實踐了。」

「妹妹，妳到底要去哪？」崔小君越聽越糊塗。

三妹沒有解釋，說了一些奇怪的話就告辭了。

崔小君一晚上都沒睡好，次日一早，派人請來平恩侯夫人，詢問這究竟是怎麼回事。

平恩侯夫人知曉一切，笑道：「王美人不是想給皇帝選妃嘛，崔家乾脆給皇帝送去一位。」

崔小君呆住了，原來三妹出遠門是要「勾引」皇帝，而她的優勢居然是冠軍侯遺孀的身份。

她覺得自己必須做點什麼，來阻止崔家的這場鬧劇。

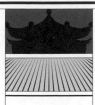

第三百零六章 選將

晉城乃代國都城，也是北方重鎮，距離長城數十里。過關之後能夠直達塞外的馬邑城，一內一外互為依恃，皇帝一行比預估的時間早到一天，要在這裡等候五萬北軍。

過一座橋時，韓孺子騎馬馳上附近的一座小丘，觀察麾下的軍隊。

中司監劉介遭受斥責後，十分羞愧，第二天就給皇帝出了一個主意：「陛下想選人，首先得用人。文在科舉，武在行軍，能在這兩件事情中脫穎而出者，才可進一步試用。然後再看他是否受到同僚與上司的推薦，獲得交口稱讚者，方可委以重任。武帝就是這麼做的，據我所知，前代皇帝的選人之策大抵如此。」

韓孺子覺得劉介的話很有道理，於是命令儀衛營的權貴子弟們輪流指揮行軍，尤其是在過橋翻山的時候，他要看看隊伍是否整齊有序，與之對照的則是樊撞山率領的千名精兵。

樊撞山勇猛有餘、韜略不足，但是出身行伍，經驗極為豐富，行軍這點小事對他來說不在話下，麾下又都是南、北兩軍精選出來的士兵，變隊迅速而自然，幾乎不用減速就能通過狹窄的小橋。

相形之下，儀衛營就差了一些，由於將士來源複雜，互不服氣，誰都不願讓路，在橋頭發生若干次爭執，輪值指揮的十幾名權貴子弟不敢直接下令，只能來回勸說，總算沒有造成太大的混亂。

小丘上的韓孺子看在眼裡，先將這批權貴子弟否決了，武將與文臣不同，如果連行軍途中都不敢作主管事，真到戰場上必然猶豫不決，以致貽誤戰機。

但這些隨行的權貴子弟並非一無是處，過去這些天裡，他看中幾個人，都已牢牢記在心裡，打算通通輪完一遍，再繼續檢驗他們。

按大楚的慣例，五品以上的文臣基本上都是進士出身，動貴之家雖可以學文，但有出息者較少，主要的出路是從軍。根據自家的地位與本人的功勞，升遷比普通將士快得多，韓孺子也只能先從他們之中選拔將軍。

明年春天在京城有一場會試，韓孺子決定在那時多選人才，慢慢培養合格的文臣。

十年之後，他想，只要十年，自己就能讓大楚變個模樣，即使不能恢復武帝時的強盛，也不至於搖搖欲墜。

韓孺子心中升起一股雄心壯志，巴不得時間過得再快一些，身邊的崔騰突然大笑，「陛下快看。」

崔騰早就被試用過，跟其他人一樣，並不明白皇帝的用意，還以為只是好玩。威風十足，指揮得卻是一場糊塗，皇帝不斥責，他也不在意，更不知道自己失去了獨當一面的機會。但看在崔騰的忠心和皇后的面子上，韓孺子決定將他留在身邊，正好與東海王形成制衡。

東海國失陷，東海王無法就國，只能跟著皇帝北上，他非常願意，甚至希望能夠再回京城，這時也看向橋頭，搖頭道：「陛下看著呢，就做出這種事，成何體統？」

兩名權貴子弟正用馬鞭互抽，干擾了行軍隊伍，許多人圍著相勸，卻不敢靠得太近。

「我去教訓他們。」崔騰興致勃勃地說，輕輕甩動手裡的馬鞭，他所謂的教訓就是衝進去參戰，憑他的身份，沒人敢還手。

「不必，一點小事，該誰管就讓誰管。」韓孺子想看看輪值的指揮者如何處置，「打架的兩個人是誰家的？」

崔騰眯著眼睛望了一會，「一個是韓星的孫子，另一個好像是……哦，那不是殷宰相的侄子殷小眼嗎？」

「韓星沒有孫子，那是他的外孫，過繼給韓星的侄兒，但是沒入譜籍，不算宗室子弟。」東海王糾正道。

崔騰冷冷地掃了一眼東海王。

那兩人不知為何打鬥，誰勸都不聽，圍觀的人越來越多，甚至有人起哄，幾乎將橋擋住。韓孺子遺憾地搖搖頭，正要派出身邊的將官去結束混亂，橋頭終於有人挺身而出。

那是一名少年，看上去年紀不大，卻騎著一匹高大的駿馬。他大喝一聲，命令人群讓開，然後策馬疾馳，從兩名打鬥者中間穿過去，很快調轉馬頭，再次穿過，將兩人逼得後退，不能互甩馬鞭。

其他人這才一擁而上，勸說他們罷手，有人指了指遠處小丘上的旗幟，兩人總算回到隊伍之中，但是對那名衝進來的少年十分不滿，用馬鞭指著他，不知說了什麼，像是在威脅。

「此人是誰？」韓孺子又問。

崔騰回答不出來，東海王故作驚訝地說：「你連自己的親外甥都不認識了？」

「親外甥？我哪來的外甥？」崔騰莫名其妙。

「那是平恩侯的兒子苗援，你怎麼不記得？」

「哦，原來是他，可能見過吧，崔家的親戚那麼多，我哪能全認得？」

韓孺子將這個名字記下了，平恩侯夫人曾經支持過他，可那是一個隨風倒的女人，吹得響亮，最後卻沒什麼用處，韓孺子希望她的兒子能好一些。

皇帝該回到隊伍中去了，崔騰在前面開路，東海王湊近皇帝，稍稍落後半個馬頭，小聲說：「陛下當心受騙。」

「嗯？」

「行軍選將不是什麼新手段，頭兩天大家看不出來，但現在肯定有聰明人想明白了，有意要在陛下面前露一手呢。」

韓孺子輕嘆一聲，「選幾名能打仗的將軍就這麼難嗎？」

「這種事情急不得，陛下自己觀察，也得有老將推薦。邊疆名將輩出，總不至於個個虛有其名，單說這晉城裡，就有一位有名的將軍，乃是前大將軍鄧遼的同族後人，名叫鄧粹，現為代國都尉，還是代王的妻弟。」

韓孺子多看了東海王兩眼，「你認識的人可真不少。」

東海王笑道：「我認得他們，他們可不認得我。陛下每日不是行軍，就是埋首於奏章之中。我想我總得做點什麼，替陛下分憂，於是找來兵部、吏部隨行官員聊一聊，跟他們打聽一路所過之處有哪些名吏名將，心想陛下若是需要的話，我就能為陛下省下一點時間。」

韓孺子更加驚訝，默默地走了一會，「你還是得去東海國。」

「當然，所以我更要抓緊時間為陛下做點事。」

東海王的變化太大太突兀，韓孺子問道：「你這是為自己，還是為王妃？」

東海王臉一紅，囁嚅了幾句口齒才變得清晰，「王妃的確不想去東海國，說那裡太偏遠，還說……還說她會想盡辦法回京城，實在不行就留在洛陽。」

「嗯，譚家還不死心嗎？」

「不不，陛下誤解了，譚家知道大勢已去，他們如今想的只是生意，洛陽地處天下至中……」

「用不著多說，平亂之戰結束，譚家都得跟你去東海國。」

「我只求一件事，陛下的旨意一定要嚴厲些，王妃就怨不到我了。」東海王可憐兮兮地說。

韓孺子加快速度沒再理他，這個弟弟詭計多端，用盡手段就是想留在皇帝身邊，攫取最後一點權力。

代王與國內群臣出城三十里迎接皇帝，遠遠就能聽到鼓樂聲響。

代王與武帝同輩，年紀已經很老，數次改封，入代近二十年，名聲不錯。

隨行的禮部官員與中司監劉介早早就去見代王，以皇帝的名義勞慰代王，代王則頻繁地派人去向皇帝謝恩。

這是一場古怪的對話，劉介在前方代表皇帝說話，韓孺子根本不知道他在說什麼，代王感激涕零，每回幾句話，都要派兒孫快馬加鞭向皇帝重覆一遍。

禮儀如此，代王做得不算最過分，韓孺子這一路上見過更諂媚的官員，職位太低，不敢直接對皇帝表露，全用在隨行大臣和皇帝隨從身上。張有才堅持立場一文不受，泥鰍卻已成為小富翁，至於其他人，比如崔騰，韓孺子就不掌握具體情況了，只是聽說每到一處都有車輛連夜駛向洛陽與京城，上面裝載著送給崔家的厚禮。

韓孺子暫時隱忍不發，一則因為有更緊迫的軍務擺在眼前，二則是要摸清楚狀況，也好有的放矢，三則他還不是十分有把握，想回京城之後向楊奉討教。

他見到了代王，與傳言中和藹仁慈的形象不太一樣，代王是個衰老的大胖子，皮膚鬆弛，一副酒色之徒的模樣，一見到皇帝就嚎啕大哭，與河南尹韓稠如出一轍。

顯然，這也是一種習慣。

韓孺子不那麼大驚小怪了，就在馬上喝了一杯洗塵酒，感謝代王守衛邊疆，稱讚他是宗室砥柱。

當天傍晚，隊伍到達晉城，在這裡，皇帝不能再住城外的軍營，代王從知道皇帝要來巡邊之日起，就在準備接駕，連上多封奏章，懇請皇帝入住王府，他甘願帶領妻妾移居它處。

幾番推讓之後，韓孺子入住王府，佔據一半房屋，另一半仍留給代王。

韓孺子很想立刻召見鄧粹，然後與眾將商議塞外軍情，可他得先過酒宴這關。

酒宴原計畫持續到凌晨，韓孺子在半夜提前告辭。走過的地方越廣、見過的官員越多，他越覺得大楚問題繁多，必須下猛藥才能治癒，他只是不明白，親手創造過盛世的武帝，為何給後世兒孫留下這樣一個爛攤子？

崔騰向來無酒不歡，不暢飲到最後一刻絕不退場，今天卻是例外，推開東海王與太監，非要親自送皇帝回房休息，而且醉態居然不太明顯。

「陛下，我有話要說。」在臥室裡，崔騰笑嘻嘻地說道。

「說。」

「陛下既然入住王府，有個人一定得見。」

「誰？」

韓孺子還以為崔騰終於開竅，要向自己推賢薦才，結果聽到的卻是一個意外的回答。

「我妹妹。」

「嗯？」

「不是皇后，另一個妹妹，曾經嫁給冠軍侯的那個。」崔騰皺眉，想不起這個妹妹叫什麼了。

「她怎麼會在這裡？」

「冠軍侯不是留下一個兒子嘛，不能送給譚家，也不能留在崔家，只好送給代國鄧家。那是冠軍侯的舅氏，我妹妹心軟，親自送來了。她聽說皇帝駕臨，求我好久，一定要見陛下一面，不為別的，只想替冠軍侯之子說幾句話，也算她對冠軍侯仁至義盡。」

崔騰給出一個韓孺子很難拒絕的理由。

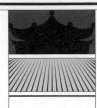

第三百零七章 小心眼兒

殷小眼眼睛不大，但也沒小到成為特點。他的外號來自於小心眼，記仇，白天那一仗打得不通暢，越想越氣惱，可他恨的不是當時的對手，而是勸架的苗援。

代王府裡燈火通明，酒宴仍在繼續，殷小眼拿起酒杯一飲而盡，目光越過無數頭頂，盯著燈火最明亮的大廳，冷笑不止。苗援本沒有資格進廳，只因是崔家的親戚，與皇帝沾邊，也被請了進去。

跟隨皇帝來到晉城的權貴子弟太多，獲邀赴宴者不到三成，在這裡還要分成三六九等。少數人能夠進入大廳，與主人把酒言歡，剩下的人只能坐在庭院裡，雖然酒菜都是一樣的，地位卻差了一大截。

權貴子弟們見慣了尊卑有別，早已不在意，能獲邀就不錯了，只有少數幾人心中憤憤不平，殷小眼就是一個。

「如果我伯父還活著……」他喃喃道，想要抱怨一下，可是沒人搭理，連同桌的人也不例外，「當朝宰相剛剛過世。」他抬高聲音，收回目光，怒視這群從小就認識的同伴，「真是人走茶涼啊，你們的父兄是忘恩負義之徒，你們更甚，還要再加上卑鄙無恥四個字。」

還是沒人理他，同桌的少年們彼此竊竊私語，相談甚歡。

「樓忌！」殷小眼怒喝一聲。

勝軍侯的兒子樓忌沒法再裝糊塗了，斜眼道：「幹嘛？」

「你是不是忘恩負義之徒？」

樓忌冷笑，轉過身，說：「忘恩負義？殷小眼，我聽說殷宰相臨終之前留下遺言，讓你們殷家人全都回鄉種地，你怎麼沒走？瞧你鋤土的樣子，種地或許是把好手。」

眾人大笑，殷小眼的臉騰地紅了，於是大聲辯解道：「這又不是我能決定的，殷家人一個也沒回鄉……是朝廷挽留殷家，我伯父為朝廷鞠躬盡瘁，陛下與太后都看在眼裡，幾次挽留，不讓我們離京，而且眼下正是朝廷用人之際……」

笑聲更大，誰都知道所謂的挽留只是客氣，殷家已經失勢，他們自己不肯承認，賴在京城不走。

殷小眼大怒，抓起酒杯砸向樓忌，樓忌閃身躲過，卻被杯中的酒水濺到，也是大怒，但他年紀更大些，地位也不高，不敢在王府裡惹事，哼了一聲，沒有當場發作，扭身與同伴說話。

殷小眼獨自喝悶酒，低聲將認識的人都罵了一遍，沒人與他計較。

悶酒無趣，卻能脹腹，殷小眼起身去找茅廁，一路上搖搖晃晃，連問了三名奴僕才找到方向。

茅廁一片漆黑，殷小眼怨聲連連，「嘿，解個手也要摸黑，王府裡肯定有更好的茅廁，狗眼看人低的傢伙不肯告訴我。」

又來了一位，與殷小眼並肩站立，晚來一步卻先行結束，殷小眼心生鄙夷，哼了一聲，小腹用力，讓聲音更加響脆。

「一人得道雞犬升天，苗援這回真是皇親國戚了。」樓忌說，語氣緩和了許多。

殷小眼不領情，沉默以對，實在擠不出一滴了，才說：「有什麼辦法？他靠著崔家這棵大樹，唉。」

「所以你就忍了？」

殷小眼扭頭看去，醉酒加上黑夜，他眼裡的樓忌縹緲得像是鬼魂，「挑撥離間？」

「嘿，你變聰明了，有件事你聽說了嗎？」

「嗯？」殷小眼還沒那麼聰明。

「出去說話，這裡味道不好。」

樓忌走出茅廁，避開燈光，站在牆下的陰影裡，殷小眼茫然地跟在後面，差點撞上他。

「究竟什麼事？」

「陛下不是讓咱們輪流治軍嗎，其實是在試探，看看誰有資格當真正的將軍。」

「怎麼不早說？我已經輪過了。」殷小眼懊喪不已，他治軍的時候不太認真，沒顯出實力。

「傻瓜，還想你自己呢，我說的是苗援。」

「苗援？」

「苗援不過是一個小孩子，白天時哪來的膽子騎馬衝進去勸架？」

「是啊，我還納悶呢，皇親國戚不只他一個，崔騰都沒多管閒事，苗援哪來的膽子……哦，我明白了，這小子分明是看到皇帝在遠處觀察，所以故意作態，是要討好皇帝。」

樓忌拍拍殷小眼的肩膀。

殷小眼低低地咒罵了一句，「好小子，這點年紀就知道踩人上位，此仇不報……」

他實在不知道怎樣才能報仇。

「現在咱們都惹不起苗援，想報仇，只有一個辦法。」

「快說，咱們這些人當中就你最聰明。」殷小眼急切地說，又找回幾分狐朋狗友的感覺。

樓忌拉著殷小眼走出幾步，低聲道：「聽說了嗎？崔家三小姐也來晉城了。」

「跟我有什麼關係？那是皇后的妹妹，我更惹不起。」

「她不只是皇后的妹妹，還是冠軍侯的遺孀。」

「嗯。」

「冠軍侯的兒子隨她一塊來到晉城。」

「嗯。」

「這兩人如今就住在王府裡，我只能說到這，剩下的事情你自己想吧，大功一件，就看你敢不敢做。」

樓忌說完半截話，匆匆走開，解手的時間不能太長，他得讓同桌的人看到自己，甚至忘掉他這次短暫的離席。

殷小眼想了好一會，終於明白樓忌的話中之意，不由得出了一身冷汗，酒醒三分，很快，又被這個念頭打動了，喃喃道：「富貴險中求，沒有伯父，殷家靠什麼東山再起？皇帝憎惡冠軍侯之子，崔家這個時候將他送到晉城，必有深意，與其讓他們再建奇功，不如我自己……」

殷小眼若是再醒三分，或者身邊有個人勸說幾句，他也不敢做這種事，現在卻是越想越膽大，邁步向外走去，身子也不搖晃了，躊躇滿志，下定決心今晚要做一件大事。

他先到外面找到自己的隨從，給他幾兩銀子，讓他去打聽崔家小姐的住處。

權貴之家總是沾親帶故，關係複雜得很，隨從自然不會多問，拿著銀子離開，很快回來，「就在西邊的一座跨院裡，從正廳旁邊的角門過去，走不多遠就是。公子，要我去送拜帖嗎？」

「今晚不用，明天再說。」

殷小眼重回酒宴，又喝了幾杯，不看任何人，尤其不看樓忌，也沒人看他。

酒意上湧，殷小眼越想越覺得此事可成，起身走開，別人都以為他又要去解手，只有樓忌瞥了一眼他的背影，極輕地哼了一聲，沒有靠山的人還敢胡作非為、亂得罪人，那就是找死。

酒宴將一直持續到凌晨，皇帝可以提前離席，其他人卻是寧可醉倒在地，也不能離開，以免被人說成無禮。人聲嘈雜，沒人注意到殷小眼的舉動。

帝師守衛都集中在皇帝居住的那一邊，王府的衛兵不敢與之抗衡，全都撤到外圍，防止閒雜人等靠近，其他地方守衛鬆懈。

對殷小眼來說，這是幸運的一晚，也是最不幸的一刻。

他輕易通過角門，順著廊廡往前走，尋找跨院的門戶，還真讓他找到了，院門緊閉，裡面沒有點燈，居住者顯然早已休息。

僅僅一牆之隔，外面酒宴上的喧鬧聲只剩下一些奇怪的笑聲與叫聲，彷彿隔著千山萬水。

殷小眼舉手要敲門，突然想起一件事，自己身上沒有兵器，轉念又想，冠軍侯的兒子應該沒有多大，徒手也能處理，於是穩穩心神，舉手敲門。

連敲三次，門內透出一點光亮，接著是一名女子問道：「請問是哪位深夜到訪？」

「冠軍侯夫人住在這裡嗎？」殷小眼含糊問道。

「你是王府裡的人嗎？」裡面的女子疑惑地問。

「我……我是崔騰。」殷小眼靈光一閃，給出這個回答，整個晉城，能在深夜直接拜訪崔家小姐的人，大概只有崔騰了。

「原來是二弟，怎麼不早說？陛下答應見三妹了？不會是現在吧？」裡面的人一邊說話一邊開門。

門開了，一內一外兩人面面相覷。

「你是誰？」女子怒道，這裡是王府，不遠處就住著皇帝，她又貴為平恩侯夫人，即使見到陌生男子，一時間感受到的也是憤怒，而不是驚恐。

殷小眼不認得平恩侯夫人，腦子裡一片空白，也沒聽懂「二弟」、「三妹」是什麼意思，只當她是崔家的侍女，一把推開，直闖進去，「站一邊去，冠軍侯的兒子在哪？」

平恩侯夫人被推個趔趄，手中的燈籠掉在地上，這才明白過來，對方來者不善，放聲呼救，剛喊出一個字，嘴巴被手捂住了。

殷小眼猶豫了一下，雖然憎恨崔家人，仍覺得這不是痛下殺手的時機，於是一手捂嘴，同時用胳膊夾住女子，另一隻手揀起燈籠，向正房大步走去。

房門沒關，殷小眼一腳踢開，門內站著兩名小丫鬟，啊的一聲嚇得倒在地上，瑟瑟發抖。

殷小眼不理她們，掃了一眼，沒看到其他人，邁步又向裡間走去，照樣抬腳踢門。

平恩侯夫人哪裡爭得過他，只能跟著進去。

殷小眼抬起燈籠，看到一名年輕女子坐在床邊，也在瑟瑟發抖。

「冠軍侯的兒子在哪？快說！」殷小眼找不到目標，心中著急，語氣變得不善。

「不、不在這。」女子顫聲回道。

殷小眼不信，推開胳膊夾著的女子，大步向床邊走去，非要仔細檢查一下。

年輕女子哪見過這等場面，尖叫一聲，暈了過去。

殷小眼早已昏了頭腦，俯身要去查看床裡的情況，忽然聽得身後有人怒吼一聲，緊接著頭上一痛，轉身看去，來者竟然真是崔騰。

崔騰是殷小眼最怕的人之一，正要開口解釋，崔騰哪有這個閒心，雙手舉起凳子，沒頭沒腦地砸下去，殷小眼很快就倒在地上。

「行了，老二，別打了，快看看三妹。」平恩侯夫人先反應過來。

崔騰怒氣未消，一隻手扔拎著凳子，伸手去探妹妹的鼻息，「還活著。」

看著地上血肉模糊的殷小眼，崔騰問：「他來幹嘛？」

「來找冠軍侯的兒子……不對。」平恩侯夫人也是靈光一閃，想出一個更好的說法，「此人垂涎三妹的美色，欲行不軌！」

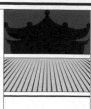

第三百零八章 聲名遠揚

崔家的女兒一舉成名，連閨名都被打聽出來，她叫崔昭。

傳言如雨後春筍，而且帶著一點毒性：冠軍侯貪戀崔昭的美色，不明不白地死了；殷小眼只是看過崔昭一眼，從此廢寢忘食，終於按捺不住——也死了。

殷小眼死得很慘，被崔騰用凳子打得遍體鱗傷，抬走後無人敢治，哀嚎了半天，午時前咽下最後一口氣。

傳言越來越誇張，因崔昭而死的男人不只這兩個，她與京城好幾位權貴的意外死亡有關，她倒是沒有親自動手，也用不著親自動手。她就像是受到詛咒的美艷花朵，吸引自投羅網者，獵物只需看上一眼，從此霉運不斷，一步步走向死亡……

放在風塵女子頭上，這或許是個好噱頭，對一名從小生活在深閨之中的豪門女兒來說，這可不是什麼好名聲。

崔騰雖然是從別人嘴裡聽說妹妹的名字，但是對她多少有些瞭解，對傳言感到憤怒，一上午便因此揍了五個人，第五位比較倒霉，只說了一句「照此說來」，被路過的崔騰聽到，莫名其妙地挨了一頓拳腳。

這也被算在崔昭的頭上，她的「毒性」已經從目光擴展到語言上了，說一句也會遭殃。

於是崔昭的名字再沒人敢提，被獨一無二的「她」所代替，提起時務必壓低聲音，既能讓對方明白自己的意思，又能闢邪轉運。

崔騰的拳腳不夠用，而且他打累了，終於明白這不是辦法，拳頭能讓人閉嘴，卻滅不掉傳言，必須找到源頭才行。

崔昭的院子外面增加了十幾名衛兵，其中包括皇帝派來的四名儀衛，屋子裡則有王府的數名女眷陪伴，外人輕易進不來，崔騰是個例外。但妹妹受驚過度，他不能進裡間，也不想進去，傳言對他多少也有些影響。他來找大姐平恩侯夫人。

崔騰只對同產的妹妹崔小君講親情，他只當平恩侯夫人是不受歡迎的遠親。

「外面那麼多人說妹妹的壞話，是不是妳在搗鬼？」崔騰對崔昭妹妹的感情也不深，更在乎崔家的名聲。

屋子裡還有別人，平恩侯夫人一臉驚詫，拉著崔騰走到隔壁屋，「兄弟這是什麼話？我也是崔家的女兒，編排這種東西對我有什麼好處？」

「真不是妳？我昨晚明明聽到殷小眼說什麼『冠軍侯的兒子』，到妳嘴裡卻變成了『貪圖美色』。」

「我的好兄弟，你昨晚喝酒了吧？又急著救妹妹，記性都差了，他說的明明是『冠軍侯的妻子』。冠軍侯的兒子才一兩歲，話都不會說，殷小眼找他幹嘛？」

崔騰愣了一會，被平恩侯夫人這麼一說，好像是自己記錯了，回道：「那妳也不能這麼說啊，妹妹的名聲、崔家……」

平恩侯夫人無奈地說：「我能有什麼辦法？這裡是代王府，不是咱們崔府，人多嘴雜，一點小事都能鬧得滿城風雨，何況這麼大的事？殷家的小子怎麼樣了？」

「聽說剛剛死了。」崔騰握緊拳頭，一點也不後悔，也不害怕，他是為了保護妹妹，誰也不能說他什麼。

平恩侯夫人心中一鬆，臉上卻不動聲色，「是他自己找死。陛下呢？昨晚太急，我還沒問一聲，陛下什麼時候召見妹妹？」

「我昨晚來就是為了這件事，陛下今天下午召見妹妹，太監很快就會到，可妹妹這個樣子……」

「下午，嗯。」平恩侯夫人想了一會，「別管了，交給我處理。」

崔騰點頭，「交給妳，可別再出什麼亂子，不然父親問起來，我怎麼交待？」

「放心吧，好兄弟，這裡有什麼事我擔著，你是男子漢大丈夫，應該在外面建功立業，少摻和娘們的事情。」

崔騰深以為然，連連點頭，「可不是，這點事弄得我焦頭爛額，光顧著揍人，一上午沒去見陛下，肯定又被東海王那個小子搶先了。」

「你快走吧，對了，稍微分點心事，照顧一下你的外甥。」

「誰？」崔騰一臉茫然。

「哎呀，自家人都不認了？你的外甥、我的兒子，苗援，也在軍中。」

「哦，原來他是你兒子，記得記得，沒事，我照顧他。」崔騰大步走開。

平恩侯夫人無奈地搖頭，崔家是棵大樹，可父親一旦倒下，這棵大樹怕是只能由家裡的女人支撐了。

皇帝那邊的太監來傳旨，崔昭想要起床接旨，被平恩侯夫人勸住。她親自去見太監，先送上一盤金銀，然後十分為難地說：「冠軍侯夫人特意在晉城多留幾天，就是為了見駕，誰想到會發生……唉，她真是被嚇到了，四肢無力，站都站不起來，外面的傳言又那麼多，她也不敢再見陛下，勞煩公公面聖時多解釋幾句。」

太監早已聽說這邊發生的事情，又得了金銀，自然不會怪罪崔家，點頭應允，回去向皇帝說明情況。

韓孺子已經猜到會是如此，心裡反而鬆了口氣，皇后的妹妹若是真來為冠軍侯的兒子求官求爵，他還真不知該如何回答。他當然不會斬草除根，也沒必要，可是天下未定就給冠軍子之子高官厚祿，實在不合時宜。

殷小眼這麼一鬧，倒是為皇帝免除了一件麻煩。

「殷宰相老成持重，侄兒怎麼如此不成樣子？」連韓孺子也不想為殷小眼申冤，聽說大致經過後，雖覺得崔騰出手重了些，卻不認為是重罪，問過刑部官員之後，更不會追究了。

「嘿，都是依仗父兄勢力的紈袴子弟，什麼事情做不出來？」

「可宰相已經去世，殷家在朝中還有大官嗎？」

東海王想了想，肯定地搖搖頭，「殷無害的兒子都不成才，當的是閒官，聽說殷無害臨終遺言是讓所有殷家人回鄉，可他們捨不得離開京城，朝廷按慣例稍一挽留，他們就都留下了。殷小眼從來就不是聰明人，反應比別人都慢，大概還以為伯父餘威猶在呢。」

韓孺子哼了一聲，這些朝中權貴他早晚要整頓一下。

韓孺子雖說很高興不用見皇后的妹妹，可心裡還是有一點好奇，這個上午，泥鰍每次從外面回來都帶著一堆傳言，一次比一次誇張，「你見過崔騰的這個妹妹？」

「三妹？當然見過，我們可是從小一塊長大的。」東海王輕嘆一聲，崔府的美好回憶已經恍如前世，「崔家兄弟姐妹眾多，幾個侄子、姪女小時候也都住在崔府，十多個人一塊長大，排行也亂，兄弟姐妹亂叫，還是挺有意思的。」

韓孺子從小沒有玩伴，對崔府的生活很是羨慕，「她也是你想娶的姐妹之一？」

東海王曾經大言不慚地聲稱要將崔家女兒都娶了，這時再提起，不由得臉紅，「曾經，那只是曾經的想法，三妹……陛下也聽說外面的傳言了？」

韓孺子點點頭。

「要說我也有幾年沒見過三妹了，看她小時候的樣子，可想不到會有今天的事情，傳言大概不真。」

「當然不真，一點也不真！」崔騰從外面跑進來，他打架累了，去換身衣服，中途又跟人爭執幾句，因此來晚了些，氣喘吁吁地說：「陛下別聽外人亂嚼舌頭，我最瞭解三妹，她不是那樣的人！」

東海王本來也不相信，可是非要與崔騰爭辯，笑道：「崔二，我怎麼不記得你『最瞭解』三妹？你連她叫什麼都不知道吧。」

「崔昭，就是……那個昭，東海王，你別亂說。」崔騰一急，額上的汗更多了。

「你找錯人了，亂說的不是我。嘿，崔昭妹妹這回可是聲名遠揚……」

按崔騰的脾氣，聽到「聲名遠揚」四個字就要打人，可他對東海王還有幾分忌憚，在皇帝面前更不敢造次，只能怒氣沖沖地瞪著東海王，東海王微笑回視。

韓孺子不理兩人，繼續伏案閱視奏章以及公文，最近這段時間一直在行軍，他積攢了不少。只從紙上看，形勢還算不錯，洛陽帶了頭，各地放糧都進行得不錯，大批流民返鄉，趁著最後一點時間耕地播種。

齊國、東海國平亂之戰的進展不是特別順利，叛軍進攻乏力，守城卻很拚命。楚軍只能逐城攻佔，還要防備後方海盜的襲擾，三路軍隊迄今尚未在臨淄城匯合。

塞外沒有消息，馬邑城遠派斥候，只發現零散的匈奴騎兵，沒有發現大舉南侵的跡象。

韓孺子安心許多，起碼大楚不用同時應對內憂外患了，可是又有一點失望，因為這意味著他一直相信的孟娥很可能說謊了。

天黑之前五萬北軍就將到達，韓孺子決定休息兩三天之後率軍巡邊，順便挑選幾位經驗豐富的大將，總不能白來一趟。

代國都尉鄧粹，韓孺子還記得這個名字，心想名門之後總應該有點真本事，正琢磨著如何檢驗一下，中司監劉介從外面匆匆進來。

「陛下，外面發生了一點事，我覺得陛下應該馬上知道。」

「何事？」韓孺子略覺奇怪，聽劉介的語氣，這不像是國家大事。

劉介看了一眼崔騰，說道：「代國都尉鄧粹，帶兵強闖冠軍侯夫人住處，剛剛被拿下。」

崔騰大怒，氣得哇哇亂叫，韓孺子卻看向東海王，鄧粹是他推薦的。

「崔昭妹妹……真成掃帚星啦？」東海王驚訝地說。

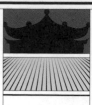

第三百零九章 崔家的敵人

都尉算是代國的最高將領，但是麾下沒有多少將士，願意跟隨主將赴湯蹈火者更是寥寥。代國都尉鄧粹率領三十幾名士兵，其中包括十餘名奴僕，順利進入王府，在冠軍侯夫人的住處大門外突然拔出隱藏的利刃，發起一次衝鋒。

守門士兵與皇帝派來的四名儀衛大驚失色，本以為自己只需站在這裡，昂首挺胸就能嚇退殷小眼這種狂徒，怎麼也料不到衝來的會是一群人，為首者還是有名的將軍。

戰鬥展開，毫無準備的一方馬上被擊潰，皇帝的儀衛高大威猛，手中的長戟卻是木製的，而且只有四個人，根本不敢阻擋如狼似虎的一群人，悄悄讓到一邊，不參與，也不逃跑，假裝看不到眼前的場景。

將鄧粹等人攔住的是大門，平恩侯夫人比較警惕，一聽到外面的喧嘩，立刻命丫鬟們上閂，找來桌椅板凳擋門。

前來陪護的王府貴婦還有幾位沒走，無不嚇得花容失色，待到聽說來者是鄧粹，又都莫名其妙。

平恩侯夫人也莫名其妙，她與三妹崔昭千里迢迢將冠軍侯的兒子送來，雖說只是一個藉口，可也有幾分苦勞，前幾天鄧粹還派夫人前來千恩萬謝，怎麼說翻臉就翻臉？

鄧粹下令砸門，可消息已經傳出去，數百名南、北軍精兵迅速趕來，兵不血刃就將鄧粹等人全部拿下。整場鬧劇為時不到一刻鐘，院門雖有損壞，卻沒有被攻破，可事情的影響卻很大。

首先是崔昭連驚帶嚇，真的起不了床了，淚流不止，悲嘆自己的淒慘命運。

其次是代王，宿醉的他不得不從床上爬起來，跑去向皇帝請罪，鄧粹不僅是代國都尉，還是他的妻弟。而且就在王府裡鬧事，實在是不可原諒，代王不為他求情，只希望自家不受牽連。

中司監劉介終於受不了了，若是再出幾件類似的事情，只怕連皇帝的安全也會失去保證，於是將代王全家逐出府去，由皇帝的衛兵接管整座王府，裡三層外三層，守衛的嚴密程度不亞於皇宮。

崔昭留在王府裡，再出意外，就只能埋怨皇帝了。

可是有一件事誰也沒弄清楚，那就是鄧粹究竟為何翻臉？甚至不惜犧牲自己的地位與前程？

刑吏張鏡在洛陽沒能立功，這回動作極快，代王還在伏地請罪，他已經審問一圈，弄清楚大致原因，來向皇帝稟告。

肥胖的代王匍匐在地，一把鼻涕一把淚地痛陳鄧粹的悖逆無禮，以及自己的管教不嚴，請罪的同時，也將罪過都推到妻弟一個人身上。

韓孺子早就聽得厭倦，看在長輩的份上才忍到現在，一見張鏡進來，立刻揮手讓太監們將代王扶到一邊，然後問道：「張鏡，查問清楚了？」

張鏡上前幾步，說道：「代國都尉鄧粹不肯開口，但他手下的士兵與奴僕都招供了，據稱，鄧粹是要為冠軍侯報仇。」

「嗯？」屋子裡的好幾個人同時發出疑問。

崔騰被皇帝強令留下，這時更是大怒，說道：「胡說八道，我妹妹就是冠軍侯夫人，鄧粹想報仇也不該找她啊，應該……」

崔騰看了一眼東海王，京城傳聞毒死冠軍侯的人是譚家女兒，可此事牽扯甚廣，連他也不敢提起。

跪在一邊的代王抬起頭，擦去臉上的幾滴淚，也驚訝地說：「不會吧，鄧粹明明很感激冠軍侯夫人，曾派妻子數次探望，贈與不少禮物。」

張鏡垂首不言。

韓孺子揮手，太監們請代王退下，屋子裡只剩下侍衛與寥寥數人。

張鏡這才說道：「代王說得沒錯，鄧粹本來很感激冠軍侯夫人，可是自從昨晚的事情發生以來，傳言四起，都說冠軍侯死於……夫人之手，甚至有人說冠軍侯的兒子早就被殺死，送到代國的嬰兒是假冒的。」

韓孺子愕然，「原因呢？」

「傳言如此，沒人提原因，大家好像都認為此事順理成章。又有人說鄧氏衰落，被崔家壓過，鄧粹因此大怒，覺得自己受到欺騙……」

崔騰氣得臉都紅了，「誰？你告訴我，誰敢這麼亂說？」

張鏡仍然低頭，「只是傳言，暫時還沒查出來源。還有一種說法，說是鄧粹見過冠軍侯夫人，所以……也受到蠱惑。」

崔騰從來沒這麼憤怒過，「陛下，讓我去查案吧，就算將晉城翻個底朝天，我也要將那些亂嚼舌頭的人通通抓起來，不讓整個晉城閉嘴，我不姓崔！」

「你還嫌事情不夠大？」韓孺子心裡也很惱怒，惱怒的是這些權貴世家不分輕重緩急，大楚岌岌可危，他們想的卻還是自家的榮辱得失。鄧粹就算真有將帥之才，他也不會重用，「張鏡，這件事交給你辦理，與代國協商，按律處置。」

「遵旨。」張鏡躬身退下，皇帝那句「你還嫌事情不夠大」已經給了他一顆定心丸，知道該怎麼做了。

崔騰卻不滿意，氣哼哼地說：「陛下，事情不能就這麼完了，明顯有人針對崔家……」

對面的東海王使個眼色，崔騰這種時候倒也不笨，馬上反應過來，「也是針對陛下！否則的話，為什麼要扯上冠軍侯之死？」

「不用說了。」韓孺子也覺得傳言來得太猛烈了一些，可他不想大張旗鼓，「內有叛亂，外有匈奴，國家危難當頭，其他事情都不值得過分關注。崔騰，朕不允許你私下查案，更不許私下尋仇，明白嗎？」
「可是……」
「你再敢打架，不管任何原因，朕就將你留在邊疆，十年之內不得回京，想打架就跟匈奴人打個夠。」
「啊……那要是有人先打我呢？」
「忍著。」韓孺子生硬地說，他才不相信有人敢先伸手打崔騰。
崔騰的臉憋得更紅，東海王道：「崔騰，還不向陛下謝恩？」
「嗯？」崔騰的雙眼越瞪越大。
「你什麼脾氣自己還不知道？陛下不許你查案，是怕你壞事。換一個人，陛下才不管，就讓你去查、去鬧、去惹事，最後一網打盡，鄧家得不著好，崔家也受牽連。這麼大的事情，刑部官員能查不明白？你就老實等著吧。」
「謝陛下恩典。」崔騰勉強道，心中還是氣不過，可他真怕皇帝，不敢爭執。
劉介帶來消息，北軍前鋒已經到達城外，正在紮營列隊，等候陛下檢閱。
這是韓孺子早就決定的事情，他很高興能夠出城去與真正的將士相處，晉城就像是縮小的京城，令他感到窒息，如果不是反對的聲音太多，他甚至想就此搬到軍營裡。
北軍前鋒三千人，人不卸甲、馬不解鞍，列陣歡迎皇帝，他們剛剛在京城得到重賞，又被皇帝召到身邊，這是更大的榮耀，因此呼喊「萬歲」時分外響亮。
韓孺子心中的鬱悶一掃而空。
崔騰的鬱悶卻一點也沒減少，趁著皇帝與北軍將領商議軍情，他悄悄返回城裡。
可他不知道該找誰發洩怒火，鄧粹等人被嚴格看管起來，他根本見不到人，騎馬兜了一圈，看到百姓在街上聚堆閒聊，他都覺得是在議論崔家。

天色漸黑，崔騰回到王府，實在找不到人撒氣，他打算數落妹妹幾句。不在京城好好待著，大老遠跑到晉城來幹嘛？惹出這麼多的流言蜚語。

門口的守衛更多了，都認得崔騰，沒有阻攔。

王府的女眷已經離開，平恩侯夫人守在客廳裡，一看見崔騰就迎了出來，「好兄弟你可來了，我正找你。」

「找我幹嘛？妹妹呢？我要跟她說話。」

見崔騰臉色不善，平恩侯夫人攔在前面，說道：「三妹睡了，你想她哪經歷過這種事？魂都嚇飛了，我讓她早點休息。」

崔騰的銳氣一下子沒了，找張椅子坐下，「有人針對崔家，皇帝不相信，可我能感覺到，崔家沒倒，肯定讓許多人失望。」

「陛下怎麼說的？」平恩侯夫人最在意這件事。

「沒什麼，陛下讓刑部官員查案，不許我插手。」

「對三妹呢？陛下沒說什麼？」

「陛下能說什麼？他們兩個都沒見過面。」

平恩侯夫人眉頭微皺，「我能猜出是誰是在背後使壞。」

「是誰？」崔騰站了起來，也不問她是怎麼猜出來的。

「琴師張煮鶴和他所謂的女兒。」

崔騰一愣，「關他們父女何事？」

「嘿，聽說琴女擅長媚術，看來好兄弟也動心了。」

「別胡說，她是陛下欽點的琴師，誰敢……」

「沒錯，誰敢？三妹只不過想求見陛下，就遭到了忌憚，蒙上這麼多的傳言。」

崔騰還是不信，「張琴言是啞巴，張煮鶴是個不愛說話的老頭子，哪能操縱這麼大的傳言？」

「或許他們得到了幫助。」

「洛陽侯？」

「有可能，大家都明白，誰能取得陛下的專寵，誰家就能立於不敗之地，洛陽侯進獻琴女，必有深意。」

崔騰搖頭，「都沒用，陛下只喜歡小君妹妹。」

「呵呵，我的好兄弟，虧你還是風月場中的高手，陛下喜歡小君妹妹，可是能永遠專寵她一人嗎？」

崔騰想了一會，咬牙道：「洛陽侯……」他還是不想將怒火對準張琴言。

平恩侯夫人也不在意，還在京城的時候，她與老君就決定不告訴崔騰真相，但是該利用的時候也得利用，「崔家不能被打敗。」

「當然，不能敗。」

「你能留在陛下身邊，這是一個優勢，一定要想方設法阻止琴女與陛下單獨相會。」

「這個不難，陛下根本就不想……」

「別想當然，皇帝也有臨時起意的一刻，別讓琴女趁虛而入，我得到消息，劉介被琴師收買了，你要提防他從中使壞。」

「洛陽侯野心這麼大？我應該告訴陛下。」

「不要，咱們現在還沒有證據，只要確保陛下不被琴女魅惑就好了。」

「好，我聽大姐的，以後再收拾洛陽侯。」有了明確敵人，崔騰心裡好受多了。

「好兄弟，父親就你一個兒子，給他爭點氣，把琴師父女當成敵人對待。」

「敵人。」崔騰堅定地說，不過一想到張琴言那雙勾人魂魄的眼睛，又不那麼堅定了。

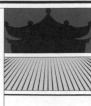

第三百一十章　音者生於心

韓孺子回到王府，心中終於踏實，五萬北軍三天之內就能全部趕到，即使不能圍殲匈奴人，也足以守城退敵。他起碼不用再擔心外憂，另一邊的齊國，崔宏過於謹小慎微，但是假以時日，總能圍殲叛軍。

放糧、選人、除奸……接下來，他要一樣一樣著手進行。

回房休息之前，他去見了一次孟娥，仍然隔門說話，周圍沒有外人。

「匈奴人還沒到。」

門內沉默了一會，「我只是把我知道的事情告訴陛下。」

「我明白，聖軍師是望氣者，十分陰險，很可能有意透露這條消息，又放妳出城，但是沒用，大楚兵多將廣，足以同時平定內憂外患。」

門內又沉默了一會，「逃出臨淄並不容易，如果說那是安排好的，聖軍師得有未卜先知的本事。」

韓孺子回房休息，心中感到遺憾，孟娥仍然是他最信任的人之一，可是她與叛軍的聯繫太深，今後很難留在身邊。

自從「奉旨受賄」以來，泥鰍就將自己聽說的每句話都轉告給皇帝，尤其是他覺得有用的時候，更是滔滔不絕，「崔家三小姐這回真是有名了，十一位男子，都是有名的世家子弟，包括皇子皇孫，五死五傷一個進監獄，嘖嘖，誰有這種本事？」

「誰也沒有。」張有才冷淡地說，泥鰍光顧著說話，連服侍陛下的專職工作都給忽略了，「你上午還說是六名男子，現在就翻了一倍。」

「這個……消息總是一點點聽說的嘛。」泥鰍完全沒察覺到異常，臉上仍掛著興奮的笑容，「崔家三小姐現在可不得了，大家都說她命硬，專剋男子，見者斃命，接近者倒霉……」

「崔騰沒事，崔宏更沒事，崔家還挺興旺呢。」張有才打斷道。

泥鰍一愣，撓撓頭再道，「自家人不算，總之她命硬，一般人可降不住她，非得是至尊之體……這說的是陛下嗎？」

張有才橫眉冷對，韓孺子笑了一聲，隨後覺得不對勁，問道：「這話是誰說的？」

「好多人都這麼說，我在街上逛一圈，大家談的都是這件事。」

韓孺子決定明天搬出晉城，與北軍將士住在一塊，以免惹來更多風言風語，可他覺得奇怪，這一輪傳言來勢太凶猛了些。

剛剛上床，外面的琴聲準時傳來，這些天他幾乎每晚都在琴聲中入睡，那種飄飄欲仙的感覺已經很少了，但是醒來之後精神倍增，令他越來越沉迷其中。

今晚有點奇怪，琴聲依然悠揚，可他卻翻來覆去睡不著覺，總覺得琴聲過於低迴，必須豎起耳朵傾聽，結果越聽越亢奮。

「張有才。」韓孺子起身叫道。

「在，陛下。」外間立刻傳來回應。

韓孺子本想讓琴聲放大些，可王府裡住著許多人，喜歡並享受琴聲的人只是極少數，於是他改了主意，「傳召琴師，父女二人。」他特意加上一句，以免張有才只叫來張琴言一個人。

韓孺子已經清晰地感覺到，周圍人對他的某些生活過於關心，進獻女子就像是贈送天下難尋的貴重藥材，而皇帝已經病入膏肓，必須要這一味藥治病。

他一開始十分生氣，覺得這是佞臣所為，可是在一段史書中他找到了理由。前朝一位皇帝登基多年未有子嗣，被認為有可能動搖國體，從皇宮到朝廷，所有人都在想辦法解決這個問題，進獻的女子成千上萬，請來和尚作法、道士傳授房中之術，個別大臣甚至就在奏章中對皇帝提出詳細建議……

當今皇帝也面臨著同樣的處境，他覺得自己還年輕，臣子卻希望能夠盡快見到太子。

韓孺子能夠理解母親與劉介等人的急迫，但他不會接受，因為前朝那位皇帝最終也沒有得到一個兒子，反而在三十多歲正值壯年的時候早逝，雖然史書中照例隱諱，但韓孺子已能看懂，那位皇帝死於縱慾過度。

泥鰍進來點燈，在地面上鋪席擺桌，琴師父女很快到來，拜見皇帝，準備撫琴。

「且慢，朕聽琴多日，卻連琴為何物都不知曉，有勞張琴師為朕稍加講解。」韓孺子一直在行軍、勸農，直到今天才有閒心瞭解一下瑤琴。

張琴言跟往常一樣低頭，張煮鶴跪在席上向皇帝磕了一個頭，然後道：「這是草民之幸，請問陛下對瑤琴瞭解多少？」

「一無所知……知道它有七弦，而且我聽說撫琴的忌諱不少，張琴師倒不見有何推託。」

張煮鶴笑道：「琴師乃是美稱，草民其實是琴匠，自幼專攻此藝，手熟而已，何來忌諱？」

「張琴師過謙，如有忌諱儘管提出，朕不會強人所難。」

張煮鶴再次磕頭，「謝陛下關心，草民出身於市井，周旋於館樓府院數十年，遍訪天下名師，不僅習得一門手藝，還有一門心藝。」

韓孺子有點感興趣了，「手藝是撫琴，心藝是什麼？」

「返心自守，不為外物所動。草民撫琴之時，不以物喜，不以己悲，雖處懸崖之上，如在廣廈屋中。縱有電閃雷鳴，草民只聞淙淙琴音，外人可斷琴音，不可擾琴意，草民謂之心藝。」

「好一個心藝，倒比手藝更難些。」

「知我者陛下。陛下欲知琴，手藝、心藝兩樣，陛下對哪一樣更感興趣？」

韓孺子聽過《樂經》，對宮、商、角、徵、羽不是很喜歡，於是道：「願聞心藝之道。」

張煮鶴伸出左手，在琴弦上輕輕一撥，整個人頓時一變，之前還是跪在席上畢恭畢敬的老琴師，突然間已是能與帝王分庭抗禮的世外高人，腰身筆直、神情淡漠。

韓孺子聽過一次父女二人的現場撫琴，當時只在意琴聲，如今卻看到了人的變化。

「音者生於心，心者動於音。千萬將士，聞角而起、聞鼓而進、聞金而退，其音雖易，其動甚大。」

韓孺子點頭，「天下四方軍旅，莫不以樂器為號令，必有道理，朕不通音律，卻能為空音曲所動，也是同樣道理。」

「陛下高見。」張煮鶴的手只要一離開琴弦，就立刻恢復為察言觀色的老琴師，「仍以將士為喻，鼓聲振奮，只需反覆訓練，將士一聞鼓聲必生踴躍前進之意。」

「張琴師的心藝與此相同？」

「正是，鼓聲動人心，但『反覆訓練』才是關鍵。常人聞鼓心動，聲消心靜；將士聞鼓一振，再聞再振，如攀高峰，步步上升，直至巔峰，棄生死、忘悲歡，一心殺敵。草民初學琴時，也學庸人立下許多規矩，非得焚香沐浴，選一靜室，專為一二知音而彈。此後偶遇名師指點，將這許多規矩一一納入心中，又一一忘卻。琴音一起，如戰士聞鼓，琴音再起、三起，草民心中已在浴血奮戰。待到人聲一響，草民如戰士聞金，捨兵退後，絕無眷戀。」

韓孺子讚道：「好一個『心藝』，非學琴如此，各行各業莫不如此。進可攻，退可守，身處其中時心痴若狂，置身其外時形同陌路。」

張煮鶴撥琴數下，頗有喜悅之意，張琴言也撥挑琴弦，她一柔弱女子，卻奏出慷慨之志。

韓孺子原本只是閒聊，興致卻越來越高，「空音曲為何唯獨對朕影響如此之大？」

「空音曲精奧之義在一『空』字，因人而異、因心而變，陛下身為至尊，心懷天下，急欲有所作為。因此初聽曲時，會有飛升之感。陛下一路巡行，所過之處萬民敬仰，平亂、勸農皆有所成，陛下心事漸穩，再聽此曲，應該無所感動，靜心而已。常人無陛下之志，自然也無陛下之心境。」

韓孺子覺得自己早就該找張煮鶴聊聊。

「如此說來，空音曲未變，朕的心境卻變了。」

「萬變不離其宗，皆是一個『空』字，請陛下再聽此曲。」

張氏父女同時撫琴。

韓孺子有意放鬆心境，聽了一會，漸覺心事凝重卻不沉重，那是一種勝券在握的自信，他很喜歡。

正因為如此，琴聲被打斷時，他感到憤怒。

「我要見陛下！我知道陛下還沒睡，耽誤大事，你們負得起責任嗎？」

張氏父女只能停止。

「讓他進來。」韓孺子大聲道。

崔騰笑呵呵地進屋，對跟進來的張有才說：「早跟你說過……唉喲，張琴師也在，琴言姑娘別來無恙。陛下真有閒情逸致，夜裡聽曲，也不叫上我，一邊喝酒、一邊聽曲才有意思……」

「崔騰，你有何事？」韓孺子問道，此時心中怒意漸漸消散，對他來說這也是「心藝」，聽到崔騰的喧嘩就該撤退。

崔騰看到張煮鶴也在，放心不少，上前幾步，說道：「我也是剛想起來，下個月初七是皇后的生日，陛下有準備嗎？妹妹很在乎這種事……」

「皇后的生日是五月十五，還有一個多月呢。」韓孺子冷冷地說。

崔騰一拍腦門，「瞧我的記性，我給記錯了，那下個月初七是誰的生日？」

「崔騰，你又喝多了？」

「沒有沒有，今天一杯也沒喝。」發現自己的藉口太爛，崔騰有點害怕，急中生智，說：「其實我來，是要建議陛下巡視城牆。」

「為什麼？」

「因為……因為匈奴人可能會打來。」崔騰認真地說，想不出別的理由。

韓孺子盯著崔騰看了一會，「好，你去備馬，隨朕一塊巡城。」

崔騰後悔不迭，早知如此，他應該找別的藉口，可是瞥了一眼低頭的張琴言，他又覺得值得，「是，陛下，我這就去……」

崔騰跑出去，琴師父女也告辭，張有才送行之後回來說：「陛下真要去巡城？」

「反正也睡不著，北軍初至，主力尚在路上，我的確也有一點擔心。」

張有才在心裡痛斥崔騰，眾多衛兵起床之後，也都埋怨崔騰。

崔騰自己不知道，高高興興地騎馬陪著皇帝出王府、登城牆，東海王沒跟來，更讓他高興。

所有人此時還都不知道，崔騰今晚立下了大功。

第三百一十一章 夜襲晉城

北方的夜晚還剩幾分寒意，身上的披風呼呼作響，韓孺子雙手按在牆上，望了一眼遠處的軍營，那裡的燈光很少，好像是座只有十幾戶人家小村子，卻能給迷路的旅者帶來起死回生一般的希望。

夜風吹在臉上，韓孺子一動不動，所謂巡城只是藉口，他想出來走走。琴聲固然能在心中引起慷慨悲涼之意，但是只有真正走出房間，才能對「慷慨悲涼」有切膚之感。

崔騰躲在牆垛後面，他約了幾位好友打算夜飲，現在計畫全被打亂了，「北方真冷，陛下去過臨淄嗎？」

「應該沒有。」韓孺子出生在東海國，離齊國都城臨淄不算太遠，但他不記得自己曾經去過那座城。

「幾年前我去過一次，臨淄可是個好地方，要說城厚池深，肯定比不上京城和洛陽，可城裡大半部地方都是商鋪，半年也未必能逛完。洛陽出歌伎，臨淄產舞伎，嘖嘖，那身段、那舞姿，美得能讓人連手裡的酒都忘了喝。」

崔騰裹緊披風，臉上紅撲撲的，真像是喝了一罈好酒。

韓孺子遙望遠方的黑夜，「如此說來，賣酒的人肯定不喜歡舞伎了。」

「呃……也不是，酒雖然忘喝，可是舉在手裡都流在了地上，賣酒的人照樣收錢。唉，陛下將自己看得太緊了，領略不到酒與色的好處，我跟你說……我還是別說了。」崔騰突然醒悟，現在若是將皇帝說通，第一個被臨幸的人大概就是張琴言，對他來說那可是巨大的損失。

韓孺子並未注意到崔騰的鬼心事，他只是暗暗感慨江山廣大，走了這麼久，才經過一小塊地方。要像武帝那樣巡遍天下，大概需要十幾年時間，而且他還沒有武帝的資本，必須等國庫充實、百姓安居之後，才能遍訪名山大川。

這是大楚的江山、自己的江山，韓孺子的這種感覺無法向外人講述，只能自己默默感受。

「陛下，匈奴人……今晚大概不會來了，咱們明天……再巡城吧。」對臨淄城的幻想不夠用了，崔騰迫切需要幾杯真正的熱酒。

韓孺子向前俯身，崔騰嚇了一跳，急忙轉身拽住皇帝的一條胳膊，「陛下小心。」

韓孺子指著遠方一點移動的光亮，「深夜前來晉城，必有要事。」

「那咱們也去城樓裡等吧。」

城門樓上下三層，裡面的人已經看到迅速接近的光亮，守門將官正在二層臨窗眺望，聽說「陛下駕臨」，急忙與十幾名士兵跪在兩邊，韓孺子命他們起身，該幹嘛幹嘛。他與衛兵站在門口，想聽到第一手消息。

光亮到了城門下，有人大聲喊道：「開門！緊急軍情！」

若是在平時，守門將官不會多廢話，頂多看一眼，也就下令開門了，可皇帝就在身後看著，他可不敢敷衍行事，忍著後背的火燒火燎，一本正經地問：「從哪來的？所為何事？要見哪一位？」

城下的人不耐煩地回道：「馬邑城求助，城裡誰能做主我就見誰。」

守門將官微微皺起眉頭，就算是十萬火急的軍情，這名信使的語氣也顯得太狂傲了些，可他不能發火，扭頭用餘光瞥了一眼皇帝，回道：「我這就派人開門，你把軍牌、軍簽準備好，以備檢驗。」

「快點，軍情緊急，耽誤不得！」

將官更顯尷尬，還是不敢發作，正要命人打開城門，韓孺子道：「告訴他皇帝在此，讓他先說軍情。」

將官急忙轉身，躬身聽命，然後又朝城門下說道：「陛下就在這裡，你有緊急軍情現在就說吧，馬邑城遭到匈奴人進攻了？」

外面沉默了一會，「大楚皇帝在你身邊？」

「沒錯，有話快說吧。」將官加重了語氣，隱隱覺得這人有點古怪。

「我不相信你，讓我看一眼皇帝。」

此言一出，將官再不用繃著了，斥道：「你是什麼人，膽敢如此無禮？」

韓孺子正要上前，崔騰攔住他，自己走到窗口，推開將官，醞釀片刻，破口大罵：「混帳王八蛋，不知深淺的東西，讓你回話你就回話，還敢提要求，皇帝是你能見的嗎？馬糞吃多了，不知道自己是誰了？還不趕快下跪。誰誰，把弓箭拿來……」

連守門將官都覺得過分了，心想寵臣就是寵臣，崔家的勢力比從前更強大了。

韓孺子十分不滿，還以為崔騰能說出點什麼，原來只是罵人，正要開口阻止，崔騰驚訝地說：「咦？這算什麼？他居然跑了。站住！我命令你站住！我是大將軍崔宏之子，你敢——他還真敢，跑過橋了。」

崔騰轉身看向皇帝，一臉的不敢相信，他罵過的人無數，還從來沒遇到過這種情況。

韓孺子大步走到窗口，果然，那名信使已經跑過護城河，將手中的火把扔到路上，疾馳而去。

「立刻通知北軍營地。」韓孺子命令道。

「是……通知什麼？」守門將官還糊塗著。

「有外敵……」韓孺子話音未落，從外面突然射來一箭，雖然準頭不夠，射在城牆上，卻將所有人都嚇了一跳。

原來早有一批人埋伏在護城河對面的土坡下方，這時衝到橋上，邊跑邊向城樓射箭，黑暗之中也不知有多少人。

崔騰合身將皇帝撲倒在地，大叫道：「護駕！護駕！」

韓孺子一把推開崔騰，對衝過來的將官說：「通知北軍，下令守城。」

守門將官這回知道該通知什麼了，跌跌撞撞的上樓。片刻之後，號角聲響起，忽長忽短，這是在通知城外的北軍營地，也是在警告全城。

韓孺子站起身，對隨身的衛兵道：「去傳各營將領，到城牆上見朕。」

幾名衛兵領命退下，韓孺子也向樓上走去，崔騰又一次攔住，「陛下，這裡太危險，還是下去吧。」

「讓開。」韓孺子厲聲道，他連外面究竟發生什麼都不知道，絕不會馬上離開。

崔騰只得讓開，緊跟在皇帝身後，衛兵們一部分跟著上去，一部分守在下層。

頂層的士兵已經吹過號角，正等著城外的回應，守門將官急得手足無措，來回轉圈，不知接下來該怎麼辦，一見到皇帝，立刻跪下。

頂層有柱子和飛檐，沒有封閉的圍牆，四面開放，韓孺子站在女牆邊向外張望，崔騰等人緊緊護在兩旁。

偷襲者不是很多，只有數十人，這時都聚在護城河的橋上，向城門樓射箭，還有一些人似乎在撞門。頂層位置高，暫時無憂，可是黑夜中亂箭射來，崔騰等人還是膽戰心驚，萬一皇帝被擦著點皮，他們可承擔不起這個責任。

遠處的北軍營方傳來低沉的號角聲，守門將官聽了一會，解釋道：「北軍已經發現敵蹤。」

韓孺子能看到，北軍營地裡的火光迅速增多，數十、上百，越來越多，連成一片。

城牆上也有士兵，數量不多，這時都聚在門口上方，向下射箭，將橋上的人逼退。

「去通知其他城門，城牆各段隨時都要有人巡視。」韓孺子繼續下令。

「是是是……」守門將官急忙下樓，帶著本部士兵四處傳令。

這次偷襲出人意料，晉城連斥候都沒派出，竟然讓敵人摸到了城門口，要不是崔騰的突發奇想，很可能連城門都丟了。

「你立了一功。」韓孺子抽空說道。

「啊？」崔騰一臉茫然，想了一會才說：「撲倒陛下是我的職責，只要陛下別怪罪我失禮就好。」

韓孺子搖搖頭，繼續向外觀望，偷襲者退卻，支援者卻已經到了，全是騎兵，速度奇快，也不點火把，在黑暗中呼嘯而來。

「他們是匈奴人！」連崔騰都聽出來了，「不過這怎麼可能？馬邑城、關卡都失守了？咱們怎麼一點消息都沒得到？」

韓孺子猜不出原因，可他知道，這絕不是一場普通的襲城，之前的信使明顯是楚人，卻為匈奴人效力，敵方有備而來，晉城內外卻只有數千兵馬。

韓孺子轉身對那名吹號士兵說：「傳令北軍向城內撤退。」

士兵從來沒這麼近見過皇帝，緊張得說不出話來，點點頭，接連鼓了三次勁，終於吹響了號角。

城外的嘯聲越來越響，說不清有多少匈奴騎兵，其中頗有人能射強弓，大概是聽說皇帝就在城門樓上方，瘋狂射箭，韓孺子只能讓開。

號角聲淹沒在嘯聲中，也不知北軍聽到沒有。士兵不敢停下，一遍接一遍地吹。

城池四周的鼓聲此起彼伏，說明到處都有敵人。

樊撞山第一個趕來，大步衝到樓上，不等他開口，韓孺子道：「帶領你的士兵在門內守著，準備接應外面的北軍。」

樊撞山應聲是，轉身下樓。

儀衛營的將領隨後趕到，韓孺子讓他們集結本營士兵，隨時準備支援壓力過大的城門。

晉城將領來得最晚，代國都尉鄧粹被關在監獄裡，眾將群龍無首，因此更顯慌亂。

韓孺子親自指揮，向各座城門派出將士，並派人在城牆上來回巡視，防止敵軍攀牆。

崔騰再次勸說，韓孺子仍不肯下樓，他在等北軍回應。雖然被打了一個措手不及，他卻在很短的時間內明白一件事：眼下最重要的事情不是擊退敵軍，而是盡可能挽救城外的那支北軍，不能讓他們白白犧牲。

只要堅持到明天午時，就會有更多北軍趕到。

第三百一十二章 城門惡戰

雖然號稱北方重鎮，晉城卻算不上堅固，自從武帝對匈奴採取攻勢以來，位於塞內的晉城就沒有遭遇過外敵進攻，年久失修、防衛鬆懈。偌大一座城裡，守兵還不到一千人。

在一個人人毫無防範的夜晚，匈奴人突然圍城，事先沒有點半點預警，好像是從地下冒出來的，要不然就是北方的長城無緣無故坍塌了。

無論什麼原因，晉城官民都為此陷入了驚恐之中。

街道上到處都是人，有出來打探情況的，有呼妻喚子想要躲藏的，還有害怕到極點放聲大哭的。

樊撞山率領一千名士兵在街上列隊，正對著城門，沒有騎馬。他們的任務是守住城門，以接應外面的北軍，而不是衝鋒陷陣。他對又哭又喊的百姓十分厭煩，專門派出一隊士兵來回馳騁，驅趕靠近者，以免待會受到干擾。

城外的叫喊聲越來越響，即使隔著厚重的城門也能聽到，樊撞山是個倔脾氣，也不管外面有多少敵人，叫聲越響他越興奮，站在最前方，輕聲對自己手中的長斧說：「老兄啊老兄，今晚看你的了，別讓兄弟我丟臉，兄弟我過後自有報答，會用最乾淨的清水沖洗，用最硬的石塊打磨，用最乾淨的抹布擦拭，保證讓你跟從前一樣鋒利……」

身後眾將士忍住笑，看一眼手中的兵器，也在心裡囑咐了幾句。

城門樓上方有人喊道：「陛下有旨！開城門！準備接應！」

樊撞山吼道：「遵旨！」

城門洞裡的士兵開始動手，樊撞山大步向前，他知道，只要打開一條縫，就可能有敵人衝進來。

「不准開城門！不准開！」有人喊道。

樊撞山轉身望去，只見數人在兩列士兵中間騎馬飛馳而至，眉頭不由得一皺，戰鬥在即，任何人在軍中亂闖都是重罪。

來者不知罪，也不怕罪。

肥胖的代王翻身下馬，至少有二十年沒這麼拚命跑過了，幾乎喘不上氣來，衝著城門洞大喊道：「不准……不准開門！」

守門者都是代國士兵，聽到代王的命令，全都住手。

樊撞山畢竟為官多年，面對諸侯不敢造次，耐著性子說：「代王殿下，開門接應是陛下的旨意。」

「我去見陛下，這就去，跟他說不可開門，外面匈奴人太多……在我回來之前，不許開門，開門者斬。」

代王晃動著肥胖的身軀向城牆上走去，踩著台階一步一停，喘兩下才能繼續邁步。

樊撞山看得心焦，外面的叫喊聲卻越來越響，抬頭再看，城樓上沒人探身出來察看，皇帝顯然沒聽到下方的聲音。

「開門！」樊撞山大喝一聲。

城門洞裡的士兵舉著火把，沒有動。

代王的四名隨從留下，這時一塊擺手，「不能開，不能開，代王有令……」

「代王的命令比聖旨更大？」樊撞山再也忍不住，兩步來到隨從馬前，手起斧落，將一名隨從砍落馬下。

眾人都驚呆了，居然沒人發出聲音。

樊撞山再次大喝：「還不開門？」

剩下三名隨從嘴裡叫娘倉皇讓路，門洞裡的士兵也慌忙轉身，開鎖卸閂，用力緩緩拉開城門。

代王剛爬完一半台階，轉身看去，一屁股坐下，怒喊道：「混帳！陛下與全城百姓死於你手！」

樊撞山不管那些，反正皇帝下令，他只想衝出去殺個痛快，加快腳步進入門洞。

城門的閂鎖剛剛被取走，突然被從外面撞開，門內的士兵被彈倒一片。

一名身穿重甲的大漢步行闖進來，嘴裡大喊大叫，手中兵器高高舉起，也是一柄長斧，形制稍有不同，斧身更長，斧刃稍短，比較粗糙。

兩名持斧勇士都愣了一下，同時興起，揮斧劈向對方。

樊撞山只快了那麼一點點，將敵人連盔帶頭劈為兩半，對方的長斧幾乎貼著他的肩膀砍下去，樊撞山全不在意，往地上啐了一口。

城門外全是人，大都不像是匈奴人，而是來歷不明的步兵，樊撞山管不了那麼多，手中長斧轉著圈劈砍，所到之處血肉橫飛。

被城門彈倒在地上的代國士兵看得呆了，坐在地上一直沒站起來。

樊撞山身後的士兵擁上來，長槍如林，步步推進，可外面的敵兵也不少，硬是用軀體組成一道牆。

雙方血戰，寸步不讓。

韓孺子就在城樓之上等候消息，城外北軍已經退至城門以外，相距不到一里，中間隔著一座橋和不知多少敵兵。

城外的匈奴人放棄對城門樓的射擊，改為圍攻北軍，韓孺子向外望去，雖然天色很黑，交戰雙方又都沒有火把，可他還是能大致看清交戰的慘烈，北軍在敵軍的四面包圍下艱難前進，不斷有人馬倒下。

他希望樊撞山能快一點開出通道，接應北軍士兵。

「陛下……」

身後突然傳來一個帶著哭腔的叫聲，韓孺子嚇了一跳，以為有別的城門被攻破，急忙轉身，「什麼事？」

肥胖的代王跪在地上，更像是一個肉球了，哭道：「陛下，不能開門吶，樊將軍會把陛下害死的……」

韓孺子心中惱怒，沉聲道：「城外有數千將士，都是北軍精銳，若不開門接應，他們必然陷於敵軍之中不得生還，若是有他們相助，晉城或許能守得更久些。」

「不行啊，陛下，匈奴人太多，打開城門就……就關不上了……」

「你看到匈奴人了？」

「還沒有……據說……」

「過來看看。」

皇帝就站在牆邊，代王卻不敢上前，癱在那裡，像是站不起來，幾名衛兵上前，一塊架起代王。

「陛下！陛下！」代王殺豬般慘叫，衛兵卻一點也不體諒，硬是將他架到了牆邊。

「看到匈奴人了嗎？」韓孺子問。

代王跪在地上，雙手扳著城牆，只露出眼睛以上，咽了咽口水，顫聲回道：「看、看到了。」

「多嗎？」

「多。」

「晉城能守住嗎？」

「我、我不知道。」

「晉城共有六座城門，還有三段城牆有缺口，總共九處需要嚴加防守。城內士兵滿打滿算也不到三千人，如果得不到城外三千北軍相助，晉城堅持不到天亮，你我皆為異族所俘，那將是大楚開國以來最大的慘敗。」

大楚定鼎之初雖然處於弱勢，但是從來沒有皇帝落入匈奴人之手。

代王不敢出聲了，望著黑暗中呼嘯往來的匈奴騎兵，心膽俱裂，雙腿綿軟，真的站不起來了。

城下突然傳來怒吼，樊撞山終於開出一條血路，他已經衝到橋邊，長斧大開大闔，所向披靡，身後的士兵長槍外向，將敵兵向兩邊驅趕。

「真是一員無敵猛將！」崔騰一直守在皇帝身邊，這時由衷讚道，甚至生出一股衝動，想要下去與樊撞山並肩戰鬥，不過也只是衝動而已，他的雙腳還是牢牢站在原處，安慰自己說，還是保護皇帝更重要。

代王坐倒在地上，喘著粗氣，被巨大的恐慌徹底淹沒。

城外的北軍前鋒也看到了樊撞山，士氣大振，加快速度，終於在橋上相會。

樊撞山殺得興起，差點將第一個跑來的北軍士兵砍下來，認清來人身份之後，退回橋後，又向側翼衝殺，好將通道開得更寬一些。

北軍騎馬過橋進城，韓孺子在城樓上默默計數，心中不由得一涼，進城的人太少了，不過一千餘人，剩下的北軍不知陷在何處。

可他不能再讓城門敞開了，城外的匈奴騎兵尾隨而至，樊撞山再是猛將，也擋不住如雨傾落的箭矢。

城牆上的士兵得到命令，對著護城河上的橋亂射，盡量將匈奴騎兵擋在對岸，樊撞山又砍翻幾名敵人，才在士兵的連番催促下轉身回城。

城門緩緩關閉，部分敵軍跟入城中，立刻陷入重圍，沒能奪取城門。

下方傳來消息，「城門已閉！」

韓孺子稍鬆口氣，此次前來襲城的匈奴人沒有他想像得多，而且準備得不是很充分，中途改變計畫，也沒有明確的主攻方向，給了晉城喘息之機。

「代王，這回你不用害怕了……代王，代王？」崔騰連喊幾聲，彎腰推了幾下，驚慌地對皇帝說：「代王……死了。」

在酒池肉林中享受數十年的代王，居然在晉城城門樓上，被匈奴人嚇死了。

韓孺子也吃了一驚，讓開幾步，定睛看去，代王臉色發青、雙唇張開，停止呼吸似乎有一陣子了。

「去叫太醫。」韓孺子的隨行隊伍中有好幾位太醫，雖然沒用，可還是得看一眼。

崔騰心中頗多感慨，卻說不出來，只能問道：「代王這算以身殉國嗎？」

「算吧。」韓孺子嘆道，他總不能對全城軍民宣布代王是被嚇死的。

韓孺子離開城門樓，向城下走去，迎面遇上北軍將領，將領顧不上禮儀，急切地說：「遼東，匈奴人是從遼東來的。」

「遼東？」

「具體情況還不知道，是扶餘國攻破了關卡，匈奴人入關之後一路繞城急行，各地都沒來得及送信。」

韓孺子愣住了，原來孟娥說的話一句沒錯，不過他之前已經派人傳旨，要求遼東戒備扶餘國，怎麼還會被攻破呢？

「有多少匈奴人？」

將領無法回答，轉身看向城下，數名士兵推來一名俘虜，是名匈奴人。

軍中有人會說匈奴語，開口詢問，那名匈奴人驕傲地立而不跪，快速地回答了幾句。

「所有匈奴人，能進關的都進來了。」通譯看向皇帝，臉色蒼白，「前鋒八千餘人，後面還有更多，大單于很快就會親自到來。」

第三百一十三章 崎嶇之路

折騰到後半夜，匈奴人攻勢放緩，他們的計畫原是假裝信使、趁虛而入，這招敗露之後，內部似乎發生了分裂，一部分人繼續攻城，另一部分人圍攻城外北軍，結果都沒有完全成功。

晉城仍在楚軍手中，城牆上的三處缺口被連夜堵上，只是人心惶惶，短時間內誰也無法填補。北軍三千前鋒軍損失慘重，安全退回城內的只有一千二百多，其中近半數負傷，其他人不是被敵軍包圍就是在夜裡走散。直到天快亮的時候，城外還偶爾會響起呼嘯聲，那通常意味著又有北軍士兵被追、被殺。

韓孺子心中無法毫無驚恐，更多的卻是憤怒。匈奴人居然就這麼入關了！長驅直入，事前沒有一點預兆，遼東駐軍不少，連點聲息都沒發出來。

他在城牆下召集隨行官員。

兵部的一位主事顫聲回道：「遼東郡二十三城，駐軍兩萬三千人，往西依次是燕國，駐軍三萬有餘，中山郡，駐軍三萬四千人，代國……」

「這些駐軍大都守衛關卡與塞外城鎮，關內有多少人？」韓孺子打斷，他急切需要可用的數字。

「兩郡三國，可能不到……不到七千人。」兵部主事被自己報出的數字嚇得臉色都變了，這意味著匈奴人入關之後幾乎沒有受到阻攔。

「地圖。」韓孺子說。

兵部侍郎轉身叫手下小吏，要來一張簡單的地圖，鋪在地上，眾人圍觀，皇帝獨佔一面。

形勢很不樂觀，匈奴人入關之後，可以一路南下與臨淄叛軍匯合，也可以驅馬西進，包圍晉城，活捉大楚皇帝。

韓孺子命令北軍前鋒將官暫領守城之責，他只帶少數人回王府。

東海王從裡面迎出來，看了一眼皇帝，沒敢多問，悄悄跟在身後，崔騰鄙夷地小聲說：「剛睡醒？」

東海王哼了一聲，仍不開口。

韓孺子徑直來到孟娥的房間門口，對劉介說：「開門吧。」

城外敵兵重重，在這種情況下，皇帝的每一句話都更有力量，劉介張了張嘴，沒像平時那樣堅持己見，乖乖地掏鑰匙打開房門。

韓孺子示意其他人留在外面，自己走了進去。

除了不能出門，孟娥的生活還算不錯，衣食無憂，洗漱皆有人服侍，此時她正站在窗邊，似乎在聽外面的聲音。

「匈奴人攻過來了。」韓孺子說。

「嗯，我聽到有人嚷嚷了。」

「走的不是馬邑城，而是遼東，得到了扶餘國的幫助，具體情況還不清楚。」

「抱歉，我只知道匈奴人與扶餘國結盟，不瞭解他們的具體計畫。」

「這不怪妳。」韓孺子停頓片刻，「道歉的人應該是我，我應該相信妳。」

「陛下已經很相信我了，可皇帝就是皇帝，總得接受臣子的意見，在他們的眼裡，我的可疑顯而易見。」

「我應該更相信妳，可是——」韓孺子寧願現在就將話挑明，「我必須弄清楚，妳究竟是怎麼從臨淄城裡逃出來的？」

孟娥在洛陽將寶璽託付醜王轉交給皇帝，她這樣的作法肯定會惹怒義士島眾人，居然還能輕鬆逃出來，委實可疑。

孟娥的目光比往常更加平靜，等了一會，她說：「是哥哥幫我逃出臨淄城的，我們約定各走一條路，他加入叛軍，我追隨陛下。」

「妳還希望大楚派兵幫妳奪取一個國家？」經此一事，韓孺子可沒辦法向陳齊後人提供任何幫助。

孟娥搖搖頭，「求人不如求己，我不要陛下的一兵一卒，只想學習陛下的帝王之術。」

韓孺子愣住了，這個回答完全出乎他的意料，「我自己都還在學習中。」

「正因如此，我才能從陛下身上學到許多東西，太后的手段不適合我。」孟娥頓了一下，「我親眼見到陛下在絕境中一步步走出來，我相信陛下的路不會在這裡結束。」

韓孺子無言以對。

劉介在外面說：「陛下，守城將軍派人送信來了。」

「嗯，知道了。」韓孺子應道，雙腳沒有動，盯著孟娥的雙眼，良久方道：「跟我來。」

「讓我換身衣裳。」

韓孺子點頭，轉身走出房間，對劉介說：「從現在起，孟娥恢復宮中侍衛的身份，她需要什麼都給她。」

「陛下，遵旨。」劉介回道。

韓孺子向院外走去，心中的意外、驚恐、憤怒全沒了。沒錯，從他當皇帝的那一刻起，就從來沒走過坦途，他本可以選擇留在京城，安心當一名享樂皇帝，將大事小情都交給大臣，可他非要御駕親征，非要不顧危險地接近敵人。

這是自己的選擇，他想，既然走的是山路，何必埋怨道路崎嶇呢？他所要做的就是征服一座又一座山峰。

過來送信的是一名軍官，臉上沒有特別緊張，向皇帝抱拳道：「陛下，城外又來了一支匈奴人軍隊。」

韓孺子嗯了一聲，帶頭向外走去，他要親自登城去看一眼，太監與衛兵全都跟隨，這種時候留在府裡就顯得太膽小，而且有不忠的嫌疑了。

崔騰終於想明白昨晚自己立下什麼功勞了，不由得十分驕傲，低聲對東海王說：「昨晚你還在睡大覺的時候，是我靈光一閃，預感匈奴人要攻城，怎麼也睡不著，於是去見陛下。陛下相信我的預感，結果怎麼著？匈奴人真的來了，這是老天爺要幫助陛下，特意借助最忠誠的人發出警告。」

「老天爺幹嘛不直接告訴陛下？」東海王冷冷地說，他可沒睡大覺，躺下沒多久就被吵醒，膽戰心驚了大半夜。

「老天爺……自有道理，反正沒選你。」崔騰得意地說。

「等到破城之後，看你還怎麼高興？」這句話在東海王心裡轉了一圈，沒有說出來，真要是破城，他也會跟著倒霉。

街道上站滿了百姓，看到皇帝的旗幟，全都跪在路邊。

儀衛營將官想要驅逐百姓，韓孺子制止，騎馬在眾人的注視下前行。

在城邊，孟娥與劉介追上來了，孟娥換了一身男侍衛的服裝，沒有易容，眼尖的人還是能看出她是女子，但是沒人在意，城外的大軍已成為所有人唯一的心頭大患。

城門樓裡站滿了文臣與武將，大都遠離城牆，看到皇帝之後紛紛讓開。

幾名侍衛先到牆邊觀察了一會，然後向皇帝點頭，表示安全。

天已經亮了，城外的匈奴人早已停止攻城，在十餘里外紮營，一隊隊縱橫馳騁，新到的軍隊數量更多，全是匈奴騎兵，在城外列陣，但是韓孺子沒看到大單于的旗幟。

匈奴人的營地不求整齊，東一座西一座，中間留出的空隙很大，方便馬匹往來，很難據此估計人數，北軍前鋒將軍上前道：「粗略計算，匈奴大概有兩萬人，北軍主力有三萬人，午時左右能到。」
北軍在關內行軍，前後銜接不是很緊。前鋒三千人，中軍三萬，後軍還有一萬多人，分批陸續趕往晉城。
「午時之前敵軍很可能會再度攻城，小心防範。」
「是，陛下。」前鋒將軍很感激皇帝，若不是皇帝及時下令，他與所有前鋒將士都會死在城外。面對絕對意想不到的夜間偷襲，而且敵軍的數量兩倍於己方，再強悍的軍隊也無法全身而退。
「匈奴人為什麼要收集屍體？」韓孺子問。
前鋒將軍也看到了，匈奴人在戰場上來回奔馳，是在收集屍體，屬於楚軍的堆在一起，屬於匈奴人的帶到後方。
「只怕……只怕匈奴人是要堆屍焚燒，這是他們威嚇敵人的一種方式，已經……很多年沒用過了。」前鋒將軍答道。
大楚邊塞也已經很多年沒被攻破了。
韓孺子心中一沉。
身後突然響起一聲怒吼，「陛下，讓我出城去跟匈奴人決一死戰！」
樊撞山的勇猛早已滿城皆知，盔甲上的血跡尚未擦淨，雖然手中沒有長斧，站在那裡依然威風凜凜，看一眼就能讓人安心三分。
韓孺子絕不會再讓他冒險，「樊將軍稍安，待北軍主力趕到之後，再出城不遲。」
「是，陛下，我就是看不下去……」樊撞山個子高，站在後面也能看到城外的匈奴人在堆疊屍體。
「匈奴人在使激將法，萬不可上當，焚屍之後敵軍就會攻城，諸將軍須努力。」
「是，陛下。」眾將應道。
韓孺子在城門樓上安排守城事宜，將領們領命之後陸續離去，騰出不少地方，二層的文臣按品級一個個上來，雖然沒什麼用，也得與皇帝站在一起。
韓孺子佈置完畢，看了一眼城外越堆越高的屍體，心裡又閃過一絲憤怒。
「陛下。」兵部主事上前，他是隨行的兵部最高官員，總得做點什麼。
「何事？」
「左察御史蕭大人和弘農郡守卓如鶴不就在遼東嗎？」
蕭聲與卓如鶴奉旨巡行各郡，監督吏治與放糧，比皇帝出發得還要早一些，正好在遼東。
韓孺子沒說什麼，這兩位欽差都是文臣，擋不住匈奴人也在常理之中。
「或許兩位大人另有奇招……」
韓孺子抬手示意兵部主事閉嘴，他現在只盼望北軍主力，對「奇招」不感興趣。
匈奴人點火了，火勢一開始不是很大，韓孺子強迫自己看著。
一小隊匈奴騎兵馳來，停在護城河對岸，背對大火，正對城門樓。
「讓楚國皇帝出來，見一見楚國的大臣！」一個聲音高喊道。
兵部主事向牆外看了一眼，神情驟變，「那不就是蕭大人嗎？」
左察御史蕭聲騎在馬上，身上沒有繩索，不知是成為俘虜，還是已經投敵。

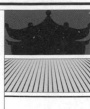

第三百一十四章　文臣的選擇

屍堆的火焰漸漸大了起來，濃煙滾滾。

城門樓上亮出了大楚皇帝的旗幟，護城河對岸的匈奴人相視一笑，有人用中原話對蕭聲道：「楚國皇帝人雖小，膽子倒是不小。過去說話吧，大點聲，既然降了匈奴，就得專心立功，勸服小皇帝獻城，你就能封王，大單于女兒眾多，嫁一個給你也未必不可。」

蕭聲笑著點了兩下頭，催馬前行幾步，抬頭仰望，只見城牆上弓弩手林立，城門樓上站著不少人，他眼睛不是很好，根據位置大概認出了皇帝，在馬上拱手道：「臣左察御史蕭聲，拜見陛下！」

身後的匈奴人通譯即時向同伴傳譯。

城門樓上，開口回應的不是皇帝本人，而是大將樊撞山，他沒有去別處守城，而是留在皇帝身邊，不僅個子高，嗓音也洪亮，從上方傳來，像是一陣陣雷鳴。

樊撞山昨晚在城門口力戰敵軍，殺傷無數，不僅滿城皆知，匈奴人也都聽聞他的威名，無不翹首遙望，絲毫不掩飾心中的好奇與仰慕。

「蕭聲，你還有臉面來見陛下？」樊撞山替皇帝說話，但也加入一點自己的理解。

「大勢已去，臣也是被迫無奈，萬望陛下諒解。」

「沒什麼可諒解的，告訴你的匈奴主子，大楚皇帝寧死不降，有本事就來攻城。匈奴人背信棄義，和談還在進行中，就來侵掠大楚，蕭聲，你留在那邊也不會有好結果。」

通譯在後面提醒道：「告訴楚國小皇帝，背信棄義的是他，大單于等了將近半年，透過使者幾次催促、提醒，可他就是不肯繼續和談，所以……」

蕭聲調轉馬頭，笑道：「讓我來說，我瞭解皇帝，和談之事一時半會說不清，白白浪費時間。」

通譯做不了主，向首領說了幾句，又用中原話道：「隨你，成功，閣下就是匈奴王，不成功，看到前面的護城河沒有？對你倒是挺合適的。」

蕭聲仍笑著點頭，轉身向城頭大聲道：「陛下，容臣略說幾句如今的大勢。」

樊撞山極為鄙視蕭聲，按他本人的意思，就該痛罵一通，然後亂箭齊下，將亂臣賊子射死，可皇帝另有想法，他只得回道：「陛下允許你說。」

蕭聲清清嗓子，「陛下，扶餘國精兵數千，偽裝成被劫掠的楚國百姓，由匈奴人驅趕從西而來，獲救之後湧入關內，趁守衛不備斬將開關，放匈奴人入關。匈奴大軍數十萬，分為兩部，一部留在遼東，大單于親自統率攻城掠地。如今遼東關內關外全郡失守，再無楚地矣。另一部馬不停蹄，過城不攻，橫穿燕國與中山郡，直趨代國晉城，就是為了將陛下活捉……」

「說這些幹嘛？」通譯喝道。

蕭聲再次調轉馬頭，說道：「大楚皇帝生性多疑，必須將前因後果解釋清楚，才能讓他徹底失去信心，出城投降。」

通譯皺了皺眉頭，「長話短說，小皇帝不投降，我們就攻城，哪有時間聽你囉嗦？」

「是是，諸位稍安勿躁，介紹大勢要不了多久。」

蕭聲繼續對城頭大聲道：「如今匈奴大軍二十萬……」

「五十萬！」通譯厲聲糾正。

「匈奴大軍五十萬都已入關。」蕭聲馬上改正，「今日之內，陛下要麼出城投降，要麼城破人亡。」

聽到這裡，通譯滿意地點頭，快速地向首領傳譯。

城門樓上一陣喧嘩，樊撞山又想痛罵，忍了又忍沒有開口。蕭聲等了一會，接著說道：「楚軍如今分散在各地，斷然來不及救駕，聽說有幾萬北軍正在趕來與陛下匯合，可匈奴已有準備，數倍於此的騎兵此刻就埋伏在周圍的山中，以逸待勞，北軍肯定不是對手！」

通譯冷笑一聲，匈奴人的計畫沒有洩露，蕭聲顯然是自己猜出來的，但也不怕，只要北軍上鉤就行，而且還能嚇一嚇小皇帝。

城門樓上又是一陣喧嘩，很快結束，這對被圍者來說是個噩耗。

「攻破晉城之後，匈奴大軍就將轉頭南下，與齊國叛軍匯合，圍殲大將軍崔宏所率楚軍，到時大楚將失去半壁江山，關內兵少，另外一半很快也會失陷。北疆一線倒是還有不少楚軍，但是群龍無首，各自為戰，也不是匈奴大軍的對手。」

通譯一邊傳譯，一邊聽首領吩咐，這時道：「告訴小皇帝，大單于有點欣賞他，願意給他一條活路，只要投降，仍能保留皇帝的稱號，大單于的女兒、孫女任他挑選……別嫉妒，他畢竟是皇帝，待遇要比你好。」

「那是自然。」蕭聲頭也不回地說，深吸一口氣，繼續大聲道：「陛下，天下形勢大致如此，陛下只有一條路可走。」

通譯以為接下來順理成章就要勸降，很是滿意，迅速向首領傳譯，完全沒料到蕭聲會說出另一番話，他太意外了，一時間張口結舌，沒有及時向首領傳譯，也沒有開口阻止。

「卓如鶴已經逃出遼東，正以欽差的身份巡行邊塞，集結關內關外所有軍隊，不日即至，望陛下堅守勿出，陛下在大楚在，陛下亡大楚亡……」

「閉嘴！」通譯怒吼道，拍馬上前，順手拔出腰刀。

「臣蕭聲失職，無顏再見陛下……」身後的馬蹄聲越來越近，蕭聲不能再等下去，也不回頭，舉起手中馬鞭，狠狠抽向坐騎。馬匹受驚，向前一躍，幾步之後，直挺挺跳入護城河中。

城上城下，無不大吃一驚。

通譯向河裡看了一眼，知道救不了人，也沒必要再救，轉身剛要向首領解釋，城上箭如雨下，匈奴人只得撤退。

城頭之上，眾人靜默無聲，那才那輪射箭沒人下令，不知是誰開的頭，全體將士隨之效仿。

誰也沒想到蕭聲會自盡以證清白，原來他忍辱負重堅持到現在，就是為了告訴皇帝眼下的形勢，並且請皇帝堅持下去。

一人一馬迅速沉入水中，馬匹尚且哀鳴，人卻悄無聲息。

樊撞山突然後退幾步，跪在地上，梆梆地磕響頭，「我樊撞山有眼無珠，看錯了蕭大人，我向您道歉。」

要說最感驚訝的就是韓孺子本人了，他想從蕭聲這裡得到一點信息，卻一點也沒料到他會自盡。

蕭聲從來不是皇帝的堅定支持者，在神雄關，兩人甚至一度為敵，此後在帝位之爭中數度反覆，更顯得人品低下。在韓孺子的計畫裡，天下安定之後，蕭聲是最先需要更換的大臣之一，賜他欽差之名，只是為了暫時安撫人心。

結果就是這樣一個人，寧可投河，也不肯投降匈奴。

「左察御史蕭聲為國盡忠……」韓孺子想了一會，「不愧為朝廷砥柱，諸卿勿忘蕭大人之志，朕亦不敢愛軀忘國，縱有一人在，大楚不亡。」

群臣跪下，雖然大都是文人，一個個卻都渾身發熱，頓生慷慨之意。

但是光憑意志與士氣是打不退匈奴人的，韓孺子立刻召來北軍將領，問道：「有什麼辦法能通知北軍主力不要來晉城？」

「不來晉城？」前鋒將軍大吃一驚，「可是陛下……」

「蕭大人已經說得很清楚了，匈奴人會以朕為誘餌，吸引楚軍前來救駕，然後以逸待勞，縱伏兵擊之。」

前鋒將軍剛才不在城門樓上，但是已經聽說蕭聲的事蹟，沉吟片刻，「若無北軍主力相助，晉城堅持不到明天早晨。」

「讓北軍主力選擇險要之地紮營，與晉城互為犄角，但是堅壁不出，匈奴人為了引誘北軍出戰，反而不會立刻攻下晉城。」

道理或許沒錯，可實施起來太過冒險，一切主動權都掌握在匈奴人手中，前鋒將軍又猶豫了一會才說：「可以用煙……」他望了一眼城外的濃煙，馬上改了主意，「可以擊鼓為號，但是只能傳出二三十里，劉都尉能不能接到、來不來得及撤退，都很難說。」

北軍主力由北軍都尉劉昆升統領，他為人忠厚，卻不是那種能夠當機立斷的良將，可韓孺子已沒有別的辦法，「就這麼做吧，鼓聲不要停。」

「是，我去西南角親自擊鼓。」前鋒將軍也明白，如果北軍主力被殲，晉城將更加危險。

韓孺子還是沒有離開城樓，看著濃煙，看著匈奴人的調動，敵軍顯然是要伏擊北軍主力之後再從容攻城。大規模集結都衝著西南方，遠處的山中據說還有更多伏兵，他根本看不到。

「沒想到蕭聲會是這樣的人。」旁邊的崔騰喃喃道，一臉困惑，「還好卓如鶴逃走了，若能集結邊疆所有軍隊，應該能擊退匈奴人。」

這時城門樓的人已經不多，於是東海王低聲說道：「只怕有困難，卓如鶴是放糧的欽差，沒有調兵之權，邊疆將領……」

「就你知道得多？」崔騰怒道，實在不想聽壞消息。

韓孺子卻必須接受壞消息，「東海王說得沒錯，得有人帶聖旨去找卓如鶴，給他調兵之權。」

城外到處都是匈奴騎兵，城裡的人插翅也難飛，東海王不出聲了，以免被選中，但崔騰不知深淺，大聲道：「我去！」

韓孺子搖搖頭，他還沒有想好人選，現在也不是派信使的最佳時機，他最擔心北軍主力，同時還在想另一件事。

「楊奉曾經說過，讀書人也會蠱惑人心、也會爭權奪勢，但他們與望氣者不同，心中有底線。蕭聲是讀書人，他也有自己的底線，遺憾的是，我在看到底線之前，就對他做出了判斷。」

「這不能怪陛下……」東海王勸道。

「所以一個人可用不可用，不能只看他一時一刻的行為。」

西南角的鼓聲傳來，忽急忽慢，只有北軍能聽懂其中的含義，但這畢竟不是白紙黑字的聖旨，是退是進，仍要由將領自己選擇。

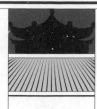

第三百一十五章 濃煙下的圍殲

在聽到晉城的鼓聲之前，北軍已經聽說了匈奴人入關圍城的消息，第一反應都認為這是不可能的事情，以為是地方盜匪假冒外敵，既然皇帝遇險，北軍就該全速行軍前去救駕。

北軍右將軍馮世禮是唯一的反對者，「盜匪怎敢圍攻陛下？有可能真是匈奴人，那樣的話，晉城就是一個陷阱，專等咱們這支北軍跳進去。」

「嘿，右將軍倒是真瞭解匈奴人。」有人譏諷道。

馮世禮面紅耳赤，他曾經因為貪功冒進，在碎鐵城外被匈奴人俘虜過，又不得皇帝信任，在軍中的地位一落千丈，雖然仍是右將軍，遭到嘲諷卻不敢反駁。

北軍是皇帝的親信軍隊，不僅外人這麼認為，北軍自己也有同樣看法，所以人人都急著去救駕。

劉昆升尤其著急，他是皇帝最堅定的支持者之一，曾在神雄關與柴悅等人密謀擁戴倦侯稱帝，雖然沒有立刻升官，但是得到大量賞賜，並且剛剛被封侯，他知道自己的本事有多大，對封賞十分滿意。

可他也是一個奉行謹慎的將軍，曾經守衛皇宮多年，在那裡謹慎比什麼都重要，寧可謹慎而錯，也不可冒進以對。

於是劉昆升將三萬北軍分為兩部，前部一萬五千人皆是精銳，輕裝疾馳前去晉城救駕，後部一萬五千人由馮世禮率領，護著輜重正常行軍。

這是一個錯誤的計畫。大將作戰，要麼固守、要麼全力進攻，寧可丟掉輜重全軍急行，也不會一分為二。可是在北軍得到的消息中，圍攻晉城的只是幾千名散亂軍隊，自稱匈奴人，其實很可能是流民組成的盜匪，不堪一擊。

沒人指出劉昆升的錯誤，所有人都急著去救皇帝，就連馮世禮也不例外，他已經後悔之前的多嘴多舌了，以他的地位，本應第一個衝到晉城，向皇帝表露忠誠，結果卻因為一句話而留在後方看守輜重，白白失去一個立功翻身的機會。

一萬五千名北軍提前了整整一個時辰到達晉城郊外。

遠遠地，將士們看到了遮天蔽日的濃煙，前方斥候回來通報說，那是屍堆燃燒所帶來的，眾人無不大吃一驚，繼而義憤填膺。

劉昆升下令全軍進攻。

他聽到了晉城傳來的鼓聲，可是相隔遙遠，鼓聲斷斷續續，他誤以為那是催促之聲，更急於參戰了。軍中有專門負責辨識鼓聲的軍官，也只是略生懷疑，怎麼也想不到皇帝是在命令他們退守。

在離城十幾里以外的一片荒野中，北軍與匈奴人相遇了。

一開始迎戰北軍的是一群扶餘國士兵，盔甲不齊，兵器雜亂，的確很像是盜匪，劉昆升再不猶豫，將全軍投入戰場，自己也不例外，與諸將相約在晉城南門外匯合。

很快，匈奴騎兵參戰了，裝扮、嘯聲、打法都顯示他們是真正的匈奴人，絕非假冒。

劉昆升仍未特別在意，雖然敵軍比他預料得要多，將近兩萬人，但是以北軍目前的實力與士氣，以少敵多不成問題。

北軍勢如破竹，衝破了敵軍的陣線，快速衝向晉城，戰場上聲響震天，鼓聲顯得更微弱了。

晉城就在眼前。

城門樓上，韓孺子下令停止擊鼓，北軍既然已經參加，就不能再用退兵之令讓他們迷惑，「準備開門迎接北軍。」樊撞山立刻領命，雖然一晚上沒睡，他卻一點也不覺疲憊，反而急切地想要參加城外的戰鬥。

韓孺子的心情從來沒有如此緊張過，就連爭奪帝位時也沒有，心中患得患失，一會祈禱北軍能夠安全進入晉城，一會又覺得只怕會看到最壞的結果……

但他的臉上不動聲色，緊緊盯著戰場，偶爾下令，要求各處務必嚴防死守，不可大意。緊張的人是崔騰，「快點，再快一點，哎呀，為什麼要拐彎呢？直接衝過來不好嗎？能不能射得更遠、更準一點？大楚的強弓不比匈奴人差……」

東海王要做與崔騰完全不一樣的隨從，所以表現得比較鎮定，只是臉色變幻不定，他自己也控制不住，這時伸手指向遠方，「陛下……」

韓孺子也看到了，成群的匈奴騎兵正從附近的山中蜂擁而出，伏兵真的出現了。

匈奴人絡繹不絕，群山像是一座巨大無比的蜂巢。

崔騰更加緊張，「匈奴人追不上……追不上……不行，我看不下去了。」

崔騰背靠城牆，大口喘息，顯得比戰場上的將士還要辛苦。

不只是他，城上的眾人都看不下去了。

匈奴人早已計畫妥當，藉由濃煙掩藏行蹤，城上的人看得清清楚楚，正在戰場上奔馳的北軍卻沒有立刻察覺到危險，仍在全速前進。

最近的時候，北軍離晉城只有六七里。

韓孺子不必患得患失了，這一戰只有失沒有得。

樊撞山久等命令不到，親自上樓，向皇帝道：「陛下，可以……」

韓孺子搖搖頭。

樊撞山向外望了一眼，臉色也變了。

北軍已經被數倍於己的匈奴人包圍，濃煙之下，展開了慘烈的廝殺。北軍發現自己中了埋伏，沒有慌張失措、也沒有選擇退卻，而是圍成數重，輪番出陣與敵人對射。可北軍還是越來越少，匈奴人並不急於將獵物一口吞下，忽進忽退引誘北軍射箭，除了不允許北軍靠近城池，其他方向看管得都不嚴密。

「這樣下去，北軍的箭很快就會耗光。」樊撞山茫然地說。

大家都明白這個道理，這支北軍輕裝而來，連布陣的車輛都沒帶，每人的隨身箭矢至多二三十支，堅持不了多久。

「陛下，讓我出城吧，不殺出一條血路，我絕不活著回來！」樊撞山再次請命。

韓孺子仍然搖頭，有一支匈奴人軍隊一直沒有參戰，就在城外等著，任何人此時出城都是送死。

「你們都下去吧，任何人不得開門出城。」韓孺子說。

「陛下……」眾人同時下跪。

「這支北軍為救朕而來，朕理應送他們一程，你們不必。下去整頓將士，準備守城。」

眾人驚愕，可皇帝說得很認真，東海王帶頭，一個接一個地下樓，樊撞山最後一個起身，咬牙道：「陛下，此仇不可不報！」

「朕若不為北軍將士報仇，恥為楚帝。」

樊撞山也走了，城門樓上只剩皇帝一人，親眼看著救駕的軍隊一點一點消亡。

箭矢將盡，北軍發起了衝鋒，一度突破里許，離晉城更近一些，韓孺子甚至懷疑自己的判斷是不是錯了，如果他早點派出樊撞山，或許……

沒有或許，那支一直旁觀的匈奴人軍隊終於參戰，堵住了北軍的前路，箭矢如蝗蟲一般漫天飛舞。

就在皇帝的注視之下，一萬五千名北軍傷亡殆盡，大獲全勝的匈奴人縱聲狂嘯，甚至衝到護城河外向城池亂射。

韓孺子走到樓梯口，向下望去，看到了孟娥等人，他們沒有走遠，都在樓梯上等著。

「傳代國都尉鄧粹。」

「是，陛下。」有人應道。

韓孺子看向孟娥，她離得最近，兩人相距只有幾步。

他又陷入絕境了，不過這回是他自找的，能不能再次絕境逢生，他一點把握也沒有，甚至沒有一個清晰的計畫。

孟娥想學帝王之術，可他現在真的沒什麼可以傳授的。

孟娥抬頭仰望皇帝，突然露出一絲微笑。她極少笑，這次不僅笑了，而且是發自內心的輕鬆笑容，好像她與皇帝之間有著心照不宣的祕密，依靠這個祕密，皇帝將無往不勝。

下面還有許多人看著，韓孺子沒笑，只是眨了一下眼睛，轉過身，招手示意眾人可以上來了。

他對劉介說：「多叫幾名儀衛上來，剩下的人在城樓兩邊排列，帶上所有旗幟，舉得越高越好。」

「遵旨，陛下。」劉介一句也不多問。

北軍前鋒將軍也來了，擂鼓多時，手臂都酸了，可是仍沒有救下城外的同袍，這讓他悲憤不已。

「集結城裡全部北軍將士，都來守衛南城。」

「遵旨，陛下。」前鋒將軍也沒有多問。

「樊將軍，你的人也都來南城。」

樊撞山領旨。

儀衛營的幾名將領也在，韓孺子命令他們集結營中旗手以外的將士，在城下待命。

崔騰忍不住驚訝地問：「陛下只守南城，其他方向怎麼辦？」

「讓代國將士把守。」

「他們……能守住嗎？」

韓孺子望著城外耀武揚威的匈奴人，沒有開口。

東海王說：「陛下要用自己吸引匈奴人集中進攻南城。」

「啊？」崔騰大驚失色。

「匈奴人新勝，必然驕傲，會接受朕的挑戰。」韓孺子說，他沒有別的辦法，城裡只有四千餘名守軍，分散之後數量更少，只有集中在一處，才有可能堅持下去。

午時早已過去，城外的匈奴人正在打掃戰場，將楚軍的屍體拋向火堆，接下來，他們打算正式攻城。

「代國都尉鄧粹拜見陛下。」

韓孺子轉身，看向跪在樓梯口的將軍，崔騰目光凶光，當著皇帝的面沒敢發作。

「你只有不到一千名代國士兵，朕守南城，你能守住其他三面嗎？」

鄧粹抬頭，那是一張年輕的臉孔，二十歲左右，很英俊，卻顯出幾分桀驁不馴，盯著皇帝看了一會，回道：「能。」

「朕命你以待罪之身守城，守得住獲赦，守不住，即刻處斬。」

「謝陛下恩典。」鄧粹起身退下。

「這個傢伙不可信。」崔騰小聲道，急得臉都紅了。

「只要他肯保衛大楚，就無所謂可信不可信了。」韓孺子不再以他人對皇帝的效忠程度來判斷好壞。

「讓樊將軍擂鼓，告訴匈奴人，朕準備迎戰。」

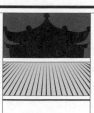

第三百一十六章 揮金如土

代王薨的不是時候，城外是數不盡的匈奴人在耀武揚威伺機攻城，城頭是皇帝親冒矢石，與將士一同守城，這種情況下，任何人的死亡都不可能獲得關注。

何況還有一位投河自盡的左察御史蕭聲，以及陷沒於敵軍的眾多北軍將士，與他們相比，代王之死更加不值一提。

只有代王的親眷在廳裡守著遺體哭哭啼啼，不知如何是好。王府早已借給皇帝，他們連家都不能回，住在城內的一處別院裡，地方倒是不小，前後五進，論奢華與舒適，不比王府差多少。

鄧粹受命守衛晉城其他三面，他沒有立刻登城，稍作佈置後，揀選數十名軍士，跟他一塊來到代王別院。

他的到來一下子引發了代王親眷的悲傷情緒，原本只是低聲抽泣，這時變成了嚎啕大哭，三十多名妻妾與四十幾個子孫全都撲向鄧粹，希望他能主持家中的亂局。

王妃是鄧粹的姐姐，看到弟弟的身影，尤其悲從中來，「弟弟，你怎麼出來了？不會是……」

「陛下讓我待罪守城。」鄧粹回道，目光在眾人當中掃來掃去。

「老天終於開眼啦！」王妃哭得更厲害了，卻不耽誤說話，「我弟弟是被冤枉的，鄧家是被冤枉的，陛下明鑑。弟弟，還好你來得及時，家裡發生這麼大的事，連個可依靠的人都沒有……」

代王的幾個兒子不喜歡聽這種話，尤其是世子，年紀比鄧王妃還要大幾歲，插口道：「家裡的男人不是都在嘛，該怎麼辦就怎麼辦，等外面的戰事結束，陛下自有安排，那個……鄧粹，你有皇命在身，快去忙吧。」

鄧粹找的就是世子，衝他點點頭，先來到姐姐面前，「把庫房鑰匙給我。」

「幹嘛？」王妃立刻警惕起來，對親弟弟也不能完全放心。

「在妳身上不安全。」鄧粹說。

代王的幾個兒子和年紀大些的十來個孫子擁上前，七嘴八舌喊道：「不能給！絕對不能給！王家庫房，外人不得涉足……」

他們的話適得其反，王妃再不猶豫，立刻從懷中取出一枚鑰匙交給弟弟，「庫房一共有三把鑰匙……」

「我知道。」鄧粹接到手中，轉身面對代王的子孫，眾多軍士護在左右，將女眷隔開，王妃自知不是代王世子的對手，將重任交給弟弟，自己也退到一邊。

「鄧粹，你、你什麼意思？趁火打劫嗎？陛下就在城裡，你竟然明搶！我們……」代王世子看了一眼手持刀槍的軍士，心裡沒底，改口道：「我們去告御狀。」

「對，告御狀！」代王子孫之間頗多不合，這時卻都支持世子。

「你的鑰匙也交出來。」鄧粹伸出手。

「休想！」代王世子雙手捂腰，眾多兄弟子侄將他護住，「想分財產，先讓你姐姐給代王生個兒子！可惜，來不及了。」

這句話說到王妃的痛處，已經退到一邊的王妃再次嚎啕大哭，嘴裡雖然喊著「代王你好狠心」，心裡哭的卻不是夫君。

鄧粹也不廢話，一揮手，命令軍士動手，結果卻沒人動，眾軍士你瞧我我瞧你，都覺得自己不該參與代王的家事。

「聽我的命令，出事了由我頂著，不聽命令，即按軍法處置。」鄧粹厲聲道。

軍士們再不猶豫，刀槍衝前步步緊逼，幾步之後，代王子孫一哄而散，將世子一個人拋下。

「你們這些……以後分財產，沒你們的份……」世子大怒。

四名軍士收起腰刀，架起代王世子，不客氣地搜身。

「反了，真是反了！去告御狀，這就去！」代王世子一邊掙扎，一邊大吼，他的兒子向外跑去，鄧粹看在眼裡，也不阻擋。

第二枚鑰匙拿到手，鄧粹的目光轉向代王的遺體。

連他的姐姐也覺得過頭了，「弟弟，你可不要胡來，兩枚鑰匙夠了，分財產的事情先不著急……」

「代王讓我這麼做的。」鄧粹說，大步走到遺體前，伸手在代王懷裡摸索。

大廳內外主僕上百人全都呆住了，王妃卻是一喜，「代王說過把三枚鑰匙都給你？」

代王世子已被鬆開，氣急敗壞地喊道：「不可能，父王絕不可能這麼做！」

鄧粹找到了一串鑰匙，檢查了一下，發現庫房鑰匙就在其中，轉身對眾人說：「代王意外而薨，但他畢竟是代王，守城有責，我這是替他行使職責，代王若是活著，也會同意我的做法。」

說罷，鄧粹帶領軍士離開，鑰匙在這裡，庫房卻在王府。

從王妃到世子，眾人無不茫然。

「鄧粹這是什麼意思？守城跟庫房鑰匙有什麼關係？」代王世子問道。

王妃搖搖頭，對這個弟弟她從來就拿不準。

一名老僕經驗豐富些，這時道：「鄧都尉……是要拿王府的財寶重賞守城將士吧？」

眾人安靜了一會，王妃突然再次嚎啕大哭，這回是真哭，撕心裂肺。

鄧粹又命人叫來更多軍士，直奔王府。

王府裡已經沒有多少守衛，鄧粹帶人暢通無阻，士兵們一箱接一箱往外搬東西，入手越沉心裡越高興。

鄧粹監視了一會，又來到冠軍侯夫人的住處。

大門緊閉，無人應聲，鄧粹就是在這裡被抓的，那是一次衝動的計畫，他自己也後悔，後悔當時準備得太過倉促。

他在門口站了一會，大聲道：「冠軍侯的兒子我會養大，我還會派人去京城打聽情況，如果嬰兒有問題，或者他長大之後與冠軍侯一點都不像……夫人請保重。」

鄧粹轉身離開，院子裡的人嚇得瑟瑟發抖，連平恩侯夫人的臉色也變得慘白，匆匆走進臥室，向床上的崔昭問道：「三妹，跟姐姐說句實話，那真是……冠軍侯的兒子吧？」

崔昭憔悴不堪，說話時有氣無力，「我、我也不知道啊。我嫁過去……沒過幾天，嬰兒就被……就被送入宮中了……」

嬰兒再回來時，冠軍侯已經死了，生母譚氏再未登門看望過兒子。

平恩侯夫人啞口無言，好好的一條妙計，竟然走到了這一步，她也無計可施了。

晉城北面臨河、西部多山，東、南兩邊地勢比較平坦，皇帝親自守衛南城，大張旗幟，的確吸引了大多數匈奴人，可東城的壓力也不小，尤其是城牆上有一處很大的缺口，雖經連夜修補，還是比較脆弱，匈奴人發現了這一點，連番進攻。

匈奴人攻城有兩種重要手段。

一是恐嚇，焚燒屍體、縱馬馳騁、發出尖嘯、輪番向城頭射箭……能持續幾個時辰，甚至幾天幾夜，膽小怯懦者，很快就會獻城投降。

二是誘敵，經常放開一角，看似無人把守，其他方向則繼續恐嚇戰術。意志薄弱者受不了誘惑，想出城趁機逃亡，可是無論跑得多快，也甩不掉身後的追兵。

今天這兩招都不好用，大楚皇帝騎馬在城頭來回馳騁，身後旗幟飄揚，鼓聲一直沒有中斷，不僅吸引了大量箭矢，也激起了守軍的鬥志。

東城的守軍都是代國本地士兵，已經擊退匈奴人的一次進攻，箭矢、石塊、鐵球全都用上，最缺的就是一位主將。

鄧粹快步登上城頭，向外望去。匈奴人來得匆忙、又不擅長使用器械，硬攻不下，已經改變打法，一隊隊輪番前衝，城裡一旦射箭投石，他們立刻撤退，目的就是要消耗楚軍的器具，同時利用人數上的優勢，讓守城一方不得休息。

鄧粹命令將士停止射擊，同時將代王積累多年的財寶箱子在城牆上一字擺放，蓋子打開，露出裡面的金銀珠寶，一邊走一邊大聲道：「保護陛下、守衛晉城，城內人人有責，代王家眷捐出全部財產——但不是給你們的，是給城外的匈奴人。匈奴人貪財好利，見到金銀必然來搶，到時候你們再給我射箭，射準一點，別再胡亂浪費。」

箱子裡光芒閃爍，每一件都令人垂涎不已，不要說城外的匈奴人，守城士兵自己先心動了。

鄧粹看出了大家的心意，抬高聲音：「鄧某以項上人頭擔保，守城之後，賞賜是代王財富的至少兩倍，人人有份！」

眾將士歡呼。

「讓匈奴人看看，什麼是揮金如土！」鄧粹倒是大方，親手拿起一塊金子，用力向城外擲去。

晉城沒有多大，護城河也不寬，匈奴人在對岸甚至能將箭射到城頭，鄧粹居高臨下，金塊落在了對岸。

既然是慷他人之慨，誰都不會客氣，士兵們紛紛轉身拿取財物，趁手的就直接扔出去，輕一點的掛在箭矢上射出去，重一些的以床弩發射，至於珊瑚一類的東西，不是被砸碎掰斷，就是整個被推下去。

城外很快變得金光璀璨，尤其是正對城門的橋上，鋪滿了數不盡的財物。

匈奴人先是疑惑地遠遠觀望，不久之後，蜂擁而上，全不管先後順序，誰搶到就是誰的。

匈奴人騎術精湛，幾乎不用減速，在馬背上斜身一撈，必有一件珠寶到手。

可也給城頭的楚軍提供了目標。

鄧粹只遺憾兩件事：代王的財物不夠多、楚軍的箭矢終有窮盡之時。但他不管，皇帝既然讓他守城，他就要殺個痛快，一味死守不合他的脾氣。

東城外，匈奴人死傷慘重，南城他們也沒有攻下，數千楚軍在城頭不停射箭，箭矢也一直沒有耗光。太陽西傾，匈奴人終於停止攻城，退到遠處紮營，韓孺子登上城門樓遙望，注意到大批匈奴人正向西南方調動。

他猜想北軍主力並未全軍覆沒，還剩下一支停在遠方，吸引了匈奴人了注意。

這給了晉城一點喘息之機。

韓孺子稍稍鬆了口氣，但他很清楚，接下來才是更大的考驗。

各地援軍能否趕到，不僅取決於消息是否靈通，還要看天下的文臣武將對皇帝有多少認可。這些人大都沒見過皇帝，韓孺子只能寄希望於他們心中還有大楚。

第三百一十七章 誰人可用？

匈奴人突然停止了攻城，一夜無事。次日也沒有重整旗鼓，好像已經認識到己方的短處，打算長久圍城。

韓孺子總算能夠踏實地小睡一會，可是醒來之後頭暈腦脹，心裡還在琢磨著睡覺前那件事，彷彿從未被睡眠打斷。誰能出城傳旨，命令各地立即派兵救援晉城？韓孺子起床之後看到每一個人都會衡量一番。

張有才和泥鰍？不行，他們年紀太小，根本逃不出重重包圍，而且無官無職，一個是普通太監，一個是漁村出來的少年，就算手裡捧著聖旨和寶璽，也沒人相信他們。

中司監劉介？他倒是在宮中任職多年，許多朝臣都認識他，忠誠也足夠，可他逃不出重圍。

孟娥？韓孺子對她已沒有半點懷疑，以她的身手，或許有辦法趁夜從匈奴人的營地中間潛出，可她的身份注定不會受到官員的信任，比張有才還不如。

東海王？膽子太小。

崔騰？根本不予考慮。

樊撞山？名聲太響，任何時候出城都會引來大批匈奴人。

其他武將？正面衝鋒的話，連樊撞山都未必能衝出重圍，別人更沒希望。

全體文臣？由他們當中的某人傳旨最合乎大楚的規矩，但也恰恰是他們寸步難離晉城，韓孺子只是想了一下，就將他們全體排除。

城外還有一支北軍，不知有多少人馬？這時在做什麼打算？能不能拖住匈奴人……

韓孺子想得頭都疼了，對從昨天開始貼身保護他的孟娥笑道：「帝王之術？我現在只能讓妳看到帝王的無計可施。」

「我不是第一次看到陛下這個樣子。」

韓孺子笑了笑，即使是在宮裡當傀儡的時候，他也有一點騰挪周旋的餘地，從未像現在這樣，四面都被堵死，唯一的希望是有奇蹟發生，而這奇蹟完全不受他的控制。

他先登城望了一會，確認匈奴人真的無意攻城之後，就在城下的軍營裡召見文武官員，正式任命楚國都尉鄧粹為車騎將軍，總領全體守城將士。昨天的戰鬥剛一結束，代王親眷就來告御狀，這是韓孺子對此的回答。

車騎將軍按慣例屬於從一品，只比大將軍低半級，已經空缺多年，代國都尉才正三品。鄧粹這算是平步青雲，但是沒人羨慕他，這是一項臨危授命，責任極大，一時半會卻得不到任何好處，很可能永遠也得不到。

韓孺子可以一個人做決定，但是不能一個人想出所有辦法，他將眼前的困境大致說了一下，然後向上百名官員問道：「匈奴人為何停止攻城？」

軍營不大，眾多儀衛圍成一圈，皇帝與大臣全都站著，皇帝身後是太監與侍衛，文武官員各站一邊，按等級排列——不管外面有多少匈奴人，禮部還是得照章辦事，維護秩序與規矩。

皇帝的第一個問題比較好回答，就連一些文官也能猜出來，匈奴人停止進攻只有兩種可能：一是等候援軍與器械，二是試圖圍殲城外的另一支北軍。

「晉城獨木難支，必須取得支援，誰能衝出重圍，傳旨救駕？」韓孺子拋出第二個問題。

大部分文官自覺地沉默，這可不是他們能回答的問題，武將卻是群情激昂，尤其是樊撞山，第一個請命，可是被問到如何突圍時，他的回答卻太簡單了，「給我一百敢死之士，捨命一搏，好過在城裡坐以待斃！」

如果失去樊撞山，對城內守軍的士氣將是一次重大打擊，韓孺子只能搖頭拒絕，安撫了幾句。

請命的人很多，就連崔騰和幾名文官也跳了出來，可是都跟樊撞山一樣，空有一腔熱情，卻沒有實際的突圍辦法。

韓孺子很快便解散這場無用的商議，留下鄧粹，聽他的守城計畫，對這位臨時任命的將軍，他還是無法完全信賴。

與極有章法的柴悅不同，與沉勇有謀的房大業也不一樣，鄧粹對事前制定計畫不屑一顧，「該怎麼守城，大家都知道，多說無益，只是將該做的事情重覆一遍而已，楚軍所不知的是城外敵人會怎麼做。料敵先機，臣做不到，除非是神仙，臣也不覺得其他人能做到。戰機瞬息萬變，大將只能隨機應變，陛下既然任命臣守城，就等匈奴人再次攻城的時候，再看臣的手段吧。」

韓孺子無話可說，只好客氣地命人送走新任車騎將軍，然後問身邊的東海王：「你聽誰說他是大將之才的？」

東海王苦著臉說：「他姓鄧，又是武將，所以大家都這麼說……陛下讓他守城，不只是因為我的推薦，主要是看到他昨天捨財誘殺匈奴人吧？」

東海王對鄧粹也沒有多少信心，得先推掉一點責任。

韓孺子沒再說什麼，他身邊實在無人可用。樊撞山勇猛有餘謀略不足，北軍前鋒將軍則是穩重謹慎之人，難以在危急之際承擔大任，唯獨鄧粹顯出幾分奇謀，不知是湊巧還是真有本事，只能先用再說。

韓孺子回到王府，剛在廳裡坐下，王赫帶領一群侍衛向皇帝跪下，只剩孟娥還守在皇帝身邊。

「這是……何意？」韓孺子驚訝地問。

王赫道：「陛下受困，我等不能守城殺敵，有愧於心，請陛下允許我們突圍求援。」

韓孺子早想過這些侍衛，欣賞他們的勇敢，卻不能接受他們的請求，「諸位的身手朕是瞭解的，但這不是狹路相逢，城外的匈奴人太多，你們……能闖出去嗎？」

如果前方攔路的是一座城、一條河、一支軍隊，韓孺子相信這些侍衛高手有辦法繞過去，可晉城四面受圍，除非飛行或者地遁，誰也沒辦法逃出去。

王赫卻不是隨意請命，回道：「我們可以分頭行事，在匈奴人營中放火，或有機會穿營而過。」

韓孺子認真地考慮了一會，還是搖頭，「不值得冒險，朕還需要你們的保護。」

王赫只好起身，帶著侍衛們退下。

崔騰忍不住說：「幹嘛不試試？這些侍衛武功高強，或許真能突圍呢？」

「匈奴人的營地看似鬆懈，實則嚴密，一人呼而百人應。王赫他們想要偷偷穿過營地，就只能步行，一旦被發現，斷無生還之道。」

「那也應該試試啊。」崔騰小聲說，覺得皇帝有點謹慎過頭了。

韓孺子其實心動過，但他見過太多所謂武功高手的失敗，面對匈奴人大軍，他不想拿三十名侍衛的性命去嘗試。

只有東海王能理解皇帝的心事，他在心裡將奪位失敗的原因大部分歸咎於江湖人，既然都是武功高手，侍衛不可能比江湖人強出太多。

「陛下需要一條妙計，說起來是有成功的可能，而不是碰運氣。」東海王道。

「哪來的妙計啊？」崔騰想不出來，打量東海王，不屑地說：「你有妙計？不對，你要是有也是奸計。」

「呵呵，妙計、奸計是一回事，用在敵人身上是妙計，用在自己人身上是奸計，陛下受困、我也受困，城破之後玉石俱焚，我再蠢也不會害自己啊。」

崔騰說不過東海王，「你的『妙計』呢？說來聽聽。」

「我的妙計是集思廣益，晉城雖非大城，軍民也有數萬，總能找出一兩個能人吧？」

「貼告示？」崔騰問。

東海王看了一眼皇帝，笑著搖搖頭，「城內人心不穩，貼告示會讓大家更加慌亂，我的建議是這樣，首先，放出風聲，就說陛下已經祕密派人出城求援，不管怎樣，先穩定一下人心。」

「騙人嘛。」崔騰其實覺得這個主意還不錯，嘴上卻不肯承認。

東海王也不理他，繼續道：「其次，也還是私下裡放出風聲，說陛下仍需要一名備用的使者，或者自薦、或者推薦，不問出身，只要能逃出去就行。」

韓孺子也覺得東海王的計策或許可行，但是有一個問題，「如果應徵的是一名普通百姓，誰會相信他攜帶的聖旨呢？」

「呃……那就加一條要求，不只自己能逃出去，還得帶一位大臣。」

這樣的條件過於苛刻，幾乎不可能招到合適人選，可韓孺子別無它法，於是點頭，崔騰馬上道：「我去傳風聲，這事我能做。」

「誰？」

崔騰跑出去，東海王又道：「我自己肯定不行，但我可以推薦一個人。」

「林坤山，陛下一直帶著他，也該用上一用。」

希望立刻變成失望，韓孺子搖頭，他寧可將希望寄託在武功高手身上，也不會再相信望氣者。

中司監劉介引入一名軍官，原來匈奴人又在城外列隊了。

韓孺子再次登城，果然看到匈奴人又有攻城的架勢。

鄧粹也在城上，看樣子一點也不著急，周圍的將官都已露出驚慌之色，他卻只是觀察，遲遲沒有下令。

看到皇帝到來，眾將讓開，鄧粹指著城外道：「匈奴人佯裝攻城，是要引誘另一支北軍趕來救駕，他們昨天傷亡不少，今天不會真打。」

韓孺子什麼也沒說，在鄧粹身邊站了一會，轉身回王府。

皇帝對鄧粹的信心又多了一些，眾將更無異議。

午時已過，匈奴人果然沒有真正攻城，另一支北軍也沒有被引來。

中司監劉介悄悄走進來，等皇帝抬頭，他說：「陛下，中書舍人趙若素求見。」

「什麼事？」

「趙若素自願出城去請救兵。」

韓孺子記得趙若素，此人看過大量奏章，幾乎就是一座活書房，可是說到突圍求助，他可不像是身懷絕技的樣子。

「請進來。」韓孺子以為這又是一個趁機表露忠心的官員，反正都知道皇帝不會同意，不妨顯得勇敢些。

趙若素進屋，卻沒有像其他官員那樣只是說大話，行禮之後開口便道：「陛下捨得城外的那支北軍嗎？」

第三百一十八章 飢渴交加

夜至三更，一片烏雲遮住空中的半輪明月，群星黯淡，晉城城頭緩緩垂下一個籃子，到地之後，裡面笨手笨腳地爬出兩個人。

中書舍人趙若素握住繩索晃了兩下，表示一切平安。輕輕嘆了口氣，邁步向橋上走去，隨從緊跟其後，不住回頭張望。晉城雖小，卻是一片汪洋中的安全孤島，離開這裡，不知要遊蕩多久才能再次靠岸。

兩人各背一個包袱，一路西行，這邊的匈奴人比較少，幾里之外就是群山，進去之後，或許能躲開匈奴騎兵，隨從的大包袱裡裝著不少乾糧，沉得直往下墜，他不得不經常往肩上拽兩下，懷疑自己不是被餓死，而是被累死。

不久之後，東城衝出一隊騎兵。百餘人，試圖吸引匈奴人的注意，可是沒起多大作用，匈奴人兵力雄厚，一點也不慌亂，數百人上馬迎戰，其他營地按兵不動，根本不受影響。

楚軍沒敢真的交鋒，很快就退回城中。

趙若素與隨從這時連山區還沒走到，這樣的兩個人，想要一路步行穿過匈奴人的封鎖，完全是異想天開，在躲躲藏藏地跋涉了將近一個時辰之後，他們被活捉了，山裡也有匈奴人，用繩索將兩人的雙手牢牢捆住，像對待牲畜一樣牽著走。

隨從唯一欣慰的是，兩人的包袱都被搶走，減輕不少負擔。

匈奴人開心地交談、嬉笑，兩名楚人一句也聽不懂。趙若素突然生出一種恐懼，如果匈奴人根本不將他當回事、當場殺死，他的計畫就將一敗塗地。

於是他大叫大嚷，擺出一副我很重要的架勢，結果挨了幾鞭子，臉上留下一條血痕，火辣辣地疼。

兩人被栓在營地裡的一根柱子上，路過的匈奴人朝他們放肆地大笑、吐口水。

天亮了，還是沒人搭理、審問他們，甚至沒人送水送飯，他們還沒有被殺死，唯一的理由似乎是展示匈奴人的強大：沒有任何人能從他們的包圍中逃走。

趙若素一直昂首站立，不肯顯出屈服，在心裡對自己說還有希望，匈奴人不會這麼快做出反應。

臨近午時，飢渴疲憊的他實在忍受不住，只好坐在地上，背靠柱子望向晉城，心中忐忑，全不像面對皇帝講出計畫時那樣鎮定。

隨從也坐下，舔了舔嘴唇，小聲說：「咱們不會死在這裡吧？」

趙若素不擅長鼓舞人心，想了一會，說：「據我的觀察，十次奇計只有一次能成功，所以治理天下以守正為上，不可常用奇計，這次是迫不得已，能不能成功……就看天意吧。」

「啊？我看你在陛下面前說得挺好，還以為……我被你騙了。」隨從是皇帝身邊的人，名叫泥鰍，對整個計畫只有一知半解，勇氣消失殆盡，帶著哭腔說：「我可是自願跟你來的，才跑出這麼一點遠，我自己一個人還能跑得更遠些呢。」

「哭，大聲哭。」趙若素說。

「幹嘛，瞧不起我嗎？」

「你一哭，這事就更像真的了，使勁哭。」

泥鰍乾嚎了兩聲，很快悲從中來，真的大哭起來，鼻涕一把淚一把，引得周圍的匈奴人哈哈大笑。

趙若素厲聲喝止，罵他給大楚皇帝丟臉，泥鰍哭得更厲害了，直到有人嫌煩，上來抽了兩鞭子，他才止住哭聲，悄悄抽泣，等匈奴人走遠，小聲道：「趙大人，我的名聲全毀了，以後你可得為我挽回名譽。」

「放心，只要能活著離開，功勞全是你的。」

泥鰍差點又哭出來，這位趙大人可真不會鼓舞士氣。

天色漸晚，匈奴人一直虛張聲勢，沒有發生戰鬥，被俘的兩人餓得軟弱無力，泥鰍想哭也哭不出來，嘀咕道：「昨晚我還嫌乾糧太沉呢，現在真是懷念啊。」

趙若素全身直冒虛汗，聽到「乾糧」兩個字，肚子咕咕直叫，但是仍然挺直身體，努力維持坐姿，「你總有個名字吧？」

「有啊，泥鰍。」

「我是說大名，正式的名字，先生或者家中長輩給起的名字。」

「這個……我就知道我姓晁，名字就叫泥鰍。」

「哪個晁？」

「有很多晁嗎？」

「不多，常用的就兩個，一個捲著舌頭，一個不捲舌頭。」趙若素一邊說一邊用縛在一起的雙手在地上寫出「晁」、「曹」兩字。

泥鰍不認字，試著捲舌、不捲舌，來回叨咕半天，肯定地說：「我是捲晁。」

「是這個。」趙若素指著地上的「晁」字，「我給你起個名字吧。」

「泥鰍不好聽嗎？」

「好聽，但是難登大雅之堂，以後你當官了，當堂審問犯人，他正好叫……大魚，你不就尷尬了？『泥鰍大人傳令，杖案犯大魚十下。』」

「呵呵。」泥鰍笑了，「我還能當官？」

「當然，你是陛下身邊的親信，只要不出錯，當官是早晚的事，而且是大官。」

泥鰍咳了兩聲，喝道：「泥鰍大人傳令，敢叫大魚即是有罪，杖打八十、發配邊疆。」

趙若素剛想說一般人受不了八十杖，泥鰍又哭了，這回一開始就是真哭。

趙若素輕嘆一聲，沒有再說什麼。

「趙大人……給我……起個名字吧。」泥鰍抽抽噎噎地說，「得比……大魚……還大。」

「比大魚還大，就是鯨了，那是一種海中巨獸，據說能吞下整艘船。」趙若素在地上寫下「鯨」字，可惜天色已黑，連他自己也看不到字跡。

「吞下整艘船？」泥鰍既不相信又悠然神往，「那我就叫鯨，晁鯨。」

除了一個新名字，這個晚上仍然什麼都沒發生，城裡又有一支小隊出來試探敵情，但是沒什麼用，匈奴人不為所動。

趙若素和晁鯨餓過勁了，靠著柱子睡覺，一大早被冷水當頭澆醒，幾名匈奴人嘰哩咕嚕地說了半天，踢了幾腳，扔下兩只硬餅，揚長而去。

這是他們兩天來唯一的食物，也不管地上有多髒，雙手揀起狼吞虎嚥，連趙若素也顧不得形象，連啃三大口之後，才改為細嚼慢嚥。

「匈奴人不會做餅。」晁鯨說，邊舔舔嘴唇上的麵渣，他的餅已經吃完了。

趙若素將剩下的半張餅撕下一大半遞過去，晁鯨沒敢客氣，接在手中吃完，肚中饑火稍減，仰頭嘆道：「可惜我的那些金銀寶貝啊，全村人辛苦捕魚十年也換不到這麼多錢，雖然最後都要還給陛下，我總能摸一陣，現在連摸都摸不著了。」

「還給陛下？」趙若素沒聽懂。

「是陛下讓我收受賄賂，然後……」晁鯨雙手捂嘴，想起這是祕密。

趙若素笑了兩聲，沒有多說什麼，對皇帝又有了一些新印象。

這天只有早飯，沒有午飯、晚飯，晁鯨更餓，尤其是感到口渴，後悔早上被澆涼水的時候沒多接一口，實在不願看匈奴人騎馬跑來跑去，啞著嗓子問：「趙大人，你今天好像比昨天鎮定啊。」

「謀事在人，成事在天，急也沒用，不如順其自然，還能解渴解乏。」

「真的？」晁鯨也學趙若素的樣子正襟危坐，沒一會就覺得後背酸麻，放棄嘗試，遙望晉城，喃喃道：「張有才肯定在吃香喝辣，當時讓他跟出來就好了。」

入夜之後，匈奴人開飯，肉香遠遠傳來，晁鯨小聲咒罵，連覺都沒法睡了，可是看到一隊匈奴人騎馬馳來，他急忙閉嘴，眼前虧他可不吃。

匈奴人解開柱子上的繩索，牽著兩名犯人往營外走，馬快人慢，兩人只能小跑跟隨。趙若素喊了幾句，質問要去哪裡，沒有得到回應，晁鯨臉色慘白，「完了完了，這就要動手了，匈奴人倒愛乾淨，要把咱們帶到營地外面去，不會……不會是那座屍堆吧？」

屍堆大火直到現在還沒有完全熄滅，仍有青煙升起，一想到自己會死在那裡，晁鯨不渴也不餓了，只覺得心裡發虛雙腿發軟，又怕給皇帝丟臉，只好強裝鎮定，再不開口。

不知走出多遠，周圍越來越荒涼，看樣子不是去屍堆，而是就地挖坑。

匈奴人停下，互相說了幾句，大部分離去，只留下兩人，待同伴走遠後，其中一人跳下馬，用中原話道：「讓兩位大人受苦了。」

晁鯨目瞪口呆，趙若素抱拳道：「閣下不是匈奴人？」

那人掏出匕首，割斷趙若素手上的繩索，「我們是遼東的楚人，說來慚愧，為了一家老小的性命，不得不跟隨匈奴人、扶餘人入關，我們也沒辦法，有機會救下兩位大人，算是我們的贖罪吧。」

晁鯨更加意外，但也沒忘了伸出手讓對方割斷繩索。
趙若素顯得十分警惕，「閣下這麼容易就讓匈奴人離開了？」
那人聳聳肩，「混了一個千夫長，說話多少有人會聽。」
趙若素點點頭，表示相信了。
「此地不宜久留，兩位大人趕快走吧，我勘察過地勢，從這裡入山，沿著左手邊的山走，十幾里以後就能上官道，那裡沒有匈奴人。」
趙若素搖搖頭，「現在不能走，我們的東西……」
那人轉身，從沉默的同伴手裡要來一個小包袱，「東西在這。」
趙若素急忙接在手裡，藉著月光查看了一下，鬆了口氣，「感謝兩位義士，不知兩位尊姓大名，日後如有機會，也好為兩位請功。」
那人笑道：「降敵之人，哪還敢留名以辱先祖？兩位大人快些走吧。」
趙若素挎上包袱，拱手致謝，晁鯨也拱拱手，問道：「我們的乾糧呢？」
那人笑了笑，走到坐騎旁邊，解下一個皮囊扔了過去，「乾糧沒有，只有一點酒。」說罷便翻身上馬，與同伴一同離去。
「居然能碰到義士，真是太幸運了。」晁鯨道。
趙若素拍拍身上的包袱，「不是義士幫忙，是它。」
兩人深一腳淺一腳地向山裡走去，晁鯨沒想那麼多，打開酒囊喝了一大口，遞給趙若素。
趙若素搖搖頭，他已經忘了飢渴，只想快點離開此地，去找那支不知駐紮在何處的北軍。

第三百一十九章 布衣聖旨

馮世禮陷入了絕境，因為一時謹慎，他保住了自己和一萬五千名北軍將士的性命。但是沒有幾個人感激他，許多人認為如果當時全軍參戰，未必會敗給匈奴人，還有人認為，北軍理應不顧一切地救援皇帝，北軍都尉劉昆升等人雖死猶榮，右將軍卻陷大家於不義。

馮世禮進退兩難，進攻是送死，退卻是不忠。他只能就地依山傍水紮營，設置重重障礙，堅壁不出，向朝廷和東方的大將軍崔宏送信，等待下一步命令，可是一來一回至少需要十天，等援軍到來，又是十天。

皇帝所在的晉城隨時都可能失陷，營外的匈奴人沒日沒夜地挑戰，麾下的將士時不時明嘲暗諷……馮世禮覺得自己快要堅持不住了，真想率軍衝向匈奴人，一了百了。中書舍人趙若素和皇帝的親隨晁鯨來得正及時，再晚半天，馮世禮不出營，北軍將士們也會自願出去迎戰。

匈奴人指的路很簡單，兩人還是在山中迷路，繞到了楚軍營地後方，被斥候發現，立刻送至營地，正好趕上匈奴人暫時退去，途中未遇阻攔。

馮世禮如釋重負，雖然有過矛盾，他對皇帝的判斷還是比較信賴的。最關鍵的是，他不用再負責，千斤重擔壓在頭上，他快要被逼瘋了。

可聖旨讓他大吃一驚，那上面明確無誤地命令北軍即刻向晉城進發，不要與匈奴人纏鬥，盡快進城與皇帝會師……

纏鬥與否可不是北軍能決定的，馮世禮拿著聖旨呆了半晌，抬頭看向趙若素，隱約記得中書省確實有這麼一位官員，至於皇帝的親隨晁鯨，他見過幾次，卻是第一次知道其人的名字。

然後他又看向帳中的十餘位將官，這些人躍躍欲試，早已急不可耐，好像赴敵而死是一項榮耀，是一件必須要做的事情，晚一步就會被別人搶先……

馮世禮不知道別人的表現有幾分真實，只清楚一件事，自己並不想死卻不得不死。聖旨就在手裡，抗旨不遵，不僅自己活不了，整個家族都會受到牽連。

「傳令下去，午時三刻全軍出營，前往晉城與陛下會師。」馮世禮下令，在正式場合不能說「救駕」，只能稱「會師」。

距離午時三刻只剩一個時辰，基本上就是吃頓飽飯，然後就得上馬。

聖旨要求「即刻」，馮世禮只能延長這麼一點時間。

眾將聽令，正要出帳準備，趙若素開口道：「且慢。」

皇帝並沒有要求他這麼做，趙若素自作主張，想看看這支北軍是否忠誠，他很滿意，右將軍馮世禮以下諸將沒人猶豫，更沒人找藉口，值得依託。

「趙大人還有何事？」馮世禮客氣地問，無論心裡怎麼想，臉上一點也不會顯出來，跟其他將領一樣。

趙若素目光掃視一遍，最後落在晁鯨身上，說：「把衣服脫下來？」

「啊？就在這？這可是陛下賜給我的衣服。」

「不僅如此，它還是一道聖旨。」

此言一出，帳篷裡的人無不驚訝，最為吃驚的人當然是晁鯨，低頭打量自己的衣服，「這是……聖旨？我怎麼不知道？」

「陛下怕你沉不住氣，快脫下來。」

「哦。」晁鯨倒不在意，他的確沉不住氣，心裡存不住話，至於當眾脫衣服，他更不在意，在漁村的時候，他有一半時間差不多都是光溜溜的。

晁鯨穿的是一件短衣，外表看上去沒什麼特別，翻過來看，裡面卻有一大塊補丁，針腳細密，晁鯨一眼認出這是張有才的手法，笑道：「陛下可真會玩。」

帳篷裡沒人笑，都明白這道「布衣聖旨」才是皇帝真實的意圖。

別人不敢動手，趙若素要來一柄匕首，親自挑開針線，好一會才將聖旨完整地拆下來，轉身向眾人展示。

一塊方方正正的布帛，上面寫著字，蓋著寶璽之印，確實是一張聖旨。

趙若素雙手捧起聖旨，準備要唸，晁鯨手疾眼快，一把搶回原來的衣服，小聲道：「了不起，原來我一直在穿聖旨的匣子，以後會值錢吧。」

新聖旨否決了之前的命令，北軍不僅不能前往晉城，還得保證自己的安全。可以退卻選擇更合適的營地，但是不能超過三十里，然後靜待援軍，至少要與匈奴人數量相當時，才可發起進攻。

然後是一連串的人事任命，大將軍崔宏仍然統領天下楚軍，要以最快的速度與皇帝會師，柴悅被任命為驃騎將軍，這也是一個空缺已久的虛銜，對柴悅來說，仍屬於一步登天，比鄧粹跨越的品級還要大。

弘農郡守卓如鶴被加封為太子少保，這也是從一品的虛銜，與有沒有太子無關。大楚慣例，賦予低級官員重要任務的時候，加封品級很高的虛銜，這樣才能名正言順地下令，事後也不會對朝廷格局產生太大的影響。

卓如鶴擁有了總督邊塞、調兵遣將的權力，與碎鐵城的辟遠侯張印匯合之後，他要將指揮之權移交給真正的將軍。

對京城，皇帝沒有更多安排，守相申明志和中掌璽楊奉二人應該知道該怎麼做。

馮世禮這回真的如釋重負，皇帝總算沒有失去理智，做出了正確選擇，馬上道：「北軍無需退卻，就在這裡堅守，等援軍到來。」

一名將領上前問道：「如果晉城遇急呢？北軍還是旁觀嗎？斥候說了，這幾天匈奴人一直在增加，帶來不少器械，肯定是要攻城。」

趙若素沉默了一會，開口道：「陛下說了，不以一人累天下，匈奴人勢強，就算晉城被毀，北軍也不可出營，能退則退，不能退，繼續堅守。」

諸將沉默，終於相信皇帝真的不想讓他們去救駕。

趙若素又道：「馮將軍若是有意，請派兵向匈奴人發起一次衝鋒，讓晉城守軍看到，好讓陛下知道我已經平安到達。」

「當然，明天……不，待會就派兵。」馮世禮馬上道。

「還有，立刻派人去塞外找卓如鶴，務必及時將這道聖旨交給他，如果卓大人已經不在，就將聖旨送到碎鐵城。」

「沒問題，我會派得力之人出塞。」

「馮將軍已經給京城和大將軍送信了吧？」

「當然，已經送出幾天了，暫無回音。」

趙若素點點頭，「最後請馮將軍派幾名軍士送我們去齊國，我要去與大將軍匯合。」

經過幾次派兵，京城兵力空虛，大楚最重要的兩支軍隊一支在北、一支在東。塞北的將士數量更多，但是比較分散，集結在一起要花很長時間，東邊的軍隊比較集中，但是受叛軍牽制，難以調動。

趙若素親自去見大將軍崔宏，就是要確保那支軍隊捨小求大，盡快北上救駕。

馮世禮一一照做，派出十人帶聖旨出塞，派二十人護送趙若素、晁鯨前往齊國。在此同時，五千北軍將士出營，大張旗鼓地向匈奴人挑戰，不求一戰，只是要讓晉城看到這支軍隊確實存在。

趙若素與晁鯨沒有休息，傳畢聖旨之後，即刻出發。

一切安排妥當，馮世禮終於閒下來，癱坐在椅子上，有氣無力，好像剛剛從戰場上回來，身體雖然疲憊，腦子卻轉得飛快。

他叫來一位將領，問道：「再說說匈奴人的情況。」

「包圍晉城的匈奴人大概六萬，每日增加五千以上，現已達到將近八萬人，看樣子還會繼續增加。據說燕國和中山郡的城池大都已被攻克，只剩少數還在堅守，匈奴人帶來的許多器械，就是從楚軍手裡奪來的……」

馮世禮打斷將領，「按你的估計，匈奴人大概什麼時候會攻城？」

將領想了一會，「少則三日，多不過五天，匈奴人就足以發起一次大規模的攻城。」

馮世禮揮手讓將領退下，身邊不留任何人，獨自在帳中沉思。

算來算去，他發現無論哪一邊的援軍都不可能及時趕到，匈奴人的策略很清楚，要麼利用皇帝引誘一批批楚軍救駕、趁機殲滅，要麼攻破晉城活捉皇帝以要挾大楚，絕不會等到楚軍的數量多到與匈奴人相當。

「真是不幸。」馮世禮嘆息道，是皇帝本人非要御駕親征，走到這一步實在怨不得別人，他自己研墨鋪紙，提筆寫了一封書信，收入函中，叫來心腹隨從，命他帶信回京。

「此信事關重大，絕不可落入他人之手，你必須親手交給守相申大人，明白嗎？」

隨從磕頭領命，匆匆出帳。

大楚又一次面臨危機，這回誰能力挽狂瀾？馮世禮寧願多做幾種選擇，也不想死等奇蹟發生。

五千北軍出營，在離晉城十幾里的地方吹響數十支號角，不等匈奴人合圍，立刻撤退。

匈奴人早已布好天羅地網，未曾想魚兒狡猾，即將入網的時候竟然轉身游走，這讓他們極為失望，也非常憤怒，衝到寨前，以各種手段挑戰。

城裡的韓孺子終於等到了信號，北軍此次佯攻表明，趙若素和泥鰍已經用假聖旨騙過匈奴人，成功逃出了包圍。

但他只能稍稍鬆口氣，圍城的匈奴人越來越多，到處都在搭建高大的攻城器械，匈奴人正在迅速地學習操作技巧，抓來的大批俘虜可作勞力。

下次攻城，就不再只是射箭那麼簡單了。

在等來援軍之前，晉城還是得想辦法自保。

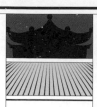

第三百二十章 皇帝得病

鄧粹是個讓人拿不準的將軍，他的風格就是沒有風格，無跡可尋、做什麼都喜歡突發奇想。深思熟慮對他來說是浪費時間，排兵布陣則是小孩子的遊戲，他經常掛在嘴上的四個字是「隨機應變」。

這天下午，鄧將軍一直在酣睡，日落西山才從床上爬起來，洗把臉、吃過晚飯，精神抖擻地召集城中眾將，宣布要對城外的匈奴人發起一次夜間偷襲。

誰也不明白，鄧將軍是在夢中想到這一計的？還是早有準備，睡覺就為養精蓄銳？總之沒人事先得知這項計畫，全都吃了一驚。

鄧粹的作戰計畫極為簡潔，由他挑選二十位將軍，這二十人各自再選一百名士兵，總共兩千人，由南門出城，直攻匈奴人數量最多的大營。

這二十位將軍當中有樊撞山這樣的猛將，有北軍前鋒將軍這樣的高官，有世家出身的權貴子弟，有皇帝身邊的儀衛頭領，也有晉城原有的小小軍官，無論尊卑貴賤，都只能選百名士兵，多一個也不行。

他留給眾將的準備時間很短，只有一個多時辰，二更一刻準時出發。

兩千將士，佔了晉城守軍的一半還多一點，沒有特別的計畫，也沒有明確的目的，就要去偷襲將近十萬敵軍，連樊撞山都無法理解。

鄧粹自恃為名將鄧遼的同族後人，極其驕傲，不允許別人當面反駁或質疑，聚議結束後，眾將稍一商量，都覺得這個計畫不可行，於是推舉樊擅山去向皇帝說明情況。
樊擅山深受皇帝欣賞，心思也單純，立刻騎馬前往王府。
非常時期，面子與禮儀都不那麼重要了，皇帝的衛兵，包括徒具高大身材的儀衛，全都被派去守城，只留下數十名侍衛保護整座王府。
樊擅山名氣大，進第一道門無需通報，第二道門的太監也只是請他稍等了一小會，第三道門後面就是皇帝的住處，守衛得比較嚴格，中司監劉介親自把門，看到樊擅山，衝他點點頭。
門後隱約有琴聲響起，樊擅山眉頭微皺，皇帝有點愛好很正常，可是在這種時候還有閒情逸致聽琴，與他印象中的皇帝稍有不同。
「我什麼時候能見陛下？」樊擅山努力壓低聲音。
劉介豎起一根手指，也不知是什麼意思，樊擅山只好等，可一個時辰之後就要出城作戰，他心裡著急，那琴聲隔著門縫聽，只是一連串毫無意義的吱啞聲，連個曲調都沒有，他越聽越心煩。
「陛下！我有急事！」樊擅山聲若洪鐘，這一嗓子將身邊的劉介嚇了一大跳。
「你、你怎麼可以……」
樊擅山也不客氣，雙手掐住太監的肩膀，像拎小孩一樣輕鬆抬起，轉身移到一邊，嘴裡道：「什麼時候都能聽琴，我的事卻只能現在說。」
劉介又驚又氣，雙腳落地之後一時竟說不出話來，眼睜睜看著樊擅山推門入院。
琴聲已經停止，庭院裡站著幾名侍衛，一字排開，阻止樊擅山前進。
「陛下，我就說幾句話，說完就走！」樊擅山大聲道，既然闖進來了，總不能半途而廢。
張有才從房間裡走出來，「陛下宣召樊將軍。」
侍衛們讓開，樊擅山大步進屋，剛到門口就聞到一股香氣，眉頭皺得更緊，心想皇帝這是怎麼了，又是聽琴又是薰香，難道怕成這個樣子？那個親臨城頭指揮作戰的勇敢皇帝哪去了？

走進屋子，樊撞山終於明白是怎麼回事。

皇帝坐在椅榻上，努力挺直身體，但是臉色蒼白、雙唇沒有血色，額上隱約滲出汗珠，顯然是得了病。

樊撞山大吃一驚，立刻跪下，關切地說：「陛下……我不知道……」

「沒關係，一點小病。」韓孺子努力擠出一個微笑，「樊將軍有什麼事？」

樊撞山張開嘴，一肚子話卻說不出來，說鄧粹亂定計畫，皇帝又得親自出馬，可是看他的樣子連走出房間都很困難，「那個……那個……我知道現在不是時候，可是……大家守城都很辛苦，能不能……能不能給大家一點賞賜，不用立刻執行，發幾道聖旨，說要重賞，大家也就滿意了，等到解圍之後再賞不遲。」

「樊將軍儘管放心，朕已經安排兵部、吏部官員擬旨，明天你們就能看到，守城將士皆有賞賜。」

「是是，陛下原來早就想到了，是我太蠢、太急，陛下好好休息，我不打擾了。」

樊撞山起身要走，韓孺子叫住他，「朕偶染風寒，很快就能恢復，樊將軍……不要太當回事。」

「是，不當回事。」樊撞山退出房間，迎上中司監劉介。

「現在你知道了，出去可不能亂說。」劉介提醒道。

「不能，絕對不能，打死也不能。」樊撞山就差賭咒起誓了，走到門口，又向劉介道：「一場勝仗能讓陛下的病快點好吧？」

「或許吧，心情好，病也會好得快一點……樊將軍可不要亂來，打仗不是兒戲。」

「當然，上面還有鄧將軍主事呢，我想亂來也沒人聽啊。」樊撞山大步離去，暗暗發誓，今晚無論如何也要打一場勝仗。

房間裡，韓孺子側身躺下，可是已經沒心情再聽琴，張嘴想要叫泥鰍，突然想起他已經被派出去了，只好對張有才說：「你出去打聽一下究竟發生什麼事了，樊將軍看我得病，有話沒說。」

「陛下……」張有才不放心就這麼離開。
「我沒事，孟娥在就行了。」
張有才只好退出房間，快步離去。
孟娥站在角落，樊撞山剛才甚至沒注意到她的存在。
「我去讓他們繼續撫琴。」孟娥說。
韓孺子苦笑道：「真的有效嗎？我覺得這些香氣和琴聲好像沒什麼用，聽上去也不如之前那樣能夠靜心。」
「陛下的病與眾不同，一是急火攻心，二是修練內功已久，突然停止，以至於五臟六腑守衛空虛，因此一點小小的風寒就成了重病。」
「我不能恢復修練嗎？」
「不可。」孟娥沒有給出理由，「琴聲能夠代替內功修練，薰香含藥，三五天之內陛下就能痊癒。」
雖然孟娥並非太醫，當初停止修練內功也來自她的建議，韓孺子還是決定採納她的建議，「好吧。」
孟娥出去，琴聲很快響起，孟娥也回來，仍然站在角落。
韓孺子躺在榻上昏昏欲睡，卻怎麼也睡不著，腦子裡總是突然蹦出一個念頭將他驚醒，隨之出一身虛汗。
「妳認識張琴師父女？」韓孺子問道。
「不認識，但我認得他們的琴聲。」孟娥說。
「妳懂音律？」
孟娥沉默了一會，「義士島曾經想借助神仙的力量復國，結交過許多奇人異士，其中也包括一些琴師。」
韓孺子忍不住笑了一聲，「現在還信嗎？」
「無所謂信與不信，義士島早已變成江湖勢力，江湖中的事情真真假假，全信就是傻瓜，不信則會失去許多朋友。」

「比如望氣者。」

「望氣者是北方燕趙之地的術士，這些年才興起，義士島接觸得不多，琴師卻是古老的行業，關東盛行已久，東海有人專門傳授此藝。」

「皇宮裡也有琴師，與張氏父女好像不是一路。」

「當然不是。」孟娥正要解釋，張有才回來了，她立刻閉嘴保持安靜。

張有才一路跑回來，氣喘吁吁地說：「鄧將軍要發起一次夜襲，親自率軍兩千出城。」

韓孺子騰地坐起來，又出了一層虛汗，眼前一花，差點暈過去。

「陛下……」張有才急忙上前要攙扶。

「沒事。」韓孺子慢慢躺下，「既然是鄧將軍的主意，應該不會有錯。」

「可大家都說這是亂出主意，樊將軍十有八九就是為這事來的，見陛下生病，他沒敢說。」

「鄧粹是守城大將，一切由他做主，樊將軍說了也沒用。」

皇帝如此信任鄧粹，張有才很是驚訝，「陛下覺得這次夜襲能成功？」

「之前幾天，楚軍每晚都出去騷擾匈奴人，今晚化虛為實，沒準能成功。」

「騷擾匈奴人根本不是鄧將軍的主意。」

「鄧將軍隨機應變，沒什麼錯誤。」

張有才本來想對皇帝說還來得及阻止夜襲，現在無話可說了，想了又想，「兩千人，是守城楚軍的一半，對匈奴人來說卻是九牛一毛……」

韓孺子雖然還能聽到琴聲，腦子卻越來越沉，喃喃說道：「鄧粹如果真是一員大將，他的目標就不是匈奴人，而是……」

皇帝終於睡著了。

張有才了等了一會，躡手躡腳地上前，為皇帝蓋上被子，轉身小聲向孟娥道：「真的不用找太醫嗎？」

孟娥搖搖頭，「我知道陛下得的是什麼病，放心吧。」

張有才沒法放心，孟娥從來沒說過自己會治病，可皇帝信任她，他也沒辦法。

琴聲繼續，這次皇帝睡得比較熟，張有才忍不住輕聲問道：「陛下剛才話沒說完，他覺得鄧將軍夜襲的目標會是什麼？」

「外面的攻城器械。」孟娥想也沒想，直接給出答案，自己也覺得奇怪，因為之前她根本沒怎麼考慮過這個問題。

張有才想了一會，在額頭上輕輕一拍，「怪不得鄧將軍要求所有士兵都攜帶火把，但是只有幾十人可以點燃，其他人要出城之後再說，他是要火燒啊。陛下跟你說過了？」

孟娥沒有回答，她正在學習以皇帝的方式思考問題，這是她回到皇帝身邊最重要的原因。

她認為自己學得不錯。

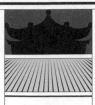

第三百二十一章 萬一之策

楚軍每晚都出去騷擾一下，從來不真打，叫喊幾聲就退，連城門都不敢開得太大，匈奴人習以為常，每次也只是象徵性地驅趕一下，彷彿正在吃草的野牛，面對蚊蟲的叮咬，頂多搖搖尾巴、晃晃耳朵，絕不會讓這點小事耽誤自己吃草。

匈奴人已經將晉城圍得水洩不通，他們一點也不著急。

因此，當南城的兩座城門突然敞開，大批楚軍騎馬衝出來的時候，匈奴人一開始根本沒有注意到，尤其是這些楚軍只有領頭的幾十人舉著火把，更顯數量稀少。

匈奴人是透過馬蹄聲發現楚軍數量眾多的，反應倒快，他們的馬匹通常就停在帳篷附近，立刻就有數千人上馬，更多的人隨時待命。

可楚軍今晚的目的仍不是交戰，而是那些剛剛架好的攻城器械。

這些器械都是從沿途城鎮搜刮來的，最具威脅的是十幾架高大砲車，能從數里之外將巨大的石塊拋到城牆上；還有幾輛堅厚的撞車，能夠直抵城門外、以鐵頭撞門；還有一些橋車，推到河邊，放下橋身就能形成一座簡易橋梁。數量最多的器械是雲梯，五十幾座，與橋車放在一起。

匈奴人不太會用這些東西，甚至覺得它們礙事，干擾馬匹奔馳，因此沒有存放在營地裡，而是直接在營外搭建，離南城不到十里，向前推出一段距離就能開始攻城，倒是比較省事。

晉城有守無攻，匈奴人一點都不擔心。

鄧粹的目標就是這些看守不嚴的攻城器械，匈奴人瞧不起這些古怪的玩意，楚軍卻瞭解它們的威力，視為心腹大患，只是沒幾個人想到鄧將軍真敢出城毀械，而且身先士卒，手舉火把衝在了最前面。

所有楚軍的火把都被點燃了，夜色中一下子多出上百倍，似乎有幾萬人發起進攻，匈奴人大吃一驚，迅速集結更多兵力，要與這支突然冒出來的楚軍決戰。

楚軍就是利用匈奴人集結的這點時間，點燃了大部分器械，這些東西無法完整運輸，只能拆卸之後一件件運來，然後在城外組裝，剛剛完工不到一天。

保護這些器械的衛兵是扶餘國軍隊和一些楚人俘虜，前者數量太少，後者不願為敵軍效忠，一看到楚軍衝來，許多俘虜主動放火，然後大叫大嚷地求救。

可惜，楚軍救不了人。

放火之後，鄧粹立刻下令退兵，所有人都扔掉火把，緊跟自己的將軍，俘虜沒有馬，只能徒步跑在後面，被匈奴騎兵所踐踏，死傷慘重。

無論如何，這次奇襲居然成功了，楚軍損失了一位將軍和數十名士兵，但是毀掉了最大的威脅。

眾人回城之後立刻緊閉城門，眾將士縱聲歡呼，十幾名將軍上前，要向車騎將軍賀拜，鄧粹卻根本沒有停留，就在眾人的注視下，馬不停蹄地跑回自己家，進屋繼續睡覺，甚至不肯安排一下守城事宜。

諸將可沒這麼鎮定，只好帶領本部士兵迅速登城，防備匈奴人的進攻。

匈奴人非常憤怒，將那些留在原地的俘虜也都殺了，整個晚上都在輪番攻城，可是沒有器械相助，他們仍然只能停在河岸邊，因為離得太近，沒來得及調頭，還被城頭箭矢射中一些人。

據鄧府的人說，車騎將軍整晚未醒，反而是將軍夫人膽戰心驚，幾次出屋打聽消息。

鄧粹為自己贏得「怪將」之名，再沒人說他不配當守城大將，可是即使是最敬佩他的人，心裡也有點沒底，總覺得他說不定什麼時候就會犯下大錯。

韓孺子雖然也睡了一覺，但不那麼香甜，夢境一個接一個，前後沒有任何聯繫，阻止他進入熟睡，也不讓他醒來。

一睜眼已是天亮，韓孺子出了一身透汗，自覺好了一點，可是身體依然虛弱無力，坐起身，從張有才手裡接過濕巾擦臉，瞥了一眼角落裡的孟娥，帶著歉意說道：「你們一晚上沒睡？」

「劉司監替了我一會，我睡了一覺，倒是孟娥姑娘一直在這裡。」

「我站著也能睡覺。」孟娥說。

韓孺子還想說點什麼，可是太疲憊，剛醒時的那點精力迅速消失，他又變得頭昏腦脹，吃東西也沒有味道，喝兩口粥就飽了，突然想起昨晚的事，問道：「鄧將軍……」

張有才已經打聽清楚，繪聲繪色將夜襲經過說了一遍，城中傳言頗有誇大，將楚軍形容得如同神兵天將，出入匈奴營中如入無人之地，倒是頗為振奮人心。

韓孺子笑了笑，知道結果就行了，對過程無需計較，毀了那些攻城器械，晉城又能多堅持幾天，他放心地躺下，雖然睡不著，也能稍微舒服些。

「東海王和崔騰一早就來了，非要見陛下。」張有才說，這兩個人他都不喜歡。

「嗯。」這時韓孺子的反應比較慢，他自己覺得馬上就做出了回答，其實已經隔了一會，「讓他們進來吧，見不到我，他們的疑心會更重。」

張有才嘆了口氣，出門傳旨。

東海王與崔騰一整天沒見過皇帝，疑慮叢生，搶著進屋，在門口撞在一起，互相瞪了一眼。崔騰力氣更大些，第一個進來，看到皇帝的樣子，大吃一驚，「陛下……陛下真的生病了。」

韓孺子不想說話，張有才替他道：「一點小病，很快就會好。」

崔騰提鼻子嗅了兩下，「生病不吃藥，薰香幹嘛？」

張有才也不知道，噓了一聲，示意兩人不要打擾皇帝，崔騰閉嘴，東海王一直沒出聲，向皇帝行禮之後找地方坐下。

崔騰沉不住氣，來回踱步，被張有才瞪視，只好也坐下，想了一會，對東海王說：「你可別有壞心思。」

東海王冷笑一聲，「我在城裡能找到一個支持者嗎？城外就是匈奴人，誰還願意……陛下的位置比任何時候都穩固。」

「鄧將軍昨晚打了一場大勝仗，我父親很快就會率兵救駕，晉城就要解圍了。」

東海王仍然冷笑，只是壓低了聲音。

「有話就說，別弄怪聲。」崔騰不滿地說，也壓低了聲音。

「鄧粹昨晚頂多算是小勝，趕走了身邊的狼，外面還有一圈老虎呢。」

「只要我父親……」

「匈奴人與臨淄叛軍勾結，大單于一直沒有露面，意味著匈奴人的主力根本不在晉城，你覺得他在幹嘛？肯定是等著你父親率軍北上，他好中途攔截呢。」

崔騰臉色白了，「城外那麼多匈奴人還不是主力？」

「主力當然跟在大單于身邊，他不來攻打晉城，就是覺得還有更重要的目標……」

張有才怒道：「你們兩個就不能說點別的？乾脆閉嘴安靜一會吧。」

崔騰閉嘴，連做手勢，表示不再亂說話，東海王低頭，笑而不語。

韓孺子慢慢坐起，張有才更加不滿，覺得那兩人打擾了陛下休息，韓孺子招手，對張有才說：「你們兩個去休息吧。」

皇帝的聲音有氣無力，張有才不放心，又不敢違命，只好應聲是，慢慢退下，孟娥走得比他還快些。

張有才一關上門，崔騰馬上道：「陛下別在意，東海王是在瞎說，我父親不會那麼容易上當，必然有把握才會北上救駕。」

東海王本想用沉默與微笑表示不屑，最後還是沒忍住，開口道：「是啊，崔太傅有把握，那得等到什麼時候？晉城只怕連塊城磚都留不下。」

崔騰怒視東海王。

韓孺子道：「東海王說得沒錯，援軍固然要等，可是也得做好萬一的準備。」

「萬一？什麼萬一？」崔騰沒能理解。

東海王搖搖頭，「萬一匈奴人找到攻城的辦法，陛下得想辦法逃出去，哪怕是隻身逃出去，也是楚軍的勝利、匈奴的失敗。」

「對對，是得想個辦法。」崔騰連連點頭。

韓孺子想得卻更遠一些，「無論如何，我不能落入匈奴人之手。」他仍然感到頭暈，可是有些事情他早已想好，不會改變，「如果能逃出去，當然最好，如果不能，我需要有人將遺體徹底毀掉。」

崔騰張口結舌，注意到皇帝連「朕」都不說了。

東海王更是驚訝，也忘了稱呼「陛下」，說道：「匈奴人不會殺你的，他們頂多要挾更多的財物與土地，大楚承擔得起。」

韓孺子重重地喘出一股氣，「寧為玉碎，不為瓦全。」

崔騰道：「不說玉碎的事，先說說怎麼逃出重圍吧。」

韓孺子正要開口，劉介進來，輕聲道：「陛下，我把太醫叫來了。」

「嗯？」韓孺子不記得自己曾經傳召太醫。

劉介也不做解釋，轉身叫進來一名隨行太醫。

太醫一進來就微微皺了一下眉頭，但是什麼也沒說，向皇帝磕頭，起身診脈，韓孺子太虛弱，連拒絕的力氣都沒有。

太醫反覆診脈，偶爾抬眼看一下皇帝，半天也不說一個字。

劉介向東海王和崔騰發出暗示，讓兩人離開，崔騰不太情願，東海王卻很識趣，悄悄走出房間，崔騰只好跟上，劉介也出屋，輕輕關上房門，只留皇帝與太醫兩人。

太醫是隨行官員之一，任職太醫院，經驗豐富，等屋裡再無外人，他挪開手指，起身退後幾步，跪在地上，說：「微臣淺見，以為陛下是中毒之症。」

「中毒？」韓孺子一驚。

太醫沉默片刻，回道：「而且是與當初的思帝以及鏞太子遺孤一樣的毒。」

第三百二十二章 蹊蹺

太醫對自己的診斷很有把握，當初太后調查中毒事件的時候，他正是參與者之一，「陛下是不是時時感到困倦，但又睡不踏實？體虛無力、食慾不振、易出汗、腳趾微麻……嗯，這都是初期症狀，陛下會越來越疲憊，昏睡的時間越來越長……」

「可有醫治之法？」韓孺子問。

太醫跪在地上回道：「如果在京城，有辦法緩解症狀，再慢慢醫治，晉城缺醫少藥，微臣不敢輕下斷言。」

韓孺子嗯了一聲，如果太醫院有辦法解毒，當初思帝和後來的鏞太子遺孤就不會死了。

他現在很容易走神，聽說自己中毒之後，只在開始時一驚，念頭逐漸轉到別的事情上，這時仔細回憶鏞太子遺孤的模樣，依稀記得那是一個胖胖的小孩子，與英王有幾分相似，更多的細節卻想不起來了。

他努力回憶，好像這件事非常重要，全然忘了近在眼前的危險。

太醫抬頭看了一眼皇帝，小聲提醒道：「陛下。」

「嗯……」韓孺子的思緒回到了現在。

「陛下前幾日還登城觀戰，說明中毒不久，下毒之人必然還在城中。」

「下毒者也能解毒？」

「很有可能。」

「太后認定崔太妃是主使者，好像也沒什麼用。」

「崔太妃當然不會製毒，當時她帶進宮的一名侍女才是毒藥的來源，據說是什麼南方『鬼山門』的弟子，這名侍女當晚就被處死，很可惜，如果能讓她說出毒藥的配方……」太醫搖搖頭，突然發現自己關注的方向不對，急忙磕頭。

韓孺子根本沒注意到，他現在只能想一件事情，而且不能思考太久，但他的判斷力依然敏銳，「傳劉介。」

「是，微臣還是給陛下開一張方子吧。」

韓孺子點了下頭，表示同意，但他沒想吃藥。

太醫退下，劉介進來。

韓孺子差點忘了叫中司監進來的原因，盯著他看了一會才說：「你猜到這是中毒？」

劉介跪下，「陛下的症狀與當年的思帝十分相似……」

「可你沒有馬上說。」

劉介磕頭，「我沒有把握，所以要請太醫來診斷，而且孟姑娘一直在陛下身邊……」

「她要殺朕，用不著下毒。」

很多時候皇帝身邊只有孟娥一人相伴，以她的身手，可以輕鬆殺死皇帝。

劉介只是磕頭，不再多說什麼，事實擺在那裡，承不承認全看皇帝的態度，而不是他的勸說。

韓孺子的思緒又在飄散，「先這樣吧，反正一時半會死不了。」

思帝與鏮太子遺孤都是中毒一個月之後逝世，韓孺子出現症狀才兩天，而且他也急不起來。身體的虛弱直接帶來精神上的疲憊，就像那些活了太久而又疾病纏身的老人，進入了將生死置之度外的階段，這不是灑脫，只是疲憊。

劉介突然失聲痛哭，頓覺不妥，強行忍住，退出房間。

不知何時，琴聲再度傳來，韓孺子自覺頭腦清醒不少，於是小睡了一會，再睜眼時，張有才在給他擦汗，東海王、崔騰站在一旁，正用複雜的目光看著他。

「什麼時候了？」韓孺子問，發現琴聲已經消失。

「午時剛過，陛下吃點東西吧。」張有才道。

原來自己沒睡多久，韓孺子強撐著坐起來，肚子一點也不餓，搖搖頭，不想吃東西，盯著東海王和崔騰看了一會，又左右瞧了瞧，沒有發現孟娥。

「陛下。」崔騰突然跪下，聲音裡帶著哭腔，「妹夫，你可千萬不要出事，我妹妹在京城等著你呢。」

韓孺子笑了一下，覺得皇后是那麼的遙遠，好像是上輩子認識的人，「不是說了嗎？過幾天就好。」

「陛下的樣子可不像……」

張有才忍不住道：「你們還是出去吧，讓陛下休息一會。」

崔騰只好起身，一步三回頭，東海王道：「陛下安心養病，我剛才出府問過了，諸將都說匈奴人的攻城器械毀掉之後，大營後退十餘里，看樣子數日之內不會再攻城，他們是要用晉城吸引楚軍前來救援。」

韓孺子點了點頭，晉城暫時無憂，至於各地援軍，他已經沒法考慮了。

東海王和崔騰也住在王府裡，出了院門，崔騰止住腳步，轉身嚴肅地對東海王說：「咱們得做點什麼。」

「你會治病？」

「不會。」崔騰一把抓住東海王的胳膊，「但是陛下的病有點蹊蹺，我不信任那些太監，你比較聰明，想個辦法弄清楚陛下到底得的什麼病、怎麼得的病。」

東海王掙脫崔騰的手掌，冷笑道：「連你都看出蹊蹺了……」

「我沒你聰明，但我不瞎。」

東海王仍然只是冷笑，崔騰左右看了看，遠處有幾名侍衛在來回巡視，他壓低聲音說：「你就別胡思亂想了，陛下若是有了萬一，也輪不到你當皇帝。」

東海王哼了一聲，「你以為我不懂這個道理嗎？沒有陛下，晉城就是一座再普通不過的小城，匈奴人發起狠來，一天工夫就能攻破，咱們這些人不是死就是降，朝廷聽說消息，立刻就會從京城的宗室子弟裡選出一位新皇帝，當然輪不到我。」

「那你還不快想辦法？」崔騰急切地說。

「別急，我這不是正在想嘛……你去找太醫，弄清楚陛下究竟得的什麼病。」

「你不跟我去？」

「嘿，有我在場，太醫打死也不敢透露半句，你是陛下的舅子……快去快回。」

「你呢？」崔騰不太放心留下東海王一個人，怕他暗中使壞。

「別管我，一個時辰之後在我的屋子裡見面。」

兩人在王府大門外分頭，崔騰去找太醫打聽情況，東海王拐彎來到儀衛營。

營裡空空蕩蕩，大部分儀衛和權貴子弟都被派去守城，只剩少數衛兵，看管一批特殊的「士兵」。

韓孺子寧願將不可信者留在身邊，所以隨行隊伍中不僅有東海王，還有譚家的男子，都被編在儀衛營中，有時候也充當旗手跟隨皇帝，大多數時候卻被軟禁起來，唯一的優待是不讓他們上戰場。

東海王來見譚治、譚雕兄弟，他必須弄清楚一件事。

所謂軍營其實也是王府的附屬院落，看管得並不嚴格，只要不出大門，譚家人可以自由行動。

東海王很久沒來探望「親戚」了，譚家兄弟見到他都很意外，態度不冷不熱。

東海王也不兜圈子，開口便道：「大勢已去，我很清楚自己當不了皇帝，就算當今聖上真出了什麼事，各方勢力也不會再選我，所以我已經死心，看來你們也死心了。」

譚氏兄弟不作聲，他們當然死心了，只想著如何保住譚家不被滅族。

「洛陽醜王幫了譚家一個大忙，陛下暫時不會動你們，可是想讓陛下真心原諒你們，醜王指望不上。」

譚氏兄弟仍不作聲，但是神情略有變化，目光不再躲躲閃閃。

「我會想盡一切辦法留在皇帝身邊，起碼到現在我是成功的，我可能還沒有本事救誰，但是想害誰還是很容易的。」

東海王不用說譚家的壞話，只需說好話，就能讓皇帝對譚家一直保持戒心，譚家兄弟互相看了一眼，同時露出微笑，譚治道：「妹夫說的這是什麼話，咱們還是一家人。」

「好，一家人不說兩家話，我只問一句，也只問一遍，你們有沒有暗中進行什麼？」

「沒有啊。」譚家兄弟異口同聲，露出明顯的詫異之色，譚治道：「東海王，你可得幫我們，自從離開京城，我們一家人都老老實實的。」

「暗中向醜王求助，也是老實的行為？」

譚治尷尬地說：「那不是為了保命嘛，真的，除了找醜王相助，我們沒再做過別的事情，頂多……」

「頂多什麼？你們今天對我隱瞞的任何一句話，日後都可能釀成塌天大禍。」

「頂多安排一下各地的生意，你也知道，沒有錢，譚家就徹底完蛋了。」

東海王相信這一點，想了一會，又問道：「陛下的隨行隊伍裡，有沒有需要警惕的人？」

「你的意思是……」

「江湖人。」

譚氏兄弟又互視一眼，譚雕道：「譚家向醜王求助，等於喪失了江湖地位，就算有江湖人混進來，也不會找我們，這種事，你只能問一個人。」

東海王知道該找誰，這個人也在儀衛營裡。

花繽的侯位是幾年前被剝奪的，不在寬赦之列，因此他現在只是一名普通的儀衛士兵，吃住與其他人無異，而且不能隨意出營，但是在江湖中的地位卻越來越高。

看到身穿簡陋盔甲的花繽，東海王心裡舒服不少，覺得自己還不是最慘的人。

「江湖人？」花繽仰頭想了一會，一副看破世情的長者模樣，半晌後，他搖搖頭，「沒見過，也沒聽說過，皇帝對江湖人偏見頗深，誰敢招入？」

「花家已經沒落，是你自己親手造成的後果，你不後悔沒關係，可你還有一個兒子，花虎王還在雲夢澤吧？你打算讓他當一輩子強盜？想想吧，如果有立功的機會，一定要抓住。」

花繽想了好一會，最後道：「晉城裡沒有我認識的江湖人，這是實話，要說跟江湖沾邊——洛陽侯送給陛下的兩位琴師比較可疑。」

「嗯，我也發現了，陛下對他們的琴聲好像入迷了，有點像是……他們不會與望氣者有關吧？」

「嘿，望氣者說他手裡有一條龍，其實頂多是一條蟲，吹得響亮而已。我懷疑張氏父女是那種催情的琴師，在江湖中屬於隱祕一派，以侍奉貴人為業，洛陽侯大概是想用這種手段討好皇帝。」

東海王吃了一驚，「可陛下說他聽琴的時候有飛升之意……」

「呵呵，東海王，你與陛下同齡，也有妻室，應該明白……這種事吧？」

東海王不想討論下去，又問道：「催情之音對身體有傷害嗎？」

「我不喜歡這種東西，只是聽聞一點傳說而已，不瞭解詳情。」花繽湊近東海王，小聲道：「陛下……」

東海王笑著告辭，回王府等崔騰，在自己的屋子裡坐了一會，突然想起還有一個重要的人沒去見，或許皇帝的病就應在此人身上。

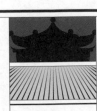

第三百二十三章 六親不認

「中毒，又是中毒。」崔騰臉色鐵青，惡狠狠地盯著東海王，相距咫尺，眼珠像是要奪眶而出，直接當石丸彈射過去。

東海王坐在椅子上，身體盡量後傾，鄭重地警告道：「退後。」

崔騰慢慢後退，重覆道：「還是中毒。」

「我聽見了。」

「你敢說跟你沒關係？前幾次下毒都是你母親主使的。」

東海王臉色一沉，「第一，之前總共只有兩次下毒；第二，那是太后陷害，即使下毒真跟我母親有關，她也沒告訴我；第三，我母親是你姑姑，姓崔，一定要說關係的話，崔家嫌疑更大。」

「你說什麼？」崔騰一步衝到東海王面前，這回不只目光凶狠，還舉起了拳頭。

東海王雖然沒挨過崔騰的打，但對他還是比較忌憚的，身子又向後傾，看著拳頭，「崔二，你想幹嘛？」

「我想……」崔騰放下拳頭，困惑地問：「真不是你？」

「嘿，陛下帶著我是要防備的，從來都是我吃陛下的東西，陛下不吃我的東西，我甚至不能往那邊攜帶食物，你說我要怎麼下毒？」

崔騰心中本來有六七成把握，聽東海王一說，只剩下兩三成，再次後退，撓頭道：「照此說來，下毒者只能是皇帝身邊的人，那可多了，太監、侍衛好幾十人呢。」

「下毒者是陛下身邊的人，帶毒者卻未必……」

「那還是與你有關，你們家有這個習慣。」

東海王不停冷笑，上下打量崔騰，好像久聞其名，今天是第一次見面。

崔騰被看得不舒服，「幹嘛？你想嫁禍於我不成？」

東海王搖搖頭，「你好幾天沒去探望崔昭妹妹了吧？」

「現在這麼亂，哪有時間去看她？東海王，你別顧左右而言他，對中毒你究竟知道些什麼？」

「我說的就是此事。」東海王故作驚訝。

崔騰一愣，想了一會突然明白過來，第三次衝到東海王面前，怒氣沖沖地說道：「好啊，原來你要嫁禍給我妹妹！」

東海王不像前兩次那麼害怕了，一把將崔騰推開，不耐煩地問：「你忠於誰？陛下，還是崔家？」

「當然……是陛下，可我也得保護崔家。」自從大哥死後，崔騰覺得自己肩上的擔子重了不少。

「我跟你一樣，不過我要保護的是譚家，所以我剛才與你分開之後，第一件事就是去問譚家兄弟有沒有暗中搞鬼，確認無事之後，才找其他線索，你做了什麼？」

「我……不可能與三妹有關。」崔騰臉上做出不以為然的神情，「三妹的膽子比老鼠還小。」

「可她敢來晉城。」

「她是護送冠軍侯之子！而且……而且她來的時候哪知道晉城會被匈奴人包圍？」

東海王又發出連串冷笑，「崔騰啊崔騰，就憑你這點聰明還想保護崔家？崔家自己人都不相信你，所以有事也要隱瞞。」

崔騰氣瘋了，原地轉了一圈，突然躥到東海王身邊，抓起桌上的茶壺，狠狠摔在地上，大步走出房間。

東海王身子側傾，及時避開崔騰的鋒芒，暗自嘲笑他的魯莽，坐在那裡思考一會，很想找林坤山談一談，可望氣者是純粹的犯人，被看守得很嚴，除非皇帝允許，誰也不能見。

崔騰被東海王點醒之後，越想越不對勁，越想心裡越怒，在王府裡大步行走，拐個彎，離崔昭的住處已經不遠，卻見兩個人躲在廊柱後面切切私語，不時偷笑。

崔騰此時疑心極重，輕手輕腳地走近，聽那兩人說什麼。

「老六，再跟我說說，你真見著了？」

「跟你說過好幾遍，早就見著了，那時候看得不嚴，我幫著往院裡搬東西，親眼得見，嘖嘖……」

另一人心癢難耐，「真跟傳說中一樣厲害，看一眼就能讓人發狂？快跟我說說，她究竟長什麼模樣？」

「唉，不是我有意隱瞞，實在是不想連累你，我一個人倒霉也就算了。」

「少來，就算倒霉我也不怕——鄧都尉不也沒事，還升官了。」

「嘿，他那是險官、惡官，日後沒好下場。你就沒有想過，匈奴人幾十年沒有入關一步，突然冒出來，而且這也不去那也不去，偏偏直撲咱們這裡，是為什麼？」

「為什麼？不是因為皇帝嗎？」

「我跟你說，你可不要跟別人說。」僕人壓低聲音，「皇帝和整個晉城一樣，也受詛咒啦，真正引來匈奴人的是……」

「天哪，那咱們豈不是……」

崔騰再也聽不下去，從柱子後面繞出來，怒視兩名僕人。

這兩人都是三四十歲年紀，沒想到隔柱有耳，而且是脾氣暴躁的崔家二公子，全都嚇得呆住了。

崔騰罵了一句，飛起一腳，將一名僕人踹倒，揮出一拳，打得另一名僕人牙齒脫落，隨即擊出第二拳，僕人下意識躲避，崔騰的拳頭重重打在柱子上，疼得他呲牙咧嘴，握著受傷的手，連蹦帶跳，不停地怒聲咒罵。

兩名僕人終於反應過來，撒腿就跑，崔騰追了幾步沒追上，怒聲喊道：「我記住你們兩個了！」

崔騰怒不可遏，抬腳往柱子上踢去，結果還是他輸，一瘸一拐地走向跨院，恨自己不能身高十丈，將整座王府踏平。

戰事緊張，守門的衛兵都沒了，崔騰用完好的右手砸門，嚷道：「開門！開門！」

院門打開，平恩侯夫人驚訝地說：「兄弟，你……你這是怎麼了？跟誰打架了？」

崔騰不理她，直接走向正屋，丫鬟婆子們不敢阻攔，眼睜睜看著他闖進冠軍侯夫人的臥室。

崔昭躺在床上，幾天沒怎麼吃喝了，越發顯得憔悴，勉強支起身子，說：「二哥，你來啦。」

雖然這不是一母同胞的妹妹，但畢竟也是崔家的人，看她虛弱可憐的樣子，崔騰的氣消了一大半，怎麼看都覺得她不可能是帶來霉運的掃帚星，更不可能是攜毒者。

崔昭被盯得心裡發毛，「二哥，你……」

「沒事。」崔騰轉身走到外間，正好迎上跟進來的平恩侯夫人。

「哎呀，好兄弟，你這風風火火地到底是為什麼？陛下斥責你了？伴君如伴虎，這種事免不了。陛下最近怎麼樣？聽說他兩天沒出門了，城外那麼多匈奴人，這可怎麼辦啊……兄弟，你盯著我做什麼？」

崔騰恍然大悟，「是妳！」

「當然是我，我是你大姐，嫁給平恩侯，你外甥叫苗援，你一直不去看。」

崔騰粗暴地命令丫鬟們退下，然後嚴肅地說：「妳和三妹為什麼來晉城？」

平恩侯夫人茫然道：「把冠軍侯的兒子送給鄧家，你早就知道了啊。」

「不對，崔家又不缺人，送一個小孩，用不著你和三妹同時來。」

「呵呵，好兄弟，這不是做給外人看嘛，三妹與冠軍侯畢竟夫妻一場，總不能將孩子託付給僕人吧？」

崔騰的怒氣又升起來了，「崔淑君，妳知道我有時候六親不認吧？」

平恩侯夫人連退幾步，「好兄弟，別亂來，你這是聽誰說閒話了？」
「妳，就妳閒話多，三妹的壞名聲就是妳一手造成的。」
「好兄弟，你這是說的什麼話？我……」
崔騰轉身將桌子掀翻，裡間的崔昭輕輕地叫了一聲，沒敢出聲，更不敢出來。
「實話！」崔騰怒氣沖沖地看著平恩侯夫人，強行忍住已到嘴邊的髒話，「我說的是實話，我也要從妳這裡聽到實話，父親不在這裡，我就是一家之主，妳敢向我隱瞞，別怪我不客氣。」
平恩侯夫人嚇得臉都白了，姐弟二人同父異母，關係本來就一般，崔騰又是那種發起怒來六親不認的主，她真是害怕了，結結巴巴地說：「別、別生氣，好兄弟，這都是……都是老君……老君的主意。」
「嘿。」崔騰一點也不意外。
平恩侯夫人稍稍冷靜一些，知道再也瞞不下去了，不如勸崔騰幫忙，於是道：「老君得到消息，王美人不喜歡小君妹妹當皇后……」
「王美人？」
「陛下的生母，早晚會當太后，她不喜歡小君妹妹，現在就已著手想要將皇后廢掉，甚至暗害。」平恩侯夫人不吝於誇大其辭。
「什麼？這個……陛下也不會同意啊，他與皇后十分恩愛。」
「陛下當然不會同意，所以王美人想出一條奸計，要用美色誘惑陛下，陛下一旦沉湎於此，自然不會專寵皇后。」
崔騰嗯了一聲，立刻就理解了這一招的厲害，「所以，張琴言是王美人……」
「沒錯，我已經打聽清楚，中司監劉介奉王美人之命為皇帝物色美女，但他太笨，沒做成什麼。是洛陽侯韓稠，他早就在暗中討好王美人，受其指使，向陛下進獻美色。」

「哦，原來如此，怪不得那個老傢伙捨得交出張琴言。」崔騰點了點頭，突然覺得不對，「那妳和三妹……不會是……」

「我說了，這是老君的主意。」

崔騰打量平恩侯夫人，皺起眉頭。

平恩侯夫人惱怒地說：「不是我，你把我當什麼人了？」

「三妹？」崔騰指著裡間，壓低聲音。

平恩侯夫人點頭，「反正冠軍侯已經死了，與其守寡，不如……」

崔騰又羞又怒，「崔家這是怎麼了？當初東海王有機會繼承帝位的時候，恨不得將全部姐妹都嫁給他一個人，現在又要……唉。」

「外戚之爭向來如此，姐妹、姑侄同入宮中的事情時有發生，崔家沒做什麼過分的事。」

崔騰想了又想，「可是沒用啊，陛下用情專一……三妹哪比得上那個琴女？」

平恩侯夫人笑了一聲，「所以我將琴師父女拉攏過來了。」

「什麼？」

「他們現在為崔家做事，不受洛陽侯和王美人的控制了，有他們相助，要不了多久，陛下就會寵幸三妹，現在的問題是得讓三妹的身體盡快恢復。」

「你讓張氏父女對陛下做什麼了？」崔騰心裡咯噔一聲。

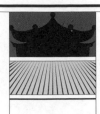

第三百二十四章 魯莽人與暴脾氣

匈奴人又來炫耀了，他們殲滅了一支趕來救駕的楚軍，用馬匹拖著屍體在城外來回奔馳，嘴裡發出連串的呼嘯。

此舉並無實際的意義，純粹是為了向無路可走的獵物展示自己的殘忍。

守城的楚軍士兵看不下去，紛紛轉身，幾名將領去向車騎將軍通報，鄧粹身穿便裝接待他們，說道：「援軍也該來了，沒事，一開始比較魯莽，再吃幾次虧就變老實了。」

諸將愕然，樊撞山忍不住道：「難道咱們就這麼看著，什麼都不做？」

「能做什麼？」鄧粹問，示意身後的丫鬟給自己捶肩。

「這個……再來一次偷襲？」

「匈奴人又不是傻瓜，哪能每次都被偷襲？他們將營地退後十里，就是為了對付這種事。」

營地退後意味著楚軍出城之後往返距離更長，更容易被四周的匈奴人截斷，將領們都明白這個道理，只是很難接受就這麼按兵不動。

「陛下將守城重任託付給將軍，然則將軍的策略就是坐以待斃？」雖然跟著鄧粹打過一場勝仗，樊撞山還是不太信任這個人。

鄧粹認真地想了一會，點點頭，「對，就是這樣。」

樊撞山大怒，扭頭看了看其他將領，別人都垂頭不語，只有他敢說話，「既然如此，由誰當車騎將軍還不是都一樣，為何非得選你？」

鄧粹沒有發怒的意思，仍然認真地想了一會，對丫鬟指向另一邊的肩膀，然後道：「不一樣，同樣是坐以待斃，我比較從容，就算死，姿勢也好看一點。換成諸位，免不了要來回折騰，仍然無法突圍，死相還很難看。你們也看到了，匈奴人對死者可不太尊重。」

鄧粹居然笑了，樊撞山怒氣沖天，若不是尊卑有別，他赤手空拳也能將對面的小白臉掐死，「閣下枉為大將，我這就去面見陛下……」

樊撞山想起皇帝正在生病，不該拿這種事情打擾他。

鄧粹無所謂地打了個哈欠，「我勸樊將軍少生是非，事情明擺著，晉城沒有被攻破，靠的不是你我，不是幾千名楚軍，更不是滿城百姓，而是匈奴人權衡再三，覺得利用皇帝引誘大楚各地援軍更合算。如今有援軍上鈎，意味著晉城還能再多支持一陣子，援軍被殲很可惜、匈奴人拖屍很殘忍，不過對晉城來說，這是好事。」

樊撞山氣得幾乎要吐血，可是又無法駁斥對方的話，只得轉身離開，連告辭的話都不想說。

鄧粹閉目養神，對其他將領的告辭不屑一顧。

樊撞山在城裡兜了半圈，街上非常冷清，百姓都躲在家中不敢出來，士兵大都守在城頭，就連這點安排也是將領們自行其是的結果，車騎將軍鄧粹根本沒有下達過任何命令。

樊撞山想率領本部人馬出去打一仗，可是沒有皇帝或鄧粹的許可，城門不會打開，而且他也知道，這一仗必敗無疑，解不了晉城之圍。

鄧粹說得沒錯，晉城尚在的原因是匈奴人沒有認真攻城，樊撞山只是忍受不了車騎將軍對整個形勢無所謂的態度。

「身為大將，不該全心全意為陛下分憂嗎？」樊撞山大聲問，身後的幾名衛兵點點頭，不明所以。

樊撞山還是來到王府，要見的人卻不是病中的皇帝。

崔騰不在，隨從接待了客人，樊撞山坐在客廳等候，無論隨從怎麼暗示，就是不走。

直到天黑掌燈之後，崔騰才回來，見到樊撞山不由得一愣，「樊將軍？真是稀客啊。」

兩人一個是皇帝信任的猛將，一個是皇帝身邊的心腹之人，此前經常見面，私下裡卻沒有往來。

樊撞山站起身，也不客氣，拱手道：「我有件事要跟崔公子商量。」

「我？」崔騰更是意外，雖然平時自視甚高，可是在真正的將軍面前，他有幾分自知之明，「要是打仗的事，我可幫不上忙。」

「有關，但不是打仗。」樊撞山上前一步，「陛下很信任你，對吧？」

「呃，算是吧。」

「你是陛下的舅子，聽說當初崔大將軍支持別人稱帝的時候，你寧可不孝，也要投靠陛下。」

這些都是事實，可任何一位正常的官員都不會當著崔家人的面說出來，崔騰更顯尷尬，生硬地說：「樊將軍有話就說，用不著拐彎抹角。」

「陛下臥病在床，晉城軍民沒了主心骨……」

「不是有車騎將軍鄧粹嗎？」

「問題就在他身上。」樊撞山怒道，「我這個人不會說話，你得告訴陛下，讓陛下小心，鄧粹根本沒有用心守城。」

崔騰吃了一驚，「什麼？鄧粹想投敵？」

樊撞山一愣，覺得自己好像沒說這種話，可是一轉念，又覺得有理，「有可能，他在家裡高枕無憂，不去巡視城牆，也不安排守衛，外面有一支援軍被匈奴人殲滅，他也無動於衷，分明是找好了退路！」

「好啊，鄧粹居然敢做這種事！我這就去見陛下，我剛從那裡回來。」

這兩人一個莽一個暴，幾句話就給鄧粹定下了投敵的罪名，氣勢洶洶地要出發，樊撞山總算還記得當初來找崔騰的原因，提醒道：「你得小心說話，別讓陛下生氣，反而加重病情，我來找你，就是覺得你會說話。」

「樊將軍覺得我會說話？」崔騰身邊的諂佞之徒不少，還從來沒人誇過他「會說話」。

樊撞山點頭，他對崔騰其實沒多少瞭解，只知道這是崔家的紈絝子弟，深受皇帝信任，「寵臣嘛，應該都會說話，要不然你憑什麼取得陛下的歡心？」

這話要是由別人說出來，崔騰立時就會大怒，樊撞山卻是無心之語，崔騰想了想，決定將這句話當成純粹的誇獎，倒是因此冷靜下來，「會說話……你不應該找我，應該找東海王啊。」

「他？東海王跟陛下爭過帝位，不可信吧？」

「那是從前，他現在乖巧得很，走，咱們一塊去找他，他肯定能做到不惹陛下生氣，又將事情說清楚。」

東海王就住在崔騰隔壁院裡，聽完兩人對鄧粹的「控訴」，問道：「你們聽說什麼了？還是看到什麼了？」

樊撞山一愣，「這不是明擺著的嗎？不只是我，剛才我說的那些事情，其他將領也看到了，一問便知。」

「對啊，有誰會『明擺著』背叛皇帝嗎？鄧粹再不濟也是楚國大將，他想背叛，或者偷偷逃出晉城，或者聯絡眾人直接在城裡起事，每天待在家裡與妻妾、丫鬟相處，拿什麼背叛？」

兩人張口結舌，崔騰不滿地說：「都怪你，也不弄清楚就來亂說。」

樊撞山撓撓額頭，記得自己一開始只是想透過崔騰提醒皇帝提防鄧粹，或者換人整頓城防，怎麼突然間就變成指控鄧粹謀反了？連他自己也不相信這種事啊。

「呃，抱歉……」樊撞山倉皇離去。

「有勇無謀，誰讓他是猛將呢？」東海王看向崔騰，「你也是糊塗，怎麼就聽他胡說八道呢？」

「我這個……你休息吧，我回去睡覺了。」崔騰轉身要走。

「等等，我正要找你。」

「什麼事？」

「別裝糊塗，昨天你去見崔昭妹妹，回來之後就一直躲著我，今天在陛下面前魂不守舍，肯定是有事，你總自稱是忠臣，現在就證明給我看看。」

崔騰臉紅了，想了一會，「那你得保證不對外亂說。」

「我是那種人嗎？」東海王心想，自己不會亂說，只會有目的地說。

「張氏父女是催情琴師。」

「嗯，我知道。」

崔騰一驚，更不敢隱瞞，「他們被平恩侯夫人收買，要將三妹獻給陛下……」

「嘿。」東海王冷笑一聲，「接著說。」

「可張琴師說，陛下似乎在修練某種特別的功法，會抗拒琴音，所以才生病。」

「陛下明明是中毒！」東海王可不相信琴音能有這種神奇的效果。

「平恩侯夫人不知道陛下中毒，我跟她說了，她很吃驚，會讓張琴師今晚來向我解釋。」

「哪一個『張琴師』？父親還是女兒？」

「平恩侯夫人沒說。」

「我知道你盼著誰來，你不打算邀請我吧？」

「呃，見面之後我會來轉告你。」

「笨蛋，琴女不會說話，怎麼向你解釋？來的肯定是張煮鶴。」

崔騰大失所望，他只注意琴女的眼神，早忘了她不會說話這件事，「也可以做手勢啊，我能看懂。」

「那你回去等著吧，控制一下自己，別將老人家嚇到。」

崔騰嘿嘿笑了兩聲，轉身離開，心裡仍存著一線希望，以為來的人會是張琴言。

東海王在皇帝那裡吃過飯，叫來僕人，洗漱之後準備休息，無論去見崔騰的人是誰，他今晚大概都不會來告訴東海王。

皇帝的病似乎越來越重，東海王忍不住想，如果自己現在就能回京城……

他打消這個不切實際的幻想，上床睡覺。

翻來覆去一個多時辰，剛要進入夢鄉，東海王就被外面的聲音吵醒了。

樊撞山去而復返，非要見東海王不可。

東海王披著外衣走到門口，不太高興地說：「樊將軍有事？」

樊撞山推開僕人，幾步走到東海王面前，「我找到證據了。」

「什麼證據？」東海王還沒太清醒。

「就是鄧粹謀反的證據。」樊撞山肯定地說，「他今晚要派人出城與匈奴人聯繫，待會我就去抓人，來個人贓俱獲。」

東海王深感驚訝，正想說事情不會這麼簡單，崔騰竟然也來了，腳步匆忙，跑到門前，喘著氣說：「是孟娥，張煮鶴說肯定是孟娥下毒。」

崔騰與樊撞山互相看了一眼，都沒料到會在這個時候看見對方。

東海王眉毛一挑，這可是少見的情形：他掌握著兩件陰謀，而皇帝卻被蒙在鼓裡。

第三百二十五章　告狀

韓孺子已經分不清黑天白晝，隨時都可能陷入昏睡，某個念頭一起，又隨時可能坐起來，問出一句莫名其妙的話，對他來說都是深思熟慮的結果，在別人聽來卻是前言不搭後語。

「從哪來的？」韓孺子坐起來問道，全身出了一層透汗，臉色微紅，神采奕奕，要不了多久這點精神就會消失，他又會變得迷迷糊糊、虛弱無力。

張有才幾乎寸步不離，睏了就趴在桌子上瞇一會，皇帝一醒，他也跟著醒，有問必答，只是未必知道確切答案，「什麼從哪來的？」

「那支援軍，剛才不是說有一支援軍到來，被匈奴人殲滅了嗎？」

「對對。」與皇帝正好相反，張有才每次醒來都處於頭腦昏沉的狀態，需要一點時間才能慢慢清醒。

「我想知道他們是從哪來的。」韓孺子希望自己能記住這支軍隊。

「嗯……據將軍們觀察，那支軍隊可能是從馬邑城來的。」

韓孺子沉默一會，「馬邑城與晉城之間隔著長城關卡，匈奴人故意不防關卡，放援軍入關。」

「應該是吧。」張有才對打仗的事情不太瞭解。

「會不會是卓如鶴派來的援軍？」

弘農郡守卓如鶴正在塞外以欽差的身份調集軍隊，也不知拿到聖旨沒有？

「有可能吧。」張有才敷衍的回答，他實在不瞭解情況。

韓孺子很難集中注意力，揉了揉肚子，思緒突然飄到了兩年前，「粥和鹹菜很好。」

「啊？陛下……餓了？」

「街上的小吃為什麼比自家做的飯菜可口？」

「因為……因為不常吃吧？」張有才突然想起皇帝在說什麼了，那是剛從宮裡遷到倦侯府的時候，府裡沒米沒麵，蔡興海從街頭買來粥與鹹菜給大家充飢。

「我這就去弄！」張有才看了一眼角落的孟娥，向她點了下頭，匆匆向外跑去，皇帝好不容易有點胃口，他無論如何也要找來可口的食物。

夜色正深，整座晉城白天時尚且街道冷清，此時更是闃寂無人。張有才不管，他要找中司監劉介、找王府裡的僕人、找晉城的官吏、找一切能找到的人，為皇帝做一頓京城風味的粥與鹹菜。

韓孺子發了一會呆，「有才？張有才？他怎麼神出鬼沒的……」

「陛下派他去做事了。」孟娥說。

「哦，是我給忘了。」韓孺子又開始犯睏，卻不想睡覺，「我好像有一陣子沒聽到琴聲了。」

「有幾個時辰了，我讓琴師停止的，陛下現在不需要聽琴了。」

「好吧。」韓孺子其實也是意興闌珊，那琴聲越聽越普通，早已沒有當初的魔力。

各種念頭在腦子裡此起彼伏，像一群吵吵鬧鬧的小孩，韓孺子突然問道：「孟娥，妳在試圖操控我嗎？」

「嗯，就快要成功了。」孟娥回道。

韓孺子覺得自己應該驚訝，甚至憤怒一下，可他心灰意冷，什麼感覺也沒有，努力想要抓住這個念頭，繼續詢問下去，外面敲門聲一響，他的思緒又飄開了。

劉介進來，「東海王和崔騰求見陛下，說是有急事。」

「嗯。」韓孺子點了下頭，覺得在自己腦子裡吵鬧不休的小孩子當中就有他們兩個。

東海王先進來，向皇帝行禮之後站到一邊，什麼也沒說，崔騰卻是個急脾氣，張嘴就要說話，看到角落的孟娥，又將嘴閉上，想了想，說：「陛下，我有要事，必須單獨相告。」

韓孺子又點下頭，過了一會抬頭看向東海王，「你先退下。」

東海王一愣，扭頭看向崔騰，崔騰急忙道：「不是東海王，是陛下的侍衛。」

「侍衛？哪來的侍衛？侍衛都在外面。」

孟娥走到皇帝身邊，「侍衛是我，我也在外面，隨叫隨到。」

「好。」韓孺子覺得自己要問什麼，卻想不起來了。

崔騰沉不住氣，對孟娥道：「隨叫隨到，不叫就不要到。」

孟娥目不斜視地走出房間。

東海王提醒道：「小心了，真動起手，咱們兩個都不是她的對手。」

韓孺子身體慢慢傾斜，東海王急忙上前攙扶皇帝坐起，「陛下待會再睡，崔騰帶來重要消息。」

「嗯，我不睡。」

崔騰上前兩步，「陛下，我查出是誰下毒了？」

「誰？」

「就是剛剛走出去的那個女侍衛。」

韓孺子沉默了一會，突然笑出聲來，「孟娥？不，不是她。」

「陛下不要太相信她，我有證據……」

「你聽誰說的？」韓孺子問。

「啊？這不重要，關鍵是……」崔騰得到過提醒，不願在皇帝面前提起琴師父女。

「很重要。」韓孺子仍然面帶病容，身子微微搖晃，一副弱不禁風的模樣，可他的話仍然具有不可置疑的威嚴。

崔騰立刻跪下，「是張煮鶴，不過我的確找到了證據。」

「張煮鶴……」韓孺子的思緒又一次飄移，「真是個怪名字。」

崔騰膝行向前，來到皇帝面前，仰頭道：「別管名字了，陛下得病之前，那個女侍衛就透過王府僕人買下許多藥材，其中幾味是有毒的！那名僕人我已經帶來了，就在院外，可以叫進來對質。」

「孟娥……我會親自問她，不用對質。」

「她不會對陛下說實話，萬一狗急跳牆……」

「不會。」韓孺子肯定地說，雖然思維有些混亂，但他並不糊塗，有些事情他看得清清楚楚，只是一時說不出明確的原因。

崔騰還想再說，東海王道：「別急，讓陛下再考慮一會，反正這也不是突然發生的事情，用不著非得今晚解決，另一件事倒是需要陛下馬上拿主意。」

「還有事？」韓孺子問。

東海王點頭，不等他開口，崔騰已經說道：「鄧粹要背叛陛下、投降匈奴。」

韓孺子打了一個大大的哈欠，「這個你也有證據？」

皇帝表現得如此不以為然，崔騰大失所望，看向東海王求助，東海王道：「你開的頭，接著說吧。」

東海王對告狀不感興趣，他寧願近距離觀察皇帝的一舉一動，尤其是皇帝的神情，如果只看臉色，皇帝的病情可是越來越嚴重了。

崔騰沒那麼多心事，說道：「是樊將軍找到的證據，他一直懷疑鄧粹，於是派人暗中監視鄧府，發現一名女僕天黑之後鬼鬼祟祟地出府，與代王府裡的兩名男僕私會！」

「嗯。」韓孺子對這種事更提不起興趣。

「等他們分開之後，樊將軍的人抓住女僕，一審問才知道，女僕是奉命行事，鄧粹將一紙出城命令交給兩名男僕，讓他們四更天出城去向匈奴人投降！」

韓孺子越來越睏，只覺得頭沉如山，這時就算天塌下來，或者匈奴人解圍，他也激動不起來，推開東海王伸來攙扶的手，說道：「東海王，你處理吧，我覺得事情沒這麼簡單，鄧粹不像是……」

韓孺子說睡就睡，睡得卻不踏實，在夢裡繼續對東海王說話，說他不太相信鄧粹會背叛，事情很可能另有原因，一定要問清楚。

崔騰茫然道：「陛下這是什麼意思？」

東海王壓抑心中的興奮，用無所謂的語氣說：「你聽到了，陛下讓我處理。」

「處理什麼？」

東海王想說「一切事情」，忍住衝動，說：「鄧粹和孟娥的背叛。」

崔騰站起身，迷惑不解，明明是他一直在說，處理之權怎麼會落到東海王手中？可陛下的確說得很清楚，他找不出破綻，只能嘆道：「陛下病得越來越重，心裡已經糊塗了。」

「即使這樣，陛下的話也是聖旨。」

崔騰哼了一聲，沒好氣地說：「行，你處理，你說怎麼辦？」

「對孟娥，先要按兵不動。」

「等她成功再說？」崔騰看了一眼睡夢中的皇帝。

東海王笑著搖搖頭，說道：「當然不是，咱們得先弄清楚孟娥在城裡還有沒有同伴，然後一網打盡，逼他們交出解藥。」

崔騰勉強點頭，「好吧，按你說的做，鄧粹呢？」

「樊撞山是個大老粗，我得親自審問鄧府的那名女僕。」
「代王府的這兩人呢？」
「讓他們出城。」
「什麼？」
「離四更沒有多久了，讓他們出城，現在把他們抓起來，很難證明什麼，就讓他們去見匈奴人，然後再看鄧粹會怎麼做。」
「怎麼做？開城門投降唄。」
「鄧粹是守城大將，必須得有最直接的證據，最好是抓現行。」
崔騰考慮了一會，「好吧，也聽你的。我還是覺得陛下剛才有點糊塗，叫錯了名字。」
「聖旨就是聖旨，由不得你胡猜亂想，走吧，別打擾陛下休息。」
兩人出屋，張有才端著食盤跑進來，上面擺著熱氣騰騰的米粥與鹹菜，晉城一家好幾天沒開張的飯館，叫來好幾位名廚專門烹製了這頓簡單的飯菜，遺憾的是一身本事無法施展。
看到皇帝又睡下，張有才輕嘆一聲，將食盤放在桌子上，為皇帝蓋好被子，自己也睏了，坐了一會，趴在桌上入睡。
孟娥悄無聲息地進來，走到皇帝身邊，俯身觀察了一會，一手輕輕托起皇帝的頭，另一隻手將一枚小小的藥丸塞到皇帝的嘴裡，輕撫胸膛，幫他咽下去，然後退到角落，好像什麼都沒發生。
過了一會，韓孺子慢慢睜開眼睛，沒有坐起來，躺在那裡輕聲問道：「妳餵我吃的什麼？」

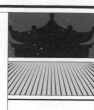

第三百二十六章　逃為上計

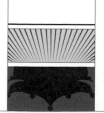

孟娥走過來，輕聲問：「陛下在裝睡？」
韓孺子點了點頭，平靜地看著她，等待回答。
「陛下想知道我餵的是什麼？」
「嗯。」
「我已經說過了。」
「什麼時候？」韓孺子詫異地問，他強忍著才沒有入睡，這時腦袋沉得好像整個身體上下顛倒。
「裝睡就說明有效果了。」孟娥沒有回答。
「什麼效果？」
「別強撐，能睡就睡。」孟娥將手指放在皇帝額上，輕輕下劃，韓孺子感到一絲暖意，雙眼不由自主地閉上，不等他提出反對，周圍的一切，連同他的懷疑，都消失了，只剩下純粹的黑暗。
「妳在幹嘛？」一個聲音問。
孟娥頭也不回地說：「沒你的事。」
「陛下的事就是我的事。」張有才尖著嗓子說，雙拳緊握，他知道自己打不過孟娥，但他能喊。
孟娥不為所動，仍然盯著皇帝，觀察他的呼吸、神色、眼珠的轉動等每個細節，「陛下必須離開這裡。」

張有才一愣，聲音稍有緩和，「離開？去哪？」

「去安全的地方，我也看了那些國史，大楚太祖好幾次獨身逃亡，最終才能擊敗敵人奪得天下，他若是每次都固守一城，早就被趙王殺死了。」

張有才對一百多年前的往事不感興趣，對「逃亡」倒是很在意，「外面全是匈奴人，大家都說城裡的人插翅難飛……」

「我出去一趟，你守在這裡，別讓人打擾陛下休息，這件事很重要，明白嗎？」孟娥的語氣突然變得嚴厲起來。

「明、明白……」張有才一頭霧水，孟娥卻已經走了，張有才困惑地小聲說道：「陛下是因為得病，孟娥沒病，說話怎麼也顛三倒四的？」

張有才早就認識孟娥，卻一直不覺得她像宮裡的人，甚至不像是正常的人。

他幾步走到椅榻前，發現皇帝睡得相當香甜，呼吸不像前幾天那麼沉重，心中稍稍安定，可還是猶豫不決，一會覺得孟娥真有辦法，一會覺得自己上當受騙，正在耽誤最佳的救治時機。

中司監劉介走進來，輕聲問：「陛下怎麼樣？」

「還好。」張有才轉身道，決定給孟娥一次機會。

「嗯，這是太醫開的藥，已經熬好了，等陛下醒來，你服侍陛下服藥，太醫說涼了也沒事。」劉介將托盤和一碗藥放在桌上。

「孟娥說陛下不用吃藥。」

「她不在這裡，而且她也不是太醫。」劉介嚴厲地說。

張有才急忙道：「是，劉公，我聽您的。」

劉介嗯了一聲，看向皇帝，「陛下的病來得太蹊蹺、太不是時候，如今城裡沸沸揚揚、人心混亂，陛下必須盡快好起來才行。」

「陛下得病的消息已經傳開了？」

「嘿，這種事情瞞得住嗎？據說已經有人偷偷出城向匈奴人投降了。」

「啊……」

「小心看護陛下，對孟娥要防備著點，張有才，身為近侍，這都是你的職責。」

「是，劉公……」張有才差點要將孟娥的事情全說出來，可是看了一眼熟睡中的皇帝，將話又咽了回去。

不知是錯覺，還是確有其事，他覺得皇帝確實睡得比前幾天踏實些。

劉介沒看出來，得到肯定回答之後，滿意地退出房間。

皇帝一直沒醒，等了兩刻鐘之後，張有才一狠心，自己將那碗藥喝下去，味道苦澀得他幾乎想哭。

又等了一會，他將托盤與空碗送出房間，劉介看到後更滿意了。

日上三竿，孟娥沒回來，東海王和崔騰來了，看了一眼皇帝，各自找地方坐下。

張有才覺得奇怪，這兩人今天來得晚，神情也不大對勁，故意挑相距最遠的兩張椅子坐下，像是在鬧彆扭——他們總鬧彆扭，但通常是為了爭搶同一個位置，很少會主動分開。

皇帝這一病，不知要惹出多少是非，張有才心裡嘆息，他管不了別人，只能守在皇帝身邊，提供一點力所能及的幫助。

「陛下怎麼還沒醒？」崔騰忍不住問道，平時皇帝總是醒一會、睡一會，今天卻一直躺在那裡不動。

「醒過一次，你們來得晚，沒趕上。」張有才撒謊道。

崔騰打了個哈欠，他一晚上沒睡，現在真是睏了，瞧了一眼對面的東海王，「你幹嘛用這種眼神看我？」

「我看你了嗎？我自己可沒注意到。」

「嘿，別以為我不知道你心裡想什麼，你這是幸災樂禍，準備在陛下面前告我一狀。」

「何必由我告狀？這是陛下必須知道的事情，你應該主動交待。」

「那能怨我嗎？」崔騰怒道，聲音不自覺地抬高。

張有才惱怒地說：「小點聲，陛下好不容易睡得熟些。」

崔騰不好意思地笑了笑，起身向東海王招手，示意他到外間說話。

外間沒有別人，崔騰小聲道：「怎麼辦？」

「什麼怎麼辦？」東海王裝糊塗。

「哎呀，快給我出個主意吧，非得讓我求你嗎？」崔騰急切地說。

「只能實話實說，沒有別的辦法。」

崔騰想了一會，揮了揮拳頭，咬牙切齒地說：「只是兩名僕人被我打了兩下而已，我又沒說非要殺死他們，至於逃出去投降匈奴嗎？」

「誰讓你非說記得人家的樣子？現在又是這種時候，代王薨了、晉城被圍、皇帝得病，當然能逃就逃。」

代王府的兩名僕人曾私下議論崔家小姐，被崔騰聽到，踢了一腳、打了一拳，這兩人嚇壞了，以為必遭報復，一狠心，竟然決定出城投降外敵。

鄧府女僕是其中一人的姘頭，找人私寫了一份出城令，偷偷蓋上將軍的印章，讓這兩人先出城看看情況，如果真有活路，再將她接出去。

在樊撞山那裡，她卻沒說實話，反而栽贓給自家主人。

東海王比較謹慎，重新審問女僕，終於弄清了真相。

「都怪你，非要將那兩人放出城去，這下子好了，鄧粹沒有謀反，倒是將我陷進去了。」

「鄧粹守印不嚴、用人不查，終歸難辭其咎。」

「那我呢？」崔騰顫聲問。

「你？算是始作俑者吧。」

「他們兩個把我妹妹說成那樣，難道我就忍著？」崔騰又怕又怒。

「平時你就算將他們打死也沒事，兩個僕人而已，他們想逃也沒處逃，可現在外面全是匈奴人，晉城朝不保夕，你還當這是京城，想要崔家二公子那一套？」

崔騰更怕更怒，一把揪住東海王的衣領，「是你非要將他們兩個放出城去！」

東海王冷笑，「要不是我，你惹下的只有麻煩，現在有一件奇功擺在面前，你不感謝我，還要埋怨？」

崔騰鬆開手，「奇功？哪來的奇功？」

「等陛下醒了，我自會說。」

崔騰立刻換上嘻皮笑臉，「東海王、好表弟，我知道你最聰明，你就別戲耍我了，快告訴我，難道放那兩人出城還有什麼好處？」

東海王矜持地咳了一聲，「渴了。」

崔騰手忙腳亂地倒茶，捧到東海王面前，帶著歉意說道：「有點涼。」

東海王抿了一口，眉頭微皺，將茶杯還給崔騰。

崔騰若有期待地看著東海王，「說啊。」

「說什麼？」

「所謂的奇功是什麼？」

「哦，其實很簡單，鄧府的女僕說了，那兩人投降匈奴人是探路，如果匈奴人不殺他們，還給獎賞，他們就想辦法把她也接出去。」

「匈奴人看見楚人就殺，不會放過他們兩人吧？」

「晉城一破，所有人都會被殺，可現在正是圍城的時候，匈奴人只要稍微想一想，就會留下那兩人，讓他們引誘更多人投降，令晉城不攻而破。」

「啊，那我惹的禍豈不是更大了？」

「笨蛋，這也是陛下逃出晉城的機會啊。」

崔騰眨眨眼，沒聽懂。

「那兩名僕人是真心投降匈奴，肯定毫無破綻，他們還不知道女僕被抓，更不知道事跡敗露，等他們傳來訊號，誰能出城不就由咱們控制了？」

崔騰大吃一驚，想了好一會，「這、這太冒險了，萬一陛下被認出來……」

「所以得有人替陛下探路，先出城，確保安全之後，告訴匈奴人自己還能引出更多人投降……」

崔騰一咬牙，「我去探路，死在匈奴人手裡我也認了。」

「那兩名僕人認得你。」東海王提醒道。

「也是，那該讓誰出城探路？」

「別急，這個計畫還有許多漏洞，得慢慢完善。」東海王想說的是自己，但他不願顯得太過急切，以免引起懷疑。

他簡直有點敬佩起自己了，能在這麼短的時間裡想出這個計畫，如果真能逃出晉城……東海王怦然心動，只要能回到京城，大楚的災難就是他的幸運，至於如何實現，還需要更多的設計。

雖然更有可能死在匈奴人手中，但東海王寧願冒這個險。

「陛下怎麼還不醒？」崔騰有點著急。

「只有京城的太醫院能為陛下解毒，所以陛下得盡快離開晉城才是，咱們就別在這守著了，趕快去完善計畫吧。」

「不跟陛下說一聲嗎？」

「有把握再說，別讓陛下空歡喜一場。」

「對對。」崔騰此時已是心悅誠服，跟在東海王身後往外走。

午後不久，韓孺子終於醒來，臉色蒼白，不像平時那麼神色奕奕，也沒有馬上坐起來，睜著眼睛發了一會呆，說：「有吃的嗎？」

張有才聽到說話聲才注意到皇帝醒了，急忙道：「有粥和鹹菜，已經涼了，我叫人再做一份。」

「不用，涼的就好。」

韓孺子將一大碗涼粥全吃下去，意猶未盡，但是不想再要了，扭頭看了看，「孟娥呢？」

「她出門了，沒說去哪。」

韓孺子嗯了一聲，隱約記得自己曾與孟娥有過對話，具體內容卻想不起來了，只記得一件事，孟娥在彭城時曾經說過，要配製一副藥幫他修練內功。

第三百二十七章 皇帝的信任

傍晚時分孟娥才回來，先去吃飯，然後往角落一站，好像從未離開過。張有才幾次想問她去哪了，話到嘴邊又都忍住，因為得不到答案，孟娥顯然是在等他離開。

下午韓孺子又睡了一覺，醒來之後覺得精神不錯，吃了一點食物，甚至讓劉介送來一些公文，與京城的聯繫已經中斷，這些公文都來自城裡的將軍與官吏，韓孺子看了一會，又感到睏倦。

這幾天他一直睡在椅榻上，今晚想移到大床上休息，張有才叫人送來浴桶，服侍皇帝洗澡，換上新衣裳，這樣能睡得更舒服些。期間孟娥一直都在，目光移開，太監們都將她當成宮女看待，對此也不在意。

一切收拾妥當後，張有才不用隨時守在皇帝身邊，退出房間時，深深地看了孟娥一眼，孟娥卻不給他任何回應。

只剩下兩人，韓孺子躺在床上，仍然覺得疲憊，但不再虛弱無力，體力似乎在一點一點恢復。

安靜了一會，孟娥吹熄蠟燭，又要退回到角落，韓孺子只好先開口：「妳在幫我練功？」

「對啊，我不是已經說過了嗎？」

「時機不對……」

「時機？沒有更好的時機了，你現在被困在城裡，什麼都做不了，正好練功。」

韓孺子張口結舌，仔細一想，孟娥說得真沒錯，他現在與外界隔絕，無法處理國家大事，守城也用不著他出力，的確沒什麼事情可做。

「皇帝……就像一面旗幟，無論有事沒事都得樹立在那裡，盡可能讓大家看到，妳不是想學帝王之術嗎？這就是。」

孟娥沉默了一會，說道：「那如果有人想毀掉這面旗幟，而且已經站在了旗下，旗幟還要繼續立在那裡？也不躲一躲？」

「嗯？」韓孺子先用的比喻，現在卻有點聽不懂了，「你是說有人想害我？城外就是匈奴人，還用得著陰謀詭計？」

「別急，幾天之內事情就會水落石出，到時候陛下自然明白，陛下現在最需要做的事情就是養好身體。」

韓孺子閉上眼睛，卻睡不著，開口道：「妳得告訴我實情，為什麼妳的藥會被太醫誤認為是中毒？兩者的症狀幾乎一樣。」沒有回應，「孟娥，妳還在嗎？」

孟娥早已不告而別。

韓孺子嘆了口氣，孟娥這種性格，想學帝王之術真是難上加難，不過他總算確認了一點，就是孟娥的確沒有害他之意。

他等了一會，慢慢地睏意襲來，終於沉沉睡去。

不知過去多久，韓孺子突然睜開雙眼，發了一會呆，意識到自己在聽琴聲，可是與之前完全不同，曲調幾乎未變，感覺卻不一樣，想來想去，他只能用「靡靡之音」四個字來形容現在聽到的琴音。

這讓他非常驚訝，於是仔細聽下去，終於明白區別在哪裡。

空音曲是兩個人彈奏，一主一賓、一正一奇，在此之前，韓孺子聽到的都是主、正之音，不知為何忽略了大多數的賓、奇之聲，而恰恰是後者，就是「靡靡之音」的來源。

「主」正襟危坐，「賓」極盡挑逗，這才是空音曲全部的內容，它取這樣一個名字大概是為了掩人耳目。

韓孺子越聽越驚訝，越聽越不喜歡。

琴聲戛然而止。

過了一會，孟娥的聲音突然從角落傳來，「看來今晚是不會來了。」

「誰不會來了？」韓孺子坐起身，赤腳下地，覺得體力又恢復了許多，頭腦基本上也恢復了清醒，那種對什麼事情都無所謂的倦怠情緒，消失得無影無蹤，再也無法忍受自己被蒙在鼓裡。

「琴師。」

「琴師為什麼要來？」

「陛下需要休息。」

「我需要的是答案。」

「好吧，陛下想知道什麼？」

韓孺子躺得太久，雙腿有些軟麻，在黑暗中慢慢活動了一會，先將琴師的事情放下，問最重要的事：「我為什麼會有中毒的症狀？」

「因為陛下的確中毒了。」

韓孺子一愣，「你下的毒？」

「準確地說，是陛下身邊所有人共同下的毒。」

「嗯？」

「我的薰香、張有才的茶飯、劉介送來的公文、東海王和崔騰隨身攜帶的香囊……我們一塊下的毒。」

韓孺子在黑暗中摸到了桌子，一隻手按在上面，輕輕地輪流甩動兩隻腳，「好複雜的毒藥。」

「單獨每一樣都沒有毒，合在一起卻是劇毒，唯有如此，下毒時才能不露痕跡，事後又極難醫治。」

在諸多「下毒者」當中，只有孟娥掌握全部情況，其他人都不知情，無意間遭到利用，調查的時候都說不出什麼。

「可是妳能解毒？」

「嗯，試過一遍下毒之後，我就知道如何解毒了，陛下已經吃過解藥。」

韓孺子覺得雙腿能支撐身體了，只是更加酸麻，「妳為什麼急著找出解藥？」頓了一下，他又加上一個問題：「為什麼非要在我身上嘗試？」

「因為真正下毒的人快要動手了，我必須搶在前面。用在陛下身上，則是要引出這個人。」

韓孺子啞然，「引出來了？」

「嗯，我白天的時候去見過他了。」

韓孺子等了一會，「妳不打算告訴我是誰？」

「我以為陛下會接著問——是花繽。」

「花繽？他要下毒害我？」韓孺子有點難以相信，花繽被關在儀衛營裡，自保都難，怎麼能對皇帝下毒？

「陛下北上巡狩，路線都是事前確定好的，原本計畫在晉城停留三到五天，與北軍匯合之後再出發。」

「對，這是兵部確定的路線。」

「各地要提前準備迎接陛下，所以這條路線早就洩露出去，一群江湖人提前到達晉城，打算在這裡救出花繽，如果可能的話，就趁機殺死陛下。」

「又是江湖人，他們為何非跟大楚皇帝過不去？」

「據說裡頭有些私人恩怨，具體情形我不太瞭解，陛下有機會的話，去問花繽吧。」

「嘿，肯定要問。」韓孺子回到床邊坐下，「花繽有多少幫手？」

「花繽沒有告訴我，只有將陛下的頭顱帶去，他才會完全相信我。」

韓孺子默默地想了一會，「琴師父女又是怎麼回事？妳好像對他們懷有戒心，而且他們的琴聲很古怪。」
「陛下聽到全部琴聲了？」
「如果早知是這樣，我絕不會帶上他們。」
「張煮鶴、張琴言並非真正的父女，而是師徒，當初張煮鶴是在東海學的琴藝，與義士島的武功頗有淵源，陛下的內功已經小有所成，所以最初聽到琴音的時候會有飛升之感。」
「沒錯，好像對修練內功有幫助，可你讓我不要再練。」
「物極必反，陛下並非真正的習武之人，所練內功進展緩慢但是安全、也不耗費太多精力，如果被琴音催動，進展加快，將會得不償失。」
「可我現在能聽到全部琴音了。」
「因為我幫助陛下打通了任督二脈，內功雖未有太大增長，但是能受控制。陛下其實可以選擇要聽哪種琴音，不過我建議陛下還是聽現在這一種為好。」
「世上真有這種琴藝，能讓聽者感受到不同的聲音？」韓孺子已經領教過，但還是覺得不可思議。
「非得有義士島的內功，才能聽到不同的琴音，張煮鶴沒料到陛下會內功，他們父女最初的目的只是引誘陛下接受美色而已。」
「怪不得太監們不受影響，可為什麼崔騰也不受影響？他只喜歡張琴言，對琴曲沒有興趣？」
「對琴藝我只瞭解這麼多，張煮鶴已經猜到是我傳授內功給陛下，對我非常警惕，我問不出什麼。」
韓孺子嗯了一聲，「張煮鶴也算是江湖人，會不會與花繽是一夥的？」
「難說，我沒有證據。」
韓孺子心中許多疑惑都得以解開，只剩下一件，嚴格來說這不算疑惑，因為他已經猜到答案，「是義士島告訴妳這些事情的吧？」

孟娥嗯了一聲。

從臨淄逃出來之後，孟娥對皇帝面臨的諸多危險瞭若指掌，突然間既會下毒又會解毒，韓孺子只能得出一個結論，「義士島希望妳能取得我的信任，然後呢？他們，或者說妳，想從我這裡得到什麼？」

「義士島希望能有一個人時刻留在大楚皇帝身邊，那時候他們還料不到匈奴人如此順利。」

「妳呢？」

「我？我就是要取得陛下的信任。」

韓孺子沒法再問下去了，孟娥將一切如實相告，的確取得了皇帝的信任，至於她今後如何利用這份信任，會不會在義士島一聲令下的時候與皇帝為敵，韓孺子無法預料，孟娥的任何回答也不足為憑。

「所以妳就自行其是，也不告訴我一聲，就做了這些事情？」

「陛下希望我提前說一聲？」孟娥好像有點迷惑。

韓孺子哭笑不得，「當然，我是皇帝，皇帝必須知道一切，起碼得知道那些生死攸關的事情。」

「可你說過，虛張聲勢也是帝王之術，我如果事先說明，陛下的病就不會這麼真實，我也就無法取得花繽的信任了。」

「妳還不是帝王，孟娥，妳可以學習帝王之術，但不要用在我身上。花繽想對我下毒沒那麼容易，今後再有類似的事情，妳要提前告訴我，如果做不到的話，我不能讓妳留在我身邊。」

「好。」孟娥回道，「現在就有一件事。」

「嗯，說吧。」

「我要帶陛下逃出晉城，一切都計畫好了，但是只能帶陛下一個人。」

韓孺子將兩條酸麻的腿搬到床上，笑道：「逃？我不逃，孟娥，妳想學帝王之術，就認真觀察吧。手裡有刀劍，誰還赤手空拳？學會了帝王之術，誰還需要隻身逃亡？」

「大楚太祖……」

「他那個時候還不是皇帝，看著吧，孟娥，看著吧。」韓孺子輕輕揉著腿上的肌肉，覺得自己很快就能隨意奔跑。

第三百二十八章 一退一進

皇帝在病榻前召開了一次朝會，地位高些的將軍與官吏守在皇帝身邊，低一些的在外間列隊，更低一些的站在院子裡，總共一百多人。

房門敞開，可所有人都壓低聲音說話，外面的人聽不到什麼，只能做出側耳傾聽的模樣。

韓孺子躺在椅榻上，閉目養神，一臉倦容，皇帝得病的消息已經傳開，他沒有必要再掩飾。

鄧粹是守城大將，由他報告最近的戰況，結果幾句話就說完了，「匈奴人每次揹一支援軍之後，都會來城下炫耀，迄今已有三次。」

兵部官員雖然不指揮作戰，但是瞭解所有兵力部署，於是上前填充了一下時間，將晉城各個方向的防守以及估計的敵軍數量詳細稟明。晉城雖然不大，但是儲存了不少糧草，本來是用來供應塞外的馬邑城，現在正好能用上，幾個月不成問題……

韓孺子偶爾嗯一聲，表示自己還在聽。

至於突圍之法，眾官也都紛紛獻計，可是都立足於匈奴人多行不義必自斃，以及天下楚軍同一時刻趕來救援的基礎之上，說白了，就是等待奇蹟發生。

身為主將的鄧粹一言不發，甚至有些無禮地打量皇帝的住處，以消磨時間。

眾人終於說完，一下子陷入沉默，皇帝連嗯的聲音也不發出，好像已經睡著，沒人敢打擾，也沒人敢走，就這麼靜靜地站著。

足足一刻鐘之後，皇帝終於睜開雙眼，在太監的攙扶下勉強起身，虛弱地問：「大單于在哪？」

群臣面面相覷，懷疑皇帝是不是做了一個夢，人醒夢卻沒醒，所以問出這樣沒頭沒尾的話。

鄧粹仍是一副事不關己的樣子，兵部官員只好回道：「匈奴大單于的旗幟一直沒有在城外出現，臣等推測，他很可能率兵南下，去與齊國叛軍匯合了。」

晉城消息閉塞，對外面的形勢只能猜測。

韓孺子輕輕搖頭，「匈奴人可能會南下，大單于不會，他不敢離草原太遠。」他費力地抬起眼皮，看向屋內群臣，說：「剛才哪位大人說到和談？」

禮部的一名官員急忙上前道：「微臣曾經提到過和談，微臣以為……」

官員急切地想給自己的建議加上一些限定條件，以免惹出是非，皇帝卻已經點頭，「好，就按樓大人的辦法來，與大單于和談，樓大人什麼時候能出發？」

「啊？」樓大人大吃一驚，「依微臣愚見，眼下尚非和談的時機，需等楚軍……」

韓孺子搖搖頭，「等不了，樓大人今天準備，明天出城。」

樓大人撲通跪下，後悔莫及，不敢當場拒絕，只能從命，心裡卻在琢磨著如何拖延，直到此事不了了之。

可皇帝卻沒有他想像得那麼糊塗。

「樓大人一個人不行，還得選一位副使，哪位愛卿自願擔任？」

皇帝看上去完全不瞭解目前的形勢，也怪兵部，習慣了多報喜少報憂，將守城說得一點也不嚴峻，皇帝才會在睡夢中做出和談的決定，以為這是一件很容易的事情。

群臣都用餘光掃量兵部官員，剛才還在侃侃而談的兵部官員這時死死盯著自己的腳尖，一動不動，更是一個字不說。

讓眾人感到幸運的是，皇帝心裡已有人選，「喬萬夫何在？」

屋裡大多數人沒聽說過「喬萬夫」這個名字，有官員立刻轉身去問外間的人，外間的官員又去問庭院裡的人，終於在顧問群中找到了喬萬夫。

喬萬夫原是敖倉令，因為作戰有功，被提升為散騎常侍，其實只是皇帝眾多顧問中的一員，實權還不如小小的敖倉令。

喬萬夫身材矮小，聽到傳召疾步前行，門口的官員卻沒有看到，還在問：「喬萬夫，喬萬夫是哪位？」

「卑職在。」喬萬夫應道。

官員又找了一會，終於看到舉手跑來的人，心想，皇帝真是病得不輕。

喬萬夫有很長時間沒得到皇帝召見了，心中難免惴惴，一進裡間就跪下，膝行到皇帝面前。

韓孺子又躺下了，雙目微閉，似乎沒注意到喬萬夫的到來，要不然就是忘了，群臣沒一個開口提醒。貼身服侍的太監在皇帝肩上輕輕按了一下，皇帝再次睜開雙眼，看了看跪在地上的兩名使者，輕輕地嗯了一聲。

太監張有才向中司監劉介點點頭，劉介朗聲道：「群臣退下，正副二使留下。」

群臣遵旨，按品級魚貫而退，出了皇帝的住處，全都鬆了口氣，轉而為正副使者擔憂。

禮部官員樓循是位持重的老臣，按慣例提出和談的建議，怎麼也沒想到皇帝居然會同意，而且將重任交到自己手中，一直在想金蟬脫殼之計，沒怎麼注意跪在身邊的喬萬夫。

劉介請兩人平身，隨後帶著其他太監離開，只留兩名侍衛，這是宮裡的規矩，除非得到皇帝的親口允許，中司監不可旁聽君臣議事。

韓孺子問道：「樓大人打算如何勸說大單于接受和談？」

「這個……這個……依臣愚見，當然是曉之以理、動之以情，想那匈奴人久居草原，入關之後必有種種不適，由此著手，或可將其勸退。不過現在的問題是大單于在哪，必須先弄清……」

「出城去問匈奴人。」皇帝給出答案，轉向喬萬夫，這才是他心目中真正的使者，可惜職位太低，臨時提升有可能會被匈奴人看穿，只好安排一位正使，「喬大人有何想法？」

喬萬夫完全沒有準備，迅速穩定心神，「既然是和談，陛下的目標可告知否？」

韓孺子微微點頭，「當然是匈奴人退回塞外。」

「難，陛下可還有低一些的目標？」

「也難，陛下可還有更低一些的目標？」

「匈奴人退回塞外，雙方約為兄弟之邦，關市互通。」

「匈奴人退回塞外，關市之外，大楚按年給予補償，數額可以商量。」

「嗯，也不容易，陛下可否在關內劃出一片土地容納匈奴人？」

不等皇帝開口，樓循已是大驚失色，「大楚列祖列宗開疆拓土，後代子孫怎可拱手讓於外人？陛下，此口萬不可開，這位喬大人信口雌黃，該領重罪。」

樓循瞧出來了，皇帝真正看中的使者是喬萬夫，自己只是陪綁，如果能讓皇帝對此人失去信心，自己也就解套了。

喬萬夫立刻跪下，不敢辯解。

樓循一下子來了鬥志，繼續道：「喬萬夫不是和談，而是賣國，成與不成還是小事，只怕會向大單于示弱，令匈奴人圍城更加有恃無恐……」

「樓大人的意思朕已明白，你先去準備吧，明天一早出城，不可耽誤。」

樓循不敢抗旨，猶豫了一會，只好退下。

「起來說話。」韓孺子道。

喬萬夫起身，垂手站立，還是沒太明白皇帝的用意。

「喬大人似乎很懂得經營之道。」

「微臣學大道不成，才轉學此等小術。」

「術業有專攻，大道需要傳承，小術也得有人學，何況經營之道惠及天下，非是小術。」

「陛下見識非微臣所及。」

韓孺子輕笑一聲，皇帝的隨便一句話都能得到稱讚，想讓官員們去掉這個「習慣」可不容易，「喬萬夫，你明白朕為何選你當副使？」

「微臣愚鈍，奉旨行事而已，不敢妄揣聖意。」

「城外強敵環伺，朕要的不是『奉旨行事』，你就『妄揣』一下吧。」

喬萬夫略感驚訝，皇帝的聲音雖然虛弱，卻不像重病之人，忍不住抬眼迅速瞥了一下，沒瞧出什麼，開口回道：「是，陛下。微臣以為，匈奴人乃化外之民，不通禮儀、不講仁義，難以正道說之。因其貪利，需臣以經營之道誘之。」

韓孺子點頭，喬萬夫沒有讓他失望，本來他還有許多事情要交待，現在都不用說了，「大單于肯定會見你，但是此行危險重重，大單于隨時都可能殺楚使洩憤，你有準備嗎？」

「微臣不怕死，可是樓大人……」

「他是禮部侍郎，出使匈奴、臨敵守節是他的職責。」韓孺子無論如何都得派出一位大臣，樓循只能算是倒霉了。

「微臣明白。」

韓孺子想了一會後，說道：「絕不割地。其他事情，隨喬大人做主，朕有一封密旨給你，必要的時候可以出示給樓大人。」

喬萬夫只是副使，必須有密旨才能做主。
喬萬夫領旨告退，認真準備出使匈奴。樓循卻在想辦法拖延，一些相熟的官員相助，從馬匹、隨從、節杖、書信措辭、城門開放、如何與城外匈奴人溝通等諸多細節中提出為難處，每件都需要一兩天時間解決。
皇帝接連下了三道聖旨，一道比一道嚴厲，待到夜色降臨，樓循終於放棄抵抗，請來城中的親朋好友，撒淚相別。
次日天剛亮，正副使者帶著六名隨從出城，在城頭眾人的注視下，緩緩向匈奴人營地前進，半個時辰後，他們被一隊匈奴人騎兵攔截，倒是沒有射殺，而是帶入營中，城上的人再也看不到了。
韓孺子又一次在病榻前召開朝會，這回沒人敢亂說話，朝會很快結束。皇帝單獨留下鄧粹，大部分官員都不太喜歡這位車騎將軍，覺得他要倒霉了，心裡又鬆了口氣。
韓孺子卻要對鄧粹委以重任。
「鄧將軍需要多少兵馬才能擊退匈奴人？」
「二十萬可以一戰，三十萬必勝，若得五十萬人，敢讓匈奴人一個也回不了塞外。」
大楚可沒有現成的五十萬軍隊，韓孺子道：「只有塞外駐軍較多，加在一起或許有二三十萬。」
「可他們一股一股地前來救駕，只怕幾個月之內就會消耗殆盡。」
「所以朕要派鄧將軍親去塞外協調諸軍。」
欽差卓如鶴正在塞外調集軍隊，韓孺子也派人送出了聖旨，可他覺得不夠，卓如鶴是文臣，指揮不了大軍，碎鐵城的辟遠侯張印一直沒有消息，韓孺子必須儘快派出一位大將。
鄧粹沒有顯出驚訝，想了一會，「那我需要一個月的時間集結大軍。」
「二十天。今晚朕就派人送你出城。」

「好。」鄧粹答應得很痛快，甚至沒問皇帝怎麼能將他送出重圍，既然能逃，皇帝自己為何不逃。

「夜逃生死難料，鄧將軍要有準備。」韓孺子說。

第三百二十九章　不尋常的夜晚

花繽覺得自己真是老了，回想年輕時的鮮衣怒馬、快意恩仇，居然沒有任何感覺，就像發生在別人身上的傳說，而且是個愚蠢的傳說，多年前的俊陽侯全然不知自己正在浪費時間與精力。

喝一杯酒，嘆一口氣，花繽嘴角露出微笑，「不過如此。」他說，「不過如此。」他又說。

外頭天已經黑了，儀衛營中的少量士兵早早休息，花繽自斟自飲，心情坦然，隱約覺得自己像是看破人情冷暖的世外高人。

但是晉城絕非「世外」。

有人推開門不請自入，看到花繽，上前幾步撲通跪下，激動地叫道：「父親。」

花繽輕輕搖頭，自己畢竟不是世外高人，與這世上有著千絲萬縷的聯繫，眼前的青年正是最重要的一縷。

「你不該來。」

「父親遇難，天下豪傑群起相救，我怎能置身事外？」花虎王越顯激動，抬頭仔細察看，「之前沒告訴父親，是不想讓父親擔憂，今晚咱們就能離開晉城，已經無所謂了。」

花繽很想提醒兒子，從來就沒有所謂的「天下豪傑」。江湖是個統稱，囊括了各色人等，豪傑們各懷異心，永遠也不能「群起」做一件事。可是一想起自己幾十年來都在犯同樣的錯誤，也就不想多嘴。

「事情準備得怎麼樣了？」

「都好了，二更一刻進王府，一切順利的話，一刻鐘就能出來，三更準時出城，城外十里有人接應，也都安排好了。」

花繽點頭。

「那個女人可信嗎？」花虎王忍不住問了一句。

「她是陳齊後人，有義士島為她擔保，親手向皇帝下毒，已經得到證實……」話是這麼說，花繽並不相信孟娥，看到兒子花虎王之後，他更覺得謹慎些是正確的，「今晚的計畫要推遲。」

「可是……」花虎王一驚。

「只需推遲一小會，三刻鐘吧。」

「可城外接迎的人……」

「讓他們等一會沒關係。」花繽腦子裡一直有個計畫，即使兒子不出現，他也要執行，「先讓別人替咱們探下路，順便也檢驗一下孟娥是否可信。如果有意外發生，你立刻就走，絕不要回來找我。」

「父親……」

花繽的神情變得嚴厲，「咱們父子二人不能同時陷在這裡，出城之後立刻讓匈奴人前來攻城，還來得及救我一命，你若一時猶豫，咱們都活不到明天早晨。」

「是。」花虎王只好同意。

「去吧。東海王也住在王府裡，守衛不嚴，如果不能刺殺皇帝，你就派人去殺東海王，也好給匈奴人一點交待，他們未必知道兄弟二人的爭鬥，聽說是皇帝的弟弟，應該很高興。」

「是。」花虎王從前與東海王算是朋友，這時卻沒有為他爭辯一句，起身退出房間，匆匆走出儀衛營，與街上的數名同伴匯合，他們就住在附近，能夠觀察到代王府和儀衛營。

周圍沒有埋伏，看上去，皇帝對今晚將要發生的事情一無所知。

韓孺子知道得的確不多，因為孟娥也問不出全部計畫的內容，她只知道一件事：今晚會有人來取皇帝的首級，然後連夜帶著首級與花續逃出晉城。

韓孺子對這個計畫有些費解，「營救花續的江湖人既然要對我下毒，為什麼又要取我首級？」

「下毒是他們最初的計畫，本意是製造混亂，趁機救走花續，沒想到匈奴人將晉城包圍了，他們又與匈奴人勾結，必須帶著陛下的首級出城，才能得到匈奴人的接應。」

「嘿，匈奴人不想利用我引誘各地援軍了嗎？」

「不太清楚，我懷疑匈奴人內部也有分歧，有人想圍而不攻，有人想速戰速決。」

孟娥的猜測有些道理，東西匈奴去年才合而為一，內部存在紛爭很正常，韓孺子希望已經出城的使者喬萬夫能找對談判對象。

夜色漸深，孟娥道：「我該去接迎刺客了，陛下小心。」

韓孺子嗯了一聲，孟娥轉身出屋。

孟娥曾向花續提出由她「刺殺」皇帝，花續沒有同意，一定要自己派出刺客，孟娥只需將刺客引入皇帝的臥房，至於具體時間他沒有透露，孟娥整個晚上都得守在接頭地點。

想取得花續的信任很難，想引出那些藏在城裡的江湖人更難。

韓孺子坐在窗邊，腦子裡想的不是即將到來的刺客，而是不知人在何處的大單于。

房門打開，侍衛頭目王赫悄悄走進來，低聲說：「陛下，都安排好了，為了安全起見，陛下是不是……」

「朕要留在這裡。」

王赫沒有辦法，只好說道：「我留在陛下身邊，外面的人等我發出信號就會動手。」

「嗯。」韓孺子身邊的確需要一名護衛。

屋子裡沒點燈，兩人在黑暗中一坐一站，過了一會，韓孺子有點好奇地問：「侍衛用什麼發信號？」

「特製的瓷哨。」王赫馬上答道。

「朕小時候有過一隻瓷哨。」韓孺子微笑道。

王赫對皇帝的鎮定感到驚訝，「我們的哨子特別一些，能發出不同的聲音，今晚選用的鳥叫聲，只有侍衛能聽出區別。」

「不錯。」韓孺子指著窗紙，「該怎麼監視對面的情況？」

王赫上前，「陛下稍讓。」

韓孺子起身讓到一邊，王赫取出一柄匕首，雙手托著，在窗紙上輕輕劃了一圈，挖出一小小的圓洞，馬上收起匕首，退後幾步，「陛下請回。」

韓孺子重新坐在凳子上，靠近窗戶，一隻眼睛正好對準窗紙上的小洞，能看到斜對面的臥房，他的臥房，也是刺客要去的地方。

「你怎麼監視？」韓孺子問。

「我站門口。」

「你做自己的事吧，不用總守在朕的身邊。」

「是，陛下。」王赫退到門口，一隻眼向外窺視，另一隻眼仍時不時瞥皇帝一眼。夜色中，皇帝的身影只是模糊一團，像是擺在窗邊的一只大花瓶。

對王赫來說，抓捕刺客是次要的，最重要的職責是保護皇帝的安全。

皇帝太相信那名女侍衛，這讓王赫深感不安。

時間一點一點過去，兩人都不說話，安靜地觀察對面。庭院裡空無一人，偶爾有巡視的侍衛經過，也是極快地進出，不做停留。

將近二更，中司監劉介走出房間，帶著一名提燈太監四處檢查，他是一名盡職盡責的人，不到處看一眼心裡不踏實。
他差點破壞了皇帝的計畫。
韓孺子天黑前偷偷離開臥房，躲進東廂一間無人居住的屋子裡，張有才知情，劉介卻不知道，他當時被支出去拿東西，回來之後交給了張有才。
韓孺子可不知道中司監會如此負責，每間屋子劉介都要檢查一下，有人住的必須從裡面上閂，沒人住的他則要推開看一眼。
兩名太監越走越近，王赫不知該怎麼辦，韓孺子不想嚇著劉介，站起身，幾步走到門邊，貼牆站立，王赫站在另一邊。
劉介推開門，另一名太監將燈籠伸進來，照亮了半間屋子。
劉介站在門口看了看，關上門，繼續檢查其他房間。
王赫鬆了口氣，皇帝的選擇其實很簡單，躲開劉介的過程也是無驚無險，可就因為他是皇帝，事情就大不相同了，王赫越發覺得這位皇帝非比尋常。
韓孺子坐回凳子，繼續隔窗觀望。
劉介的房間就在皇帝臥室的隔壁，檢查一圈後，他回房踏實入睡，這個夜晚對他來說再平常不過。
韓孺子這些天一直在睡覺，現在人倒是不睏，只是覺得無聊，好在沒有等太久，刺客終於現身。
讓韓孺子意外的是，刺客並非孟娥從外面引進來的，而是從西廂的一間房裡走出，站在廊廡之下看了一會，悄無聲息地向皇帝的臥房走去。
雖然月光微弱，韓孺子還是能認出那是張琴言。
據孟娥瞭解，張氏父女與花繽並非一夥，留在皇帝身邊另有目的，而且是長久的目的，不爭一時之功。
張琴言卻偏偏在這個晚上突然出現，她是要引誘皇帝，還是被花繽勸服而要刺殺皇帝？

韓孺子不知道答案，估計孟娥也不知道，她正在府外等候另一名刺客，根本不知道府裡發生的事情。

王赫不想那麼多，任何人在他眼裡都很可疑，於是將瓷哨放在嘴邊，只要琴女推門進去，他就吹哨，將刺客拿個人贓俱在。

「等等。」韓孺子極小聲地說。

「嗯？」王赫將憋住的一股氣呼了出來。

「這是試探，真正的刺客還沒到。」韓孺子肯定地說。

王赫微微一愣，「她一進去就會發現陛下不在……」

韓孺子沉默了一會，說：「床上有一個人，她未必能看出真假。」

王赫又是一愣，原來皇帝的準備比他想像得更充分。有一句話他沒問，如果琴女就是刺客，現在躺在皇帝床上的那個人，可就要當替死鬼了。

王赫不在乎，韓孺子有一點在乎，但他必須冒這個險，今天晚上他不僅要抓刺客，還要將鄧粹送出城去，這兩件事緊密相關。

斜對面的張琴言停在皇帝臥房門前，韓孺子看不清楚她在做什麼，經驗豐富的王赫卻能大致猜出來，同樣極小聲地說：「她在往屋子裡噴迷藥，她怎麼會有這種東西？」

韓孺子能猜到她是從誰手裡得到的，花繽是條老狐狸，利用張琴言試探陷阱。

韓孺子無聲地冷笑，他根本不將花繽看作對手，若不是為了送走鄧粹，他甚至不會費心事設置埋伏。

張琴言滑進皇帝的臥房，王赫眼睛一眨不眨地盯著，韓孺子卻已扭轉目光，心裡想的還是大單于。

第三百三十章 刺客的招供

張琴言走出皇帝的臥房，匆匆回到自己的房間，兩手空空，看樣子不是刺客。

侍衛頭目王赫猜到張琴言做了什麼，心中越發疑惑，難道此刻代替皇帝躺在床上的人不是太監？他用餘光瞥了一眼皇帝，既敬佩、又有幾分拿不準。

時間一點點過去，王赫開始懷疑所謂的刺客不會來了，甚至懷疑連女侍衛孟娥也不會回來了。

就在這時，院子裡發出一聲輕響。

王赫一下子緊張起來，知道這是江湖人的投石問路，立刻將哨子放在嘴邊。

韓孺子受他影響，也盯得更緊，卻什麼也沒有看見。

又過了差不多一柱香的時間，有人從房頂輕輕跳下，落地幾乎無聲，像是一隻夜裡遊蕩的貓。

然後是第二道、第三道人影，落地之後立刻散開，觀察片刻之後，向皇帝的臥房走去。

刺客果真來了，王赫比皇帝本人還要驚訝。

韓孺子更在意另一件事，孟娥不在三道人影之中，那三名刺客顯然都是男子。

一名刺客站在門口，一名刺客站在窗前，這回連韓孺子也看出來了，兩人在往屋裡噴迷藥，睡在外間的張有才今晚吸了兩次，裡間的皇帝替身這回也享受到了，兩人都能睡個好覺。

王赫看向皇帝。

韓孺子幾乎能感覺到三名刺客的心跳，他們在等，等迷藥散開、等周圍真的安全、等自己情緒平復，然後進入屋中，速戰速決……

「嗯。」韓孺子輕輕發聲，給出命令。

王赫吹響哨子，發出鳥鳴似的響聲，本來應該有長短不同的三聲，可外面的三名刺客極為警覺，而且經驗豐富，「鳥鳴」剛發出第一聲，他們就覺得不對勁，同時轉身看向東廂的屋子。

他們必須當機立斷，決定是繼續行刺，還是馬上逃走……

十名侍衛從房頂、牆後、屋內衝出來，他們的經驗也很豐富，一發現刺客似乎有察覺，提前衝出藏身地點，沒有等後兩聲哨響。

他們潛藏了半個晚上，每晚例行檢查的劉介沒發現他們，小心謹慎的刺客也沒有，韓孺子隔窗盯了這麼久，同樣沒看到牆角處居然藏著人。

王赫停止吹哨，手握刀柄，沒有動，無論外面發生什麼事，他的任務都是保護身邊的皇帝。

沒有叫喊，也沒有質問，侍衛與刺客照面就打，持續的時間很短。侍衛人多，刺客無心戀戰，令雙方的實力差距更大，幾招之間，三名刺客被打倒，分別被兩名侍衛按住。

時間再短也有刀劍相撞的聲音，別人可能聽不到，回自己房中不久的張琴言肯定能聽到，但她沒有做出任何反應。

還有一個人也被驚動。

中司監劉介向來警醒，他的房間裡亮起燈光。

侍衛們迅速散開，將刺客也都帶走，有人負責捂嘴，有人負責威脅刺客不要亂動。

劉介披著外衣，站在門口向外望了一會，轉身回去，燈光再度熄滅。

韓孺子有一點歉意，可他不能對中司監說實話，劉介絕對不會同意皇帝離刺客這麼近。

又過了一會，確定劉介入睡之後，侍衛們押著刺客魚貫而出，要將他們送到別的地方審問。

韓孺子想要跟上去，王赫卻沒有讓開門口，「稍等，陛下，給侍衛們一點時間。」

三名刺客已經落網，可他們沒準還有幫手，王赫不能冒險讓皇帝出去，他早已做好安排，更多的侍衛和衛兵很快就會行動起來，對整個王府做一次徹底搜查，同時迅速審問俘虜，得到口供之後，有可能要進行全城搜索，到時候將動用更多人力。

韓孺子不想再等，對王赫說：「帶路。」

王赫無法，只得推開門，先在門外左右看了兩眼，然後才請出皇帝，兩人走到院門口，悄悄溜出去。

馬上有一名侍衛奉命進來，專心盯著琴師父女的兩間房。

大部分侍衛與衛兵還沒有被調動起來，外面很安靜，王赫與兩名侍衛將皇帝引到附近的一個跨院裡，三名刺客就被關在此處。

屋子裡的東西幾乎都被搬空，只剩三張椅子，刺客被綁在上面，已經挨過打，看樣子還沒有開口招供。

看到皇帝親自到來，侍衛們吃了一驚，急忙退到兩邊。

藉著燈光，韓孺子打量三名刺客，認出了其中一位，「桂月華？鬼手桂月華。」

桂月華從前是俊陽侯府裡的武功教師，江湖上人稱「鬼手」，曾經參與宮變，在最後一刻逃走，早被列為重大逃犯，卻一直沒有落網。

桂月華坐在中間，看到皇帝，嘴角流血的臉上居然露出笑容，被抓之後第一次開口，「陛下竟然還記得我，唉，陛下越來越聰明了，從前我們不是對手，現在更不是。」

「其他人在哪？」韓孺子相信城裡的江湖人不只這三位，還有孟娥也不知去哪了，但他沒有馬上詢問。

桂月華嘿嘿冷笑，「陛下覺得自己能比這些鷹爪更厲害？」

就在剛剛過去的一會工夫，三名刺客都受到侍衛的折磨，但他們沒有招供一個字。

韓孺子點點頭，「對別人朕沒有把握，對你……」

韓孺子記得清清楚楚，桂月華當時拋棄同伴獨自逃生，現在的他絕不會比那時更講江湖道義。

桂月華仍在冷笑，只是笑容有些僵硬。

韓孺子退後兩步，對王赫道：「他們知道的事情都一樣，只要一名俘虜就夠了。」

王赫點了下頭，向一名侍衛揮手，侍衛也點了下頭，不敢在皇帝面前動用長刃，取出一柄匕首，走到一名刺客面前，也不說話，將匕首抵在心口，用力一推，隨後拔出。

匕首上幾乎沒沾血跡，刺客身上也沒有鮮血湧出，頭一歪，再無聲息。

侍衛略過桂月華，走到第三名刺客面前，正要如法炮製，皇帝說：「留下這一個。」

侍衛自然不會多問，移動腳步，回到桂月華面前，將匕首抵在他的心口，轉頭看向王赫，只等一點示意。

桂月華還以為自己會被留下當活口，沒想到竟然也要被殺，臉色一下子變了。

韓孺子盯著他的眼睛，那是一雙江湖人的眼睛，似乎深藏不露，又好像淺薄無知。

韓孺子嗯了一聲，侍衛無需再等頭目的示意，立刻就要動手。

桂月華崩潰了，原來皇帝不是在嚇唬自己，而是真要動手，「等等，我全招。」

第三名刺客扭頭向桂月華臉上啐去，「無恥鼠輩，出賣同道，難道一點臉面也不要了？」

桂月華面紅耳赤地辯解道：「皇帝已經掌握一切，再瞞下去還有何意義？我不招，你也肯定會招。」

「老子絕不招！」那名刺客喊道，怒視皇帝，「狗皇帝……」

侍衛一匕首刺進去，刺客閉嘴。

兩名同伴都被殺死，桂月華臉色更加蒼白。

「刺駕，死罪，勾結匈奴人，更是死有餘辜。」韓孺子冷冷地說，停頓片刻，繼續道：「你拿什麼贖罪？」

「城裡有十七名豪傑，全都來自雲夢澤，三人入宮行刺，三人在王府東牆外望風……」

王赫立刻向侍衛示意，一人走出房間，叫人去抓望風者。
桂月華急於保命，語速極快地往下說：「三人在儀衛營保護花侯爺，六人在南城花神巷盡頭的一間院子裡，那裡有地道，直通城外，離城十里，有人接迎……」
桂月華每招一處下落，王赫就派出一名侍衛。
「還有兩人前去刺殺東海王。」
「什麼？」韓孺子吃了一驚。
「花虎王帶著一個人去的，他說東海王是陛下的弟弟，殺死他算是添頭……」桂月華越來越害怕，什麼都說，一句也不隱瞞。
花繽交待兒子，如果刺殺皇帝不成，再去殺東海王，花虎王更狠，無論如何都要殺掉從前的「朋友」。
「孟娥呢？」韓孺子問。
「跟花虎王他們兩個在一起。」桂月華帶著哭腔說。
孟娥未必會盡心保護東海王，王赫立刻讓一名侍衛出去幫忙抓人。
桂月華沒什麼可說的了，上下嘴唇微微顫抖，看著皇帝，等待自己的命運。
韓孺子對王赫和另外幾名侍衛說：「先退下。」
王赫一驚，「陛下……」
「沒事，你們捆得夠緊就行。」
王赫親自上前檢查，確認兩名刺客已死，桂月華也被牢牢捆住之後，帶著侍衛們退出房間，守在門口。
外面的事情自有他人負責，韓孺子無需擔心，他只想弄清楚一件事，「大楚皇帝到底哪裡得罪了你們，惹來三番兩次地行刺，甚至令你們甘心與外族勾結？」
桂月華從來沒想到自己的膽子這麼小，可是自從招供的那一刻起，他就控制不住全身的顫抖，「我們……

不不，是雲夢澤，想要先滅大楚，再驅逐匈奴人，勾結是權宜之計。」

「又是因為武帝屠殺豪傑？」

「應、應該是吧，我只知道雲夢澤的總山頭最恨皇帝，不管誰當皇帝他都要暗殺。」

「總山頭？」

「就是雲夢澤群盜的盟主……」

「欒半雄？」

「對對，就是他。」

「他和大楚皇帝有私人恩怨？」

「我不清楚，據說欒半雄的義父從前是天下知名的大盜，可能是被武帝殺死的。」

「嘿，官府殺強盜，難道不應該嗎？」

「應該應該，不過欒半雄的義父好像是被武帝親手殺死的，詳情我也不知道，只是聽說而已……」

韓孺子一愣，正要追問，突然傳來敲門聲。

「進來。」韓孺子道。

王赫推開門，輕聲道：「東海王逃走了。」

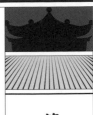

第三百三十一章 兩路逃亡

崔騰睡了一個好覺，在夢裡笑出了聲，當他被強行推醒的時候，自然感到難以言喻的憤怒。

「幹嘛？」崔騰猛地坐起來，舉起拳頭，把推他的人嚇得後跳一步。

緊接著，被嚇一跳的人就是崔騰了，推醒他的人是一名太監，在太監身邊，站著皇帝、將軍鄧粹以及眾多侍衛。

昨晚的事情一下子全回到腦子裡，美夢變成噩夢，崔騰嚇得臉都白了，以為皇帝興師動眾來報復自己，急忙掀開被褥，跪在床上，先向皇帝磕了一個頭，開口道：「我以為那是陛下賜給我的……」

這是皇帝的房間、皇帝的床，崔騰在這裡度過一個畢生難忘的夜晚，事後卻覺得自己惹下了大禍，皇帝怎麼可能將一位世間絕無僅有的尤物平白無故讓給別人呢？而且事先也不說一聲？其中必然發生了誤會，而他將錯就錯，犯下了不可饒恕的大罪。

徹底入睡之前，崔騰想了好幾條辯解理由，計畫是佯裝不知情，推託為誤解，可是他臉上變色、下跪磕頭、不問自辯，這一切都說明他早知道自己做了錯事。

韓孺子卻不是為此而來，崔騰眼中的尤物，在他看來只是一名身懷奇技的江湖女子。

「東海王呢？」

崔騰一愣，「陛下……還不知道昨晚的事情？」

「那不是昨晚，就在剛才，待會再說。」韓孺子本來沒想追究此事，可是看到崔騰驚恐不安的樣子，他改了主意，語氣稍顯嚴厲。

崔騰向後一倒，他覺得自己睡了好長時間，沒想到才是一小會，坐在床上發呆，一狠心，道：「值了，陛下怎麼處置，我都沒有半句怨言……呃，沒有……」

「先告訴我東海王去哪了？」對韓孺子來說，這才是最重要的事情。

「東海王？」崔騰的心事終於轉過來，「他不在自己房……哦，是不是跑了？這個傢伙，也不通知我一聲，大概是因為沒找到我。」

韓孺子猜得沒錯，崔騰果然是知情者，「東海王怎麼逃走的？」

「呵呵，陛下別著急，東海王這回是做好事，他給陛下探路去了。」

崔騰將王府裡兩名僕人逃走的經過以及東海王的計畫說了一遍，「東海王假裝普通士兵，他若是能取得匈奴人的信任，就會許諾從城裡帶出更多將士，到時候……」

崔騰看向鄧粹，沒將計畫全說出來，其實也不需要他再說什麼，整個計畫一目瞭然，只有他自己還沒明白全部真相。

府裡的女僕參與這麼大的陰謀，鄧粹居然一無所知，這實在讓他臉上無光，卻又無從辯解。

「東海王不會回來了。」韓孺子說，東海王還是選擇了背叛，這倒沒什麼，只要皇帝還活著，只要能夠解除晉城之圍，東海王無路可逃。讓韓孺子感到惱怒的是，有人逃出晉城投降匈奴，這麼大的事情他卻不知情！每天那麼多的公文，還有每天早晨的朝會，沒有一個人報告此事。

「東海王肯定會回來，然後將陛下和我一塊帶出去，他向我保證了。」崔騰信誓旦旦地說，他完全被東海王說服了。

韓孺子也不跟他爭論，問道：「鄧府的那名女僕呢？」

「應該跟著東海王一塊出城了吧，東海王這小子就是聰明，審問女僕的時候他自稱姓柴，過後勸樊將軍將女僕放回鄧府，說是要放長線釣大魚，過了一天又找來女僕，說是柴家對陛下不滿，總之取得了女僕的信任。可我沒想到他們這麼快就跟城外聯繫上了，我還以為得過幾天呢。」

韓孺子臉色微變，對鄧粹說道：「你沒法出城了，東海王自己也是假冒，或許不會戳穿你的身份，不過那名女僕……」

對鄧粹來說，這時卻沒有多少選擇，「這個計畫本來就很冒險，花繽可能根本不會顧及兒子的性命，那些江湖人也可能中途變卦，現在的風險只是更大了一點而已，我們逃亡的路線不同，未必會在匈奴人營中相遇。」

「還是太冒險。」韓孺子向侍衛守領王赫道：「守好那條地道，不要讓外人混進城，去鄧府看看那名女僕還在不在，派人把樊將軍叫來。」

「是。」王赫退下。

鄧粹後退幾步，跪倒在地，磕了一個頭，說道：「鄧某不才，略通軍藝，只能對陛下實話實說。晉城斷無固守之理，匈奴人若是全力進攻，晉城頂多能守三天，集結塞外軍隊是唯一的解圍辦法，哪怕只有一線希望，我也必須出城，至於我府裡的那名女僕，就看天意吧。」

跪在床上的崔騰向皇帝使眼色，表示鄧粹不可信，韓孺子卻寧願相信這位認識不久的將軍，「先去見花繽，必須有他配合才行。」

韓孺子轉身向外走去，崔騰撓撓頭，急忙下床，一邊穿衣服一邊叫道：「等等我！」

劉介已經醒了，與一群太監守在外面，同樣不明所以，韓孺子下令道：「看好琴師父女，等朕回來。」

「是，陛下……」劉介看著鄧粹、崔騰和一群侍衛跟在皇帝身後，更加莫名其妙，等眾人走開，他急忙進屋查看，只見張有才還在熟睡。

十七名刺客八人被殺，剩下九人與花縯都被活捉，送到了王府裡。

孟娥正在向花縯講述她的計畫，「你只有一次機會，帶幾個人出城，然後再回到晉城，或許能保住你們父子二人的性命。」

「唉，我怎麼……怎麼會相信妳呢？」花縯盯著女侍衛，他其實對孟娥一直懷有疑慮，甚至想辦法鼓動琴師先上陣，結果還是沒能逃出圈套。

「因為你想要皇帝的首級，因為我的確對皇帝下毒了。」孟娥並不意外，她做過的事情足以取得任何人的信任。

花縯長嘆一聲，沒錯，這個女侍衛竟然真對皇帝用毒，由不得他不信任，他還不知道皇帝此前也被蒙在鼓裡，說道：「君子不立危牆之下，皇帝這麼喜歡冒險，絕非大楚之福。」

孟娥也不解釋，「大楚不需要你考慮，你先想想自己和兒子的死活吧。」

花虎王在一邊怒道：「父親，別聽她的，這個女人甘心給皇帝當走狗，早晚會遭報應，咱們父子死在這裡，日後也會名傳天下。」

韓孺子就是這時帶人進來的。

崔騰已經跟上，進屋之後看到花虎王，吃了一驚，但是沒說什麼，兩人從前在京城相識，但不算好友。

俘虜加上眾多侍衛，屋子裡相當擁擠，韓孺子也不多說什麼，站在花縯面前，盯著他看了一會，對孟娥說：「對他們用毒了嗎？」

「嗯，六個時辰之後就會發作。」孟娥回道。

「我能帶你們出城！」被捆在最邊上的桂月華喊道，他已經完全崩潰，為了活命，什麼都肯做，「我們約在三更出城，城外十里有人接迎！」

其他俘虜怒斥，只有花縯沒出聲，回視皇帝的目光。

「父親，你不會……」花虎王注意到父親的猶豫。
花續扭頭看了一眼兒子，然後向皇帝道：「陛下想要出城？」
「是另外一些人。」韓孺子沒有透露鄧粹的姓名，花續並不認得鄧粹，沒必要讓他知道太多。
「現在三更已過。」花續提醒道。
「你會有辦法向接迎者解釋。」
「然後我還得回來？」
「嗯，就說你要繼續行刺。」韓孺子替他想好了藉口。
「陛下肯定會饒我們父子一命？」
「死罪可免，活罪難逃，免不了入獄為囚，但是你們會有一次立功贖罪的機會，等你回來再說。」韓孺子左右看了看，「朕的話就是旨意。」
「父親！」花虎王叫道，「大家千里迢迢是來……」
「閉嘴，大勢已去，你什麼都不懂。」花續向兒子道，想了想，對皇帝說：「要帶多少人？」
「不多，五個人。」
花續點了下頭，「讓桂月華跟我一塊出城，他認識那些接迎者，然後我們一塊回來。」
桂月華一個勁點頭。
江湖豪傑們努力相救的「俊侯」花續，竟然當著同伴的面向皇帝投降，俘虜們無不大怒，除了花虎王，其他人破口大罵。
花續無動於衷。
等罵聲稍歇，韓孺子說：「諸位與匈奴人勾結，逐小義而捨大義，罪不可赦。」
「我們先滅大楚再驅匈奴！」一名俘虜喊道。

韓孺子不屑與這些人爭論，退後一步，侍衛們得到示意，紛紛拔刀，手起刀落，七名俘虜被殺，只剩下桂月華、花虎王兩人，還有一個花續。

桂月華早已嚇破了膽，全身顫抖不已，花虎王臉色也變了，張著嘴，再不敢反對父親的決定。

花續倒是保持了鎮定，「要走現在就走，再等下去，匈奴人會生疑心。」

韓孺子轉身離開，孟娥與崔騰跟隨在後，剩下的事情交給侍衛們處理。

王赫正好從鄧府趕回來，那名女僕失蹤了，從昨天傍晚開始就沒人看到過她。

樊撞山也奉命趕來，意外地得知自己被任命為守城將軍。

崔騰與樊撞山都受東海王蠱惑，以為是在為皇帝做事，因此隱瞞了許多事情，韓孺子一度感到憤怒，這時卻決定暫不追究，這兩人的忠誠無可懷疑，只是笨了一點，被人利用。

花續、桂月華帶著五個人走出房間，在一隊侍衛的護送下匆匆離去，沒向皇帝告別。

鄧粹此去生死難料，韓孺子必須做好各種準備，「通知全軍將士，隨時待戰，城門關閉，除非朕親自到場，否則的話就算有聖旨，也不准打開。」

「是。」樊撞山應道，仍然一頭霧水。

韓孺子知道，接下來幾天最為關鍵，鄧粹能否順利逃出？能否集結塞外軍隊？匈奴人主戰、主和兩派誰將勝出？都將直接影響到晉城甚至大楚的存亡。

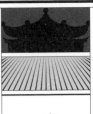

第三百三十二章 勸降

城裡的地道不長，又非常狹窄，只能在裡面爬行。出來之後七個人全都灰頭土臉，回頭望去，晉城聳立在不遠處，夜色籠罩、又有一座小土丘遮擋，彼此都看不清楚。

眾人將出口重新掩埋，挑隱蔽的地方匆匆行進，桂月華走在最前面帶路，深一腳淺一腳，大家各懷心事，誰也不說話。

他們出城比較晚，走出十里後天就亮了，桂月華站在一棵枯樹下，噘唇吹哨，很快樹林裡傳出回應，七八人走出來，看相貌、穿著都是楚人，帶頭者顯然認得桂月華，疑惑地問：「怎麼就這幾個人？事辦成了嗎？」

桂月華嘆了口氣，「唉，一言難盡，先將俊侯帶出來，其他人還留在城裡，事情只能推遲處理。」

那人來到花續面前，抱拳笑道：「俊侯安然無恙，總算成了一件大事。」

「花某何德何能，敢教董寨主親來相救？」

兩人也是舊相識，寒暄幾句，董寨主又回到那件事上，眉頭微皺，「跟匈奴大王說好的，沒拿到東西，咱們可不好見人。」

桂月華與他更熟一些，不耐煩地說：「所以俊侯連兒子都沒帶出來嘛，其他人都留在城裡，我們去見匈奴人，自有解釋。」

董寨主嘿嘿笑了兩聲，掃了一眼另外五人，沒說什麼便前頭帶路，進入樹林，林中藏著數十人與馬匹，眾人上馬，不再隱藏行跡，出林之後直奔二十餘里以外的匈奴人營地。

匈奴人自恃兵多，退後紮營，仍能將晉城圍得水洩不通，與此同時也方便放牧牛馬。

半路上有匈奴人迎接，發現出城的人不多，身上也沒攜帶頭顱一類的東西，立刻表示不滿，董寨主的一名手下用匈奴語解釋了半天，董寨主對桂月華小聲道：「你最好真有說辭，這位匈奴大王不太好相處。」

「放心吧。」桂月華指著另外五人，「他們都是皇帝身邊的親信衛兵，被俊侯說動，自願投靠匈奴人，算是一件小功勞吧？」

董寨主這才露出微笑。

匈奴人的帳篷很雜亂，根據大小與華麗程度，能判斷出主人的尊卑。

董寨主客氣地請花繽等人留在一頂普通的帳篷裡，他與桂月華去見匈奴大王。匈奴王號眾多，這一位眾人都稱其為「大王」，地位應該不低。

花繽站在門口，目送桂月華等人離去，轉身道：「閣下是車騎將軍鄧粹吧？」

四名隨從吃了一驚，鄧粹點頭應道：「是我。」

「我就說陛下不會隨便送一個人出城，醜話說在前頭，如果有人認出鄧將軍，我也只能順水推舟，說是說服了鄧將軍投降，至於匈奴人信與不信，就要看鄧將軍怎麼說了。」

鄧粹笑道：「放心吧，匈奴人好騙。」

花繽嘿然而笑，對這位年輕的將軍不太有把握。

沒多久，董寨主獨自回來，「幾位跟我來，大王要見你們。」

花繽道：「這位貴人怎麼稱呼？就叫『大王』？」

「大王是咱們對他的稱呼，他很喜歡，這麼叫就對了。」

一行人向營中最大的一頂帳篷走去，路上所遇盡是騎馬的匈奴人，三五成群，呼嘯往來，看上去一點規矩也沒有，但是從不發生碰撞、衝突，無論路上有多少匹馬，總能順利地互相錯過。

那頂帳篷足足有兩三間普通房子那麼大，下面墊著地板，要邁三級台階才能來到門口。帳內鋪著厚厚的氈毯，一進去，濃濃的暖意、酒氣、香味混雜著撲面而來。

帳篷裡人不少，當中坐著一位四十幾歲的粗壯匈奴人，兩邊是六七名姬妾，也不避客，好奇地打量新進來的楚人。

鄧粹一抬頭就看到了東海王。

東海王穿著儀衛營普通將士的服裝，坐在側席，也看到了鄧粹，臉色微變。

兩人對視片刻。

花繽注意到了這一幕，心想這真是連點意外都沒有，說遇見就遇見，上前幾步，正要跪拜匈奴大王，引見車騎將軍投降，希望能混過去，鄧粹卻先開口了，向側席抱拳笑道：「柴將軍！想不到竟然在這見面了。」

東海王臉色恢復鎮定，「柴平」正是他的假身份，見鄧粹穿著儀衛營的衣裝，明白對方也是假冒，於是抱拳還禮，困惑地說：「恕我眼拙，閣下看著眼熟，好像也是皇帝身邊的人，但不知如何稱呼。」

「柴將軍貴人多忘事，我是儀衛營的……」

帳內眾人側目而視，鄧粹急忙閉嘴，跟上花繽，一塊跪在地上。

匈奴大王似乎沒有懷疑，借助通譯問道：「楚國皇帝的儀衛都像你這樣嗎？」

鄧粹身材修長，相貌英俊，的確有儀衛之風，回道：「楚國好面子，選中的儀衛都跟我差不多，空有一副軀殼，上馬之後掄不動槍，也射不得箭。」

通譯說罷，匈奴大王哈哈大笑，一揮手，有人過來，將鄧粹等人引到側席，與東海王相臨而坐。

「我叫魏蘇。」鄧粹小聲道。

東海王輕輕嗯了一聲，同樣小聲回道：「柴平。」

王府和鄧府的僕人不在帳內，他們顯然沒資格面見匈奴大王，鄧粹放心地喝酒吃肉，好像經常來這裡做客似的。

眾多楚人當中，數鄧粹相貌最為出眾，在匈奴人面前也放得開，立刻受到匈奴大王和一群姬妾的注意，通譯問道：「那個儀衛，大王問你，楚國皇帝有多少衛兵？你與這位柴將軍同為一營將士，怎麼不太相熟？」

鄧粹咽下嘴裡的肉，回道：「城裡守軍不到四千，皇帝的衛兵就有一千多，我與柴將軍雖然同在儀衛營，但我是持戟儀衛，給皇帝撐面子的。柴將軍勳貴出身，在儀衛營混資歷，我們不是一路人啊。我地位低，所以認得他，他是貴人多忘事，不記得我這個小兵。」

聽完通譯的話，匈奴大王的姬妾們吃吃地笑，伸手指指點點，顯然認為「小兵」比「將軍」更像勳貴。

東海王垂首不語，他一心只想逃出匈奴人的包圍，或者回京城，或者去見舅舅崔宏，希望能夠解除芥蒂再度成為一家人，對鄧粹的出現十分忌憚，總懷疑皇帝是派他來追殺自己。

鄧粹卻很從容，什麼都說，將儀衛營貶得一無是處，那裡不是虛有其表的草包，就是心懷鬼胎的勳貴，根本沒幾個人真心保護皇帝，很快就會有更多人出來投降，「像我們好歹還能扛旗持戟，那些勳貴，人人自稱『將軍』，其實都跟這位柴將軍一樣，靠著祖蔭給皇帝當跟班，混幾年就能當大官，哪會帶兵打仗？」

通譯替匈奴大王說：「原來如此，怪不得這位柴將軍如此年輕。」

東海王臉更紅了，真想開口提醒鄧粹少說幾句，可這裡是匈奴人的地盤，他又是假冒他人，哪敢開口？

匈奴大王宴請眾楚人卻不只是客氣，酒過三巡，匈奴大王拍手，外面很快押進來一名俘虜。

俘虜顯然被關已久，衣裳破爛，臉上、身上盡是傷痕，神情憔悴，卻無膽怯之意，在匈奴大王面前昂首站立，被匈奴人按倒，擺脫束縛之後，立刻又站起來，身子搖晃，就是不肯屈服。

東海王和鄧粹互視一眼，都吃了一驚，怎麼也沒想到，匈奴營中的熟人還不少。

匈奴大王注意到了兩人的神情變化，通譯問道：「你們認得此人？」

東海王點點頭，他現在過於慌張，不知該怎麼回答，鄧粹平淡地說：「此人名叫卓如鶴，是楚國駙馬、弘農郡守、放糧欽差。」

卓如鶴巡行天下郡縣時到過代國，與鄧粹見過一面，至於東海王、花繽，更是他早就認識的人，可他只是昂首站立，好像帳篷裡全是陌生人。

匈奴大王很滿意這個回答，這表明儀衛比較老實，沒有撒謊，於是哇里哇啦說了一堆話，通譯道：「卓如鶴，你在楚國是駙馬，在匈奴也能當駙馬，大單于的女兒、孫女更年輕、更美麗，足以配得上你。你說楚國盡是忠臣良將，可是你瞧，楚國的勳貴、皇帝的衛兵，都來投降匈奴人，你還有何話說？」

卓如鶴目不斜視，說道：「大楚人口眾多，百倍於匈奴，出幾個害群之馬很正常，不是還有更多楚軍在堅守晉城嗎？」

通譯又要開口，鄧粹站起身，表示由自己來說，「卓如鶴，你還認得我嗎？」

「卓某大好男兒，不認得亂臣賊子。」卓如鶴昂首道，目光仍然不動。

鄧粹道：「卓駙馬，你可以不認得我，但不能不認清形勢，如今晉城孤守、皇帝重病，都堅持不了太久，而且皇帝登基日淺，不得臣民擁戴，他又貪功冒進，落得今日的下場，實是咎由自取。大楚氣數已盡，人所共知，卓駙馬何必獨撐？」

卓如鶴瞥了一眼鄧粹，「嘿，亂臣賊子眼裡自然都是亂臣賊子。你說皇帝登基日淺，大楚定鼎卻有百年，祖先功德澤及子孫；你說皇帝不得臣民擁戴，可皇帝一路賑災勸農，天下人心所向，皆願皇帝千秋萬歲，以保平安；你說晉城孤守，卓某所見卻是各地援軍正在趕來，匈奴人得意一時，日後難返草原；你說皇帝重病……我不相信。」

鄧粹笑道：「援軍在路上，卓駙馬怎麼會在這裡？」

「援軍集結需要一段時間，可是不能讓匈奴人以為大楚無人救駕，所以我自願帶兵前來，不為別的，只想讓皇帝知道，晉城並非孤守。」

「這麼說你死而無憾？」

「無憾。」

鄧粹轉向匈奴大王，「這種人對皇帝死心塌地，所謂愚忠是也，還在幻想能有人集結塞外楚軍，與崔宏之軍一南一北夾攻匈奴呢，把他殺了吧，留之無用。」

第三百三十三章 立功

匈奴大王在膝上重重拍了一下，說了幾句什麼，坐在客人對面的一名匈奴貴人起身，走到楚人「魏蘇」面前，冷冷地盯了一會，慢慢拔出腰間的短刀，突然一揮而起，刀刃貼著楚人的鼻尖掠過。

東海王等人吃驚地啊了一聲，當事者鄧粹卻不動聲色，瞥了一眼對方，目光仍然盯著通譯與匈奴大王。

匈奴大王發出笑聲，又說了幾句，匈奴貴人調轉刀柄，遞給楚人，通譯道：「大王說楚國的這位駙馬性格倔強、不通時務，留之的確無用。那個儀衛，你說自己拿不動槍、射不得箭，殺人總會吧？」

鄧粹接過刀，「會。」說罷兩步來到卓如鶴面前，「卓駙馬，你願意為皇帝而死，我不願意，當初選皇帝的時候，京城打得熱熱鬧鬧，可沒徵詢過我的意見，現在想讓我效忠，晚了。我親眼看著宮裡的皇帝換來換去，一個比一個差，一個比一個能折騰，魏蘇小小一名儀衛，不替他們收拾爛攤子。」

「嘿，閣下可以不忠於皇帝，卻不能不忠於大楚，閣下投降異族，就不怕身敗名裂、遭人唾棄？」卓如鶴話音未落，自己先向鄧粹身上啐了一口。

鄧粹低頭看了一眼胸前的口水，不再多話，揮刀就向卓如鶴脖子砍去。

卓如鶴不躲不避，反而昂首挺胸，腦袋微微傾斜，讓脖子露出得更多些，雙目圓睜，比舉刀人更顯膽氣。

鄧粹的刀狠狠地砍了下去，卻沒有砍中，不是他有意避讓，而是另有一口刀擋住了。

幾名匈奴士兵一直站在卓如鶴身邊，其中一人在最後關頭拔刀而出，格開楚人的刀，他比鄧粹矮了半頭，力氣卻大得多，鄧粹不僅手中的刀被彈開，人也後退半步，不由得大怒，氣哼哼地盯著那名匈奴人。

匈奴士兵收起刀，不屑地哼了一聲，然後向匈奴大王點了點頭，雖然這名楚人的刀法確實一般，但他用上了全力，是真要殺人。

周圍的人也都看出來了，剛才兩刀相撞時火星四濺，那是實打實地對抗。

東海王、花繽等楚人都呆住了，就連盜匪出身的董寨主也重新打量「魏蘇」，驚訝皇帝的儀衛當中還有這種狠角色。

鄧粹很不滿，更不滿的卻是卓如鶴，直接面向匈奴大王，說道：「無恥醜虜，要殺便殺、要剮便剮，我乃大楚欽差……」

幾名匈奴士兵將卓如鶴拖出去，隔著帳篷仍能聽見他的叫罵聲。

鄧粹轉過身，問道：「幹嘛不讓我殺他？」

通譯笑道：「這人是楚國大官，大單于指名要活口，因此不能殺。」

鄧粹晃晃手中的刀，「那給我這東西又是何意？」

「試試你的膽量。」通譯無所謂地說，「像你這樣的人也能留在皇帝身邊當儀衛？」

「儀衛只看身材、相貌和出身，至於膽量，嘿，像我這種人，天天跟在皇帝身後，相距不足百步，可是一輩子也沒機會在皇帝面前顯示自己的膽量。」

通譯與匈奴大王交談了一會，向楚人道：「你叫什麼來著？」

「魏蘇。」

「好，在匈奴軍中你可以隨意展示膽量，除了投降，你能為大王做什麼？」

「可惜了這口好刀，出鞘之後尚未染血，大王想殺誰？交給我吧。」鄧粹扭頭看向坐在一起的眾多楚人。

楚人都嚇了一跳，鄧粹本來就有三分魯莽，稍一放縱就更像了，眾人對他都不太瞭解，以為他真要殺人，尤其是東海王，立刻想到鄧粹這是要藉機滅口，嚇得臉都白了。
如果不是認識鄧粹的人，誰也看不出他會是大楚的車騎將軍。
「哈哈，這些人都是大王的貴賓，不可殺。」通譯笑道。
「總得殺幾個吧，投降者當中保不齊藏著刺客，你問清楚這些人的底細了？」
通譯笑著點點頭。
這時東海王顯出了急智，突然明白鄧粹為何總要殺人，小聲插口道：「在座的楚人不是將士就是豪傑，順應時勢才出城投降，可我知道營中有幾名楚人奴僕，那種人是牆頭草，說倒就倒，沒有信用可言……」
通譯眉頭微皺，「你不就是被那些奴僕帶出來的嗎？」
「奴僕之人只可暫用不可久留，我原不知城中還有他人也願降順大王，否則的話，斷不會與奴僕為伍。」
通譯撇撇嘴，又與大王說了幾句，「你們這幫楚人太狡猾，全都不講信用，說是拿皇帝的人頭出來，結果卻要用幾名奴僕充數，不行，大王不滿意，你們肉也吃了、酒也喝了，得拿出點真本事來。」
東海王沒有別的本事，低頭不敢吭聲。
花繽嘆了口氣，裝出為難的樣子，「大王說得沒錯，既然承諾要拿皇帝人頭出來，就不能言而無信。我願意再回晉城，不帶皇帝人頭，我們父子甘願死在城裡。」
「你們的皇帝得了重病，說不定什麼時候就會亡故，你得抓緊時間。」通譯道。
「三天，至多三天。」花繽伸出三指。
桂月華本來有些猶豫，眼看匈奴大王不養閒人，這邊似乎比城裡更危險，他也急忙道：「我也回城，一定要拿到皇帝人頭。」
「我帶幾名弟兄跟兩位一塊進城。」董寨主急於立功，便也加入。
通譯看向「魏蘇」。

「天一亮，儀衛營就會發現我們逃走，我們幾個沒法回城了。」鄧粹指著自己的四名隨從，想了一會，「儀衛雖然沒別的本事，但是經常護送聖旨，大王想殺哪位楚國將軍，或者奪哪座城，讓我們五人去做內應吧。」

通譯將眾人的回答轉告匈奴大王，大王伸手指向唯一沒表態的楚人。

東海王心慌意亂，被匈奴大王一指，嚇得險些碰翻杯中之酒，「齊國楚軍由崔宏和柴悅指揮，我是柴家人，可以勸說柴悅投降……」

通譯說罷，匈奴大王這才滿意地點頭，向一名匈奴貴人下令，貴人起身向帳外走去，東海王等人心中惴惴，都不知大王何意，只有鄧粹不為所動，手裡拎著刀，與遞刀給他的那名匈奴人對視，全無交還的意思。

不久之後，出帳的匈奴貴人回來，帶著五名楚人。

鄧粹轉身，與這五人打個照面，其中一人正是他家的女僕，另外四人都來自代王府，兩人早就逃出來，還有兩人是昨天與女僕一塊出城的。

五人自知沒資格見匈奴大王，被叫進來就已膽戰心驚，突然見到鄧粹，更是魂飛天外，完全不明白這是怎麼一回事。

鄧粹也不會讓他們明白，大步上前，手起刀落，先殺死了自家女僕，其他四人撲通跪下，想要求饒，卻嚇得說不出話來。

匈奴大王抬起手臂，本來想說幾句，沒料到楚國儀衛如此心急，說殺就殺，他反而無話可說了，只能衝通譯點點頭。

「城破之時，楚國百姓盡為奴隸，我們不需要他們的投降，諸位是將士，比百姓的價值高一點，但是投降匈奴之後，也要踴躍立功，才能獲得獎賞，這是通例，不分楚國還是匈奴。」

跪在門口的四名奴僕隱約明白自己命不久矣，其中一人向鄧粹道：「鄧……」

「還『等』什麼？」鄧粹大喊道，又是手起刀落，再殺一人，目光一掃，剩下三人早已癱軟在地。

匈奴大王指著「魏蘇」，向姬妾和貴人們說了幾句，眾人大笑，不知是何意，通譯也不解釋，看向東海王等人，「儀衛都有這個膽量，你們不能只是看著啊。」

花繽第一個起身，走到鄧粹身邊，接過刀，向一名僕人胸前刺了一刀，故意不殺死，留給後面的人。

桂月華、董寨主等人都是強盜，對這種事習以為常，挨個上前接刀劈刺，鄧粹的四名隨從也不例外，最後輪到東海王的時候，地上只剩五具血肉模糊的屍體，他象徵性地刺了一下，立刻將刀還給鄧粹，強行忍住，才沒有嘔吐。

氈毯被染上血，匈奴大王也不在意，將殺戮當成下酒菜，舉杯喊了一句，一飲而盡，楚人也都回到自己的座位，舉杯應和。

鄧粹親自將刀擦乾淨送還原主，那名匈奴人接到手中，似乎有些嫌棄，將刀放在一邊，沒有收刀入鞘。

酒宴持續到夜裡，五具屍體擺了好長時間，一名姬妾實在受不了，向匈奴大王提出要求，才有士兵進來將屍體搬走，血跡卻一直留在那裡。

匈奴人都很欣賞楚國的儀衛，「魏蘇」成為楚人的主角，花繽等人反而淪為陪襯。

鄧粹信口開河，他沒當過儀衛，卻將儀衛的苦惱與不滿說得頭頭是道。

酒宴結束，匈奴人和楚人搖搖晃晃地往外走，無論怎樣都要表現出十足的醉意。

在帳外，鄧粹一把摟住東海王的肩頭，嘴裡含糊不清地說：「從前你是柴家動貴，我是普通儀衛，現在咱們可都一樣了，都得憑本事立足，看你還敢小瞧我？」

「我可沒小瞧過你。」東海王小聲道，被鄧粹一壓，腳步更顯踉蹌。

趁著左右喧嘩，鄧粹小聲道：「你爭得了嗎？」

東海王臉色驟變，心裡很清楚，鄧粹說的是皇帝。在鄧粹眼裡，臨事慌亂的東海王，根本不可能與城裡鎮定自若的皇帝相提並論。

「我、我沒想爭……」

鄧粹拍拍東海王的肩膀，「真的？」

第三百三十四章 勇者的背後

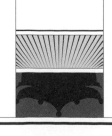

車騎將軍鄧粹莫名失蹤、守城大將突然換人、皇帝的侍衛在王府裡進進出出、滿城將士連夜接到待戰命令……整座晉城都感受到濃濃的緊張氣氛，傳言四起，說已有成百上千人逃出城去投降匈奴，而且皇帝重病難癒，就要死了。

韓孺子也很緊張，有意做點事情，不想讓自己閒著。

他也的確有幾件事需要處理。

琴師父女搬出皇帝的臨時寢宮，跟普通藝人一樣，隨傳隨到。

韓孺子之所以網開一面，是因為這件事牽涉到他的母親，而琴師父女除了撫琴與美色，沒有別的本事。

「崔騰，若是被朕聽說你私自接近琴師，以污穢宮廷論，發配到萬里之外。」韓孺子提醒道。

琴師父女早已被太監們帶走，崔騰仍望著門口，聽到皇帝的話，先是一驚，隨後一呆，嘆了口氣，咬牙道：「我若是真管不住自己……陛下也不用將我發配，給我一刀，讓我當太監算了，反正大哥有個兒子，崔家不用擔心斷子絕孫。」

別人說這樣的話就像是表達不滿，崔騰卻是真心實意，看向劉介和張有才等人，又嘆了口氣。

韓孺子只能搖頭，命人帶來花虎王，他要再度審問。

晉城之圍未解，韓孺子已經開始思考如何鏟除雲夢澤匪患了。

花虎王還年輕，面子與性命兩樣都想要，因此來到皇帝面前後立而不跪，神情卻無法保持鎮定，目光更是不敢與皇帝對視。

侍衛們要強迫花虎王跪下，韓孺子抬手，示意不必。

「朕還記得，你曾在宮中為朕傳信。」

花虎王神情又是一變，那時他還是宮中的貴族隨從，現在想來恍如隔世，回道：「那是……那是東海王的主意。」

「你為什麼要殺東海王？他不是你的朋友嗎？」

花虎王沉默一會，開口道：「東海王羞辱我們花家，我怎麼會將他當成朋友？」

韓孺子有點意外。

花虎王終於迎向皇帝的目光，「不僅東海王，陛下也是，完全不將花家放在眼裡，羞辱我們、貶低我們、支使我們，花家……花家不受這種氣！」

韓孺子明白了，他早就聽說過，花家曾是勢力很強的外戚，在武帝時期即已衰落，為豪傑求情時頻頻遭拒，等武帝駕崩，花家與皇帝的親情更淡，連外戚都算不上，甚至沒資格進宮，只能跟普通大臣一樣，按規矩遞送奏章。

這就是花虎王所謂的「羞辱」。

「所以你們父子二人寧願棄家為盜，不願在朝為臣？」韓孺子問。

花虎王點了下頭，膽子更大了些，不僅能與皇帝互視，目光中還多了幾分挑戰。

韓孺子微微一笑，「在雲夢澤，花家想必是眾星捧月、萬眾敬仰了？」

「花家在江湖上還算有點名聲。」花虎王昂然道。

「嗯，可欒半雄先是派你父親去京城參加叛亂，然後又讓你來救父，他自己卻躲在雲夢澤裡，花家的江湖名聲就這麼大嗎？」

花虎王臉色微紅，「我父親當初自願去京城，與欒神將無關，而且京城之事也不是叛亂，所謂勝者為王敗者為寇，陛下僥倖而已。至於救父，更是我自願的，欒神將還阻止過我。」

欒半雄自稱「天授神將」，花虎王對他顯然十分崇敬。

韓孺子點點頭，「欒半雄會來救你們父子嗎？」

「我們父子……不會連累江湖好漢。」

崔騰忍不住了，啐道：「已經有十幾位『好漢』因你們而死，還說不連累？若是真沒人前來相救，你們又會覺得雲夢澤瞧不起花家、羞辱花家了吧？花家人可真難交往，非得人人都捧著你們才行？」

花虎王怒視崔騰，突然大笑出聲，「崔二，少得意，花家的今天就是你們崔家的明天，伴君如伴虎，別以為你現在受寵就能一輩子無憂，哪天你叫喚得不好聽了，皇帝照樣拋棄崔家。」

崔騰想了想，問旁邊的張有才：「他在說我們崔家……是狗嗎？」

張有才鄭重地點頭。

崔騰大怒，挽起袖子就要衝上去，被兩名太監死死拽住。

「就讓咱們看看，江湖會不會拋棄花家吧。」韓孺子沒有動怒，花虎王色厲內荏，很容易被嚇唬住，「回京之後，你們父子要當街處斬。」

崔騰聽到這話很是滿意，花虎王卻是神情大變，「你……陛下明明承諾過……」

「朕承諾過會赦免花家今日之前的死罪，可雲夢澤若是派人劫獄，花家就將有新罪，朕可沒承諾過連未來的罪也赦免。」

花虎王愣住了。

「所以雲夢澤救花家就是在害花家，不救，則是將你們拋棄了。」韓孺子一揮手，侍衛拖走花虎王。

已經出了房門，花虎王才反應過來，大聲叫道：「你回不了京城！回不了京城！」

聲音逐漸消失，崔騰道：「陛下親自見他是多餘了，派人嚴刑拷打就夠了，我敢保證，這小子堅持不了兩下，讓我去審問他吧。」

「沒什麼可問的。」韓孺子向門外道：「劉公！」

劉介立刻邁步進屋。

韓孺子早就看到他探頭兩次，因此才命人將花虎王帶走，「有何事？」

「樊將軍派人送來消息，說是有幾個百姓衝撞城門，已經平定了。」

「嗯？」韓孺子立刻站起身，「這麼大的事情，怎麼不早點說？」

「只是……陛下恕罪。」劉介不會在皇帝面前辯解。

「劉公無罪。」韓孺子安撫道，他身邊的可信、可用之人沒有多少，每一個都值得珍惜，「是誰平亂，立刻召來。」

劉介領命離開後，崔騰說道：「他說得沒錯吧？不過是幾個百姓衝撞城門而已，的確算不上大事，陛下何必放在心上？」

在眼下這種時候，哪怕只有一個人大白天衝撞城門，韓孺子也不覺得是小事，看著崔騰，問道：「花虎王為什麼敢帶著十幾個人來晉城救父刺駕？」

崔騰被問住了，「他……傻唄，不自量力。」

「他一點也不傻，他敢來，肯定是因為雲夢澤將子救父這種事看得很重，他不得不來，而且是自願前來，否則的話他在雲夢澤就是人人唾棄的不孝之人。」

崔騰嗯了一聲，沒明白這跟衝撞城門有何關係。

韓孺子是在解釋給自己聽，「勇士背後必然有一群尚勇的同伴，商人身邊必然有一群逐利之徒，百姓大白天就敢衝撞城門，必然是因為城內人心惶惶，很多人都想出城投降匈奴，敢做的卻是少數人。」

崔騰冥思苦想，隱約覺得皇帝的話有道理，卻又沒怎麼聽懂。

韓孺子看向角落裡的孟娥，她顯然明白皇帝的意思。

平定城門之亂的將軍很快到了，那是一名少年，看上去比皇帝還年輕，身穿盔甲，因此向皇帝抱拳行軍禮，「城門校尉謝存拜見陛下。」

「平身。你是贊侯的兒子吧？」

皇帝居然認得自己，謝存很是意外，「是，陛下，贊侯正是家父。」

韓孺子點了下頭，前來晉城的路上，權貴子弟們曾經輪流指揮儀衛營，韓孺子藉機觀察，對數人印象不錯，其中就有這位謝存。

謝存年紀不大，安排行軍卻是井井有條，而且執法頗嚴，贊侯一家早已失勢多年，卻沒有權貴子弟敢欺負謝家的這位少年。

「嗯，說說城門之事。」

「是，陛下。大概半個時辰之前，城中百姓向東南門聚集，大概有三百餘人，我在城門上看到之後，帶領十名士兵下城，不許百姓靠近城門。一刻鐘之後，五人受到蠱惑，突然衝向城門，我放過那五人，與士兵擋住後面的百姓。那五人跑出一段距離，發現身後無人跟隨，調頭又回到原處。我們衝進人群，百姓一哄而散。」

韓孺子點頭，覺得謝存處理得不錯，見他似乎還有話要說，抬手示意他繼續。

「我派士兵跟蹤了兩人，發現他們是代王府的僕人。」

韓孺子微微揚眉，意外的不是代王府又有僕人想要投降匈奴，「你為什麼認準那兩人有問題？」

「別的百姓都比較激動，也比較害怕，盡可能與熟人站在一起，那兩人卻在人群中走來走去，跟誰都能搭上話，但又不像是認識每個人，所以我懷疑他們是挑唆者。」

「好。」

在劉介的示意下，謝存躬身告退。

等人走了，崔騰道：「這個小子不錯啊，陛下不給他升官嗎？」

「不急。」韓孺子傳召刑部主事張鏡，命他與晉城衙門一道調查代王的家眷與僕人。

代王驚嚇而死，家中財物被鄧粹拋出城外，看樣子全家上下都很不滿。

城內人心不穩，皇帝本應親自出面安撫，可他現在還不能當眾露面，萬一消息傳出去，說皇帝完全沒有中毒跡象，花繽等人就會失去匈奴人的信任，鄧粹也就危險了。

韓孺子必須等待。

直到夜色降臨，匈奴人都並未做出攻城的準備，這是一個好兆頭，韓孺子心中稍微踏實一些。

但花繽和桂月華也沒有如約返城，接下來兩天，他們就像是失蹤了，地道毫無動靜，鄧粹更是生死不明。

鄧粹出城第三天，匈奴人又擊潰了一支大楚援軍，這回戰鬥發生在城外十里許，站在城頭就能清楚看到。

戰鬥結束，匈奴照例耀武揚威一番，在護城河岸邊豎起幾根柱子，上面懸掛頭顱，花虎王被押上城頭，認出其中一顆屬於桂月華。

第三百三十五章　選人與用人

桂月華的頭顱被懸掛出來的當天晚上，花繽回城了，帶來十名幫手，毫無意外，他們走出地道不久就被活捉，地道被灌水然後封死，俘虜則被送往代王府。

俘虜分開關押，皇帝親自提審花繽。

僅僅相隔三天，花繽比在儀衛營裡軟禁時憔悴不少，身上倒是沒有傷痕，只是心裡承受了極大的壓力。

楚人的祕密並沒有暴露，每個人都表明自己的計畫之後，匈奴大王很是滿意，留下眾人，每日宴請，鄧粹成功地討得了匈奴人的歡心，與貴人稱兄道弟，甚至敢向大王的姬妾獻酒。

意外發生在前天夜裡，酒宴正在進行中，匈奴大王接到一封信，讓通譯小聲念給他聽。桂月華也是一時糊塗，偏偏在這個時候上前敬酒，還想學鄧粹的樣子，表現出幾分魯莽，也不知是哪句話出錯，竟然惹怒了匈奴大王。

或許他只是倒霉，匈奴大王正在氣頭上，起身、拔刀，走到桂月華面前，沒頭沒腦地亂砍，可憐桂月華也是江湖中小有名氣的高手，在那種情況下卻不敢做任何反抗，只是抬了一下手臂，很快又放下，莫名其妙死在帳中。

匈奴大王說了一大通話，非常憤怒，妻妾抱在一起發抖，眾多貴人起身，時不時回應一聲，也不知在說些什麼。

楚人都被帶出帳篷，通譯神情嚴肅地告訴他們，享受的日子結束了，花縯等人明晚必須返城，兩天之內拿到皇帝的人頭。

花縯真是嚇壞了，講述這些的時候仍在顫抖。在大楚，花家感受到的只是羞辱，在匈奴，他感受到的卻是草芥，什麼外戚、勳貴、江湖名聲，在匈奴人那裡一文不值，花縯得努力回憶奴僕討好自己時的手段，以在匈奴大王面前自保。

雲夢澤的董寨主將責任都推到花縯等人身上，認為他們沒能如約帶來皇帝的人頭，才令他們在匈奴人當中的地位一落千丈，因此他親自跟來，要立一場大功。

花縯卻只想乞求皇帝的原諒，一見到皇帝就跪在地上，再無半點傲氣。

韓孺子覺得可笑，堂堂的俊陽侯，在匈奴人當中待了幾天，居然變得如此卑賤。他坐在椅榻上，與花縯隔著眾多的侍衛與太監，問道：「鄧將軍呢？」

「他、他和東海王都被匈奴大王留在身邊。」

「東海王？」

花縯又將最初那天的事情說了一遍，鄧粹的表演太成功了，匈奴大王捨不得放他走，東海王則是因為顯得太怯懦，匈奴人不打算派他去勸降楚將，怎麼用他還沒想好。

鄧粹居然還沒有逃出匈奴人的營地，反而成為匈奴大王的貴賓，韓孺子不知該失望還是該高興，揮手讓侍衛帶走花縯，開始思考一件事，是什麼讓匈奴大王突然暴怒，急著要拿皇帝的人頭？

白天的那場圍殲，匈奴人顯然是有意將援軍引到晉城近處，這種做法不只是炫耀，也是在激怒守軍，希望皇帝能出城一戰。

除了攻城，這位匈奴大王在使用所有招數想要殺死皇帝。

雲夢澤的強盜在匈奴人營中待的時間比較長，或許知道一些內情，韓孺子不會親自見那些人，傳召刑部主事張鏡和儀衛營的守門將官謝存，讓兩人一塊主持審問。

張、謝兩人都很意外，但是沒有多問，反倒是崔騰，等兩一人走，馬上問道：「張鏡算是刑部老吏，謝存還是個孩子，陛下就讓他去審問犯人？」

「讓他開始學習吧。」韓孺子欣賞謝存的敏銳觀察能力，覺得此人以後可做刑吏。

花續等人已經返城，地道也被封死，韓孺子沒必要再躲在王府裡，決定在城裡巡視一圈，打破那些聲稱皇帝下不了床的謠言。

一塊出府的時候，崔騰說：「陛下，我得提醒你，謝存是贊侯之子，雖說家道衰落已久，可是後人要麼為官，要麼為將，哪怕是閒職也行，不至於為吏。去刑部當坐堂官，他肯定願意，當審問犯人的吏員，品級再高，他也未必接受。」

「你呢？」

「我？」崔騰連連搖頭，笑道：「我更不能當吏，寧可無官無職跟在皇帝身邊。」

「讓謝存自己選擇吧。」

外面夜色已深，官民大都已經入睡，可皇帝的巡視還是驚動了一些人，天亮前，消息就會傳遍整個晉城。

韓孺子直奔軍營，在這裡召見守城諸將，聽取他們的守城安排。匈奴表現得越不會攻城，晉城越要嚴陣以待，這是皇帝的基本判斷。

樊撞山是守城大將，主要由他報告情況。

韓孺子很快聽出問題，「等等，城中守軍不過四千人，按樊將軍的安排，現在就已經動用至少五千人了。」

「從城裡的百姓當中招了一些士兵。」說到排兵布陣，樊撞山勉為其難，再往下說時越發緊張，經常需要其他將官提醒，說畢之後長出一口氣。

韓孺子也是沒辦法，城中無大將，樊撞山起碼名聲響亮，能鎮得住城中軍民，至於具體的守城計畫，自有參謀將官幫他制定。

鄧粹說得沒錯，晉城能否守住，關鍵不在楚軍，而在匈奴人的決心，城內的一切安排不過是聊勝於無。鄧粹比較自大，不愛做這種沒結果的小事，韓孺子卻不一樣，雖然不會事必躬親，但不會就此放手，全交給別人去做，聊勝於無對他來說也是一種選擇。

他對守城計畫比較滿意後，勉勵一番，遣散眾將，只留樊撞山一人，問道：「是誰負責從百姓當中招兵？為什麼沒人告訴朕？」

樊撞山撓撓額頭，雖說陣前勇猛，他在皇帝面前卻總是有點緊張，「好像是兵部招的人吧，他們送來士兵我就用了，沒有詳細過問，我還以為兵部會向陛下報告。」

韓孺子笑道：「嗯，樊將軍專心守城就好，那些新招的士兵怎麼樣？能打仗嗎？兵甲器械可還夠用？」

問到這些事情，樊撞山總算能夠對答如流，「還不錯，比較聽話，能服從命令，上戰場可能不行，守城足矣，也不用他們拿刀槍弓弩，主要是往城上運送土石什麼的，已經演練過幾次，非常順利。」

城頭地方侷促、又需要保持暢通，不可能堆放太多器械，真到開戰的時候，要由城下保證供應，新招的士兵主要是做這種事情，嚴格來說算不上士兵，但是對守城很有幫助。

隨行官員之中看來還有能人，韓孺子不得不承認，他原來對朝中官員有偏見，以為都是一群無能之輩，可種種事實證明，許多大臣其實有真本事，只是沒有被擺在正確的位置上，也沒有被給予足夠的信任。

韓孺子回到代王府，找出幾日來的公文，相信關於招兵的文書就在其中，只是自己之前忽略了，最近的事情太多，他的確沒怎麼認真看這些東西。

他正挑燈閱覽成疊的公文，張鏡和謝存求見，兩人已經審過雲夢澤群盜，得到不少有用的信息。

圍城的匈奴大王來自西匈奴，是大單于的弟弟，地位尊貴、驕傲自大，輕鬆攻佔遼東、奇襲晉城之後，他對楚軍十分蔑視，以為用不著什麼誘兵之計，盡快攻破晉城、殺死皇帝，才能顯出匈奴人的強大，大單于卻受東匈奴貴人的影響，堅持只圍不攻。

因此匈奴大王才借助江湖豪傑的力量，希望能夠暗殺皇帝，然後就能順理成章地攻破晉城，去與大單于合兵一處了。據傳，大單于的身體不太好，匈奴大王急著合兵，是怕萬一大單于升天，自己率兵在外會遭到其他兄弟與侄兒的算計。

至於匈奴大王因為什麼消息而發怒，那些強盜也不清楚。

張鏡察覺到皇帝有意栽培謝存，因此有意稱讚了少年幾句。

韓孺子派太監送走兩人，對崔騰說：「你去問問謝存的想法。」

除了喝酒，崔騰不常熬夜，早已哈欠連天，很高興有事可做，應了聲是，跑出去追謝存。

韓孺子繼續看公文，最終發現，並沒有某人全盤負責招兵，從隨行的六部大員到晉城本地衙門裡的小吏，多多少少都有參與，名目各不相同，最後是隨行的一位讀書人顧問提議將徵用勞力改為徵兵，一是壯大聲勢，二是激勵百姓，畢竟軍餉更高，以兵守城的名聲也更佳。

單名仲，韓孺子對這位讀書人略有印象，卻不記得他有過人之處。

尋找人才永遠都是一件難事，即使人才就在身邊，也常常會被忽略，韓孺子深有感觸，將此人記下，但不急著選用，他還有迫在眉睫的威脅尚未解除。

半夜已過，韓孺子快要上床休息的時候，崔騰終於回來，臉紅撲撲的，他利用皇帝旨意中的一點小漏洞，邀請謝存喝了幾杯。

「問清楚了。」崔騰得意洋洋地說，覺得自己做成了一件大事，「跟我之前說的一樣，謝存不願為吏，寧願留在儀衛營當散從將軍。」

散從將軍只是美稱，其實就是皇帝的隨從。

韓孺子輕嘆一聲，就算真找到了人才，如何使用也是一個問題。

現在不是解決這種事情的時候，韓孺子派人送走崔騰，上床休息，躺了一會，突然想明白一件事，很自然地對留在屋子裡的孟娥說：「我猜到是什麼惹怒匈奴大王了。」

「嗯。」孟娥回了一聲，等了一會，說：「我沒猜出來。」

「大單于即將派來和談使者。」

「大單于真要和談？」

「不。」韓孺子心裡一沉，「只怕齊國的楚軍遇到了大麻煩。」

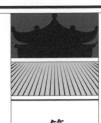

第三百三十六章 談判與攻城

真讓韓孺子猜準了，第二天中午，一隊匈奴人來到城門下，護送者高聲宣布，大單于使者到來，立刻就要面見楚國皇帝。

這是一種很無禮的做法，事先沒有通報，更沒有商量，與之相對比，大楚派出和談使者之前，先派人通知匈奴人，讓他們有所準備。

匈奴使者倒是比較客氣，其中一人用中原話對城頭說，自己是皇帝的熟人。

使者之一是金純忠。

在彭城，皇帝派戶部侍郎劉擇芹為使者，與匈奴人一道北上，面見大單于繼續和談，以做緩兵之計。這一計並未生效，兜了一圈，金純忠又回到皇帝這邊。

匈奴使者一行十餘人進城，護送他們的匈奴士兵返回營地，跑出一段路之後，突然又折返回來，遠遠地向城頭射了幾箭。

守衛沒有被激怒，何況使者根本不在他們眼前。

皇帝在代王府正式接見匈奴使者，文武官員排列兩邊，儀衛盛大，擠滿了幾乎整個院子，匈奴使者只能從一條狹窄的通道走進大廳。

這不是韓孺子的安排，如何接待懷有敵意的異族使者，禮部早有一套成熟的做法，拿來照做就是，甚至不用請示皇帝。

使者共十二人，面見皇帝的只有兩人，金純忠和一名匈奴貴人，後者才是正使，金純忠是副使兼通譯。

匈奴使者拒絕下跪，只肯躬身行禮，金純忠有令在身，不能違背，只好在躬身時將腰彎得更低一些。

匈奴使者起身之後說了許多話，大多數人聽不懂，但是能看出他的狂傲，好像匈奴人已經佔據整個大楚，只剩一座小小的晉城。

金純忠開始傳譯：「日月所尊、天地所護之匈奴大單于敬告楚國皇帝，我已知曉皇帝有和談之意，怎奈楚軍悖逆無禮，不敬天地……」

匈奴人將戰爭的起因歸咎於楚軍，然後宣稱已經佔據楚國半壁江山，擊敗了無數軍隊，楚國已經無兵可用，云云。

大臣們聽得憤怒，但是皇帝不開口，他們不能表態，只好怒目而視。

韓孺子坐在那裡一直在聽，專心琢磨大單于究竟為何要派使者來晉城。

禮部的一名官員得到允許之後，代表皇帝說話，駁斥匈奴人的種種說法，並且聲稱大楚絕不會投降，也不會滅亡。

談判與隔空吵架沒有區別，雙方各說各話，文辭、語氣、神情才是用來爭鬥的兵器，具體說了什麼則無關緊要。

兩刻鐘後，儀式一樣的談判結束，氣勢洶洶的匈奴使者被送出王府，先安排住處，明日再議。

沒過多久，匈奴副使金純忠單獨求見皇帝，得到了允許。這回沒有虛張聲勢的大臣與儀衛，但皇帝身邊仍然圍繞著十幾名侍衛與太監。

金純忠跪下磕頭，終於能夠按自己的意思說話，「戶部劉大人被大單于留下，我從塞外而來，親眼見到各地楚軍正向馬邑城集結，但是將領們想法各異，對入關救駕還是固守長城，爭執不下。」

「碎鐵城有何消息？」韓孺子問道，希望能從金純忠這裡多得到一點外界的消息。

「我在塞外的時候，聽說碎鐵城楚軍正向馬邑城趕來，不過我覺得那改變不了什麼，據我所知，匈奴的主力正等著這支楚軍，視為最重要的敵人，有意引他們入關救駕。」

「大單于沒有率兵去往齊國嗎？」韓孺子有點意外。

金純忠搖頭，「大單于的確派了一支軍隊去齊國，但他本人留在了燕國，並且已經攻破了燕地長城的關卡，進退自如。」

大單于還是比較謹慎，不肯深入楚地。

馬邑城的楚軍若是被擊破，齊國楚軍獨木單支，大楚就真的大勢已去，韓孺子沒有表露出心中的憂慮，說：「既然如此，大單于為何又要和談？」

「大單于見到了大楚的使者，覺得大楚還是由皇帝掌控比較好，換成別人，大楚一時半會無法恢復實力，也就沒法與匈奴一道對抗西方的強敵。」

韓孺子笑道：「金純忠，你信嗎？」

金純忠知道以自己的身份不可能與皇帝單獨交談，於是不再隱瞞，誠懇地說：「我當然不信，但這是一次機會，大單于希望能與陛下親自談判，地方由陛下選擇，只要是在晉城與燕國之間就行。大單于或許別有用心，陛下卻也能趁機喘息一下，派人去馬邑城接管楚軍，甚至有機會親自出塞巡狩。」

金純忠仍然忠於大楚，起碼表現得如此。他正在建議皇帝利用和談逃出晉城，見皇帝還在猶豫，顧不得許多，說：「我妹妹在大單于面前頗有些地位，她願意幫助陛下脫困，說這是金家報答陛下的大恩大德。」

韓孺子覺得金垂朵說不出「大恩大德」這種話，金純忠顯然加入了自己的理解，想了一會問道：「大單于想與朕親自談判？」

「是，就跟當初在碎鐵城的談判一樣，無論談與不談，這都是陛下離開晉城的一次機會。」

談判地點由皇帝選擇，雖然限於晉城與燕國之間，但是皇帝起碼能夠安全走出晉城。

「大單于還有什麼要求？」

「沒了，就這些，他說真正的談判，要由真正的君王進行，底下的人就算再能說會道，也表達不出君王的意圖。」

韓孺子認真地思考了一會，「為了這次談判，大楚與匈奴總得暫時罷兵吧？」

「當然，大單于說只要陛下同意，雙方就同時傳旨，命令各自的軍隊都停在原處不動，眼下匈奴人佔據優勢，暫時罷兵對大楚有好處吧？」

韓孺子點頭，當然有點好處，尤其是受到圍困的晉城，最需要的就是時間。

「朕會考慮。」韓孺子不急於給出回答。

金純忠卻有點著急，「大單于命令我們只能在晉城待一個晚上，如果明天天黑之前談判還無進展，右賢王就會受命攻城。」

「右賢王就是那位匈奴大王？」

「是，他自稱『大王』，好壓過諸王一頭，此人凶殘好戰，一直聲稱要第一個進入京城、踏平皇宮，早想攻破晉城，好率兵西進。」

「大單于身體還好嗎？」韓孺子聽說匈奴大王是想回大單于身邊爭權。

金純忠一愣，「見過一次，大單于看上去還很硬朗。」

「明天朕會給你回話。」韓孺子仍不顯急迫。

金純忠磕頭，起身準備告退，最後道：「陛下英明神武，遠見卓識非群臣可比，請陛下深思熟慮，右賢王一旦受命攻城，絕不會手軟。對了，我從右賢王那裡帶回一名楚人，陛下要見一見嗎？」

韓孺子心中吃了一驚，以為鄧粹暴露身份，人頭被送回來了，馬上反應過來，金純忠神情自然，說明他帶來的是個活人。

韓孺子點了下頭。

那名楚人以隨從的身份留在匈奴人的住處，奉召前來見駕，韓孺子遠遠看去就覺得此人眼熟，卻沒有鄧粹那麼高，可是身穿匈奴士兵的服裝，帽子壓低，濃密的鬍鬚佔據了大半張臉，看不清楚模樣。

站在皇帝身邊的崔騰突然伸手指著來者，吃驚地連叫啊啊。

金純忠沒有跟來，「匈奴人」一進屋就趴在地上放聲大哭。

原來是東海王。

侍衛與太監們也認出來了，驚訝之餘也沒有放鬆警惕，反而都盯著東海王，對他的去而復返心生懷疑。

崔騰早明白自己上當受騙，東海王是自己想逃，根本不是為皇帝探路，此時不由得勃然大怒，「好啊，你還敢回來？怎麼穿成這個鬼樣子？你投敵了？」

在聽說花繽的種種遭遇之後，韓孺子對東海王思歸並不意外，納悶的是東海王竟然會被匈奴人放行。

東海王不理崔騰，又哭了一會，這才扔掉帽子、扯掉鬍鬚、脫下皮甲，只剩內衣，重新跪下，「陛下，我差點就回不來了。」

又是崔騰道：「誰也沒指望你回來啊，匈奴人對你怎麼樣？好酒好肉侍候你了吧？」

東海王指天發誓，「我絕不是要投降匈奴，若有半字謊言，天打雷劈。我本意是想為陛下探路，最不濟也能去搬取一路救兵，誰想……我知道自己不告而別，犯下欺君之罪，陛下怎麼處罰都行，砍腦袋我也沒怨言，只請陛下聽我說幾句話：千萬小心，花繽等人潛回晉城，意圖刺駕！」

東海王還不知道花繽早已被皇帝收服。

韓孺子相信東海王不會投降，但是不相信他的「本意」，「花繽等人不用你管，匈奴人怎麼會放你回來？」

皇帝終於開口，東海王鬆了口氣，可皇帝竟然對刺駕一事無動於衷，又讓他心裡沒底，擦乾眼淚，說：

「匈奴大王暴怒，說楚人都是……他想殺我，正好趕上大單于使者到來，我就大喊，殺我可以，就是別將我送回城，陛下看到我肯定會生氣——陛下，我這是故意說給匈奴大王聽的，讓他以為我的出現能夠激怒陛下，陛下一怒就會將使者全殺掉，其實我知道，陛下……」

「右賢王前晚已經發怒，今天又為何暴怒？因為大單于的使者？」韓孺子打斷東海王。

東海王搖搖頭，「因為鄧粹。」

「鄧將軍怎麼了？」這是韓孺子最為關心的事情。

東海王一急，反而說不出話來，連咽兩下，終於開口道：「鄧粹逃出了匈奴大營。」

韓孺子長出一口氣，雖然這只是一個小小的勝利，鄧粹能否帶回大軍仍是未知之數，但韓孺子懸心已久，總算可以放下了。

「不只如此。」東海王的聲音裡有一點埋怨，就因為鄧粹，他才陷入絕境，差點死在匈奴人刀下，「他還拐走了匈奴大王的一名姬妾。」

從皇帝到太監，聽到這句話的人無不目瞪口呆。

「所以匈奴大王非常憤怒，派人去追鄧粹，還發誓說一定要攻破晉城殺死皇帝。陛下，鄧粹可給晉城惹下了大麻煩！」

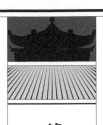

第三百三十七章 東海王的猜測

鄧粹是怎麼將匈奴大王的姬妾拐走的？沒人知道，雖然匈奴人聲稱那是一次暴力劫持，但東海王覺得那名姬妾十有八九是自願的，鄧粹的身材、相貌都是一等一，加上能說會道，到達匈奴營地的第一天，就引起了匈奴大王身邊所有人的注意。

可是誰也想不到他真敢做出這種事，匈奴人想不到，東海王更想不到，差點因此喪命。

匈奴女子擅長騎術，換上普通士兵的衣服，與鄧粹和四名隨從，帶著二十多匹馬，當晚的酒宴結束之後不久就離開了營地，直到次日清晨才被發現，人早已不知去向，匈奴大王派出十幾路追兵，直到東海王離營的時候，仍沒找到線索。

「鄧粹甚至沒給我一點暗示！」東海王心存餘悸，聲音還在發顫，「說跑就跑了，他想害死我，他故意的，就是想害死我！」

崔騰實在忍不住了，撫掌大笑，「好一個鄧粹，逃跑之餘，還不忘藉匈奴人之手替陛下懲處叛徒，下會見面，我一定要敬他三杯。」

東海王沒敢站起來，跪在地上怒道：「我不是叛徒！」然後轉向皇帝，換上一副嚴肅的面容，「雖然探路的計畫失敗了，但是我沒有白走這一趟，打聽到不少重要消息。」

東海王躲在嚴肅背後小心翼翼地觀察，希望能從皇帝不動聲色的臉上看出一點情緒，可他失望了，皇帝既不憤怒，也不喜悅，好像根本不在意東海王的存在。

韓孺子在想鄧粹，迄今為止，他已經想方設法派出去不少人，大都杳無音訊。本來被寄予厚望的卓如鶴已經被抓，塞外雖有辟遠侯張印坐鎮，但那守成老將雖不會輕易落入匈奴人的陷阱，大概也想不出奇計來救皇帝。至於南方的楚軍，人數既少，還受臨淄叛軍牽制，更指望不上，鄧粹一下子成為晉城和皇帝最大的希望。可鄧粹行事乖張，以隨機應變為準則，敵人無從預料，自己人也猜不到他下一步會怎麼做。

韓孺子暗自嘆了口氣，他還是得想更多辦法自保，目光終於定在東海王臉上，問道：「你打聽到什麼重要消息？」

東海王心情稍稍放鬆，正要開口回答，崔騰開口道：「且慢。陛下，先讓他說說是怎麼得到消息的。匈奴人就這麼將他放回來，可有點古怪……」

「有什麼古怪的？匈奴大王根本不知道我的真實身份，以為我是普通的勳貴。」東海王真怕自己死在崔騰嘴下，辯解後還是先說消息來源，「匈奴大王身邊有一名通譯，從前是楚人，我花了不少心思討好他，從他那裡得到的消息。」

韓孺子抬了下手，示意東海王可以說下去。

東海王早已準備好，「根據通譯的說法，加上我的猜測，大單于之所以派人和談，其實別有用心。」

「你還是少猜為好。」崔騰就是不肯放過東海王。

東海王惱怒地瞥了他一眼，繼續道：「臨淄叛軍與匈奴人勾結，堅守不出，指望得到匈奴人的支援，可是北地未平，大單于不願分兵南下，於是只派出一萬騎兵前往臨淄，原以為能與叛軍裡應外合，趁亂擊潰楚軍，可是沒能成功。」

「匈奴人戰敗了？」韓孺子問，他對柴悅還是很有信心的。

「我不敢對陛下撒謊，事關匈奴人的顏面，通譯不肯透露真實情況，但我猜——」東海王又瞪了崔騰一眼，「那一萬騎兵必定進展不順，臨淄叛軍也沒能衝出包圍，所以大單于急需一次停戰，好騰出手來解決南方的戰事。」

韓孺子想了一會，「不對，現在停戰的話，馬邑城楚軍不會入關，匈奴主力的伏擊計畫將會受到影響。對匈奴人來說，北方比南方更重要才對。而且想打亂齊國楚軍的部署也很容易，攻破晉城比和談更有效果。」

「呃……反正我是這麼聽說的，大單于請求和談，最重要的原因不在馬邑城，而在臨淄。」東海王也有點糊塗了。

崔騰壓低聲音，但又讓東海王能聽到，「我怎麼覺得這是匈奴人故意洩露的消息？」

東海王之前還能與崔騰一爭，現在卻只能怒目而視。

韓孺子沒有接崔騰的話，向東海王問道：「接受和談的話，可能會中大單于的奸計，還會惹怒城外的右賢王。如此說來，朕應該拒絕和談，將使者攆出城去？」

東海王臉上的淚水已乾，這時露出笑容，趁機起身，向皇帝走近幾步，直到侍衛和太監露出警告的神情，他才停下，說道：「我有一條妙計。」

「給誰的妙計？陛下還是匈奴人？」崔騰問。

這回東海王不理崔騰，他已經失去皇帝大部分的信任，必須盡快、盡可能爭取一些回來，「接受和談，但是不停戰。」

「嗯？」

「大單于的目的是讓陛下傳旨暫時停戰，和談只是一個藉口，咱們最好的做法就是利用這個藉口爭取一點時間，但是絕不頒旨停戰。」

「這能拖幾天？」崔騰不屑地問。

「拖一天也得拖啊，然後想辦法弄清楚齊國究竟發生了什麼事，讓大單于如此緊張，寧可暫時放棄對馬邑城楚軍的誘兵之計，也要與陛下和談？」

「根本沒有原因，都是你瞎猜的。」

東海王強迫自己不看崔騰，只盯著皇帝，許多事情的確是他猜的，猜準了，他能在皇帝面前立一功，猜不準——他不敢想。

「傳匈奴使者金純忠。」韓孺子下令，一名太監領命退下。

東海王和崔騰都看著皇帝，韓孺子就是不肯表態。

東海王有些尷尬地說：「陛下，我能去換身衣裳嗎？匈奴人的東西臭死啦。」

「去吧。」

東海王謝恩，急忙向外跑去，崔騰看他消失，抓緊時間說：「陛下，花繽他們的任務是刺駕，東海王沒準也領到了同樣的任務，一定要小心提防，乾脆把他跟花繽他們關在一起吧。」

「要提防，但先不用關押。」韓孺子扭頭看向崔騰，「今後就由你盯著東海王，替朕提防。」

「是，陛下。」崔騰興高采烈地領命，拔腿就要走。

「幹嘛去？」

「盯著東海王。」

「那也用不著每時每刻盯著。」

「哦。」崔騰有點失望。

東海王猜到自己不在的時候，崔騰必進讒言，所以回來得很快，換上了從前的衣裳，臉上卻還是汗津津的，沒來得及清洗。

沒過多久，金純忠也到了。

「朕決定接受和談。」

此言一出，金純忠磕頭，東海王長出一口氣，崔騰卻皺起眉頭，以為皇帝是被東海王說服了。

韓孺子其實早就做出了這個決定，現在的他沒有太多選擇，東海王的種種猜測只是給他一點參考，「明天一早你們就可以出城，回去轉告大單于：朕已經派出正副二使，大單于應該見過，朕與大單于的會面，也由他們酌情商定。」

「陛下何時頒旨停戰？這是大單于特別在意的事情。」金純忠先要完成自己的使命。

「下次你們帶一位大楚的使者來晉城，共同商議停戰之事。」

「是。」金純忠又磕了一個頭，說道：「微臣本是楚人，流落塞外，不得已充當匈奴使者，微臣寧願留在城裡服侍陛下。」

金純忠已經多次表達此意，韓孺子這時卻更不能接受，「時機還沒有到，無論怎樣，你現在都是匈奴使者，事關國體，朕不能留你。」

金純忠只得再次磕頭，起身告退。

次日一早，匈奴使者離去，匈奴右賢王由此得知大楚皇帝根本沒生病，明白自己上當受騙了，更加憤怒，一整天都在派兵挑戰，但是有大單于的嚴命，不敢直接攻城。

守城一方卻不敢大意，樊撞山住在了城牆上，連睡覺都不離開，隨叫隨醒，就怕被打個措手不及。

韓孺子也幾次登城，預感到匈奴右賢王可能會在使者一去一回的這幾天時間裡，想方設法攻城。

只過了一天，他的預感就成為現實。

匈奴人沒有直接攻城，反而放一支援軍進城。

時至午後，西南方煙塵滾滾，一支楚軍正奮力殺向晉城，匈奴人雖然也在攔截，但是不太用心，人數也少，這支楚軍離城池越來越近。

樊撞山擔心這是匈奴人的詭計，因此下令嚴守城門、不準打開，可是看到城外楚軍的旗幟之後，他吃了一驚，立刻派人去通知皇帝。

這支楚軍有數千人，其中一部分很像是被編入宿衛軍的倦侯私人部曲。

韓孺子立刻登城查看，這時援軍離晉城只有數里，韓孺子甚至能認出一些將士，那的確是他當初的部曲，帶頭者正是晁化，還有太監蔡興海。

他立刻下令開門迎接，這與之前支援的情況不同，右賢王無論如何都會製造藉口攻城，與其白白犧牲這支援軍，不如迎入城內。

城門打開，樊撞山親自帶兵出城接迎援軍。

右賢王等的就是這一刻，四面八方的匈奴人立刻行動，尾隨援軍而來。

在與大單于鬥智之前，韓孺子必須與圍城的匈奴人鬥勇，這一戰若是堅持不住，一切無從談起。

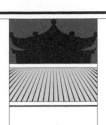

第三百三十八章 權臣的選擇

匈奴入關、皇帝受困，天下為之震動，大楚皇朝每一位手握重權的人，都面臨著一個共同的選擇——救，還是不救。

皇宮裡王美人的選擇非常簡單，只能救、必須救，就算搭上自己的性命，也要拯救皇帝、拯救自己的兒子。得到消息之後，王美人第一個舉動是向太后求助，眼下局勢風雲變幻，她需要一位經驗豐富的指引者。

太后今非昔比，她先後失去了兒子、親人和仇人，心中再無追求，在椅榻上一坐就是一兩個時辰，好像魂遊身外，早已經忘了這個世界，也包括這個世界的皇帝。

「匈奴人？皇帝？」看著跪在地上淚流滿面的王美人，太后努力集中精神，好理解王美人所說的一切，然後她笑了，「匈奴人竟然真的入關了。」

「太后猜到了這一切？」王美人感到既驚訝又高興，此時此刻，太后在她眼裡，就是能夠看破未來的偉大預言者。

太后搖搖頭，「我只是想，大楚衰弱至此……我已經交出一切，妳還想要什麼？」

王美人磕頭，「求太后指點。」

太后沉默良久，「上千年來，中原與匈奴的強弱之勢時時轉換，強者為尊，弱者為卑，也是沒有辦法的事情，妳想救皇帝，只能從匈奴人那裡著手。」

「求和？」

「除此之外，我也想不出別的主意。」太后嘆了口氣，再不出聲。

王美人告退，站在寢宮門口，突然發現自己無能為力，她原以為來日方長，不急於爭取太后的稱號，沒想到這麼快就陷入絕境，她現在竟然無人可用。

皇帝生母與大楚太后之間，畢竟存在著根本性的差別，許多大臣會暗中討好皇帝的生母，但是只有太后才能正式向大臣下達命令。

王美人想了想，覺得還是要找人幫忙，得有一個人幫她控制外面的大臣。

中掌璽楊奉來得倒是挺快，可是作為皇帝最為信任並依仗的人，他看上去沒有那麼急迫，步履從容、神情坦然，好像還不知道皇帝的處境。

「有勞楊公，晉城之危，朝中大臣可有對策？」王美人起身還禮，顧不得寒暄，直接發問。

「守相申大人正與群臣連日商議，向四方調兵前去救駕。」

「我是女流，不懂軍情，可是楚軍前去救駕，匈奴人不會因此加緊攻城嗎？」

「事已至此，陛下首先必須自保，與援軍裡應外合，方有可能脫困。」

「楊公說得輕巧！」王美人感到一陣憤怒，馬上緩和語氣，向楊奉道歉，「救子心切，楊公莫怪。我是想，目前最重要的事情不是擊敗匈奴人，不是收回失地，而是保住陛下。陛下在，大楚終有復興之日；陛下若亡，大楚必危。」

「群臣也皆以為是。」

「所以，不如向匈奴人求和，都說匈奴人貪財好利，他們想要什麼，給他們就是，只要能換回陛下。」

楊奉沉吟片刻，「若在從前，匈奴人倒也好打發，金銀銅鐵、絲綢布帛，乃至和親，都能打動匈奴人。可這一次不同，大單于要的是土地與城牆……」

「那也給他們！」王美人厲聲道，她不明白楊奉為何還不著急，「要什麼給什麼，我只要皇帝平安回京。」

楊奉躬身行禮，不願與王美人爭執，「好，我這就去轉告群臣，看看他們的想法。」

王美人還禮，「陛下之命懸於楊公之手。」

楊奉道：「我必盡力，也請王美人多與皇后交流。」

王美人微微一愣，馬上明白過來，皇后的父親正在齊國平亂、手握兵權，崔宏未必能救得了皇帝，卻能害死皇帝。

「陛下於我是愛子，於皇后是夫君，我二人同病相憐，自會同心同德。」

楊奉告退，對他來說，求和卻不是挽救皇帝唯一的辦法，更不是最好的辦法。

大楚皇帝首先得為大楚著想，楊奉這麼以為，他相信皇帝也抱有同樣的想法。

與守相申明志等幾位重臣商議之後，楊奉提出三條建議：

首先，派使者去與匈奴人和談。不求成功，只求能夠稍稍緩解一下晉城的壓力，同時也能安撫一下宮中的王美人。

然後調集郡縣兵力、徵發男丁，全都向晉城方向進發，守衛洛陽以北、以東的各座重鎮，絕不能再讓匈奴人攻城掠地。

最後，楊奉建議選一位新皇帝。

新皇帝不是馬上登基，而是先從宗室當中選擇合適之人，放出風聲，一旦晉城被攻破，無論皇帝是死是俘，京城立刻擁立新帝，以免天下無主，也能斷絕匈奴人更大的野心。

其實大臣們早已想到這一招，只是沒人敢提出來，楊奉是皇帝的心腹之人，由他來捅破這層窗戶紙再合適不過。至於他的太監身份，大臣們則自動忽略，申明志鄭重地要求將中掌璽楊奉的建議記錄在案，一個字都不准改。

雖然這是最後一條建議，可是在此之後，前兩條建議才得到認真對待。吏部尚書親自出使匈奴；兵部尚書坐鎮洛陽，監督關東諸軍；楊奉則親筆寫了一封信，委託平恩侯送給大將軍崔宏。

在這封信裡，楊奉詳細闡釋了朝廷的對策與用意，表示京城已經選好一位宗室子弟，但群臣皆以為武帝幼子英王輩份雖高，只因曾經參與過帝位之爭受困，若英王能被救出，也有資格稱帝。

這招是為了分化匈奴人與臨淄叛軍，遭到挾持的英王若能稱帝，叛軍最重要的目的就達到了，沒必要再與匈奴人勾結。即使他們還想勾結，匈奴人也會心生懷疑。

楊奉將一切解釋得清清楚楚，崔宏再無疑問，與柴悅、房大業兵合一處，將主力移至彭城，堵截南下的匈奴騎兵，同時向臨淄城宣告，英王若是及時返京，還有機會稱帝。

叛軍沒有給出回答，可是城外大部分楚軍離開之後，他們也沒有盡力突圍，仍然固守臨淄不動，顯然內部發生了紛爭。

對楚軍來說，這就夠了。柴悅制定了一項計畫，請求朝廷將調集到的軍隊盡量送到彭城，他先派出兩萬人，擊退南下的一萬匈奴騎兵，然後全軍緩慢行進，抓緊時間補充兵力，不是去晉城救駕，而是直奔燕國。

大單于就在燕國，對臨淄叛軍的猶豫不決感到憤怒。幾次催促無效之後，他決定從被圍的皇帝這裡弄一份停戰聖旨，希望暫緩南方楚軍的壓迫，同時也想看看皇帝的威望與權力還剩下多少。

大單于並不怕南方的幾萬楚軍，更在意塞外的軍隊，馬邑城集結的兵力已經超過十萬，如果能將這支軍隊擊潰，則匈奴後方無憂，才可從容面對整個大楚。

馬邑城裡的爭論比臨淄城還要激烈，沒人敢說不救皇帝，但是到底該怎麼救，卻是眾說紛紜。直接入關最為簡單，但是那要面對匈奴人的主力，勝負難料；留在馬邑城等匈奴人進攻，比較穩妥，但是形勢不等人，萬一晉城在此期間被攻破，誰也負不起責任。

最關鍵的是，馬邑城內沒有能做主的大將，欽差卓如鶴有機會統率全軍，可是沒等聖旨到來，他就率領一支軍隊入關救駕，結果兵敗被俘。

辟遠侯張印帶兵最多，而且在皇帝的聖旨中指名由他指揮塞外軍隊，可張印指揮不動，他的口吃、他的職位都是硬傷。南軍向來狂傲，不願服從他的命令，一心想要入關與匈奴人決戰，邊塞軍隊來源複雜，多達二十路，更是各有想法。

張印只能向朝廷求助，希望能派來一位大將。

朝中已經沒有品級夠高的大將，只能派出禮部尚書和一位將軍同行，繞路前往馬邑城，可是這兩人也沒想好該怎麼做。

京城的楊奉和申明志，也不知該如何調動塞外的這支楚軍。

這時鄧粹正在路上策馬狂奔，夜裡休息的時候，還要聽懷中美人的傾訴。即使他一句也聽不懂，但是總能立刻猜出對方的情緒，給予相應的安撫，令美人欣慰不已。

晉城百里之外還有一支楚軍。

馮世禮率領的一萬五千名北軍駐紮在一處寨子裡，他曾向使者表示絕不後退半步，但是在堅守數日之後，他還是趁匈奴圍殲一支援軍時，率兵後撤數十里，入駐一座更堅固的關隘。

後方援軍不停趕來，但是數量從未超過三萬，馮世禮仍然不敢進攻。

蔡興海和晁化率領的宿衛軍是最早趕來的一支援軍，他們從京城出發的時候，匈奴人入關的消息還沒有傳來，是皇后向楊奉建議，京城局勢漸穩，多給皇帝派一些可信之人。

蔡興海和晁化早就急切地想要發起進攻，可麾下士兵只有兩千，數量太少，馮世禮根本不聽兩人的請求，每次都是同樣的回答：「如果不能一舉擊潰匈奴人，貿然進攻，只會害死陛下。」

這話說得沒錯，蔡興海與晁化卻不能乾等，他們與卓如鶴的想法不謀而合：雖說前方就是陷阱，可是總得有人主動跳進去，以向天下人證明，皇帝仍然得到支持，如此一來，匈奴人才會覺得皇帝有價值，堅持圍而不攻的策略。

這兩人完全不瞭解匈奴人內部的矛盾，更不知道匈奴右賢王急需一個攻打晉城的藉口。

就這樣，蔡興海與晁化說服三千多名將士跟隨他們出戰，做好了必亡的準備，怎麼也沒料到，居然能夠一路殺到晉城之下。

匈奴人料到了，右賢王終於能夠以圍獵為名，進攻小小的晉城。至於大單于的整體戰略，他聽不懂，也不在乎。

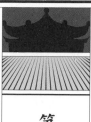

第三百三十九章　絕不能退

韓孺子別無選擇，最早忠於他的一支軍隊已經到了城下，專為救皇帝而來，他不能見死不救，而且匈奴右賢王無論如何都會找藉口攻城，晉城還不如迎入援軍共同防守。

如果還有機會防守的話。

樊撞山與援軍匯合，也陷入匈奴人的包圍之中。

為了防止楚軍且戰且退，匈奴人改變了一貫的騎射打法。他們依仗人多勢眾，從四面八方衝進楚軍軍隊中展開混戰，尤其是扶餘國士兵，專攻城門附近，寧死不退。

楚軍已經沒辦法關閉城門了，到處都是士兵，後面的人退一步，前方能退兩步，再退的話，就會將敵人引進來。

這種時候，再多計策也沒用，只能硬扛。欲退先進，非得打到匈奴人攻勢稍弱，楚軍才有機會退回城內。

韓孺子在城頭親自擂鼓督戰，全體將士不分出身貴賤，全都在城門內列隊，源源不斷地向外衝。那些原本只是負責搬運土石的臨時士兵，也都領取兵器，不管會不會用、更不在乎隊型，也都加入戰鬥。

文官在城上執旗，儀衛士兵則下城待戰。

就連東海王和崔騰也來到街上，與儀衛士兵站在一起，手持長槍跟著隊伍一點點往前挪進，離城門、匈奴人越來越近，城頭鼓聲振耳，城外殺聲震天，街上密密麻麻的士兵幾乎沒人說話，只有監督的將官不停地大聲叫喊。

「往前走！往前走！城池一破，所有人都會被匈奴人殺死！保護陛下！保護晉城！保護你們自己！」

東海王剛從右賢王那裡僥倖逃回來，對匈奴人怕得要死，小聲道：「他說得倒輕鬆……」

崔騰卻很興奮，他是主動請戰的。因為他東海王不得不也表個態，結果皇帝立刻同意了。

崔騰早已急不可耐，恨不得一步跨到城外去，「所有人都得參戰，等咱們出去，這些將軍也會跟上。」

東海王發出一聲古怪的嗯，他總覺得以自己的身份不應該參戰，可這種話說不出口，尤其是面對崔騰的時候，「崔家可就剩你一個兒子了。」

「不怕，大哥有個兒子，我死而無憾。」

東海王驚訝無比地看著崔騰，原以為他主動請戰只是為了討好皇帝，沒想到竟然是來真的，一點也不像之前所認識的那個紈綺子弟。

「如果非死不可，你不想死得壯烈一點？不想為一個值得追隨的皇帝去死？」崔騰看了一眼城頭，從這裡瞧不見皇帝，但他的目光中仍然透露出崇敬，突然對東海王說：「跟我往前走。」

「啊？」東海王恨不得釘在地上，被後面的人推著才肯前進半步。

崔騰貼在東海王耳邊小聲說：「儀衛都是繡花枕頭，中看不中用，與其跟他們一塊進入戰場，不如去找那些真會打仗的士兵。」

儀衛士兵的個頭都很高，可他們握慣了飄揚的旗幟和木製的槍戟，突然換成沉甸甸的真刀真槍，確實有點不適應。

崔騰向前擠去，東海王左右看了看，不想動，但是又覺得崔騰說得沒錯，既然要上戰場，與經驗豐富的老兵站在一起，應該更安全些。

思忖再三、猶豫再三、自勉再三，崔騰的身影已經消失，東海王終於邁動腳步向前擠去。

一開始比較難，不僅要擠開一群高大的儀衛士兵，還要小心提防明晃晃的刀槍，可是幾步之後，開始有人為他讓路。

儀衛認得東海王，知道他是皇帝唯一的同父弟弟，對他表現出來的勇敢感到敬佩。有人向東海王點頭致意，東海王尷尬地擠出微笑，到了這個時候，他已經沒法改變主意，只能往前走。

沒過多久，前方的人不只讓路，還伸手拉他、推他，想讓東海王盡快進入戰場。

士兵們懷著崇敬之心做出這樣的舉動，東海王心裡卻只想罵人，尤其是大罵崔騰，這個傢伙不知擠到哪去了，沒準還在他身後。

「好樣的！」有人讚道。

「你怎麼不跟我一塊往前走？」東海王心裡回道，臉上卻還是微笑以對，他不想笑，可這笑容已經僵硬，想收也收不回來。

「好男兒就該戰死沙場！」又有人喊道。

「你去，我寧願當太監。」東海王暗自回答，雙腿已經麻木，不由自主地往前邁動。

「誓死保護陛下！」

「皇帝應該保護所有人。」東海王悄悄反駁，走進了城門洞，眼前一黑，很快適應，向外望去，已經能看見戰場、看見渾身血跡的戰士……

他不想走了，一步也不想。

城門洞裡擠滿了即將投入戰場的士兵，數十名軍官手持長盾，從兩側施加壓力，由不得他們後退。

「我是東海……」剛喊出半句，門洞裡所有士兵突然同時吶喊，然後蜂湧而出。東海王根本沒有選擇，此時他的身份毫無意義，還不如手中的那桿長槍有用。

一隊扶餘士兵衝到了橋上，揮舞著重斧、重錘瘋狂地左右橫掃，所向披靡。

東海王一開始沒看到，眼前突然一亮，擋在前面的人不知哪去了，他抬起頭，看到了凶神惡煞似的敵人，一下子呆住了，腦子裡只剩一個念頭：崔騰這個混蛋撒謊！誰說在老兵中間更安全的？

身為宗室子弟，東海王也學過用槍之術，這時卻一點也用不上，呆呆地看著一名大漢衝過來，不躲不避。一記重錘掃來，旁邊的一名士兵舉起盾牌格擋。

東海王什麼也不知道，只覺得耳朵裡嗡的一聲，隨後飛了起來，真是飛了起來，因為他不用抬頭就看到了天空，迅速轉身，又看到了破損的橋欄，他想自己要掉進河裡淹死了，誰知道落地時身下卻是一軟，原來河道一側已經堆滿了屍體。

東海王剛要開口呼救，又有人掉下來，砸在東海王頭上，他暈了過去。

晉城城頭，砰的一聲，鼓皮破了。

韓孺子後退兩步，大口喘息，兩臂酸麻，可他不想停下，更不想讓別人擂鼓。他必須讓城下浴血奮戰的將士知道，皇帝就在他們身後，沒有躲進深宅大院。

「換鼓！」

城門樓裡有備用的鼓，侍衛們立刻去抬來，太監已將破鼓移開，侍衛們擺好鼓之後，一塊跪下。

韓孺子點了下頭，他現在不需要貼身保護，單獨向孟娥看了一眼，她什麼也沒說，與侍衛們站在一起，刀已出鞘。

三十餘名侍衛下樓準備參戰，韓孺子扭頭看了一眼，他身後只剩下幾名太監與數十名官員。這些人的戰鬥力太弱，派下去也是無用，還不如在這裡持旗。

可是侍衛們離開之後，眾多官員也跪下了，韓孺子還在猶豫，一名官員道：「陛下，城裡的百姓即將參戰，我等身為牧民之官，當為百姓先。」

韓孺子點了下頭，「諸卿保重，朕絕不離城半步。」
太監們也要請戰，官員們卻不允許，「陛下身邊得有人持旗。」
咚、咚、咚……
韓孺子繼續擂鼓，身邊人所剩無幾，他沒看到橋上的戰鬥，目光一直在瞧望遠方，觀察整個戰場的形勢。形勢很不妙，楚軍沒有被擊潰，可匈奴人也沒有疲態，一波又一波、無窮無盡，還有更多軍隊停在戰場外圍，隨時準備加入戰鬥。
右賢王好不容易得到這個機會，志在必勝。
韓孺子只有一個念頭：絕不能退。這時候後撤，將會令楚軍士氣渙散，也甩不掉城外的敵軍。
時間一點一滴過去，戰鬥仍無結束的跡象，兩名太監又從別的地方找來一隻鼓備用，其他人包括中司監劉介在內，全都持旗站在皇帝兩旁，存了必死之志。
這是一場需要奇蹟的戰鬥，但是奇蹟只會發生在堅持不懈的人身上。
張有才第一個看到了「奇蹟」，伸手指去，尖叫道：「快看！那是……那是……」
那是一支楚軍。
蔡興海和晁化率軍離開之後，馮世禮猶豫多時，終於還是決定帶兵跟隨在後，以免落下見死不救的口實。但他走得很慢，多派斥候在前方探路，一旦發現匈奴人的埋伏，就會立刻撤退。
因此，當這支楚軍趕到晉城之時，戰鬥已經進行了很長的時間。
馮世禮一開始仍然沒敢參戰，他覺得晉城即將失守，自己不如為大楚保留一點實力。可戰鬥膠著，遲遲沒有結束，麾下眾將輪流前來請戰，馮世禮再也不能坐山觀虎鬥，終於下令進攻。
他的命令非常明確，不是去參戰，而是進攻外圍的匈奴人。
曾經被匈奴人俘虜的馮世禮，深知敵人的可怕，在兵力過少的情況下，他絕不願在城外的開闊地帶與之戰鬥。思忖良久，他覺得自己只能做一件事，吸引匈奴人！給楚軍一個退城自保的機會。

他這個決定救了所有人。

匈奴人太急於攻破晉城，忽略了外圍防守，發現又有一支楚軍突然出現，無不大驚，右賢王還以為自己遭到了反包圍，立刻下令全軍轉向新到的楚軍，正在纏鬥中的匈奴士兵一旦得不到支援，很快便潰退，楚軍終於得到一次退防的機會。

韓孺子停止擂鼓，觀察片刻，確認新來的楚軍只是誘使匈奴人退去，不會衝向晉城之後，立刻鳴金收兵。他還不知道楚軍將領是誰，但是對此人充滿感激。

楚軍正在退入城中，城外留下無數屍體，韓孺子站在城頭，深感疲憊與焦慮，右賢王不除，晉城只怕還是堅持不了多久。

第三百四十章　難熬的一夜

戰鬥結束當天晚上，東海王醒了，腦子裡還殘留著一具屍體從天而降的印象，猛地坐起來，伸出雙手去推，結果撲了個空，心中一驚，出了一身冷汗。

他坐在床上，穿著乾淨的衣裳，身上好幾處地方疼痛難忍，像是受了傷，但他沒有死，仍能呼吸、思考，仍能感受到恐懼與喜悅。

「我沒死？」

「你死了，這裡是陰間。」一個冷冰冰的聲音說。

東海王大吃一驚，扭頭看去，只見渾身沾著血跡的崔騰正一臉嚴肅地盯著他，心中更驚。

「咱們都死了，走吧，跟我去見閻王，也好早點投胎。」崔騰壓低了聲音，更顯得陰氣森森。

東海王沒那麼笨，只在剛醒的時候腦子有點暈，現在已經完全清醒。看著乾淨的被褥與衣裳，知道自己在代王府的臥房，絕非地獄，可還是被嚇著了，身上又出了一層冷汗，「滾！你自己去死吧，我不跟著。」

「哈哈。」崔騰大笑，他連盔甲都沒換就來探望東海王，可是看表弟醒來，還是忍不住開了個玩笑，「喝酒去嘍！」

崔騰走了，東海王憤意漸平，慢慢移到床邊，想下地看看自己是否一切正常，剛穿上鞋，卻看到了坐在角落的皇帝，一下子愣住了，「陛下……」

韓孺子站起身，「好好休息吧，我去叫人來。」

「謝謝，我……陛下來多久了？」

「沒有多久。」韓孺子的衣裳也沒換，向東海王笑了笑，邁步向外走去。

「陛下……」東海王有話要說，卻又不知道該說什麼，「城守住了？」

「嗯，暫時守住了，匈奴右賢王正在調集軍隊，如今離城只有不到二十里，說不定今晚就會攻城。」

「他肯定氣壞了。」

韓孺子點點頭，走出房間，讓東海王的隨從進去，自己去與外面的將軍匯合，他還有許多事情要做。

晉城總算沒有被攻破，但是損失慘重，傷亡近半。迎入援軍之後，守城兵力沒有增加反而減少，馮世禮率領的軍隊也撤退得非常艱難，一直被憤怒的匈奴人追擊，情形不明。

趕來救駕的宿衛軍損失尤其慘重，來時兩千餘人，活著進城的只有七八百人，將軍晁化殉職，太監蔡興海跪地請罪，他已經明白自己上當了，差點成為匈奴人的前驅。

韓孺子當然不會怪他，沒有這支援軍，右賢王還是會找藉口攻城，而且他從蔡興海這裡得到許多外界的消息，對他來說至關重要。

「我真不明白楊奉是怎麼想的，居然……居然……」蔡興海說不下去，他在行軍路上聽說京城那邊的情況，沒機會當面質問楊奉。

楊奉選立了帝位繼承者，不只一位，而是兩位。其中的英王尚在叛軍手中，雖然此事從未正式公開，但許多人都聽說了，感到不解，甚至感到憤怒，蔡興海就是其中之一。

韓孺子卻立刻明白了此舉的用意，如此一來，大單于更不能攻城弒帝了，活著的皇帝能夠吸引援軍，死去的皇帝毫無價值，還會讓大楚另立新君。

至於將英王也立為選擇之一，一是為了分化匈奴人與齊國叛軍，二是不給大臣趁機作亂的機會。因為即使有人想要迅速改立皇帝，也會由於有兩個選擇而無法統一力量。

「不用懷疑楊公，他的做法並無不妥。」韓孺子大大地鬆了口氣，雖然形勢仍然危急，但是有了一點周旋的餘地。

蔡興海身上多處受創，見皇帝如此鎮定，他也安靜下來，磕頭告退。

「安葬晁將軍的時候，朕要親自到場。」韓孺子提醒道。

「是。」蔡興海退下。

晁化並非能力超群的將軍，也沒有立過不世奇功，但是他與京南的那些漁民士兵對皇帝意義重大，韓孺子必須親自為他送葬。

樊撞山保住一條命，可傷勢太重，已經沒法指揮守城。韓孺子親去床前安慰，然後召集倖存眾將，安排守城事宜。

如果匈奴人今晚真的不顧一切發起進攻，晉城無力防守。士兵太少，又都極度疲憊，韓孺子只能讓當時沒有參戰的士兵登上城頭，多樹旗幟、多帶土石器械，希望能夠嚇住匈奴人。

這些士兵大都是百姓，最大的作用就是虛張聲勢。

倖存的老兵則一律休息。

隨行文官也曾在街道列隊待戰，但是沒機會出城，這時就由他們充當守城將軍，在城頭監督士兵。

韓孺子自己沒有休息，帶著十幾名侍衛到處巡視，三十餘名侍衛白天時擠出城門，趕上了戰鬥。大部分都回來了，損失不算嚴重，但是對局勢沒啥影響，兩軍對陣，的確不是他們發揮作用的時候。

城外的匈奴人營地燈火通明，像是正在準備什麼，韓孺子幾次登城觀望，都沒想出好的計策。

崔騰說是去喝酒，換身乾淨盔甲、吃了點食物，還是來找皇帝。他倒沒有受傷，活蹦亂跳，對近在眼前的威脅不屑一顧，「匈奴人再敢打來，就殺他一個片甲不留。」

韓孺子沒有這種信心，沉默不語。

身後的孟娥走上來，小聲道：「陛下什麼時候讓我們出城？」

崔騰沒聽懂女侍衛在說什麼，韓孺子卻是一驚。天黑以來，他曾經三次看向身後的侍衛，別人都沒注意到，孟娥卻已猜出他在想什麼。

最大的威脅不是匈奴軍隊，而是右賢王。他為了自己的利益要攻城，為了洗刷姬妾被拐的羞辱，更要攻城。殺死他，似乎是最簡單的守城方法。

韓孺子搖搖頭，「不行，沒有成功的機會。」

「機會不比全力守城少。」孟娥回頭看了一眼侍衛，繼續道：「我們商量出一個計畫，可以利用花繽……」

「你們？」韓孺子驚訝地問。

「嗯，我們都覺得刺殺右賢王是可行之計，花繽從城外帶進來十個人，我們以同樣的數量出城，帶上一顆人頭，聲稱是陛下的，只要能進入帳篷……」

韓孺子還是搖頭，右賢王不信任楚人，斷不會毫無防備地接見一群江湖客，就連最受「寵愛」的鄧粹，也沒機會單獨接近右賢王。

「陛下還要再等援軍？」

馮世禮這支援軍的到來多少還在預期之中，如今他一路退卻，沒法再回頭。至於另外兩支楚軍，一支在塞外的馬邑城，一支正緩緩逼近燕國，都不可能來救晉城。尤其是今天晚上，奇蹟不可能接連發生。

一隊匈奴人出營列隊，看樣子是在防守陣地，真要攻城的話，匈奴人也得使用器具，他們顯然接受了上次的教訓，先防守，再組建攻城器。

「你們……可以準備，但是除非匈奴人真的攻城，你們不要行動。」

「是。」

孟娥向隨行太監要來筆紙，請皇帝寫下一封手諭，她可以挑選侍衛，還能帶走被關押的花繽。

侍衛們分為兩隊，一隊被孟娥帶走，另一隊仍由王赫指揮，唯一的任務就是貼身保護皇帝。

至於花繽同不同意這個計畫並不重要，無論如何他也得跟著出城。

出城地道已被封死，孟娥等人只能守在城門後面。一旦需要，立刻開門、騎馬衝出去，至於能否及時取得匈奴人的信任，只能到時再說，那是他們將要面臨的第一個考驗。

韓孺子帶人下城，既然要派刺客，他就不適合在城頭露面。

他在軍營裡住下，這樣隨時能夠得到城上的消息。越想越覺得刺殺之計不可行，幾次想將孟娥等人招回身邊，有一次甚至讓張有才準備好筆紙，可是提筆之後，他還是放下了。

本來就沒有必成的計畫，孟娥說得沒錯，刺殺右賢王不比單純的守衛晉城更難，機會多一個算一個，總比坐以待斃強。

城上時不時傳來消息，匈奴人已經搭起十幾座攻城器，派出士兵打掃戰場，看樣子打算天一亮就攻城，這回不用藉口、也不使計，純粹的硬攻。

後半夜，崔騰睏得不行，在營裡找了一頂帳篷睡下。韓孺子卻在挑燈夜讀，他沒別的事情可做，只好看書，想從太祖的經歷中尋找一點信心與計策，可他根本看不進去，太祖的經歷也與此時完全不同，無可借鑑。

東海王來了，劉介未經通報就將他送進皇帝的帳篷。

掃了一眼，東海王問：「崔騰沒在？」

「他去休息，你睡好了？」

「嗯，真不明白，崔騰這小子一身血跡卻還是生龍活虎的？」

「血跡是搬屍體時沾上的，他沒來得及參戰。」

「嘿。」東海王自認為比崔騰聰明百倍，沒想到竟然被他騙了，「這個傢伙……」

「他是沒趕上，不是有意避戰。」

東海王相信崔騰沒那麼滑頭，可還是冷笑一聲，表示不信，然後正色道：「匈奴人天亮就要攻城了？」

「看來是這樣。」

「還會有援軍嗎？」

韓孺子沉默片刻，「不會。」

「那只有一個辦法能守住晉城。」

「嗯？」

韓孺子以為東海王也想到了刺殺，結果他說的是另一個方案，「向大單于求助。」

大單于希望和談，右賢王攻城是違命行事，可是有一個麻煩無法解決。

「大單于不在城外，匈奴人也不會放使者過去。」

「拚一把，天一亮，使者大張旗鼓地出城，聲稱要見大單于，讓城外的匈奴人都看到，就賭右賢王不敢直接違背大單于的命令。」

「右賢王敢攻城，不敢殺使者？」

「所以是賭嘛，右賢王此刻正在氣頭上，得讓他冷靜下來。」東海王咬著嘴唇停頓一下，「我去。」

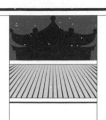

第三百四十一章 朕之職責

死守、刺殺與和談，表面上韓孺子有了三種應敵之策，卻沒有一種可行。雖然嘴上不說，他心裡清楚得很，這些都屬於垂死掙扎。

即使如此，他還是要掙扎一下。

東海王獲准去做準備，沒有聖旨同樣不准出城。

孟娥派一名侍衛來提醒皇帝，如果想要執行刺殺任務，他們必須天亮前出城，否則的話，更難取得成功。

韓孺子穿上斗篷，不帶旗手，只帶幾名太監與侍衛，在四更左右再次登城。

城外的匈奴人已經準備好了，影影綽綽的火光中，高大的攻城器宛如正在休息的巨人，突然，一個巨人打了個「噴嚏」，發出一聲轟然震響。

攻城者在校準器具，射出一顆石彈，黑暗中看不到它的軌跡，只聽得落地時的響聲。離晉城還遠，城上的人就已能感受到這一擊的威力。

發射石彈需要十幾乃至數十人同時拉拽，第一次嘗試取得成功，匈奴人齊聲歡呼，立刻有人騎馬測量距離。這樣一來，就能計算出天亮時要將攻城器推移到離城多近了。

之後不同的攻城器分別進行了試射，只有一次失敗，剛剛搭建好的架子不堪重負，竟然當場垮塌！匈奴人大怒，強迫數十名工匠往晉城的方向奔跑，他們在後面不緊不慢地追趕，偶爾彎弓射箭，每箭必中。

韓孺子沿著城牆走了一段路，太監們跑在前面，提醒將士們不要行禮，以免引起城外匈奴人的注意。從守城者的後背上，韓孺子感受到難以控制的恐懼。他們並非真正的士兵，看到強大的敵人與武器，不能不怕。

韓孺子連鼓舞士氣的辦法都想不出來。

南城有兩座城門，一座是正門，東海王率領的使者隊伍等在裡面，另一座是偏門，侍衛們藏身於此。韓孺子先到偏門上方，準備放出刺客，他起碼要目送這些人出城。

劉介下城傳令。

城門打開一條縫隙，十名侍衛與花繽魚貫而出，對花繽來說這與自殺沒有區別，但他別無選擇，留在城內也還是一個死。

說是要目送眾人，韓孺子的目光卻投向遠方，並無明確目標，只是隨意遙望。再過不久，在匈奴人正式攻城之前，他還要將東海王派出去，執行另一個自殺似的任務。

如果早就知道當皇帝會如此艱難……

韓孺子還是會義無反顧地選擇當皇帝，當真正的皇帝。起碼現在是他在做出選擇，而不是被人選擇。

「等等，讓他們先撤回來。」韓孺子急切地說，他看到了一些什麼。

劉介還在城下，張有才急忙跑到另一邊，讓別人抱著自己的腿，他從牆頭探身出去，向下方大喊：「回來！陛下有旨，傳他們回來！」

韓孺子聽不到下方的聲音，只看到侍衛們繼續騎馬馳行，快要過橋的時候才紛紛勒馬轉身。他們出發時沒有回頭，這時卻都望向城牆之上，黑暗中看不到表情，但他們的迷惑顯而易見。

又過了一會，侍衛們遵旨回城，城門立刻關閉。

孟娥來到城牆上。

韓孺子指著遠方，「匈奴派人過來了。」
確有一隊匈奴人從營中馳出，大概二三十人，正在快速接近晉城。
「嗯。」孟娥不明白這與刺殺右賢王有何關係。
「他們或是宣戰，或是談判，可以先給他們製造一個印象。」
「什麼印象？」孟娥一直很理解皇帝的想法，現在卻有些摸不著頭腦。
韓孺子沒有解釋，對張有才說：「宣東海王上城。」
張有才跑在前面，韓孺子向孟娥招手，示意她跟上來。
一行人很快來到正門上方，東海王接旨剛剛登城，一臉困惑地迎向皇帝。
韓孺子站在城內一側，不讓城外看到，對東海王說：「匈奴人派使者來了，你去接待，想辦法讓他們以為城裡出了大事。」
「大事……哦。」東海王明白過來，「那陛下還是不要留在這裡了，陛下在後面盯著，我的感覺不對。」
韓孺子帶人下城，孟娥也明白了皇帝的計畫，原路返回，仍在偏門後隱藏，靜靜地等待時機。
如果能讓匈奴人相信皇帝遇害，孟娥等人的刺殺計畫成功機率或許會更大些。
韓孺子在城下守候，心裡升起一股希望，隨著時間流逝，這點希望又迅速下降，即使匈奴人相信皇帝已被刺殺，還是不會輕易相信楚人，孟娥等人仍如羊入虎口，只會更加激怒右賢王。
東海王的隨從匆匆跑下來，跪在皇帝面前，說：「東海王請陛下登城。」
韓孺子微微一愣，東海王的任務是編造謊言，怎麼要讓皇帝親自露面？可他還是邁步向城頭走去，東海王這麼做必有原因。
東海王迎上來，面帶驚訝，「是大單于的使者，真是來和談的。」
「大單于的使者剛走不久……」

「看來大單于也不放心右賢王，所以又派來一批使者，正好趕上，這位使者也是陛下認識的人。」

東海王的神情有些古怪，韓孺子走到城牆邊，向外望去。

匈奴使者二十多位，當先一人竟然是名女子。

「城上是大楚皇帝嗎？」女子用中原話問道。

果真是金垂朵。

韓孺子愣了一會，向身邊的太監點頭，這時張有才大聲說道：「陛下就在這裡，我是張有才，金姑娘還記得我嗎？」

金垂朵似乎點了一下頭，「請陛下放心，匈奴人今天不會攻城，馬上就會後撤。一個時辰之後，請陛下出城和談，離城十里，離匈奴人營地十五里，每方只准帶兩人。」

「等等。」韓孺子開口，金垂朵卻不願多說，調轉馬頭，帶人離開了。

「她這是什麼意思？幾句話就想將陛下誆出城？」東海王得為自己做點解釋，「我向她暗示了，可她根本不信，她說她知道皇帝活著……」

「等等吧，如果匈奴人真的撤退，朕可以出城談判。」

「太冒險了！」

「總得有人冒險。」韓孺子望向遠方，「去讓人準備三匹好馬，王赫，你隨朕出城，去將孟娥叫來。」

談判雙方各帶兩人，韓孺子選擇的是王赫與孟娥。

王赫只是侍衛頭目，不敢說別的，立刻去找孟娥，東海王猶豫片刻，也下去找人安排馬匹。

匈奴人還看不出撤退的跡象，高大的攻城器仍然聳立在原處，大批騎兵在前方守衛。

天色已亮，匈奴人還是沒有動靜。

東海王回來了，帶來大批將領，蔡興海和樊撞山帶傷登城，也不說什麼，與其他將領一塊跪在皇帝身後。遠方的匈奴人終於做出反應，攻城器還在，騎兵卻開始調頭。但是走得很慢，似乎不太情願，又像是在等待轉機。

韓孺子轉過身，面朝眾將，正要開口，得到消息的文官也從兩邊跑來，同樣一言不發地跪下。

「大敵當前，需要諸位當中的某人挺身而出時，可曾有人拒絕？朕以無德之身繼承祖先宏業，抗敵守土、庇護萬民，乃朕之職責。匈奴人攻城之時，諸位為將士先、為百姓先，也該輪到朕為群臣先了。諸位平身，請各司其職，如果談判不順，今日仍有一戰。」

文武官員不語，也不起身，有人痛哭失聲。若在平時，這是一種慣例，此時此刻，卻多少有幾分真誠。

韓孺子仍不在意，再次轉身向外望去，匈奴人真在退卻，攻城器來不及拆卸，孤零零地留在原處。

「如果仍要開戰，城外的那些東西一個也不能留，樊撞山、蔡興海，你們兩人待會分配一下吧。」

「是，陛下。」兩人匍匐在地，雖然全都有傷在身，卻沒有一個字的推卻。

「起身。」韓孺子再次道，「大楚臣子不能跪著守城。」

眾人這才一個接一個地站起，文官在長袍外面套上了一兩件甲衣，看上去不倫不類，足以令禮官大搖其頭，這時卻都不重要了。

韓孺子走到幾名讀書人面前，他們以顧問的身份隨行，晉城被圍之後，他們的作用還不如普通士兵，只有單名仲曾經提出建議，將徵發民夫改為徵兵。

單名仲還很年輕，只有二十幾歲，韓孺子對此人有印象，這時就站在這名讀書人的面前，說：「文治武功，你們幾位的職責不在這裡。朕縱有萬一，大楚不會亡，武將盡忠是戰死沙場，文人盡忠是守衛朝綱。城破之後，你要想盡一切辦法返回京城，傳朕的旨意，督促大臣盡快擁立新君。」

讀書人又都跪下，放聲痛哭。

韓孺子向王赫道：「給他們每人指派一名侍衛。」

「是，陛下。」

韓孺子轉向其他隨行文官，「諸位……」

「臣等受命換上戎裝，今日皆是武將，除了戰死沙場，別無它願。」一名大臣說。

「別無它願。」眾官員齊聲道。

韓孺子最後看向劉介、張有才等太監，沉吟良久，說：「若有萬一，你們隨朕左右。」

眾太監躬身，將這當成自己的榮耀。

「拿紙筆來。」韓孺子道。

太監們隨身攜帶著這些東西，立刻有人托舉小案、有人鋪紙研墨，韓孺子提筆寫下一道聖旨，他不能只讓讀書人逃回京城，總得給他們一點憑證。

劉介捧出隨身寶璽，韓孺子蓋在聖旨上，折疊之後卻不知該交給誰，這是萬一之後的備用聖旨，不能現在就交給讀書人。

東海王？韓孺子還沒信任他到這種地步。

正猶豫間，崔騰氣喘吁吁地跑上來，愕然道：「大家都在，怎麼沒人叫我？」

找到合適的人了，韓孺子又一次轉身望向城外，匈奴大軍退卻的速度更快了些，有人正在離城十里的路上搭建臨時帳篷。

金垂朵或許可信，可她能威懾住右賢王，讓他眼睜睜看著和談而不進攻嗎？

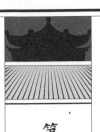

第三百四十二章 皇帝的困擾

匈奴人如約後撤，距離臨時搭建的談判帳篷十五里左右，比楚人多出五里，但是地勢平坦，沒有城牆阻隔，一旦發起進攻，這點劣勢很快就會消失。

帳篷選的位置不錯，正好在一座高地上，視野開闊。王赫騎馬守在外面，遙望匈奴人大軍，隨時準備發出警示，孟娥則跟在皇帝身邊。

匈奴人一方也是如此安排：兩人進帳，一人守在外面，此人卻不怎麼關注晉城一方的動向，下馬坐在一塊石頭上，仔仔細細地擦拭刀身，偶爾瞥一眼皇帝的侍衛，面露不屑。

金垂朵不認得孟娥，也沒看出她是女扮男裝，進帳之後像匈奴人一樣坐在氈毯上，隨從守在身邊，看樣子對這次談判也不放在心上。

只有金垂朵在意。

「你不該帶這麼點人北巡。」金垂朵第一句就帶有指責意味。

「大單于也不該帶著匈奴人南下入關。」韓孺子笑了笑，金垂朵還是那麼美，與勾人心魂的張琴言不同，金垂朵有十分美麗，卻不願表露出來，要用嚴肅與驕傲努力壓制；張琴言則用眼神與技巧將自己的美麗向上提升。對韓孺子來說，這兩人都沒有完全成功。

「以後的時間裡，會有許多人頻頻提起我的錯誤，不急於這一時。」韓孺子能想像得到，如果能逃過這一劫，自己只怕再難離開京城半步。

金垂朵垂下目光，再抬起時說：「大單于希望你當大楚的皇帝，他說他需要一位強大的盟友，而不是軟弱的臣服者，唯有如此，才能共同應對西方的強敵。」

「嗯，而我需要一位草原上的盟友，不是長城以內的入侵者，匈奴人必須退出楚地。」

金垂朵稍稍向前探身，向對面的皇帝說：「我身邊的人不懂楚語，所以我可以向你直白透露，大單于不會讓出已經得到的土地。他渴望得到城牆的保護，已經到了偏執的地步，一切談判只能在此基礎上進行。我來這裡是為了救你一命，因為……你曾經救過金家。」

「那我也不妨直白地說，我不會當第一個讓出土地的大楚皇帝，大單于也明白這一點，他讓妳來和談只是故布疑陣，他的真正目的是要騰出手來殲滅塞外的楚軍。」

人身處絕境時常會生出種種幻想，總以為天上會掉下金子、水裡會湧出珍寶、地上會有遺失的財物……韓孺子也不免俗，但是從蔡興海那裡瞭解到各地形勢之後，他冷靜下來，拋棄幻想，只做最簡單的推斷。

於是事實一下子變得清晰起來。

「大單于想要的不是一段城牆，而是整個長城。這樣一來，北方有險可守，南下隨時可以挾持大楚，他需要強大的盟友，但這個盟友必須聽話，必須接受他的指揮。」

金垂朵輕輕嘆了口氣，大單于自然不會將心中的全盤計畫告訴她，但是憑她的瞭解，韓孺子的猜測不會錯，「即使如此，你還是能活下來，有機會收復失地……」

韓孺子又笑了一下，「我是皇帝，大楚的皇帝。寧願死在這裡，讓京城再立一位新君，也不會背負讓大楚江山殘破分裂的罪名。」

金垂朵盯著他，沉默了一會，說：「京城派來的使者可不是這麼說的，他們願意付出一切代價，只為換取你的性命。」

韓孺子派出的使者是喬萬夫，地位低下；京城的使者則是吏部尚書馮舉，雙方匯合，做主的只能是後者。

「京城使者秉承我母親的意旨，做出的決定不算數。」

金垂朵恢復正常坐姿，「那你打算怎麼辦？就這麼等著殉國？」

「我還沒到必亡的地步：京城有忠臣坐鎮，北方大軍群集，南方有柴悅領軍，正率兵進攻燕國，他的選擇非常正確，大單于想必也感受到了南方的威脅，所以才想要和談吧。」

「如此說來，你出城與我談判，只是為了拖延時間？」

「是為了請妳相助，請妳幫我拖延一點時間，哪怕只有幾天。」

金垂朵沉吟多時，「臨淄城的齊軍已經向大單于使者做出承諾，很快就會調集全部兵力，從後方向柴悅軍發起進攻，匈奴大軍南下配合。大單于並非一心只想擊敗塞外的楚軍，他在擇機而動，到時候你連談判的機會都沒有了。」

「我相信大楚的將軍，願意冒險。」

「你總是……」金垂朵又顯出幾分指責之意，馬上收斂，「好吧，我會告訴大單于，說你有意和談，但是要先見一下京城的使者，溝通一下情況，一來一往，或許能為你爭取到幾天時間。」

「謝謝。」

「這只是一點報答。」金垂朵站起身，「對了，你得賠償右賢王一位大楚公主。」

「嗯？」

「你的一名逃兵拐走了右賢王的寵姬。」

韓孺子忍不住笑出聲來。

金垂朵嘴角動了動，忍住沒笑，「不管這個逃兵是什麼來頭，都做得太過分了，右賢王把這筆帳算在你頭上，聲稱若是和談成功，大楚必須賠償一位公主；不成功，他也要從京城搶一個回來。」

韓孺子收起笑容，如果楚軍主力接連戰敗，右賢王的威脅就不再是笑話了，「好。」反正談判只是拖延，韓孺子可以暫時接受任何條件。

金垂朵走到門口，轉身道：「我能理解你的選擇。」

為了回草原當匈奴人，金垂朵毅然決然，即使因此害死父親也不後悔，從某種意義上，她的確理解韓孺子寧願戰死，也不向大單于臣服的心情。

匈奴人走了，韓孺子在原處又坐了一會，孟娥小聲提醒道：「該回去了。」

整座晉城都處於極度緊張之中，看到皇帝歸來，早早開門迎接，歡呼聲從城門一直延續到代王府。

金垂朵並未許諾停戰能持續多久，也沒說自己要如何制約右賢王。所以韓孺子沒法踏實地留在城裡，只是減少了值守士兵的數量，讓大家都有機會休息。

傍晚時分，他參加了晁化的葬禮。這是戰時，離京南老家隔著千山萬水，只能採取火葬。晁化與眾多將士的屍體都在城中一角火化，然後埋於地下，以免日後遭到匈奴人的羞辱。

直到夜深，韓孺子才回到住處，樊撞山派人送來消息，匈奴人的確沒有大規模前移，但是派出小股軍隊守衛城外的攻城器，樊撞山想帶兵出城來一次奇襲。

韓孺子沒有允許，匈奴人不可能再讓楚軍第二次奇襲成功，必有反撲的計畫，而且金垂朵正在努力促成和談，沒必要招惹事端。

他睡不著覺，也看不進書，吃了一點食物，屏退所有人，獨自在書房裡來回踱步。

本該休息的東海王來了，也不說話，坐在桌邊，翻看放在上面的書籍。

韓孺子猜測是劉介或張有才將東海王叫來的，不由得輕嘆一聲，皇帝的猶豫與焦躁不應該被任何人看到，可是有什麼事情能瞞過貼身服侍他的太監？

「你看過不少史書？」韓孺子停下腳步，的確需要與人交談。

「該看的都看過了，沒辦法，老先生們看得緊。」東海王放下書，轉身道。

「我希望能當書裡的皇帝，永遠鎮定自若、未卜先知，龍顏一怒就能解決所有問題。」

「史官也是官，皇帝怎麼說，他就怎麼寫，在國史之中，陛下必然不輸武帝。」

「嘿，武帝開疆拓土、大敗匈奴，我怎麼能與他相比？」

「武帝之時國富民強，所謂趁勢而為，即使咱們的祖父是位平庸皇帝，也能做出一番大事業。陛下身處亂世，將要建立起死回生之功，怎會輸給武帝？」

只要願意，東海王的確會討好他人，尤其擅長討好皇帝。韓孺子笑著搖頭，這樣的吹捧對他沒有多大意義，但是聽著的確受用，漸漸地，笑容消失，他還是被那個問題所困擾。

「回城的時候，軍民歡呼，我在想，自己的做法究竟對不對？我拒絕向大單于投降，最終可能害死城裡所有人，如果我投降……」韓孺子長嘆一聲，「如果能讓大單于相信我是真心實意的投降，他或許會放過晉城。」

東海王沒有馬上開口，等了一會，他說：「允許我說一句大逆不道的話，如果我是皇帝，肯定會投降。匈奴人要什麼給什麼，只有一個要求，讓我繼續當皇帝，哪怕只剩半壁江山，我也願意。」

這正是母親王美人的做法，韓孺子沒有應聲。

東海王站起身，「所以我沒能爭過陛下，所以我不是皇帝，所以沒人肯為我作戰。陛下還不明白嗎？大楚臣民曾經遠離宮廷、置身事外，桓帝、太后以及陛下初次登基之時，都不能讓他們有所行動。可現在，陛下被圍，大楚卻沒有亂。京城的朝廷仍在運轉、馮世禮死守西行關卡、崔宏與柴悅要與大單于決戰，塞外楚軍越聚越多……這一切只有一個原因，陛下在堅持，所以他們也在堅持。」

韓孺子露出一個勉強的笑容，只有他知道，這種堅持有多麼艱難。

「有時候事情就是這麼奇怪，在大楚最危急、陛下身處險境的時候，陛下的帝位也是最穩固的。」東海王躬身，這番話不僅是對皇帝說，也是在告訴自己，他終於失去爭奪帝位的所有可能。

「我要休息了。」韓孺子說，心情平靜下來。

東海王躬身退下。

韓孺子回臥房休息，不久之後，屋外傳來琴聲，意境與之前都不同，悲涼慷慨，像是一曲輓歌。

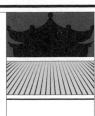

第三百四十三章 車騎將軍

在搖曳火光的映照下，夜色愈深、美人愈美，鄧粹面帶微笑，看著躺在身邊的匈奴女子。

女子突然嗯了一聲，眉頭微蹙，像是在做噩夢，鄧粹湊近，在她額上輕輕吻了一下，女子眉頭舒展，安然熟睡。

篝火十幾步外，四名隨從目瞪口呆地看著這一幕，雖然已經過去兩天，他們還是很難相信眼前的事實。

鄧粹從毯子上起身，向四名隨從招手，示意他們跟自己走。

隨從們立刻跟上，對這位車騎將軍，他們既迷惑又敬佩。

五人拐到一叢灌木後面，這裡是下風處，說話聲不會打擾到睡熟的匈奴女子。

「天越來越暖了。」鄧粹仰頭望著滿天繁星，似有所感，然後撩開衣襟，解開褲帶，順風小便，對四名隨從說：「你們不來嗎？我看你們都喝了不少酒。」

隨從們更加迷惑不解，還有一點受寵若驚，有幾名士兵能收到將軍的這種邀請？於是紛紛行動，一名隨從笑著問道：「將軍真是了不起……您能聽懂匈奴話？」

「聽不懂。」

四名隨從互相看看，既驚訝又想笑，另一人問道：「那將軍是怎麼……怎麼能……如何……」他也不知道該怎麼問。

鄧粹抖了幾下，回頭望向篝火，「你是說她？注意看眼神，比如你們幾個小子，既羨慕又嫉妒，對美色還有點動心，那邊火光一照，我還以為對面蹲著四匹狼呢。」

鄧粹並無責備之意，語氣隨意，四名隨從急忙笑著搖頭否認，一個說自己沒動心，一個說自己不嫉妒，最後一致承認，可能有點羨慕。

「我就是很難想明白，匈奴大王的姬妾……怎麼就願意……」

「願意跟我走？」鄧粹伸個懶腰，不急著回去睡覺，走到一邊閒聊，說：「她是敵對部落的人，父母都被匈奴大王殺死，自己被擄為姬妾，早有逃亡之意，正好被我趕上而已。」

「將軍不懂匈奴語，還能打聽出這樣的消息？」四名隨從不只是敬佩，已經接近崇拜了。

「打聽？不不，這是我猜的。」

四名隨從又是一愣，接著只能嘿嘿地笑，越發覺得車騎將軍深不可測，他們當中只有一人來自鄧府，另外三人是京城的士兵，可即使是那名鄧府隨從，也看不透自家主人。

鄧粹身上的盔甲早已脫下，這時整整衣裳，對自家隨從說：「把我的馬牽來。」

隨從不敢多問，很快牽來主人的坐騎，鄧粹接過轡繩，輕輕撫摸馬的脖子，然後對不明所以的四名隨從說：「這麼跑下去不行，匈奴人早晚會追上來，得想辦法將他們引開。」

隨從們點頭，明白這個道理，但是想不出辦法，於是等車騎將軍的指示。

鄧粹點點頭，又對自家隨從說道：「下回我說把馬牽來的時候，你得把鞍韉也備好，馬背光溜溜的，讓我怎麼騎？」

隨從驚訝地說：「現在就要出發？我們這就去準備。」

「慢著，給我一個人準備，你們留下。」

在見識了車騎將軍的種種怪事之後，四名隨從還是呆住了，鄧粹催道：「去取馬鞍，還有酒和乾糧。」

隨從不敢違命，急忙去拿東西，剩下的一名隨從結結巴巴地說：「將軍……將軍……要跟我們分開……分開行走？」

「我不是說了嗎？必須將匈奴人引開，就是你們幾個。誰要是能指揮塞外的楚軍，也可以跟我交換。」幾人同時搖頭，他們只是普通士兵，既無將銜，又無策略，更沒有膽量，絕沒有指揮軍隊的野心。

「好，你們明天一早出發。」

鄧府的隨從跑回來，手忙腳亂地給馬匹備鞍束帶，嘴裡問道：「就一匹馬不夠吧？」

「夠了，這是一匹好馬。」

「那個……她也會騎馬，而且騎術不錯，用不著跟將軍同乘一匹吧？」隨從還是覺得將軍過於托大了。

「她不跟我走，跟你們走，沒有她，拿什麼引開匈奴人？」

四人大吃一驚，面面相覷，一個字也問不出來。

鄧粹翻身上馬，檢查一下隨身物品，比較滿意了，「好吧，就這樣，明天你們往西去，跑得快一點，再加上一點運氣，或許來得及找到一座堅固的城池，你們暫時在那棲身，等戰爭結束再來找我，後會有期。」

鄧粹要走，四名隨從這才反應過來，一塊上前攔住。

「等一下，將軍，我們……我們怎麼跟她說？」

「怎麼說都行，反正她也聽不懂。」

「可是……可是……」隨從們都是士兵，寧可面對匈奴人的大軍，也不想向一個滿懷希望與柔情的異族女子解釋她為何半路被拋棄。

「事情明擺著，我需要北上接管楚軍，而匈奴人要追的是這位什麼什麼絲，所以只有她能引開匈奴人，你們負責保護就行，除此之外，誰還有別的妙計？」

隨從們搖頭，只得讓開。鄧粹催馬上路，跑出不遠，調頭又回來了，隨從們大喜。

鄧粹對自家隨從道：「如果你們被匈奴人追上，那就算了，估計你們一個也活不下來；如果僥倖逃脫，記住一件事，那個匈奴女子是你的第二位主母，保護她、服侍她，別動壞心眼，你、你，還有你，都要記住。」

「沒有沒有，我們哪有壞心眼？也不敢啊。」四名隨從搖頭擺手地否認。

鄧粹放心了，再次上路，這次沒再回頭。

四名隨從回到篝火旁，遠遠地站立，望著仍在睡熟的匈奴女子，誰也不知道待會該如何應對這股怒火。

鄧粹覺得自己已經將一切事情都安排好了，一身輕鬆，催馬疾馳，他是代國都尉，經常來往邊塞，對道路很熟，深夜裡也能辨別方向。餓了吃幾口乾糧，渴了、睏了就灌一大口酒，只在馬匹需要吃草時才休息一會。

兩天後，他到了邊塞關卡，身後沒有匈奴人追趕。

匈奴人想引誘塞外楚軍入關救駕，沒有進攻這座關卡，關內將士卻都非常緊張，一直在加固城池、礪兵秣馬，只是不知道下一步該怎麼做，在得到命令之前，唯有堅守。

守關將領是鄧粹的熟人，見到他獨騎到來，大吃一驚，鄧粹也不多做解釋，下馬之後問道：「皇帝封我為車騎將軍，聽說了嗎？」

「有所耳聞，恭喜……」

「別急，我知道你藏著幾壇好酒，準備好，過一陣子送到我家裡去，現在送我去馬邑城。」

「你是奉旨而來？」

「當然。」

「那個……有聖旨嗎？」

「有，被匈奴人搶走了。」鄧粹順口胡謅，因為預料到要在匈奴營中待一陣子，所以他什麼旨意也沒帶，以免露餡。

守關將領對鄧粹稍有瞭解，只好搖頭苦笑，選派士兵護送他過關，反正鄧粹單憑代國都尉的身份就能對他下令，車騎將軍的真假不那麼重要。

又是一路風塵僕僕的疾行，趕到馬邑城的時候，鄧粹在馬上已經搖搖晃晃，要時不時抽自己一嘴巴，才能保持清醒。

馬邑城內外聚集的楚軍已經超過十萬，主力是從碎鐵城趕來的南軍，名義上的統帥是辟遠侯張印，可他木訥口吃，很難服眾，朝廷又遲遲沒有明確命令，只說見機行事，眾將連日來爭論不休，一直沒有做出決定。

聽說晉城來了一位將軍，眾將無不又驚又喜，全都出城相迎，有人認得鄧粹，第一反應是大概只有這小子能逃出重圍，第二反應則是皇帝病急亂投醫，怎麼將他派出來了？

鄧粹開口仍是那一句：「我是皇帝親自任命的車騎將軍，你們聽說了吧？」

眾將點頭，的確聽說過這個消息，但是沒人當真。

南軍的幾名將領擠過來，帶頭者問道：「陛下可還安好？」

「不好，一點也不好。」鄧粹跳下馬，在眾人簇擁下前往將軍府，「吃不香、睡不熟。」

「聽說陛下得了重病……」

「是嗎？反正我走的時候，陛下正趁著深夜滿城抓捕奸細。」

「奸細？」

「嗯，一網打盡，陛下狀態雖然不太好，抓幾個小賊還是輕而易舉。」

眾將稍稍安心，南軍將領又問：「陛下派你出來，有何旨意？」

「旨意多著呢。」鄧粹信口胡說，來到將軍府，與張印在門口相見，互相行禮之後，並肩往裡走，在大廳門口轉身向眾將道：「我要與張將軍單獨交談幾句，請諸位在外面稍待片刻。」

眾將只得留在廳外，心中卻有不忿，紛紛議論這位「車騎將軍」究竟是怎麼回事。

在廳裡，鄧粹直白地對張印說：「閣下是朝中老將，但是多年來一直在別人的麾下以供驅馳，不受朝廷的信任與重視，手握大軍卻不知該如何使用。」

張印一下子面紅耳赤，偏偏口吃，一急之下更說不出話來。

鄧粹繼續道：「我和你正好相反，陛下信任我，委我以重任，就是要接管塞外的大軍，請張將軍把官印交給我吧。」

「聖……聖旨呢？」張印好不容易憋出一句話。

「沒有聖旨，張將軍之前拿到的聖旨不是一塊破布嗎？」

張印點頭，但那畢竟是一道聖旨，上面有皇帝寶璽之印。

「閣下願意繼續肩負挽救大楚與陛下的重任嗎？閣下可有計策？閣下能讓馬邑城眾將服從命令嗎？」

「你、你能？」

「不能的話，陛下也不會派我來。」鄧粹傲然道。

不到一刻鐘，鄧粹和張印從廳裡走出來，鄧粹高舉將軍印，向院子裡的數十名將領大聲道：「我是車騎將軍鄧粹，奉陛下旨意統領馬邑城楚軍，你們都要聽我的命令。」

眾將一片嘩然，鄧粹喝道：「諸位有本事在這裡爭吵，卻沒本事救駕嗎？」

眾將大怒，一名南軍將領上前道：「你有本事救駕？好，關內是匈奴人的埋伏，十幾萬楚軍如何擊敗敵軍到達晉城救駕，你來說一說，有理，我們服你，無理，請閣下哪來回哪去！」

鄧粹大笑，「諸位皆是平庸之輩，只知攻守，不知另有救駕良策。」

眾將更怒，全都冷冷地盯著鄧粹，若是聽不到幾分道理，「車騎將軍」今天難出此門。

鄧粹卻不在意，神情反而更加狂傲，「想要救駕，既不能攻晉城，也不能守馬邑，只有一條路可行，立即收復燕國與遼東的失地，堵住長城關卡，也就是所謂的關門打狗。一旦與草原的通道被切斷，匈奴人不攻自亂、不戰自敗！」

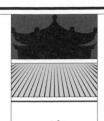

第三百四十四章　唯一的出路

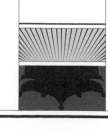

鄧粹並非唯一想到先收復失地的將領，但是在他之前沒人敢提出來，更沒人敢於堅持，馬邑城楚軍數量眾多，離晉城也比較近，被視為救駕最重要的力量，前往燕國與遼東則意味著離皇帝越來越遠。

張印的孫子曾經參與反對皇帝，他不敢提議，提出了也沒人聽。

南軍將領曾經與皇帝交戰，更不敢做出這樣的決定。

其他將領地位比較低，也不敢隨便開口。

朝廷派來的大臣受王美人的影響，對是戰是和猶豫不決，只會說「從長計議」、「必須救駕」這兩句話，卻拿不出具體計畫。

只有鄧粹膽大妄為，打著車騎將軍的旗號，讓所有人都以為他是皇帝寵信的大將，臨危受命，一切決定都來自皇帝本人的授意，其實這都是他在路上現想出來的計畫。

眾將還沒有完全被說服，鄧粹不想浪費時間，打了一個大大的哈欠，說：「準備一下，明天天亮之前出發，一天之內，全軍必須離開馬邑城，我要去睡覺了。」

眾將哪肯讓他離開，圍上來七嘴八舌地發問，鄧粹又一次舉起官印，大聲道：「我奉聖旨來塞外，是要指揮楚軍，不是跟你們商量的，貽誤軍機，你們誰負責？」

沒人應聲，就是因為沒人能負責、敢負責，他們才留在馬邑城按兵不動。

「大將軍崔宏和柴悅已經率軍前往燕國，柴悅是皇帝一手提拔的大將，選擇會錯嗎？你們不信我，難道也不信柴悅？不信皇帝？」鄧粹換了一種說法。

在外人看來，柴悅的興起頗為突然，與皇帝的復位一樣，充滿戲劇性。而且身為皇帝的親信大將，他也沒有直接去晉城救駕，與鄧粹的計畫頗為吻合，就像是皇帝安排好的一樣。

鄧粹離開晉城的時候，皇帝根本不知道柴悅那邊的動向，但鄧粹當然不會說明這一點。

更沒人出聲了，鄧粹放下手臂，點點頭，「我跑了幾天幾夜，有資格睡覺，你們去準備，行軍次序、糧草安排、道路規劃、進攻方案等等都是你們的事，等我醒的時候，必須看到完整的計畫，明天天亮之前，前鋒必須出發，明天天黑之前，馬邑城只留原有的將士，其他人必須上路。事關救駕大事，別怪我治軍太嚴，心裡不滿，等皇帝安全返回京城之後，你們再來找我算帳。」

就算是那些認識鄧粹的將領，此時也以為他真得到了皇帝的全權任命與信任，再無懷疑，紛紛領命退下，鄧粹也不客氣，自己找地方睡下，對來服侍的士兵下令：「兩個時辰之內，就算匈奴人來了，也不准叫醒我，醒了我也沒辦法。」

鄧粹安然入睡，不管天塌地陷，不管皇帝生死。

同一時刻，被他拐走的右賢王姬妾一會哭一會鬧，將四名隨從折磨得生不如死，可他們不敢停留，一路疾行，成功甩掉了險些追上來的匈奴人。

最不踏實的人是皇帝。

晉城的確得到幾天安全，但是局勢並未得到絲毫改善，韓孺子連鄧粹的生死都不瞭解，只能默默等待。

吏部尚書馮舉被匈奴人送來，他奉命和談，臨行之前受到太后與王美人的召見，跪在地上指天發誓，一定會不惜任何代價勸說匈奴人撤圍，將皇帝安全帶回京城，出宮之後又被一群大臣叫去，以官職和名譽保證，絕不在匈奴人這邊喪權辱國。

馮舉也是武帝指定的顧命大臣之一，個子不高，為人謹慎，在朝中各股勢力之間保持平衡，多年來游刃有餘，如今卻被逼到了死角，沒有半點騰挪的餘地。

因此，一見到皇帝，幾十歲的老臣就跪在地上放聲大哭，也就不足為奇了。

無論心裡有多麼急迫與焦躁，韓孺子只會自己承受，不會再向任何人表露，他相信，這是當皇帝應有的代價：既然得到一切，就得為一切負責。

因此他露出微笑，親自扶吏部尚書起身，命人賜坐，送上茶水，給予馮舉應有的一切禮遇。

馮舉不好意思再哭，一個勁地自責、請罪，覺得皇帝被困全是自己的責任。

韓孺子對大臣的印象已經不像從前那麼偏激，耐著性子聽完，鄭重地赦免所有臣子的罪過，「被困晉城完全是朕一人之責，與群臣無關，倒是有勞眾卿奔波，馮大人甚至甘冒奇險親赴匈奴人營中，朕自當牢記於心。」

馮舉對皇帝的鎮定感到驚訝，從此留下極深的印象，他終於收起官場上的那一套慣例，正色道：「大單于下了通牒，算上今天，三日之內，陛下若是還不肯傳旨停戰，就是對和談沒有誠意，他就要……」

「就要讓右賢王攻城。」韓孺子看到了，外面的攻城器一直沒拆，從早到晚有士兵看守，昨天下了一場雨，匈奴人還派出工匠檢查一遍，做了一些修補。

馮舉點頭，「沒錯，臣離城之時，曾經見過太后與……」

韓孺子打斷他，「說說外面的形勢，大將軍那邊的進展如何？」

馮舉長嘆一聲，「大將軍崔宏與柴悅前日與匈奴人交戰，敗退數十里，如今死守燕國南界，前進不得。據說臨淄城的叛軍也已出城，集結大批海上盜匪，循蹤北上，要與匈奴人夾攻楚軍。」

崔宏與柴悅的軍隊組建匆忙，缺少精兵，人數上也一直沒能佔據優勢，戰敗在意料之中。

可是作為被困之人，聽到這樣的消息總會有點失望，韓孺子笑了笑，「勝負乃兵家常事，匈奴人初入關時氣勢如虹，從遼東一路奔襲至晉城，如今卻只能將楚軍擊退數十里，已見頹勢。」

能將一次戰敗理解為勝利的前兆，馮舉更說不出話來，好一會才道：「陛下高瞻遠矚，非臣所及，只是……只是……」

「馮尚書但說無妨。」

「眼下局勢混亂，對大楚不利，匈奴人雖然勢頭受挫，但是兵多將廣，不可小覷，大將軍那邊即使反敗為勝，也不能將匈奴人一舉消滅，更解不得晉城之圍，匈奴右賢王一旦獲命攻城……」

韓孺子沉吟片刻，「塞外的楚軍怎麼樣了？」

馮舉搖頭，「仍在堅守馬邑城，暫無消息，朝廷的意思是這支楚軍不可輕易入關，以免掉入匈奴人的陷阱，太后也以為不可隨意惹怒匈奴人。」

所謂「太后」是指王美人，皇帝生母地位太低，不好稱呼，只得含糊其辭，反正雙方心照不宣就好。

韓孺子不能將希望都寄託在鄧粹身上，說：「馮尚書以為朕應該接受和談？」

馮舉這些天來反覆權衡，在皇帝面前必須拿出一個明確說法了，「為陛下著想，只能和談；為大楚著想，和談也是最好的選擇。」

「大單于要的不只是停戰與結盟，還有大楚的土地。」

「是，大單于說了，停戰之時匈奴人所佔據的土地都歸匈奴，另外還要恢復故齊國，將現在的齊國、東海國等地歸還給陳氏。」

「嘿。」

「即使如此，大楚仍剩下半壁多江山……」

「半壁多不穩定的江山，沒有長城，匈奴人隨時可以聯合叛軍西進，大楚從此只能向異族俯首稱臣。」

馮舉沉默了一會，說：「依臣愚見，莫不如這樣：一面與匈奴人和談，一面將大將軍和馬邑城楚軍全調至洛陽一帶，只要陛下能夠離開晉城，只要楚軍主力仍在，就能與匈奴人決一死戰，奪回失地。」

韓孺子沉吟不語，馮舉繼續補充道：「陛下不用擔心背信之事，臣願留在匈奴人那邊當人質，到時候將一切責任歸咎於臣即可，如果大單于還不放心，可以再送去一些宗室子弟，總而言之，必須保得陛下平安，大楚才有希望。」

韓孺子有點驚訝，他還記得自己第一次當傀儡皇帝時的無助狀態，現在卻受到一位顧命大臣的全力支持，東海王說得沒錯，皇帝最危險的時候，帝位卻也最為穩固。

因為大楚不再需要傀儡，而是一位能夠力挽狂瀾的皇帝。

韓孺子道：「馮大人的計策可行，唯有一點，大單于不會就這樣接受和談，他會搶先一步違背協議，非得除掉一南一北兩支楚軍之後，他才能安心地解除晉城之圍。」

馮舉啞口無言。

韓孺子突然感到可笑，「大單于口口聲聲說需要一位強大的盟友，可他的所作所為卻都是要將大楚變得虛弱不堪，既然這樣，他何不乾脆佔領整個大楚呢？嗯，他沒有信心，他想要奴隸，卻希望奴隸自己管理自己。」

馮舉離開凳子，跪在皇帝腳邊，「陛下三思，大楚若無陛下，後繼者只怕連奴隸也當不上。」

朝中大臣已經選擇兩名繼位者，英王只是用來離間叛軍與匈奴人，斷無登基可能；另外一名宗室子弟是韓孺子的堂侄，從血統上來說毫無瑕疵，可馮舉認得此人，相信那絕不是一位合格的亂世之君。

韓孺子伸手，本想扶馮舉起身，最後卻將手掌落在吏部尚書的肩上，說：「你說得沒錯，只能和談，但不能按大單于的意思和談。接下來三天，朕要你想盡一切辦法通知塞外的楚軍，命他們去進攻燕國與遼東，還要想盡辦法讓大單于相信，京城真會擁立一位新皇帝。」

馮舉抬頭，吃驚地看著皇帝。

韓孺子收回手臂，在椅榻上坐直，說道：「咱們就賭一把，賭大單于會害怕，害怕匈奴人回不了草原，害怕京城真會另立新君。馮尚書，你一定要將朕的旨意傳過去，哪怕塞外的楚軍只是做出向東進發的架勢，對和談也有幫助。」

「要是賭輸了……」

「朕絕不向異族臣服。」韓孺子平淡地說。

馮舉匍匐在地，半晌不起。

第三百四十五章　坐困

救子心切的王美人越來越難對付，楊奉每次回宮的時候都要躲躲藏藏，就是不肯去見太后，他沒辦法向王美人解釋自己的計畫，更無法做出任何保證。

他不能向一位悲傷、憤怒、急切的母親說：真正需要保護的是大楚，而不是皇帝本人。

事實上，他不能向任何人說出這種話，大臣們對此倒是心照不宣，能與中掌璽配合無間。

凌晨時楊奉回到宮裡的住處，畢竟他不能對皇宮置之不理，得處理一些事務，這回他接到的不是太后懿旨，而是皇后的邀請。

楊奉嘆息一聲，只好去見皇后，在他眼裡，皇后比王美人通情達理些。

崔小君沒想到皇帝的苦難還未結束，這些天來哭乾了淚水，見到楊奉之後已經哭不出來，只能下跪乞求。

楊奉急忙側身讓開，也跪在地上，砰砰磕頭，不敢受此大禮。

皇后在侍女的攙扶下起身，楊奉一直跪在地上。

「楊公……」崔小君心中有千言萬語，不知該怎麼說，又不能不說，「陛下究竟為什麼要受此苦難？」

「大楚萬幸，受此苦難的是當今聖上，大楚諸多皇帝當中，大概只有太祖與陛下能承受得起。」

如果是王美人聽到這種話，立刻就會勃然大怒，皇后卻擠出微笑，將楊奉的話當成一種真誠的稱讚，

「嗯，只有陛下能承受得起，可是……楊公真的在救陛下嗎？」

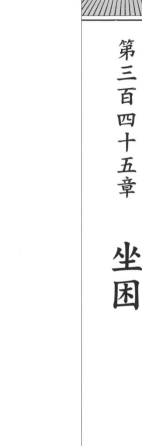

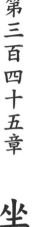

楊奉磕頭道：「盡我所能，不敢稍有懈怠，只是愚笨無能，迄今尚未解除晉城之圍。」

崔小君沉默了一會，內心深處，她覺得楊奉與朝中大臣的做法沒有錯，可被圍的畢竟是皇帝，是她所深愛的人，她做不到鎮定自若，「聽說大單于接受和談條件，願意解除包圍，只要……」

「只要大楚放棄大片領土，並且恢復故齊國。」

大單于提出的條件不少，就數這兩條最為致命。

崔小君糾結地說：「如果能換得陛下安全返京，這一切也是值得的吧？」

楊奉抬起頭，沒有起身，但是神情變得嚴肅起來，「關鍵就在這裡，陛下不會回來。」

「嗯？大單于不會放人嗎？」

「大單于若是覺得安全，有可能解圍，是陛下自己不願回來。」

皇后沉默。

楊奉不是跟隨皇帝最久的人，卻是最瞭解皇帝的人，繼續道：「陛下曾經做過一段時間的傀儡，對此深惡痛絕，而大單于所要的正是一個傀儡，還得是自覺自願的傀儡，陛下絕難接受。即使朝中大臣同意匈奴人的一切條件，最後還是要送到晉城，由陛下准許，我知道陛下不會同意。」

崔小君終於哭了出來，哭了一會，從侍女手裡接過巾帕，輕輕擦去眼淚，莊重地問：「這樣一來，難道就一點辦法也沒有了嗎？」

「當今之計，唯有讓大單于『珍惜』陛下，並因此降低和談條件，或許能讓陛下妥協。」

「所以楊公封武帝曾孫為侯，接下來還要封王，對吧？」

這麼大的事情，是沒法向宮裡隱瞞的，楊奉只能磕頭。

「我明白，如果京城又有一位大楚皇帝，大單于會感到緊張，覺得還是抓緊時間與陛下談判更合乎匈奴人的利益。」

「皇后明鑑。」

「可大單于的心事誰也猜不透，他若是覺得陛下再無用處，乾脆……乾脆魚死網破呢？」

楊奉還是只能磕頭，在他與大臣之間，有一個誰也不肯宣之於口的最終計畫，如果匈奴人無動於衷，也不肯降低和談條件，則基本上皇帝返京無望，他們就只能擁立新君，即使這位新君並不合格，也比天下無主的狀態要強。

崔小君黯然坐下，王美人說得沒錯，除了她們兩人，這世上再沒有第三個人全心全意地想要皇帝平安返京，可她又覺得其他人的做法或許並沒有大錯。

「陛下視楊公為師，將整個京城、皇宮與朝廷都託付於楊公……」

「請皇后相信，我做出這樣的決定並不容易，可是不得不如此，即使成為千古罪人——罪過也在楊某一人身上。」

崔小君一會想要發怒，一會想要痛哭，一會想要哀求，最終她平淡地說：「楊公需要我做什麼？」

「安慰陛下的母親，請她不要……算了，只需安慰就可以。」

崔小君點點頭，知道這個任務一點也不容易，王美人已經到了瘋狂的邊緣，皇后的冷靜很可能被視為不忠，「楊公……想過以後嗎？」

楊奉微微一愣，隨後明白過來，如果皇帝回不來，對他反而是件好事，新君登基，必然依仗於他，王美人再沒有成為太后的可能，縱然心懷仇恨，也無濟於事。

最麻煩的是皇帝平安歸來，王美人受封為第二位太后，若是真正掌握權勢，她大概不會輕易原諒楊奉等人的行為。

「為臣者不愛其軀，楊某無憾。」

皇后沒再說什麼，楊奉告退，處理了幾件公務，終於下定決心，清晨時分與大臣商議，以太后的名義冊封武帝曾孫為齊王，太后之印一直在他手裡，事情倒也方便。

消息立刻向關東傳送，所到之處無不震動，大楚臣民這回真的相信京城將要擁立新君，各地官員與勳貴紛紛派人回京打探消息，準備與新興的外戚之家建立聯繫。

洛陽醜王發現監督放糧越來越難，沒有皇帝做靠山，「醜王」兩字的份量大打折扣。但他沒有放棄，河南尹與商戶不肯出錢出力，他就利用自己的名聲東挪西借，總之要將事情順利進行下去。

關於皇帝的安危，他對任何人都隻字不提。

聽說新齊王獲封之後，國子監博士瞿子晰長嘆一聲，對洛陽的弟子們說：「百官各司其職，有人救駕，也得有人盡忠，陛下受困以來，只聽說將士奮不顧身，未有文人赴湯蹈火，瞿某無能，做不到力挽狂瀾，唯有親赴晉城，與陛下共患難。」

當日午時，瞿子晰上路，十七名弟子不請而隨，說是送行，卻一直沒有回頭。

消息繼續向東傳到齊國，叛軍終於明白自己被騙了，他們手中的英王根本不可能繼位，於是大張旗鼓北上，要與匈奴人夾攻楚軍。

崔宏得到消息之後不由得大怒，以為崔家又要失去皇后的身份。

柴悅與中書舍人趙若素前來相勸，費盡口舌讓崔宏明白，認真與匈奴人打一仗才是當前最重要的事。此戰若勝，晉城或許還有轉機，即使事發萬一，京城不得不立新君，獲勝的大將軍也會擁有更大的權力。

坐困晉城的韓孺子對這些事情一無所知，他送走了吏部尚書馮舉，將守城之責交給樊撞山與蔡興海，發現自己再也無事可做，他已經用上所有手段，就看大單于是否接招、如何接招。

也就是從這一刻起，他恢復了最初的鎮定，又能看得進去書中的內容，他單獨招來琴師張煮鶴，命他撫琴。或激昂，或悲涼，或超然，或孤傲，琴曲越動情，他反而越平靜。

他甚至恢復了練功，對孟娥說：「不為別的功效，只憑它能提振精神，內功就值得修練。」

孟娥比以往更沉默，教得也更認真。

「瞧，妳想學帝王之術，看到的卻是帝王之困。」

「我在這些天學到的東西比任何時候都多。」孟娥一點也不後悔，甚至暗暗感到慶幸，自己及時逃出了臨淄，否則的話，她現在就只能在千里之外懸念晉城了。

「如果城破，妳要想辦法逃出去。」離大單于的通牒日期只剩一天，韓孺子覺得自己必須對一些事情做出安排。

孟娥疑惑地看向皇帝，她從未想過要獨自逃生。

韓孺子嘆息道：「家事難斷，如果我平安返京，需要保護的人是皇后；如果我不能，需要保護的就是我母親了。她很堅強，也不會受到迫害，我只希望你能替我轉告母親，我在晉城死而無憾，請她不要太傷心，更不要記恨任何人，這是我的選擇，與他人無關。」

孟娥想了一會，點了點頭，再隔了好一會，她低聲道：「我未必逃得出去。」

韓孺子微微一笑，這種時候，他沒有什麼可強求的。

天亮後，韓孺子主持朝會，時間不長，群官也沒多少事情可說。完畢後，韓孺子起身，命太監端來酒水，分給每一個人，然後道：「諸君共飲此杯，能與諸君共守晉城，朕不虛此行。」

不分文臣武將，所有人都穿上盔甲，沒人跪下磕頭，也沒人失聲痛哭，大家舉杯共飲，然後退出王府，各去自己的位置。

韓孺子巡城一圈，所過之處，山呼萬歲，晉城男子勝兵者都已登城守衛，勉強湊夠了八千人。兵甲不夠，許多人只能赤手空拳，但是準備好了石塊、鐵球，也能一戰。

回到王府，韓孺子向隨行的太監、侍衛等人敬酒，受皇帝和全城氣氛的影響，沒有太監敢哭。

韓孺子對崔騰說：「朕將琴師張琴言賜予你，希望你不要覺得太晚。」

崔騰已經跟著皇帝喝了幾杯酒，豪情萬丈，說：「不晚，春宵一度，價值萬金，我崔騰早就沒有遺憾，剩下的就都交給陛下了。」

韓孺子笑著搖搖頭，對東海王說：「你有何心願？」

「我沒有心願，只有遺憾。」

「什麼遺憾？」

「沒能向我母親告別。」

崔太妃亡於宮中，與兒子多日未見，最後時刻，東海王只在意這件事。對譚家，他沒有什麼可說的。

韓孺子輕聲嘆息，他也沒能向自己的母親告別，東海王接著笑道：「不過我沒什麼可著急的，反正總能再見到她。」

皇帝和身邊所有人也都換上盔甲，登上南城，在城頭與將士們一塊吃午飯，所有旗幟都被拿出來，密密麻麻，幾乎繞城牆一圈。

城外，大批匈奴騎兵聚集在攻城器附近，只等天黑，只待令下，他們就將發起最後一次攻城。

第三百四十六章 飛石

馮世禮率領本部楚軍一路逃亡，回到營中時，全部兵力只剩下一萬七千多人。一想到那些凶悍的匈奴人，他仍心存餘悸，打定主意在此死守，除非朝廷明確下令，不再出營半步。

朝廷的命令沒有來，卻來了一群風塵僕僕的讀書人。

瞿子晰從洛陽出發，趕到前線時，身後的十七名弟子沒有減少，反而增加了十多位，他們被楚軍斥候攔下，直接送到了軍營。

瞿子晰年紀不大，官職也不高，名聲卻很響亮。馮世禮雖是武將，卻也早有耳聞，聽說瞿子晰來了，立刻出營相候，以主人之禮迎入正廳。

瞿子晰也不客氣，寒暄幾句之後，問道：「陛下被困晉城，將軍可有救駕之策？」

馮世禮長嘆一聲，「瞿先生由洛陽而來，應該聽說了朝廷的安排，塞外楚軍盡在馬邑城，關內楚軍或是支援燕國的大將軍，或是守衛洛陽以東諸城。我這裡小小一座關卡，只是諸城之一，兵力不過兩萬，心有餘而力不足。縱然如此，幾日前我們仍出營與匈奴人一戰，實不相瞞，慘敗而歸。」

瞿子晰點頭，他的確聽說了這些事情，知道馮世禮麾下兵力不足，可這仍是馬邑城與燕國之外最為強大的一支楚軍。

「明知不可為而為之，將軍之敗非戰之罪，天下人無不敬佩將軍的膽量與謀略。」

馮世禮一下子警惕起來，在這種時候，吹捧比斥責更有殺傷力，小心問道：「瞿先生是奉旨而來嗎？」

「陛下人在晉城，朝中一片混亂，我哪來的聖旨？如今人人自行其是，將軍也該早做打算。」

馮世禮納悶，「瞿先生此言何意？」

「據說匈奴人給陛下了通牒，明日即是期限，將軍以為晉城一戰之後，朝中形勢有何變化？」

馮世禮笑而不語，這種事情可輪不到他來議論。

瞿子晰不怕，「無非兩種結果，或者陛下平安無事，返京之後論功行賞；或者陛下殉國，京城另立新君。新君登基必然要為先帝報仇，惹不起匈奴人，只好拿自己人下手。無論哪種結果，將軍離晉城最近，按兵不動都是下下之策，論功無功，論罪有罪。」

馮世禮倒吸一口涼氣，「可是……可是……我已經……」

瞿子晰輕輕地冷笑一聲，「將軍出身世家，久在朝中為官，難道不明白『時機』的重要性？明日是決戰之時，平時的一分功勞屆時將變成五分、十分功勞，將軍如若不信，可去打聽一下，馬邑城與燕國的楚軍明後兩日必然進攻匈奴人，以示天下。」

馬邑城、燕國離此遙遠，馮世禮可沒處打聽去，可是聽瞿子晰一說，他恍然大悟，騰地站起身，抱拳道：「若非先生一言，馮某險誤大事！」

瞿子晰嗯了一聲，喝口茶，說：「剩下的事情將軍自會處理，請將軍將我送到匈奴人軍中。」

「這、這是為何？」馮世禮驚問道。

「陛下堅守晉城，將軍挑戰於外，我要去勸說匈奴人退兵。」

馮世禮更加吃驚，「瞿先生，勸您一句，如果圍城的是大單于，或許還有勸說餘地，如今城外的匈奴人由右賢王做主，他一直不支持圍城，早想攻城，絕不會聽勸。」

瞿子晰淡淡一笑，「別人勸不動，我的話他一定聽。」

馮世禮完全被瞿子晰震住，尋思一會，說：「好吧，我可以派人送瞿先生一程，可是匈奴人願不願意見瞿先生，我不能保證。」

「謀事在人，成事在天，將軍肯派人護送，瞿某感激不盡。對了，我那些學生——他們肯跟我走到這，足見師生之情，我將他們留在軍中，請將軍代為看護。」

「瞿先生高足日後必是朝廷棟梁，馮某自當奉為上賓。」

瞿子晰致謝，立刻就要出營，也不與弟子們告辭，在十名士兵的護送下，以使者身份直奔匈奴人營地。

馮世禮下令全軍備戰，三十餘名弟子等候多時不見師父，紛紛求見馮將軍，聽說瞿子晰已經離開，無不痛心疾首，一名弟子道：「瞿先生哪是要與匈奴人談判，他是要死在匈奴人軍中，為陛下殉忠啊。」

馮世禮愕然良久，他無意殉忠，可瞿子晰的話仍然在理。明天那一戰不是死戰，而是活戰，自己只需擺出架勢，然後及時帶兵逃回來就行，無論皇帝的結果如何，自己都能擺脫追責。

瞿子晰很快就遇上了匈奴人，聽說是使者，匈奴人倒是沒有為難，要求楚軍士兵原路返回，他們只收使者一人，連夜趕路，次日午時將使者送到晉城外的大營裡。

同一時刻，皇帝正在城頭與眾將士吃午飯。

時間一點一點過去，匈奴人攻城的跡象越來越明顯，太陽才落下一半，十幾座高大的拋石攻城器開始在眾多奴隸的推動下，緩緩向晉城移動。

匈奴人大概不想浪費時間了，他們已經明白大楚皇帝無意接受屈辱的和談條件。

城內的楚軍也開始準備防守，樊撞山和蔡滄海分別負責不同地段的城牆，城下的楚軍則由幾位經驗豐富的老將和軍吏指揮，他們利用城內的材料，臨時搭建五座拋石器，拆掉臨城的房屋，騰出大片空地以容納這幾架器具。

城頭有人負責觀測距離並定位，城下的人發射石塊，希望能給城外的匈奴人一點威懾。

匈奴人的攻城器停住了，遠在城頭弓弩的射程之外，他們可以從容地裝彈發射，大批匈奴騎兵在附近守護，楚軍若是敢出城迎戰，則正中他們的下懷。

每次戰鬥開始之前的那段時間，都是最令人緊張的，東海王勉強笑了一聲。

「呵，你膽子大了，這種時候還能笑出來。」崔騰半是敬佩半是懷疑地說。

東海王又笑了一聲，「你不覺得奇怪嗎？」

「沒有，就是覺得匈奴人真多。」崔騰迷惑地說。

兩人並肩站在皇帝身後，韓孺子頭也不回地說：「瞧那些匈奴人，從容不迫，好像是在踏青狩獵，誰能想到待會就要展開生死之戰呢？」

東海王點頭，這正是他感覺奇怪的地方，戰爭充滿了殘酷與混亂，可是戰前卻總是那麼的井然有序，就連不擅陣勢的匈奴人，也排列得整整齊齊，城內的楚軍更是如此，細緻到每一個士兵的位置都有詳細安排。

這就像兩個人衣冠楚楚地準備進入火海。

匈奴人準備好了，離天黑還有一會，他們不打算再等，也不打算派人來詢問皇帝。

第一枚石彈遠遠飛來，落在了護城河裡，激起的水花挺大，但是對城牆沒有威脅。

一群老兵帶頭，城頭的楚軍發出噓聲。

其實大多數人都明白，這不算什麼，攻城器很難瞄準目標，需要多次定位。

同一架攻城器第二次拋出石彈，這回從城頭掠過，落在了城內，只聽一聲巨響，不知砸壞了誰家的房子。

城頭仍有噓聲，不如第一次響亮。

第三、第四枚石彈都落在城外，第五枚石彈正中一段城牆，轟的一聲，碎石飛濺、塵霧升騰，南城上所有人都感覺到明顯的震動，擊中點上方的士兵急忙向兩邊躲避。

城牆並未垮塌，但是出現一塊巨大的凹陷，城上的人看不到，匈奴人卻瞧得清清楚楚，這回輪到他們發出興奮的嘯聲。

十幾架攻城器開始同時進攻，小山一樣的石彈在空中飛行，每個人都覺得它要落在自己頭上。誰也不能無動於衷，可是沒人逃避，因為皇帝也在城頭，跟他們面臨著同樣的危險。

韓孺子下令，城內的五架拋石攻城器開始反攻。

城內也有巨石飛出，著實讓匈奴人嚇了一跳，他們沒有城牆保護，石彈落處，人仰馬翻，血肉模糊。

匈奴人立刻後撤一段距離，只留少量騎兵監督奴隸們繼續發射石彈。

雙方互射石塊，楚軍器具數量太少，只能起到驚嚇作用，想要擊中對方的攻城器，幾乎沒有可能。對匈奴人來說，城牆卻是一個極為明顯的目標，可以盡情攻擊。

這是一場毫無懸念的戰鬥，楚軍的堅持不是為了獲勝，而是不肯就這麼屈服。

離韓孺子十幾步，一枚巨石砸中城牆，城頭的好幾名士兵被震得飛起，重重落地，韓孺子與身邊的人也都感到腳下搖晃，站立不穩。

「陛下……」好幾個人同時發聲，想要勸說皇帝離開危險之地。

韓孺子迅速穩住身形，下令道：「通知城內，準備修補城牆。」

城牆堅持不了多久，城內有一支隊伍，準備了大量土石，專門用來堵塞壞牆。

夕陽西下，城外的進攻持續不斷，他們不需要重新瞄準，只需一遍遍拋出石彈。

匈奴人幾無傷亡，城內死傷卻在逐漸增多，城牆也塌了兩處，雖被及時堵住，但都是權宜之計，等到再多幾處垮塌，神仙也補不上。

匈奴人勝券在握，不急於派兵進攻，點燃大量火把，將城外照得如同白晝，誰也別想趁亂逃走。

石彈仍在飛來，守城將士對它們已經麻木，各做各事，甚至不再抬頭查看，也不互相交談。

崔騰喃喃道：「咱們到底為什麼要守城啊，還不如衝出去拚個你死我活。」

韓孺子雙手按在城磚上，平淡地說：「死很容易，但是要讓匈奴人知道殺死楚人並不容易、奪取大楚領地更不容易，這就是咱們唯一能做的事情。」

他還不知道，許許多多的楚人正為他而戰。

第三百四十七章 互不知情

北有匈奴，南有叛軍，柴悅面臨著一個艱難的選擇。

這支楚軍的統帥是大將軍崔宏，若在平時，崔宏斷不會聽從一名後輩的建議。這回不同，除了大將軍印，他將幾乎整支軍隊都交給了柴悅，任其安排，自己坐在旁邊點頭同意。

少數瞭解崔宏的人明白，大將軍又要逃回京城，那裡才是權力之源，只要崔家還想繼續擁有權勢，就必須在京城獲得勝利。

柴悅不想那麼多，京城對他來說乃是落魄之地，只有在軍中，他才能得到夢寐以求的地位與尊嚴。

「這一戰只能勝不能敗，必須讓匈奴人明白楚軍實力猶存，才能與之談判、換回皇帝。」柴悅並不瞭解塞外與晉城的情況，他的計畫是匈奴人包圍皇帝，楚軍就反過來逼迫大單于。

可楚軍在經過多次補充之後也只有七八萬人，遠遠少於匈奴人，背後的叛軍數量不多，與敵軍配合，卻也是個心頭大患。

腹背受敵，對任何一位將軍來說，都是一個左右為難的處境。

柴悅決定冒險。

「北方有勞房老將軍看守，一天，我只需要一天。」

房大業點頭，越是重要時刻，他越不願說話，神情也越顯陰鬱，但他的承諾值得信任。

房大業統兵一萬，沿山佈置多張旗幟，用來阻擋十萬以上的匈奴人。柴悅則率領剩下的六七萬人，全力進攻正在步步逼近的叛軍，力爭一天之內結束戰鬥，調頭回來支援房大業。

這是一個極為冒險的計畫，需要精細的配合，柴悅與房大業任何一方的失誤，都會導致整支楚軍的潰敗。

柴悅沒有立刻出擊，排兵布陣看上去像是要與匈奴人決戰，這是一般人的正常選擇，可他早已派出大量斥候，嚴密監視著南方叛軍的進展，還派出一支伏兵，準備堵住叛軍的退路。

如他所料，叛軍太不成熟，北上途中小勝數次，再加上匈奴人的激勵，以為此戰必勝，因此貪功冒進。不像是來打仗，倒像是來揀戰利品的，行軍速度過快，隊伍抻得比較長。

大單于發出通牒的第三天早晨，皇帝正在晉城向群臣敬酒，燕國之戰提前開始。匈奴人首先發起進攻，楚軍沒有城牆，只有臨時搭建的木柵，匈奴人不用攻城器具、縱馬馳騁，楚軍則以滾木擂石迎戰。

柴悅開始派出一支支軍隊，一開始人數不多，只有幾千人，顯得楚軍抽不出人手，用以迷惑叛軍，將他們引入早已選中的狹窄地帶。

一個多時辰後，房大業擋住了匈奴人的兩次衝鋒，柴悅派出手中全部將士，包圍叛軍，以亂箭射之。時間緊迫，柴悅不想留俘虜。

叛軍為自大付出了慘重代價，被堵在一處狹長的山谷裡，前後左右皆是楚軍，尤其是兩邊的楚軍，居高臨下，萬箭齊射，他們根本無從躲避。

房大業這邊卻頗為艱難，多處防線被匈奴人突破，他將殘兵聚在一起，守在山嶺上寸步不讓，以吸引匈奴人繼續進攻。

這時匈奴人犯下巨大錯誤，指揮作戰的名王貴人一直沒有看見嶺後楚軍的動向，以為嶺上的楚軍就是主力，衝破防線的匈奴士兵則急於搶奪人頭和旗幟立功，根本沒有在意其他事情。

房大業親持弓矢，與士卒並肩作戰，一直堅持到傍晚，身邊只剩下千餘人，矢石將盡，楚軍仍不肯退卻或投降。
直到這時，匈奴統帥才發現楚軍數量不對。
柴悅的大軍終於及時返回，雖然人馬奔波整日，可是趁勝而歸，遠遠地望見匈奴人，以及仍然聳立在山嶺上的楚軍旗幟，眾將士的疲憊一掃而空，他們本應是防守一方，這時卻變成了進攻者。
燕國之戰將持續整整三天三夜，一條無名山嶺，先後易手十餘次，誰也無法完全守住，誰也不肯放棄。

同一天，塞外也發生了戰鬥。
再三權衡之後，大單于覺得塞外楚軍滯留馬邑城，不是最急迫的威脅，所以悄悄將匈奴主力轉移到燕南之地，準備一舉消滅崔宏這支楚軍。
大單于不知道鄧粹已經到了馬邑城，就算知道也不會在意。在匈奴人的情報裡，鄧粹只是一名楚軍逃兵，拐走了右賢王的姬妾一路西進，不知躲進哪座楚城了，誰也不會想到這樣一個人會是皇帝委任的楚軍大將。
塞外楚軍先到燕國，這一帶的長城關卡被匈奴人由關內攻破並佔據，原先的守軍大都逃到馬邑城，此刻就在鄧粹軍中。
匈奴沒留下多少人守關，他們也不擅長、不喜歡守衛高牆，總覺得不如平坦的草原自由自在。
第一道關卡只用不到半個時辰就成功奪回。
鄧粹一下子意識到，自己揀了一個大便宜，只要膽子夠大，還能接著揀。
讓鄧粹制定一項無懈可擊的進攻或是防守計畫，他做不到，所以每到這種時候他都找藉口睡大覺，將具體事務交給麾下將官，可是論到分析大勢、當機立斷，他有著近乎完美的敏銳直覺，好像冥冥之中有神靈相助。
鄧粹立刻下令，全部楚軍無需保持隊形、全速前進，以搶佔關卡多少論功，而且不准強攻，最多花費一個時辰，攻不下來就放棄。

皇帝在晉城、柴悅在燕南與匈奴人苦戰之時，鄧粹的軍隊卻如脫韁野馬一般，在關內、關外兩線並進，搶奪那些被匈奴人佔據的長城關口。

鄧粹其實失去了一個機會，為了全殲燕南楚軍，大單于調動了關內大半匈奴軍隊，從馬邑城到晉城之間，只有少量匈奴軍隊駐守，塞外楚軍完全能夠長驅進入，直奔晉城救駕。

但在當時，沒人瞭解這些情況：楚軍不知道匈奴人南調，匈奴人也不知道塞外楚軍東進。

少數發現異常的斥候，此刻正在路上狂奔，傳遞的消息一開始根本無人相信。

消息最不靈通的人，正是被圍困的晉城軍民。

匈奴人的拋石攻勢持續到後半夜，晉城南牆已是殘破不堪，守城士兵傷亡太大，只能退至城下。

皇帝也離開城頭，與普通士兵一樣，在馬上吃了幾口乾糧，準備進行最後的決戰。

城外是匈奴人的地盤，楚軍不打算出城，而是要在城內展開巷戰。

老弱婦孺都被送到城牆完整的北城，楚軍將士在北城的街道上排列，除了少數將領，大部分人步行，馬匹以及牛羊都被安排在前方，當作城內的第一道防線。

楚軍被分成兩部，東部由樊撞山指揮，西部歸皇帝，蔡興海交出指揮之責，帶領僅存的數百名宿衛軍保護皇帝。

凌晨時分最黑的一刻，匈奴人確認晉城已破，結束拋石，派兵進城。

匈奴人順利過橋，迅速整理城牆各處缺口的亂石，隨後一擁而入。

他們遭遇的第一撥「敵人」不是人，而是一群被尾巴上的火把驚到的發瘋牛馬。

匈奴人受到衝擊，一時間大亂，攻勢受挫，可是沒過多久，他們就重整隊伍，像一條條長蛇鑽進蜂巢。

晉城並非大城，街道沒有多寬，堆積了大量的土石磚瓦，騎兵和弓弩的優勢在此蕩然無存，匈奴人只能下馬，一步一步地與楚軍爭奪路段。

巷戰持續了一個時辰，天已大亮，匈奴人進展緩慢，於是換了打法，開始放火。

晉城沒剩下多少房屋，尤其是南城，幾乎都被拆除給城內的器具騰地方、給守城提供土石，只留下一段段參差不齊的牆壁，令馬匹無法隨意奔跑。

可火還是燒起來了。

但這時楚軍居然趁機發起一次反擊，將放火的匈奴人攆到城邊。隨後就地取材，用堆積在路邊的泥土撲滅各處明火。

城內的五具攻城器全是木製，體積龐大，無法移動，燒起來之後也很難撲滅，只能任其燃燒。

火焰沖天，城外的匈奴人大受鼓舞，再度入城，將楚軍一步步逼退。

韓孺子早已下馬，在街上跑來跑去，這時候命令不重要了，皇帝本身就是激勵士氣最重要的手段，他身邊的人大都跟丟了，只剩下張有才和蔡興海等幾名太監，其他人都與將士們一塊戰鬥，連孟娥等侍衛也不例外。

沒人問皇帝為什麼要守這座城，連皇帝自己也不想，所有人都進入一種近乎無意識的癲狂狀態，就是不肯退讓，也不肯投降。

韓孺子覺得不需要再跑來跑去了，他一直都沒跟敵人直接接觸，是時候加入戰鬥了，於是對張有才說：「你留在後面。」

張有才也拎著一口刀，一個勁地搖頭。

「你打不了仗，如果我受傷了，還需要你的照顧呢。」

張有才這才勉強點頭，與另外兩名太監留下待命。

韓孺子向蔡興海笑道：「又是巷戰，還記得皇宮裡那一次嗎？」

蔡興海當然記得，當時他帶著皇帝在長巷中逃亡，身後是十幾名江湖客追趕，正是在那之後，他對皇帝死心塌地，於是哈哈大笑道：「場面更大，而且我的腿沒有受傷，可以盡情殺一次啦。」

兩人爭搶著向前跑去，張有才等人跟在後面，不讓皇帝離開自己的視線。

前方的楚軍士兵越來越多，偶爾有冷箭從頭頂掠過，所有看到皇帝的人都跟在後面，大聲叫喊。

一群士兵堵塞了街道，正與匈奴人纏鬥，韓孺子與蔡興海只能一步步往前擠，前後左右都是人，唯獨看不到敵人，但他們知道，敵人就在十幾步之外。

每一步都那麼艱難，突然間，前方寬鬆一些，韓孺子加快腳步，其他人也加快腳步，刀槍亂晃，他還是沒看到敵人。

足足跑出百步之後，皇帝以及大量楚軍士兵才恍然明白過來，匈奴人居然在撤退。

第三百四十八章 城頭眺望

匈奴人的號角聲繁複多變，楚人聽不懂，匈奴人卻都明白其中的含義，於是他們退卻了。有條不紊，像是打累了，決定休息一會，完全不顧及敵人的反應與感受。

楚軍將士追到城牆缺口，自覺止步，茫然望著遠去的煙塵，回頭再看看半座廢城，恍如夢中。沒有歡呼，也沒有詢問，擔心這樣的場景轉眼就將消失，匈奴人又會轉身發起更強大的攻勢。

韓孺子還是沒有跟敵人接觸上，心中也是一片茫然，手持長槍，在蔡興海的保護下擠過人群，站在眾人之前，突然轉身下令道：「將士滅火，北城百姓，還能行走者都來修補城牆，街上的障礙不要動。」

即使是出自皇帝本人，一道命令也不會自動執行，蔡興海立刻命士兵找來將官與軍吏，迅速傳達聖旨。沒人覺得戰鬥已經結束，因此也沒人敢鬆懈，城中的火沒剩多少，將士們撲滅之後就地休息，軍吏將命令分解得更細緻些，分出一部分婦女做飯，這時正好拿來供應士兵。

修補城牆花的時間較長，午時已過，才勉強堵住各處缺口，但是經不起衝撞，稍具其形，穩定軍心而已。

太監與侍衛重新聚在皇帝身邊。

武功高強的侍衛的確不適合這種人數眾多的混戰，他們傷亡慘重，只剩下十餘人，身上還都掛彩。王赫的傷勢尤其嚴重，見到皇帝直接倒下，被士兵抬到後方養傷。

孟娥也受了傷，不算嚴重，她那些暗中進攻的招數全都用不上，關鍵時刻，全靠著身體輕捷，才躲過一次又一次的致命危險。

除了蔡興海，太監們大都沒有參戰，韓孺子將劉介等人派去後方，指揮百姓照顧傷者。

代王府只剩下一半，剩下的屋子也都搖搖欲墜，唯一安全的地方是前院，韓孺子就在這裡召見群臣。

一大半武將來不了，不是戰死、就是重傷，樊撞山為自己的勇猛付出了代價，身受十幾創，迄今昏迷不醒。韓孺子重新任命將官，從倖存的權貴子弟當中提拔數十人，分頭接管城中各區，準備迎接下一次死戰。

文官的傷亡更加慘重，大家都以為這是最後一戰，因此奮勇向前，倒在了街巷上。刑吏張鏡即是其中之一，雖然皇帝從未給予他完全的信任，他還是盡忠而亡。

這回沒有山呼萬歲，沒有出謀劃策，眾人默默地來，默默地接旨，默默地服從，倒不是對皇帝有想法，而是不敢抱有任何態度。畢竟，沒人願意總想著死亡，也沒人願意樂極生悲，乾脆什麼都不想。

韓孺子親自安排了一切，他必須想，而且還要深入地想。

匈奴人究竟為什麼退兵？

崔騰這回衝到了第一線，受了重傷，也被送到後方。東海王全身髒兮兮地跑來見皇帝，手裡拿著長槍，以衛兵的姿態站在皇帝身後，等眾將離開，他問：「匈奴……怎麼不打了？」

韓孺子搖搖頭，「去看看。」

東海王與幾名侍衛跟隨，路上，東海王小聲為自己辯解：「我參戰了，被堵到一座空院子裡，天黑，繞了好一會，我還刺中一名匈奴人……」

韓孺子衝他笑笑，「不錯，朕連一個匈奴人都沒碰著。」

東海王長出一口氣，也笑了笑。

在一場必敗、必亡的戰鬥中，誰都有權利膽怯退縮，韓孺子不會埋怨任何人。

一行人登上一段相對完整的城牆，正在修補缺口的百姓停下手中的活，向皇帝下跪，高呼萬歲。作為被保護者，他們對敵人的感受不那麼直接，心中的希望也就更多一些，許多人以為皇帝剛剛打了一場勝仗。

士兵在休息，城頭空無一人，只有早先樹立的旗幟還在迎風飄揚。

匈奴人沒有退得太遠，仍守在攻城器附近，韓孺子看不清楚他們的神情，只是覺得對方似乎有些猶豫。

「啊……他們在等什麼？」東海王擦去額上的汗珠，將長槍靠在城牆上，「究竟在等什麼？」

沒人能回答他的問題。

城中的將官接連登城報告情況，百姓已經退回北城，士兵們休息得差不多，又可以作戰了，只是數量比較少，恐怕沒法守衛所有街道，有人建議堵死一些道路，只留幾條，以保證兵力集中。

韓孺子同意。

每個人都忍不住向城外望一眼，心裡懷著與東海王同樣的疑惑，只是不敢問出來。

「匈奴人的首領在商量什麼。」韓孺子喃喃道，只有這樣才能解釋匈奴士兵的猶豫不決。

「是啊，商量什麼？」東海王只覺得手心濕漉漉的，心裡像是貓抓一樣難受。「我猜……我猜……」

他不用猜了，匈奴士兵像波浪一樣湧動，卻沒有發起進攻，而是讓開一條通道，一隊匈奴人迅速向晉城馳來，像是一群使者。

那真是使者，而且是大楚的使者。

大楚向匈奴派出好幾撥使者，其中一撥來自晉城，喬萬夫等人離城之後一直沒有傳來消息，京城的使者馮舉甚至沒在匈奴人那邊見過他。

喬萬夫終於來見皇帝，獨自一人，身後全是匈奴士兵。

城南的護城河大部分被匈奴人填死，喬萬夫遠遠望見城頭有人，向這邊跑來，待確信那就是皇帝本人之後，他從馬上滾落，趴在地上磕頭，然後起身向前，覺得距離差不多了，大聲道：「大單于要見陛下。」

城上的人吃了一驚，東海王替皇帝問道：「大單于就在城外？」

喬萬夫點頭，「昨天晚上到的。」

雖然只是一座必能攻克的小城，大單于卻親來指揮。

「先讓匈奴人退兵，再說會面的事。」東海王大聲道，總得先講點條件。

喬萬夫搖搖頭，「大單于這就要見陛下，在匈奴人軍中。」

東海王馬上小聲道：「這個傢伙投降了，聽他說話的語氣，好像自己是匈奴人似的。」

韓孺子開口問道：「大單于要談什麼？」

「結盟，他說楚軍已經證明自己的實力，可以與匈奴人一塊迎戰強敵。」喬萬夫頓了頓，「微臣覺得大單于是真心想談。」

「嘿，他覺得？」東海王十分不屑。

韓孺子想了一會，「你回去吧，半個時辰之後……對大單于說，等半個時辰。」

喬萬夫再次磕頭，上馬與匈奴人原路返回。

東海王一臉震驚，「半個時辰之後，陛下想怎麼辦？」

「能怎麼辦？」韓孺子轉身看向殘破的城池，「朕要去見大單于。」

「可是……」

「各司其職，該是朕行使職責的時候了。」

「可是……可是……如果匈奴人囚禁陛下，強迫陛下發佈聖旨……」

「朕有準備，去將蔡興海和劉介叫來。」韓孺子示意東海王和侍衛都退下，只留孟娥一個人。

東海王最後一個離開，幾次想要開口勸說，又都忍住。

城頭只剩下兩人，韓孺子說：「那種毒藥，還剩著一些吧？」

孟娥點點頭。

「帶在身上嗎？」
孟娥搖搖頭。
「去找來，我……」
孟娥又點點頭，她已經明白皇帝的用意，轉身下城，沒有半句廢話。
韓孺子獨自留在城頭，心裡又想起武帝的那句話——朕乃孤家寡人。
無論權力有多大、忠臣有多少、土地有多廣，十步以外、千里之內，總有一些自身以外的大事需要皇帝親自出馬解決。
蔡興海和劉介來了。
皇帝對兩人佈置了一項任務，「將寶璽藏好，絕不能落入匈奴人手中。」
兩人跪下，又有幾名將官不請自來，跪在兩名太監身邊。
韓孺子笑道：「咱們已經打過最慘烈的一戰，還有什麼可怕的？諸君努力，朕將晉城託付給你們。」
眾人只是磕頭，無話可說。
孟娥回來，韓孺子命眾人退下。
毒藥是一包白色粉粒，很像碾碎的鹽，略有些苦味，需要吃入一點，吸入一點。
韓孺子服毒後，孟娥也照做一遍，隨後將剩下的毒藥扔到城下。
「妳何必……」韓孺子突然不想說什麼了，許多事情心知肚明就好，出口即顯得虛偽。他笑了笑，轉身望向遠方，目光越過匈奴人，只看群山與天空。
孟娥站在他身邊，也望向遠方。
兩人就這麼並肩站了一會，誰也不說話。
韓孺子覺得時間差不多了，笑著問道：「妳還有解藥吧？」

「嗯。」

「那妳不能跟我去。」

「我將解藥藏在城中妥善之處，除非咱們一塊回來，誰也找不到它。」

「好吧，妳再找三名侍衛，咱們去見大單于。」

城裡的人已經聽說皇帝的決定，幾乎都擠在了街上。韓孺子上馬，特意繞了半圈，然後面對人群，盡量提高聲音，「朕不做亡國之君，更不會當匈奴人的奴隸，朕此行，絕不辱沒諸位的拚死一戰！」

萬歲的呼聲震耳欲聾。

韓孺子等呼聲稍歇，指定一名將軍統管城內全軍，自己帶著四名侍衛，騎馬馳出城門，迎向密林似的匈奴人軍隊。

夕陽照在大地上，馳騁的五人倍顯孤單。

有那麼一會，匈奴人軍隊堅守不動，像是要將膽大的五名楚人撞得粉碎，可是當皇帝馳近，他們讓開了，許多人甚至點頭致意。

大帳前跪著一群楚人，都是使者，韓孺子詫異地在其中看到了瞿子晰。

皇帝下馬，眾使者一擁而上，扶他前行。瞿子晰擠開吏部尚書馮舉，小聲對皇帝說：「上午傳來的消息：鄧粹率軍東征。」

韓孺子感激地向瞿子晰點了下頭，心中一個大疑惑解開，一塊巨石也隨之落地。

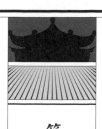

第三百四十九章 誰包圍誰？

大單于親來督戰，將楚國使者召至帳中，想看看城破之後這些人的反應。

幾撥使者第一次在匈奴人營中見面，無心客套，一個個失魂落魄，等候最終的結果，許多人心存必死之志，只是覺得還沒到時候。

天亮不久，接連來了三名匈奴信使，神色緊張地向大單于通報消息。

大楚使者自己帶來的通譯被軟禁在別的地方，匈奴人的通譯一個字也不肯傳譯，神情變得緊張起來。

大單于也沒那麼從容了，下令攆走楚使，召集各大首領議事。

約莫一個時辰後，大單于召見喬萬夫，提出匈奴人可以暫停攻城，條件是皇帝必須立即來見大單于。

喬萬夫茫然失措，不知該如何應對，出帳之後與同僚商議，眾人更是吃驚，他們很快就發現匈奴人真的在撤兵，越發不明所以，只有瞿子晰趁人不備，小聲對喬萬夫說：「皇帝可以來。」

喬萬夫聽說過瞿子晰的大名，於是接受他的建議。再被大單于召見的時候，同意去勸說皇帝來匈奴人營中，可他並不明白理由，只能含糊其辭。

瞿子晰懂一點匈奴語，他從來不說，但是能聽懂。之前的三名匈奴人向大單于通報的都是同一條消息，大單于一開始不信，可消息越來越多、越來越明確，由不得他懷疑。

鄧粹東征——瞿子晰尚未完全理解這條消息的重要含義，但是看到匈奴人的反應，他明白此事極為重要，

對大楚、對皇帝皆是如此。

於是，他在皇帝進帳前一刻，小聲透露這條消息。

韓孺子一下子踏實了，鄧粹是個有點古怪的大將，很難讓人完全放心，但他畢竟成功了，不僅穿越匈奴人的包圍到達馬邑城，還與皇帝不謀而合，率兵東征、奪取長城關卡，要將匈奴人堵在關內。

草原是匈奴人的源頭，沒有草原，匈奴人很快就會乾涸。入關之後，他們主要依靠搶掠供養整支大軍，可每個匈奴人心裡都清楚，搶掠終有盡頭，他們還是得回到草原吸取能量。

對匈奴人來說，最理想的狀態是能夠自由進出長城，既不遠離源頭、又能享受楚地的繁華，並在必要的時候得到城牆的保護。

光是回家之路被堵死的傳言，就足以令匈奴人心中方寸大亂。

大楚皇帝到來，沒有匈奴貴人出來相迎，倒有一群士兵攔住了楚使與皇帝的侍衛，只允許他一個人進去。帳篷裡比外面熱得多，數十位匈奴貴人擠在裡面，或坐或站，身上帶著刀弓，用蔑視與凶狠的目光盯著大楚皇帝。

皇帝太過年輕、太過弱小，像是一隻誤闖虎穴的羔羊，之所以沒有馬上被吃掉，是因為肉太少，不值得猛獸下口。

這就是匈奴人想要製造出來的氣氛，韓孺子看到的卻是另一個真相：大單于封鎖了消息，帳外絕大多數匈奴人還不知道塞外的動向，但帳中的貴人知道，所以他們擺出這樣一副架勢，其實是色厲內荏。

大單于將楚使留在帳外，是要將他們的茫然與驚恐傳染給皇帝，沒料到其中一人竟然能聽懂匈奴語。

與眾多臣子一樣，韓孺子原先存著必死之志，現在卻有了必勝之志，腳步輕鬆、神情坦然，對左右兩邊的銳利目光視而不見，徑直走到大單于面前。

大單于半躺在舒適的軟榻上，去年在碎鐵城談判之時，他還是謙遜睿智的老人，今天卻是一位蠻橫驕傲的異族君主，高高在上，隨時準備發洩雷霆之怒。

論到虛張聲勢，大單于確實比一般匈奴貴人做得更好，但也僅此而已。他的表現更讓韓孺子相信，塞外的消息對匈奴人是一次重擊。

匈奴貴人齊聲怒喝，示意皇帝向大單于下跪。

即使沒有瞿子晰的提醒，韓孺子也不會下跪，直視大單于的雙眼，說：「大單于別來無恙。」

大概是不信任金家兄妹，大單于身邊另有一名通譯，小聲向大單于耳語。

大單于冷酷的臉慢慢融化，露出一絲若有若無的微笑，稍稍坐直，抬起手，命令貴人們閉嘴，然後嘀咕幾句，通譯小心聆聽，隨後挺直腰板，傲然向客人說：「匈奴大單于敬問楚國皇帝：匈奴人看到了楚軍的堅韌，楚軍也領略了匈奴的強大，可還需要再來一戰？」

韓孺子平靜地說：「再來一戰？戰鬥從來就沒有結束，大楚將士嚴陣以待，正在城中等待匈奴人。」

通譯像是長了兩副面孔，面對大單于時謙卑有加，轉向皇帝時立刻變得倨傲無禮，「匈奴大單于敬告楚國皇帝，晉城必亡，匈奴人給予你們苟延殘喘的機會，你們若不珍惜，今日夜間，就是城中全體楚人滅亡之時。」

韓孺子微皺眉頭，問道：「苟延殘喘？大單于想不出這個詞吧？」

通譯臉上微微一紅，「大單于就是這個意思。」

韓孺子搖頭，「不對，大單于不只是這個意思，他在害怕，因為苟延殘喘的不是楚人，而是匈奴人。你告訴他，匈奴人撤出晉城的時候，朕就已經知曉一切。他以為是誰安排整個計畫的？你還可以告訴他，此刻塞外的楚軍大將，就是那位帶走右賢王姬妾的魏蘇，他的真名叫鄧粹，乃是大楚車騎將軍，奉朕的旨意出塞領軍，有勞右賢王的盛情款待。」

通譯臉色青紅不定，再也沒辦法維持倨傲之態，匆匆向大單于傳譯。

坐在旁邊的一名匈奴人突然一躍而起，怒吼一聲，拔刀衝向皇帝，被其他人拽住，兀自大吼大叫。

韓孺子目不斜視，知道這就是包圍晉城多日的右賢王了。

大單于咳了一聲，說了幾句話，通譯沒向皇帝傳譯，右賢王收起刀，面紅耳赤地坐下，其他貴人也都面帶慚色。

大單于轉向皇帝，盯著他看了一會，又露出微笑，這回的笑容明顯一些，似乎帶有更多的善意，然後他說了一通話。

「原來真是皇帝的安排，可皇帝是否知道，匈奴人圍城多日而不攻打，就是要引誘塞外的楚軍進入圈套？他們的每一步都在走向死亡，要不了多久，你的車騎將軍，頭顱就會送到這裡。」

韓孺子不知道匈奴大軍的主力此刻正在燕南與楚軍苦戰，更不知道鄧粹東征是否順利，臉上卻是胸有成竹的表情，笑道：「大單于又是否知道，百萬楚軍已將匈奴人包圍，你們入關的那一刻起，就已進入圈套？」

聽完傳譯，大單于哈哈大笑。

通譯又恢復了倨傲神情，「匈奴大單于敬告楚國皇帝，被困之君還能口出狂言，皇帝的膽子確實不小，既然咱們都認為對方進入了圈套，那就等等看，皇帝也不必回去，留在這裡靜候佳音吧。」

韓孺子沒別的選擇。

皇帝被安排住在大單于附近的一頂帳篷裡，楚使都被帶往別處，不允許他們再見皇帝，只有四名侍衛還能留在皇帝身邊。

天色已暗，匈奴人送來酒肉，韓孺子一點胃口也沒有，但是為了不讓匈奴人小瞧，他吃了個乾乾淨淨。

三名侍衛守在外面，孟娥一人服侍皇帝。跟從前一樣，說是服侍，但她很少做奴僕的事情，大多數時候站在邊上，側耳傾聽外面的聲響。

韓孺子脫下靴子，打算和衣而睡，沒有外人在場，他問道：「什麼時候發作？」

「應該是明天夜裡。」孟娥說。

韓孺子坐在床邊想了一會，「除了鄧粹東征，肯定還有更多事情發生，大單于在等消息，我真希望能知道那是什麼。」

「我去打聽。」

「不，我只是隨口一說，妳若是為此冒險，我以後沒法在妳面前自言自語了。」

孟娥停下腳步，嗯了一聲，繼續傾聽外面的聲音，過了一會她說：「需要我回答，就告訴我一聲。」

韓孺子笑著點點頭，孟娥想學帝王之術，可她最缺的是那些基本的交往能力。

「或許匈奴人真的設下了埋伏，就看鄧粹能不能……」韓孺子心裡焦躁不安。

這注定是個難眠之夜，雖然無人打擾、也無破城之憂，韓孺子卻睡不著。直到後半夜，他才迷迷糊糊睡了一會，夢境接二連三，總有人不停跑進來通報消息，每每在關鍵的時候被打斷，一直說不出確切的內容……

天亮了，外面的侍衛送來涼水，韓孺子剛洗把臉，大單于的通譯就來了，略帶得意之情，說：「匈奴大單于敬請楚國皇帝過去一敘。」

韓孺子心裡咯噔一聲，臉上卻不動聲色，「稍等，容朕更衣。」

大帳裡的匈奴貴人比昨天要少得多，右賢王仍在，一看到皇帝就怒目而視。

帳中還跪著七名大楚的將軍，衣甲殘破，顯然經過一番苦戰。

大單于慵懶地點點頭，通譯馬上道：「皇帝認得這些人吧，你還認為是楚軍在包圍匈奴人嗎？」

七名將軍轉身，一臉羞愧地向皇帝叩首，匍匐在地，不敢抬頭。

韓孺子的確認得，他們大都是北軍將領，其中一人正是曾幾次率兵干擾匈奴大軍的馮世禮。

馮世禮還想虛晃一槍就跑，卻沒能成功，匈奴人在攻城之餘仍能分出大批兵力，將楚軍包圍，經過一天一夜的苦戰，殲滅一部分、俘虜一部分。

韓孺子心中卻大大鬆了口氣，只要鄧粹和柴悅兩邊無事，就是最好的消息。

「為了將匈奴人留在晉城，辛苦諸位將軍了，諸位的功勞，朕會牢記於心。」

七名將軍抬起頭，一臉茫然，很快又以頭觸地，馮世禮道：「臣等盡力而為……」

通譯臉色微變，譯給大單于，大單于的臉色一下子陰沉起來。

韓孺子猜不到外界的形勢變化，大單于卻猜不透皇帝的真實想法。

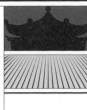

第三百五十章　重新談判

大單于大怒，誰也想不到，像他這樣一把年紀，還能盛下如此旺盛的怒火。他站起來高舉雙手，像是在呼乞眾神降臨，又像是在挑戰世上所有的敵人，吼叫、咒罵、指斥……話語如洪水般傾洩而出。

帳中的匈奴人無不噤若寒蟬，跪在地上不敢動彈，在楚人面前強橫暴虐的右賢王，這時乖乖地趴在地上，比接到主人命令的獵犬還要老實。

韓孺子不怕，因為他一句也聽不懂。

馮世禮等人也聽不懂，但他們從被俘之時起就已失去大部分膽量，做不到像皇帝那樣鎮定。

韓孺子不怕，因為他還知道，大單于的憤怒與帳篷裡任何人都無關，肯定是因為塞外的楚軍進展順利。

大單于的怒火終於燒盡，盯著皇帝看了一會，慢慢坐下，盡顯疲態。

大帳裡一片安靜，通譯未得命令，一個字也不敢傳譯。

大單于揮揮手，通譯顫聲道：「皇帝……請退下休息。」

皇帝沒有受到虐待，有酒有肉，只是不能隨意走動，更得不到隻言片語的消息。

韓孺子坐在床上，午後不久，開始感到頭疼，一點點加重，到了傍晚，疼得他幾乎無法思考。

「頭疼也是症狀嗎？」他問道，記得很清楚，上次中毒只是身體虛弱，沒有頭疼的感覺。

帳篷裡只有兩人，孟娥走過來，伸手在皇帝的額頭上按了一會，又拿起他的手腕，按了一會脈，「是陛下太焦慮了。」

韓孺子微微一笑，他不可能隨時隨地虛張聲勢，總有掩藏不住的時候。

「如履薄冰，孟娥，我現在知道什麼是如履薄冰了。」

孟娥嗯了一聲，退回原處。

韓孺子強迫自己思考，與頭疼對抗，過了一會他又問：「今晚毒發，會持續多久？」

「大概十天左右吧，我用的藥量比較大。」

「嘿，如果最後匈奴服軟，咱們卻死在這裡，那才……有意思。」韓孺子並無埋怨之意，當初是他出的主意，孟娥只是執行，他是真覺得有意思，忍不住笑出聲來。

孟娥的目光裡有些困惑，「我不明白……」

「皇帝很重要嗎？」

「當然，皇帝是天下之主，國不可一日無君。」

「當皇帝的人很重要嗎？」韓孺子換了一種問法。

孟娥一愣，終於明白韓孺子的意思，慢慢走到皇帝身邊，用前所未有的溫柔聲音說：「沒有人比陛下更適合當皇帝。」

韓孺子抬頭看著孟娥。

「皇帝重要，當皇帝的人也很重要，在大臣們眼裡或許一樣，可是對大楚、對晉城軍民……對我來說，誰當皇帝有著重大區別，如果不是你，晉城已破，我們不是被殺、就是淪為奴隸，大楚也會屈服。大楚或許以後還能驅逐匈奴人，但在驅逐之前呢？無數人會為此喪命。」

「我也沒能攆走匈奴人。」

孟娥露出一絲微笑，「可陛下在堅持，正因為如此，塞外的楚軍才會一路東征，京城的朝廷才敢另備新君，如果陛下早早放棄，楚軍為誰而戰？朝廷又怎敢對匈奴人保持強硬？」

韓孺子沉默許久，「謝謝。」

孟娥又退回原處，心裡的一道門被打開，許多話想要一湧而出，都被她強行擋在了門口，正在猶豫不決時，外面的一名侍衛進來，無意中幫她將那道門重新關好，「匈奴人求見陛下。」

通譯進來，換上一副客氣得多的面容，拱手行禮，笑道：「大單于說，他與皇帝去年在碎鐵城一見如故，情同祖孫，無論中間發生多少誤會與衝突，這份感情不會變。西方強敵步步逼近，對匈奴人、對大楚都是不得不防的威脅，匈奴人迄今所做的一切，都是為了結盟。」

韓孺子站起身，面無表情，頭也不疼了，就像是一頭病獅，平時走路都在打晃，一見到獵物，立刻生機勃勃。潛藏、靠近、猛撲，每個動作都跟健康時一樣完美無缺。

通譯的笑容有些僵硬，等了一會，繼續道：「陛下可以回晉城了，甚至……可以離開晉城了。」

「條件呢？」韓孺子越發平靜，如果他早點同意大單于提出的種種屈辱條件，或許現在人已經到京城了。

「大單于說不著急，大楚有不少使者在此，我們談好之後，會讓使者前去通知皇帝。」

「好啊。」韓孺子假裝想了一會，對孟娥說：「備馬，返城。」

整整一天一夜，皇帝一點消息也沒有，晉城軍民早已等得心焦如焚。遠遠看見有火把接近，立刻有一支隊伍出城查看，發現是皇帝回來了，大喜過望，調頭護送，有人快馬加鞭先行回城，通報喜訊。

城門裡的廢墟之上，迎接皇帝的人比送行時更多，許多傷者也來了，在兩旁肅立。

韓孺子放慢速度，回到半座王府，立刻召見眾將聽取通報，將領們安排得很好，沒有鬆懈，他很滿意，勉勵一番，讓太監送走。然後是所剩無幾的文官，他們可說的事情不多，磕頭請安，恭賀陛下平安歸來。

崔騰一瘸一拐地跟著東海王來了，等皇帝閒下來，他笑道：「我還以為再也見不著陛下了，正著急以後怎麼跟妹妹交待，結果陛下就回來了，呵呵，真好。」

崔騰不會說話，這時卻沒人埋怨他，連東海王也只是笑著搖頭，沒有多說什麼，雖然危險尚未解除，可是皇帝能回來，大家都沉浸在一片喜悅之中。

「大單于要談判。」韓孺子說。

「還談什麼？咱們不是早就拒絕了嗎？」崔騰眉頭微皺，不明白匈奴人幹嘛一會打一會談。

「大單于提出新條件了？」東海王很清楚，大楚驅逐匈奴人或許不用談判，想解除晉城之圍、保住皇帝的性命，卻只有談判一途。

「大概明天會來人，塞外的軍情肯定對匈奴人十分不利。」韓孺子想了一會，對一直沒走的蔡興海說：「明天起，密切監視匈奴人動向，若有調兵跡象，隨時上報。」

「是，陛下。」

韓孺子又對東海王說：「你與城中官員商量一個談判方案，從今以後，由你代替朕與匈奴人談判。」

東海王很是驚訝，除非大單于出面，皇帝當然不應該親自參與談判，可是將這麼重要的責任交給自己，東海王完全沒有想到，愣了一會，鄭重地說：「遵旨，陛下。」

崔騰急不可耐，「我呢？我呢？」

「你……把儀衛重新整頓起來。」

「放心吧，陛下，該有的排場一點也不會滅。」崔騰得意洋洋，覺得自己的職責比其他人都重要。

韓孺子去了一趟北城，那裡有許多將士傷勢太重，無法前去接駕。樊撞山說不出話，只能向皇帝點頭，侍衛頭目勉強能夠坐起，皇帝免去一切禮節，慰勞一番，回王府休息。

子夜已過，韓孺子早已感到虛弱無力，但是仍然正常接受張有才等太監的服侍，燈燭熄滅，太監退去，孟娥留下，誰也沒有在意。

有什麼東西碰到了嘴唇，韓孺子張口咽下，過了一會他說：「這件事不要對外人說。」

「嗯。」孟娥的聲音來自角落。

「還得想個辦法斷絕這種毒藥。」

「我配了一些解藥，隨時可用，但這不是根本。」

「根本在雲夢澤。」韓孺子閉眼睡去，那是他早晚要解決的問題，但不是現在。

第二天下午，喬萬夫來了。

大楚的使者有好幾撥，都比喬萬夫的官職要高得多，大單于卻偏偏選中他傳話。

大單于降低了要求，匈奴只要遼東一地，叛軍只要齊國，其他條件沒變。互通關市、每年互贈禮物若干……匈奴人的禮物只是象徵性的，大楚卻要付出實實在在的大量財物。

還有一條就是和親，大楚必須交出被拐走的右賢王姬妾，並「賠償」一位公主。作為當初和談的延續，大單于也會將自己的幾個女兒、孫女嫁給皇帝，其中一位要當皇后，起碼與皇后並列。

此外的條件還有許多，匈奴人看上去真是要談判。

東海王非常瞭解皇帝的底線，一條一條地反駁與修改，原本就寫得密密麻麻的紙張，又被添上更多的蠅頭小楷。

皇帝絕不讓出一寸領土，這是底線。至於其他條件，東海王提出反對，只是為了討價還價。

喬萬夫要將大楚的回覆帶給大單于，臨走前得到了皇帝的召見。

喬萬夫得到大單于的欣賞，是因為他詳細計算出了匈奴人一年的用度，草原能供應多少、又需要從大楚得到多少，一筆一筆算得清清楚楚，比匈奴人自己還要了然於胸。

他對皇帝說：「匈奴人終歸貪利，互贈禮物一條其實是大單于的底線，其他事情都有得談。」

「大楚負擔得起嗎？」

喬萬夫並非戶部官員，但他久在敖倉為官，能夠大致推算出整個大楚的產出，「現在的數額太大，酌減三到五成，大楚能夠負擔得起，但是要接連幾年風調雨順才行。」

「多在那邊打探消息，朕需要弄清楚外面究竟發生了什麼事，讓大單于突然放棄攻城。」

「鄧粹東征」四個字實在太簡單了，韓孺子迫切需要更詳細的信息，好決定他在這場談判中能讓步到何種程度。

「瞿先生懂一點匈奴語，一直在暗中探聽消息，明天微臣應該能帶來詳情。」

韓孺子派人送走喬萬夫。

將士之間的戰鬥暫告結束，另一場戰鬥才剛剛開始。

第三百五十一章　大單于讓步

對敵人封鎖消息容易，向自己人隱瞞卻很難。匈奴人營中傳言四起，瞿子晰幾乎不用刻意打聽或是偷聽，就能得到許多信息，只是這些信息真假難辨，而且互相矛盾，很難判斷有多大用處。

喬萬夫次日再來的時候，一股腦地告訴皇帝。

據說鄧粹已經率軍奪回長城沿線關卡與整個遼東，這是個好消息，但是從時間上來看這是不可能的。

又有傳言說燕南的楚軍大敗，正在潰散逃亡，大單于正將晉城的匈奴軍隊調過去，據稱要在江南牧馬。

蔡興海的確觀察到匈奴軍隊的頻繁調動，可是所謂的「江南牧馬」絕不可信。

無論如何，匈奴人急於達成和談。

這回，喬萬夫帶來數名匈奴人，其中兩位會說楚語，對大單于的條件寸步不讓，以命令的口氣要求楚國皇帝立即接受和談。

東海王則針鋒相對地提出大楚的條件：匈奴人可以留在遼東，但是就此變為大楚臣民。大單于願意的話，皇帝會考慮任命他為遼東郡守……

匈奴人大怒，當場拔刀，將東海王嚇了一跳。好在有衛兵保護，匈奴人揮了幾下，將刀收起，怒氣沖沖地離去，聲稱一個時辰之內就要再次攻城。

匈奴人沒有攻城，而是押來數十名大楚使者，一字排開，瞿子晰、卓如鶴、馮舉等人都在其中，就連一直替大單于傳話的喬萬夫也被五花大綁，大隊匈奴士兵在楚使身後彎弓搭箭，準備當眾射殺使者，懲罰楚國皇帝的「言而無信」。

瞿子晰、卓如鶴帶頭，眾楚使跪下向城牆磕頭，隨後起身，瞿子晰懇求城上的楚軍士兵射箭，以免自己死在匈奴人弓下。

楚軍的確射箭了，箭矢落在離楚使很遠的地方，可匈奴人還是大吃一驚，帶著俘虜倉皇離開。

當天傍晚，喬萬夫又被送到晉城，這回，他帶來更確切的消息。

匈奴人主動透露了南北兩邊的形勢。

塞外的楚軍剛到燕國，確實奪回不少關卡，一支匈奴軍隊向楚軍挑戰，鄧粹根本不做回應，像瘋了一樣率兵疾馳。不帶輜重、只帶很少的糧草，每奪一關，就地取食。照這個速度，鄧粹很快就能殺到遼東，遠在晉城的匈奴人來不及回防，燕南的匈奴人則是無法回防。

燕南的楚軍的確敗退，但是沒有潰散。匈奴人步步為營、增兵至十幾萬，仍然無法吞掉這支楚軍，反而受到掣肘，無法馳援後方。

大單于承認形勢對匈奴人極為不利，但是透過喬萬夫提醒皇帝，形勢對他更不利。

「如果退路全無，匈奴人沒有別的選擇，只能全體南下，與陳齊叛軍匯合，擁立英王為帝。在此之前，匈奴人不可能就這麼留下晉城。」喬萬夫盡量說得委婉，但是意思很清楚，匈奴人南下之前，必然要攻破晉城、殺死或者俘虜皇帝。

韓孺子點點頭，表示明白，他與大單于其實是在比誰先沉不住氣。

喬萬夫繼續說道：「一旦晉城失守，京城肯定會……另立新君，以後陛下即使僥倖返京……也很難再奪回帝位了。」

韓孺子又點點頭，「大單于的條件呢？」

「大單于說匈奴人已經讓步，現在的條件一點也不能改。」
「很好。」
韓孺子知道這場遊戲有多危險，可他堅信，先沉不住氣的人肯定不是自己。
次日一早，東海王、崔騰等人組成新的使團，受邀前往匈奴人營中繼續談判。
右賢王認出了東海王，聽說他的真實身份之後，先是一驚，隨後暴怒，若不是被眾多貴人拉住，當場就要砍死新來的楚使。
在見識過匈奴人多次發怒之後，東海王反而不怕了，當著右賢王的面侃侃而談，好像他上次混入匈奴營中只是為了打探軍情……
這天談判仍無結果，匈奴人反覆強調皇帝所面臨的危險，對自己的處境表現得不以為然，「早聽說江南水草豐美，我們大不了南下牧馬，匈奴人到哪都能活，皇帝可就未必了。」
「大楚皇帝到哪都是大楚皇帝，匈奴人到了江南，可就未必是匈奴人嘍。」東海王自己也不知道這句話有什麼意思，傳譯過去之後，卻讓對面的匈奴人臉色一變。
他們懷念一望無際、可以盡情馳騁的大草原，聽人描述江南到處都是水澤，馬匹根本跑不開，一想到這樣的情景，匈奴人不寒而慄。
回到晉城，東海王信心十足地向皇帝擔保，頂多三天，匈奴就會服軟。
沒等到三天，當天夜裡，匈奴人突然發起了進攻。
好在晉城的楚軍從未鬆懈，百姓也沒閒著，充分利用這幾天時間，將城牆盡可能加固，即使防不住攻城器，也能擋住騎兵的衝擊。
匈奴人頗為狡猾，先是冒充使者，聲稱有急事要立即面見皇帝，等城門打開，數十人一擁而入，佔據城門洞，將大門完全打開。

更多的匈奴騎兵隨後趕到。

雙方在城門下展開激戰，匈奴人雖然佔有先機，後勁卻不足。只有兩三千人，再無後援，逐漸被楚軍擊退，倉皇逃走，丟下數十具屍體。

這次進攻莫名其妙，匈奴人不用全軍攻城，兵力只需超過五千，晉城也很難守住，可匈奴一方只動用了很少的兵力，也不持久，見勢頭不對，立刻就跑。

說是騷擾，又顯得過於認真。

晉城軍民緊張了一個晚上，將士們都沒睡覺，百姓又都遷到北城躲避。

一個時辰之後，匈奴派來幾名使者，聲稱剛才的攻城是個意外、是個誤會。

楚軍不再上當，拒絕替他們打開城門。

次日清晨，喬萬夫獨自前來，終於解釋清楚前因後果。

攻城是右賢王的主意。他太憤怒了，以為能夠輕易攻破晉城，只要砍下皇帝的腦袋，誰也拿他沒辦法。

晉城並未失守，皇帝的腦袋也還牢固，右賢王則要為自己的衝動付出代價。

喬萬夫帶來大單于的禮物——右賢王的腦袋被放在了地上。

在場眾人無不大驚，東海王膽戰心驚地湊過去辨認了一會，臉色蒼白地向皇帝點頭，「真是他。」

「大單于會委派新的使者，這回，談判是真的了。」喬萬夫就此留在晉城，不用再回匈奴人那邊。

將近午時，十餘名新使者到來，其中的正使是金純忠。

金氏兄妹一直不被允許見皇帝，現在終於可以露面了。

談判仍由東海王負責，崔騰來回傳遞消息。

大單于做出大幅讓步，遼東可以還給大楚，但是要留一條通道，讓匈奴大軍平安退回草原。雙方每年互贈的禮物減少一半，至於陳齊，根本不在談判內容裡，大單于對那股叛軍早就不在意了。

金純忠透露消息，叛軍已經全軍覆沒，只剩少數頭領逃亡在外，對大楚不再構成威脅，對匈奴人也沒有任何幫助了。

在談判現場和皇帝住處之間來回奔波，崔騰樂此不疲，一次比一次高興，「哈哈，大單于又讓步了，陛下看人真準。」

第七次來向皇帝通報情況的時候，崔騰卻變了一副面孔，怒氣沖沖，雙手握拳，太監上前迎接，他舉拳就要打，守門的侍衛只好將他攔住，通稟陛下，得到明確許可之後，才放他進去。

「太過分了！」崔騰臉氣得通紅，「太過分了，陛下，不能再忍了！」

「怎麼回事？」韓孺子想不出匈奴人的哪個條件能惹得崔騰如此憤怒。

「匈奴人不是要求和親嗎？」

「嗯。」

「本來沒什麼，大單于將幾個女兒或者孫女嫁給陛下，也不要求當皇后了，至於大楚，隨便找個『公主』送過去就是，誰知……誰知……」崔騰臉更紅了，「匈奴人竟然點名要人！」

「點名？點誰的名？」韓孺子也很意外。

「我妹妹。」

「嗯？」韓孺子也怒了。

見皇帝神情不對，崔騰反而冷靜下來，急忙道：「不是京城的皇后妹妹，是在這裡的三妹崔昭。」

韓孺子發現自己理解錯了，搖搖頭，隨後皺眉道：「崔昭？這……大單于怎麼會知道她的名字？」

「還不是代王府的那兩名僕人？」崔騰的臉又紅起來，因為這件事與他有著千絲萬縷的關係。

當時兩名僕人私下閒聊冠軍侯夫人的種種奇特之處，不巧被崔騰聽到，兩人挨了一拳一腳，雖沒受傷可心裡害怕，竟然逃出城去投降了匈奴。

這兩人後來被殺，卻將城裡的傳言留在了匈奴人之間，而且越傳越誇張，右賢王對這位美貌無雙、命硬剋夫的女子很感興趣，要求大楚賠償公主時就已存了心事，只是沒來得及挑明。

大單于狠心殺死了右賢王，卻對他的興趣也很感興趣。

韓孺子很吃驚，兩國交兵，雙方如今都站在懸崖邊上，大單于竟然還想著這種事。

「拒絕就是了，大單于不會堅持的。」韓孺子說。

「拒絕，當然拒絕，我就是……就是氣不過，匈奴人是故意的吧？就是為了讓我們崔家難堪，三妹這段時間夠倒霉的了……」

崔騰告辭離去，心中氣憤難平。

韓孺子正想著如何恢復與外界楚軍的聯繫時，站在身邊的張有才突然說了一句：「也不知大單于會將誰嫁給陛下？」

韓孺子冷冷地瞧了他一眼，張有才訕訕地退到一邊。

當天談判沒有結果，但是多少有了進展，東海王信心更足，城內軍民也都感到喜悅，只是不敢表現得太明顯。既怕日後失望，又怕顯得不夠勇敢忠誠，可是一想到能活下去，每個人都踏實許多。

天黑不久，崔騰又來了，這回沒那麼惱怒，而是顯得有些困惑，「三妹托我帶話，她想見陛下一面。」

「現在不是時候，告訴她，大楚還不至於用一名弱女子交換和平。」韓孺子不想見外人。

「三妹說，她無論如何要見陛下一面，將事情當面講清楚，如果陛下不見，她寧願……以死明志。」

第三百五十二章 妾身自薦

戰事一起，崔昭和姐姐平恩侯夫人搬到了北城的一座小院裡，往日的排場當然是沒有了，甚至要與代王女眷同住一院。彼此瞧不起、互相冷眼相看，只是因為大難臨頭，實在沒心情爭鬥，才能保持平靜。

匈奴人的攻勢越來越強，晉城一度即將失守，眾女眷嚇得茶飯不食，整日啼哭。就是在這種情況下，崔昭的身體居然一點點恢復，能夠下地正常行走，而且神情坦然，好像一點也不將城外的匈奴人當回事。

同住一院的女眷都對此感到迷惑，隨後又有一些恐懼，越發相信崔家的這個女兒不同尋常，沒準匈奴人就是她「招」來的——她的命硬到能剋皇帝！

王府的女眷悄悄搬走，寧可跟普通百姓混居一起，也不敢再靠近崔昭。

只有平恩侯夫人知道所謂的命硬都是胡說八道，是她親手炮製出來的，可她也不明白三妹的身體為何越來越好。

崔昭自己明白。

自從匈奴人圍城以來，形勢越危急，逼她接近皇帝的壓力就越小。前幾天形勢最不利的時候，平恩侯夫人甚至埋怨老君，覺得全是因為祖母偏心，使得崔家的兩個女兒、一個兒子被困在晉城。

沒有家族的壓力，崔昭的心情一下子變得輕鬆，身體自然也逐漸好起來。

她終於明白，自己並不喜歡皇帝，更不想引誘皇帝。相較之下，生死反而沒那麼重要。

所以她要見皇帝，將一切事情說清楚。

崔騰不明所以，可妹妹以死相逼，他只好代為傳話。

平恩侯夫人又看到了希望，喜出望外，一個勁地說：「不愧是崔家的女兒，是該見面了，所謂患難見真情，這種時候最容易取得陛下的歡心。」

韓孺子特意挑選上午召見崔昭，以免惹來太多閒話，太監和侍衛也都在場。

崔昭在哥哥崔騰的引領下進屋，平恩侯夫人未得允許，只能留在外面等候消息。

崔昭盈盈下拜，起身瞥了一眼，終於見到了皇帝。

韓孺子去過崔府，與皇后的妹妹卻沒有見過面，兩人心裡都有點好奇。

韓孺子從崔昭臉上看出幾分皇后的影子，崔昭卻想皇帝真是年輕，身上卻有一股冠軍侯所沒有的鎮定。該是這個人當皇帝，也該是姐姐崔暖當皇后。

崔昭這樣一想，心中更加平靜，開口道：「臣妾拜見陛下，臣妾聽聞匈奴提出條件，指名要臣妾和親，臣妾不揣粗陋，願往匈奴以結兩國之好。」

聽者無不一驚，尤其是崔騰，他之前不知道妹妹的用意，直到這時才明白過來，急忙道：「妹妹，妳不用著急，昨天就已經拒絕匈奴人了，那邊不會堅持的，陛下說過……」

崔昭向哥哥微微一笑，「兄長無需相勸，大楚與匈奴和談雖然不會因我而成敗，但是兩國交疏已久，若有一人能在匈奴那邊為大楚說話，終歸是件好事。送我前去和親，即使不能加快和談，起碼也少了一件爭執。」

崔騰聽後目瞪口呆，「那、那也用不著送妳去啊，妳甚至不姓韓！代王的女兒有好幾個，隨便挑一個封為公主就是。」

崔昭笑著搖頭，「匈奴既然點了妹妹的名字，我又自願，何必為難代王的女兒呢？」隨後轉向皇帝，正色道：「望陛下垂憐，遂臣妾所願。」

韓孺子思忖良久，揮手示意太監與侍衛們退下，只留下崔氏兄妹。

「妳是皇后的妹妹，與朕的妹妹一樣。說吧，告訴朕妳為何要做這樣的決定？」

崔昭跪下，垂頭不語，像是在醞釀說辭，沒一會雙肩抽動，原來是在哭泣，「讓二哥說吧。」

「我？我什麼都不知道……」崔騰一臉茫然。

崔昭只是垂淚，韓孺子不知該如何相勸，只能嚴厲地盯著崔騰。

妹妹哭，皇帝盯，崔騰心裡發毛，只得道：「難道是因為平恩侯夫人？」

崔昭點點頭，又搖搖頭。

崔騰心煩意亂，卻不敢當著皇帝的面發作，撓撓頭，笑道：「其實……也不是什麼大事，就是……就是平恩侯夫人想將……將三妹獻給陛下……」

崔騰說話聲越來越小，最後幾不可聞。

「你說什麼？」韓孺子向前探身。

「三妹願做陛下的箕帚之妾。」崔騰低頭說道，突然抬頭，大聲說：「這可不是我的主意，我也是前幾天剛知道的，全是平恩侯夫人背後指使，她最壞，還編造種種傳言，將三妹說得……說得十分不堪，好吸引陛下的注意。」

傳言最盛的時候，韓孺子的確注意到了，可是怎麼也想不到這些傳言就是要傳到他耳中的，愣了一會，突然明白崔昭的良苦用心。

崔昭是冠軍侯夫人，丈夫死在奪位之爭，如果她嫁給皇帝，將受千夫所指，天下人會以為是她下毒害死了冠軍侯。而且她也瞭解姐姐崔暖與皇帝的恩愛，自己若進宮，免不了與皇后爭寵，若是進不了宮，則受崔家的壓迫。

平恩侯夫人當然不可能給崔昭做主，真正在背後主導一切的必是老君與崔宏。

崔昭騎虎難下，乾脆「騎虎」跑到匈奴人那邊，嫁給誰不重要，關鍵是可以遠離這邊的是是非非。

韓孺子理解崔昭的苦衷，卻不能同意，和聲道：「朕會給妳做主，總之不會違背妳的心意，用不著非得遠嫁匈奴。」

崔昭抬頭，擦去臉上的淚水，「因為我是冠軍侯夫人嗎？」

韓孺子微微一愣，這的確是一個原因，而且是很重要的原因。冠軍侯畢竟是有資格爭奪帝位的宗室子弟，總不能剛死不到一年，就將他的遺孀送入匈奴，外人不知情，會以為這是皇帝有意報復。

崔昭從袖子裡取出一張紙，遞給哥哥，崔騰莫名其妙地接在手裡，打開看了一眼，臉色微變，將這張紙轉交給皇帝。

這是一封休書。

崔昭慘然笑道：「冠軍侯自以為必然稱帝，要提前與崔家一刀兩斷，所以妾身與冠軍侯已經沒有關係。將他的兒子送到鄧家，算是恩斷義絕。」

韓孺子將休書還給崔騰，他不認得冠軍侯的筆跡，說不清真假，嘆道：「那妳也沒有必要遠嫁匈奴，宗室王侯多得是，一年之內，朕必定為妳選一位年齡相當的如意郎君。」

皇帝說親，加上崔家的勢力，韓孺子相信這不是難事。

崔昭叩首，然後說：「陛下仁慈，萬民皆知，臣妾感念於心。陛下能為臣妾選親，可是能為臣妾洗刷身上的污名嗎？」

韓孺子又是一愣。

仔細想來，崔昭的名聲確實很差，最初嫁給冠軍侯就被認為是崔家的勢利之舉，強行擠走了原來的冠軍侯夫人，結果落得一個「命硬剋夫」的說法，崔家不幫忙，反而火上澆油，聲稱只有皇帝才能鎮住自家女兒。

崔昭只是一名普通女子，迫不得已，咬牙承受這一切，遠嫁匈奴反而是一種解脫。

韓孺子沉吟不語，從崔昭身上，他還看到一股藏在內心裡的驕傲，與她的姐姐崔小君更相似了。

「妹妹……」崔騰茫然道，老實說，他對這個同父異母的妹妹不是特別關心，可是見她對家人如此決絕，還是感到悲痛。

「二哥休惱。」

「我沒……生氣，就是不明白……」

「二哥是好人，家裡只有二哥在意我這個人，從未將我視為爭權奪勢的工具。二哥的恩情，我會一直牢記於心。」

崔騰臉紅了，妹妹的感激更讓他無地自容。

崔昭又對皇帝說：「陛下與皇后姐姐情投意合，臣妾無論身處何方，都會在菩薩面前為陛下與皇后姐姐祈求平安。也請陛下體諒，臣妾去意已決，匈奴雖然險惡，終歸是人，不是野獸。和親之事，古已有之，就是大楚也曾有過，臣妾腆顏自薦，萬望陛下恩准。」

韓孺子與崔騰一樣茫然無措。

王府前院的一間屋子裡，平恩侯夫人滿懷希望地等候佳音。晉城之圍有望解開，妹妹崔昭又得到皇帝的召見，眼見大事將成、自己為崔家立下大功，再也不會受到輕視，兒子苗援的前程也有了保證。

離此不遠，王府倖存的半間大廳裡，東海王等楚臣正與匈奴人繼續談判。

金純忠代表大單于，幾乎對每一項條件都做出讓步，只對兩件事非常堅持，一是必須提供匈奴人退回草原的安全通道，二是必須送一位「公主」和親。

鄧粹的東征對匈奴人來說是釜底抽薪，大單于之前認真權衡過，覺得馬邑城楚軍猶豫不決、沒有大將坐鎮，不用急於剿滅，燕南的柴悅才是心腹大患。怎麼也沒料到，馬邑城突然去了一位車騎將軍，柴悅的楚軍也比他預想得更難對付。

匈奴人北邊退路已斷，南方陷入泥淖，自然是越等越急。

至於和親，只是匈奴人保留臉面的最後手段，大單于對傳說中的「命硬之婦」很感興趣，但也不是非要不可，東海王已經讓金純忠同意，只要大楚送給匈奴的是一位「公主」就行。

中司監劉介匆匆跑來，向東海王耳語數句。

東海王愣了好一會，對金純忠說：「崔家女兒崔昭乃皇后親妹，陛下剛剛認她為妹妹，並封為平晉公主，嫁與匈奴和親。」

金純忠也吃了一驚，「太傅崔家的……女兒？」

「當然。」

「這……真是太好了，大單于肯定非常高興。」

「可陛下還說，和親可以，輩分不能亂。既然大單于自稱與皇帝有祖孫之情，大楚的公主只能嫁給大單于的孫輩。」

「啊？這個……我得回去請示。」金純忠被這個意外的消息弄得有些慌亂。

談判繼續進行，對急於達成和談的雙方使者來說，這畢竟只是一件小事。

對平恩侯夫人來說，這卻是天塌地陷的大事，瘋了一樣想要找崔騰、崔昭問個明白，卻不得其門而入。太監客氣地請她回住處，平晉公主將住在王府裡，由哥哥崔騰照顧。

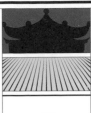

第三百五十三章 蜂擁而至的使者

皇帝終於頒布聖旨，與大單于一同要求各地軍隊立即停戰，條件之一，是匈奴人允許大楚使者自由前往晉城見駕。

各地的使者急於見皇帝，皇帝也急於瞭解外面的形勢。迄今為止，他聽到的都是二手消息，還不能讓他完全心安。

大批使者早已等候多時，一獲允許馬上湧來，兩天之內，數量多達三百以上，光是來自京城的使者就有十幾撥。朝中大臣比被困的皇帝還要緊張，一見面，無一例外是跪下痛哭，帶來的消息無非是宮中懸心、大臣效忠一類。

王美人地位太低，但又是皇帝的生母，大臣們試探多次，終於找到一個合適的稱呼——宮中。原來是用「太后」含糊其辭，現在則有了區別，說太后就是指上官太后，說宮中則是代指陛下的生母。

王美人不可能不著急，為了換得皇帝的平安，即使要向匈奴人交出整個大楚江山，她也不會猶豫。韓孺子對母親深感歉意，在與匈奴人對峙並談判的過程中，他很少想到母親，可他知道，母親可能會做過頭，但是對他的愛超過了一切。

他立刻寫了一封信，請母親不要著急，他很快就會結束巡視返回京城，命張有才與使者一道，快馬加鞭返京，向「宮中」報平安。

大臣的態度比較微妙，他們很高興晉城之圍有了轉機，可也有點擔心，害怕皇帝會秋後算帳，追究他們私立儲君的舉動。

韓孺子做的第二件事就是正式頒布聖旨，改封遠在京城的堂侄為臨淄王。

這是東海王的主意，對於如何與遙遠的大臣打交道，他受過教育，這時都能用上，「大臣以陛下的名義封王，這點不能改，否則會顯得陛下不高興，可也不能承認其為齊王，齊國幾次叛亂，名聲不好，還會顯得陛下無力控制朝廷。陛下可以將齊國分為數國或者郡縣，改封為其中一國之王，既承認大臣的舉動是正確的，又加以糾正，會讓他們更安心。」

心照不宣。離得越遠，皇帝與大臣越需要心照不宣，於是韓孺子改封堂侄為臨淄王，將齊國其他領地都變為郡縣。

楊奉沒有單獨派人來，韓孺子也沒有單獨給他寫信，兩人之間的心照不宣，用不著普通的手段。

韓孺子將剩下的京城使者交給劉介接待，除非特殊情況，無需再來見駕，他要見見其他地方來的使者。

崔宏和柴悅的使者來得比較早，帶來的消息令皇帝心中一安。

燕南的楚軍雖然失去了最初的陣地，但是在退卻數十里之後，終於穩住陣腳，令匈奴大軍無法攻破，可匈奴也不敢輕易退回燕北，他們害怕遭到追擊，以至軍心散亂。

「南下牧馬」只是一句空口威脅，大單于實在無路可走才決定和談，他手裡最大的保證就是晉城的皇帝。

各地諸侯與郡守幾乎都派來了使者，向皇帝表示忠心，並羅列自己派出多少士兵、提供多少糧草等等。

這些使者都由隨行官員接待，文官脫下不合身的甲衣，恢復從前的職責。

韓孺子在等鄧粹那邊的使者，就連匈奴人一方也關心此事，金純忠幾次打聽，希望能見使者一面。

使者一直沒來。

鄧粹好像失去了控制，在遼東攻城掠地，一點也沒有停下來的意思，傳遞停戰聖旨的官員根本出不了關，馬邑城以東所有關卡都接到車騎將軍的命令，不准向任何人打開城門，違者處死。

據說鄧粹的原話是：「就算皇帝親自叩關，也要我去辨認才行。」

接管塞外楚軍還不到一個月，鄧粹的威望已經高到無人敢違令。一是他的確敢打會打，二是所有人都以為他是皇帝的心腹大將，備受信任，怎麼做都行。

柴悅在皇帝微末之時就追隨左右，可是行事低調，直到現在還有許多人根本沒聽說過他的名字。鄧粹卻是另一種風格，行為比真正受寵的外戚和宗室子弟還要囂張，偏偏又有真本事，由不得別人不信。

關內的軍隊都已停戰，唯獨遼東的楚軍仍在大開殺戒，留守的少量匈奴人與扶餘國士兵根本不是對手，望風而逃。

返回草原的關卡幾乎都被堵死，大單于真急了，突然封閉了進出晉城的唯一通道，重新將城池包圍，派金純忠來告訴皇帝，除非皇帝能夠掌控遼東的楚軍，匈奴人不想再談了。

金純忠仍想回到大楚這邊，因此對皇帝無話不說，「陛下小心，匈奴人被困在關內越久，內部紛爭越嚴重，等大單于也彈壓不住的時候，和談就真的失敗了。」

「匈奴有可能投降嗎？」韓孺子接見了金純忠，將他當成自己人。

皇帝連自身安全都還沒得到保證，就在想著如何收服匈奴人，金純忠既敬佩，又覺得不妥，伏地道：「一部分原先的東匈奴人可能會選擇投降，西匈奴人大概不會，他們寧願戰死，而圍城的多是西匈奴人。」

韓孺子也只是一想，笑道：「大單于想讓朕怎麼做？聖旨已經頒布，可是將在外君命有所不受，鄧粹不接旨情有可原。」

「大單于說，如果遼東楚軍再不停戰，就只能讓陛下親自去叩關傳達旨意了。」

這意味著大單于要攻城俘虜皇帝，韓孺子當然不能讓這種事情發生，「朕派中司監劉介前去傳旨，兵部正好也有人在此，讓他一塊跟去，總該可以了。」

金純忠叩首，「微臣無禮，伏乞陛下恕罪。」

「嗯，你為大單于做事，事先得到了朕的允許，何罪之有？對了，大單于什麼時候將楚人都放回來？」

之前派往匈奴的使者，除了喬萬夫，其他人還都滯留在匈奴營中。另有歷次作戰中淪為俘虜的數千楚軍將士，也沒有被放回來。

「大單于說，使者要送匈奴人出關，至於楚軍將士，陛下大婚之日，將作為禮物送回來一半，另一半人也要為大單于送行，他說這也算是大楚的地主之誼。」

「嘿，不請自來的客人，居然還要求地主之誼，回去告訴大單于，朕先向遼東派出使者，和親之事……」

「請陛下無需憂慮，大單于同意為平晉公主擇選一名優秀的孫兒，也會為陛下送來幾位最美麗的女兒或是孫女。」

「幾位？不是說好了只要一位嗎？」韓孺子一點也不貪圖匈奴的美女，接受一位都很勉強。

「是，一位，不過……」金純忠欲言又止。

「有話儘管說就是。」

「大單于肯定要將一位親生的女兒或是孫女送給陛下，如果陛下還能多要一位……多要一位的話，我妹妹或許……」

如果說韓孺子心裡從來沒想過金垂朵是騙人的，可他絕不會在國家大事上摻雜個人私情，微笑道：「有些人天生是野外的花朵，何必摘回室內讓它枯萎呢？一位足矣，不要再多。」

金純忠磕頭告退，失望地回去見大單于。

鄧粹那邊還沒消息，崔宏和柴悅這邊的使者卻沒斷過。之前被皇帝派出去傳達聖旨的中書舍人趙若素回來了，按官職，他沒資格直接向皇帝提出建議，韓孺子卻欣賞此人的才華與膽識，特意召見，詢問對策。

趙若素也一反常態，沒有推辭，跪拜之後，起身對道：「陛下不可在晉城久留。」

「朕也不想，可是眼下正與匈奴談判，朕若是顯得急躁，只怕會令大楚失去許多利益。」

「只要陛下在、土地在、百姓在，大楚今日所失，它日必能奪回。可陛下若是久駐晉城，只怕天下又會開始騷動。」

「大楚與匈奴已經停戰，朕早晚會返京，有何騷動？」韓孺子有些不解。

「匈奴圍困晉城之時，楚人皆以為天下無主，恐為異族所滅，陛下又堅持不肯屈服，因此萬眾一心，別無它念。如今戰事已停，匈奴人即將退回草原，齊國叛軍也已剿滅，正是大事已畢、小事叢生之時，從前的念頭又會一個接一個冒出來，陛下難道忘了，還有流民尚未安置、還有朝廷尚未整頓嗎？」

韓孺子心中一驚，一下子明白了趙若素的意思。沒錯，他此次出巡不是為了與匈奴人交戰，而是為了穩定天下。被困完全是一次意外，如果自己還在晉城浪費時間，他在戰前所做的一切事情，包括安置遊民、勸農耕織、整頓吏治等努力，可能都會付諸東流。

晉城被圍讓皇帝暫時擱置了許多重要的事情，最怕地方官吏也這麼以為，因此故態重萌。

仔細回想各地派來的使者與送來的奏章，幾乎所有地方大員都或明或暗地建議皇帝盡快返京以定大局。這實際上是他們的希望，希望離皇帝遠一點，希望皇帝不要到自己的管轄地域。

「依你所見，朕該怎麼做？」

趙若素拱手道：「陛下應該盡快和親，取得大單于的信任，將匈奴人送出關去，然後繼續行程，視察天下農耕方是第一要務。陛下要向匈奴尋仇，需得五年甚至十年以上的休養生息，方可盡情一戰。」

「不知道大單于能不能活那麼久？」韓孺子冷冷地說。

「大單于子孫盡在，陛下還擔心沒有復仇目標？」

韓孺子大笑，說：「好吧，三天之內，朕與匈奴和親。」

和親要雙方進行，韓孺子娶進大單于的女兒或是孫女，也要將新封的平晉公主嫁過去。

崔昭心意已決，甚至不在乎是嫁給年老的大單于，還是年輕的孫輩，總之，她想離開大楚，離開崔家。

第三百五十四章 東海王的仇恨

即將成為新娘的崔昭滿腦子的往事，任憑兩名丫鬟往她頭髮裡插上更多珠寶。

崔昭不記得生母的樣子，在她的記憶中，自己從小無依無靠。倒是沒受什麼苦，只是看到哥哥、姐姐倚在崔夫人懷中撒嬌的時候，不免有些羨慕、甚至失落。

父親很少關心家裡的事情，崔昭唯一撒嬌的對象是老君，可老君的脾氣反覆無常，高興的時候含飴弄孫，一不高興抬手就打，孫輩們早早學會了察言觀色，絕不在錯誤的時刻湊上去。

而且老君是個很偏心的祖母，更喜愛崔騰、崔暖兄妹，從不加以掩飾。

「你們啊，以後都要靠著這兄妹兩個立足，所以現在就要多討好他們，給未來鋪條路。」

崔家堂親眾多，兄弟姐妹小時候都在崔府住過，老君經常一手摟著崔騰，一手撫摸崔暖，向一群不到十歲的孫輩灌輸這樣的想法。

崔昭向來是站在老君對面的孩子之一，當時倒沒有特別的感覺，畢竟受寵的只是崔騰、崔暖，其他堂兄妹都跟崔昭一樣，老老實實地承認地位低一截。

可堂兄妹們自有父母，回家後，他們就能享受到崔騰、崔暖的待遇，慢慢地，崔昭明白，自己是唯一被拋下的人。

二哥崔騰越長大越暴躁，大概是脾氣相投，反而更受老君寵愛；姐姐崔暖倒是一如既往地溫柔可親，但是姐妹之間的關係一般。崔昭有意保持距離，不願討好未來的「靠山」。
那時候府裡還有一個東海王，唯一的非崔姓晚輩，地位卻最高。連崔騰都得讓他三分，老君更是一口一個「心肝寶貝」，用來替代「外孫」的稱呼。東海王曾經當著眾人的面，異常認真地說：「以後妳們都要嫁給我，跟我一塊住進皇宮。」
彼時已經出嫁的大姐笑得花枝亂顫，老君甚至笑得喘不過氣來，要由丫鬟們捶背，其他大人也都或笑或搖頭，小姐妹們受大人影響，一個個刮臉說羞，卻也顯得很開心。
崔昭不開心。在她的想像中，皇宮就是另一個崔府，自己仍會站在一群人當中，小心翼翼地討好皇帝、皇后，或者其他什麼人。
匈奴人那邊會是什麼樣子？或許也跟崔府沒什麼不同，可畢竟還有一點點未知、一點點期盼。
另一名丫鬟走進來，輕聲道：「公主……」
「嗯？」崔昭還很不習慣這個稱呼。
「東海王求見。」
「啊？」崔昭很意外，雖然都住在崔府，兩人也有好幾年沒見過面了，在她的記憶中，東海王仍是那個飛揚跋扈的小孩。
「他說他是替崔二公子來的。」
崔昭沉吟片刻，「請他進來。」
東海王進屋，崔昭無法轉身，說：「殿下見諒，我這個樣子……」
「跟我客氣什麼？」東海王笑道，沒有走近，而是站在門口，「這幾天來的使者太多，崔二忙著接待，實在脫不開身，所以讓我給妹妹送行。」
「有勞殿下。」崔昭知道二哥為什麼不來，卻有點奇怪東海王的變化之大。雖然不能轉身，但是從鏡子裡能看到東海王，還有小時候的影子，說話腔調卻客氣多了，完全不是當初的那個小霸王。

「妹妹還在客氣。」東海王面帶微笑，「小時候咱們可是無話不說的。」

「咱們都不是孩子啦。」崔昭在鏡子裡回以一個微笑，她覺得自己好像從來就沒當過孩子。

「讓我休息一會，待會再弄。」崔昭說，示意丫鬟們退下，她已經看出來，東海王並非純粹的送行，而是有話要說。

看著丫鬟們離開，東海王問道：「妹妹究竟為什麼……」

「平恩侯夫人讓你來的？」崔昭向鏡子裡問。

東海王微微一愣，在他的記憶裡，三妹崔昭一直比較溫婉沉默，是崔家最老實的孩子，沒想到竟然也能一語中的，「是，她想見妳，可妳不見。」

「因為已經無話可說，出嫁匈奴，是我自願的。陛下和二哥本來都不同意，是我再三請求，才改變了他們的想法。」

「那張休書呢？」

冠軍侯的休書已經在城裡傳得沸沸揚揚，人人皆知，平恩侯夫人卻大惑不解，她一直陪在三妹身邊，可從來沒見過、沒聽說過這封休書。

「冠軍侯的確要休掉我，譚家的女兒不配當皇后，我也不配。」崔昭冷淡地說。

東海王突然間有了同病相憐的感覺，他受平恩侯夫人之托，是想弄清真相，現在才明白，真相其實非常簡單。平時最老實的三妹，骨子裡卻最驕傲，她從來不爭，因為她知道爭不到，可一旦有機會，她卻最為決絕。

東海王忘掉平恩侯夫人，說道：「到了那邊注意一下，如果妳的夫君很早就進帳與妳見面，說明他很有權勢，而且也很在乎妳，妳要盡快弄清楚他的身份……」

「你以為我在乎這些事情？」

東海王繼續道：「大單于活不了多久，匈奴肯定會因此大亂一陣，不管三妹在不在乎，都要為將來打算。這回不一樣了，沒有崔家的束縛與控制，妳可以隨心所欲，妳爭取到的，就歸妳所有。」

崔昭驚訝地看著鏡子裡的東海王，「你……你又為什麼要留在皇帝身邊？」

東海王有現成的回答，但那是用來應對外人的，在來之前，他也沒打算要對三妹說實話，可那股同病相憐的感覺，讓他有了傾訴的衝動，尤其三妹即將離開大楚，再也不會回來了。

「報仇。」

「報仇？」崔昭吃了一驚。

「不是向陛下報仇，陛下在各方面都勝我一籌，稱帝理所應當，而且陛下的位置已經非常穩固，誰也沒辦法動搖。」東海王頓了一下，「是太后。」

崔昭恍然大悟，「崔太妃……」

「我不再想當皇帝、也不求以後的權勢，但我要報仇，太后以為害死我母親就一切結束了，我會讓她明白大錯特錯。」

所以東海王要留在皇帝身邊，千方百計討得皇帝的歡心。只有一次，他本以為自己還有稱帝的機會，因而逃出晉城，結果卻是一場慘敗。

這些天來，隨著各地使者的陸續到來，東海王越發確信，那場慘敗反而是一件好事。自己當初無論是返京、還是逃到崔宏身邊，都不可能被推為新君，他已經失去機會，永遠地失去了。

對他來說，唯一的動力是為母親復仇。

「很難吧？」崔昭有點同情東海王，她記得很清楚，姑姑崔太妃對兒子傾注了極大的心血，就連崔騰、崔暖也沒能從自己的母親、祖母那裡得到過。

「只要時刻想著，總是有辦法的。太后已經露出破綻，我還沒有完全抓在手裡，但這個破綻早晚會讓她付出代價。」

東海王沒有細說，崔昭自然也不會問。

兩人沉默了一會，東海王說：「不想當平常人，就不要走平常路，三妹，我支持妳。」

「謝謝。」崔昭幾乎要哭出來，但她忍住了。

東海王告辭，讓丫鬟們進屋繼續打扮新娘。

平恩侯夫人一直等在外面，看到東海王立刻迎上來，「怎麼樣？」

「三妹心意已決，是她自願的。」

「這、這算怎麼回事啊？」平恩侯夫人氣急敗壞，卻又無從發洩，「沒想到三妹如此忘恩負義，完全不顧及我和老君的一片苦心。」

東海王笑道：「唉，已經如此，又能怎樣？」

「回京之後，我可怎麼跟老君交待啊？」平恩侯夫人最在意的是這件事。

「交待？這是好事，第一，崔家又為大楚立了一功，陛下對舅舅心中再有不滿，一時半會也不能動手；第二，陛下將琴女送給了崔騰、將三妹嫁與匈奴，說明他對皇后一往情深，無人可以動搖。崔家無憂、老君無憂，妳還有什麼可擔心的？」

「還是東海王聰明，看得透徹。」平恩侯夫人眼睛一亮，由衷讚道，隨後嘆了口氣，「交待」是有了、「功勞」卻沒了，出京一趟，又是竹籃打水一場空。

東海王見左右無人，小聲道：「大姐也是實心眼，非得扒著崔家不放嗎？」

「苗家更沒希望。」

東海王搖搖頭，「還有一個人，眼下地位卑微，很快就會平步青雲，再晚幾個月，你想討好也沒機會啦。」

「誰？」平恩侯夫眼睛又是一亮。

東海王在自己的手心裡慢慢寫出一個「王」字。

平恩侯夫人心領神會，「我早就想到了，只是……沒有登天之梯啊。」

東海王笑道：「慢慢想，總有辦法。」

「哎呀，好兄弟，你還不知道，姐姐人笨，想上一年，也不如你的一句話。」

東海王再次壓低聲音，「太后都有外戚，『宮中』的外戚在哪？」

「不知道啊，聽說『宮中』沒什麼家人。」

「所以這是一個機會。」

「你的意思是說……」

「宮中也是東海國人士，去那裡找，找不到，算妳倒霉，到時候別怨我；找到了，何止是登天之梯？那是送妳上天的椅子啊。」

平恩侯夫笑得合不攏嘴，「『送我上天』——這叫什麼話？」

東海王笑著邁步離去，如果平恩侯夫人真能找到皇帝的舅氏，王美人由此羽翼豐滿，大概就不會那麼依賴上官太后了。

而這只是他順便用上的一招，尚未接觸到太后真正的破綻。

一個時辰後，崔昭出城，不知道自己的夫君是誰。

同一時刻，皇帝留在王府，不知道自己的新娘子是誰。

兩人心中都沒有新婚的喜悅。

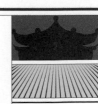

第三百五十五章 新婚之夜

和親只是一種形式。對匈奴人來說，和親可以向天下昭告停戰，是他們安全返回草原的保證，如今這比一切事情都重要；對大楚來說，和親能夠盡快解除晉城之圍，皇帝的性命畢竟還懸於敵人之手，每多等一個時辰，天下人都不可能安心。

只對極個別的人來說，和親不僅僅是形式，也是切切實實的改變。

崔昭離城，就此擺脫姐姐平恩侯夫人，也擺脫了崔家乃至整個大楚的羈絆，但是離城的剎那，她還是感到了深深的恐懼，那是對傳說、對異族、對另一個世界的恐懼。

她連自己的夫君是誰都不知道，匈奴人一方只是承諾必定會從大單于最喜愛的幾個孫子當中挑選一位，因為競爭激烈，所以無法提前洩露姓名。

身邊的丫鬟聽到許多傳言，據說匈奴人對平晉公主既好奇又害怕，所謂挑選夫君只是推辭，事實上是誰都不敢娶，都以為非得大單于本人才鎮壓得住。更有傳言說，大單于以孫子的名義娶婦，等新娘一進營，他自己就會笑納……

丫鬟不用跟去匈奴，慶幸自己還能留在大楚，匈奴人不講禮儀廉恥，什麼出格的事情都能做得出來，平晉公主此去無異於羊入虎口。

崔昭就這樣膽戰心驚地來到匈奴營中，抱著大不了一死的悲壯心情。幾名楚使引導她完成一項又一項儀式，既要遵守楚地的傳統，也得接受匈奴的風俗。
最後一項儀式比較古怪，新娘被隨便一名匈奴人提前揭去蓋頭，然後就在她的面前，三名身披羽毛與獸皮的老者繞圈跳舞，嘴裡似吟似唱，周圍的一大群匈奴人時不時應和幾聲。
看到許多匈奴男女跪下磕頭、親吻地面，崔昭終於反應過來，這不是普通的成婚儀式，而是一次嚴肅的驅邪。這可不是什麼好兆頭，崔昭的心一點一點下沉，同時還很納悶，匈奴人明明這麼害怕自己，當初為何又要點名和親？難道大單于真要鳩佔鵲巢強娶自己？
崔昭不在意。
新婚帳篷顯然經過精心佈置，崔昭按照幾名匈奴婦人的安排，盤腿坐在軟床上。花了大半天才做好的頭飾大都被摘去，換上匈奴式的頭巾，上面同樣綴滿了珠寶，更加沉重。
婦人們同樣做了一些類似於驅邪的事情，退了出去，留下新娘一個人。
崔昭想起東海王的話：新郎若是來得早，意味著此人不僅地位高，而且很在意新娘的感受。匈奴人好酒、好熱鬧，通常要鬧到後半夜甚至凌晨才允許新郎進入洞房，新郎若能擺脫眾多貴人的糾纏，必定地位不低，而且急於見到新婚妻子。
崔昭默默計算，現在應該是二更，如果三更天新郎還不到……
帳篷簾子被掀開，一名匈奴男子走進來，比崔昭預料得還要快，可她一愣，難以確定那究竟是不是自己的夫君。
她分辨不清匈奴人的年紀，覺得此人應該在二十到四十歲之間，說不上英俊，但也絕不醜陋。身上甚至有幾分文雅之氣，在匈奴人之間比較少見，但他穿著甲衣、帶著兵器，一點也不像新婚之人。
「我是妳的丈夫，妳是我的妻子。」匈奴男子開口了，說的竟然是楚語。
崔昭呆呆地看著丈夫，一句話也說不出來。

匈奴男子藉著燈光仔細打量了妻子一會，面無表情，說不清滿意與否。他開始一件件地解下身上的兵器，勁弓、箭矢、腰刀、短刀、匕首……然後是一件件皮甲與衣裳。

崔昭心中一緊，她與冠軍侯成婚時間不長、又沒什麼感情，同床次數寥寥無幾，對這種事仍然有點害怕。她強行讓自己冷靜下來，小聲問：「你會說楚語？」

匈奴男子點頭，「一點。」

「你、你叫什麼名字？」

匈奴男子卻沒有回答，只穿小衣走到新娘面前，「脫掉衣服。」

「嗯？」

「脫掉衣服。」匈奴男子命令道。

崔昭伸手摘去頭巾，可是雙臂微微顫抖，一點勁也用不上，頭巾偏偏沉重無比，像是壓在頭頂的一座山。

匈奴男子幫她摘掉頭巾，扔在一邊，順勢抓住她的雙手，說：「大家都說我熬不過三天，可我不怕。我要當你的丈夫，還要帶著妳平安返回草原，到時候再不會有人說妳是災星。」

崔昭看著那雙堅毅深沉的眼睛，心裡生出一股感激，同時確定無疑，這人在匈奴人之間地位很高。

這個夜裡，遲遲不肯進入洞房的新郎是大楚皇帝。

晉城的成婚儀式早已結束，場面很大、也很隆重，一點也不輸匈奴人。韓孺子只在最後階段出面，與新娘拜天地。

大概是為了討好大楚皇帝，新娘完全遵循楚地風俗，蓋頭一直沒摘。

禮官冊封她為貴妃，名字一長串，禮官仍能念得抑揚頓挫，韓孺子聽過一遍，一個字也沒記住。

儀式結束，新娘被送進洞房，作為新郎的韓孺子，卻回到大廳裡繼續處理政務。

晉城與外界聯繫得以恢復，需要皇帝處理的奏章堆得比人還高，這只是一部分，還不能讓別人代勞。好在有趙若素幫忙，中書舍人說是皇帝身邊的人，平時最主要的職責就是將奏章送到太監手裡，難得見到皇帝本人。

韓孺子比較欣賞趙若素，正好劉介去向鄧粹傳旨、瞿子晰等人還在匈奴營中，於是命他留下，隨時待命。

韓孺子最初只是想將趙若素當成顧問，很快就發現此人的本事不只是記憶力超強，見識也很高，完全不像是普通的吏員。

「洛陽王堅火的奏章陛下應該優先批覆。」趙若素建議道。

醜王不肯接受朝廷的官職，他在洛陽時，是在瞿子晰手下做事。瞿子晰一走，他變得無名無份，許多事情難以展開，在奏章中他卻沒有訴苦，只是介紹了一下安置流民的進展。

進展不太順利，夏季已到，仍有不少流民滯留在洛陽一帶不肯返鄉。韓孺子能猜出原因，最重要的還是缺錢、缺車。北方戰事一起，這兩樣更缺了，曾經做出承諾的洛陽商人，一發現皇帝不穩，立刻捂緊了錢袋。

「朕該怎麼辦？封王堅火為官？還是向河南郡下達嚴令，要求他們必須配合？」

趙若素拱手道：「依臣愚見，不如傳旨斥責王堅火，讓他戴罪立功。」

韓孺子笑著搖頭，「王堅火乃是豪俠，吃軟不吃硬，給他官都不當。朕這邊傳旨責備，他立刻就會轉身逃進江湖。」

「不然，王堅火並非沽名釣譽之輩，千千萬萬流民的性命仰仗於他，他斷不會輕易放手。」

「這樣的話，朕更不應該責備於他。」

趙若素與皇帝還沒到無話不說的地步，唯唯地應聲是，不再開口。

韓孺子看了一會公文，抬頭說道：「這裡沒有外人，趙大人儘管暢所欲言，無需對朕隱瞞。」

趙若素這才道：「王堅火身上無官，不能以官威行事；袋中無錢，不能以財富壓人；手中無兵，不能以強力服眾，唯有俠名在外，天下皆知。可是對安置流民來說，俠名卻是個負擔，陛下對他的看重與信任，更是雪上加霜……」

「嗯？」

趙若素立刻跪下，韓孺子示意他起身，「你說。」

「豪俠必須講義氣，王堅火既然得到陛下的看重，就不能獨享，而要與朋友分享。他若同意，就是背君；他若不同意，就是忘友。這種情況下，他想利用自己的俠名做事，反而更難。」

韓孺子若有所悟。

趙若素等了一會，繼續道：「陛下若是嚴厲責備一下王堅火，讓天下人以為洛陽醜王陷入困境，則王堅火更容易拒絕別人的求助，也更好開口要求各方幫忙。」

「就像落難的譚家？」

趙若素點頭。

韓孺子想了一會，笑道：「趙大人高見，只是……王堅火能理解朕的用心嗎？」

趙若素每次開口回話都要拱手，從不失禮，「天子選人、用人，當然要多加考驗與磨練。王堅火若能理解，則諸事順利；若不能理解，陛下又何必固守一人？不如早換大將，以免貽誤戰機。」

韓孺子沉吟片刻，「好，那就由趙大人代朕擬一份問罪聖旨。」他重新打量趙若素，「想不到朕的身邊也是藏龍臥虎。」

趙若素立刻後退兩步，馬上又要下跪，被皇帝止住，接著說道：「微臣冒昧陳言，幸得陛下首肯，怎配得上『龍虎』？」

韓孺子笑道：「趙大人過謙了，不如再『冒昧』一下，說說匈奴人何時才會解圍北去？」

「這件事陛下不應該問微臣，自有他人知道得更清楚。」

「哪位?」

趙若素拱手不答。

「她是匈奴人。」韓孺子立刻明白了。

趙若素再次拱手行禮，仍然不答，意思卻很明顯。正因為新貴妃是匈奴人，才最有資格回答皇帝的疑問。

韓孺子輕嘆一聲，「皇帝連這點自由也沒有嗎?」

趙若素道:「天下確有閒雲野鶴之人，自己逍遙，卻無益於他人。帝王為萬民所仰，也得心繫萬民，一身束縛，自然閒不下來。帝王至重，唯其至重，乃得自由。」

「一身輕的帝王，不是傀儡，就是昏君。」韓孺子心裡有點高興，雖然仍然受困，但是此行並非全是壞事，趙若素、鄧粹、眾多文官武將……人才原來就在皇帝眼前，遠遠超出他的預期。

將近四更，韓孺子終於回到洞房。

新娘已經在床邊獨坐了幾個時辰，自己掀掉了蓋頭，聽到開門聲響，扭頭看過去。

「是妳?」韓孺子大吃一驚，明明記得那是個難記的匈奴名字。

金垂朵站起身，一臉怒容，剛要開口說話，無巧不巧，桌上的蠟燭燃盡，屋子裡陷入一片黑暗。

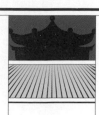

第三百五十六章　心神不寧

蠟燭熄滅，屋子裡一片漆黑，兩人都不開口。

好一會後，韓孺子問：「怎麼……會是妳？禮書上明明不是妳的名字。」

認女兒還是認孫女，對大單于來說只是一句話的事。賜名更是簡單，金垂朵的新名字譯成楚語就是「自由翱翔在草原上空的鷹，大單于最美麗的孫女，大楚天子最寵愛的妻子」。

難怪禮官在讀那一長串音譯名的時候，韓孺子根本記不住。

金垂朵沒出聲。

「如果妳是被迫的，我可以……」

「可以什麼？」金垂朵的聲音裡仍帶著怒意。

韓孺子還真沒有辦法，這是敵對兩國的和親，不是普通的皇帝納妃，而且兩人已經舉行過儀式，將金垂朵送回去，無異於更大的羞辱。

韓孺子摸黑小心地往前走，剛走出兩步，伸在前面的手突然碰到了什麼，原來金垂朵也在往前走。

她的反應很快，擒住皇帝的手腕，用力一扳——沒扳動，她的箭術雖好力氣卻不足，二話不說，飛起一腳踢了過去，馬上覺得不妥，想要收回來，一下子站立不穩。

韓孺子手腕被擒，也是下意識地做出反應，手臂用力，只聽對面的人輕輕地叫了一聲，似乎要摔倒，急忙抓住那隻手，將她拽到自己身邊來。

兩人挨在一起，又沉默了一會。

「大單于……」韓孺子心中還是有不少疑惑。

「你想跟大單于進洞房？」

「當然不想，我只是……我記得咱們成過一次親，沒想到還有第二次。」

那還是在京城漁村的時候，一群人起哄稱金垂朵為「皇后娘娘」，抬著兩人遊行一圈，可沒有正式成親。

金垂朵的手突然扼住皇帝的脖子，「你早有預謀，對不對？」

那隻手並沒有用力，韓孺子沒什麼好怕的，只是覺得新妃的脾氣真大，若是劉介這樣的內臣聽說此事，必定大搖其頭，甚至可能向貴妃下一道問罪詔書，「預謀什麼？」

「談判的時候，你們說……你們說不在乎和親的是誰，私底下卻向大單于遞話，讓他把我……對不對？」

韓孺子剛要否認，話到嘴邊卻變成另一個意思，「嗯，沒錯，大單于很聰明，理解了我的意思。」

扼在脖子上的手稍一用力，馬上又鬆了一下，卻沒有挪開。

兩人再度沉默。

「你是大楚皇帝啊。」金垂朵突然冒出一句，不知是什麼意思。有欣喜，也有遺憾，好像這不完全是一件好事。

「妳是『皇后娘娘』啊。」韓孺子調侃道，話一出口就後悔了，君無戲言，大楚已經正式拒絕封匈奴女子為皇后，並列也不行，只能封為貴妃。「皇后娘娘」四個字雖是玩笑，從皇帝嘴裡說出來也非常不妥。

金垂朵卻沒在意，輕嘆一聲，「這是我們金家虧欠大楚的吧。」

「只是大楚？」

發現皇帝的調侃意味越來越濃，金垂朵重重地哼了一聲，閃身要躲開，卻被牢牢摟住。

「這是咱們的洞房花燭夜。」

沒有花燭，只有夜。

原歸義侯的女兒金垂朵竟然成為貴妃！次日一早，消息傳出之後，滿城沸騰。晉城百姓不太瞭解金家的情況，四處打聽，熱鬧程度堪比過年，一掃城內連日來的陰霾。

韓孺子比平時起得稍晚些，但是仍然召開朝會，接下來就是要監督匈奴人退出楚地了，每一步都要小心安排，一步走錯，或是雙方發生誤解，都可能引發另一場戰爭。

匈奴人或許無法贏得戰爭，但是仍能輕易殺死皇帝，對大楚來說這就是最大的失敗。

仍由東海王負責談判，但是朝會結束的時候，他沒有立刻離開，而是留在皇帝面前。等大臣都走了，只剩下太監與崔騰時，他上前道：「大單于真將金家的女兒送來了？」

韓孺子威嚴地點頭，希望能用這種方式阻止東海王提及此事。

東海王卻沒有被嚇退，搖頭道：「匈奴人真會玩花樣，重新起了一個名字，女兒也能變成孫女，這個……那她就是金貴妃了？」

「你到底想說什麼？」韓孺子問。

東海王笑道：「陛下是要將金貴妃帶回京城吧？」

「難道不應該嗎？」

「應該，就是……金貴妃不會再逃走吧？」

韓孺子臉色一沉，東海王仍是一臉笑容，他太瞭解自己的哥哥了，皇帝若是真生氣，絕不會這麼快擺出臉色，於是轉向崔騰，「你不說幾句？」

「說什麼？這是宮闈之事，一切由皇帝做主，當臣子的能說什麼？該說什麼？」這種時候崔騰一點不傻。

東海王笑著告退，崔騰看他走出房間，立刻對皇帝說：「陛下放心，柴家不敢生事，真有意外的話，我去對付，不用陛下出面。」

金垂朵射殺柴韻，這件事京城的人可都記得清清楚楚。

「我不擔心柴家。」韓孺子平淡地說。

老公主一死，衡陽侯柴家只是普通的勳貴，根本不敢與皇帝對抗。在奪位之爭中，柴家人最後時刻選擇支持倦侯，也讓他們家得到不少封賞，都很滿意，更不會隨意挑戰已經成為貴妃的金垂朵。

東海王擔心的是皇后與崔家。

關於皇帝與金家女兒的傳言一直比較多，就算皇后不在意，崔家也會覺得宮裡多了一位強敵，崔騰聰明有限，想到了柴家，卻沒想到自家。

韓孺子明白東海王的意思，不由得盯著崔騰看了一會。

「怎麼了？」崔騰不明所以，低頭查看，身上好像沒什麼髒東西，突然想起一件事，急忙道：「胡尤……不不，金貴妃跟我從來沒見過面，我在京城的時候只是聽聞其名，真正對她感興趣的是柴韻。」

「少胡說八道，出去做事。」

崔騰還在重建儀衛營，領命退下。韓孺子回書房繼續處理政務，身邊只留兩名太監和中書舍人趙若素。

韓孺子有點心神不寧，看過幾份公文後，向趙若素問道：「關於和親，趙大人有何看法？」

趙若素是個嚴謹的人，想了一會，說：「陛下可否說得細緻一些，和親的哪方面？」

「平晉公主並非宗室後人，大單于送來的也不是親孫女，兩者會有關係嗎？」

「或許有一點關係，但微臣以為，這不是大單于主要的目的。」

「嗯。」韓孺子等著聽趙若素的分析。

趙若素卻是個慢性子，又想了一會，「大單于的目的，微臣猜不出來，況且和親已成，匈奴人很快就會退至關外，大單于的想法已不重要。」

「重要的是崔家。」韓孺子想到了，「朕還能做什麼？崔宏已是太傅與大將軍，朝廷沒有品級更高的官位了，總不能讓他做宰相吧？」

「宰相乃眾官之首，層層遞進，已成定規。崔太傅久在軍旅，顯然對宰相之位並無興趣，陛下想讓崔太傅安心，只有兩個途徑。」

「說。」

「崔太傅尚有一子一孫，他本人的官爵太高，無法再提，可以按慣例蔭封子孫。」

「嗯，這個可行。」韓孺子早有封賞崔騰之意，此事並不難辦，崔騰又的確立過功勞，外人說不出什麼。

「二是……」趙若素卻不說下去了。

君臣二人尚未達成互信，趙若素不能不小心，韓孺子只好先行赦免：「趙大人但講無妨，朕絕不怪罪。」

「如果陛下早生嫡子，崔家自然踏實。」

韓孺子苦笑，皇帝明明擁有天下守衛最為森嚴的宮室，結果不僅得不到該有的安全，連個人生活都無法隱藏，不知有多少人「關心」嫡子問題。

說起嫡子，韓孺子想到了母親，一想到母親，他一下子想起更多事情，「負責和親事宜的是哪位大臣？」

「禮部的元尚書。」

「他是前些天從京城來的。」韓孺子記得很清楚，禮部尚書元九鼎是京城來的十幾撥使者之一，官職最高，所以留下來主持朝會。現在想來，和親一事肯定也是他負責。

「嘿，禮部真是很擅長討好宮裡的人。」韓孺子冷笑道，當初元九鼎就是最早投向上官太后的大臣之一，如今他又走老路，開始討好王美人了。

趙若素後退，跪地不語。

趙若素有楊奉的智慧，也有劉介的剛直謹慎。韓孺子對後者不是特別喜歡，但還是笑道：「朕不該無故亂猜，趙大人請起，朕不會洩露此間之語，更不會追究某人。」

韓孺子當然不會追查，如果最後真的證明母親暗中干預了和親，他更難辦。

起碼納妃一事到目前為止還沒有傷害到任何人，韓孺子寧願保持糊塗。

可接下來的時間，他還是心神不寧。趙若素三十幾歲，畢竟老到些，說：「微臣已經看過，今天的公文沒有急件，陛下若覺倦怠，可早些休息，以身體為重。」

新婚之人，怎麼能一整天不相見呢？

韓孺子笑著搖搖頭，繼續看公文，直到再也看不下去，才起身離去。但是留下命令，如果東海王那邊有新消息，立刻轉告他，不可耽誤。

皇帝居住的小院裡還殘留著許多喜慶色彩，人卻不多，與趙若素一塊回晉城的泥鰍，正在院子裡興高采烈地與金垂朵的丫鬟聊天，介紹自己的新名字「晁鯨」。

如果早看到這名丫鬟，韓孺子當時就會猜出真相，可昨天的成親儀式他沒怎麼參與，根本注意不到丫鬟。

「我就知道。」丫鬟在匈奴人那邊待了一陣，更不講禮節，看著皇帝不停地笑。

「妳叫蜻蜓？」韓孺子問。

「呵呵，陛下還記得我呀。」

「當然記得。」韓孺子微笑道，「妳為什麼還穿匈奴人的衣裳？沒人給妳新衣嗎？」

「過幾天就走了，換來換去太麻煩。」

「走？」韓孺子很驚訝，因為蜻蜓所謂的「走」顯然不是回京。

蜻蜓捂嘴，知道自己說錯話了，向皇帝直搖頭。

「我終歸是匈奴人。」金垂朵不知何時走到了門口。

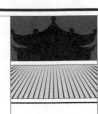

第三百五十七章　膽大包天的車騎將軍

中司監劉介沒料到自己與車騎將軍鄧粹的關係這麼好。

身為皇帝的近臣，劉介到哪都會受到禮遇，對諂媚之徒早已司空見慣，可是沒有一個人像鄧粹這樣，既熱情又隨意，不只有自下而上的奉承，更有多年相交才能培養出來的親密無間。

鄧粹曾經下令，非得是皇帝本人叩關，而且經他認可之後，才能開門放行。這是一句狠話，執行其實沒那麼嚴格，一聽說是中司監親來傳旨，關卡很快放行。半路上，鄧粹親率眾多將領前來迎接，一路上旗幟招展、酒宴豐盛，人還沒到營地，劉介等人已經醉得東倒西歪。

劉介並不笨，他很快就明白過來，鄧粹這是做給楚軍將領看的。年輕的車騎將軍威望不足，全靠著狐假虎威，才能統率如此龐大的一支楚軍。

劉介就是「老虎」從遠處伸過來的一隻利爪，鄧粹要好好利用，劉介也只能好好配合，但是打心眼裡不太喜歡這種不同尋常的做法。

鄧粹已經將遼東收復得差不多，匈奴人和扶餘國人逃得無影無蹤，所以他就勢宣布停戰。

「我等的就是這個。」鄧粹拍拍身邊劉介的肩膀，將他當成皇帝與聖旨的象徵，「來得非常及時，可以說是正剛好。」鄧粹向廳內的眾將眨了一下眼睛，引來一片大笑，「陛下神機妙算，一切都在陛下的預料之中！」

於是鄧粹東征的做法，更像是皇帝親自授意的妙計了，就連鄧粹之前的拒絕停戰，也像是他與皇帝給匈奴人演的一齣雙簧戲。

劉介沒辦法，只能微笑著點頭，心裡卻覺得柴悅那樣的人才是真正的大將，鄧粹則是投機取巧，外加一點運氣。回去之後一定要提醒皇帝，此人不可重用。

鄧粹不在乎太監心裡想什麼，幾杯酒下肚，開始跟劉介稱兄道弟，甚至敢開幾句隱諱的玩笑。等到劉介快要忍受不下去，鄧粹也醉得迷迷糊糊，兀自抓住中司監的一隻胳膊不放。

車騎將軍人雖豪爽，酒量卻是一般，眾將對此都有瞭解，因此陸續告退，劉介幾次要走，卻都無法脫身。大廳裡沒剩下多少人，鄧粹突然一個激靈，猛地坐直，好像大夢初醒，茫然地看著劉介，說道：「我剛才睡著了？」

劉介笑著點點頭，順勢推開鄧粹的手，準備告辭回去休息，明天一早他就要回去向皇帝覆命。

「劉公明天就要回去了吧？」

「是啊，皇命在身，不敢久留。」

「對對，陛下還等著回信呢。」鄧粹用醉酒者特有的凶狠目光盯著中司監，「劉公回去，能幫我給陛下帶句話嗎？」

「當然。」劉介保持微笑，大廳裡一名軍官正帶著數名士兵收拾酒席，他得給車騎將軍留足面子，誰讓現在是非常時期呢？

鄧粹抬高了聲音，「謝謝，太感謝了，劉公就是……」鄧粹比劃了幾下，沒想出合適的詞，接著道：「請劉公轉告陛下，不要再等了。」

「不要再等什麼？」劉介一頭霧水。

「陛下原先只有一位皇后，現在娶了匈奴公主，反正一個也是娶，兩個也是娶，多多益善，起碼湊足三宮六院……」

「鄧將軍，你究竟想說什麼？」劉介必須問個明白。

「我妹妹。」

「嗯……」

「陛下心裡清楚，劉公只需對陛下提起我妹妹就行了，一點就透，陛下明白我的意思。」鄧粹又向中司監眨了一下眼睛。

劉介對此非常懷疑，他記得清清楚楚，鄧粹在晉城與皇帝總共沒見過幾次面，而且那正是晉城局勢最危急的時候，皇帝哪有心情想著別人的妹妹？

但他只是微笑，鄧粹故意說得含糊，他也採取同樣的策略。

「劉公千萬別忘了，要不要我寫下來？」

「不用，我一定記著就是。」劉介願意代傳這句話，因為他知道皇帝不喜女色，鄧粹推薦自己的妹妹，只會惹來厭惡。

劉介終於能夠告辭，在外人看來，中司監與車騎將軍的交情真是不一般，軍官笑嘻嘻地討好道：「將軍家裡要出貴妃了，可喜可賀。」

鄧粹卻冷臉哼了一聲，「走著瞧。」

軍官嚇了一跳，不明白自己哪裡得罪了車騎將軍。

鄧粹其實是自言自語，「崔家在宮裡有人，鄧家也得有，冠軍侯的兒子在宮裡待了幾個月，真相……」鄧粹看向軍官，「你在偷聽我說話？」

軍官嚇得臉色都變了，鄧粹卻哈哈大笑，「開個玩笑，來，扶我起身，我的屁股好像黏在椅子上了。」

劉介在路上走得慢，遼東停戰的消息早已由驛兵快馬加鞭送回關內。

鄧粹每天不是喝酒，就是騎馬到各處軍營裡巡查，發佈一些莫名其妙的命令，像是僅僅因為看著不順眼，就讓一營士兵將一片樹林全給鏟倒，總之就是不讓楚軍閒下來。

停戰數日後，鄧粹召集各營主要將領議事。

眾人還以為又要舉辦酒宴，高高興興地來了，結果到了之後發現議事廳前刀槍林立，車騎將軍似乎真有要事相商。

鄧粹穿上全套盔甲，大馬金刀地坐在椅子上，神情嚴肅，像是面臨著極嚴重的問題。

眾將心中一驚，以為關內又有變故，急忙行禮，站在一邊，大氣都不敢喘。

人到齊了，鄧粹開口道：「王將軍，關內的匈奴人有何動向？」

王將軍掌管斥候，出列回道：「第一批匈奴人已經出關，剩下的正在路上。」

「從哪裡出關？」

「共有三條線路，分別是代國、中山郡和燕國。」

「嘿，匈奴人不敢走遼東嗎？」

匈奴人最初由遼東入關，退出的時候卻避開這裡，有意與楚軍保持距離。

鄧粹目光掃過眾將，說：「怎麼樣，來他一下吧？」

眾將面面相覷，沒明白車騎將軍的意思，有人問道：「將軍是說……」

鄧粹點頭，「對，就是這個意思，你們覺得怎麼樣？」

眾將更糊塗了，一名南軍將領說：「將軍是要進攻撤退途中的匈奴人？」

「嗯。」

大廳裡安靜了好一會，鄧粹皺眉道：「怎麼，你們不敢打仗了？」

還是南軍將領開口，「將軍……得到聖旨了？」

「沒有。」

「那……聖旨要求停戰，陛下派來的使者說得很清楚。」

「說得清楚，並不意味著意思清楚，有些事情只能做不能說，陛下為了解圍，不得不與匈奴人和談，可我知道，陛下心裡不情願。匈奴人入關燒殺搶掠，乃是我大楚不共戴天的仇人，怎麼能就這樣放回草原？必須給他們一點教訓。」

人人都恨匈奴，可是沒有聖旨就擅自行事，對這些將軍來說可有點過頭，身為掌兵之官，他們都知道，朝廷最忌憚這種行為。

「我與陛下心有靈犀。」鄧粹加上一句，還是沒人說話，這與心有靈犀無關，而是大楚的律法不允許。

鄧粹得一個個說服了，看向辟遠侯張印，「陛下曾對張將軍寄予厚望，在聖旨裡點名要你領軍，可張將軍滯留馬邑城束手無策，今後怎麼去見陛下？」

張印老臉一紅，本來就不是急智之人，這時更是口拙無言。

鄧粹轉向幾名南軍將領，繼續說道：「皇帝在晉城，你們沒去，崔大將軍在燕南，你們也沒去，請問幾位是有意如此嗎？」

南軍曾與皇帝交戰，又是崔宏的舊部，本來就易受懷疑，鄧粹一挑明，幾名將領全都面紅耳赤，「我們……我們是奉旨行事。」

「瞧，問題就在這，你們奉旨行事，結果呢？卻沒有解決任何問題，反而令陛下深陷困境。」

「我們奪回了遼東……」一名將領心虛地說。

鄧粹冷哼一聲，「不客氣地問一聲，你們覺得這是誰的功勞？」

遼東是全體楚軍一點一點奪回來的，但是論到功勞，大多都得歸鄧粹一人所有，眾將啞口無言。

「所以你們還得立功，立一個更大的功勞，才能扭轉陛下對你們的印象。」

「可是……」一名將領欲言又止。

「你們覺得這次的功勞又是我的，與你們無關，對吧？」
眾將正是這種想法，打來打去都是鄧粹的功勞，他們只是賣命出力而已。
鄧粹笑著嘆了口氣，「諸位真是……老實人，你們想想，大楚與匈奴停戰可是有聖旨的，天下皆知。這一戰之後，匈奴人會質問、楚人也會有疑問，陛下就算心裡高興，但是能公開宣揚嗎？不僅不能，還得懲罰違旨之人，也就是我。」
鄧粹挺胸，一副滿不在乎的樣子，「可我不怕，大不了功過相抵，總之陛下不會殺我。」
眾將一個個目瞪口呆，早知道車騎將軍膽子大，現在才知道，他是膽大包天，可是說得又挺有道理。
「咱們畢竟給大楚報了一箭之仇，陛下能不高興嗎？沒法賞我，自然就會重賞諸位。」鄧粹再次目光一掃，「大功就在咫尺之外，就看你們敢不敢伸手拿了。」
半晌之後，張印開口問道：「全殲，還是……還是……」
「全殲匈奴人是不可能的，同時進攻三路也很難，咱們就盯住最近的一路匈奴人。計算好路線，等匈奴人都出關之後，在塞外的必經之處來一次伏擊。那時候皇帝已經安全，不怕匈奴人調頭，匈奴主力也已進入草原，回家心切，絕不會救援同伴，此乃必勝之戰，就看諸位能追多遠了。」
一名將領突然傻笑了幾聲，這不是嘲笑，而是期盼與敬佩。
眾將一塊向車騎將軍行禮，都被他說服了。
鄧粹心裡卻想，剛剛嫁入匈奴的「平晉公主」，最好也走伏擊路線。

第三百五十八章 信馬游韁

自從取名叫「晁鯨」之後，泥鰍覺得自己長大不少，應該做點大人的事情了。

路邊的帳篷已經搭好，晁鯨邁步走進草地，舉手向遠處的蜻蜓揮手致意。

蜻蜓不是昆蟲，而是金垂朵的丫鬟，正在溪邊信步閒遊，看到晁鯨走來，也笑著擺擺手。

「瞧，小溪裡有魚。」蜻蜓興奮地說。

晁鯨瞥了一眼，搖頭道：「太小，在拐子湖，這樣的魚都沒人要，只有小孩子捉去玩玩。」

「你不就是小孩子？」

晁鯨臉色微紅，辯解道：「我十六歲了！」見蜻蜓不太相信，他補充道：「虛歲，那也是十六，在我們那，都說虛歲。」

「那就十六吧。」蜻蜓以手遮陽，向遠處望去，「他們兩個跑得太遠，都看不見人影了。」

「放心吧，周圍那麼多士兵守著呢，不會有事的，除非……」

「除非什麼？」蜻蜓很認真地問。

「除非你們匈奴人又殺回來了。」晁鯨笑道。

「我可不是匈奴人。」

「那妳為什麼要穿匈奴人的衣裳，還要回草原？」

蜻蜓撓撓頭，「穿匈奴人的衣裳是嫌換來換去的太麻煩，至於回草原，小姐去哪我就去哪。」
「呵呵，那不是『小姐』，是『金貴妃』。」
蜻蜓想了一會，「貴妃是暫時的，小姐才是永遠的，好比你改名叫晁鯨，就不是泥鰍了？我改名叫蝴蝶，人家叫我蜻蜓我就不回答了？」
「啊？」晁鯨被說了個啞口無言，說到抓魚，他現在就能跳進溪水裡摸幾條上來，可是說到言語辯論，他連對方的意思都聽不明白，「反正……總之……妳們非得回草原嗎？」
「皇帝讓你來問的？」蜻蜓笑道。
晁鯨搖搖頭，「說實話，我們都在納悶，陛下為什麼不挽留金貴妃，反而帶著她一路巡狩，離邊塞越來越近，倒像是給妳們送行，妳不知道大家有多緊張。」
「緊張什麼？我看皇帝和小姐挺好的啊，天天黏在一起，我從來沒見過小姐的脾氣這麼好過。」
「匈奴人剛出關，離得太近了。」
「從前離得更近，皇帝都沒害怕，現在怕什麼？放心吧，有小姐在，匈奴人不敢打過來。」
蜻蜓說得輕鬆，晁鯨和大多數人一樣，卻不相信金貴妃有這麼大的本事，又問道：「妳們非走不可嗎？」
「要不然怎麼辦？回京城嗎？小姐說了，既然走了，就永遠也不回去，而且皇帝宮裡有皇后，以後還要娶更多的嬪妃，小姐進宮後不過是三宮六院裡的一員，規矩又多，比在歸義侯府裡還不自在。小姐是死也不會回京的，皇帝大概也明白小姐的意思，所以沒有相勸。」
晁鯨不住點頭，將這幾條都記在心裡。
蜻蜓看著他，笑道：「你是宮裡的人，不會明白這種事情。」
晁鯨立刻搖頭否認，「我不是宮裡的人，皇帝出宮我當隨從，皇帝回宮，我可不會跟著進去，我是正常人……我不是太監。」晁鯨鄭重其事，「我還攢了很多錢呢，比全村人加在一起都多。」

說起全村人，晁鯨嘆了口氣，晉城一戰，村裡人死了不少。但他畢竟年輕，心情調整得快，馬上歡快的說：「這些錢財都是別人送我的，陛下說了，我得上交，但是能留下一點，一點也不少了，足夠買很多良田、蓋很大的房子。」

蜻蜓笑道：「是不是還要娶一個很美的媳婦？」

晁鯨的臉更紅了，嘴裡囁嚅著，不知在說些什麼。

「京城美女多，你回去以後慢慢找吧，那邊現在就有人找你。」蜻蜓指著路邊的帳篷。

晁鯨正琢磨著蜻蜓的話中之意，轉頭望去，只見路邊的帳篷前有人正衝自己招手，「張有才，他這是從京城回來啦，真夠快的。」

張有才返京向王美人報平安，立刻又被派回來，馬不停蹄，剛追上皇帝，風塵僕僕，整個人曬黑了不少。

「呵，張有才，你掉木炭堆裡了？」晁鯨笑道。

「少胡說。」張有才年長兩三歲，裝出成熟的樣子，咳了兩聲，望了望遠處的蜻蜓，說道：「那就是金貴妃的侍女吧？」

「對啊，你見過的。」

張有才撇撇嘴，對那身匈奴人的裝扮表示不滿，「陛下和貴妃呢？」

「騎馬玩去了，不讓別人跟隨，這不都等在路邊呢。」

「貴妃……也穿這一身？」張有才指著遠處的蜻蜓。

晁鯨點頭。

張有才搖搖頭，「跟我來，有話問你。」

帳篷裡還有別人，東海王、崔騰和劉介早就等在這裡，張有才正好趕上了。

晁鯨將蜻蜓的話大致複述了一遍。

「宮裡不自在？這、這叫什麼話？」劉介深感震驚，「金家歸順大楚也有幾十年了，女兒就是在京城出生長大的，怎麼……」

那畢竟是得到冊封的貴妃，劉介不敢說得太明顯，只能不住搖頭。

「這樣挺好，把她送回匈奴，一切問題就都解決了。」崔騰終於想明白了金貴妃對自家可能產生的影響，很高興聽說她真的要走，然後對劉介怒目而視，「你倒好，非要給鄧家說親，陛下不帶回去一位嬪妃，你不高興是吧？」

劉介哼了一聲，不願與崔騰爭辯，甩袖走出帳篷。

「太監天生就都是奸臣樣。」崔騰怒氣未消，隨後轉向張有才，全忘了剛剛說出的話，笑道：「京城有什麼消息？」

張有才瞭解崔騰的性格，沒太在意，驚訝地說：「給鄧家說親？車騎將軍鄧家？」

「可不是，這不胡鬧嘛，匈奴人的包圍剛剛解除，說親的人又圍上來了，真是不讓陛下清閒幾天啊。」崔騰義憤填膺。

東海王在一旁懶洋洋地說：「崔二，你的耳朵長哪去了？劉公只是替鄧粹傳話，他可沒說支持，甚至還建議陛下對鄧粹嚴加管束呢。」

「他若是忠臣，就不該提起這件事，陛下雖然沒有馬上同意，但我瞧出來了，隨行的大臣裡面有人贊同。」涉及自家利益，崔騰對他人的要求比較高。

東海王只是笑笑，向張有才問道：「『宮中』很盼望陛下能多帶幾位嬪妃回去吧？」

張有才神情古怪地嗯了一聲。

崔騰炸了，一步躥到張有才面前，「什麼？一個金貴妃還不夠嗎？」

張有才訥訥地說：「陛下……年紀不小了，就算『宮中』不催，朝廷也得安排，就連皇后也支持。」

「你見過我妹妹？」

「嗯。」

「她……她怎麼樣？」崔騰向來看重這個妹妹，這時更是心疼。

「很好，皇后讓我轉告陛下，說宮裡一切安好，請陛下不要擔心。」

崔騰更心疼妹妹了，重重地呼出一口氣，一時找不到可以發怒的目標。

東海王笑著問道：「陛下再怎麼努力，從外面頂多也就帶幾位嬪妃回去，京城才是大頭，選秀已經開始了吧？」

「開始了，由『宮中』和皇后親自主持。」張有才說。

「什麼？」崔騰跳了起來。

東海王走過來，在崔騰的肩膀上拍了兩下，「你就是跳到天上也沒用，陛下也該充實後宮了，這是正經的大事，你與其在這裡著急，不如替陛下多選一些貞嫻淑慧的女子。」

「我還得幫忙？」崔騰握緊了拳頭。

東海王卻不在意，平淡地說：「選秀勢在必行，誰選的人，自然跟誰家親近些，皇后可比你聰明多了。」

東海王也走出帳篷，他正努力塑造外臣的形象，不願再與崔騰爭寵。

崔騰還在琢磨東海王的話，晁鯨茫然問道：「什麼情況，到底要不要帶金貴妃回京啊？」

「不帶。」崔騰斬釘截鐵地說。

「最好帶回去。」張有才卻是另一種說法，向怒容越來越明顯的崔騰解釋道：「那畢竟是大楚的貴妃，留在匈奴算怎麼回事啊？」

崔騰正要開口，劉介從外面闖進來，嚴肅地說：「晁鯨，立刻去找陛下。」

「什麼事？陛下說了，除非是匈奴……」

「就是匈奴人，塞外送來……送來捷報，鄧粹率軍伏擊了匈奴人，斬獲三萬餘人，牛羊不計其數。」

「哈哈。」晁鯨大笑著跑出去。

等了一會，崔騰也大笑數聲，「陛下這下子不能帶胡尤回京啦！」說罷揚長而去。

張有才吃驚地問：「這位車騎將軍……是陛下讓他這麼做的？」

「當然不是，鄧粹……是個瘋子。」劉介喃喃道，回想自己所見過的鄧粹，越發確定這個判斷。

「那鄧家的女兒可不能要。」

「可那是一個聰明而且大膽的瘋子，只怕陛下就需要這種將軍。」劉介嘆了口氣，有點後悔當初給陛下講述武帝選拔鄧遼的故事，鄧粹頗有幾分鄧家遺風，只是更加讓人捉摸不定。

「這哪是選妃？陛下分明是拿自己當獎賞，『宮中』……則要用更多的嬪妃對付崔家，這……這……劉公，您經驗豐富，得給陛下出個主意啊。」

「呸，我哪來的經驗？這種事……只能由陛下自己解決，要說經驗，我只有一個：後宮如戰場，陛下非得找到一兩位得力的『大將』，才能管好後宮。」

「皇后……」平心而論，張有才站在皇后這邊，可是覺得皇后很難稱得上是「大將」。

劉介搖著頭走出帳篷。

晁鯨騎馬狂奔，跑過三座緩坡，終於看見皇帝與貴妃，兩人正同乘一匹馬，在草地上信馬遊韁地閒逛。

晁鯨比較單純，也不顧及金貴妃在場，興奮地大叫：「陛下！陛下！匈奴人被打敗啦！」

戰局正如鄧粹事先所料，撤退中的匈奴人急於返回草原，對伏擊毫無防範，走在前面的一支匈奴軍隊聽說後方發生戰鬥，沒有調頭支援，反而跑得更快。

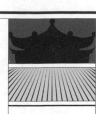

楚軍因此大勝。

韓孺子看過「捷報」，哭笑不得，向帳內的眾人問道：「車騎將軍此戰，諸位怎麼看？」

隨行官員互相瞧瞧，禮部尚書元九鼎地位最高，只得先開口，「匈奴人偷襲大楚，殺掠無數，以強力簽訂城下之盟，該遭此敗。不過，車騎將軍統率十餘萬大軍，未得聖旨就在塞外自行其是，此風一開，只怕將會動搖大楚根本。」

他開了個頭，眾官都知道該怎麼說了，只不過是傾向於有功還是傾向於有過的區別。

經過晉城之圍，韓孺子對大臣的印象好了不少，可朝廷多年的習慣早已根深蒂固，並不會因為一場戰爭而徹底改變，所有人仍然選擇置身事外，表面上什麼話都說了，其實不置可否，仍讓皇帝一個人拿主意。

韓孺子的耐性比從前好多了，將每個人的話都聽了一遍。群臣散去後，他開始處理當日的公文。與金垂朵的遊玩只是忙裡偷閒，韓孺子每日大多時間仍用於瀏覽無窮無盡的奏章。

中書舍人趙若素進來，他現在獲得准許，可以直接將公文送到皇帝面前，無需太監轉交，如此一來，他能名正言順地向皇帝提供建議，而不是像寵臣一樣，沒有任何理由就能靠近皇帝。

「鄧粹給大家出了一道難題。」韓孺子頭也不抬地說。

「可陛下已有解題之法。」

韓孺子抬眼看向趙若素，他欣賞此人，卻總是無法向對楊奉一樣信任。兩人之間仍是君臣關係，只是少了一些「慣例」，「因為朕已有解，所以群臣都不願各抒己意，只以虛詞應對？」

趙若素拱手道：「望陛下諒解，這種時候亂提意見，既有忤逆聖意之嫌，又會得罪車騎將軍，得不償失。」

韓孺子笑了一聲，然後納悶地問：「大臣們怎麼看出朕心中已有決定？朕明明沒說什麼，表情……朕覺得也沒洩露什麼。」

趙若素左右瞥了一眼，韓孺子點了下頭，張有才等幾名太監識趣地退下。

「陛下登基不過數年，朝中大臣為官短則五六年，長則數十年，許多人歷經三朝，又有諸多大臣的經驗代代相傳，判斷陛下的心事輕而易舉。不能說是次次都準，十拿九穩總是有的。」

韓孺子啞然，他自以為掩飾得很好，原來在大臣看來漏洞百出，隔了一會他問：「朕哪裡做錯了？」

「陛下無錯。」

「那大臣怎麼會猜出朕的心事？」

「這種事沒有一定之規，也沒有現成的手段，大臣們彼此也不會直接交流，大家你知我知而已。」

韓孺子更好奇了，笑道：「趙大人對朕說這些，不會違背什麼規則吧？」

「陛下聰慧，早晚自己也能悟出這些，微臣不過早些挑明而已，至於規則，本來就沒有成文的規則，也就無所謂違背。」

「好，那你就說一說大臣們都用哪些手段猜測朕的心事？」

趙若素又一拱手，「微臣方才不在帳中，但是可以猜想，請陛下看看對或不對。」

「好。」

「塞外捷報是微臣送到桌上的，陛下進帳入座之後，想必是立刻拿在手中。」

「嗯。」

「陛下仔細閱讀了捷報，可能不只一遍。」

「嗯。」

「陛下不動聲色，問的不是車騎將軍該定何罪，也不是該如何獎賞，而是直接詢問群臣的看法吧？」

「嗯……」韓孺子越聽越驚，趙若素簡直就像是在現場，猜得一點沒錯，難道他剛剛與其他大臣交流過？

趙若素道：「大臣們或許還有別的手段，對微臣來說，這些就夠了。陛下入帳之前就已得知塞外大捷，或是欣賞，或是惱怒，早該有了定論，入帳之後仍要詳讀公文，這是對好消息覺得難以相信的表現，既然是好消息，就該封賞功臣，只是不知該如何封賞，才能掩住悠悠眾口。」

韓孺子大笑，「大臣們既然猜出了朕的心事，為何不肯提出明確的建議呢？」

「為臣長久之道，以穩妥優先，陛下的猶豫是有理由的。車騎將軍擅自動兵，犯了大忌，行事又往往出人意料，群臣不願為車騎將軍說話，萬一以後他惹下麻煩，陛下無過，稱讚他的大臣卻免不了一個失察之罪。」

笑過之後，韓孺子又嘆息一聲，突然有點懷念被圍困在晉城的日子了，那時候的大臣起碼敢做敢當。

「朕明白了，還是由朕做主吧。請趙大人擬一份聖旨，召車騎將軍鄧粹立刻前來見朕，還有辟遠侯張印。塞外軍隊暫時不要分散，遠派斥候，監視匈奴人動向。再擬一道聖旨，調柴悅和房大業前往塞外接管楚軍。」

趙若素領命退下，他得去找兵部的官員一塊擬旨。

齊亂已平，崔宏雖無大將之才，足以處理後事，韓孺子也需要給岳父一點信任，因此調走柴悅和房大業，專門盯著塞外的強敵。

「朕乃孤家寡人。」韓孺子越想這幾個字，越覺得其中還有更深的道理自己沒有領會。

武帝的形象變得如同幽靈一般，在孫輩的記憶裡變幻不定。

寢帳裡，金垂朵備好了美酒佳餚，等候皇帝一塊用膳。

韓孺子站在桌子對面，即使已經相處多日，仍在心中暗暗驚嘆那張面孔的完美無缺，偏偏面孔的主人對此毫不在意。

金垂朵冷冷地回視。

旁邊的蜻蜓呵呵地笑了，將兩人的目光都吸引過來。

「笑什麼？」金垂朵問。

「你們兩個啊，一露出這種眼神，我就知道……」

「知道什麼？」金垂朵更顯嚴厲。

蜻蜓卻不怕小姐，笑道：「我就知道你們又起了壞心事。」

金垂朵的臉一下子紅了，隨即變得更紅，這是要發怒的徵兆，蜻蜓吐了下舌頭，不用驅逐便跑出帳篷。

韓孺子笑了。

「你又笑什麼？」金垂朵惱羞成怒。

「沒什麼，只是覺得這個丫頭很有意思。」韓孺子笑的是自己一天之內接連被人看穿，他自以為已經掌握帝王之術，其實還差得遠。

但他不想浪費時間對金垂朵說這些，繞過桌子，走到她身邊，雙手輕輕攬住她的肩，金垂朵抬頭看了他一眼，目光變得溫柔，人坐在椅子上，臉龐正好靠在他的胸膛上。

兩人沉默了一會，韓孺子說：「匈奴的確大敗。」

「嗯。」

「妳不生氣？」

「我有什麼可生氣的？如果協議都那麼有用，大單于當初也不會攻入楚境。不過等我出塞的時候，一定要小心再小心。」

韓孺子將她摟得更緊一些，本來想說沒有楚軍敢動金貴妃，又忍住了，這種話還是不說為好。

「大單于還會接納妳嗎？」

金垂朵輕輕推開皇帝，讓他也坐下，「大單于就是因為我一心想回草原，才將我……送到這邊來。」

「嗯？」韓孺子微微一愣，兩人每天都在一起，但是很少談論這些事情。

「大單于會給我一支軍隊，領地介於大楚和匈奴之間。」

韓孺子恍然大悟，大單于原來是想借助金垂朵建立一個緩衝之地，可鄧粹更早動手，打了匈奴人一個措手不及。

「這麼說，妳不會離得太遠。」韓孺子並未覺得自己受到了利用，因為他能從金垂朵那裡感受到更真實的原因。

金垂朵擠出一個微笑，一旦出塞，她與皇帝之間的距離就不能用山水衡量，橫亙在兩人中間的障礙更加強大、更難逾越。

「讓我二哥留在陛下身邊吧，他不想當匈奴人。」

「好。」韓孺子對金純忠的考驗已經結束，覺得他可以留下了。

兩人又沉默了一會，金垂朵看了一眼正在涼卻的美酒佳餚，又看了一眼皇帝，臉色微紅，「陛下跟我想得一樣嗎？」

韓孺子點了下頭，將金垂朵抱起。

吃飯實在是浪費時間。

鄧粹駐守塞外，韓孺子不放心讓金垂朵立刻離開，讓她多等幾天，沒想到塞外捷報到來的第二天，趙若素擬定的調將聖旨尚未發出，鄧粹人已經到了，只比信使晚了一天。

又是一次自行其是，韓孺子就算想為鄧粹開脫也做不到了，必須給予正式的處罰。鄧粹卻不在意，因為他就是來請罪的，跪在皇帝面前，不為伏擊匈奴人而後悔，「請陛下降罪，我在塞外私自放走了幾名匈奴俘虜。」

鄧粹伏擊的匈奴人軍隊，正好由平晉公主崔昭的丈夫所率領，兩人都被俘虜，又被鄧粹給放走了。

車騎將軍之前在晉城時，帶兵圍攻過當時的冠軍侯夫人，如今抓住又放走，從皇帝到大臣，都聽糊塗了。

鄧粹解釋道：「我與平晉公主談過，她向我說了京城發生的事情，所以我知道，毒殺冠軍侯者另有其人。」

東海王不安地晃了兩下，毒殺冠軍侯與譚家和他脫不了關係。

不過鄧粹也太大膽了，敢當著皇帝的面提起冠軍侯之死。

韓孺子與冠軍侯之死無關，但他不能忍受鄧粹對別人忠誠，於是道：「你知道自己有罪就好，等辟遠侯張印到來，你們兩個一塊去西域築城吧。」

這就是皇帝的懲罰，在外人看來，這是一次極其嚴重的發配，鄧粹從此遠離朝廷，再難獲得皇帝的重用。對韓孺子來說，這卻是早就決定的一步棋，張印有計畫而無膽識，與鄧粹正好互補。

鄧粹磕頭謝恩，站在一旁的東海王惴惴不安，真有點害怕這位行事不守常理的車騎將軍，與此同時還深感納悶，鄧粹何以對冠軍侯之死如此在意？

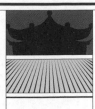

第三百六十章　送禮

王堅火接到了河南尹韓稠派人送來的請柬，一民一官，兩人都是洛陽城裡數一數二的人物，彼此卻極少往來，這是韓稠第一次正式邀請醜王赴宴。

如果是在從前，王堅火會直接拒絕，他是豪俠，與官府必須保持良好關係，但也不能走得太近。但現在的他在替皇帝做事，對本地大員不能直接擺冷臉。

侯府裡的酒宴向來以奢華豐盛聞名，通常從中午開始，直到三更才會結束，務必讓人人盡興。

赴宴者不只是本地官員，還有天南地北的商人，而且數量更多，他們可不能空手而來，都得送上禮物當場展示，爭奇鬥艷，由河南尹大人親自評定品級。

今天的送禮由頭是韓稠的一個孫子過滿月，不過真正的主角是醜王。

自從負責監督安置流民以來，王堅火一反常態，拒絕與從前的朋友往來吃請，一度讓洛陽的商人非常緊張，以為碰到了一位清廉的大人。可事實證明，王堅火很善於變通，並不拘泥於官府條文，只要商人肯出錢出力，對他們暗中兼併土地、收買奴僕的行為大都默許。

皇帝被困晉城期間，醜王的地位一落千丈，從前的朋友覺得他得意忘形，官員與商人則以為他失去了作用，再不將他當回事。

對人情冷暖，王堅火習以為常，只是盡其所能多安置一些流民。

等到晉城之圍一有解除的可能，他又變成洛陽的大紅人，凡是開口，錢糧車牛應有盡有，剩餘的流民很快就都被送回原籍。

商人們雖然得到了他們想要的一切東西，但是有一件事讓他們非常緊張，便是醜王不收禮。任何人的禮物都不收，商人們透過種種途徑希望能讓醜王笑納，無論明暗，都被看破並原樣退回。

一個不肯收禮、又能直接與皇帝聯繫的人，讓大家寢食難安。

正是在這種情況下，醜王收到河南尹的邀請。

宴席上，眾多商人只是按慣例向河南尹送禮，對醜王，他們似乎放棄了嘗試，但是輪流過來敬酒，十分謙卑客氣。

傍晚時分，酒宴還在進行中，韓稠請醜王移步到書房密談。

韓稠大腹便便，因為喝酒，臉頰紅撲撲的，喘著粗氣、肚子像風箱一樣起伏不定。他先是請客人喝茶，「不知是哪出產的東西，我也不懂這個，據說很貴，味道倒沒什麼特殊，可是用來醒酒有奇效。」

王堅火品了一口，稱讚道：「確實不錯。」

「唉，可惜茶在人不在，當初送此茶的人，不知死哪去了，好幾年沒露面，有人說是被強盜殺了，誰知道？反正茶葉快斷供了。真奇怪，我這裡高朋滿座，居然沒有一個人知道此茶的來歷，連名字都說不出來。」

「想必是等待有緣人。」

「哈哈，這位『有緣人』最好快點來。」韓稠收起笑容，「醜兄，我可以這麼稱呼你吧？」

「侯爺抬舉，是草民的榮幸。」

韓稠身為洛陽侯，喜歡別人稱他為「侯爺」，笑道：「醜兄太客氣了，咱們早就該多多親近，真是的，大家都住在洛陽，之前怎麼沒多少交往呢？」

「官民有別……」

「哎，你現在可不是民啦，雖說暫時還沒有官職，可是天下有幾個人能直接向陛下遞交奏章？就連我，所謂的洛陽侯、河南尹，有奏章也得先交給宗正府或宰相府，比不上醜兄的一步登天。」

王堅火的臉不容易做出笑容，只能動動嘴角，「登天之路不易行走，一步登天，早晚也會一步跌落，草民時時膽戰心驚，不以為榮、反為以險。」

韓稠在桌子上重重拍了一下，「說得太對了，伴君如伴虎，難啊。這不，我辛辛苦苦找來一位天下無雙的絕色美女，送到陛下身邊，陛下卻轉手送給寵臣，唉，我真是有苦說不出，可是又能怎麼辦呢？做臣子的還能抱怨不成？只好繼續盡心盡力，好在『宮中』瞭解我的一片忠心，讓我在洛陽多選良家女子，以備後宮之選。」

「宮中？」醜王畢竟不是官員，不懂得官場上這些新興的稱謂。

「就是陛下的生母，眼下還沒有正式稱號，但是成為太后是早晚的事，所以暫用『宮中』稱之。宮中慈母之心，盼著早抱孫子，更盼著大楚早立大統，因此傳令天下選秀，洛陽最受重視，要提供半數秀女。」

醜王心裡清楚得很，這是韓稠自己爭取來的數目，他討好不了皇帝，就千方百計地討好「宮中」。與此同時，這也是一種委婉的暗示。醜王能直達聖聽，韓稠也有辦法一步登天。

醜王拱手道：「這可是大功一件，恭喜大人。」

韓稠揮揮手，「功勞什麼的我不在意，只要『宮中』滿意、陛下高興就好。老實說，我們這一支世居洛陽，沒有別的野心，就是希望能在洛陽踏踏實實地待下去，為陛下盡忠、為朝廷效力。」

「洛陽富甲天下，皆是大人之功。」

韓稠大笑，突然收起笑容，「外面還有酒宴，我居然請貴客在這裡飲清茶，真是失禮。我就不拐彎抹角浪費時間了，直接問一句，醜兄，你究竟是怎麼想的？」

「大人此言何意？」

「外面那些商人，咱們都知道那是奸商，錢來得容易，送禮自然也大方。其實沒有別的意思，無非求一個心安，醜兄卻拒人於千里之外，是嫌少，還是怕什麼？」

王堅火沉吟不語。

韓稠笑道：「我能理解，初次為官，誰也不想出錯，更不想留下把柄。尤其是直接給陛下辦事，到處都有盯著醜兄的人，沒準誰會捅到陛下那裡，換成我，也不敢隨便收禮。」

「知我者，大人也。」

韓稠大笑，在書桌上翻來揀去，從亂糟糟的紙堆裡找出兩張紙，推到醜王面前，左右分開，並列放置。

藉著燭光，王堅火低頭看去，那是兩張房契，寫著王堅火的名字，地址一個在京城，一個在臨淄，一西一東，相隔數千里。

「這是……」

「兩所小宅子，絕不顯眼、也不值多少錢，我另從大家送我的禮物當中挑了些禮，權當喬遷之賀。此刻都存放在宅子裡，醜兄可派人去查看。此事天知地知，你知我知，洛陽不知、陛下不知，就連外面的商人也不知。他們只需要我的一句話，說醜兄為人可靠，他們就都安心了。」

王堅火仍在沉吟。

韓稠稍稍冷下臉，「醜兄，別人的禮你不收，我的也不收？你是覺得禮不夠重，還是覺得我會洩密？我跟那些商人能一樣嗎？這種事真捅到陛下面前，對我有什麼好處？醜兄儘管放心，在洛陽，你的『清廉』名聲一點不受影響。」

「既然大人這麼看重草民，草民卻之不恭，只好不客氣了。」

韓稠立刻恢復笑臉，「我把醜兄當親兄弟看待，希望日後你我能夠互相扶持。」

「就是有件難事。」

「醜兄請說。」

「草民曾向陛下提起過商人的種種手段，等陛下再到洛陽的時候，草民總不能說洛陽商人突然改了性子，全變成了好人，總得……」

「明白，明白。」韓稠笑得更歡暢了，「不怕醜兄提條件，就怕醜兄不開口啊，你一說我就明白了，放心，此事簡單至極。」

韓稠又在紙堆中翻了一會，拿出另一張紙，上面寫滿蠅頭小楷，密密麻麻地全是人名。

「只要這些人不動，洛陽的商人隨醜兄處置。就是兄弟我，也要找幾個出頭鳥收拾一下，跟送沒送禮無關，而是這些人太張狂、失了本分，真以為用錢什麼都能買到，是時候敲打一下，讓他們分清尊卑貴賤。」

「大人不如將『出頭鳥』的名單也給草民一份，這樣的話就更方便了。」

韓稠一愣，隨後大笑，「好，好，我就知道醜兄知交遍天下並非浪得虛名。我手頭沒有現成的名單，咱們先去喝酒，宴席結束之後，醜兄肯定能拿到。」

兩人一塊往外走，王堅火小聲道：「房契上面還缺指印吧？」

韓稠眨眨眼睛，「醜兄莫急，明天自有人登門處理此事，醜兄也早點派心腹之人去兩地查看一下，還缺什麼東西，只管開口，包醜兄滿意。」

「如果侯爺送的禮還不能讓草民滿意，草民的胃口可就比天還大了。」

韓稠笑得眼睛都睜不開了，都說醜王最近難打交道，那是因為水漲船高，攀龍之人能被幾名商人打動嗎？還得是自己親自出馬。

王堅火沒有完全滿足，出了書房，又向韓稠小聲道：「關於選秀，已經夠數了嗎？」

醜王這是想討好未來的太后，於是韓稠心裡更踏實了，「只要是醜兄送來的人，肯定入選，五個，怎麼樣，夠嗎？」

「一個足矣。」

酒宴結束，王堅火帶著兩份房契和兩份名單回家，挑燈夜看，然後將它們貼身收藏。

加上之前收集的大量證據，足以將洛陽掀個底朝天，王堅火並不在意自己的處境，只擔心一件事，皇帝有沒有魄力做這件事。

雖然只是一名豪俠，王堅火最清楚不過，皇帝遠非無所不能。很多時候，皇帝的顧慮比普通人更多。

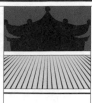

第三百六十一章 洛陽

皇帝一行按照最初的路線繼續巡狩，從北方轉向東海國、齊國。齊國已被分割為臨淄國和一郡數縣，亂事初平，卻已看不出多少兵災的痕跡。皇帝宣布大赦，重賞平亂將士並調回原地，只留少數人組建水軍。

亂軍大敗，但是參與叛亂的許多海盜以及首惡逃至海上，仍是一個隱患。

大楚原有水軍規模太小，而且分散。韓孺子將各軍集中在一起，派任大將，接下來就是一邊徵兵、一邊建造舟船。兵部估計三年方有小成，若想要一舉掃平海盜之患，至少也要五年。

韓孺子能等，他已不像最初時那麼急迫了，一切都需要時間。最關鍵的是，大楚早已疲敝多年，急需休養生息。

在群臣的強烈建議下，皇帝沒有南下太遠，只是臨江而望，然後踏上返京之路。

東海王得償所願，沒有被留在東海國，而是跟著皇帝一塊返京。

譚家人除了王妃以外，則必須留在東海國接受官府的監督，數名年輕子弟赴北從軍、立功贖罪。

對江湖人，韓孺子也不那麼急於打擊了，他需要制定一個更完善的計畫。

洛陽官員出城百里，到河南郡邊界恭迎皇帝，排場比上一次還要隆重。

時值夏末，宮中不停地派人送信，催促皇帝快些返京，韓孺子只能在洛陽停留三天。

王堅火不是第一批受到召見的人，直到第三天上午才接到旨意前往行宮。

醜王預感到自己要白忙一場，皇帝還在路上的時候他就寫好了奏章，透過信使送給皇帝，將一切說得清清楚楚，表示有大量證據留在自己手裡，皇帝需要的話，隨時都可以交出來。

可皇帝等了這麼久才召見他，顯然是對如何處理洛陽猶豫不決。

行宮裡有一座後花園，皇帝邀請醜王一塊賞花，幾名太監捧著果酒等物遠遠跟在後面，不影響兩人交談。

兩人閒聊了一會，韓孺子微笑道：「閣下似有心事。」

王堅火已不抱希望，皇帝經歷晉城之圍後，身上的銳氣少了許多，做不成大事，「流民皆已遣送回鄉，有些人可能來不及種糧了，但這都是地方上要解決的問題，草民幫不上忙，草民今日是要向陛下辭行。」

「你要離開洛陽？」

「嗯，四處雲遊，然後去臨淄落腳，那裡有草民的一所宅院。」

河南尹韓稠贈送醜王兩所宅院，一所在京城、一所在臨淄，王堅火都已在奏章裡寫明。

韓孺子笑了兩聲，知道醜王在點醒自己，帶頭走進附近的一座亭子裡，太監們立刻送上果酒，隨後退下。

「事情很難辦。」韓孺子開誠布公，他徵詢過許多人的意見，除了崔騰，都認為洛陽不好治理。抓的人太少，無濟於事；抓的人太多，只怕整個大楚的商業運轉都會受到巨大影響。至於韓稠，乃是皇帝的長輩，又得王美人的歡心，處置此人尤其要小心。

王堅火無意勸說，點頭道：「草民明白，草民只有一事相求。」

「請說。」

「大批流民為了返鄉，從商人手中借錢借糧，到了秋後，免不了要賣地、賣人，淪為奴隸，家破人亡不說，對朝廷也沒有半點好處。」

「嗯，閣下覺得該怎麼辦？」

「允許各地百姓從官府借貸，暫度難關。」

「各地官府未必有這麼多錢，再有幾位河南尹這樣的官員，大可接受商人的賄賂，強迫百姓還貸。」

王堅火輕嘆一聲，「陛下既有難處，就當草民沒提過吧。」

「不，這件事總需解決，你還有別的辦法嗎？」

王堅火想了一會，搖搖頭，「草民盡力而為，或許還能救一些人。」

「流民與閣下非親非故，閣下尚且要盡力而為，朕乃大楚皇帝，怎敢置身事外？」韓孺子招手，張有才從外面進來，將一份折好的紙放在石桌上。

王堅火得到示意，打開看了一眼，那是一道尚未頒布的聖旨，上面寫著皇帝即將返京，感念百姓流離失所的艱辛，只要是返鄉歸籍的流民，某年月日至某年月日期間的借條，一律上交地方官府，各地再匯集到京城，皇帝將開私庫，替百姓償還。

王堅火看畢大吃一驚，抬頭看向皇帝，這才明白，謹小慎微只是表象，皇帝仍有一顆決絕之心。

「陛下……」驚訝過後，王堅火還是有話要說，「借條可以造假，陛下一開此口，只怕帳務成倍上漲，陛下……還得起嗎？」

韓孺子微笑道：「所以朕需要閣下收集的名單與證據，來要錢可以，朕絕不賴帳，但也要說道說道他們這些枉法之事。」

王堅火恍然大悟，皇帝這是先將帳背到自己身上，然後再嚇得商人們不敢要帳。

「這是……哪位高人替陛下出的主意？」王堅火怎麼也不相信年輕的皇帝能想出這樣的主意。

這的確不是韓孺子的功勞，而是喬萬夫擬定的計畫。

「朕身邊自有良臣。」韓孺子含糊道，「閣下覺得可行嗎？」

「可能還是會有不怕死的人向陛下要帳。」

「只要是正常虧欠，此人又無枉法之事，朕願意償還。」

王堅火尋思了一會，「這意味著陛下不會立刻處置洛陽的商人？」

「商人逐利，可是也能溝通有無。多之傷民，缺之更傷民，收其利留其人，以觀後效。」

「他們改不了。」

「若是洛陽官員都能像閣下一樣清廉公正，商人無賄可行，還改不了嗎？」

王堅火聽出了皇帝的留用之意，起身離凳，想要跪下謝絕，皇帝示意他坐下，王堅火道：「像草民這樣的人，當不得官。」

「朕不強求。」韓孺子還是有些遺憾，「群醜可宥，首惡必除，朕起碼要讓洛陽商人一時半會不敢再與官員勾結。」

「就算那是宗室子弟？」

韓孺子點頭，「但是朕的手段可能不符合閣下的期盼，朕要給河南尹升官。」

王堅火一愣，「升官？」

「河南尹韓稠選秀有功，朕要提拔他為宗正卿，算是升了半級，明日隨朕入京，今後前途無量。」

韓稠一家幾代在洛陽經營，根深蒂固，得先將他從洛陽調離，會更好收拾些。

「陛下瞭解選秀的內幕嗎？勳貴之家想將自己的女兒送進宮，要向河南尹送禮；普通人家不願攀龍附鳳，也得送禮，河南尹爭到半數名額，可是一筆大買賣。」

「嘿，河南尹這算是囤積居奇，可他算錯了買主，這回必定血本無歸。」

王堅火再無疑惑，由失望變成欣喜，又由欣喜變成敬佩，心中甚至生出一股衝動，想要向皇帝宣誓效忠，但他忍住了，他瞭解自己的性格，終究不願受到束縛，於是道：「草民還有一計，陛下要聽嗎？」

「洗耳恭聽。」韓孺子微笑道。

醜王早就揣著此計，一直不說，確認皇帝真要做事之後，才肯披露腹心。

王堅火起身拱手，正色道：「草民王堅火，承陛下之恩，監督流民安置，收受兩所宅院以及大量財物，證據確鑿，甘願伏法。陛下欲治洛陽，請先從草民起。」

韓孺子輕嘆一聲，他之前曾在聖旨中斥責過王堅火，目的是幫他行事，看來王堅火是嘗到了「甜頭」，還想繼續下去，令自己徹底從朝堂脫身、重返江湖。

韓孺子嘆息，因為他剛剛送走一位不願留在大楚的人。

「好，如閣下所願。」

王堅火跪下，真心實意地磕頭謝恩。

河南尹韓稠還不知道自己「升官」的消息，見皇帝這次到來不像上次那麼冷傲，願意入住他所安排的行宮，極為高興。他將選中的大量秀女聚在一起，早讓畫工圖描成冊，皇帝可以按圖索人、也可直接鑑賞。

皇帝在洛陽停留的最後一個早晨，就用來做這件事。

各級官員都被召至行宮，河南郡的差人抬來整整三大箱畫冊。韓稠很謹慎，早就找來洛陽城裡最有名的媒婆，由她向皇帝講解各女的特點。

媒婆為此準備了將近一個月，就為了將某女突出或是隱藏。她收了不少禮物，因此鬥志昂揚，準備在皇帝面前一展身手，作為自己一生中保媒拉縴的巔峰之作。

結果她卻沒有用武之地，只是遠遠地望見皇帝一眼，一肚子美言活活地憋在肚子裡，據說她回家之後大病一場，好多年沒再保媒。

與她相比，河南尹韓稠更是倒霉。

當著眾多河南郡官員，中司監劉介宣讀了幾道聖旨，第一道就是將所有選秀女子送回各自家中，皇帝在聖旨中自責，以為晉城之圍皆是皇帝一人之過，以至天下震動、官民懸心，萬幸得脫，不敢再擾百姓。三年之內，不許選秀，十五歲以上的民女，許其嫁人。

皇帝將選秀與晉城之圍聯繫在一起，沒人敢作聲。韓稠汗流浹背，很快就發現這才只是霉運的開始。

第二道聖旨將醜王發配到北疆，罪名是收受賄賂。然鑑於王堅火安置流民有功、又肯主動認罪，許其不戴枷鎖，家人、財物皆不受牽連。

第三道聖旨就是後來赫赫有名的「代償令」，皇帝將流民近幾個月寫下的所有欠條借據都收歸自己手中，韓稠當時卻對這道聖旨最不感興趣。

第四道聖旨，河南尹韓稠勞苦功高、忠心可嘉，堪為宗室表率，特升任宗正卿，即日隨駕進京。

韓稠當場暈倒在地，連「謝恩」的機會都沒有。

韓孺子命人抬著韓稠上路，回轉京城。經此一行，他明白了許多道理，尤其是楊奉的那句話。人的一生有兩次成熟，第一次知道自己能做什麼，第二次知道自己不能做什麼。

「不能」並非不做，而是更巧妙地做。

韓孺子還有匈奴的大仇未報，雲夢澤、東海群盜、西域築城等諸多隱患也需解決，但他首先得回皇宮，面對身邊最為親近的人。

（本卷結束）

New Black 015

孺子帝：卷五　雙面的大臣

作者　冰臨神下

堡壘文化有限公司
總編輯　簡欣彥　行銷企劃　黃怡婷
副總編輯　簡伯儒　封面設計　Bianco Tsai
特約編輯　倪玼瑜　內頁構成　李秀菊

讀書共和國出版集團
社長　郭重興
發行人兼出版總監　曾大福
業務平台總經理　李雪麗
業務平台副總經理　李復民
實體通路組暨直營網路書店組　林詩富、陳志峰、郭文弘、賴佩瑜、王文賓
海外暨博客來組　張鑫峰、林裴瑤、范光杰
特販組　陳綺瑩、郭文龍
印務部　江域平、黃禮賢、李孟儒
版權部　黃知涵

出版　堡壘文化有限公司
發行　遠足文化事業股份有限公司
地址　231新北市新店區民權路108-2號9樓
電話　02-22181417　傳真　02-22188057
Email　service@bookrep.com.tw
郵撥帳號　19504465遠足文化事業股份有限公司
客服專線　0800-221-029
網址　http://www.bookrep.com.tw
法律顧問　華洋法律事務所　蘇文生律師
印製　呈靖彩印有限公司
初版1刷　2022年11月
定價　新臺幣480元
ISBN　978-626-7092-83-5　978-626-7092-86-6（Pdf）　978-626-7092-87-3（Epub）

國家圖書館出版品預行編目（CIP）資料

孺子帝．卷五，雙面的大臣／冰臨神下著. -- 初版. -- 新北市：堡壘文化有限公司出版：遠足文化事業股份有限公司發行, 2022.11
面；　公分. -- (New black ; 15)
ISBN 978-626-7092-83-5（平裝）

857.7　111014698